『十四五』国家重点图书出版规划项目
国家社会科学基金重大项目『中国近代日记文献叙录、整理与研究』（项目编号：18ZDA259）阶段性研究成果

中国近现代稀见史料丛刊【第九辑】

张剑 徐雁平 彭国忠 主编

姚星五日记

（清）姚福奎 著

杨珂 整理

本辑执行主编 彭国忠

凤凰出版社

图书在版编目（CIP）数据

姚星五日记 / （清）姚福奎著 ; 杨珂整理. -- 南京：凤凰出版社, 2022.10
（中国近现代稀见史料丛刊. 第九辑）
ISBN 978-7-5506-3720-7

Ⅰ. ①姚… Ⅱ. ①姚… ②杨… Ⅲ. ①日记—作品集—中国—清代 Ⅳ. ①I264.9

中国版本图书馆CIP数据核字(2022)第175178号

书　　名	姚星五日记
著　　者	(清)姚福奎 著　杨　珂 整理
责任编辑	郭馨馨
特约编辑	莫　培
装帧设计	姜　嵩
出版发行	凤凰出版社(原江苏古籍出版社) 发行部电话025-83223462
出版社地址	江苏省南京市中央路165号,邮编:210009
照　　排	南京凯建文化发展有限公司
印　　刷	江苏凤凰通达印刷有限公司 江苏省南京市六合区冶山镇,邮编:211523
开　　本	880毫米×1230毫米　1/32
印　　张	14.75
字　　数	383千字
版　　次	2022年10月第1版
印　　次	2022年10月第1次印刷
标准书号	ISBN 978-7-5506-3720-7
定　　价	122.00元

(本书凡印装错误可向承印厂调换,电话:025-57572508)

袁行霈先生题辞

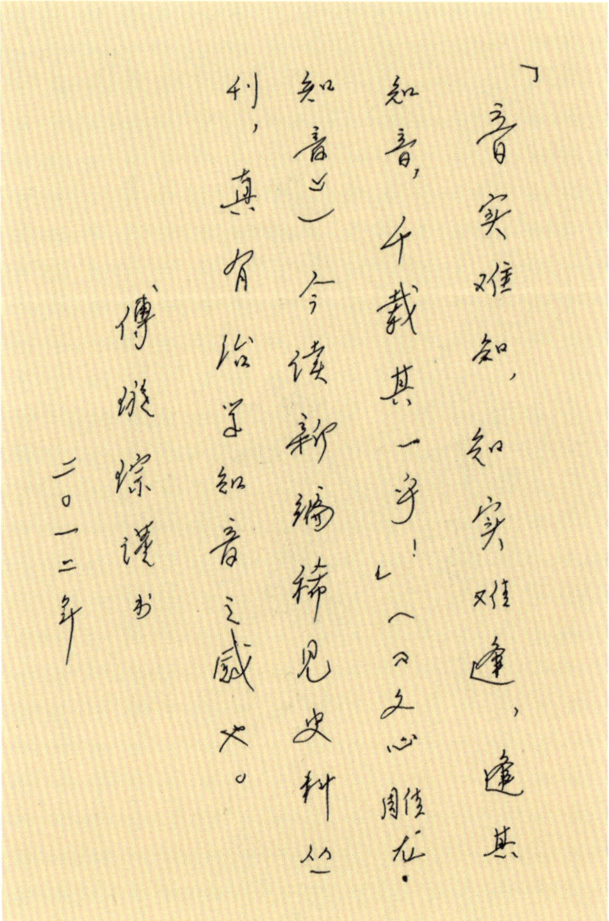

「音实难知，知实难逢，逢其知音，千载其一乎！」（《文心雕龙·知音》）今读新编稀见史料丛刊，真有治学知音之感矣。

傅璇琮谨书

二〇一二年

傅璇琮先生题辞

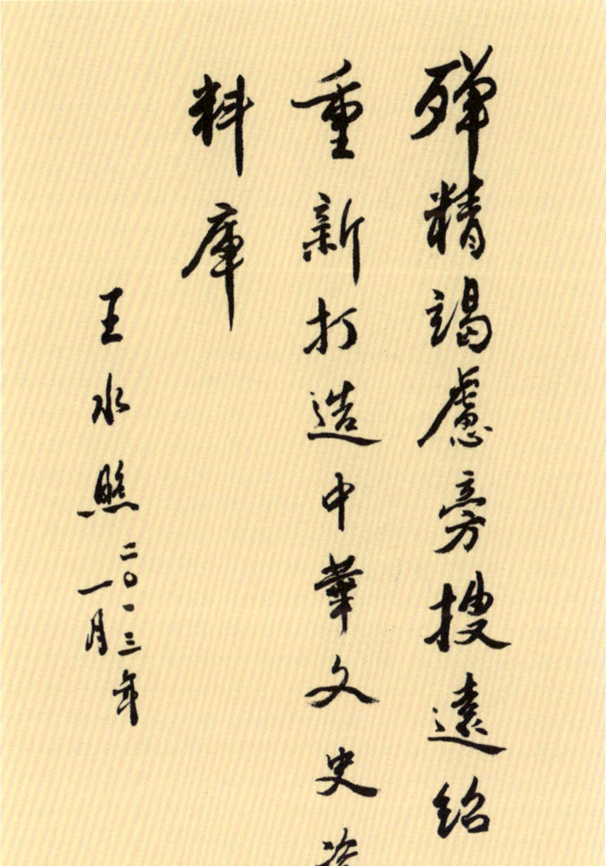

王水照先生题辞

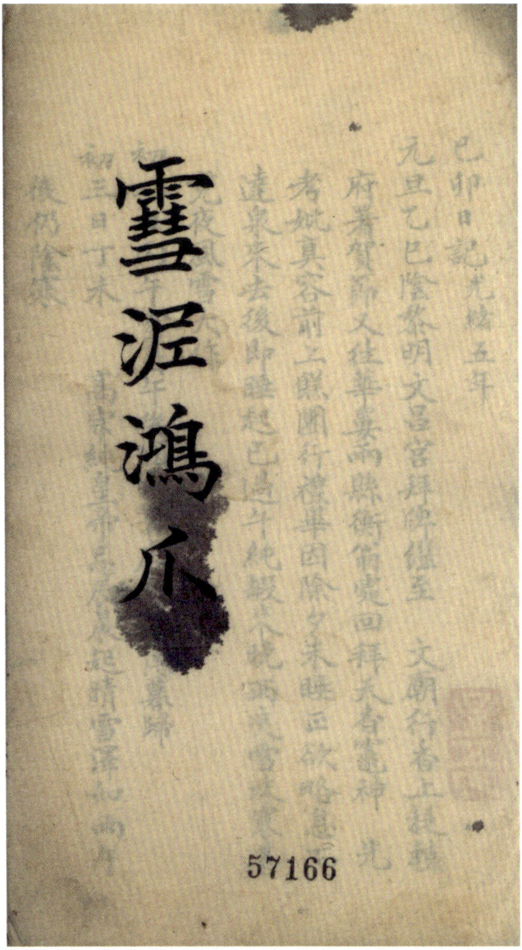

《姚星五日记》书前题语

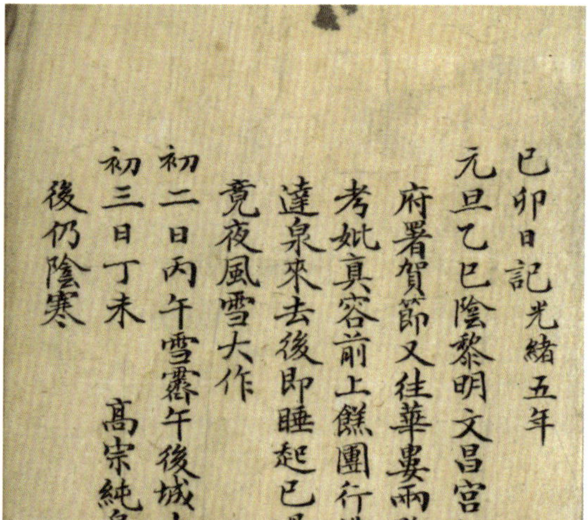
己卯日記光緒五年
元旦乙巳陰黎明文昌宮拜牌繼至　文廟行香上提轅
府署賀節又往華婁兩縣衛備處回拜天香竈神　先
考妣真容前上饌團行禮畢因除夕未睡亟欲略息而
達泉來去後即睡起已過午純嘏來晚雨夾雪珠寒甚
竟夜風雪大作
初二日丙午雪霽午後城中各處拜年薄暮歸
初三日丁未　高宗純皇帝忌辰晨起晴雪澤如雨午
後仍陰寒

《姚星五日记》光绪五年

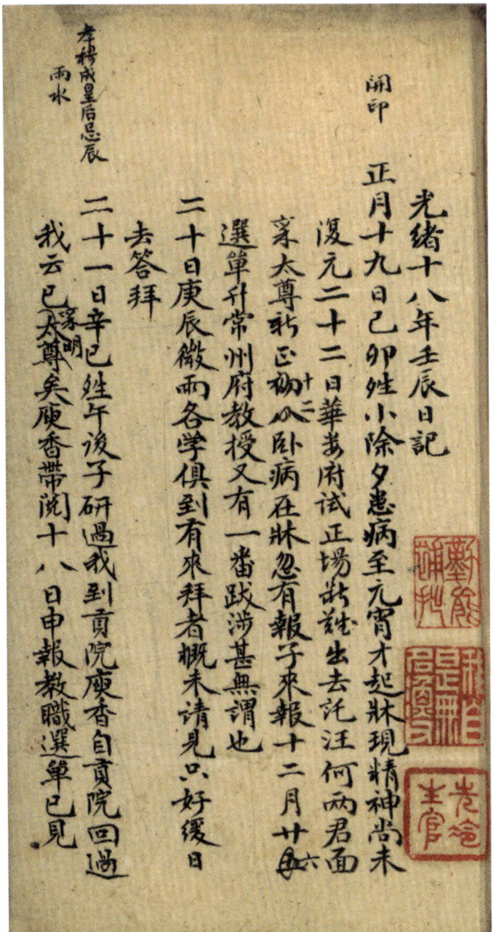
開印

光緒十八年壬辰日記

正月十九日己卯甡小除夕患病至元宵才起牀現精神尚未復元二十二日華婁府試正場新甡出去託汪何兩君面家大尊新正初十二以卧病在牀忽有報子來報十二月廿六選單升常州府教授又有一番跋涉甚無謂也

二十日庚辰微雨各学俱到有來拜者概未請見只好緩日去答拜

孝穆成皇后忌辰

雨水

二十一日辛巳甡午後子研過我到貢院庚香自貢院回過我云已家明太尊矣庚香帶閱十八日申報教職選單已見

《姚星五日记》光绪十八年

《中国近现代稀见史料丛刊》总序

在世界所有的文明中，中华文明也许可说是“唯一从古代存留至今的文明”（罗素《中国问题》）。她绵延不绝、永葆生机的秘诀何在？袁行霈先生做过很好的总结：“和平、和谐、包容、开明、革新、开放，就是回顾中华文明史所得到的主要启示。凡是大体上处于这种状况的时候，文明就繁荣发展，而当与之背离的时候，文明就会减慢发展的速度甚至停滞不前。”（《中华文明的历史启示》，《北京大学学报》2007 年第 1 期）

但我们也要清醒看到，数千年的中华文明带给我们的并不全是积极遗产，其长时段积累而成的生活方式与价值观具有强大的稳定性，使她在应对挑战时所做的必要革新与转变，相比他者往往显得迟缓和沉重。即使是面对佛教这种柔性的文化进入，也是历经数百年之久才使之彻底完成中国化，成为中华文明的一部分；更不用说遭逢“数千年来未有之变局”、“数千年未有之强敌”（李鸿章《筹议海防折》），“数千年未有之巨劫奇变”（陈寅恪《王观堂先生挽词序》）的中国近现代。晚清至今虽历一百六十余年，但是，足以应对当今世界全方位挑战的新型中华文明还没能最终形成，变动和融合仍在进行。1998 年 6 月 17 日，美国三位前总统（布什、卡特、福特）和二十四位前国务卿、前财政部长、前国防部长、前国家安全顾问致信国会称：“中国注定要在 21 世纪中成为一个伟大的经济和政治强国。”（徐中约著《中国近代史》上册第六版英文版序，香港中文大学 2002 年版）即便如此，我们也不能盲目乐观，认为中华文明已经转型成功，相反，中华文明今天面对的挑战更为复杂和严峻。新型的中华文明到底会怎样呈现，又怎样具体表现或作用于政治、经济、文化等层面，人们还在不断探索。这个问题，我们这一代恐怕无法给出答案。但我们坚信，在历史上曾经灿烂辉煌的中华文明必将凤凰浴火，涅槃重生。这既是数千年已经存在的中华文明发展史告诉我们的经验事实，也是所有为中国文化所化之人应有的信念和责任。

不过，对于近现代这一涉及当代中国合法性的重要历史阶段，我们了解得还过于粗线条。她所遗存下来的史料范围广阔，内容复杂，且有数量庞大且富有价值的稀见史料未被发掘和利用，这不仅会影响到我们对这段历史的全面了解和规律性认识，也会影响到今天中国新型文明和现代化建设对它的科学借鉴。有一则印度谚语如是说："骑在树枝上锯树枝的时候，千万不要锯自己骑着的那一根。"那么，就让我们用自己的专业知识与能力，为承载和养育我们的中华文明做一点有益的事情——这是我们编纂这套《中国近现代稀见史料丛刊》的初衷。

书名中的"近现代"，主要指 1840—1949 年这一时段，但上限并非以一标志性的事件一刀切割，可以适当向前延展，然与所指较为宽泛的包含整个清朝的"近代中国"、"晚期中华帝国"又有所区分。将近现代连为一体，并有意淡化起始的界限，是想表达一种历史的整体观。我们观看社会发展变革的波澜，当然要回看波澜如何生，风从何处来；也要看波澜如何扩散，或为涟漪，或为浪涛。个人的生活记录，与大历史相比，更多地显现出生活的连续。变局中的个体，经历的可能是渐变。《丛刊》期望通过整合多种稀见史料，以个体陈述的方式，从生活、文化、风习、人情等多个层面，重现具有连续性的近现代中国社会。

书名中的"稀见"，只是相对而言。因为随着时代与科技的进步，越来越多的珍本秘籍经影印或数字化方式处理后，真身虽仍"稀见"，化身却成为"可见"。但是，高昂的定价、难辨的字迹、未经标点的文本，仍使其处于专业研究的小众阅读状态。况且尚有大量未被影印或数字化的文献，或流传较少，或未被整合，也造成阅读和利用的不便。因此，《丛刊》侧重选择未被纳入电子数据库的文献，尤欢迎整理那些辨识困难、断句费力、裒合不易或是其他具有难度和挑战性的文献，也欢迎整理那些确有价值但被人们习见思维与眼光所遮蔽的文献，在我们看来，这些文献都可属于"稀见"。

书名中的"史料"，不局限于严格意义上的历史学范畴，举凡日记、书信、奏牍、笔记、诗文集、诗话、词话乃至序跋汇编等，只要是某方面能够反映时代政治、经济、文化特色以及人物生平、思想、性情的文献，都在考虑之列。我们的目的，是想以切实的工作，促进处于秘藏、边缘、零散等状态的史料转化为新型的文献，通过一辑、二辑、三辑……这样的累积性整理，自然地呈现出一种规模与气象，与其他已经整理出版的文献相互关联，形成一个丰茂的文献群，从而揭示在宏大的中国近现代叙事背后，还有很多未被打量过的局部、日常与细节；在主流周边或更远处，还有富于变化的细小溪流；甚至在主流中，还有旋涡，在边缘，还有静止之水。近现代中国是大变革、大痛苦的时代，身处变局中的个体接物处事的伸屈、所思所想的起落，借纸墨得以留存，这是一个时代的个人记录。此中有文学、文化、生活；也时有动乱、战争、革命。我们整理史料，是提供一种俯首细看的方式，或者一种贴近近现代社会和文化的文本。当然，对这些个人印记明显的史料，也要客观地看待其价值，需要与其他史料联系和比照阅读，减少因个人视角、立场或叙述体裁带来的偏差。

知识皆有其价值和魅力，知识分子也应具有价值关怀和理想追求。清人舒位诗云"名士十年无赖贼"（《金谷园故址》），我们警惕袖手空谈，傲慢指点江山；鲁迅先生诗云"我以我血荐轩辕"（《自题小像》），我们愿意埋头苦干，逐步趋近理想。我们没有奢望这套《丛刊》产生宏大的效果，只是盼望所做的一切，能融合于前贤时彦所做的贡献之中，共同为中华文明的成功转型，适当"缩短和减轻分娩的痛苦"（马克思《资本论》第一卷第一版序言）。

《丛刊》的编纂，得到了诸多前辈、时贤和出版社的大力扶植。袁行霈先生、傅璇琮先生、王水照先生题辞勖勉，周勋初先生来信鼓励，凤凰出版社姜小青总编辑赋予信任，刘跃进先生还慷慨同意将其列入"中华文学史史料学会"重大规划项目，学界其他友好也多有不同形式的帮助……这些，都增添了我们做好这套《丛刊》的信心。必须一提的是，《丛刊》原拟主编四人（张剑、张晖、徐雁平、彭国忠），每位主编负责一辑，周而复始，滚动发展，原计划由张晖负责第四辑，但他尚未正式投入工作即于 2013 年 3 月 15 日赍志而殁，令人抱恨终天，我们将以兢兢业业的工作表达对他的怀念。

《丛刊》的基本整理方式为简体横排和标点（鼓励必要的校释），以期更广泛地传播知识、更好地服务社会。希望我们的工作，得到更多朋友的理解和支持。

2013 年 4 月 15 日

目　录

前　言…………………………………………………… 1
凡　例…………………………………………………… 1

光绪五年己卯日记…………………………………… 1
光绪六年庚辰日记 ………………………………… 43
光绪七年辛巳日记 ………………………………… 85
光绪八年壬午日记………………………………… 144
光绪九年癸未日记………………………………… 188
光绪十年甲申日记………………………………… 237
光绪十一年乙酉日记……………………………… 279
光绪十二年丙戌日记……………………………… 315
光绪十三年丁亥日记……………………………… 351
光绪十八年壬辰日记……………………………… 384
光绪十九年癸巳日记……………………………… 422

前　言

在晚清史的研究论著中，常见有这样一种论调：

> 世纪之交的清帝国危机，是三个同时发生的困境所造成的“完美风暴”：西方扩张的外来冲击、由长期社会经济问题累积而成的长期危机，以及与我们熟悉的朝代循环模式相关的严重政府失能。……第二和第三点，这两者发生得较早，且在当时人眼中更为严重。①

这一观点无疑符合人们的认知，但细察之下不难发现，其结论带有一种“后见之明”，也可能遮蔽了某些社会文化细节。对此，也许可以提出这样的系列问题：当时的人们能否意识到自己正在面临时代的转折？是否所有人都会感受到山雨欲来的危机？在政治与经济的双重危机下，下层文人的日常生活又是否有明显变化？要回答这些问题，不妨将目光投向正史与档案之外，日记可作为获知当时人切身体验的一种重要史料。

本书为晚清文人姚福奎的日记。姚福奎（1826—1900），字星五，号湘渔、潇湘渔父、冷斋、羡仙等，有室名三湘书屋，江苏常熟人。咸丰元年（1851）辛亥恩科江南乡试中式第二十四名，同治十年（1871）辛未科大挑一等，以河工知县用，改就教职，选授松江府娄县教谕，兼

① ［美］罗威廉（William T. Rowe）著，李仁渊、张远译《最后的中华帝国：大清》，中信出版社，2016 年，第 134 页。

署松江府学教授、华亭县学教谕。光绪十八年(1892)迁常州府教授，归里后又掌教游文书院。其长兄姚福增字至川，号湘坡，为道光十二年(1832)进士，曾任吏部文选司主事、员外郎等，官至浙江道御史，著有《睫巢诗集》；次兄姚福培为国子生。不同于高官、硕儒，姚福奎虽有科名，却久沉下僚；虽擅长诗词书画，却著述不彰，如《三湘书室诗钞》《潇湘渔词稿》《冷斋唱和集》《覆瓿草》等今多不存。[①] 除少数诗作仍有流传外，仅有 40 条灯谜作品被吴光绶收录至《日河新灯录》中而得以传世。可以说，在十九世纪末巨大的历史变革中，姚福奎不过是一微小人物，但也正因其普通，看似微不足道，却可反映当时大多数士人的生活状态。

南京图书馆藏稿本《姚星五日记》，系姚福奎光绪五年(1879)至十三年(1887)、十八年(1892)至十九年(1893)共十一年间的日记，每年之中少有阙漏，较完整地记录了姚氏任娄县教谕后的生活日常，如出行、交游、科试、创作等；而这一时期颇具影响的历史事件如鸦片的流毒、社会的动乱等，也偶尔见于字里行间，宏观的时代巨变与微观的个人体验交织呈现。是书每半叶九行，行字数不等，有“星五氏”“勤能补拙”“我自是无名渔父”“先生冷官”等钤印。本书即据此稿本整理。为便于读者的阅读与研究，以下从四个方面简单述说本日记的内容、特色与史料价值。

---

① 据南京图书馆藏《常熟城东姚氏世系考》，姚氏一族由安徽黄山移居吴郡，后于明季迁至常熟，至姚福奎已六世。福奎生于道光六年(1826)正月二十四日寅时，卒于光绪二十六年(1900)三月初六日巳时，年七十五。(《翁同龢日记》亦于光绪二十六年三月初八日记载：“姚湘渔于前日倾逝。”见翁万戈编，翁以钧校订《翁同龢日记》，上海中西书局，2012 年，第 3310 页。)其妻沈氏，卒于同治四年(1865)六月十九日，年三十九。有子三：锡麒、锡麟、锡骅。福奎卒后，其弥甥沈鹏作有《教授姚湘渔祭文》，载《世系考·传略》。此外，姚福奎生平、著述情况可参《重修常昭合志》《道咸同光四朝诗史》《常熟文史资料辑存》《中国古籍总目》等。

其一,下层文官的生活与工作记录。

本书所记内容,主要是在姚福奎任娄县教谕及初迁常州府教授这一时期。据《清史稿·职官志》,教授、教谕在清代文官系统之中皆处于下层,后者须是举人或五贡出身,经铨选后在县学宫中教导生员以应对科举考试:“儒学:府教授,正七品。……县教谕,正八品。……教授、学正、教谕,掌训迪学校生徒,课艺业勤惰,评品行优劣,以听于学政。”[①]此外,教谕还掌有文庙祭祀等职责。以上内容在姚氏日记中均有体现,如其平日里批阅生童习作、负责书院考课以及祭祀文庙等。其中部分细节如科试时的组织安排及作为监考官的内心体验等,有助于深化对清代基层教育机构(如县学、书院)及其活动的研究。

清代松江府“名园错综,交衢比屋”[②],“池郭虽小,名宦甚多,旗杆稠密,牌坊满路”[③],从姚氏日记中不难感受到晚清上海街巷商铺的繁华,但身为教谕,姚福奎日常出入的场所也集中于松江府学、娄县县学、华亭县学、贡院、求忠书院等地。这些场所宛如一个个坐标,在熙来攘往的松江府内勾勒出姚氏私人的生活与工作空间。作为下层文官,姚福奎的生活颇具规律,如每逢初一、十五便会“上府,文庙行香”。此外,也许出于“职业习惯”,他在日记中特别标注清代皇帝、皇后的生辰、忌辰,并留意辑录各种府县公文与科试题目等。这些细小的日常琐碎看似庸碌乏味,却能还原晚清“小儒”真实的生活状态,也为读者提供各类史料,有益于拓展晚清基层政治、文化生活的研究。如科试题目,除书院课艺外,上海乃至江南地区的县试、乡试题目也多为本书所记录,数量较丰,这些材料对清代科举研究有相当价

---

① 赵尔巽等《清史稿·职官志三》,中华书局,1976年,第3358页。

② 叶梦珠撰,来新夏点校《阅世编》,上海古籍出版社,1981年,第208页。

③ 姚廷遴《历年记》,《清代日记汇抄》本,上海人民出版社,1982年,第59页。

值。此外，姚氏在县衙、学署、书院等处的所见所闻也多有趣味。比如月食之夜，官吏须至府署设坛击鼓，以求“护月”，而月食发生的具体时刻也因此得以记录，如光绪六年(1880)十一月十五日记道：“戌刻，至府署护月。初亏亥初三刻一分，食既亥正三刻十分，食甚夜子初二刻十一分，生光十六日子正一刻十二分，复圆丑初二刻六分。”这些文字有裨于考察晚清的天文星象及与之相关的士人活动。

其二，中西交会的晚清江南图景。

姚福奎作为江苏常熟人，长期生活在娄县，两地风俗相近，颇具水乡文化特色，晚清江南地区的社会图景在其日记中可见一斑。除日常的衣〔如购买素色单马褂(本书原稿多作“马挂”)、狐皮套统等〕、食(如在绿云楼、不夜楼、得月台、清溪阁等名馆茗饮)、住(舟宿)、行(水运)等具有时代与地方特色外，礼物的赠答也是本书中的一个典型例子。当亲友遇到红白之事时，姚福奎会寄送“喜分”“吊分”，除洋元外，还有多样的礼品形式，如“烛票”“酒票”等礼票，其虽非江南所特有，却盛行于晚清近代，具有时代标志[①]；而每至逢年过节，亲友之间又会互相赠送汤包、酒酿、蜜饯、苏州脂油糕等地方特色小吃，姚福奎也时常以江南地区常用的苏州码子来记录礼物的数量与价格。

除却“传统”的衣食住行与人情往来、计数方式等，身处上海的姚福奎似早已开始接触“洋文化”。他在光绪五年正月间接连记录自己的“新潮”生活，如二十二日：“坐东洋车遍游夷场。夜饭后，又坐东洋车至小东门嬉春园，观剧六出后继以东洋戏法，奇妙无比。”二十三日：“代达泉买洋布，庆昌洋货店买挂钟、香牛皮衣包、零星物等。……又至庆昌买洋画。”二十四日：“午后，冒雨坐东洋车至庆昌买物。夜饭后，令周桂陪三儿大观园观剧及东洋焰火。”二十五日：“雇东洋车到小东门酒楼小饮、吃点心，又至洋货店买挂钟、洋油等。”

---

① 参赵金敏《旧京礼票》，载《旧京人物与风情》，北京燕山出版社，1996年，第328—330页。

当传统与新潮碰撞，微小的个体感受到外部世界的新奇，但似乎并未意识到国家正在面临巨大的变革。

光绪十年(1884)七月初七日，姚福奎在日记中用片言只语记下当时的清法战争："阅近日《申报》，法兵在福州已开仗，华兵败，吴淞口亦吃紧。中营驻扎南门外豆腐浜，此路直通吴淞。城中亦办防堵，人心皇皇。"但自此之后，日记中再未提及相关战事，他的生活一如既往，动荡的时局中个体有自己的烦忧。后世人眼中的特别事件，或许在当时多数人看来尚不觉重要。当然，姚氏日记也确实体现了时代的波澜，如鸦片的流毒。本日记始于光绪五年，是时距离鸦片战争已将近四十年，鸦片烟早已浸入中下层士人的日常生活。姚福奎在日记中多次记载学政等上级官员严查教员、生员等是否吸食鸦片，姚氏自身也曾受到怀疑，他在光绪九年(1883)的日记中誊录祁寯藻为劝戒鸦片所作的《新乐府》三章，似在表明心志，可见在当时鸦片实属禁而不绝的状态。是以日记可从个人生活的视角出发，为历史研究提供材料。

其三，日记中的记忆、情感与文学创作。

记忆与情感是新文化史研究的一个主要领域，而记录日常点滴的私人日记无疑是展开相关研究的重要材料。与如今大多注重隐秘的日记稍有差异，晚清士人日记的私密化程度各不相同，这与其记录的目的相关，如：有的日记近似于学术笔记，摘录诸多史料；有的类似于功过格，便于作者时时进行自我反思；有的则作为一种著述，期待他人的阅读等等。姚福奎在其日记中偶尔也会抄录一些史料笔记，如王士祯所撰《香祖笔记》《古夫于亭杂录》等，但大多时间还是在记录自己的生活，其中不乏细腻、私密的情感表达。如果说"记"偏向于较为客观的写实记录，那么"忆"便是因眼前人事而产生的心灵触动。能够触发姚福奎"忆"这一行为的可以是某个特殊的时间节点：

忆及道光二十四年祀灶日，时室人犹为新嫁娘，在堂楼上包封袋。予在镜台旁作“小园除雪得春蔬”试帖，老母唤马妪送粉团到楼上。情景如昨，忽忽已三十六年矣。（光绪六年十二月二十三日）

余幼时喜作画，忆道光庚子端午日画天中节物于扇头，伯兄题云……童时光景历历在目，而题诗者风流已尽，即作画者年亦半百余矣，能无慨然！（光绪七年五月初五日）

也可以是他曾与人共游的某个地方：

归，游湛然庵。忆丙子秋偕纯嘏、次柯曾游此，忽忽已十二年，次柯谢世将一载矣。（光绪十三年八月十八日）

忆壬午送省试回，泊舟毗陵驿，曾偕再侄少溪诸人到此吃茶点，至今已十一年。少溪已故，曷禁物是人非之感。（光绪十八年七月十八日）

又或是他曾经历的特别之事：

忆二十五岁玉峰岁试，至今三十年矣，复在风檐角艺，可笑可叹！（光绪六年三月二十日）

忆丁丑除夜四更起，得“残蜡尚余除夜火，重裘难御岁朝寒”句，情景犹昔，而马齿加长矣。（光绪六年除夕日）

在追忆的过程中，过去的欢闹与当下的孤寂、曾经的青春与如今的暮年形成强烈对比，字里行间不仅有无法化开的愁绪，还暗含对人生意义的追问：

夜，接灶。遥忆家乡邑庙中灯火热闹，此间萧寂无异常时，惟有一盏青灯与老儒作伴耳。（光绪十一年正月十五日）

> 接芝生弟廿六日信，知俞氏大妹于是日病故。……忆丱角时从许秋岩夫子同塾读书，光景如昨，而俯仰已成陈迹，崦嵫暮景，能不慨然！（光绪十一年七月初一日）

日记在四部分类中往往被归于史部，但当“记”与“忆”结合，姚氏日记中诚挚的情感表达也证明写作者并非将之视为纯粹写实而缺少温度的文字记录，而是近乎文学创作，可感染读者情绪。此外，姚福奎还在日记里录下诸多自己的诗作及与友人的唱和。他传世的诗文较少，《道咸同光四朝诗史》中仅辑有八首诗作①，故本书也有一定的文学辑佚价值。同时，姚氏在日记中对自己的作品多有涂抹删改，这些痕迹在本书的整理过程中得到保留，其诗作如何生成并最终“定型”，读者可一目了然。姚福奎的日记亦可视为其诗集的一个初稿，这不仅能弥补如今他诗集不存的遗憾，还便于学者通过作品的修改痕迹来推知姚氏创作时的心境变化，进而对其诗作的水平高低作出公允评价。

其四，姚氏日记与其相关史料。

本书的记录止于光绪十九年九月十六日：“晨，到迎春桥访姚达安，不值。顺至阳湖学，与杏初长谈，留吃午饭而返。又至达安处，适在家，晤谈一切，云本月初十日又有信寄苏，俟其回音。”至此，整部日记戛然而止，“俟其回音”，是否有回音，只能留给读者猜测；在此后的六七年中，姚福奎又有何经历、与何人结识，似亦无从得知。然而，从其他史料中仍能寻到少数线索，可与本书相参照，如灯谜集，如其师友的日记等。

晚清猜谜之风颇兴，各地谜社相继涌现，如北京有“北平射虎社”“隐秀社”“丁卯社”，上海有“萍社”“大中虎社”“虎会”，淮安有“商旧谜社”等等。吴光绶所编的《日河新灯录》便收录包括姚福奎、何绮等

---

① 孙雄《道咸同光四朝诗史》，上海古籍出版社，2013 年，第 350 页。

在内的隐社二十四位成员的四百余则灯谜。①“日河”为古代华亭的代称,《日河新灯录》便是一部地方性的灯谜集。隐社的主要成员包括姚福奎、何绮(庾香)、吴光绶(廉石)、孙骐(畹香)、金佐清(再坡)等。它具体成立于何时尚未可知,姚福奎虽未在日记中提及隐社,却记载了与部分隐社成员如何绮等人的相识与交游,他于光绪九年十二月二十九日记道:“晨,新任华学何庾香来拜。……庾香,淮安山阳人,甲子举人。”而何绮、吴光绶等人与姚福奎的猜谜互动也多有记载,如光绪十二年(1886)正月二十四日:“庾香说灯谜……颇妙。”十八年三月十二日:“午后,庾香偕廉石至,茶话良久,同出西门。廉石戏成灯谜四句赠余,每句射一古人,谜云……颇有趣味。首、三、四句庾香俱猜着。”同年闰六月初九日:“席间见廉石新制灯谜,佳者颇夥,偶录数条。”特别是光绪十九年二月十六日,何绮在写给姚福奎的信中录有四十七条谜语,谜目题材范围颇广,除四书五经及古文辞外,还有方言、市招、公务语等,均被姚氏记在日记当中,可对《日河新灯录》有所补充,也折射出当时江南地区的猜谜风气。

另一条与姚福奎相关的重要史料线索,即翁心存、翁同龢父子的日记。姚福奎曾受业于翁心存,他少时便与翁同龢相识。据《翁心存日记》道光二十八年(1848)正月十九日记载:“午刻姚湘渔茂才福奎来受业。”二月二日:“阅姚湘渔文、赋、诗各一首。”五月四日:“阅姚湘渔文四首、赋三首、诗四首。”八月廿九日:“苏太两属共取四十名,六儿(即翁同龢)第七。第一为潘观保,顺之太史子也,吾邑则席枚生,第三俞莲士,第四姚湘渔,钱国桢、荔峰皆取。”②这些记录在今见姚氏日记之前,弥补了本书史料方面的不足,可深化对姚氏生平的了解。《翁同龢日记》在同治年间也多次提及“姚湘渔”,其中又有数条记录是在姚氏日

① 见吴光绶《日河新灯录》,国家图书馆藏上海扫叶山房1917年石印本。

② 以上见翁心存著,张剑整理《翁心存日记》(第二册),中华书局,2011年,第633、635、653、670页。

记结束之后，如姚福奎何时逝世等，有助于读者在姚氏日记“戛然而止”后进一步了解其人其事。值得关注的是，翁同龢于光绪二十五年(1899)六月初十日记道：“是日约吴儒钦、赵次公、姚湘渔、药龛和尚过我山居……因看《长江万里图》，欢笑移时，五人综计三百六十五岁矣，谁欤画《五老图》耶？”[①]吴儒钦即吴鸿纶，赵次公即赵宗建，药龛和尚是常熟三峰寺的主持，他们皆为常熟名士。吴、赵、翁都曾于游文书院受业，而姚福奎则于是年前后由常州归里，担任游文书院的山长。虽未见详细的史料记载，但这一事件无疑表明姚氏晚年常与常熟当地名士交游往来。借助史料的互文，姚福奎其人其事能更全面地呈现给读者。

作为史料，日记有其“见”与“不见”：读者从日记中看到的，从来都不是完全客观、写实的历史记录，而是记忆与情感、细节与宏大的交织。通过日记中的文字，人们可以获取有别于正史、档案的私人化史料，更重要的是可从新的角度来反思以往的认知。同时，也正因日记有较强的主观性，读者需在阅读中对作者的某些叙述加以判断，而参照其他史料，或许还可进一步发现有趣的问题。以上为笔者抛砖引玉，不仅期待此日记可以推进对于姚福奎的专人研究，还希望它能作为一种典型史料，为十九世纪末中下层文人的日常生活史研究提供考察视角。

最后，本书在整理过程中遇到许多疑难句读，承蒙范金民教授与诸位师友赐教，受益殊深，在此谨致以诚挚谢意。因笔者学力有限，虽几经核校，恐仍有讹舛，敬请诸位方家、读者不吝指正。

杨　珂

壬寅年仲夏于仙林

---

① 翁万戈编，翁以钧校订《翁同龢日记》，第3264页。

凡　例

一、本日记整理自南京图书馆藏姚福奎《姚星五日记》稿本。

二、日记中年月标题、段首公历日期为整理者所加；《姚星五日记》原稿本中有为数较多的特殊日期如节气、皇帝皇后忌辰等，原以眉批形式注于是叶天头，今皆移至公历日期之后、天气之前，且为行文流畅，其位置予以适当处理。

三、原稿本分段较为粗略，今为便于阅读，部分内容据文意酌加分段。

四、除特殊说明外，“□”均表示原稿本中空阙不书之字；“▨”与“……”表示漫漶不清、无法识认之处（字数少则用前者，多则用后者）；文中计数、计价所用的苏州码子，转以常用数字形式；表敬称之空格予以去除。

五、原稿本除正文外，有眉批、旁批、随文小字等。其中，眉批（除注明特殊日子如节气外）以脚注形式照录；随文小字以小号字体置于原位排版；旁批字体同随文小字，置于文中，并以（ ）标示；原文字旁有△符号，即于该字下加·处理。

六、本书以简化字整理。除特殊人名、地名外，繁体字、异体字一般径改，有特殊意义的通假字予以保留；讹字以（ ）标出，并以［ ］补出正字，不确定者以脚注形式出校；避讳字、脱文、衍字、倒文于脚注中按语说明。

七、原稿本中所录姚氏诗作有删改痕迹。今除特殊情况外，整理时皆以改后文字为准，修改前之旧文字则录于脚注，以供相关研究参考。

八、日记中作者所誊录、抄录的各处引文虽在整理时加有引号，但并非与原始文献完全相同，特此说明。

光绪五年己卯日记

元旦乙巳(1879年1月22日) 阴。黎明,文昌宫拜牌,继至文庙行香。上提辕、府署贺节,又往华、娄两县,衡翁处。回,拜天香、灶神,先考妣真容前上糕团。行礼毕,因除夕未睡,正欲略息而达泉来。去后即睡,起已过午。纯嘏来。晚雨夹雪,寒甚,竟夜风雪大作。

初二日丙午(1月23日) 午雪霁。午后,城中各处拜年,薄暮归。

初三日丁未(1月24日) 高宗纯皇帝忌辰,晨起晴,雪泽如雨,午后仍阴寒。

初四日戊申(1月25日) 晴。差贺城外各处。晚,接五路。

初五日己酉(1月26日) 晴。真容前上供。尹子明邀初七日,军门邀初八日春酒。夜雨。

初六日庚戌(1月27日) 阴、晴半。晨,遣人提辕辞酒。

初七日辛亥(1月28日) 世祖章皇帝忌辰,晴。晨,到子明家,同席耿思泉、宋养初、家松泉、符篑山、子明桥梓。夜雨。

初八日壬子(1月29日) 雨。

初九日癸丑(1月30日) 阴。作书寄禹山兄,附致芝生弟书。

初十日甲寅(1月31日) 晴。午后,同三儿到达泉处。

十一日乙卯(2月1日) 孝全成皇后忌辰,晴。晚,到娄县,送祥煦龄夫人殓。闻煦翁被参,署娄县初八日已挂牌:茅绍祺。

十二日丙辰(2月2日) 晴。

十三日丁巳(2月3日) 晴。晨,到府署,俟太尊、两县迎春回,同拜太岁。午后,诣绣园,途遇君韩,过我不值。访达泉,薄暮归,留君韩夜饭。看龙灯。

十四日戊午(2月4日) 宣宗成皇帝忌辰,晴。午初,到府堂鞭春,常服去,临时穿花衣补挂,易常服回。午后,屈太太来拜年。访徐石泉,晤谈良久。

元宵己未(2月5日) 晴。晨,上府,文庙行香。至小北庵拈香,是日五峰和尚出关,送香仪一元。晚,接灶。

十六日庚申(2月6日) 晴。周桂同书办往鲇鱼浜等处收租。午,上供,收真容。晚,到佛字桥萧姓刻字铺刻自绘梅雀信笺板。归,接祥煦龄夫人讣,月之二十一日领帖。

十七日辛酉(2月7日) 阴,午后微雨,继之以雪,甚冷。周桂等收租回。

十八日壬戌(2月8日) 阴,残雪未消。午后,冒寒访绣园,剧谈至暮。

十九日癸亥(2月9日) 晴。午时开印。

二十日甲子(2月10日) 晴。出革值院门斗周杰、张松,谕徐福。

二十一日乙丑(2月11日) 孝穆成皇后忌辰,晴。晨,往娄县吊丧,在彼吃饭。归即开船,同三儿作沪上游。晚,过泗泾镇。黄昏,傍厘卡泊舟,距七宝九里。

二十二日丙寅(2月12日) 晴。午后,到石灰港,停船。雇小车到新北门宝善街,寓元亨栈,安顿行李。至丽水台吃茶,坐东洋车遍游夷场。夜饭后,又坐东洋车至小东门嬉春园,观剧六出后继以东洋戏法,奇妙无比。

二十三日丁卯(2月13日) 孝圣宪皇后忌辰,晴。至玉春楼吃茶点,代达泉买洋布,庆昌洋货店买挂钟、香牛皮衣包、零星物等。回寓,吃饭。未正,到蕊芳园听女弹词。散场,又至庆昌买洋画。夜饭后,三儿同周桂去看拍卖。

二十四日戊辰(2月14日) 微雨。晨,吃点后,至丽水台吃茶。

午后，冒雨坐东洋车至庆昌买物。夜饭后，令周桂陪三儿大观园观剧及东洋焰火。归，余已睡，听述焰火之妙，惜未往观。

二十五日己巳(2月15日) 晴。晨，吃点，至玉楼春吃茶，到广万盛买五味姜，盲公、杏仁、白糖等饼，茶壶桶。回寓吃饭，又雇马车至大马路老德记买傅发水一瓶，雇东洋车到小东门酒楼小饮、吃点心，又至洋货店买挂钟、洋油等。雇车回，已薄暮矣。

二十六日庚午(2月16日) 晴。朝点后，玉楼春吃茶。至《申报》馆买《桯史》一部。午后，雇东洋车至老北门城外，步进城。游城隍庙，登湖心亭，吃茶，剃头。见山阳黄宰平书楹帖："一亭明月清风，在水上如在天上；四面峰回路转，是西湖或是南湖。"归途，饮于酒楼。出新北门，雇车回寓。晤松江宋西簃，亦寓元亨栈。夜饭后，三儿去看拍卖，买线毯一条。

二十七日辛未(2月17日) 晴。晨起，至不夜楼吃茶点，自西昼锦、南昼锦里一路回寓。午后，雇小车至石灰港，下船。因待潮，三儿同周桂、船人坐小车至徐家汇，游荐馨堂。回舟吃夜饭。更余潮来，开船，泊七宝。微雨。

二十八日壬申(2月18日) 晴。晚，抵松。三媳手交芝生弟十四日、禹山兄十六日所发两书，知六芝堂庶岳母于新正三日谢世。芝生寄我《翁文端公诗集》一部。接府委祭吕祖、祭文昌、后殿省牲札，又接署学院吴附生黄绶光改名炳麟批回、府详委监院札，云、求、景三书院生童请详府增内外课额禀。

二十九日癸酉(2月19日) 孝仪纯皇后忌辰，晴。接府酌广课额膏火札、华亭县催提武生沈鼎荣移文、选青廿一日书、糟蛋四十枚、盐鸡一对。午后，访达泉。是日交雨水。

三十日甲戌(2月20日) 晴。寄大媳、二儿、选青信，并沪上诸物。

二月初一日乙亥(2月21日) 晴。晨，上府署，文庙行香，顺道看绣园小恙。午后，绣园送馔三簋。夜雨。

初二日丙子（2月22日）　晴。午后，至府学。俟至申刻，执事生始齐。代绣园省牲、演礼，又至文昌宫省牲，途遇金小香、李君韩过我。礼毕，归已薄暮。接娄县移文，划四年分俸斋银两，漕米串廿九石九斗一升六合，找还钱一千七百四十八文。夜饭后即到华学署，谈至子正三刻。诣文庙，府经厅徐石泉、娄捕徐梅生已在。俟到齐即行礼，正献杨超亭，余西配分献。毕，至府学，代绣园祭崇圣祠及各祠，俟军门、府尊到即行礼。正献府尊，余东哲分献。毕，至文昌宫，因府委祭后殿，军门、府尊、诸同寅相继至，行礼毕，天已明。

初三日丁丑（2月23日）　晴。由文昌宫回即睡，巳初起。华亭县及学送胙肉来，即将华学送牛腿一蹄分送杨静安，子固亲戚。晚，接府十八日书院甄别札。三儿同小香、君韩饮于城西永兴馆，大醉，两君扶归。

初四日戊寅（2月24日）　微雨。巳刻，出东门祭吕祖。

初五日己卯（2月25日）　阴。午后，衡翁来，谈及湖南巡抚邵汴生被议褫职（误传）。祥煦龄来辞行。

初六日庚辰（2月26日）　晴。巳刻，到娄县送行，兼带交俸斋银两划漕移文。适煦翁送柩出西门，未晤，文书交稿案。午后，走访绣园，剧谭至暮。煦翁因移文内未备领纸，交还，属具印领。是日大风，夜雨。

初七日辛巳（2月27日）　孝淑睿皇后忌辰，雨。晨，备具印领正要送县，煦翁遣人来取。

初八日壬午（2月28日）　晨微雨，晚晴，大风卷地，寒甚。署娄县茅介庵接印。移文华亭县，领十三日祭文帝执事生胙肉钱。出传单，传武生沈鼎荣。寄芝生弟书，附致沈鹤孙表弟札。

初九日癸未（3月1日）　晴。晨，往署娄县茅介庵公馆道喜，晤。直隶人，己未副榜。出西门，答拜沈熙庭莲。归，顺至康泰，锦翁赴沪，晤其店友张姓。备文移娄县，领祭文帝执事生胙肉钱。夜微雪。

初十日甲申(3月2日) 晴,甚冷。出十八日书院甄别示。午后,访达泉。归,知茅介庵来拜。

十一日乙酉(3月3日) 孝康章皇后忌辰,微雨。接云儿初七日信,并窗课三篇。

十二日丙戌(3月4日) 大雪。府尊太太生日,辰刻上府,雪已复雨,寒甚。四更到文昌宫,绣园、石泉、梅生已在,予先诣后殿行礼,俟两县府尊到,行礼。毕,天已明。

十三日丁亥(3月5日) 晴。文昌宫回,因昨竟夕未睡,即卧,午正起。华亭县送胙。府署钱席吴虎生经昌来拜。

十四日戊子(3月6日) 晴,惊蛰。娄县钱席周善甫达权来拜。丑正,赴世英堂,时尚早,叩门而入。俟到齐行礼,天已明。即诣文庙行香,上府署。

十五日己丑(3月7日) 晴。府署回,已辰正三刻。备文移李侯祭品银到县。自初三日丁祭起,至今日祭武帝,春祭才毕。

十六日庚寅(3月8日) 晴。茅介翁十八日招饮,因是日书院甄别,辞之。杨小梅、汤子韶来。院董何秋士面交给发膏火改归监院饬斗禀。娄县帐房张少青承宗来拜。晚,康泰喻锦翁来。接芝生弟初十信,附戴伊耕宝应来书。夜雨。

十七日辛卯(3月9日) 雨。接前任松江府知府杨讣。

十八日壬辰(3月10日) 晴。太尊三书院甄别。黎明,到试院,达泉、绣园相继至。辰刻,太尊到,点名,给卷。生:文题"今夫天至日月星辰系焉",诗题"日中星鸟得春字"。童:"人不知至斯可以嚣嚣矣","春寒花较迟得寒字"。太尊三牌回署,绣园即出,予与达泉暨君韩、铜儿稍停片刻,归已丑正矣。

十九日癸巳(3月11日) 雨。知明日达泉夫人回常,挂表一只,托其带交云儿。杨超亭招廿一日饮。

二十日甲午(3月12日) 孝哲毅皇后忌辰,晨晴,午后雨,雷电交作。接金山县移,查卫学上年廪生空缺文书。夜半复大雷雨。

二十一日乙未(3月13日)　雨。因稍有腹疾，未赴超亭之招。

二十二日丙申(3月14日)　晴。午后，访达泉，偕至绣园处。华亭县刑席林少蘧绍兴人、书启汪俊卿苏州人相继至，剧谈良久而返。

二十三日丁酉(3月15日)　晴。

二十四日戊戌(3月16日)　雨。接府奉藩司札，催解学租银两。接云儿二十日致铜儿书、课窗五篇。作书致禹山五哥、顺之再侄，为渐之再侄完姻欲租太平巷房屋事。

二十五日己亥(3月17日)　雨，晚晴。三媳同孙男女到华学，避纯嘏郎嫒种痘。复金山县移查廪生空缺。

二十六日庚子(3月18日)　孝昭仁皇后忌辰，晴。

二十七日辛丑(3月19日)　晴。接华亭县催提武生沈鼎荣移文。午后，耿思泉来。

二十八日壬寅(3月20日)　晴。衡翁夫人辞世，来报。午后，访达泉。府宪札发求志书院春季题目。

二十九日癸卯(3月21日)　晴，春分。午刻，送衡翁夫人殓。余近脾泄，思泉抄来四神汤方：补骨脂二钱、洗净盐水炒制川附四分、盐炒核桃仁四钱、诃子肉二钱，属服三四剂。绣园来，同游禅定寺。五峰他出，晤能禅，留吃面。同访思泉，不值。

三十日甲辰(3月22日)　晴。接芝生二十六日书，并寄森孙洋一元、鞋一双，孙女鞋圈两双，附儒卿表兄书。思泉邀初二日饮。五峰来，谈禅良久。

三月初一日乙巳(3月23日)　晴。晨，上府，文庙行香。寄书云儿，令其清明节石虎浜扫墓，附还达泉阅窗课数篇、覆芝生书。

初二日丙午(3月24日)　晴。因腹疾未愈，不赴思泉之招。晨，遣长班到戴家浜招吴姓儒卿族叔。儒卿来书云欲修祖坟，属予代其向松江一支开人口生肖。接鹤孙两书。午后，徐梅生来。吴丽生庆镛来拜，带交所开生肖单。去后，偕梅生同访达泉。

初三日丁未(3月25日) 晴。忆丙子三月回里,是日偕王翱风、颖生同踏青西郊,松棚茶话,忽忽已四载矣。令节重逢,客窗岑寂,殊觉闷人。

初四日戊申(3月26日) 晴。

初五日己酉(3月27日) 晴。致书芝生,附阅鹤孙两书。因书中言姻事,并附吴丽生交来生肖,属转致儒卿。午后,达泉来。

初六日庚戌(3月28日) 晴。致书选青,寄两外孙种痘代物英洋一元。

初七日辛亥(3月29日) 晨雨,午晴。先祖少山公忌日。晚,访徐梅生。

初八日壬子(3月30日) 阴。

初九日癸丑(3月31日) 晴。午后,偕铜儿到华学,即同君韩到九和书坊,出西门。

初十日甲寅(4月1日) 晴。接府夏学宪查取教职贤否、随时开报文武生员优劣、观风题目三札。题:"《康诰》曰:克明德至皆自明也","彼茁者葭"三句,"吴季子观乐赋以题为韵","富弼论","《禹贡》扬州疆域考","引淮水归故道议","拟庾子山《三月三日华林园马射赋序》","拟白香山《新乐府》不用旧题,不拘首数","赋得'杏花时节在江南'得南字,五言八韵"。午后,出东门,一路桃花盛开,如入武陵源,颇快人意。在天泰衣庄买蓝呢夹褂一件。到钱家花园访张啸山先生文虎,室无纤尘,图书满几,学问淹通,令人钦敬。杨古醖葆光亦来,见其就正啸翁《三月初五日夏禹诞集耿伯齐古香书屋》七古一首,笔情奇横。古醖曾到吾邑,与杨咏春交好。在东门外,又买大木小杌子四只。归,何秋士来。据啸山先生云,夏禹诞相传六月初六日,《会稽志》作三月初五,未可信。

十一日乙卯(4月2日) 孝贤纯皇后忌辰,晴。接府札:"为取考事。光绪五年三月初八日,奉督学部院夏札开:照得林前院上年科考该属生童,因病开缺,以致试事中辍。今本部院莅任,首先接考该属，除生童经古以及头场生员业经发案招覆免其重试外，至科考二场生员，应候本部院将原卷覆加衡校，酌取榜示，定期同头场生员严行覆试。其所试之奉贤、金山、上海、南汇一场童生，仍应听候本部院示期重试，以定去取而昭慎重。合饬遵办。所有取考日期，一并札知。札府，即饬各县各学晓谕与考生童，定限三月二十三日齐集松江，听候分别示期考试。"午后，访绣园，又至达泉处。太尊发三书院甄别案。日间热甚，夜雨，大风。

十二日丙辰(4月3日) 阴，夜复雨。夜半地震。

十三日丁巳(4月4日) 晴。

十四日戊午(4月5日) 晴。清明。

十五日己未(4月6日) 晴。辰正，上府，继至文庙行香。往华学。

十六日庚申(4月7日) 晴。求忠书院道宪课，晨出点名。文题"子击磬于卫至有心哉"，诗题"水村山郭酒旗风得春字"。

十七日辛酉(4月8日) 晨雨，过午阴。三媳同孙男女自华学归。接选青十四日信，知两外孙种痘皆平安。接娄县查上年廪生空缺移文。十五日接娄县催覆文移："署江苏松江府娄县为遵札移催事。案奉府宪转奉藩宪札，奉督宪札饬馆员吸食鸦片，吏议綦严，在任候补各员中沾染嗜好者仍复不少，亟应由司酌定期限，勒令自行呈明，出具限状。依限戒绝者，宽其既往；逾限不戒及匿不呈明者，即予揭参。等因。当经前县移行去后，旋据主簿暨典史、巡检先后具覆。惟查贵学迄未覆到，兹奉札催，合再移催。为此，合移贵学，烦照先今来文，希即据实移覆，立等汇转。案关督宪特饬查办要件，定有限期，幸勿再稽，望速望速。须移。"午刻，备文移覆，节录稿："敝学并未吸食鸦片，不敢隐匿，兹准前因，理合备文移覆。"出传考谕单。

十八日壬戌(4月9日) 阴。求忠吕山长二月分课：文题"子夏曰：小人之过也必文"三章，诗题"范张高处陆尤高(得高字)"。补过清明节。午后，往吊衡翁夫人。昨黄昏时武生沈鼎荣才传到，即送华亭县。

十九日癸亥(4月10日) 晴。午后，黄宰平来。

二十日甲子(4月11日) 晴。晨，到育婴堂，达泉先在，诸同寅相继至。俟两县、太尊到，即诣神前行礼。府县即回，余皆在彼吃饭。进城，同达泉拜还宰平，知朱佩秋亦到，便道访之。详府汇详学宪教职履历清册，覆娄县查上年廪生空缺。

二十一日乙丑(4月12日) 晴。偶阅府志，录上海育婴堂曹一士告神文："嗟哉育婴，事大责重；一受托付，性命与共。我有孩提，朝夕含饴；笑则我喜，啼则我凄。念彼藐然，独非人子；谁顾谁复，等于敝屣。我自收之，我为若父；若不得生，曰吾杀汝。战战兢兢，以日以月；二三同人，先后相率。某等不德，适承此诺；惧勿克胜，心劳力弱。省视或弛，人将我欺；疏于会计，儿受之饥。是曰余聋，是曰余瞽；况利其资，况误其乳。赢绌必书，毫厘无忽；粒粒丝丝，儿膏儿血。皇天后土，上下神明；册籍具在，鉴此寸诚。相彼异类，犹相呴沫；矧伊同形，不求我活。我劳几何，儿得生存；乃欺乃怠，神不可慢！彼不畏神，彼有子孙。"

二十二日丙寅(4月13日) 晴。接芝生十七日驿递书，云嫁女必要明年秋冬，属再函商鹤孙。

二十三日丁卯(4月14日) 晴。午后，与达泉同舟赴青浦接学宪。黄昏雨，抵青，泊舟学前。

二十四日戊辰(4月15日) 晴。晨起，同达泉绿云楼吃茶点。回，到青学，子愚招吃饭，同席达泉、竹轩、宰平、浩泉、子愚。申、酉间，学宪舟抵马头，谒见即开船。四更到松，泊舟西门外。

二十五日己巳(4月16日) 晴。清晨，自西门回艾家桥，吃朝点，略睡。巳刻，到贡院。良久，学宪才到，见府县、四营后，各教职进见。

二十六日庚午(4月17日) 晴。辰刻，到府学，太尊、两县、各学已到。俟学宪行香、讲书毕，即到贡院。午刻，放告。回艾家桥，二儿同大孙女来松。饭后，移寓荷池巷文昌阁。朱佩秋、汤子韶来。黄昏起大风。

二十七日辛未(4月18日) 黎明微雨。覆府、华、奉、娄一等生员。贡院回，略睡。午后，子愚、浩泉来，同访子韶，未晤。诣小坡，适途遇，偕至宰平处，茗谈良久。小坡欲诣我，同至文昌阁。思泉适在，三人同至竹简斋书坊，知已放牌。文题“《诗》云：经始灵台至乐其有麋鹿鱼鳖”，诗题“好花看到半开时”。竟日大风，黄昏雨。

二十八日壬申(4月19日) 三更时大雨。奉、金、上、南童正场。闻二炮出去，封门，天尚未明。回即睡，起，日已高矣。子铭、子眉来。午后，二儿、三儿来，同至绿荫书坊，买九笺《困学纪闻》一部与二儿，价一千两。二儿去看会，余由府下塘回，访竹轩，不晤。至浩泉处，小坡亦来，知已放牌。文题“父母爱之”，“必告父母”，“惟顺于父母”，“乐尔妻帑，子曰父母”；次“假道于虞以伐虢宫之奇谏”；诗“谨身节用(得人字)”。夜饭后，两儿回艾家桥。

二十九日癸酉(4月20日) 晴，交谷雨。考优生头场。卯初，三炮开门，考者仅十五人。娄学举五人，考只尹熙栋一名。回略睡，起已巳刻。走访沈梧轩，小坡、耿思泉招闰上巳饮。晚，小坡同竹轩来，留点。考优首题“瞻彼淇奥”三句，次“吾于武成”两句。

闰三月初一日甲戌(4月21日) 晴。华、娄、青童生正场。封门，天尚未明，回即睡。巳初起，诣文庙行香，府署挂号。梧轩、子韶来。午后，阅书市上适遇君韩。二、三两儿在旧书摊买《春秋指掌》一部，与二儿一百文。思泉来。晚，访子愚。闻净场炮，浩泉留场出来。首题华“《召南》矣乎”，娄“无忧者”，青“始可与言《诗》已矣告诸往”；次“爱人不亲，反其仁”两句；诗“行修言道”。

初二日乙亥(4月22日) 晴，大风。优生二场。午前，回艾家桥。夜饭后，到文昌阁考优二场。题：经解“《诗》笙磬是分是合与”，

“《仪礼》《周礼》异同解”；策“松江水利以何者为要，其如何兴举之处，当各抒所知以对”；诗“浮天自古东南水得苏字，五言八韵”。日间在艾家桥接芝生信并顺之租屋据底，略改数字，即附覆书中寄去。发奉、金、上、南童案。

初三日丙子(4月23日) 晴。贡监录科。黎明，封门。贡院回，略睡。起，到子愚、浩泉寓，同赴思泉之招。同席绣园、佩秋、小坡、浩泉、子愚、达泉，惟竹轩、宰平小恙不至。席散，回艾家桥。夜饭后，到文昌阁录科题。贡监“以友天下之善士为未足”二句；俊秀“若伊尹莱朱则见而知之”；策“汉学宋学异同”；诗“展(画)[尽]江湖极目天”。

初四日丁丑(4月24日) 阴。覆金、上、南、青一等生员。贡院回，睡片时，到子铭家道喜。鹿笙完姻，送分一圆，在彼吃喜酒。晚回，已放牌。文题“《书》曰：洚水警余至禹掘地而注之海”，诗题“吴中山水要新诗”。戌正，发华、娄、青童案。拆号毕，几及夜半，诸形匆迫。

初五日戊寅(4月25日) 晴。覆八学新进文童。巳刻，点名，继烛。首题“亦以新子之国使毕战问井地”；次“论选士之秀者而升之学曰俊士”；诗“五字擢英才”。

初六日己卯(4月26日) 晴。文生补岁考，阖属仅一人。华亭、青浦新进文童两名，因回家，昨赶不上覆试，今日补覆。给同治十三年、光绪元二年廪生膏火银两，牌示初七日寅刻总覆。黄昏，朱佩秋招饮，未去。

初七日庚辰(4月27日) 晴。丑正，到贡院，俟开门已卯正。总覆点名毕，绣园、达泉皆至文昌阁。闻总覆已出场，略坐，又到贡院。两县、太尊亦至，府县进见，良久始出。学宪奖赏，毕已下午。回文昌阁吃饭，小坡招饮，辞之。晚雨。

初八日辛巳(4月28日) 晴。辰刻，到贡院，即同绣园、达泉出西门，到祭江亭马头，学宪下船，禀见。回，到戴家浜答吴丽生，未晤，即回艾家桥。三儿交阅禹山五哥初二日书。接学宪札，附生龚源濬捐贡，开除注册。

初九日壬午（4月29日）　晴。巳刻，胡绣园来，约同至各书坊，即留午饭，同行。在文粹堂买段《说文》一部，三元二角。《凤州通鉴》一部。八元。晚，无锡笔客周近贤来，买各种笔十枝。陆吟甫送一等文章来。

初十日癸未（4月30日）　晴。午后，达泉、君韩来，宰平亦来。彼看尹瑞芬家房屋数间为养病之所，属向子铭关说。即往子铭处，他出，未晤，约明早再去。归，送宰平回，同达泉、君韩、两儿到贡院街各店，收已五六矣。

十一日甲申（5月1日）　晴。晨，访子铭，为宰平租屋事。午后，子铭书来，说前途不肯出租，即将元信交宰平。

十二日乙酉（5月2日）　晴。巳刻，偕两儿游禅定寺。出西门，永兴馆小酌。进城，访达泉。晚，府札发学宪取佾生卷三本。秦佐尧、周作孚、孙润芳。又，林学宪取佾卷一本，杨宝恩。保充佾生卷一本。董宝昌。寄科试文伊耕，由宝应学丁转交。

十三日丙戌（5月3日）　晴。尹鹿笙送一等文章来。

十四日丁亥（5月4日）　晴，夜半雨。

十五日戊子（5月5日）　雨。辰初，上府署，文庙行香。晚晴。

十六日己丑（5月6日）　晴。府小课："南金东箭赋以'顾实南金虞惟东箭'为韵"，"赋得'阖门左扉'得扉字，五言八韵"，"驺虞麟趾解"，"拟李白《上韩荆州书》"，"王尊叱驭五排十六韵，下同"，"毛义捧檄"，"刘宠选钱"，"苏武持节"。立夏，换戴凉帽。复书禹山五哥，交云儿明日回常带呈。

十七日庚寅（5月7日）　晴。辰刻，云儿同大孙女回常。出西门，吊夏文洲。冰甫本生父。

十八日辛卯（5月8日）　晴。晨，陆吟甫来。午后，汪晓梅来。晚，侯慎卿来，留吃夜饭而去。闻沈平叔丁内艰。

十九日壬辰(5月9日) 晴。午后,访绣园,带还《棣花居试帖》一本、《张船山诗》一函。寄科试文伊耕,由宝应学丁转交。

二十日癸巳(5月10日) 微雨,午晴。

二十一日甲午(5月11日) 微雨。接宰平十九日书,云儿回常船返松,知十九日午刻抵家。

二十二日乙未(5月12日) 晴。午后,往甡源庄解司饷,途遇达泉,亦因解饷往甡源。归,黑桥访杨砚斋,不值,约翌午再去。知廿四日达泉回常,托寄归处信、复宰平信,并寄还三儿代阅文游书院小课卷。

二十三日丙申(5月13日) 晴。接小坡信,并上海学科试一等前列文章。午后,访杨研斋,三儿访侯慎卿,皆不值,去,买靴鞋。同出西门,到松风阁,何秋士、汤子韶皆在,仇竹屏亦至。吃秋士茶点。

二十四日丁酉(5月14日) 晴。求忠吕山长课:文题"子曰:苟志于仁矣"合下一节,诗题"镜里山林绿到天(得春字)"。姜白石《陪张平甫游禹庙》诗:"镜里山林绿到天,春风只在禹祠前。一声何处提壶鸟,猛省红尘二十年。"午后,接芝生十九日书,又接杨研斋光裕书。

二十五日戊戌(5月15日) 晴。作书,由铺寄复芝生,附复鹤孙书,并附戴伊耕托钞松属科试文章,属其由常加封寄宝应。晚雨。

二十六日己亥(5月16日) 晴。娄县催覆上年廪生空缺,于前月二十日早经移覆,何又来催?俟查。晚,钱梧生来,二十二日甡源会银尚未接到,带阅解饷册稿,在抛荒内报新垦免粮田十六亩。

二十七日庚子(5月17日) 晴。绣园招吃午饭,同席钱梧生、家听松、其徒李梦花。晚,偕绣园、梦花至东操场,访火药局董事黄少畦,绣园乡人,薄暮归。衡翁来,索书送人纨扇。接选青致铜儿书,并其昆仲试帖诗,属寄《申报》馆。

二十八日辛丑(5月18日) 晴。晨,宰平来,留吃午饭。子铭招明日饮。晚,书纨扇。

二十九日壬寅(5月19日) 晴。晨,子铭处辞酒。查前月覆县廪生空缺文书，被书办遗失，今日重备文移覆。

三十日癸卯(5月20日)　阴。走访绣园。过华学，顺访君韩，茶话良久。雨，假盖而还。

四月初一日甲辰(5月21日)　交小满，辰刻雷，大雨倾盆。上府，文庙行香。一日半夜雨，想大媳、女孙家居破屋数椽，必漏无干处矣，急拟回家修葺。

初二日乙巳(5月22日)　晴。作书致云儿，寄还窗课六篇，附致大媳书。前邑宰程序东托甡源庄来钞娄学新进案。五峰来。

初三日丙午(5月23日)　晴。求忠书院府课，晨出点名。文题“诵其诗”四句，诗题“枣花未落桐叶长”。点名回，访绣园。午后，杨研斋来。

补录闰三月十二日府札：“为札饬议详事。照得书院为育才之地，兹奉学宪夏捐发库平银五百两，饬令华亭县典商领运生息，拨充云间等三书院经费，仰见培植士林，鼓励人才。凡在院肄业生童，尤宜争自濯磨，互相砥砺，庶冀文风丕振，不负宪怀。所有捐银，除发华邑易钱存典，按月一分生息外，合行札饬。札到，该监院即便遵照，会督院董将前项存本岁收息钱九十六千文，现应如何加增三书院课额，给发花红，以示鼓励之处，作速查核，妥议章程，详候核夺。无迟。切速切速。特札。”

初四日丁未(5月24日)　微雨，晚晴。

初五日戊申(5月25日)　晴。备印领移县，领春、夏两季门子工食。闻正任府学张于昨日抵松。尹子铭来谈周一山桂补廪事。晚，绣园来，云明日卸府学篆，即欲挈眷回太仓，十四日再来。

初六日己酉(5月26日)　雨。午刻，府学张子绵星恒，淮安府安东人。来拜，云步履不便，未出轿。周一山来见。年六十。详学宪周桂补廪府发红案。晚，接芝生信，云托义昌再侄带来。予竟不识义昌为何人，及进见，询知是舜卿之子。其戚新泾石小章送来，因陆陈失业,欲予在松为觅生意,可谓不明世故,遂下榻焉。

初七日庚戌(5月27日) 阴。

初八日辛亥(5月28日) 雨。晨,吊沈平叔母。拜府学张子绵,年七十三,有软脚病,行动需人。

初九日壬子(5月29日) 阴。张丙章赴都辞行。学宪观风卷廿一本。解府。

初十日癸丑(5月30日) 晴。午后,同义昌遍游各处。接梧生信,云司饷尚少银一两八钱四分二厘,缺文封、文件印结。

十一日甲寅(5月31日) 晴。晨,出西门,张丙章处送行。午后,备文封等并英洋二元寄梧生,尚少钱八百文,未便局寄,属其代付,后算。访衡翁,带还《文献征存录》。归,府学张子绵来,属俟送学时绣翁来代述分润之说。

十二日乙卯(6月1日) 晴。午后,森孙种牛痘下苗。君韩来。

十三日丙辰(6月2日) 晴。接吕庭芝山长荡口书云:"闻松江府学内有皇象《急就篇》残石,明正统间杨政重摹宋叶梦得宣和残本,是石今存否?如存,代拓一二纸。"我却未知,当代为寻觅。达泉回松过我,带交选青闰月廿八日信。夜饭后,义昌由航船回家。

十四日丁巳(6月3日) 晴。午后,侯慎卿、沈仪庭来,留吃晚点。去后,走访达泉。

十五日戊午(6月4日) 晴。辰刻,上府,文庙行香。继至府学宫,为吕庭芝遍寻皇象碑不得。

十六日己未(6月5日) 晴。晨,子绵片来,云绣园分润已有成说,不必再谈。访姜菊存,不值。过午,访绣园,有小恙,床前茶话良久。过访子绵。归,访子铭,不晤。

十七日庚申(6月6日) 孝端文皇后忌辰,交芒种,微雨,晚晴。

十八日辛酉(6月7日) 雨。闻宰平于十五日谢世。宰平与余最相契,前月廿八日有事来松,过我午饭,一别竟成隔世!一子才五龄,伶仃之状,代为酸鼻。接钱梧生覆书。

十九日壬戌(6月8日) 晴。解义学夏季脩。姜菊村来。

二十日癸亥(6月9日) 晴。府发岁考红案,详府新生格眼清册七套。杨研斋、祝善卿来。沈仪庭、吴琴轩来,为经领事。侯慎卿来,云朱景庵编修于今日病故,殊堪惋惜。

二十一日甲子(6月10日) 微雨。出二十五送学、二十六堂课示。

二十二日乙丑(6月11日) 大雨竟日。仪庭、琴轩送经领公禀来。

二十三日丙寅(6月12日) 阴雨。为仪庭、琴轩接办经领事,据禀移华学转详府,接藩宪催司饷二十日札。前接梧生覆书,云廿三堂期上兑,所以来催。

二十四日丁卯(6月13日) 晴。张淡如、汪晓梅来。送汤荃君芹分一元。

二十五日戊辰(6月14日) 晴。送学。午后,到汤子韶处道喜。至华学,俟新生齐到学,一切礼毕,回已薄暮。

二十六日己巳(6月15日) 晴。堂课:文题"举贤才至举尔所知",诗题"鹓鸿得路争先翥"。新生到者仅惠大受、俞一夔、汤复荪、王懋功。

二十七日庚午(6月16日) 晴。娄县移查官生。

二十八日辛未(6月17日) 晴,夜雨。

二十九日壬申(6月18日) 孝慎成皇后忌辰,自辰至午大雨,晚霁。邱元卿来。藩辕吏科王荣生元华来,索节间津贴季支册费两元。到任以来未出此款,俟询华学。寄复吕庭芝书。衡翁过我长谈,送董文敏书《金刚经塔》朱拓一张。

三十日癸酉(6月19日) 晴。午后,衡翁来,带阅府志,《艺文志·金石》中载:"吴皇象书《急就章》碑二,明杨政重摹。"未详碑在何处,无从寻觅。晚,侯慎卿、宋守初访铜儿,慎卿云是碑即在县学。夜雨。

五月初一日甲戌(6月20日) 雨。辰刻,上府,文庙行香。寻皇象碑二,果在大成门内,黉宫出入数载于兹,竟未留心访古,可笑可笑!当即倩人椎拓。是日太尊小课:"榴实占科第赋以'视实多少占登科信'为韵","赋得'绿筱媚清涟'得涟字,五言八韵","如金如锡"二句,"冬,大有年宣公十有六年","问:凡《诗》《书》中周代官名多与《周官》一书不同,其故可确指与","董文敏'三无'赞各一首","折叠扇、蒲葵扇七排十二韵各一首,不拘韵"。接学宪四月二十二日泰州发批周桂准顶补沈庆安丁忧廪缺,以四月十七日为始。晚霁。

初二日乙亥(6月21日) 晴。接学宪四月廿三日泰州发附生陆泰阶捐贡开除注册札。午后,走答衡翁。访达泉、绣园。又至学宫,细观皇象碑。约董姓拓工,不至。

初三日丙子(6月22日) 孝诚仁皇后忌辰,晴,夏至。午后,绣园来,同访耿思泉,晤谈良久。出西门,至松风阁。回,在何恒源买纱胎雨缨帽一顶。晚雨。

初四日丁丑(6月23日) 晴。府宪札发求志书院夏季题目。接藩宪解饷批详。拓碑董阆花来,云过节动手。

初五日戊寅(6月24日) 雨。往府署、两县贺节。

初六日己卯(6月25日) 晴。求忠书院华亭课,晨出点名。文题"虽有其位"六句,诗题"果然夺得锦标归"。至华学访达泉。又上府,告回籍省墓假二十天。接选青初二日信。

初七日庚辰(6月26日) 晴。辰刻,开船,顺风而船无篷,早晚过青浦,夜泊赵潭桥。两岸蚓蛙聒耳,萤火照水如繁星。

初八日辛巳(6月27日) 晴。黎明开船,午后过昆山,晚过巴城湖,夜泊塘市镇。访义昌,适今日回石岸头。其弟来船云,义昌陆陈业已有就绪。

初九日壬午(6月28日) 晴。辰刻,抵家。午后,访禹山兄。

初十日癸未(6月29日) 晴。晨,到归处。晚归,到云儿家,途遇儒卿。

十一日甲申(6月30日) 晴。晨,公临、树斋来。访芝生弟。

十二日乙酉(7月1日) 晴。芝生弟妇五十冥诞,作佛事,到彼吃素面素饭。佩女在世德拜阴寿,回,到我家,吃夜饭,去。李吉人、杨倬云、义昌再侄来。晚起阵,儒卿来,约明日过彼。

十三日丙戌(7月2日) 晴。晨,到范公桥武帝庙为森孙寄名,即往儒卿处,作竟日谈,傍晚归。

十四日丁亥(7月3日) 晴。晚,偕颖生鹤岭泉吃茶,即到佩女家留宿。

十五日戊子(7月4日) 晴。晨,往九万圩,幼莲已到馆,不晤。二嫂在彼,二、三两侄女留吃午饭。晚,访鹤孙,谈姻事,兼晤月帆、柘村,剧谈至暮。仍留宿佩女家。

十六日己丑(7月5日) 晴。归亲家招吃午饭,缦云同席。因炎热,竟日在佩女房乘凉。

十七日庚寅(7月6日) 晴。因昨宵蚊扰不寐,午睡颇适。夜饭后,同选青在寺前黄松茂纸铺为缦云买贡纸,托带松,求浩泉书。即出城。

十八日辛卯(7月7日) 晴。晨,访禹山兄,留午饭。夜饭后,过芝生家。是日交小暑。

十九日壬辰(7月8日) 晴。为陈望瀛书纨、折两扇。用川来。傍晚,访归公恒、公临。接三儿十六日信,云府委送考札已到。

二十日癸巳(7月9日) 晴。云儿、伯印、仲展来,晚去。钱安仁、伯诚、义昌亦来。

二十一日甲午(7月10日) 晴。仲展、顺之来竟日。

二十二日乙未(7月11日) 晴。过禹山兄,午后回。

二十三日丙申(7月12日) 孝恭仁皇后忌辰,晴。仲展晨来,晚去。

二十四日丁酉(7月13日) 晴。晨未起,仪卿来。过芝生,留午饭。连日溽暑,午后打雷,不雨。

二十五日戊戌(7月14日) 晴。晚,芝生招饮,同席张谷诒、家士英。黄昏后起阵,雨不大,仍不凉爽。

二十六日己亥(7月15日) 晴。晨,往城西,佩女家竟日。夜饭后,至云儿家,点灯出城。

二十七日庚子(7月16日) 晴。夜饭后,到太平巷王太太处,顺至两侄孙家,乘凉闲话,借灯归。是日交初伏。

二十八日辛丑(7月17日) 晴。晨,过禹山兄。选青来竟日,夜饭去。晨,沈鹤孙来。

二十九日壬寅(7月18日) 晴。晨,过芝生,还《人帖》五本,拍毕仲恺美人册,留吃午饭。

六月初一日癸卯(7月19日) 晴,云儿、展侄来竟日。

初二日甲辰(7月20日) 晴。黎明,招士英同至城西吃点心,石梅吃茶,即出城。傍晚,过禹山兄话别。正拟到芝弟处,弟适来,略谈片时。回,吃夜饭,即开船,至油车头停泊,买菜油两髲(一百二十斤,七元五角),即解维。二更时泊八字桥。

初三日丁巳(7月21日) 晴。黎明开船,打头风甚大。日将中,过巴城。晚略停,吃夜饭,即开,二更时泊绿葭浜。

初四日丙午(7月22日) 晴。四更开船。日未午,过青浦。薄暮抵松。

初五日丁未(7月23日) 晴。辰刻,上府销假兼谢委。到华学看达泉小恙。作书致大媳、佩女、芝弟,交来船带回。寄覆韩小坡书。交大暑。

初六日戊申(7月24日) 晴。求忠吕山长五月分课:文题"致广大而尽精微",诗题"君看龙尾岂石材得声字"。山长四月分课:文题"十目所视"合下一节,诗题"分畴翠浪走云阵得车字"。于五月初八日考,是时余适回常。衡翁来。晚,出谕送考书斗:周祖望、徐福、周杰。据宾兴董事邱树堃禀,宾兴租息给娄籍生监及拨府诸生每名卷烛资二千文，由书斗到省截票分送回籍领取，转详府宪出示。

初七日己酉(7月25日) 晴。晨，张子绵来。晚，寄奉贤学黄宰平吊分、信函，附衡翁分。竟日炎歊逼人，挥汗写归仲陶纨扇，宗亦洲、钱石生、范东有便面。

初八日庚戌(7月26日) 晴。详府送考书斗年貌册。寄还仲陶、亦洲扇，附选青信、寄云儿书。府札催录遗生员试卷，并弥封、坐号各册。是日中伏。

初九日辛亥(7月27日) 晴。写柘村便面。

初十日壬子(7月28日) 晴。求忠书院娄县课：文题"《诗》云：如切如磋"一节，诗题"风定池莲自在香"。因天热，未出点名。

十一日癸丑(7月29日) 晴。接小坡信，约金陵之行同乘道宪送考轮船，问同行几人，欲为先留地步。即日作书覆之。接府宪奉外提调江藩孙札开送考事宜札，又接上海学催送正科举报名、录遗生员及识认书斗姓名各项清册移文。

十二日甲寅(7月30日) 晴。寄颖生信，附致禹山兄书。前月十二日起阵，至是一月不雨，农田待泽孔殷，而火伞当空，蝉声聒耳，终无雨意，如何如何！

十三日乙卯(7月31日) 微雨，时止时作。午后，出西门，到康泰，又到通惠配湖绉接衫一幅，买洋布，铜儿做号褥。

十四日丙辰(8月1日) 晴。午后，冯树卿来，托带宾兴款至金陵给发。写晓山款纨扇。晚雨，黄昏大雨，农田沾足矣，喜甚。

十五日丁巳(8月2日) 晴。晨，上府，文庙行香。到府学答张子绵，剧谈，留吃西瓜，甚佳。又往华学访达泉，患恙渐愈，尚未销假。写南汇人何鼎交来省三、幼珊、醉亭款纨、折扇。府札发学宪委牌。是日府小课："南阳草庐赋以'臣本布衣躬耕南阳'为韵"，"赋得'儒者通六艺'得干字，五言八韵"；经文"离也者明也，万物皆相见，南方之卦也"，"在璇玑玉衡以齐七政"，"乐也者，动于内者也；礼也者，动于外者也"，"韩琦论"，"喜雨歌、荷花生日七律二首"。

十六日戊午(8月3日) 晴。慎卿交代阅会课卷来。

十七日己未(8月4日) 晴。闻昨日娄县茅介庵令嗣引刀自刺其胁,幸不死。寄吕山长信及皇象碑,封课卷内,一并由府转交。

十八日庚申(8月5日) 晴。晨,喻锦翁来。午后,姜菊村来谈元茂事。

十九日辛酉(8月6日) 晴。亡妻沈孺人忌,计同治乙丑至今已十五年矣,十五年中人事变迁,悲欢异致,不识地下人亦知垂白鳏鱼况味否?

二十日壬戌(8月7日) 晴。晨,写南汇人子莲款纨扇。过午,冯树卿来。申学宪、江藩宪本府正科举册(九十一名),移华、娄、金三邑经领廪生沈祥凤、吴祖荫接办廪粮事宜。

二十一日癸亥(8月8日) 晴,辰初二刻十分立秋。申刻雨,片时即止。

二十二日甲子(8月9日) 晴。校芝生《读史探骊录》数条。

二十三日乙丑(8月10日) 晴。接府札:"为宾兴事。照得本年己卯科文闱乡试,所有府、华、娄三学科举各生,本府择于七月初四日举行宾兴礼,除行县外,合行饬知。札到,该学即便遵照,传知各生,届期赴府行礼。无违。特札。"

二十四日丙寅(8月11日) 晴。接南汇学开单,移送正科举生员七十一名。由达泉处交到芝生六月十六日书,云颖生之恙自我初二日开船后转剧,今渐愈,稍进薄粥;四侄孙媳热甚昏蒙,于月之初七日巳时病故。

二十五日丁卯(8月12日) 晴。接小坡信。

二十六日戊辰(8月13日) 晴。寅初,至文昌宫拜牌,卯初回。天气炎蒸,虽太阳未吐,亦不觉凉爽。接吕山长覆书。寄芝生信,托做大木书架,附致颖生信。

二十七日己巳(8月14日) 晴。生曾祖妣瞿太孺人忌。

二十八日庚午(8月15日) 晴,末伏。

二十九日辛未(8月16日) 晴。晨,作书覆小坡,致绣园、选青。午饭时,接芝弟本月廿六日书,惊悉颖生侄于二十五日申时疾卒,年才五十,一家之内一月之中两遭惨变,何厄运至斯也!侄少余四岁,幼同塾,长同试,比年偶自云间归聚,语无虚日。记初二日晚间开棹,床前话别,约白门送试,回家同作北郭游,言犹在耳,人已云亡。来信云二十六日申时大殓,则我方致书而老侄已就木矣,伤哉!晚,作书寄用吉、思周两侄孙,附复芝生弟。详府录科生员八十一名卷册盖印,接府学移送正科举生员一百二十五名、录科生员一百九十五名。

三十日壬申(8月17日) 晴。接府札,并给发宾兴告示两张。又接青浦学移送正科举生员一百名、录遗生员五十八名,及识认书斗清册一本。夜,接娄县初一日禁屠祷雨移文。

七月初一日癸酉(8月18日) 晴。晨,上府,俟诸同寅齐集,随太尊祷雨府城隍庙。回,文庙行香,到华学吃饭。申正,同至府署,再步祷。接金山学移送正科举生五十一名、录科生员三十七名,及识认书斗清册一本。

初二日甲戌(8月19日) 晴。卯初、申正上府,步祷府城隍庙。接芝生六月廿八日书,商颖侄丧中一切事宜。接府札,并捐给卷资示两张。

初三日乙亥(8月20日) 黎明起阵,雨颇大。因小有不适,请假一天,祷雨未去。作复芝弟书。午后又雷雨交作。接小坡书,约同乘道署送考轮船。奉道宪札,是船初八开行,属予初五日赴沪,申报起程日期详府。秋祭事宜,札委华亭县学代办。移上海学正科举、录科生员、识认书斗清册。

初四日丙子(8月21日) 晨微雨。至府隍庙谢将,俟太尊到,随班行礼。归,衡翁来。接芝弟初二日书,知侄婿杨倬云亦病故。未刻,上府,行宾兴礼。太尊公案上一席,暖阁下东、西两席,东县、西学,诸生数席亦分东、西。宴毕，太尊下堂，送诸生由龙门出，予随禀辞。

初五日丁丑(8月22日) 晴。辰刻，下行李，铜儿登舟，即开行。晚泊七宝，起岸，至茶肆剃头。

初六日戊寅(8月23日) 处暑，晴。午前，抵石灰港，在船上吃饭。起岸，雇小车载行李至西门，又雇挑夫到韩小坡学署。三儿同周桂至夷场买表一只，小坡留吃饭，遂下榻焉。

初七日己卯(8月24日) 晴。晨，偕三儿遍游夷场，在酒楼吃饭。至《申报》馆，三儿买《鸿雪因缘》一部、《尊闻阁试帖》一部，即回学署。晚，令周桂照顾行李，下轮船，同三儿、书办出小东门，店上吃夜饭。饭后天已黑，三儿不敢上轮船，即宿萃丰栈。

初八日庚辰(8月25日) 晴。朝点后上威靖轮船，韩小坡桥梓已在，云昨黄昏时松江寓中有人到署说三媳有恙。时周桂上岸，至各茶肆招予及铜儿，俟之良久方下船，云来者是阿顺，守在岸上。匆促发铜儿铺盖，唤驳船登岸，雇小车至石灰港，如此处无船，即坐车至七宝。究不知患恙轻重如何，心若悬旌焉。申正，轮船开行。

初九日辛巳(8月26日) 孝静成皇后忌辰，晴，夜雨。

初十日壬午(8月27日) 孝懿仁皇后忌辰，晴。午正，轮船到金陵下关，乘小船进水西门，觅寓利涉桥西石坝街胡宅。晚，益新馆夜饭。

十一日癸未(8月28日) 晴。小坡桥梓同至状元境扬州馆吃面。回，在利涉桥遇选青昆仲诸人，才到，尚未定寓。晚，至贡院前，遇顺之再侄，亦才到。询悉云儿，伯、仲两侄要初十开船。由政大局寄家信。

十二日甲申(8月29日) 晴。晨，选青、尹鹿笙、张湛如来。同选青清溪阁茗饮，剃头。午后，访选青，河房看雨。回，顺之再侄在寓。

十三日乙酉(8月30日) 晴。小坡招同问柳吃茶，至选青家。晚，小坡招同秦淮荡桨，鬓影衣香，令人心醉。

十四日丙戌(8月31日)　晴。晨起，周织云、尹子铭来。午后激雨，偕小坡至得月台茗饮，继至东牌楼，遍阅书肆。归访织云，晤。晚，庞紫仑来。夜饭后，踏月访选青，秦淮灯舫往来，丝竹之声不绝。

十五日丁亥(9月1日)　晨雨。选青来。午后，顺之来，同至得月台吃茶点。晚，沈幼莲、云儿、伯、仲两侄来寓。

十六日戊子(9月2日)　晴。晨，谒见学宪，在考棚晤丹阳学顾笏亭(己未举人)渥霖，太仓沙头人，谈及先兄、颖侄，皆熟识，询之，系蔡泾周氏亲戚，与先兄表连襟。午后，青浦黄少卿同年之子渊甫恩煦，考优。来拜。晚，偕云儿、仲侄清溪阁茶点。

十七日己丑(9月3日)　文宗显皇帝忌辰，午前微雨。傍晚，偕幼莲、伯、仲两侄闲游。回，幼莲、仲侄相失在后，即与伯侄在陈公祠茗饮。过黄文贞公祠，登堂瞻仰。楹联云："前有华，后有吴，同列有金陈，震古铄今，合邑山川增浩气；臣死君，妻死夫，二女死父母，撑天拄地，满门忠节做完人。里后学桂迓衡撰。"中悬扁曰"不愧科名"。壁上勒传：

"公讳观，字澜伯，一字尚宾，贵池人，父赘许，从许姓。受学于元待制黄冔。冔死节，公益自励。洪武中，贡入太学。(孙孝廉溥传曰："洪武二十三年应有司贡，适庚午乡试中式第一名。")绘父母墓为图，瞻拜辄泪下。二十四年，会试、廷试皆第一。累官礼部右侍郎，乃奏复姓。建文初，更官制，左、右侍中次尚书。改公右侍中，与方孝孺等并亲用。燕王举兵，公草制，讽其散军归藩，束身谢罪，辞极诋斥。四年，奉诏募兵上游，且督诸郡兵赴援。至安庆，燕王已渡江入京师，下诏暴左班文职奸臣罪状，公名在第六。既而索国宝，不知所在，或言已付公出收兵矣。命有司追捕，收其妻翁氏并二女给象奴。象奴索钗钏市酒肴，翁氏悉与之持去，急携二女及家属十人，投淮清桥下死。公闻金川门不守，叹曰：'吾妻有志节，必死。'招魂，葬之江上。命舟至罗刹矶，朝服东向拜，投湍急处死。观弟觐，先匿其幼子，逃他处。或云觐妻毕氏孀居母家，遗腹生子，故黄氏有后于贵池。初，公妻投水时，呕血石上，成小影，阴雨则见，相传为大士像。僧舁至庵中。翁氏见梦曰：'我黄状元妻也。'比明，沃以水，影愈明，有愁惨状。后移至公祠，名翁夫人血影石。今尚存。同治八年中秋月重刊。”

是日补岁考。

十八日庚寅(9月4日) 晴。苏、松、太录科。三更时同韩小坡、幼莲、伯印乘小舟至试院，时已开点，予同小坡拥挤而进。予与吴县学陈燕谋诒孙留场，场规极严，有打犯规者。收卷毕，出场已酉正矣。文题“保民而王至曰可”，策“历代相业”，诗题“踏遍江南南岸山”。

十九日辛卯(9月5日) 晴。选青、宗亦洲来。镇、淮、徐、通录科，予与小坡皆未至贡院。午后，幼莲、伯印游妙相庵，来回十余里，予未能从也。述庵中对云：“四百八萧寺繁华，都付与无边烟雨；三十六洞天缥缈，且于此小憩林泉。住持僧月潭撰并书。”奉贤陈闻庭来。

二十日壬辰(9月6日) 晴。晚，偕幼莲、伯印、云儿益新园吃茶点。夜，出苏、松、太录科案。

二十一日癸巳(9月7日) 晴。晨，知娄学录科廿一人，不取三人，常熟幼莲正取一名，伯印备取十八名。走答尹子铭。陈闻庭、章韵之同其徒张宗尧来，先支宾兴洋拾元。仇恩福、张象山来。扬、海录科。晚，偕幼莲、仲展、云儿益新园吃茶点。微雨。夜亦雨。

二十二日甲午(9月8日) 晴。午前，铜儿来寓，仍乘威靖轮船，于二十日开行。下人阿顺随行，令其趁原船由沪回松。欣悉三媳之恙已愈，森孙亦渐好。王太太已于十五日到松。

二十三日乙未(9月9日) 晴。江京驻防，江、常录科。奉贤朱家驹(考优)来拜。午后，庞云槎来。晚，偕仲展至益新园吃茶点。朱家驹优贡未得，即于是科中第十四名举人。九月二十日记。

二十四日丙申(9月10日) 晴。教职录科。晚，同仲展侄、铜儿到淮清桥钓鱼巷常昭学书寓中看照相。闻庭交来纨、折扇对属书。

二十五日丁酉(9月11日) 仁宗睿皇帝忌辰，晴。贡监录科。小坡上辕回，同至清溪阁吃茶面，继至选青寓。午后，江宁学季礼斋

(江阴人，己未举人)宝仁来。

二十六日戊戌(9月12日)　晴。文生补考。

二十七日己亥(9月13日)　晴。生贡监补录科。丑正上辕，点名毕，回已辰刻。选青、亦洲、庞凤章来。晚，陈公祠吃茶。

二十八日庚子(9月14日)　晴。晨，走答云槎。途遇李品如，知昨日来，即到其寓，晤洁晨、沈小楼、崔仲璋，剧谈良久。继至云槎寓，适大雨，在彼吃饭，雨霁，回。晚，至陈公祠茗饮。优生会考。

二十九日辛丑(9月15日)　晴。续录科。丑正，到贡院，会考者仅三人。出场，各学亦未至，在头门长凳上坐良久。后知江阴学吴枚臣应生在栅阑外长生庵中假寐，到彼同坐。沭阳学周织云继至，待至日高方净场，又封门，开点。毕，回家已巳刻矣，坐以待旦，困惫之至。午后，吉人来，谈至晚，同饮陈公祠。

八月初一日壬寅(9月16日)　晴。监临江苏巡抚吴到省，用手本挂号。晚，偕幼莲、伯印、仲展、铜儿益新园吃点。

初二日癸卯(9月17日)　晴。学宪传五点钟上辕，饬查合属正科举实到数。回已点灯，选青在寓，留吃夜饭，去。

初三日甲辰(9月18日)　晴。选青、仲陶、秀仑来，沈吉人希麟来。晚，偕仲展吃面，过武定桥，邀月茗饮。二鼓，学宪又传见(询正科举实数)，回已夜半。

初四日乙巳(9月19日)　晴。午后，儿侄辈均出买物，独坐无聊，写纨扇二、折扇二。沈小楼来。夜饭后，吉人来。小坡谈承恩寺楼上徐州考生因细故手刃楼下六安考生，学宪悬牌斥革，着江宁府讯鞫。

初五日丙午(9月20日)　晴。吉人来。晚，偕幼莲、伯印、云儿至益新园吃点，仲展、铜儿、顺之亦在。

初六日丁未(9月21日)　晴。晨未起，学宪传六点钟到辕，急起即去，知同寅相继至，面谕查纳卷不到者。归，吉人来，同儿、侄及幼莲至状元境看主考进贡院，人极拥挤。回，留吉人吃饭。午后，凤书、小楼来，吉人以昆山人扇来索书，坐谈良久，同至清溪阁茗饮吃面，薄暮归。夜半雨。

初七日戊申(9月22日) 雨，骤凉，需棉衣。午后，写闻庭、吉人来扇面。

初八日己酉(9月23日) 秋分，雨。丑初，到贡院。韩小坡因小恙未去，人极拥挤，又无坐处，立人丛中，俟松属点名毕，冒雨回寓。早饭后，两儿、两侄、幼莲进场。竟日雨，黄昏才止。

初九日庚戌(9月24日) 太宗文皇帝忌辰，晓雨即霁。晨，崇明学宜兴周性存(小棠堂弟，庚午举人)安仁来。午后，吉人来，同至三山街庆升茶食店，买玉带糕，饮于茶楼。回，益新园吃茶点。

初十日辛亥(9月25日) 晴。晨未起，闻同寓丹徒赵公云头牌已放，首题“樊迟请学稼”一章，次“诚者自成也至不诚无物”，三题“犹益之于夏至夏后殷周继”，诗题“江南江北青山多(得游字)”。走访吉人，先到曹小卿寓，即往玉河坊，遍寻不得，即归。午饭，吉人、小卿来，留吃饭，同至贡院前，余先归。伯、仲两侄出场，铜、云两儿，幼莲相继出场。铜儿于初八进场后患腹疾。晚，过东牌楼，各书肆中阅书数种，拟买惠定宇《后汉书补注》、赵瓯北《陔余丛考》，论值不成而返。途遇周性存。

十一日壬子(9月26日) 太祖高皇帝忌辰，晨雨，午晴。两儿、两侄、幼莲进二场，铜儿腹疾尚未愈。同吉人状元境看紫榜，娄学封作梅、戴君尧被贴，常、昭亦贴出四人，继至得月台吃茶点。回寓，接达泉初四日松江信，知三媳、森孙均安好。

十二日癸丑(9月27日) 晴。晨，吉人来，黄昏去。晚，同至得月台茗饮，吃点心，作竟日谈，解客窗岑寂，快甚。作书致二媳，因云儿跟来，春官患痢颇重，属其遣人至练塘告其母妻。灯下书杨里莪纨扇。亥时，春官卒，年才廿六，殒命他乡，可怜之至。

十三日甲寅(9月28日) 晴。晨，儿、侄、幼莲出场。午后，同吉人、三儿至清溪阁吃茶点。回，春官尚未殓。复至选青寓吃夜饭，俟柩抬出乃回（另雇小船载柩，俟十六日同开）。日间热甚，复穿夏衣。

十四日乙卯(9月29日) 晴。早饭后，儿、侄、幼莲进三场。予午倦，假寐。吉人来，坐谈片刻，同至贡院前，时点名已十三起，即至得月台吃茶点，剧谈甚乐，归已薄暮。天热甚，黄昏时雷电微雨。灯下作书，托书办带回松江。

十五日丙辰(9月30日) 晴。晨未起，吉人来，盥漱毕，同至万福楼茗饮，坐地、饭茶均恶劣不堪。归，留吃午饭去。二侄出场，偕至东来吃茶。寻吉人，适假寐，拉至东来茗饮，傍晚归。大侄、两儿、幼莲俱出场。闻有苏州高姓者，去年新进，师生同来下场，病卒闱中。夜月色朦胧，偕儿、侄、幼莲步月利涉桥，过贡院前，由文德桥回寓。

十六日丁巳(10月1日) 晴。晨，同儿、侄陈公祠茗饮。至书局，买《南北史》、四书五经、王念孙《读书杂志》，共英洋十一元，找进钱一百二十文。铜儿买《公羊》《穀梁》《大学衍义》《纪元编》，英洋二元，钱四十文。回寓吃早饭，偕儿、侄、幼莲步出通济门，下船。晚泊观音门，登岸，幼莲、铜儿上燕子矶，予与两侄谒关帝庙，新建，尚未竣工。见神龛旁对联云："孔圣人未见此刚者；孟夫子云所谓浩然。"俟幼莲、铜儿下来，同回舟，忽起大风。

十七日戊午(10月2日) 晴。逆风。黎明过江，走新开河数里，仍由大江抵镇江。起岸，买红头绳等。吃茶，烧饼已劣，而馄饨尤不能下咽。归舟，仍开行，夜泊都天庙。

十八日己未(10月3日) 晴。逆风。黎明开船，午后过新丰，买火腿。晚泊吕城，偕两侄起岸，吃汤圆，尚觉可口。

十九日庚申(10月4日) 晴。三更开船，晨过常州。余未起，儿、侄、幼莲上岸买扁箕、戴花等，因风逆，酉初过洛社镇即泊。

二十日辛酉(10月5日) 阴。四更开船，晨抵无锡，移舟惠山浜。吃点心，买泥孩。至惠山寺，茗饮、剃头。恭录二泉亭中高庙御制诗："石甃淙云乳，何从问来脉。摩挲几千载，涤荡含光泽。澄澈不受尘，岂杂溪毛碧。鸿渐真识味，高风缅畴昔。”过华孝子祠，讳宝，事见《南史·孝义传》。见门镇石二，奇甚，土人云名“竹叶玛瑙”。登堂谒孝子像，白须飘然，不加冠帻，扁曰“孺慕终身”。对云：“千三百载俎豆常新，旌孝、旌节、旌忠，允矣擅人伦之美；四十六世云礽弗替，立功、立言、立德，勖哉增尔祖之光。四十四世外孙泉南秦道然敬书。”“祠宇傍西神，四载烽烟，依然惠麓泉清，锡山月朗；家声彰南渡，千年堂构，幸得衣冠无恙，俎豆重新。四十七世裔孙沅洲敬书。”“庙貌重瞻，依旧君恩隆北阙；孝思不匮，迄今祖德溯南齐。四十一世孙存德敬书。”回舟，至江尖嘴，蒋正兴缸甏行买酱缸诸物。顺风，即开船。黄昏，过九里栅，泊舟，与幼莲、儿侄辈剪烛畅谈，亥正方就睡。

二十一日壬戌（10月6日） 晴。三更时，顺风扬帆。辰刻，抵常熟南门外，同幼莲、儿、侄矮橙桥吃糕，即回家，哭颖侄灵床前。禹山五哥、俞子渠来。

二十二日癸亥（10月7日） 午后，偕二女孙至佩女家。选青于昨黄昏后回家，予至云儿处，时春官眷属来城领柩，在其家，俟料理清楚，仍至归处。傍晚出城。

二十三日甲子（10月8日） 世宗宪皇帝忌辰，晴。午后，沈子章表兄来，数年不见，兴致依然，剧谈至晚。到奎聚楼上吃面，即往金桂园茗饮。选青送《齐》《梁》《陈》《北齐》《周》五史。

二十四日乙丑（10月9日） 寒露，晴。晨，杨氏女侄来家谢孝。午后，归公临亲家来，去后，返五哥家。

二十五日丙寅（10月10日） 阴。午后，到南泾堂吊吴儒卿表嫂。即到道前招沈子章，知在丁仲勤家，即往彼，同至凤岩泉茗饮。微雨，拟至云儿家借伞，适遇周桂携雨具来。过九万圩，访沈幼莲、苕生，均晤，二嫂亦在其家。薄暮，冒雨归。竟夜雨。

二十六日丁卯（10月11日） 晴。晨，过芝生弟家。弟于昨日自苏回常，坐谭片刻，同至花园浜祭家祠。

二十七日戊辰（10月12日） 雨。佩女同两外孙来家竟日。

二十八日己巳(10月13日)　雨。午后,过芝弟家。

二十九日庚午(10月14日)　午后雨止。芝弟过我,同进南门,途遇杨氏女侄遣人来招,即到彼处。芝弟约在城西子章表兄家,因女侄留余点心,剧谈良久。天已晚,复雨,即回家。夜饭后,与用吉再侄谈,亥正睡,雨止。

九月初一日辛未(10月15日)　晴。晨,选青来,留吃午饭去。晚,访公临。

初二日壬申(10月16日)　晴。晨,吉人来,同至南门外吃糕,金桂轩茗饮。回,偕至芝弟家。是日弟招从侄、从孙省试者饮,子章、儒卿两表兄亦在,肴馔极精。晚归,过禹山兄家。

初三日癸酉(10月17日)　晴。晨,伯印、仲展来。午后,买小舟,同两侄、铜儿、两侄孙维摩阡扫墓。归,至城西访章兄,即到归处,留吃夜饭。予晚吃面,腹犹果然,啜新米粥三瓯而返。

初四日甲戌(10月18日)　晴。晨,瞿安仁来(数年不见,□□□然矣)。晚,同用吉金桂园茗饮。归,过芝弟家,知俞子渠抱孙,贺蛋四十枚。夜雨。

初五日乙亥(10月19日)　晴。午后,往祝家坞访蒋石枫,不值,顺至范公桥薛姓家答瞿安仁,在馆中长谈。同至道前访子章,不晤,即至鹤鸣楼,茗谈良久。安仁先回,独游城隍庙,适有佛会,焚化莲船,游人甚众。继至慧日寺西方殿访本立上人,谭至薄暮。归途,到太平巷晤仲展侄。

初六日丙子(10月20日)　晴。午后,公临桥梓来。予同芝生弟,铜儿,骧仲、闰生、伯亨三侄,顺之、用吉、义昌再侄往石岸头祭扫。石枫来,不晤。

初七日丁丑(10月21日)　晴。午后,访石枫。徐云汀继至,剧谈移时。过九万圩访幼莲,不值,两女侄留吃点心。又至佩女家,吃夜饭,回。

初八日戊寅(10月22日) 晴。晨,同铜儿、两再侄往南门外吃糕。回,即同芝生弟,云、铜两儿,伯印侄,用吉、思周两再侄西山扫墓。逆风甚大,舟泊石虎浜,至亡妻墓焚纸锭。下船吃饭,舟不能行,走至邹巷,在茶肆略坐。至祖茔,祭毕,苏坟客家啜茗数瓯。步至石虎浜,下船,已暮色苍然矣。归,知子章表兄来。

初九日己卯(10月23日) 晴。晨,过禹山五哥话别。正拟过芝弟,弟适同钱树斋来,选青、仲展侄、屈雨锄弥甥相继至,略谈片刻。俟行李发毕,即偕铜儿坐舟,诸人相送船头而别,时常、昭两学开报船锣声振耳。昨大西北风,今日忽转东南,幸不大。晚返巴城镇,吃鸭面,黄昏泊昆山。

初十日庚辰(10月24日) 霜降,晴。四更开船,午返青浦,风亦不顺,喜舟子肯赶路,橹桨兼施。黄昏时抵松,媳妇、孙男女均安好。

十一日辛巳(10月25日) 雨,先妣沈太恭人忌辰。辰刻,上府署禀见,太尊头风,不见客。遣周桂乘回船,带物回常交五哥,令其趁航船来松。竟夜雨。

十二日壬午(10月26日) 雨,晚霁。整理书籍。

十三日癸未(10月27日) 晴。晨,访衡翁,谈及杨研斋以痢疾卒。午饭时树卿来,托宾兴报销详府、移县。晚,偕铜儿访达泉。

十四日甲申(10月28日) 晴。适午饭,署奉贤学金紫庭凤标来拜,未见。晚,衡翁来,述及韩小坡病故。今秋于役白门,晨夕聚晤,同于八月十六日返棹,时稍患腹疾,不料别未一月,已作陈人,回首前尘,殊深怅惘。

十五日乙酉(10月29日) 晴。晨,上府署,文庙行香。求忠书院上海课:文题"无友不如己者"两句,诗题"霜气横秋"。回,拜华捕厅纪喜亭。承源,乌程人。午后,耿思翁来。

十六日丙戌(10月30日) 晴。晨,闻娄学廪生沈鹏中式,附生汤复苏中副榜。汤系子韶令嗣,今春入泮。午后,达泉来,周桂回松。

十七日丁亥(10月31日) 晴。育婴堂聚堂,晨去,达泉已在,府县不到。俟诸同寅齐,即诣神前行礼。吃午饭,回。至沈鹏家道喜,携其中作归。进城,至汤子韶处道喜,未晤。晚,祝善卿来。

十八日戊子(11月1日) 晴。贺姜菊村嫁女,七灯烛票五十枝。沈吉人来交书院卷,晤谈久之。

十九日己丑(11月2日) 晴。喻锦翁来。晚,长班从沈鹏家钞得十八魁及常、昭中式者。解元翟洪铨,扬州东台县廪生。常熟:叶士荃廿四名、金鹤年廿七名、沈济八十四名、蒋鹏倬一百名;副张治。昭文:黄宗城六十一名;副陶炳威。表再侄沈用宾功夫极深,棘闱屡蹶。今岁偕同志读书三峰禅寺,有志竟成,为之一快。吾宗应试者九人,皆非刻苦用功者,无一获隽,皆无伏案之功,固不得委之命,宜也。灯下偶检行箧,得李吉人阻风燕子矶、游宏济寺所钞碑刻,蒋湘帆先生书记游一则,录于左:

"乾隆八年春三月杪,余自金陵返吴门,舟行阻风,乃策杖登燕子矶,谒壮缪祠,慨然怀古,吟眺久之。复乘兴过宏济寺,折入禅院,青山危阁,古木禽声,云水苍茫,一望无际。壁间有熊、张、陈、鄂四相国及诸名人题咏,蕞尔幽栖,遂称胜于大江南矣。衲子超文烹泉款余,为言寺创自晋,院宇则洪武初补建,代有修葺。指窗外树曰:'此海南安罗数百年物,其子可愈胃疾。'且言其祖蒲庵道行甚高,与当时贤豪长者为方外交,唱和成帙。岩下阅藏处,空江独立,树杪江声。题额亦马襄平、张文端为蒲庵作也。余爱其地僻人闲,徘徊不能去。老僧号默默者,适自外来,余笑问:'人生以何为贵?'答曰:'以自然为贵。精、气、神是三宝,精足不思淫,气足不思食,神足不思睡。能足三者,出尘之士。'默默时年九十三矣,而貌清神逸,翛然如孤鹤,殆实有所得而非虚言者。嗟乎!扰扰尘埃中,岂易觏此耶?晚钟送倦客,明日遂挂帆而东。长白觉罗雅尔哈善记。江南拙老人蒋衡书。"

二十日庚寅(11月3日) 晴。晨,闻宋养初承庠北闱报捷,养初场后丁内艰,已回籍。弟承昭、侄树滋癸酉、丙子相继登贤书,今养初又以拔贡工部主事捷京兆，科名之盛甲于松郡。午后，子韶来。夜饭后，纯嘏来，云在宋处见北闱全录，吾邑中式两人：周廷桢、彭福荪。彭姓吾邑甚少，未识何人，或籍贯误耳。周系大侄学生，惜乎不及见也。

二十一日辛卯（11月4日） 晴。晨出，吊宋西簃夫人。

二十二日壬辰（11月5日） 晴。求忠书院补六月分吕山长课：文题“樊迟问仁”一节，诗题“湖目芳来百度游”。去年六月课亦是此两题。晴窗无事，钞东方曼倩《客难》一篇。

二十三日癸巳（11月6日） 晴。灯下钞扬子云《解嘲》。

二十四日甲午（11月7日） 微雨。日间钞毕《解嘲》，灯下钞《解难》。竟夜雨。

二十五日乙未（11月8日） 雨。寅初二刻立冬。钞毕《解难》，钞班孟坚《答宾戏》。夜半西北风大作，雨止。

二十六日丙申（11月9日） 晴，西北风甚大，骤冷。钞毕《答宾戏》。午后，走答耿思翁，不值。访达泉、子绵，薄暮归。夜，与铜儿谈商纣炮烙之刑。“烙”，《前汉书·谷永传》《后汉书·王畅传》皆作“格”，格以铜为之。《史记·殷本纪》“炮烙之法”句，王念孙详辨其误，然承讹已久，若制艺中用“炮格”，难免胡人见布而疑麖，越人见罽而骇毳矣。

二十七日丁酉（11月10日） 孝慈高皇后忌辰，晴。晨出，吊杨砚斋，其堂弟少村、祝善卿皆晤。午后，钞张平子《应间》。

二十八日戊戌（11月11日） 晴。钞毕《应间》，钞崔亭伯《达旨》。

二十九日己亥（11月12日） 孝敬宪皇后忌辰，晴。晨，府学张慎伯世兄来。宗谨。午后，钞毕《达旨》，钞蔡伯喈《释诲》。

三十日庚子（11月13日） 晴。晨，钞《释诲》。夜，子固来，属书祝善卿送人对。

十月初一日辛丑（11月14日） 晴。晨，上府，文庙行香。归，书小霞、韵泉、菊卿、善卿款对四副，李作梅子啸山纨扇一柄。午后，钞毕《释诲》。太尊小课："画鹤赋以'形留座隅势出天表'为韵"，"赋得'郊原远带新晴色'五言八韵"，"《行苇》为公刘诗考"，"云台功臣优劣论"，"读渊明全集书后"，"董文敏宝塔金刚经石刻跋"，"和渊明饮酒诗七言八韵"。补录九月初一小课题："九霞仙饮东坡真一酒赋以'声节高歌海风振水'为韵"，"赋得'政平讼理'得宣字，五言八韵"，"李纲、宗泽论"，"钱始何代并历代铸钱同异考"，"河有两源说"，"读《明史》边臣诸列传书后"，"拟渔洋《秋柳》元韵"，"刻桐为鱼扣石鼓七排十二韵"。

初二日壬寅(11月15日)　晴。杨荫盦索书楹帖。

初三日癸卯(11月16日)　晴。苏州范庄前章万隆送双广漆牌杌六只来，价每四角。

初四日甲辰(11月17日)　晴。晨，钞夏侯孝若《抵疑》。午，补十月朝祭先。新选常州府荆溪县训导姚壮之之烜来辞行，因无会客处，未见。饭后，走访达泉。

初五日乙巳(11月18日)　阴。晨，子铭片邀全节堂给发棉衣，属到堂陪太尊、府县，未吃饭即回。余同达泉在彼吃饭，同席衡翁、耿思泉、宋西簃、沈梧轩、尹子铭。席散，出西门答拜壮之。灯下钞毕《抵疑》。

初六日丙午(11月19日)　微雨。晨，上府，太尊生日，挂号回。先曾祖妣曹太孺人忌日。午后，钞束广微《玄居释》。晨在府署官厅，闻杨超亭谈刘泖生履芬在代理嘉定县任程序东调帘。引刀刺喉而死。泖生本书局提调，曩余在局时，晨夕聚晤，学问极渊博，终日写书不倦。今代理县事，胡竟至此，可知作令之难。明山宾谈书不辍，何堪官耶？信然。

初七日丁未(11月20日)　阴。午后，子铭来，未晤。钞毕《玄居释》。灯下钞皇甫士安《释劝论》。

初八日戊申(11月21日)　晴。府房(夏云卿)钞阅俸满催验看府札底稿……因未识开销多寡，致书浩泉，属其开示，兼寄缦云、芝生求书之件，并附吉人求子愚书画条幅。

初九日己酉（11月22日） 晴。晨，夏云卿来。午后及灯下钞《释劝论》。

初十日庚戌（11月23日） 小雪，雨。慈禧皇太后万寿。寅初，到文昌宫拜牌，回已天明，详府给发宾兴报销。接府信，要学中举一人备修府志采访。接芝生初七日书，知小江病故，其次孙先卒。又附儒卿信及钞示《湖田书屋记》，又详府转详学宪观风诸生等第清册，请发还观风卷。灯下钞毕《释劝论》。

十一日辛亥（11月24日） 雨。钞郭景纯《客傲》一篇。

十二日壬子（11月25日） 雨。晨，访衡翁，商举采访之人。达泉来。

十三日癸丑（11月26日） 晴。晨，屈味霞自常来松访纯嘏，过我，云常、昭月之二十日县试。太尊邀明日饮。

十四日甲寅（11月27日） 晴。辰刻，上府贺喜。太尊得子满月。午刻赴席，同席柘林厅彭□□、杨超亭、茅介庵、屈达泉并主人而六。接韩小坡讣，月之二十五日领帖。

十五日乙卯（11月28日） 晴。晨，上府，修志采访举廪贡生潘冶山兆蓉，开单，面呈太尊。文庙行香。

十六日丙辰（11月29日） 晴。冯树卿来。

十七日丁巳（11月30日） 晴。味霞回常。接绣园信，因亲戚李康伯茂才病目，属询眼科闵月松在家与否，欲来松就医也。

十八日戊午（12月1日） 晴。午后，衡翁来，谈至薄暮去。灯下作书覆绣园。

十九日己未（12月2日） 晴。晨，祝善卿来。午后，杨古醖来，未晤。晚，善卿同杨少村守之来。

二十日庚申（12月3日） 晴。开仓，仅收猛将庙佃保高坤田一户。子愚寄到吉人属画条幅。

二十一日辛酉（12月4日） 晴。晨，访衡翁，周友翘同李爱棠世兄亦至。晚，元茂酱园俞姓来。灯下作书致五哥，封寄芝生诸件，又封大媳、二保、云儿媳、孙男女、佩女处压岁洋，令周桂明日回常带交。

二十二日壬戌(12月5日) 晴。晨，令周桂送王太太回家。午后，访达泉长谈，薄暮归。寄韩小坡吊分。接浩泉覆书。竟夜西北风。

二十三日癸亥(12月6日) 晴，西北风甚大，骤寒。午后，到荷池巷答杨古醖，晤谈良久，出示同人往来尺牍。

二十四日甲子(12月7日) 大雪，晴，水始冰。

二十五日乙丑(12月8日) 晴。达泉还《水浒》一部。子固索书杏初楹帖。

二十六日丙寅(12月9日) 雨，晨微雪。往吊衡翁夫人出殡。杨古醖来，赠其高祖杨皆言《崇雅堂诗钞》一本、《太夫人行述》一本。达泉亦从衡翁家来。

二十七日丁卯(12月10日) 晴。求忠书院吕山长九月分课：文题“吾闻其语矣(不注何句)”，诗题“五韵甘心第七成(得秋字)”。树卿书来，云诗题系陆鲁望诗：“梁王座上多词客，五韵甘心第七成。”惟《韵府》不载原韵目，不知何以得秋字。午后，走访子铭，不值。到学宫，又至达泉处，归已上灯时矣。

二十八日戊辰(12月11日) 晴。张秋园耀来。阅选青廿三日致铜儿书，知县试正场渐之再侄名列第四。黄昏后周桂回松，知廿二开船，青浦阻风两日，直至廿六到常，带来五哥、芝弟、选青各信。

二十九日己巳(12月12日) 晴。祝善卿来。府房夏云卿来，嬲之不休，送洋四元。

十一月初一日庚午(12月13日) 晴。晨，上府，太尊小恙，不见。文庙行香。是日府小课：“刺绣五纹添弱线赋以题为韵”，“赋得‘葫芦中汉书’得芦字，五言八韵”，“帝尧、皋陶稽古说”，“汲黯论”，“拟王子渊《圣主得贤臣颂》","绿萼梅、腊梅七律各一首","消寒词七绝,不拘首数"。

初二日辛未(12 月 14 日) 晴。午后,书荫龛、杏初款对两副。

初三日壬申(12 月 15 日) 晴。晨,祝善卿、杨守之来。猛将庙各佃交租廿三石零。晚,吕庭芝来拜。

初四日癸酉(12 月 16 日) 晴。晨,出西门,答拜庭翁,不在舟中,未晤。晚,移尊华学署,邀庭翁小酌,同席耿思翁、尹子铭、金紫庭、达泉,二鼓归。

初五日甲戌(12 月 17 日) 晴。

初六日乙亥(12 月 18 日) 晴。求忠书院补南汇十月课,晨出点名。文题"子曰:女以予为多学而识"一章,诗题"诗作马蹄随笔走"。回,访达泉。喻锦翁来。

初七日丙子(12 月 19 日) 阴。接沈甥似泉十月初十颍州书。

初八日丁丑(12 月 20 日) 晴。接云儿致铜儿书、仲展二侄书。云儿本科省试卷又出房,铜儿房备;伯印大侄于前月廿四得一女。晚,作书覆似泉,附七绝四首。

初九日戊寅(12 月 21 日) 晴。夜,冬至节祭先。

初十日己卯(12 月 22 日) 冬至,晴。寅初,到文昌宫拜牌,卯初回。巳刻,上府贺节,答拜前营赵廷贵。华、娄县试正场。华:首题"浸润之谮,肤受之诉,不行焉第二段";二题"如得其情";未冠"亦可以为成人矣";诗题忘。娄:首题"问知子曰知人樊迟未达";二题"岂惟口腹有饥渴之害";未冠"富哉言乎";诗"文笔鸣风"。

十一日庚辰(12 月 23 日) 晴。

十二日辛巳(12 月 24 日) 晴。

十三日壬午(12 月 25 日) 圣祖仁皇帝忌辰,晴。先考朝议府君忌日。午后,尹子铭、五峰和尚来。

十四日癸未(12 月 26 日) 晴。华、娄县试初覆。晚,接绣园书,寄示耿贞女诗。求忠书院青浦课,未出点名。文题"此之谓絜矩之道至民之所恶恶之”，诗题“三冬文史足用”。

十五日甲申（12月27日）　晴。文庙行香，上府。昨华、娄初覆题：华“有私淑艾者此五者”；娄“使骄且吝”；经题“水火金木土谷惟修”；诗“起弄明月霜天高”。接刘泖生讣。

十六日乙酉（12月28日）　晴。月食，未接县移，护月不去。

十七日丙戌（12月29日）　晴。猛将庙各佃交租四十七石零。

十八日丁亥（12月30日）　晴。晨，令周桂同书办往枫泾一带收租。晚，徐雪舫来斛斋米。华、娄县试二覆。华：“圉圉焉少则洋洋焉攸然”，诗题“诸溪近海潮皆应”，赋题未知；娄：“夫蚓志不在温饱赋以题为韵”，“以风鸣冬”。

十九日戊子（12月31日）　晴。午后，夏冰甫来。

二十日己丑（1880年1月1日）　晴。午后，走访达泉，见君韩寄来县试诸作，甚佳，谈至薄暮归。太尊札发求志书院冬季题目。达泉云酉君来松，说邑中某出重润请杨濠叟书楹帖，携至京师送两翰林。两君因称呼无“大人”字，立即扯毁。余谓两君若见《柳南随笔》，断不出此。然习尚相沿，只得从俗，过于泥古，未有不招怪者。

二十一日庚寅（1月2日）　晴。张椒岩娶媳，冯树卿嫁女，差长班送分道喜，未去。县试三覆：华“币不得免焉至事之以珠”，诗题未知；娄“为此诗者，其知道乎”，诗“人语中含乐岁声”。

二十二日辛卯（1月3日）　晴。临睡时，三儿移灯相照，油污我狐皮长袖挂，左袖淋漓。

二十三日壬辰（1月4日）　晴。

二十四日癸巳（1月5日）　晴。晨，侯慎卿来，县试末覆：华作六起讲“五者天下之达道也”，“年已七十矣”，“冬日则饮汤”，“月无忘其所能”，“岁十一月”，“考诸三王”；娄作四起讲“小人哉硁然句”，“君子哉伯玉句”，“人焉廋哉下句”，“天何言哉下句”。

二十五日甲午（1月6日）　小寒，晴。

二十六日乙未（1月7日）　晴。县试发正案，娄案首杜亮时。

晚，各廪生来谈武保结事。

二十七日丙申(1月8日) 微雨。晚，接仲展二侄廿三日信。

二十八日丁酉(1月9日) 阴。巳刻，下操场校射，毕，未初回。接祁浩泉信，缦云、芝生款条幅、对。又接王印侯信甫书，告知太平巷房屋转典沈姓。灯下作书致禹山兄，覆仲展侄，王君复书即由仲展信中寄去。致芝生弟书，寄还浩泉书对，附寄缦云条幅。夜微雨。

二十九日戊戌(1月10日) 午后，雪。

三十日己亥(1月11日) 阴，夜雨。

十二月初一日庚子(1月12日) 微雪兼雨。太尊上省，未上府。文庙行香。回，到华学剧谈。午后，接五哥廿六日书，述王姓赎屋事；糙米价一元六角，粞一元二角七分；族中府试无前列者。

初二日辛丑(1月13日) 晨晴，午后阴，夜雨。

初三日壬寅(1月14日) 晴。晨，接昭学杨镜泉书，知令嗣少泉中北闱副车。寄朱卷二本，其一属交华学廪贡生王兰亭拱宸，系少泉业师。又接似泉父子十一月十三日致铜儿书。薄暮，天马山各佃交租廿七石八斗，斛毕已黄昏矣。

初四日癸卯(1月15日) 阴。汤荃君送朱卷来。衡翁送鱼脯、熟鸟。

初五日甲辰(1月16日) 穆宗毅皇帝忌辰，雨。筛米。

初六日乙巳(1月17日) 孝惠章皇后忌辰，晴。周桂自枫泾回，因查出向收蒲租四户实系稻田，来城出谕单，谕保正、佃保查覆。午后，往枫泾。

初七日丙午(1月18日) 雨。接府详委明年监院札。

初八日丁未(1月19日) 雨。求忠书院吕山长十月分课：文题“尧舜性之也”三句，诗题“夜潮留向月中看”。接芝生弟初五日书，附儒卿信，并录示竹桥先生《大石山房记》《湖田书屋记》。知我斯再侄府试初覆由六十余名拔第一，即作书复芝弟，附寄致五哥书，属其杨镜泉处送贺分，覆杨书附五哥信内。晚，雨止。

初九日戊申（1月20日）　大寒，雨。详学宪候廪生侯增祥收缺。

初十日己酉（1月21日）　雨。送衡翁枣糕、熟肉。

十一日庚戌（1月22日）　孝和睿皇后忌辰，雪，砚水生冰。

十二日辛亥（1月23日）　孝德显皇后忌辰，雪霁，寒甚。晚，沈仪廷来交卷，晤谈良久，留吃点心。

十三日壬子（1月24日）　阴。封寄刘泖生吊分。

十四日癸丑（1月25日）　微雨兼雪。接县移开封印信日期、十二月十九日午时封印，正月十九日辰时开印。时宪新书一本。又："娄县为转移事。奉本府正堂博札，奉督学部院夏札开：照得本部院查接管卷内，上年八月间林前院通行约禁教官以及应试生童吸食洋烟一案，恳切详明，诚培教化、端士习之良法也。惟是饬禁以来，计逾一载，限期已满，而各属并无详报，行之不力，概可知矣。本部院既奉恩命留任，于兹三年之中，冀必获观成效，因不追夫既往，惟期戒于将来。查照林前院所定章程，略加损益，另予期限，以图更始，合再通饬谕禁。札府转饬各学教官，即便遵照举行，出示晓谕，共相劝导，共相警觉。俾未犯者勿开嗜好之萌，已犯者咸矢湔除之力。学校士习蒸蒸日上，本部院有厚望焉。所有章程开列于后，其各凛遵条约，实力奉行，慎毋玩违，致干未便，切切。等因到府，抄粘饬县。奉此，合因抄粘转移。为此，合移贵学，请烦遵照宪札办理。须移。

"一、学官为诸生表率，间有因病犯瘾者，限以半年戒断，如期满不断，即行参处。其在六十以上者气血较亏，准呈明展限半年，如再不断，仍行参处。

"一、生员吸食洋烟成瘾者，限半年戒断，其在六十以上者，亦准展限半年，如期满不断，均由学详请注劣，不准与试。

"一、应试童生，于报考结内注明并无吸食洋烟字样。其有实犯烟瘾者，查出即于县府考册内除名，并将该认保停保。

“一、廪生有保结童生之责，更不宜吸食洋烟，仰各学教官查明。如有烟瘾已成者，即在限内，亦不准其出保，如有蒙混，惟该学教官是问。

“一、学官限期，以文到之日为始。其吸食洋烟者，由该府指明具禀，如容隐不报，一经察出，唯该府是问。

“一、生员限期，以该学出谕之日为始。奉谕之后，其吸食成瘾者，该生员即诣学具禀，呈明遵戒，由学汇齐，申详立案。

“一、学官平日留心察访，极力劝导，俾诸生已犯者涤旧染以自新，未犯者触腥闻而若浼，一二年内见有实效者，准该府保请择尤。”

十五日甲寅(1月26日) 晴。晨，上府，文庙行香。回，访达泉。午后，衡翁来。

十六日乙卯(1月27日) 晴。午后，侯慎卿来，明日赴江阴考贡，送贽两元，未受。剧谈良久，吃枣糕，薄暮去。康泰喻锦涛送年盘四，受鲜蹄一只、福橘一盘。

十七日丙辰(1月28日) 晴。沈谔士送朱卷来。送汤荃君苹分一元。

十八日丁巳(1月29日) 晴。晨，访衡翁，他出，未晤。顷之，衡翁来，剧谈良久。接芝弟十五日覆书，云所需之物，明春初旬专人来取；思周再侄与王姓联姻，叔藩次女；我斯再侄府正案第十一名。附寄念庭、鲁眉、汉峰三侄粤东贺节帖，知念庭宁海俸满，回省验看；汉峰因侄妇有身，未赴京兆试，尚在湖南甥馆。向衡翁家借磨，推年糕粉。

十九日戊午(1月30日) 晴。巳刻，上府。午时，封印。夜，蒸年糕。

二十日己未(1月31日) 晴。送衡翁黄白糖脂油糕两甑、鸡蛋五十枚。送喻锦涛黄白脂油糕两甑、鲜蹄一只。送沈纯嘏脂油糕一甑、年糕二块，枫泾酱蹄二只。周桂同书办枫泾收租回，兑价一元五、六、七角不等。

二十一日庚申(2月1日) 晴。晨,周桂同书办往鲇鱼浜、涨庄等处收租。送达泉鸡子六十枚、脂油糕两甑。寄选青信、大媳信。夜微雨。

二十二日辛酉(2月2日) 微雨。接昭学杨镜泉覆书。藩吏科王荣生元华信来,索季咨册费,因向无此款,未付,给来人川资二百文。寄五哥酱蹄两只、蜜枣二斤、宪书一本(局已停班,不寄,打回)。达泉送来雨前茶两瓶、苏州脂油糕四块。阅选青致铜儿书,云佩女明春人日左右来松。喻锦涛来。

二十三日壬戌(2月3日) 阴。周桂鲇鱼浜等处收租回。竟夜雨。

二十四日癸亥(2月4日) 酉初二刻立春,微雨。晨,府县迎春回,在府堂拜太岁,未去。酉刻,上府,鞭春毕,上手本贺喜。钱梧生送年糕、宪书。学租报销卅八两,由书办转交,并今春解司饷欠我八百文,一同算讫。沈子固送米糕两甑、盐肉一块。府县房、礼生开销,书办均来领去。夜雨。

二十五日甲子(2月5日) 孝庄文皇后忌辰,雨。送府学张子绵脂油糕一甑、酱蹄一只。晚,陆吟甫来。元茂有人来。移青浦县催十一月求忠案。

二十六日乙丑(2月6日) 雨。张子绵送桂元两包、鲜肉一块,送道士糕一甑、花生一包。书办进来算帐。竟夜雨。

二十七日丙寅(2月7日) 雨。衡翁送冬笋六只、饼六卷。接姚壮之荆溪驿递书,托送家信一函。书云此间景象荒索异常,田里大半荒芜,礼数诸从简略,想清寂之况更甚于娄学也。夜,过年祀神。竟夕大风,雨止。

二十八日丁卯(2月8日) 风。喻锦涛来。午后,泥途走访达泉,见君韩府试诸作正案第三,剧谈至暮,返。

除夕戊辰(2月9日) 晴。晚,上府辞岁。夜,祭先。尘缘碌碌,一年又过。放翁诗云:“老来岁月似奔轮。”信然。

光绪六年庚辰日记

元旦己巳(1880年2月10日) 晴。丑正,赴文昌宫拜牌。黎明,诣文庙行香,即至华学拜年,吃点心。同至府署,偕华、娄两县同到太尊前贺节,行礼毕即出。至提辕挂号,及两县诸同寅、各营贺节。归途顺至各处,遇达泉适自敝寓回。拜天香、灶神,先考妣真容前上糕团。行礼毕,略睡。沈纯嘏来,饭后同三儿到纯嘏处。

初二日庚午(2月11日) 阴。城外各处拜年。

初三日辛未(2月12日) 高宗纯皇帝忌辰,阴。

初四日壬申(2月13日) 晴。午后,达泉同章保来,薄暮去。军门邀初八日春酒。夜,接五路。三更后雨。

初五日癸酉(2月14日) 雨。令周桂提辕辞酒。真容前上供。太尊邀明日春酒。寄禹山五哥信物。晚,令周桂府署辞酒。夜雨止。

初六日甲戌(2月15日) 晴。晨,三媳同孙男女至华学拜年。接府札,本月二十日府考,十八取齐。

初七日乙亥(2月16日) 世祖章皇帝忌辰,晴。午后,达泉夫人来拜年,同三儿出西门,路滑难行。卷芳阁买信封、信笺,俞天成买天王补心丹。寄覆韩香蟾信。黄昏雨,夜半止。

初八日丙子(2月17日) 晴。晨,奉贤学金紫庭来拜年。选青、佩女同两外孙来,送来火腿一只、咸鸡一对、黑枣三斤、馒头四十、蜜饯两瓶,带到芝生送馒头五十、汤包一百,大媳送酱鸭一只、酒酿一瓶、蜜饯一瓶,二儿送火腿一只、晶糖一包、苏州脂油糕四块。雨竟夜。

初九日丁丑(2月18日) 竟日雨。选青到华学拜年。午后,达泉来答，雨窗谈至暮去。夜，掷骰子。竟夕雨。

初十日戊寅（2月19日）　雨水，雨。夜，掷骰子。雨竟夕不止。

十一日己卯（2月20日）　孝全成皇后忌辰，雨竟日夜，夜半继以雪。

十二日庚辰（2月21日）　晨雪泽如雨。

十三日辛巳（2月22日）　晴。因稍齿痛，子铭招饮，辞之。选青、佩女、三儿作沪上游，纯保因吃乳同去，贵保留松寓。夜月甚明。

十四日壬午（2月23日）　宣宗成皇帝忌辰，晴。午后访达泉，谈至暮，乘月而归，途遇魏盘仲彦。

十五日癸未（2月24日）　晴。晨，上府，未见，文庙行香。侯慎卿来拜年，云去冬赴江阴考贡，除夕回松。题："子贡曰：《诗》云如切如磋，如琢如磨"，经题"儒有今人与居，古人与稽"，诗题"腊鼓鸣，春草生"。茗谈良久去。夜无月，枕上闻雨。

十六日甲申（2月25日）　阴。华捕厅纪善亭招十八日饮。午，上供，收先考妣真容、亡妻遗影。晚，微觉头晕，令三媳提痧。

十七日乙酉（2月26日）　雨。晨，选青诸人沪游回松，令长班纪处辞酒。接禹山五哥十三日信，知其又得一孙。

十八日丙戌（2月27日）　雨。府札委二月初四祭吕祖，初三、十五祭文帝。后殿行礼。

十九日丁亥（2月28日）　晴。辰时开印。府署回，浩泉、子愚来，俟其去，书斗已齐，即拜阙、拜印。点卯毕，徐理山（斗文，宜兴人，乙酉拔贡，庚午举人，署上海学）、杨竹轩、朱佩秋皆来。申时，到试院，俟太尊进院，同各学谒见。回，顺路答拜诸同寅，归已上灯。慎卿适在，留吃夜饭。

二十日戊子（2月29日）　晴。府试华、娄两县童生。丑刻，到贡院。封门，天已明，予同达泉留场。放三牌出，已四更矣。

二十一日己丑（3月1日）　孝穆成皇后忌辰，晴。余未起，选青、佩女、两外孙回常，三儿附舟而归。午饭后，见二儿昨致三儿信，云学宪苏属岁试二十七取齐。晚,耿思泉招廿三日饮。

二十二日庚寅(3月2日) 晴。府试奉、金、上三县童生,未到贡院。晚,访子愚、浩泉,耿思泉、伯齐、杨竹轩相继至,剧谈良久,归已上灯矣。

二十三日辛卯(3月3日) 孝圣宪皇后忌辰,晴。详学宪增生倪宇清补廪及遵办禁烟章程,并详府。巳刻,赴思泉之招,同席金紫庭、杨竹轩、陈子愚、祁浩泉、屈达泉、袁缦云,进,松江人。并主人而八。朱佩秋、徐理山未到。

二十四日壬辰(3月4日) 晴。府试南、青两县童生。丑正,到贡院,俟良久才放二炮,至三炮开门。南汇点名时人声喧嚷,询之,知有冒籍者,将其人逐出,始定。点名毕,回,天已明。接学宪侯增祥收廪批回,接本府考试武童二月十二取齐札。倪获书宇清来见。

二十五日癸巳(3月5日) 惊蛰,晴。晨,姚少廉来。午后,杜鼎梅凤龄来见,因举优。

二十六日甲午(3月6日) 晴。华、奉、娄、金初覆。丑正,到贡院。黎明封门,余与浩泉留场。三牌冒雨出场,天已明。

二十七日乙未(3月7日) 雨。出场即睡,起已午初,即赴华学。是日同请六学同寅,到者金紫庭、朱佩秋、陈子愚、祁浩泉、予与达泉,共六人。接府二月十二日书院甄别札。

二十八日丙申(3月8日) 晴。上、南、青初覆,未到贡院。接县移录取武童名次册,接扬州府江都县、甘泉县学移文:"为移知事。案照光绪三年,据扬城绅士周凤藻等自行捐资,禀请设局采访本属及寄藉已故、现存孝贞烈节妇女黄氏等三百四十七口,造册送学,即经照造加结移县,详奉抚宪吴、督宪沈、学宪林题请旌表在案。兹于光绪五年十二月十六日,准江、甘二县胡、徐移,奉各宪札,准礼部咨,仪制司案呈,所有前事一案,光绪四年十二月十七日题,十八日奉上谕:依议。钦此。相应抄单知照可也。等因。转饬查照光绪三年分详报各原册,核明部单准驳,分别遵办,并传知各节属知照,抄粘到学。准此。查奉准旌表案内，儒童陈宝镛之妻林氏等二口，寄籍扬属，原籍娄县。除由该绅士等建祠设位，春秋致祭，并给谕各该氏家属知照外，合行抄粘移知。为此，合移贵学，请烦查照备案。望切望切。须移。

计开：儒童陈宝镛之妻林氏、武生陈怀本之妻许氏。

以上二名系江苏娄县人。”

二十九日丁酉（3月9日） 孝仪纯皇后忌辰，晴。遣周桂到元茂。

三十日戊戌（3月10日） 晓雨。府试七县童生经古、性理。因长班迟叫轿夫，到试院前知点名将毕，未出轿即回。晚，王太太来信，云铜儿廿三日晚到家，廿六日同伯印赴苏。

二月初一日己亥（3月11日） 晴。文庙行香。回，访达泉。杨超亭招初三日饮。移华、娄两县，领十五日祭文帝执事生胙肉钱。

初二日庚子（3月12日） 晴。府试七县二覆。寅初，到贡院，点名毕，天已明，出武童府考示。杨竹轩、朱佩秋邀初四日饮。午后，赴文昌宫省牲。

初三日辛丑（3月13日） 晴。丑正三刻，诣文昌宫，后殿行礼毕，两县才至。太尊因覆试未净场，不到，俟军门至，行礼。毕，天已明，回即睡，起已午初。接三儿初一日苏城试寓信，寓官太尉桥胡姓家，同伴沈稚莲、云儿、伯印、仲展。云学宪三十日案临，初二日开考，初四岁考头场。归公恒于正月初八谢世，钱安仁亦于正月病故。去年五月中回常，曾访公恒，见其老态龙钟，杖乃能行。新年选青来，知其去冬又得一子，方谓老当益壮，孰意去年五月中炎宵一别，竟成永诀，老友中又少一人，难免晨星之慨。午后，赴超亭之招，同席茅介庵、徐石泉、屈达泉、纪喜亭、娄捕王端甫，席散已晚。日间地潮天热，晚闻雷，继以风，竟夕雨。

初四日壬寅（3月14日） 晴。晨，出东门，祭吕祖。回，到浩泉处，紫庭亦在，谈片时，同往竹轩寓，佩秋已在。是日两君觞客，同席沈梧轩、浩泉、紫庭、达泉，惟理山后至。选上海学符篑山于初六日接印，理山卸事，即欲计偕北上。席散，偕浩泉阅书市肆，买《史记菁华录》《陆宣公集》，共洋二元。

初五日癸卯(3月15日)　晴。寅初，到世英堂祭武帝，两县、达泉已到，俟太尊、军门来。黎明行礼，回已辰初，即睡，起已交午矣。

初六日甲辰(3月16日)　晴。府试七县三覆。寅正，到贡院，余与紫庭、达泉留场。黄昏微雨。三更余放三牌出场，知篑山来拜。

初七日乙巳(3月17日)　孝淑睿皇后忌辰，晴。灯下作书致佩女，明日寄。

初八日丙午(3月18日)　晴。茅介庵招初九日饮。午后，至荷池巷访紫庭，偕至浩泉处，同出西门，在三三径层楼上啜茗，薄暮归。

初九日丁未(3月19日)　子正二刻，大雷电以雨。丑正，诣文庙，时达泉崇圣祠行礼已毕，俟超亭到，雨略止，即在戟门行礼，上殿颇远。祭毕，先到府学，代子绵祭崇圣祠。两县及诸同寅相继至，俟太尊、军门到，复雨，大风，亦在戟门行礼。祭毕，冒风而回。天已明，略睡即起。拟至篑山处道喜，顺赴介庵之招，而篑山适至，坐谈片刻，同到娄署，达泉亦来，坐无他客。席散，到篑山家贺喜。回，接学宪倪宇清补廪批回，又申覆禁烟章程批回。因详文中未有奉文出示日期，要补报。录学宪批："该学迟之又久，始行申覆，仍无奉文出示日期，其不认真实力奉行，咎有难辞。着严行申饬，仰即仍将奉文出示日期补报备查。缴。"

初十日戊申(3月20日)　春分，晴。府试末覆。黎明，到贡院，点名毕即回。

十一日己酉(3月21日)　孝康章皇后忌辰，晴。汤子韶字来，云附生姚大任(荫松)请举优。陆吟甫来。

十二日庚戌(3月22日)　晴。太尊三书院甄别。黎明，到贡院，子绵、达泉先在，子绵即出，予同达泉放三牌出，将交三更。二牌出府试正案，娄县案首朱廷锡。甄别题，生："凡为天下国家有九经第一句”，诗题“修身以为弓”；童：“凡为天下国家有九经第二句”，“袖中吴郡新诗本”。铜儿三卷，云间沈仪廷代，求忠侯慎卿代，景贤汤子韶代。

十三日辛亥（3月23日） 晴。武童外场。卯刻，到操场，华、娄、奉、金马射毕，吃饭。余饭后即回，详覆学宪禁烟奉文出示日期。申文上日子填十二。

十四日壬子（3月24日） 晴。华、奉、娄、金武童步箭。辰刻，到府署，试两县毕，在帐房吃饭。午后，俟娄童射毕，即回。接三儿初十自常来信，知渐之再侄游庠。常“而愿藏于其市矣关”，昭“而愿出于其路矣耕者”；次“孟子之滕”二句；诗“扇枕温衾（得黄字）”。

十五日癸丑（3月25日） 晴。丑正，到文昌宫，祭毕后殿，诸同寅才至，俟太尊、军门到，行礼。毕，天已明，即诣文庙行香。今日上、南、青武童步箭，不上府，令长班挂号，回即睡。未初起，饭毕，写信寄三儿。冯朵卿出殡，送香烛。

十六日甲寅（3月26日） 晴。武童技勇。辰正，到府署。未初，娄童试毕，即回。接金山县移，查上年廪生空缺。长班发书。

十七日乙卯（3月27日） 晴。接选青十三日信。

十八日丙辰（3月28日） 阴。武童覆试。辰正，到府署。未初，娄童射毕，即回。

十九日丁巳（3月29日） 晴。今日观音诞，想家乡石梅游人如蚁。午后，何秋士来。

二十日戊午（3月30日） 孝哲毅皇后忌辰，晴。接府札发学宪科考各生红案，又札奉署布政使司许催解学租正耗银两札，发督粮道王观风题目，限六月底解府：“颜渊曰：愿无伐善”两节，“大夫以鱼须文竹”两句，“士先器识赋以‘士之致远器识为先’为韵”，“执烛抱燋解”，“拟韩退之《五箴》”，“赋得‘为日为电’得离字、‘包匦菁茅’得包字、‘鞗革金厄’得金字、‘一马从二马’得壶字、‘先偏后伍’得偏字”，“古书、古画、古剑、古琴五律”，“焦山、金山七律”，“邓尉山梅花歌七古”，“三吴水利考”。红案观风题即交长班发书。

二十一日己未(3月31日) 晴。晨,龚鳌峰来。晚,为唐少愚书折扇。

二十二日庚申(4月1日) 阴。午后,欲访达泉,微雨,不果。

二十三日辛酉(4月2日) 晴。午后,走访达泉,中途遇长班,云往横山祭张少宰祠,废然而返。晚,衡堂先生来,谈及从前府教授宜兴崔亦园先生,锡华,□□科解元。为人严气正性,尝面折人过。其时华学师通州张□□年近八旬,惟主仆在署,其世兄每收租、办考时一至即去。一日来谒府学,渠适在座,见其行礼,先生受之不答,即责云:“父已高年,不常侍左右,于心安乎?”彼以处馆东家苦留为辞,先生折之曰:“父与东家孰亲?”即顾衡堂曰:“彼来取贽仪,非省父也。”谓张曰:“速去!此间不能容不忠不孝之人。”其词切直,令人汗下。近来子弟安得闻此发聋振聩之言哉!识之以存古道。

二十四日壬戌(4月3日) 晴。详府解义学春季脩脯。接三儿十九日信,即日覆之。晚,沈仪庭来,茗谈良久。

二十五日癸亥(4月4日) 清明,晴。

二十六日甲子(4月5日) 孝昭仁皇后忌辰,雨。

二十七日乙丑(4月6日) 阴,夜雨。

二十八日丙寅(4月7日) 阴。

二十九日丁卯(4月8日) 晴,夜雨。

三月初一日戊辰(4月9日) 阴。辰刻,上府,文庙行香。

初二日己巳(4月10日) 雨。各门斗补祝土地诞,来请行香,因雨未去。夜雨止。

初三日庚午(4月11日) 晴。午后,走访达泉,剧谈至暮。归,知耿思泉来。

初四日辛未(4月12日) 晴。晨,作书致芝生弟,附寄三媳送贺仪绣礼四种,又致铜儿信,托芝弟转交。午后,到通惠买杭线绉珠皮马挂料，又往皮货店添珠皮尺余。接府发学宪三月十五日取齐札。周桂发书。

初五日壬申(4 月 13 日)　晴。晨，走答衡翁，未晤。接李吉人太仓舟中书(二月廿八日发)。抄阅学院牌示：

"本部院考试教官，遵照定例，与寻常考试一体封门，不许携卷归寓，以杜代倩。仰各学考官知照。特示。

"示太仓州学廪生□□□，前据结称，因病沾染洋烟，业经戒绝。今日考试，本部院看得该生手指烟迹，其未戒断，确有明征，着该学即将该生此次扣保，以示薄惩。如限内仍不戒净，该学即详请扣考注劣，毋得容情徇匿。特示。"

生："馈禾赋以'唐叔得禾命馈周公'为韵"，"试沿流水觅桃花"；童："小松赋以'时人不识凌云木'为韵"，"二月黄鹂飞上林得春字"。覆生："彩旗风暖看春耕赋以'亦服尔耕十千维耦'为韵"，"鸿门会得公字"。岁试：太"《诗》云：王赫斯怒之文王之勇也"，镇"《书》曰：天降下民之武王之勇也"，嘉"《诗》云：刑于寡妻之足以保四海"，宝"《诗》云：乃积乃仓之百姓同心"，崇"《诗》云：迨天之未阴雨之能治其国家"；经题"好贤如缁衣"二句，诗题"循陔采兰"。午后，走答思泉，不值，晤其令嗣伯齐。

初六日癸酉(4 月 14 日)　晴。午后，衡翁来。夜雨。

初七日甲戌(4 月 15 日)　阴。先祖朝议府君忌日。微觉头晕，令三媳提痧。晚，府发书院甄别案。

初八日乙亥(4 月 16 日)　晴。午后，至云间书院看案。回途遇达泉到府学，即同去，与子绵剧谈良久。仍至华学，薄暮返。接胡绣园讣，月之十六日领帖。

初九日丙子(4 月 17 日)　晴。详学宪附生吴培校、张景渊、沈士俊改名。移县文童夏瑞榴补县、府考。出学宪取齐示，谕门斗传考单。

初十日丁丑(4 月 18 日)　晴。子绵来答，因步履艰难，未请出轿。

十一日戊寅(4月19日) 孝贤纯皇后忌辰,晴。

十二日己卯(4月20日) 谷雨,阴。午后,访金紫庭。达泉书来,约明日同舟赴青浦。夜,封寄绣园吊分。卧后雨。

十三日庚辰(4月21日) 雨。三儿同思周再侄到松。饭后,同达泉开船,打头风甚大。晚,到钟贾山,即泊。黄昏,月甚好。三更时又雨,即开往青浦。黎明,停舟学前。

十四日辛巳(4月22日) 晴。晨,同达泉至绿云楼吃茶点。回,到子愚、浩泉署中,子愚留吃午饭,同席竹轩、紫庭、篔山、佩秋、达泉、浩泉。子愚、浩泉留吃夜饭,谈至更余,下船。

十五日壬午(4月23日) 晴。晨起,同达泉至天香楼茶点,在船上吃饭。学宪船到马头,禀见,即问廪生有无吃洋烟者,对以现在却无。云既说无,须出结。回舟即开,黄昏时抵松。

十六日癸未(4月24日) 晴。晨,至试院,良久学宪才到,各教官未传见。回文昌阁吃饭,即到府学,太尊、两县已在。俟学宪行香、讲书毕,又至试院放告、谒见,俟太尊动身始回寓,已下午矣。三儿、思周在阁,吃夜饭,去。

十七日甲申(4月25日) 晴。考生经古。黎明,至试院。午后,三儿、思周来。晚,访子愚。考生古题:性理论"动而正曰道,用而和曰德","志大则才大";孝经论"郊祀后稷以配天","治国者不敢侮于鳏寡";"负薪塞瓠子赋以'从官皆负薪填决河'为韵","吴王猎场五、七古不拘韵","少康中兴得虞字,五言八韵";经解"朔方""南江""西山""东阳""中岳"解;"赤松溪得游字、绿云洞得阴字七律"。接茅介庵信,藩宪欲刻苏省同官录,属开履历,附格式两纸,派刻资洋两圆。

十八日乙酉(4月26日) 晴。考童经古。黎明,至试院。回,各廪生来,具不吸食鸦片切结、互结存学,另具印结详学宪。午前回艾家桥,饭后到阁,拟略睡,途遇子愚,招至阁,坐谈片时,同往达泉处。归,接学宪批回,沈士俊准改名湛霖、张景秋准改名丙旦、吴培校准改名熊光注册。考童古题:性理"礼先乐后论","子孙才族将大论”；孝经论“非先王之法服”二句，“故母取其爱改作时文”；经解“丈人”“胄子”“公孙”“伯男”“先生”解；“南容三复白圭赋以‘盖深有意于谨言也’为韵”，“静以修身五言八韵”，“春泛淀湖、泖湖即景七律各一首”。

十九日丙戌(4月27日)　晴。府、华、奉、娄生正场。余同达泉留场，酉正出来，微雨。末牌发生经古案：正取张锡恭，次取姜飞熊、尹熙栋、张云襄、杜炳锷、谢希傅。岁考题：府“由也升堂矣”二句，华“仲尼之徒”三句，奉“为其可以言也”三句，娄“凡我同盟之人”三句；经题“皇皇者华，于彼原隰。骍骍征夫，每怀靡及”，诗题“蚕月条桑豳”。

二十日丁亥(4月28日)　微雨。补岁考，考教职。辰刻，封门。考教题“夫子循循然善诱人，博我以文，约我以礼”，经题“君子以教思无穷”，诗题“竹解虚心即我师五言八韵”。给卷时另发一纸，将首艺稿录上留内，经文、诗俱带出作，三日交卷。未刻出场，忆二十五岁玉峰岁试，至今三十年矣，复在风檐角艺，可笑可叹！呈学宪廪生互结，出场，发还存学。

二十一日戊子(4月29日)　晓雨。金、上、南、青生正场。封门，天尚未明，回即睡。巳刻起，天晴。三儿携经文、诗来誊写。耿思泉来，因武童莫大坤事，传认保吴清藻面话。陆吟甫送岁考文章来。三儿吃夜饭，去。岁考题：金“舜为法于天下”四句，上“吾岂若使是君为尧舜之君哉”三句，南“予三宿而出昼”五句，青“我竭力耕田”四句；经题“子产犹众人之母也”，诗题“吴松江上米家船”。夜，发府、华、奉、娄一等案，娄学一等十六名：沈祥凤廪、姜飞熊附取古、陈宗彝廪、倪宇清廪、陆鸿飞候廪、杜炳锷附取古、王廷梁附、孙骐廪、陆鸿仪附、周桂廪、尹熙栋附取古、丁昌霖附、张锡恭附取古、张云襄附取古、许绍基附、谢希傅附取古。

二十二日己丑(4月30日)　晴。覆生经古。试院回，作书致茅介庵，交履历一纸、鹰洋二元，属其转寄。周一山、汤子韶来。尹山泉告知会试题目：首“子曰：吾与回言终日”一章，二“柔远人则四方归之”二句，三“又尚论古之人”五句；诗“静对琴书百虑清”。闻昨金山附生某出号拾求人代作草稿，巡捕拉至堂上，某生跪求，适金山学留场，学宪即交本学师戒饬，令在堂上作文[①]。吴蕊卿具禀来。午后，沈仪廷来，茗谈良久。覆生经古题：性理论“天不言而信，神不怒而威”，“西铭与孟子性善养气之道同功”；孝经论“行在孝经”，“立身扬名”；“鸡不供客赋以‘杀鸡为馔以供其母’为韵”，“止辇受言得文字，五言八韵”；经解《论语》“称牢曰说”，《大学》“称曾子曰说”，《中庸》“称仲尼曰说”，《孟子》“称阳虎曰说”；“绫锦堆碑不拘体韵”。

二十三日庚寅（5月1日） 晴。奉、金、上、南童正场。黎明，封门。回略睡，起，备文移县、详府，兵童莫大坤改归民童应试。泗泾秦丽衡垣玉送来《泗泾忠义录》一本。奉“以遏徂莒”，金“而王不予追也”，上“可以衣帛矣鸡”，南“不如人和三里之城”；次题“太公之封于齐也”；诗题“梦见周公得心字”。晚，子愚、浩泉过我。

二十四日辛卯（5月2日） 晴。府、华、奉、娄四学一等覆试。午后放牌，文题“素隐行怪”两节，诗题“静对琴书百虑清”。廪贡生陆钟琦具禀，武生朱大岗霸租吞田，即出单派顶首门斗任第、值日门斗钱源、周杰传讯。晚，访子韶，不值。往府前文粹堂、抱芳阁书坊观书，途遇仪庭，已出场。归，知奉贤陈闻庭兆煃来，属书便面二。子韶来。

二十五日壬辰（5月3日） 晴。华、娄、青童正场。封门，天尚未明。余同达泉、浩泉、子愚留场，酉正出来。文题：华“《书》曰天”，娄“《诗》曰天”，青“《太甲》曰天‘仁则荣’章”；次“孟子致为臣而归”；诗题“伊尹耕莘”。学宪终日在堂上阅文，时而朗诵。

二十六日癸巳（5月4日） 晴。覆金、上、南、青四学一等，同达泉候诸同寅，在文昌阁白玉堂便饭，惟佩秋未到。席间，箕山面订二十八日午饭。覆试题：“亲亲则诸父昆弟不怨”二句；诗题“一帘花影韵琴清”。晚，三儿来，吃夜饭，去。接学宪札，附生惠庆霖、唐传桂、

---

① 此句后原有“貌严而心实慈也”一句，后抹掉。

顾言章、黄廷光、尹瑞蓂、许光墉、朱福清捐贡，开除注册。

二十七日甲午(5月5日)　立夏，晴。覆奉、金、上、南新生。巳刻，封门。达泉云兰坡昨住学署试院，回即到彼道喜，他出，不晤。归后，沈纯嘏同其与伊孙葆初敦培，今岁入泮。过我，坐谈移时去。予即往小仓桥巷答奉贤陈闻庭，兼面致送贡卷喜分，适他出，即交房东沈笠亭转致。便道访戴静卿，不值，即回。少顷，静卿来。午后，书闻庭来两便面。新生覆试题："子曰：譬如为山"；经题"学于古训乃有获"；诗题"迎夏南郊"。晚，朱佩秋过我。夜雨。

二十八日乙未(5月6日)　雨。晨，发华、娄、青新进案。娄县案首杜亮时因诗通首出韵，两艺并劣，不进。武生岁试，点名毕即回。赴篑山之招，七学同寅毕集，酒肴极佳。席散，回，新生皆来谒见。夜，留各廪生酒两席，竟夕之谈，殊觉乏味。

二十九日丙申(5月7日)　晴。覆华、娄、青新生。辰刻，到贡院，达泉已在，各学相继至。点名毕，学宪发各学观风卷，带回金山学一等廪生三人。覆试日学宪察出吸食洋烟，将该生扣保，该学记过。青浦一等一名附生某，并不吸烟，形容素来憔悴，学宪硬派吸烟，札学：如有廪、增缺出，该生须得戒绝后方准充补。冤哉！试院归即睡，思泉字来，招西门外赵家，因其戚季君楳在彼，约余午饮。因昨竟夕不眠，方睡，辞之。起已申正，阿顺来云，李山长昨到艾家桥公馆。覆试题："樊迟从游于舞雩之下至善哉问"；经题"功崇惟志"两句；诗"布谷声中夏令新"。

三十日丁酉(5月8日)　晴。辰刻下教场，申刻回。拟到西门外答季君楳，闻其昨晚已解维，不去。仪庭来。

四月初一日戊戌(5月9日)　晴，午前雨，即霁。武童内场。卯刻，到贡院。华拨府廪生姚锡瓒因点名不到，华童射毕后，学宪特叫该生，询其何以迟至，总是吸食鸦片之故，该生以不食对，尚不信，验其手指，华学师力保其从未沾染，乃信。余俟娄童射毕出，已未初。

杨竹轩送《冷宦烟云画册》来看。晚又雷雨。今日府小课,题:"李白道遇老妪磨杵赋以'白感其言遂卒业'为韵","樱笋厨五言八韵","樽酒簋贰用缶解","《连山》《归藏》是否夏殷之《易》考","陶侃、温峤论","拟卢子谅《览古诗》一首用元韵","柳线、秧针七律各一首"。

初二日己亥(5月10日) 晴。南、青武童内场。卯刻,到贡院,即回。午后,三儿、思周来。达泉回去吃饭,复至贡院,因步射未毕,过我闲谈。闻试华亭技勇,即往贡院。天已晚,余六县技勇要明日矣,故余未去。接娄县移,查上年廪生空缺。周桂发书,并举优名单。

初三日庚子(5月11日) 晴。卯刻,至贡院,俟娄童技勇毕,回,将交巳正。午刻大雨即霁。姚和斋来,因静坐无聊,回艾家桥公馆。夜饭后,回文昌阁,知姚铁松、吴琴轩、张淡如来。三更,发武童案。

初四日辛丑(5月12日) 晨大雷雨。新进文童总覆。辰刻,出去,贡院前积水盈尺,点名毕即回。杨竹轩和我旧韵赠别。竹轩司训南汇十九年,明年七十,欲告病回里。复次韵答之。侯慎卿在秋飞阁午饭,竹轩过我,属代求仇竹屏书寿对。夜,留廪生便饭两桌,竟夕之谈,鸡肋无味。

初五日壬寅(5月13日) 晴。覆七县武童。未刻,回,倦极即睡,起已上灯。知钱梧生过我,云在佩秋寓夜饮,夜饭后往寻之,谈至席散。梧生偕至文昌阁,交代解司饷底稿去,即就睡。

初六日癸卯(5月14日) 雨。奖赏。学宪与八学一等生员一一将试艺评论。上海学一等附生某年已近五,学宪嫌其覆试文语多模糊,云:"老先生处馆否?"对以处馆,曰:"如此文章,贻误子弟。"某生觳觫无地。俟奖赏毕,回已下午。梧生来,遣周桂至艾家桥取洋蚨,令书办备齐空白册结文件等,一并交梧生代为上兑。竟夜雨。

初七日甲辰(5月15日) 雨。学宪起马。至贡院,达泉已到,略坐,即同至祭江亭马头,俟学宪下船见府县后禀见。进城,即回艾家桥,令轿班搬回行李。周桂自文昌阁回,云廪生周一山于昨夜病故，殊深骇悼。昨晨尹鹿笙来，说其肝气大发，奖赏不能对。忆初四夜，留其同各廪生在阁吃夜饭，年过六旬（去年才补廪），恂恂执弟子礼，古道可风，三日不见，遽作陈人，难免祝予之痛。

初八日乙巳（5月16日） 晴。晨，访衡堂先生，谈学宪书院改章事。归，达泉亦从衡翁处过我，约初十日晨同上府。娄县移催漕米。书秋亭款纨扇。

初九日丙午（5月17日） 晴。午后，出西门，到岳庙，访邱元卿，晤谈良久。

初十日丁未（5月18日） 晴。补二月分掌教课：文题“乐节礼乐”三句，诗题“学古入官”。辰刻，上府，太尊谈及学宪疑我吃烟，彼力保，惟姚某可以出结断不吃烟。幸有太尊知我，否则几蒙不白之冤也。午后，附生杜密侯炳锷来见，因举优行。衡堂先生来，谈至晚去。寄选青书，覆金山、娄县移查空缺。

十一日戊申（5月19日） 晴。府学廪生陆玉书鼎昌来。作书致禹山兄、芝生弟、伯印侄、用吉再侄。

十二日己酉（5月20日） 晴。黄渊甫恩煦来，借上年求忠课卷三本。午后，仪廷因举优行，衣冠来谒。何秋士因书院事来。

十三日庚戌（5月21日） 小满，晴。昨达泉字来，云太尊邀巳刻到署。晨，访衡翁，即上府，达泉已在，俟两县到，同见，议书院改章事。午后，出西门买方桌，论价不成，买铅铫、镶烟筒，吃面而返。

十四日辛亥（5月22日） 晴。寄云儿书。

十五日壬子（5月23日） 晴。辰刻，上府，太尊谈志局事，交阅设局章程，面谕两学收掌，继至文庙行香。接伯印侄信。晚，书李作梅来迪昂款便面。

十六日癸丑（5月24日） 晴。求忠府课。辰刻，去点名，顺访达泉。题：“南容三复白圭”，“分秧及初夏”。字招汤子韶午后来。举优行，廪生沈祥凤、倪宇清，附生杜炳锷、尹熙栋、杜凤龄、李士凤、张济寅，详府转详学宪。

十七日甲寅(5月25日) 孝端文皇后忌辰，晴。晚，茅介庵差送华亭增生杨炳奎交学，非本学，未收。

十八日乙卯(5月26日) 晴。府发书院更章札及示，即令周桂将示实贴求忠书院。晚，达泉来，同访衡翁。

十九日丙辰(5月27日) 晴。晨，衡翁来，谈春闱已闻报，府中两人，本城顾香远莲，一上海人，未知姓名。接府委修志收掌札，月之二十四日在县学开局。午后，走访达泉。

二十日丁巳(5月28日) 晴。巳刻，上府谢委，太尊面交修志章程折。

二十一日戊午(5月29日) 晴。晨，太尊来拜。阅长班借来《申报》，会元吴树棻，山东历城人；常熟杨崇伊、庞鸿书，昭文曾云章。杨崇伊，吾邑并无其人，未知是正甫改名否，抑或籍贯之误。松江仅华亭顾莲(第五名)，上海并无中者，苏府江、震、昆、新脱科，五县中九人。午后，到通惠买葛纱袍料一件。晚，接县移，学宪要详报生员吃鸦片。

二十二日己未(5月30日) 雨。午前，书龚梓材、汤荃君扇面。午后，耿思泉来。为沈锡侯表侄重书其先人遗照题词。

二十三日庚申(5月31日) 晴。晚，到何恒源帽铺装帽纬、买扣带。

二十四日辛酉(6月1日) 晴。巳刻，到学。是日开修府志局，太尊、两县继至，总纂、分纂、采访皆至，共酒三席。席散，将各志书收理文、武帝庙，同达泉回到华学，薄暮返。接茅介庵移催漕米，又移知五月十五月食。

二十五日壬戌(6月2日) 晴。午后，邱元卿来。

二十六日癸亥(6月3日) 晴。

二十七日甲子(6月4日) 晴。晨，张子绵来。武举朱川甫正邦会试辞行，兼送闱卷。和斋送贡卷。

二十八日乙丑(6月5日) 芒种，雨。周幼翘桓会试出京，来拜。晚，作书寄选青。

二十九日丙寅（6月6日） 孝慎成皇后忌辰，晴。午后，访茅介庵，带交斋俸划漕印领。回，顺访思泉，不值。

三十日丁卯（6月7日） 晴。接藩宪解饷批详。

五月初一日戊辰（6月8日） 晴。辰刻，上府，继至文庙行香。顺途答子绵，达泉亦在，茗谈片刻，出西门，答周幼翘，晤谈良久。归，接府札，学宪查武生岁考不到者。是日府小课："平生志不在温饱赋"，"果然夺得锦标归"，"海防议"，"李固、杜乔论"，"鲥鱼五言十二韵"，"读渔洋山人诗集书后"，"采艾、浴兰七律两首"。

初二日己巳（6月9日） 晴。

初三日庚午（6月10日） 孝诚仁皇后忌辰，晴。午后，沈约斋祥龙来。

初四日辛未（6月11日） 晴。辰刻，到志局，总纂、分纂、局董皆到。饭后太尊来，晚始散，过达泉剧谈。

端午日壬申（6月12日） 晴。辰刻，上府贺节。晚，接选青四月廿九日信，并霜梅、玫瑰糖、糟鱼四瓶。信云，吾邑进士杨崇伊是正甫改名。

初六日癸酉（6月13日） 晴。午后，姜竹庐飞熊因补廪来谒。

初七日甲戌（6月14日） 雨。沈约斋同青浦邱质甫汝钺来。

初八日乙亥（6月15日） 晴。求忠书院华亭课，晨出点名，题："孔子之谓集大成"三句，"瑶琴一曲来薰风"。志局分纂吴介眉昂锡来。

初九日丙子（6月16日） 晴。晨，向思泉处借阅《申报》。一甲一名黄思永，江苏江宁人；二名曹诒孙，湖南茶陵人；三名谭鑫振，湖南衡山人；传胪戴彬元，顺天宁河人。吾邑庞鸿书二甲第二，杨崇伊四十八；昭文曾云章三甲一百五十五；吾邑散馆者庞鸿文、翁斌孙俱留馆；管辰熲以知县用，惜哉！达泉来，留吃午饭，傍晚去。差答吴介眉。

初十日丁丑(6月17日) 雨。补季山长四月课,题:“子曰:举直至下节枉者直”。

十一日戊寅(6月18日) 晴。周幼翘令嗣葵臣作孚送试草来。家松泉肇瀛会试出京,来拜。

十二日己卯(6月19日) 晴。

十三日庚辰(6月20日) 晴。丑正起,赴世英堂祭武帝,讵料钟太迟,至半途天已明,知已祭毕,即回。午前走答松泉,不值。晤衡翁。接五哥本月初九日书,知北山坟地,用吉同钱伯诚到山丈见进深七丈、后座四丈二尺、门面三丈,其价约三十千,外加零碎,定于十一月成交;廪米尚未粜。

十四日辛巳(6月21日) 夏至,晴。解义学夏季脩。家人合酱。张朗如联奎送试草来。接府札,月之二十五日迎送入学。

十五日壬午(6月22日) 月食,晴。辰初,上府,继至文庙行香。回,到华亭县署谈书院事。接仲展侄十一日书,云王信甫房价尚未交付清楚。晚,至府署护月,子初二刻回。

十六日癸未(6月23日) 雨。接府札,发新进文、武童生红案。

十七日甲申(6月24日) 阴。令长班送《青浦县志》一部交沈仪廷,托其转寄上海,交约斋手收。昨发红案交顾先生手阅。《北齐书·魏收传》:“安德王延宗纳赵郡李祖收女为妃,后帝幸李宅宴,而妃母宋氏荐二石榴于帝前,问诸人,莫知其意。帝投之,收曰:‘石榴房中多子,王新婚,妃母欲子孙众多。’帝大喜。”今喜事人家果品中每用石榴,取多子之意,盖亦有本。

十八日乙酉(6月25日) 晴。求忠书院季山长课:文题“《诗》云:瞻彼淇澳,至威仪也”,诗题“以文会友”。达泉因答拜松泉顺道过访,谈至薄暮,去。纯嘏自常回松,带来佩女信、火腿一只、芡实一包、芝弟信一函,述知杨氏外侄孙女全宝因下岸造屋,上梁即吐血,于月初殇,年方十一,甚敏慧,殊堪惋惜。

十九日丙戌(6月26日) 晴。晨,访衡翁,见《申报》,吾邑庞鸿书、杨崇伊、华亭顾莲俱入词林，松江补殿试夏衔得内阁中书，昭文曾云章得知县。午后，寄复佩女书。达泉交来《南汇志》，即令长班送仪廷，转寄约斋。晚，课童，薙草。

二十日丁亥(6月27日) 晴。晨，出西门，仇、张两处道喜。杨超亭来答拜，未晤。晚，吴琴轩来。汪西侯鸣珂送试草来。

二十一日戊子(6月28日) 晴。天骤热，穿夏衣。汪晓梅来。夜，卧席。

二十二日己丑(6月29日) 晴。晨，令三儿赵襄伯处道喜，令长班仇恩祉、张联奎、周作孚、赵曾篯、陆鸿磐五处送芹分，各五灯四十支。府札发求志书院夏季课题。未刻起阵，大雨倾盆，几及酉正才止。甘霖渥沛，可抵万金，喜甚喜甚。黄昏复雨。

二十三日庚寅(6月30日) 孝恭仁皇后忌辰，晴。先祖妣沈太恭人忌日。仇荻欧恩祉、惠竹君大澄送试钞来。接五哥二十日书，云山地付洋廿七元、钱三十文，贴补中金洋一元、零星钱五百文；又述知沈小楼要做二百千会；邑中米价二元三四角。酉刻又起阵，雨颇大，黄昏尚未止。

二十四日辛卯(7月1日) 晴。巳刻，到局。饭后，太尊、茅介庵皆至。晚微雨，乃散，夜半大雨。

二十五日壬辰(7月2日) 送学，晨大雨倾盆，午后雨势稍止，即往华学署。傍晚到学，时各新进尚未到，良久始齐，俟两县到，一切礼毕，回已酉正。晚晴。接娄县廿四日移文："署江苏松江府娄县为据禀移情事。据库书张逢恩禀称，前奉发出府学、娄学移领俸银，请作收应完光绪五年漕米文领两件，不料此文叠在卷架之中，被鼠衔失，检查无踪，禀求移请补具文领，移送核办。等情。据此，合行移请。为此，合移贵学，希烦饬书查案补送，以便核作收放，掣串移送，足荷舟谊。望切望切。须移。"

二十六日癸巳(7月3日) 晨，和斋来，去后大雨倾盆，午后稍止。堂课新生，到者仅夏彭年、惠大澄、陆鸿磐三人。文题"尧舜之道至是尧而已矣”。诗题“覆一篑进得收字”。郁滨甫梦熊送试钞来。

二十七日甲午(7月4日) 雨竟日。寄覆五哥书。

二十八日乙未(7月5日) 晴。先曾祖有闻公忌日。新进朱廷锡来见,送试钞。始闻蝉。午后,访达泉。

二十九日丙申(7月6日) 晴。寄泗泾秦伟生信。

六月初一日丁酉(7月7日) 小暑。晨微雨。上府,继至文庙行香。往府学答拜同年邵廉甫承纪世兄伯华。溥,山阳县人,己卯副榜。回,天晴。亥子之交,雷雨大作。

初二日戊戌(7月8日) 晴,午后雨。

初三日己亥(7月9日) 晴。午后,尹子铭来,新自沪上回,述知上海学生员吸食洋烟者已出详学宪。晚,洗澡。

初四日庚子(7月10日) 晴。卯正,赴华学略坐,即同达泉到志局,诸人皆未到。少顷,章韵之来,总纂三人继至,沈诚斋、冯树卿、程砚耘、潘冶山、耿思泉偕来,杨超亭亦至,饭后始散。韵之送《云间十家诗》一本。回,阅二儿寄三儿书。天极炎蒸,亥刻起风阵,始觉凉爽。

初五日辛丑(7月11日) 晴。午前又起风阵,作书致二儿,附阅学宪禁烟章程。昨、今连接府札,书院诸生禀请弥封考试,札学议覆。

初六日壬寅(7月12日) 晨晴,午饭时大雨如注,逾时才止。竟日阴,夜复雨。

初七日癸卯(7月13日) 晴。邵伯华拜客送朱卷,顺途过我。新署任娄捕厅郁耀宗来拜。

初八日甲辰(7月14日) 晴。求忠娄县课,点名未出去。文题“吾闻其语矣至吾闻其语矣”,诗题“兰池清夏气”。达泉答拜娄捕郁君,顺过访,属查娄学恩、岁贡,要纂入府志。令长班送和斋贡卷分银三钱。寄佩女信,附寄大媳信。夜半大雨。

初九日乙巳(7月15日)　雨、晴半。午后，潘冶山来。

初十日丙午(7月16日)　晨雨，午霁。接解饷藩司批禀(五月十八堂期收库)。四更时又雷雨。

十一日丁未(7月17日)　晴。晚，张慎伯携其尊人子绵书来，会商书院弥封事。

十二日戊申(7月18日)　晴。

十三日己酉(7月19日)　晴。令长班送邵伯华分洋二圆。晚，吴蕊卿来。重具俸斋划漕印领移县。

十四日庚戌(7月20日)　初伏，晨晴。辰刻，往华学，即同达泉到志局，总纂姚、张、仇，董事耿思泉相继至，分纂仅章韵之、程砚耘到。午后，太尊来。微雨。吃过西瓜，始散。余仍到华学，又吃西瓜、点心，回。夜又雨。

十五日辛亥(7月21日)　雨。晨，上府，继至文庙行香。往府学，达泉亦在，议详府弥封事。晚晴，夜又雨。太尊小课，题:“子龙一身都是胆赋以题为韵”，“赋得‘清恐人知’得清字，五言八韵”，“菉竹解”，“记里鼓考”，“李陵论”，“拟卢照邻《西使兼送孟学士南游》长律用原韵”，“避暑歌”，“迎凉曲”。

十六日壬子(7月22日)　大暑，晴。附生黄啸园元吉来。黄昏北风大作，凉爽异常。

十七日癸丑(7月23日)　微雨。附生徐聪甫昌祚来。文、武生员遵戒洋烟备文造册，详报学宪、府宪。接选青十二日回信，知佩女孕体平安，惟便溏尚未大愈。晚，张慎伯携详稿会商。黄昏又雨。

十八日甲寅(7月24日)　晴。季山长课:文题“今也欲无敌于天下”一节，诗题“绿树阴浓夏日长”。

十九日乙卯(7月25日)　晴。亡妻沈孺人忌。午后，附生沈少圃开祺、蒋仁侯恩培来粮道观风卷四本，呈府转解。致书茅介庵，催完漕串。

二十日丙辰(7月26日)　晴。备文移奉贤县，请七月初八日求忠书院课题目。

二十一日丁巳(7月27日) 晴。阅云儿十七日寄铜儿书，知吾邑大挑一等夏廷烈、殷树森，二等叶如金、归寅、曾云章、即于是科中进士，殿试三甲，即用知县。庞鸿治、邵震亨、仲良树、张祖仁。

二十二日戊午(7月28日) 晴。致书浩泉，代仲展侄求书单条四幅，并属世兄子枞画梅花帐额，亦友人所托。

二十三日己未(7月29日) 晴。晨，达泉到衡翁处，顺道过访。午后，泗泾附生李冠甫继镐、马轶君斯臧、李秋舲士型、冯德馨慎卿、李子渊继深、李鸣岐士凤、戴葵臣明良来。晚，衡翁来，面交应入府志各条，属明日到局交各采访查明。夜微雨。

二十四日庚申(7月30日) 中伏，晴。辰刻，往华学，即同达泉到志局，总纂张、仇，分纂冯树卿、章韵之、沈诚斋、程砚耘，采访潘冶山，董事耿思泉皆到。过午，太尊来，晚始散。知附生朱赞汤、汪若霖来。

二十五日辛酉(7月31日) 晴。向达泉借抄《读杜心解》，缺叶。

二十六日壬戌(8月1日) 万寿，晴。丑初起，丑正赴文昌宫拜牌，卯初回。廿四日致书伟生，今日接复信。晚，冶山来，交采访娄县东北水利一本。竟日忽雨忽晴。

二十七日癸亥(8月2日) 晴。生曾祖妣瞿太孺人忌。府学移知书院弥封府批，准予下月为始。至裁割卷面，另易他纸，亟应出示禁止。如敢故违禁令，该监院破除情面发还。倘迁就，仍行收送，即记过不贷。

二十八日甲子(8月3日) 晴。附生赵光璧、张之骧来。泗泾附生闻崧甫维岳、汪莘门肇楣、马稚眉经泽、杨客樵宝琪、庄雁汀元治，增生张兰池昌麟来。张具遵戒洋烟结。覆伟生信，即托杨客樵带去。傍晚，访达泉，留吃夜饭，乘凉而归。

二十九日乙丑(8月4日) 晴。尹子铭交来鹿笙粮道观风卷，续解府。晚，微雨送凉，觉有秋意。冶山交采访娄县乡保区图册。

三十日丙寅(8月5日)　雨竟日。

七月初一日丁卯(8月6日)　晴。上府，文庙行香。

初二日戊辰(8月7日)　未初一刻十三分立秋，晴。晚，接选青廿八日信，知佩女腹泻尚未全愈；云儿于廿五日又得一女，媳妇产后平安。又接芝生弟廿七日书，附范履端索书宣纸一张。作书寄禹山兄。

初三日己巳(8月8日)　晴。

初四日庚午(8月9日)　末伏，晴。辰刻，到华学，坐谈良久。到局，韵之已在。总纂仇，分纂树卿、诚斋、砚耘、介眉，采访张彤卿、董事思泉相继至。饭后，娄县茅介庵来，吃西瓜，始散。仍至达泉处，傍晚回。

初五日辛未(8月10日)　晴。去年今日金陵送考，同三儿赴沪。

初六日壬申(8月11日)　晴。晨，新娄捕厅王绍燕来拜。接奉贤县移书院课题。

初七日癸酉(8月12日)　晴。晨，往明净堂答拜娄捕王香谷。接二儿初四日信。致书李吉人，附寄龚姓节孝报单等，属其转交俞金门。

初八日甲戌(8月13日)　晴。求忠书院奉贤课：文题"子谓卫公子荆"四章，诗题"安得广厦千万间得颜字"。甚炎热。

初九日乙亥(8月14日)　孝静成皇后忌辰，晨微雨，稍凉。午后，寄二儿书，附寄去冬、今春作试律诗。晚，泗泾附生张仙槎云襄来，具曾吃洋烟早经戒断结。

初十日丙子(8月15日)　孝懿仁皇后忌辰，微雨，晚晴。接芝生弟初二日驿递书。

十一日丁丑(8月16日)　晴。晨，夏冰甫出京来拜。

十二日戊寅(8月17日) 慈安皇太后万寿,晴。丑正,赴文昌宫拜牌,军门不到,达泉请假,黎明回。晚,访达泉。

十三日己卯(8月18日) 晴。午后,衡翁来,携交修志需采访各件。

十四日庚辰(8月19日) 晴。中元节祭先。

十五日辛巳(8月20日) 晴。辰刻,上府,文庙行香。出西门,答夏冰甫。午后,偕三儿访达泉,薄暮返。

十六日壬午(8月21日) 晴。瞿逊甫来。

十七日癸未(8月22日) 文宗显皇帝忌辰,晴。接浩泉信,并仲展款条幅四、子枞画帐额。

十八日甲申(8月23日) 处暑,晴。求忠书院季山长课:文题"知及之,仁能守之,庄以莅之",诗题"惟有新秋一味凉"。致书芝弟,附寄梅花帐额,属其转交沈处。令三儿致书仲展,寄还祁书条幅,并伯印祁书对。接禹山兄十五日信,云小廪三十五石,六月廿七日粜出,除热亏一石,饭米一石,价二元六分;大廪尚未粜,近日价不过两元左右。附寄李吉人、俞金门信,俞调卿信诗索和,并金门寄其外家龚氏墓志事略,属采入府志。新娄县蔡敬熙来拜。

十九日乙酉(8月24日) 晴。晨,到娄县蔡墨泉公馆道喜,不值,由驿递覆浩泉书。午后,走答衡翁,带交龚氏墓志及事略。

二十日丙戌(8月25日) 晴。令周桂益大肉庄定丁祭猪及肉票。每斤九十八,每张七十五。

二十一日丁亥(8月26日) 晴,晚微雨。

二十二日戊子(8月27日) 晨微雨即霁。新任中营守备杨金涛来拜。

二十三日己丑(8月28日) 微雨。庶祖母汪太恭人忌日。作书寄禹山兄。

二十四日庚寅(8月29日) 雨。晨,答中营守备杨,即至华学,同达泉到志局。饭后,娄县蔡墨泉来,晚归。祖妣沈太恭人忌日。蔡墨泉招廿六日饮。竟夜雨。

二十五日辛卯(8月30日) 仁宗睿皇帝忌辰,雨止。晨,备文移金山县,请八月初八日求忠书院课题目。娄县交到丁祭银两钱文。

二十六日壬辰(8月31日) 雨。巳刻,赴墨泉之招,诸客俱未到。良久,达泉、香谷、喜亭、石泉、健斋、锦川、超亭、牙厘局委员吴滋园德培相继至。席散,同达泉到茅介庵公馆送行,不晤。归,知介庵来辞行。

二十七日癸巳(9月1日) 晴。章坤松江人来,求荐符篑山处长随。忆辛未入都,彼随松江计偕者与余同一轮船,曾识之,其人颇能干。午后又托其邻孙畹香来乞余荐书。沈约斋来。华亭县交到丁祭银两。

二十八日甲午(9月2日) 晴。晨,冯树卿来。

二十九日乙未(9月3日) 午刻阵雨颇大,即霁。晚,达泉交来南汇采访朱雨苍作霖交到采报一本,属将逐项钞出,以便分致各总纂。

三十日丙申(9月4日) 晴。午后,到府学署问张子绵病,俟执事生齐,至明伦堂代其观诸生演礼。继至本学省牲,毕,往华学署,薄暮归。

八月初一日丁酉(9月5日) 晴。子正,到学,香谷先到,俟诸同寅齐,娄县蔡墨泉请假,华亭县主祭。即行礼。毕,诣府学,代子绵祭崇圣祠。太尊来,良久军门始至,祭毕已黎明矣。天甚热。府学回,同达泉诣文庙行香。未上衙门,皆挂号。回略睡。晚,冯树卿送《云间郡邑小课》一部,前已送过,此又增刻夏学宪弁言。今日府小课:“月中桂赋以‘唐张乔有月中桂诗’为韵”,“赋得‘石脉泉花蘸眼明’五言八韵”,“妃豨考”,“天有十端解”,“周瑜、鲁肃、吕蒙、陆逊合论”,“拟孔融《荐祢衡表》”,“拟东坡《水调歌头》词原韵”,“白海棠七律”。

初二日戊戌(9月6日) 晴。午后,出祭各祠,申正回。昨在学宫，香谷述知夏学宪于七月廿四日病故江阴署中。江苏学政自马恩溥、林天龄不终任，至此而三矣，殊堪骇异。马于同治十三年春岁试苏属，按临太仓，进贡院即故。林接马任，岁科试毕，留任。光绪四年十一月科试松江，未及毕，卒于试院。夏接林任，科试毕，亦留任。本年岁试苏、太、松、常三府一州，过夏，未及出棚，以痢疾卒。

初三日己亥（9月7日） 白露，晴。辰刻，出祭昭忠祠。

初四日庚子（9月8日） 晴。晨，往华学，同达泉到局。午后，太尊来。晚归，仍到华学，借《诸葛武侯集》四本回。是日天甚炎热，夜雨。

初五日辛丑（9月9日） 晴。晨，往横山祭张少宰祠，开船后微雨即霁，回已薄暮矣。芝生弟交船友祥弟寄聚珍板《读史探骊录》五本，略阅之，惜多差误处。

初六日壬寅（9月10日） 雨。接金山县移书院课题。

初七日癸卯（9月11日） 晴。晨，衡翁来，面交府志《海塘》一卷。午后，府学来报张子绵病故，明日午时大殓。解义学秋季脩。移文两县，领十七日祭武帝执事生胙肉钱。

初八日甲辰（9月12日） 晴。求忠书院金山课：文题"《书》云孝乎"四句，诗题"冷露无声湿桂花"。巳刻，往府学署送殓，尚早，即到达泉处吃饭。申刻同去，时尚未殓，邱元卿亦在。俟入木，一拜而返。

初九日乙巳（9月13日） 太宗文皇帝忌辰，晴。晚，接菊泉书，即覆之。接府札，委兼理府学，遣家丁送印。

初十日丙午（9月14日） 阴。晨，上府谢委。是日接印。午刻雨。寄选青信。达泉冒雨而来，俟雨止，同访衡翁。

十一日丁未（9月15日） 太祖高皇帝忌辰，晴。午后，偕三儿、思周同出西门，卷芳阁买纨扇、信封、白折扇，要请杨禾斋画而未识其人。途遇陈吉斋，讯及是渠熟人，适欲往彼，因与同去，坐谈良久回。又在章一大买纨扇一柄，因卷芳阁买者稍次，往禾斋处调出。进城，过慎卿家，略坐即返。

十二日戊申(9月16日)　晴。寄纨扇泗泾,乞秦伟生画。

十三日己酉(9月17日)　晴。兼理府学,履历清册七套并结详府。

十四日庚戌(9月18日)　晴。陈吉斋带杨禾斋画纨扇来。

十五日辛亥(9月19日)　晴。丑正,赴文昌宫祭文帝,俟太尊、军门到,祭毕,天已明,随太尊府学行香,继至县学行香,即上府贺节。午后,偕沈琢成、思周、三儿出西门,到通惠还帐。访杨禾斋,以三儿纨扇索画,茗谈良久。至石间小筑访元卿,留点心。周幼翘亦来,谈及江苏学政放黄体芳。至岳庙西厅听曲,晤尹丽生,家上海友人拉来唱曲,游人如蚁,拥挤不堪。三儿等到襄伯家,独行而返。夜饭后,拜香斗、祖先。思周、琢成归,三儿被襄伯留住。月明如昼。

十六日壬子(9月20日)　晴。晚,世英堂省牲。回,到华学。

十七日癸丑(9月21日)　晴。丑正,赴世英堂祭武帝,代蔡墨泉祭后殿,俟军门到,祭毕,已黎明矣,回未睡。午前,往米市桥答陈吉斋,晤谈良久而返。新庶常顾香远莲来拜。

十八日甲寅(9月22日)　晴。求忠书院季山长课:文题"君子之道至知微之显",诗题"九月授衣"。夜雨。

十九日乙卯(9月23日)　秋分,晨雨,午霁,连日炎热异常,今日凉甚。王太太自常来,带到伯印、菊泉信,芝生诗。

二十日丙辰(9月24日)　晴。晨,思周乘常熟便船回家,托带致五哥、大媳信。晚,接选青中秋书,知佩女尚未分娩。

二十一日丁巳(9月25日)　晴。晨,出西门,答顾香远。进城,答徐石泉、王香谷。

二十二日戊午(9月26日)　晴。午后,偕三儿出西门,章一大买金扇面,三儿买纨扇,属扬仁社内王子乔画山水。进城,九和书坊略坐而返。

二十三日己未(9月27日)　世宗宪皇帝忌辰,晴。

二十四日庚申(9月28日)　晴。晨,往华学,金小芗适自苏来,晤谈良久。同达泉到局，太尊不到，杨超亭来，晚乃散。仍到华学，吃点心，归。夜雨。

二十五日辛酉(9月29日) 雨。晚，接选青十九日书，知佩女即于是日午时分娩，又得一男，一是平安，甚慰远忆。

二十六日壬戌(9月30日) 晴。备文移上海县，请九月初八日求忠书院课题目。详署学院江苏巡抚吴，姜飞熊补廪。接秦伟生信，并画纨扇一柄。

二十七日癸亥(10月1日) 晴。至圣先师诞。晨，行释菜礼，洒扫。局董汤子韶亦到。

二十八日甲子(10月2日) 微雨，晚霁。子韶、鹿笙来。覆选青信。

二十九日乙丑(10月3日) 晴。午后，达泉同章保来，薄暮去。府学附生陈秉祺具禀报丁降服忧。

九月初一日丙寅(10月4日) 晴。卯正，诣府学宫，俟太尊到，随班行礼，继至县学宫行香，即上府。

初二日丁卯(10月5日) 晴。午后，偕三儿、松松江西馆吃面，途遇车立斋。至岳庙，三儿、松松茗饮，余先归。接上海县寄到求忠书院题目。衡翁交到前月云间书院课卷，送府写案。

初三日戊辰(10月6日) 晴。云间书院华亭课：文题“吾见其人矣”五句，诗题“待到重阳日”。午后，接选青廿七日致铜士书，知佩女产后两朝恶露不通，有上逆之象。赵咏芬进加味生化汤，不效，后用香附熄腹，块渐平。仍请咏芬，服肉桂两剂，少腹痛减，瘀下亦多。产前腹溏，现甚干结，每顿可吃陈米烂饭碗许。计产至今已十四天，想可平安无事矣。选青寄来金扇面，属扬仁社画，即送全节堂乞王子乔山水。三儿无暇作覆，我即日覆之。附寄致芝弟书。

初四日己巳(10月7日) 晴。晨，到局，达泉已在。总纂三人相继至，韵之、思泉、树卿、砚耘、奉贤采访林颂夔皆至。诚斋饭后来，太尊到，晚散。到华学，开各总纂辑成卷数呈府。

初五日庚午(10月8日)　寒露，晴。

初六日辛未(10月9日)　晴。夜已睡，府发监生两人，一无锡丁文玉，一余姚何道南，暂为收管。为上海乾号庄银钱事，何庄上司帐，丁借庄银短偿。府尊明晨上省，由苏至沪，乘轮船赴金陵见制军，来往需二十天，故将两人交学候讯。

初七日壬申(10月10日)　晴。

初八日癸酉(10月11日)　雨。求忠书院上海课：文题“则忠举善而教不能”，诗题“时膺梦寐求”。

初九日甲戌(10月12日)　晴。府发何道南本地人周鼎昌取保，俟太尊回来传讯，着伊交出。达泉来。

初十日乙亥(10月13日)　晴。接选青初六日覆信，知佩女近体诸臻平善，乳湩亦多，小儿仍自乳。达泉来招，午后往彼剧谈，至暮返。

十一日丙子(10月14日)　晴。先妣沈太恭人忌。

十二日丁丑(10月15日)　晴。巳初，三媳分娩，又得一孙。

十三日戊寅(10月16日)　晴。午后，看次孙洗三，以五行缺水，名以鸿渊，小名以渻字呼之。晚，寄芝生弟书，附致大媳信。

十四日己卯(10月17日)　晴。晨，至局，到者仅衡翁、竹屏、韵之、砚耘、诚斋、思泉。杨超亭来，饭后散。到达泉处，略坐而返。

十五日庚辰(10月18日)　晴。晨，府、县两学行香，回，至达泉处。太尊小课：“冯婕妤当熊赋以‘恐至御坐故身当之’为韵”，“雨息云犹积”，“《宋史》‘柘皋’即‘橐皋’考”，“德輶如毛解”，“赵鼎论”，“拟谢灵运《邻里相送至方山》”，“菊花词”。

十六日辛巳(10月19日)　晴。晨，往贺军门娶媳，吊府学张子绵。回，到达泉处，留吃午饭，向晚归。军门请明日喜筵，饬长班辞之。接府札，十一月十五月食。

十七日壬午(10月20日)　晴。晨，往育婴堂，午后返。送吴兰艭子侄芹分。附生张菊盟云汇来。

十八日癸未(10月21日) 晴。季山长求忠书院课:文题"孔子曰:益者三友"两章,诗题"五经为众说郛"。接五哥十四日书,云家乡佃户报荒者甚夥,各乡去看稻,大约七分年岁,廪米八月底粜只一元九角二分。并问抱孙之信,即日寄复。接上海县莫善征书,询前寄书院卷卷数与文后所开不符,疑失。细查文后开数,系书办偶误,卷实不缺,即覆之。

十九日甲申(10月22日) 晴。由达泉处交到夏学宪讣。

二十日乙酉(10月23日) 霜降,晴。接署学院巡抚部院吴姜飞熊补廪批回。

二十一日丙戌(10月24日) 晴。

二十二日丁亥(10月25日) 晴。午后,访达泉。寄夏学宪奠分,合洋两元。

二十三日戊子(10月26日) 晴。沈仪廷来。晚,同三儿持螯。

二十四日己丑(10月27日) 晴。晨,往华学,同达泉到局,衡翁、竹屏、树卿、约斋、介眉、冶山、砚耘、韵之、耿仲宣皆至。娄县蔡墨泉来,即去,同人饭后始散。知府学署事已挂牌:陈其渊。宝山人,己酉拔贡。韵之送元遗山《新乐府》一部。夜饭后,同三儿持螯。

二十五日庚寅(10月28日) 晴。接五哥廿一日信,寄到托买酱鸭一对。备文移南汇县,请十月初八日求忠书院课题。昨志局归,接芝弟书。晚,同三儿持螯。

二十六日辛卯(10月29日) 晴。晨,达泉自衡翁家道喜过我,云衡翁女孙受聘,近在咫尺却未知,随去道喜。晚,寄选青书,附覆芝弟信。

二十七日壬辰(10月30日) 孝慈高皇后忌辰,晴。

二十八日癸巳(10月31日) 晴。晨,同琢成、三儿到九和书坊装订《遗山词》,修《曹倦圃词》。俟达泉不来,又往扫叶山房。回,遇达泉于岳庙前,同至永兴石间小筑,招邱元卿小酌罢,同元卿至石间小筑。晚回，途遇石泉。

二十九日甲午(11月1日) 孝敬宪皇后忌辰，晴。晚，同三儿持螯。

三十日乙未(11月2日) 晴。

十月初一日丙申(11月3日) 晴。晨，府、县两学行香。回，至达泉处，略谈片刻而返。黄昏，杨静盦来，云明日符鹤孙家会课，属出题。文题“子贡曰：乡人皆好之”一章，诗题“酒边遣汝伴橙香”。

初二日丁酉(11月4日) 晴。

初三日戊戌(11月5日) 阴。云间书院娄县课：文题“愿无伐善无施劳子路曰愿闻子之志”，诗题“风剪疏林寒有声”。

初四日己亥(11月6日) 晴。晨，往华学，偕达泉到局，张椒岩、仇竹屏、沈约斋、耿思泉先在，椒岩即去，衡翁、冯树卿、章韵之、程砚耘、沈诚斋相继至。饭后，杨超亭来，晚始散。予仍至华学茗谈，携其属誊君韩书院卷回，知太尊于是晚回松。

初五日庚子(11月7日) 立冬，晴。晨，上府，不见客，挂号而回。饭后，偕三儿佛字桥看菊花，已阑珊矣。复往达泉处，知其初八日回里，薄暮返。灯下令三儿写寄选青信，附致思周书，托达泉带回。

初六日辛丑(11月8日) 晴。太尊生日。晨，上府，俟达泉到，同上手本，即同出西门，拜沈约斋太夫人八十寿，吃面回。先曾祖妣曹太孺人忌日。接南汇县移初八日求忠书院课题，旋又接顾竹城申江舟次书，云晤丁杏翁，述及文题，说七月奉贤出过，特易题邮寄。然前题与奉贤课并不同，丁君之说误也。晚，文华书坊送书来看，买《石经考》一本。

初七日壬寅(11月9日) 晴。午后，正欲至华学，而达泉自府署告假回，过我，即将致选青信面托带交。

初八日癸卯(11月10日) 晴。求忠书院南汇课：文题“子曰：苟有用我者”三章，诗题“庭喜新霜为橘红”。午后，三儿往华学，达泉回常，招去课读，且下榻焉。致荆溪学壮之书，托其寄周小棠太夫人奠分并唁函。

初九日甲辰(11月11日) 晴。

初十日乙巳(11月12日) 慈禧皇太后万寿，晴。丑正，赴文昌宫拜牌，回，天已明，甚冷。晚，三儿自华学交来采访张彤卿所寄金山《桥梁》，即送总纂衡翁处，又张邦瑞节略《海汛》等，俟十四日到局分交各总纂。灯下封寄南汇课书院卷，附覆竹城书。

十一日丙午(11月13日) 晴。闻署府学陈红谕已到。

十二日丁未(11月14日) 晴。

十三日戊申(11月15日) 晴。晨，接江苏巡抚部院兼署学院吴批："附生陈秉祺以三房兼祧二房，系小宗祧小宗，例应兼祧父母持服期年，仰即移由地方官查明详办。缴。图结存。初六日。"

十四日己酉(11月16日) 晴。晨，往华亭学，向三儿取各采访交到之件，即赴局。思泉已在，树卿、约斋、砚耘、诚斋、上海采访贾云阶履上、衡翁相继至，太尊不到。适午饭，杨超亭来。晚散，余仍到华学，将所交各件致各分纂存根收拾，达泉登记簿内。阅三儿云、景两书院课文草。薄暮归，将砚耘所开查娄县田亩数一纸封送蔡墨泉，查华亭田亩一纸在局面交超亭。

十五日庚戌(11月17日) 晴。晨，诣府学，太尊行香已过，行礼后即诣县学行香。上府署，超亭已在，俟他见后即进见。午后，往华学。回，访石泉，长谈，踏月归。

十六日辛亥(11月18日) 晴。午前，接选青十二日书，知达泉带回之信已接到，补剂已代为合好，佩女等均安善。吉人托问龚姓送位入华亭节孝祠如何办理，俟托潘冶山问明寄覆。余久不作诗，昨在华学，三儿呈阅近作七律二首，索和韵，信笔成之：

"年过五十日西斜，身在红尘心出家。久住云间惭素食，偏从霜后看黄花。立冬日与儿佛字桥看菊花，已阑珊矣。观书差喜双眸皎，揽镜何堪两鬓华。笔砚久抛诗懒作，为儿强一斗尖叉。

“七十辞官杨大年，赠诗颇羡笔如椽。南汇司训杨竹轩，明年七十拟乞休，今春有诗见赠。六旬得子堪娱老，万事如翁能信天。入世无才愧樗栎，买山虚愿[①]笑林泉。何当一棹还乡里，乞得闲身作散仙。”

又成两首：

“霜柯窗外影横斜，偪肖倪黄两画家。但听寒砧催木叶，更无绮梦付桃花。余喜阅云亭山人《桃花扇》，今久不观矣。吟成长句惭风雅，照见真吾爱月华。不是书生矜傲骨，笑人谀墓有刘叉。近有某姓邀余题栗主，托故辞之。

“移居亥岁已辰年，六载羁栖屋数椽。楼小仅留容榻地，夜长莫负读书天。为山有志休亏篑，掘井无功不及泉。一事未成吾老矣，家声要继玉堂仙。道光壬辰侍御兄入词林，已四十九年矣。”

十七日壬子(11月19日) 阴。思泉来。阅《申报》，嘉定县署火上房，尽成灰烬，幸印信抢出，大、二堂及帐房均无恙，烧死一病婢。

十八日癸丑(11月20日) 晴。求忠书院季山长课：文题“子罕言”一章，诗题“十月先开岭上梅”。晨，答拜华捕厅姚清溪。应连，大兴人。出西门，吊夏文洲出殡。午后，至石间小筑访元卿。晚，署府学陈深甫来拜，明日接印。

十九日甲寅(11月21日) 晴。晨，遣周桂赍送府学印至陈公馆，俟其回，即往府学，吊张子绵灵柩回籍，继至陈深甫公馆道喜。午后，湇孙剃胎头。

二十日乙卯(11月22日) 小雪，雨。晨，上府，见时面呈请缓验看一纸。今春岁试时晤杨竹轩，云试毕欲告假回里，秋冬间出来，明年七十要告病。今日在官厅闻其在籍病故，则前诗云云尽成虚语。夜，同三儿阅诗课。

二十一日丙辰(11月23日) 晴。十九湇孙剃头，三儿回。昨补十月朝祭先。今日午后仍至华学。张慎伯来，适睡，未见。

---

① “虚愿”原作“难遂”。

二十二日丁巳(11 月 24 日) 晴。

二十三日戊午(11 月 25 日) 晴,大风。署华捕纪喜亭来辞行。接思泉字,云明日有事,不到局。夜半寒甚,衾如泼水。

二十四日己未(11 月 26 日) 晴,水始冰。晨,往喜亭处送行。即至华学,向三儿取采访各件,赴局,竹屏已在,树卿、椒岩、约斋、砚耘、韵之、冶山相继至。椒岩、韵之即去。饭后,太尊来。晚,诸同人散。余俟太尊去,仍到华学,收拾诸分纂取去各件存根。吃点心,回。今晨太尊饬礼房到局,取旧《娄县志》一部。

二十五日庚申(11 月 27 日) 晴。晨,作书致李吉人,附覆俞金门信。晚,江西馆吃面,至九和书坊略坐而返。耿处交到青浦采访吴昌麟采访一册,俟出月初四带局。

二十六日辛酉(11 月 28 日) 阴。晨,黄渊甫来看书院卷,赠兴化刘融斋熙载撰《说文叠韵》两本。冷斋无事,倒押三儿韵,又成七律二首:

“敢诩才名压岛叉,偶来弄笔遣年华。霜催[1]庭树林成缬,风入[2]砚池冰作花。百岁光阴如过客,一年魂梦屡还家。吟成欲写书窗暗,冻墨涂鸦字半斜。

“不作鸳鸯只羡仙,乙丑悼亡后,自号羡仙。出山还是在山泉。名居师长惭无地,懒是余真知有天。静坐久抛书一卷,言归待葺屋三椽。冷官惯享闲中福,橘绿橙黄又一年。”

晚雪盈寸。

二十七日壬戌(11 月 29 日) 晴。备文移青浦县,请十一月初八日求忠书院课题。

二十八日癸亥(11 月 30 日) 晴。午后,到华学,与三儿谈片刻。达泉同君韩自常回松,知思周亦来,在彼吃点心,同三儿回。收

---

① “霜催”原作“经霜”。

② “风入”原作“入夜”。

到选青信，膏滋药，莲心、黑枣二包，五十馒头。颖侄妇送馒头六十、莲心一包。大媳托带渐之再侄得子红蛋蛋球、蜜金柑。达泉云，仲卿和、苏望之师俱物故。久违函丈，正拟明年回家，谒师里第，卒闻噩耗，曷胜木坏山颓之痛。卿和身后景况极窘，诸同人向各家设法养其遗孤。今科大挑二等，不及待选，何命蹇若斯也。归公恒长子不得于生母，吞鸦片死。归仲陶亦得子，仰之亲家一年连得两孙。潘子昭先丧寡女，继丧子，亦昭一孙尚幼，代为浩叹。二儿口信云，石虎浜坟窃去碑帽，着坟丁赔还，尚未。今日四更时，湑孙索乳而啼，惊醒残梦，寒衾转侧，忽忆京朝官此时已宫门待漏矣。枕上偶成一绝云："东华门外早朝客，冠戴残星靴踏霜。不是雏孙啼梦醒，先生犹在黑甜乡。"

二十九日甲子(12月1日) 晴。接府札："为查取教职贤否事。光绪六年十月二十二日，奉提督学院黄札开：照得本部院莅任伊始，所有该属教职贤否未能周知。该府有统辖之责，见闻有素，合行饬查。为此，札仰该府，文到即于所属教职严行甄别，造具年貌、履历，并填注切实考语，密报本院查核，并饬各教官不必远来参谒，以免跋涉。本院按临考试时，随棚谒见，均毋违延。等因到府。奉此，合就转饬，札到，该学即便遵照，仍造具履历二套，刻日送候加考汇呈。毋违。特札。"青浦县吴又乐康寿函寄初八日书院课题。

十一月初一日乙丑(12月2日) 晴。太尊小课："复其见天地之心赋以题为韵"，"赋得'律中黄钟'得钟字，五言八韵"，"月食考"，"硕果解"，"高允论"，"拟诸葛武侯《戒子书》"，"四腮鲈七律二首"。晨，上府署，深甫、达泉已到，太尊见，旋诣文庙行香。午后，出西门，访喻锦涛，薄暮归。杨超亭送来奉贤县阚仲韩凤楼赋稿及阚君令嫒德娴遗稿。

初二日丙寅(12月3日) 晴。晚，江西馆吃面。

初三日丁卯(12月4日) 晴。开仓，猛将庙各佃交租七十三石七斗四升七合。

初四日戊辰(12月5日) 晴。晨,到华学,同达泉赴局,竹屏已在,思泉、树卿、砚耘、衡翁、彤卿相继至。适午饭,超亭来,饭后冶山、诚斋来。晚,诸同人散,超亭去,余仍至华学,坐谈片刻。到府学访深甫,属其钞闻少谷《重修学署记》,因欲入府志。薄暮归,接府札三:一、催造文、武新生格眼清册;一、学宪随时详报生员优劣;一、观风题、娄县大计移文。

学宪观风题:

"子曰:君子和而不同"二章,"在太戊时则有若伊陟臣扈格于上帝巫咸乂王家","胡安定设教苏湖间立经义治事斋以敦实学赋以'及为政多适于世用'为韵","赋得'林木似名节'得林字,五言八韵","六朝经师宗派并所著经注经说考","《说文》古文考证","拟汇刻宋人及国朝人补历代史表志序","拟泰伯庙碑","拟征访江苏先哲遗书启","拟大秦王安敦遣使自日南徼外献象牙、犀角、玳瑁表","江防海防策","两汉咏史诗不拘体韵:李广、苏武、卫青、张骞、陈汤、马援、班超、虞诩"。

初五日己巳(12月6日) 晨微雨,竟日阴。午刻,三儿送岳母回家,周桂随去,带致五哥信、食物两种。思周甫来又去,说之不理。年已二十六,文章一道一窍不通,不肯发愤,吾末如之何也已。

初六日庚午(12月7日) 大雪,阴。前日在西门外摊上见一建炎钱,午后出西门觅之,钱尚在,索价七十文,还二十文,不售,空手而返。接壮之荆溪驿递书,附周小棠覆函、谢帖。又接深甫交来《重修府学署记》。

初七日辛未(12月8日) 晴。午后,和斋来。晚,北窗静坐,益觉寒气逼人。至九和书坊,又到江西馆吃面。

初八日壬申(12月9日) 晴。求忠书院青浦县课:文题"子曰:齐一变"二章,诗题"雪后园林才几日得梅字"。副营郑国祥来拜。午后,衡翁来,面交金山、娄县《津渡》,属交采访。俟其去,即同《重修府学署记》一并带至华学。踏月归。

初九日癸酉(12 月 10 日) 晴。午刻,接五哥初六日书,云家中租米仅收得半之数,米色极次,南乡六成半,小东门近城八成半,米价高者一元六角五分,次不过一元四角五分,折价千八,尚无来折者。苏师吊分送洋一元,朱佩之身后帮洋两元。前月初八夜,有一狗从墙上走至厅屋,到桐油店木遮阳上,颇可怪。公议在小庙内建醮一坛,三日一夜,十四起至十六,我家捐洋四元。大计,备文移县,教职贤否详府转详学宪。今日起,每朝服膏滋药一碗。

初十日甲戌(12 月 11 日) 晴。

十一日乙亥(12 月 12 日) 晴。

十二日丙子(12 月 13 日) 晴。接县移十五日月食、时宪书。上灯时,三儿、思周回松。

十三日丁丑(12 月 14 日) 圣祖仁皇帝忌辰,阴。先朝议府君忌日。

十四日戊寅(12 月 15 日) 晴。晨,往华学,达泉已到局,即去。遇椒岩自局回,竹屏、思泉皆在,韵之、砚耘相继至。午饭,超亭来。晚散,仍往华学谈天。知府教授十月已选:汪麟昌。长洲人,丙子进士。

十五日己卯(12 月 16 日) 月食十四分九秒,阴,微雨。晨,上府,深甫、达泉先在,俟超亭出,三学进见,太尊出示许方伯、吴抚军书及椒岩致抚军原信,知明年景贤书院椒岩主讲矣。旋诣文庙行香,答拜副营郑。午饭时,奉贤学张养斋颐麟,江宁人,己未副榜。因收租到松,来拜。戌刻,至府署护月。初亏亥初三刻一分,食既亥正三刻十分,食甚夜子初二刻十一分,生光十六日子正一刻十二分,复圆丑初二刻六分。回,吃莲心一碗。睡已丑正矣。

十六日庚辰(12 月 17 日) 晴。晨,访衡堂先生,不值。午前又去,晤谈良久。将太尊要各总纂已成书送府意告知,据云现成四卷,未写毕,须二十左右送来。

十七日辛巳(12 月 18 日) 微雨。晨,到察院前答拜张养斋,舟中未起,不晤。

十八日壬午(12月19日) 晴。求忠书院季山长课:文题“仁之于父子也”一节,诗题“六艺笙簧得箴字”。陈彭年《大宝箴》:“忠言致益,岂让膏粱。六艺为乐,宁后笙簧。”午后,署娄县陈彦士熊才来拜。

十九日癸未(12月20日) 晴。晨,衡堂先生来,交《形胜》《衢巷》《乡保》《物产》四卷。午后,携姚交志四卷到华学,属其汇呈太尊。知达泉新纳姬,人已到,明日起岸。砚耘亦到华学缴志,略坐,同返。过其家,留予小憩,归已薄暮。夜,过冬至节,祭先。

二十日甲申(12月21日) 冬至,晴。昨夜未睡。寅初,往世英堂拜牌,黎明始散。即上府贺冬,又至陈彦士公馆道喜。巳时接印。湑孙乳妪立契,写定二年,准其带一女孩,每月一千六百文,衣服两件。

二十一日乙酉(12月22日) 阴,晚微雨。

二十二日丙戌(12月23日) 晴。晨,上府贺喜,太尊京师娶媳。天马山佃交租。十九石五斗六升。

二十三日丁亥(12月24日) 晴。

二十四日戊子(12月25日) 晴。晨,令周桂同两书办往枫泾一带收租。即赴局,达泉、竹屏、思泉已到,椒岩来,即去。韵之、树卿、砚耘、介眉、诚斋、衡堂先生相继至。午饭后,太尊来。晚散,往华学,薄暮归。

二十五日己丑(12月26日) 晴。太尊片邀明日十点钟进署。夜已睡,忽闻人声、鸣锣声,令老妪启楼窗视之,火光烛天。三儿、思周自外来,云在瘟公庙对过娄县礼房陈厚甫家起火,良久始熄。

二十六日庚寅(12月27日) 晴。巳刻,上府,俟达泉来,太尊招至签押房,谈明年云、景两书院掌教事。面交抚军、方伯书及椒岩致抚军信,属送衡堂先生一阅。回,同达泉至其家。饭后,与三儿、思周往视火烧场,仅一家尽成灰烬,比邻皆无恙。其家姓王,陈姓壁邻,昨夜传闻误也。顺至瘟公庙,晤道士金福森,茗谈而返。途遇龚鳌峰。

二十七日辛卯(12月28日) 晴。午前,思泉来。饭后,偕三儿、思周出东门，在天泰衣庄买狐皮套统一件廿八两，三儿买灰鼠褂一件。

二十八日壬辰（12月29日） 晴。娄县蔡墨泉片来辞行。衡堂先生来。午后，偕三儿、思周出西门，在何恒源买皮帽一顶（二元一角六分），连纬六百廿六文，向零剪店添狐皮四尺，每尺六角，共两元四角。回，吃面，又到通惠剪皮褂，面杭纺，二丈一尺半，每尺二钱九分。归已暮，三儿、思周别路走，余仍沿城脚而回。昏暗中两犬突前而吠，四顾无人，大受其惊。

二十九日癸巳（12月30日） 阴雨。制狐裘，戏成一绝："裘重难胜山字肩，与狐谋得软于绵。服之倘准齐卿例，八十还须益五年。"

十二月初一日甲午（12月31日） 大雪。晨，上府，达泉已到，两县皆他出，一到即见，面谈前日到衡翁家敦请明年主讲一节，即交还前信三封。旋诣文庙行香，墨泉处片去送行。接府札："为转饬事。光绪六年十一月二十一日，奉提督学院黄札开：照得夏前院岁考该属各学临点不到及届欠二考、三考文武生员，因何事故，迄今未据具报，合行札查。札府，即速查照单开，转饬各学，限文到十日内，概行查覆候夺。所有届欠三考之生，姑准宽限一个月赴补，如迟，照例除名，毋贻后悔。其报捐各生，亦即饬令将照呈验，以凭开除。均毋违延。切速切速。特札。等因到府。奉此，合就转饬，札到，该学即便遵照，克限办理，均毋违延。切切。特札。"

计抄单

临点不到文生：冯祖寅、钦钟、陈桂芬、计兆麟、胡逢壬

武生：薛彪、陆云亮、陈国宝、范鼎昌、朱大岗、金国梁、高云鹏、沈超文、林观兴、沈鳌、沈逢辛

二考不到武生：高金标、马良、韩上达、陈葆祺、吴联标

三考不到文生：张昌麟、周绍昌、孙丙蔚、陆士骅、徐蔚

武生：方大朝、陈国昌。

晚，米行来看米，定五十石，净一元六角三分。雪窗夜坐，成一

绝："新制轻裘燠且安，不知雪后有余寒。白公万丈虽虚愿，忍见奚奴下体单。制棉裤与阿邱。"

初二日乙未（1881年1月1日） 晴。

初三日丙申（1月2日） 晴。达泉来，招吃夜饭，二鼓归，其婿金小芗同行。出西门，下船，明早即返苏。

初四日丁酉（1月3日） 晴。晨，天马山两佃交租二石三斗。树卿来借书院卷，略坐，往衡翁家，余即赴局。达泉、竹屏、冶山已到，砚耘、韵之、约斋、树卿相继至。适午饭，衡翁来。饭后，太尊到。晚散，至华学，金山沈朗卿交到采访《津渡》，即携归，送衡翁处。

初五日戊戌（1月4日） 穆宗毅皇帝忌辰，阴。粜米。阅二儿致三儿书，知管镜仁太史得福建顺昌县缺，前月廿五日赴任。

初六日己亥（1月5日） 孝惠章皇后忌辰，小寒，阴。晨，同思周到通惠，因前买杭纺色太深，调二蓝素绉。二丈三尺，每尺三钱四分。永兴馆吃面。进城，答思泉，不晤。午后，府差来提丁文玉、何道南发解上海县，丁适于数日前保往上海，令阿顺即日开船赴上海追其回松。

初七日庚子（1月6日） 晴。晨，徐雪舫来，斛裔米十五石。午后，偕三儿、思周到恒昌零剪店配褟里襟，狐皮，四尺七寸，每尺四角四分。又在李源兴衣庄内买旧貂袖一付又一只，共钱一千三百文。永兴吃面，薄暮回。丁文玉夜半回松。

初八日辛丑（1月7日） 晴。府发何道南、丁文玉提解上海县去。午后，衡翁来，缴府志《职官表》一卷。

初九日壬寅（1月8日） 晴。晨，同思周到杨家桥吴姓销皮作做貂袖，三百五十文。

初十日癸卯（1月9日） 晴。解义学冬季脩。

十一日甲辰（1月10日） 孝和睿皇后忌辰，晴。府发道宪观风卷，冯晋昌超廿四花红票洋八元，尹熙栋超廿八八元，李廷桢特六十六三元。要将奉文日期申报道、府两宪。

十二日乙巳（1月11日） 孝德显皇后忌辰，晴。

十三日丙午(1月12日) 晴。接府札，催学宪岁试取进文、武新生格眼清册。

十四日丁未(1月13日) 晴。晨，到志局，川沙采访蔡福钧、耿思泉已到，达泉、约斋、韵之、树卿、介眉、彤卿、冶山、诚斋、姚衡翁、张椒岩、仇竹屏、砚耘、太尊、陈彦士、杨超亭皆至。酒三席，席间韵之谈代人作何鸿舫寿对云：“妙手空空，为草圣兼为医圣；长髯拂拂，是酒星亦是寿星。”晚散，至华学。达泉昨偶触风，忽口歪于右，即在局请诚斋诊治，云痰火为患，须服药避风。请假明日不上府。将姚、仇两总纂志稿八本带回包封，明晨上府，交李作梅转呈。

十五日戊申(1月14日) 晴。晨，上府，同深甫进见，旋诣文庙行香。顺至华学，问达泉恙。

十六日己酉(1月15日) 晴。晨，令长班赍书赴青浦县，取十一月分书院榜卷及花红卷价、饭食等。接县移封开印信日期。本年十二月二十一日辰时封印，七年正月十九日卯时开印。

十七日庚戌(1月16日) 晴。晨，往华学，看达泉患恙，尚未痊可，在彼同君韩吃饭。藩吏房王荣生元华信来，提及俸满需布置，作书，封洋六元，交来人带去。接五哥十二日信，云家中租米仅收二百三十余石，米色极次，粞谷不少，米价高者不过一元七角五分，次一元五角七分。接府发求志书院冬季题目。

十八日辛亥(1月17日) 微雨。寒窗无事，忽忆芝生弟七月初十日五十生辰曾书来乞诗，后又寄诗索和，迟久不报，补吟两律寄之：

“自寿诗成进一觞，童时曾几鬓毛苍。手探瀛海珠玑富，辑《读史探骊录》。身住壶天日月长。颜其居曰‘壶中’。早悟黄梅[1]心即佛，喜读释典。曾餐绛雪口犹香。曾服乩仙所炼丹。多君饱享清闲福，蕉叶桐阴覆草堂[2]。

① “黄梅”原作“丹霞”。

② “蕉叶桐阴覆草堂”原作“一树梅花一草堂”。

“索和吟笺寄早秋[1]，懒嵇迟报葛更裘。五年以长惭兄事，三泖之间偶宦游。自笑儿孙分苜蓿，不如妻子老林丘。但[2]求白发身常健，生日年年祝[3]子由。东坡《子由生日诗》：‘但愿白发兄，年年作生日。’”

十九日壬子（1月18日） 晴。覆五哥书，附三儿致伯印信中寄去。

二十日癸丑（1月19日） 晴。

二十一日甲寅（1月20日） 大寒。晴。辰时，封印，上府。回，藩房钱梧生来送年糕、宪书，学租报销，书办家遣人来取，转交。午后，访达泉，尚未大愈，在房中长谈。又与君韩谈，归已暮。今日府署回，偶成一绝：“纷纷手版贺黄龚，衙散归来未午钟。底用红笺书吉语，冷官无事印常封。”

二十二日乙卯（1月21日） 晴。衡翁家借磨，推糕团粉。寄诗芝生弟，附书禹山兄，属其将番饼二枚交屈酉君作卿和身后帮分。石岸头钱静山两次书来作不情之请，寄书覆之。接选青十五日信、南腿一肘、黑枣一蒲包，知其全家均好，望我新正回家，扫榻以待。晚，觉泛泛欲吐，令三媳提痧。

二十三日丙辰（1月22日） 晴。欠考文、武生员申报学、府两宪。前接府发道宪花红票，今将奉文日期申报道、府两宪。寄覆选青信。夜，送灶，与儿、媳、孙男女吃团子。忆及道光二十四年祀灶日，时室人犹为新嫁娘，在堂楼上包封袋。予在镜台旁作“小园除雪得春蔬”试帖，老母唤马妪送粉团到楼上。情景如昨，忽忽已三十六年矣。

二十四日丁巳（1月23日） 晴。衡翁送咸肉一块、茶食四匣。夜，蒸年糕。

二十五日戊午（1月24日） 孝庄文皇后忌辰，晴。送纯嘏年糕

---

① “索和吟笺寄早秋”原作“索和新诗答客邮”。

② “但”原作“只”。

③ “祝”原作“贺”。

二、脂油糕一甑、盐肉一块。

二十六日己未(1月25日) 晴。达泉送青鱼一、脂油糕二、皮蛋四十、生果一蒲包。送衡翁青鱼一、脂油糕二。送道士鸡蛋廿四枚、脂油糕一甑。侯慎卿送鲜蹄,辞,受蛋球十六枚。送慎卿茶食四匣,辞,受脂油糕一甑。午后,出西门,郑通惠、何恒源、宋协成还帐。

二十七日庚申(1月26日) 晴。周桂等枫泾回,租事减色之至,午后即往鲇鱼浜。纯嘏送来鲜蹄一、年糕一、团子四十余。送达泉酱蹄一、蹄筋八块、皮蛋四十、脂油糕黄白二甑、鲜蹄一。

二十八日辛酉(1月27日) 晴。夜,祀神。

二十九日壬戌(1月28日) 晴,大风。周桂等鲇鱼浜诸处收租回。夜,祭先。

除夕(1月29日) 癸亥,晴。晨,与书办算帐。晚,上府辞岁,诸同寅已毕集矣。回,三儿呈阅除夕诗四律,颇佳。拟用东坡《馈岁》三题韵作除夕五古三首,无暇晷,不就,不如作膝下人之闲适也。夜饭后拜灶,先严慈真容前上茶辞岁,儿、媳率孙男女为余辞岁。时已不早,上楼和衣略睡,未着,丑初即起,甚寒。忆丁丑除夜四更起,得"残蜡尚余除夜火,重裘难御岁朝寒"句,情景犹昔,而马齿加长矣。

是年后附页:

光绪六年庚辰会试江苏中额廿六名

杨崇伊常熟,翰林、黄思永江宁,状元、陈鸿绶丹徒、王颂蔚长洲,翰林、顾绍成无锡,知县、徐寿基武进,知县、裔步鸾盐城,主事、朱兆鸿元和,知县、孔广钟元和、卜文焕武进,知县、郑言绍吴县,知县、王邦鼎宜兴,主事、顾莲华亭,翰林、胡文渊甘泉,知县、庞鸿书常熟,翰林、冯仲侯荆溪,知县、刘汝霖上元,知县、李沛深泰州,主事、程惟孝武进,主事、吴同甲高邮,翰林、张是彝长洲,知县、杨福臻高邮,翰林、曾云章昭文,知县、邓嘉纯江宁,分发省分□先补用知府以原班用、陈桐翰长洲,未殿试、丁立钧丹徒,翰林。

光绪七年辛巳日记

元旦甲子(1881年1月30日) 晴。寅初,拜天香,即赴世英堂拜牌。黎明,诣文庙行香,往提辕贺节。太尊已到,俟两县到,同进谒贺。旋至府署贺节,顺往华、娄两县及城中各处。归,拜灶,先考妣真容前上糕团、茶,行礼。到纯嘏处拜年。午饭后即睡,醒已上灯时矣。

初二日乙丑(1月31日) 晨微雨即霁。由北门至西门拜年,在贺锦川署中略坐,归已过午。饭后,到华学拜年,剧谈至暮返。达泉之恙尚未大愈。

初三日丙寅(2月1日) 高宗纯皇帝忌辰,阴。军门邀初六日春酒。汤子韶初八日娶媳,发帖来。黄昏微雨,大风。

初四日丁卯(2月2日) 阴。晨,遣长班提辕辞酒。夜小雨,大雪。接五路。

初五日戊辰(2月3日) 夜子初一刻六分立春,晴,积雪未消,有二寸余,腊尾得此,可称瑞雪。亥刻,到府署,俟子初一刻鞭春后上手本贺喜。子初二刻回,口占一律:"太守班春盛典传,备员也执打春鞭。磨牛步步皆陈迹,隙驷匆匆又一年。渐觉条[1]风回宇内,尚看腊雪积林边。麦田何用愁枯旱,久不得雨,得腊雪二寸余,胜于雨矣。会见丰穰降自灭。"

初六日己巳(2月4日) 晴,雪泽如雨。华亭县送春牛。下午仍阴寒。

---

① "条"原作"景"。

初七日庚午(2月5日) 世祖章皇帝忌辰,晴。午后,李君韩来拜年。

初八日辛未(2月6日) 晴。子韶处道喜。出东门,张啸山处拜年。屈六、屈章两小姐来拜年。遣周孝各廪生处片拜。

初九日壬申(2月7日) 晴。昨符篑山自沪回松,来拜年,晨往答,尹子铭亦在,茗谈良久而返。

初十日癸酉(2月8日) 晴。午后,至九和书坊,遇龚鳌峰,剧谈。继往华学,与达泉、君韩弄牌,踏月归。阅仇竹屏具禀,其本生父世贤、弟治豫、治观于月之十三日入华、娄学孝弟祠。

十一日甲戌(2月9日) 孝全成皇后忌辰,晴。张锡恭交学宪观风卷。

十二日乙亥(2月10日) 晨微雨即霁。寄选青七绝十二首以代信:

"记曾腊尾一缄开,献岁椒盟待我回。五十六翁真个懒,更无春兴看灯来。

"条[①]风吹律转青阳,遥想椿萱健胜常。寄到祢衡怀里刺,新年为我贺高堂。

"秀毓三珠我外孙,君家乐事自盈门。大郎毕竟年还小,入塾休如招放豚。

"去年新正雨如绳,喝雉呼卢共一灯。今岁客窗岑寂甚,黄梅一树是吟朋。

"冷斋近状报君知,偶一拈毫改旧诗。只欲养成耿髯样,不曾撚断一茎髭。

"森孙顽劣大如牛,弄笔翻书不肯休。更看湇孙解孩笑,老夫娱老更何求。

"春游不出谷阳门,何处偏多步屧痕。最爱城根空旷地,暮鸦枯

① "条"原作"景"。

木似孤村。

“不从莲社访头陀，不赴佳招醉酒螺。只为要探梅信息，淡成轩华亭学署斋名。里往来多。

“跋画仇家在扇纨，僧寮香雪诧奇观。竹屏跋梅花纨扇盛称青浦；慧日寺老梅五百株，花时弥望如雪。花时倘发寻诗兴，或买扁舟一探看。

“少年情性喜游遨，又泛春风沪上舠。袍笏满场灯火闹，老来豪兴让儿曹。

“二三月里试场开，未便抽帆故里回。待到鲥鱼新上市，老饕为口定归来。

“代一缄书写不停，不嫌诗里事零星。左家娇女思爷甚，须向灯前诵与听。”

十三日丙子(2月11日)　晴。晨，寄诗选青，正在缄封，适接新正九日书，知佩女与外孙均好，惟小者胎毒尚未愈，其生母起患痛风；大媳、二保初四至其家拜年。两邑二月初一日(展期三月初一)县试。午后，赴学，拜竹屏尊人入祠。回，华学打牌。

十四日丁丑(2月12日)　宣宗成皇帝忌辰，阴。晚，江西馆吃面。夜半雨。

元宵戊寅(2月13日)　阴。太尊自省回，上府贺节、挂号，即诣文庙行香。归，阅《世说新语补》：

“祖士言深好弈棋，王处叔隐谓之曰：‘禹惜寸阴，不闻数棋。’祖云：‘聊用忘忧耳。’处叔曰：‘古人遭时则以功达其道，不遇则以言达其才，故否泰不穷也。今晋未有书，而天下倾覆，旧事荡灭。君少长王都，游宦四方，华夷成败，皆在耳目，何不记述，使有裁成？昔应仲达劭作《风俗通》，崔子真寔作《政论》，蔡伯喈邕作《劝学篇》，史游作《急就章》，《汉书注》：“游，元帝时为黄门令，凡书三十二章，杂记姓名、诸物、五官等字，以教童蒙。急就者，谓字之难知者，缓急可就而求焉。”便为没而不朽。当其同时，人岂少哉？而皆无闻，由无述作也。故君子疾没世而名不称，况国史明乎得失之迹，何必博弈然后忘忧哉！’”

“王国宝构谢太傅于孝武帝，太傅患之。帝一日召桓子野饮，太傅在座，帝命桓吹笛，桓神色无忤，即吹一弄，乃放笛云：‘臣于筝分乃不及笛，然自足以韵合歌管，请以筝歌，并请一吹笛人。’帝善其调达，乃敕御妓吹笛。桓又言：‘御府人于臣必自不合，臣有一奴，善相便串。’帝令召之。奴既吹笛，桓便抚筝而歌曹子建怨诗，声节慷慨，俯仰可观。太傅泣下沾襟，乃越席就之，捋其须曰：‘使君于此处不凡。’子建怨诗：‘为君既不易，为臣良独难。忠信事不显，乃有见疑患。周旦佐文武，金縢功不刊。推心辅王室，二叔反流言。’”

十六日己卯（2月14日） 晴。午刻，上供，收先考妣真容、亡妻遗影。昨闻达泉妾十四夜暴卒，殊可悯也。午后，走访达泉。今晨西门内看迎喜神。

十七日庚辰（2月15日） 雨。接府详委监院札。

十八日辛巳（2月16日） 晴。府札委二月初四日祭吕祖，初三、初九祭文帝、后殿行礼，初二、初八前诣省牲。午后，寄五哥信。

十九日壬午（2月17日） 晴。卯初起，上府，同人毕集，俟太尊开印，贺喜即回。开印。午后，在李天盛买靴鞋。出西门，遍游岳庙，归已暮。接秦伟生交学宪观风卷。详府岁试文、武新生格眼清册各七套。

二十日癸未（2月18日） 雨水，晴。寄二儿信。晚雨。

二十一日甲申（2月19日） 孝穆成皇后忌辰，晨雨即霁。午后，走访达泉，剧谈，暮返。

二十二日乙酉（2月20日） 孝穆成皇后忌辰，晴。晨，往江西馆吃面。归，接芝生弟十八日书并和三绝句，云今岁石岸头祖茔轮祭，属我清明节回家。汉峰五侄近有书来，云去年夏五挈眷自祁阳湖南永州府。由桂林苍梧回五羊城，两月之久，四易舟车，到广州后生一子，名文彪；念庭俸满，到省验看后回任；鲁眉韶州差事蝉联，可资菽水。即日寄覆，附治小儿胎毒方一纸，属转交选青。

二十三日丙戌（2月21日） 孝圣宪皇后忌辰，晴。太尊邀明日春酒。午后，江西馆吃面。

二十四日丁亥(2月22日) 晴。午初，上府，赴太尊春酒之招，同席张椒岩、仇竹屏、奉贤县阚仲韩。凤楼，合肥人。

二十五日戊子(2月23日) 晴。周和康交学宪观风卷。天暖甚，夜大风，继以雨，夜半有人闻雷。

二十六日己丑(2月24日) 阴，仍寒。昨穿薄棉，今日仍重裘。夜雪珠甚大，床头如撒豆声。

二十七日庚寅(2月25日) 晨融雪珠如雨，午后雨。俟其止，江西馆吃面。夜复雨。

二十八日辛卯(2月26日) 阴雨。耿处送到二月初四日府志开局太尊请帖。

二十九日壬辰(2月27日) 雨。

二月初一日癸巳(2月28日) 阴。晨，上府，达泉已销假，亦到。见后，诣文庙行香。到华学看梅花，已盛开。备文移华、娄两县，领初九祭文昌执事生胙肉钱。欠考文、武生员，补详学、府两宪。张云襄交学宪观风卷。

初二日甲午(3月1日) 阴。陈彦士招初四日饮，并交到统境清粮案内各图原额田亩册。初四开志局，无暇，即饬长班辞之，田册初四到局交程砚耘。午后雨，文昌宫省牲，回，又到华学。

初三日乙未(3月2日) 丑正三刻，到文昌宫后殿行礼，俟太尊、军门到，祭毕，天已明。回略睡。吴介眉来拜，俟其去，即到土地祠拈香，明静堂答介眉。

初四日丙申(3月3日) 雨。晨，至东门外祭吕祖。即赴志局，思泉已在，衡翁、椒岩、竹屏、树卿、介眉、韵之、诚斋、砚耘、冶山相继至，陈彦士、太尊偕至，酒两席，晚散。代达泉省牲，回，到华学略谈，冒雨归。

初五日丁酉(3月4日) 雨。子初三刻，诣文庙，雨止，娄捕王香谷已在，俟华捕姚清溪到，代达泉祭崇圣祠。水利厅贺锦川、知厅程健斋相继至，杨超亭见制军未回，陈彦士来主祭。毕，即到府学，俟太尊、军门到，即行礼。黎明回，略睡。饭后衡堂先生来，催取娄县开河房卷，程砚耘因访衡翁亦来。天寒甚，大雪，薄暮止。致书陈彦士，取开河卷。黄恂甫橚送《重修娄节孝祠碑记》拓本。夜复雪。

初六日戊戌（3月5日） 惊蛰，竟日风雪交作。午后，冒雪代达泉祭城内外各祠，归已暮。夜仍雪，兼雨，寒甚，膏油皆凝。

初七日己亥（3月6日） 孝淑睿皇后忌辰，雪霁，积有寸余。接县移，十五县试。夜半又雨，兼雪珠。

初八日庚子（3月7日） 雨兼雪珠，寒甚。晚，文昌宫省牲，旋至华学略谈。归，备文移李侯祭品银到县。

初九日辛丑（3月8日） 雨止。丑正，到文昌宫后殿行礼，陈彦士及诸同寅相继至，太尊后军门至，祭毕已黎明。是日三书院甄别，即到试院。良久，深甫、达泉来。辰正，太尊进院扃试。生：文题“若臧武仲之知”五句，诗题“甲乙五政（得时字）”；童：“在齐其家《诗》云桃之夭夭”，“一犁春雨足农郊”。三牌后太尊回，深甫、达泉即出，余回交四鼓。日间天晴，夜雨。

初十日壬寅（3月9日） 雨竟日夜。

十一日癸卯（3月10日） 孝康章皇后忌辰，雨。

十二日甲辰（3月11日） 晨微雪即霁。午后，实授府学汪子砚麟昌，长洲人，乙亥、丙子联捷，归班知县，改教授。来拜，年才三十三。童学宪岁试游庠，与亡儿锡麒同案，玉森之堂侄又有年谊。

十三日乙巳（3月12日） 阴。晨，汪子砚字来，招午饭。代达泉祭昭忠祠。回，即到荷池巷子砚公馆道喜，在彼吃饭，无他客。归已晚。夜雨。

十四日丙午（3月13日） 阴。晨，到华学，达泉未起，交出彤卿采访各件，府发金山营旧制一折，携至局。椒岩来，思泉、韵之继至，仅四人。饭后，太尊来。晚散，仍至华学，往世英堂，代达泉省牲。

十五日丁未(3月14日) 晴。丑正,到世英堂,子砚先在。两县县试正场不到,诸同寅相继至,俟太尊、军门到,行礼。毕,天已明,诣文庙行香,即上府,辰正回。半月阴雨,冷如严冬,今日黄棉袄子出矣,一扫阴霾之气,大快人意。午后,走答衡堂先生,思泉、杨诗盟皆在。两君先去,余长谈而返。接县移,藩司催俸满验看。

十六日戊申(3月15日) 晴。接金山县移,查上年廪生空缺。长班手发出。晚,陈彦士招明日申刻饮。

十七日己酉(3月16日) 晴。晨,买舟往横山,代达泉祭张少宰祠,归已交酉矣。即赴彦士之招,同席茅介庵、陈深甫、汪子砚、王香谷。席散,携《同官录》一函归。

十八日庚戌(3月17日) 晴。昨横山未回,介庵来拜,今晨往明静堂答之。李士凤交学宪观风卷。接麟儿十五日信,知芍卿再侄媳于正月十八日病故。午后,子砚来长谈,薄暮去。

十九日辛亥(3月18日) 晴。华、娄县试初覆。接府札,奉布政使司谭札,催解光绪六年分学租正耗银两。午后,往华学,达泉一嫒两外孙女出痧渐愈,其夙恙依然。喻锦涛亦来,欲往上洋,托其买桂元十斤。昨府发志稿三十六本,在华学同君韩将三总纂名下三分封固,张、仇两处交思泉转交,姚处径交。

二十日壬子(3月19日) 孝哲毅皇后忌辰,雨。晨未起,闻沈使呼老妪,云楼下和合窗俱在庭中,恐昨有偷儿入室。起检视,失去铜香炉一个、眼镜一个、连袋并玉坠一方、京师荷包卷物。盖帽红绉一方、火食帐钱三百余文,周桂印花洋布棉被一条、洋布长衫一件。较之丁丑冬月被窃不及十分之一,惟眼镜已二十余年物,一旦失去,殊有亡簪之恨。子砚送到《陆地仙经》六叶,真养身妙诀。接五哥十七日书,知家乡疫痧大行,其两孙亦染此,尚未愈。近日白米价二元一角,糙米一元七角三分二厘。钦和帮分,屈酉君字来取去。夜饭后,检点什物,轿盆一只、欧绸小夹袱一方亦皆窃去。

二十一日癸丑(3月20日) 春分,阴。陈宗彝交学宪观风卷。

接府札，催解春季义学脩。长班手发出。接仲展二侄书，内附儒卿表兄录寄《素修堂》《豆腐》《腌菜》二诗，又附芝生字条，云石岸头祖茔今年顺之兄弟值祭，前信误也。寒甚，想戴风帽，遍寻不得，亦入偷儿手矣，可恨可恨！

二十二日甲寅(3月21日) 晴。李文澜交学宪观风卷。晚，江西馆吃面。

二十三日乙卯(3月22日) 晴。令木匠和合窗里面装板，墙脚钉竹片。谚云："贼出关门。"诚哉是言。午后，出西门，在郑正泰买绛丝眼镜袋一个。进城，周同茂皮箱店买白皮小拜匣一只。到府前买眼镜，深浅不配，未买。顺访子砚，剧谈，留吃晚点。同往文昌阁，适思泉亦在，茗谈良久而返。今日华、娄县试二覆。

二十四日丙辰(3月23日) 晴。晨，往华学，即到志局，树卿、思泉已在，椒岩、衡翁、韵之、砚耘、诚斋相继至，达泉亦来。饭后，太尊到。晚散，到府学访深甫，回，再过华学。适金小芗自苏来，晤谈良久，归已薄暮。赵曾发交学宪观风卷。

二十五日丁巳(3月24日) 晴。晨未起，子砚来。解义学春季脩。午后，小芗、君韩来。

二十六日戊午(3月25日) 孝昭仁皇后忌辰，晴。邀子砚、小芗、君韩、纯嘏小饮，肴馔郎顺兴馆办，价昂而味殊恶。

二十七日己未(3月26日) 晴。思周回常，令周桂送去。李良翰交学宪观风卷。华、娄县试三覆。

二十八日庚申(3月27日) 晴。府札催解学宪观风卷。午后，到华学，同君韩长谈，吃晚点，归。达泉同小芗珠家阁就医，未返。

二十九日辛酉(3月28日) 阴。朱廷锡、阮家鼎交学宪观风卷。思泉来，属转请子砚初一日云间文社会课出题。江西馆吃面。至九和书坊略坐即返。上灯时子砚来。

三十日壬戌(3月29日) 晴。纯嘏太夫人五十生辰，去拜寿，送面票廿斤。午刻，招吃寿面。天马山佃马年交租二石七斗五升，因去冬病，又丧妻，将就免讫。府发书院甄别案。华、娄县试末覆。

三月初一日癸亥（3月30日） 晴。晨，上府，俟太尊祭先农。回，同车立斋、徐石泉、程健斋、贺锦川、姚清溪、王香谷六人进见，旋诣文庙行香。到华学，达泉未起，晤小芗。午后，子砚来谭天，留吃晚点去。黄昏，周桂自常回松，带到大侄媳送酱腿一只、酱鸭一只、馒头六十、轿盆一只，大媳密饯两瓶。娄县发正案，前列十名：封师连、许毓麟、王臣贤、姜保清、周士哲、沈和敬、王廷模、张秉彝、陈锡龈、徐则稚。

初二日甲子（3月31日） 晴。午后，沈约斋、耿伯齐来。约斋交《华娄人物传稿》一本。夜雨。

初三日乙丑（4月1日） 阴，微雨，竟夜雨。

初四日丙寅（4月2日） 晨微雨，午后晴。府发初八日道宪书院课题、初十日小课、廿六府考廿四取齐三札。

初五日丁卯（4月3日） 晴。午后，到全节堂观云间文社第二期课卷。回，访达泉，吃面，饮绍酒一杯，薄暮归。杨超亭招初七日巳刻饮。夜大风，寅卯间闻雷。

初六日戊辰（4月4日） 清明，雨。因明日先祖考朝议府君忌日，令长班华亭县辞酒。

初七日己巳（4月5日） 晴。寄书选青。

初八日庚午（4月6日） 晴。求忠书院道课：文题“体群臣则士之报礼重”三段，诗题“春入遥山碧四围”。

初九日辛未（4月7日） 晴。晨，往佛字桥吊宋西篴夫人出殡，送香烛。午后，思泉来，属作札，请子砚出十一日会课题目，字带去，明日自彼送府学。思泉去，江西馆吃面。夜起风。

初十日壬申（4月8日） 晴。晨，往佛字桥吊宋陶如出殡，送香烛。府小课：“弱竹弹燕赋以题为韵”，“文昌气似珠五言八韵”，“明两作解”，“九河考”，“乾坤复姤大小父母说”，“拟庾子山《春赋》”，“待女花、宜男草七律二首，不拘韵”。午后，走访子砚，又访达泉，知酉君前日来松，现往沪上，云昭文县试题：已冠“寒之”，次“食云”；未冠“清兮”，次“明也”。剧谈，归已暮。

十一日癸酉(4月9日) 孝贤纯皇后忌辰，晴。出府考示。门斗传考谕单。移金山、娄县官生空缺。娄县移催条银。张鹤祥交学宪观风卷，赋为已交诸卷之冠。

十二日甲戌(4月10日) 晴。张济寅交学宪观风卷。

十三日乙亥(4月11日) 晴。午后，子砚来。

十四日丙子(4月12日) 晨，到局，思泉、砚耘已到，椒岩、树卿、诚斋、韵之相继至。饭后，达泉亦至，太尊来。雨。俟同人、太尊去，予至华学略谈，乘达泉小轿回。太尊小课，赋题典出《北史·魏·李惠传》：

“转雍州刺史惠，长于思察。雍州听事，有燕争巢，斗已累日。惠令人掩获，试命纲纪断之，并辞。惠乃使卒以弱竹弹两燕，既而一去一留。惠笑谓吏属曰：‘此留者自计为巢功重，彼去者既经楚痛，理无固心。’群下伏其深察。人有负盐、负薪者，同释重担，息树阴。二人将行，争一羊皮，各言藉背之物。惠遣争者出，顾州纲纪曰：‘此羊皮可拷知主乎？’群下咸无答者。惠令人置羊皮席上，以杖击之，见少盐屑，曰：‘得其实矣。’使争者视之，负薪者乃伏而就罪。凡所察究，多如此类，由是吏人莫敢欺犯。”

夜，阅二儿致三儿书，知石虎浜坟上碑帽坟客已赔还。常邑县试首场题：已冠“以成仪封人”；未冠“而识之学”；次同“迨天之未阴雨”；诗“朝来喜见麦吐芒”。游文书院甄别题：“公西华曰：由也问闻斯行诸至故进之”，“日照香炉生紫烟得峰字”。我斯正场首列。

十五日丁丑(4月13日) 晴。晨，轿夫阿五迟到。上府，子砚、达泉已见过，散矣，挂号而回，诣文庙行香。惠大澄交学宪观风卷。

十六日戊寅(4月14日) 晴。求忠书院补二月季山长课：文题“子之燕居申申如也”，诗题“梯云取月”。文题即去年吾邑游文书院甄别题。晚，尹鹿笙交学宪观风卷。接府札，饬拨识认门斗。

十七日己卯(4月15日) 雨。吴望曾、杜凤龄、杜昌言交学宪观风卷。

十八日庚辰(4月16日) 晴。求忠书院季山长课：文题即今年游文书院甄别题，诗“膏雨自依旬”。晚，江西馆吃面。府札发上海求志书院春季题目。育婴堂董片请二十日聚堂。

十九日辛巳(4月17日) 晴，夜半大风。

二十日壬午(4月18日) 雨。晨，往仇祝平处道喜，娶侄媳，送烛五灯四十、酒票十斤。旋往育婴堂，太尊、杨超亭未到，吃饭回。昨从子砚处借阅《申报》，二月二十九日奉上谕：“湖南衡州府知府员缺，着翁曾桂补授。钦此。”阅三月十八日《申报》，恭录上谕：

“朕入承大统，仰蒙大行慈安端裕康庆昭和庄敬皇太后顾复恩慈，情深罔极。临御以来，于兹七载，承欢奉养，深荷慈愉。常见动履康强，旰宵勤政，私心庆慰。方冀延祺益算，克享期颐。初九日慈躬偶尔违和，当进汤药调治，以为即可就安。不意初十日病势陡重，痰涌气塞，遂至大渐，遽于戌时仙驭升遐。呼抢哀号，曷其有极。钦奉遗诏，丧服二十七日而除，朕心实所难安，仍穿孝百日，并素服满二十七月，稍申哀悃。至谕以勉节哀思，一以国事为重，用慰慈禧端佑康颐昭豫庄诚皇太后教育之心。敢不敬遵遗命，勉加抑制。所有大丧礼仪，着派惇亲王奕誴、恭亲王奕䜣、贝勒奕劻、御前大臣景寿、大学士宝鋆、协办大学士尚书灵桂、尚书恩承、翁同龢敬谨管理。一切应行事宜，并着详稽旧典，悉心核议，随时具奏。将此通谕中外知之。钦此。”

恭录遗诏。慈安端裕康庆昭和庄敬皇太后诏曰：

“予以薄德，祗承文宗显皇帝册命，备位宫闱。迨穆宗毅皇帝寅绍丕基，孝思肫笃，承欢奉养，必敬必诚。今皇帝入缵大统，视膳问安，秉性诚孝。且自御极以来，典学维勤，克懋敬德，予心弥深欣慰。虽当时事多艰，旰宵勤政，然幸体气素称强健，或冀克享遐龄，得资颐养。本月初九日，偶染微疴，皇帝侍药问安，祈予速痊，不意初十日病势陡重，延至戌时，神思渐散，遂至弥留。予年四十有五，母仪尊养，垂二十年，屡逢庆典，迭晋徽称，夫复何憾。第念皇帝遭兹大故，自极哀伤。惟人主一身，关系天下，务当勉节哀思，一以国事为重，以仰慰慈禧端佑康颐昭豫庄诚皇太后教育之心。中外文武，恪供厥职，共襄郅治，予灵爽实与嘉之。其丧服酌遵旧典，皇帝持服二十七日而除，大祀固不可疏，群祀亦不可辍。再予向以俭约朴素，为宫壶先，一切事关典礼，固不容矫从抑损。至于饰终仪物，有可稍从俭约者，务惜物力即所以副予之素愿也。故兹诏谕，其各遵行。"

二十一日癸未（4 月 19 日） 寅卯间雷雨交作，半日阴，晚晴。接府札："光绪七年三月初五日，奉布政使司谭札开：案照各属呈报捐职武衔及武生丁忧服满以及病故缴照等项，向例由司按年汇册详咨，毋庸专案报部，以免烦琐，历久循照办理。兵燹之后，一切汇办事件，类多未办，业经由司将司中年例应行汇办之件，逐案清理，分别详办，以复旧章。将光绪四年分止据报各案，造册详咨在案。所有五、六两年有无武衔、丁服等项，未据各属具报，合行饬查。等因到府。奉此，合就转饬，札到，该学立即遵照，迅速查明，详府核转，毋再迟延。切速切速。特札。"即日交周桂发书。夜间痰见红，想是受热所致。

二十二日甲申（4 月 20 日） 谷雨，晴。晨，奉贤学张养斋来。接选青十九日书，知其家均安好。午后，子砚来剧谈，留吃酒面去。

二十三日乙酉（4 月 21 日） 晴。晨，南汇学李静斋杨，江阴人。来拜，未起，不晤。达泉片邀明日申刻便饭。

二十四日丙戌（4 月 22 日） 晴。晨，往拜朱佩秋、张养斋、符篑山、李静斋，均未晤。顺往志局，思泉、约斋已到，姚衡翁、张椒岩、冯树卿相继至，府县皆未到，饭后散。到华学，又到府学访子砚，留吃面。同子砚到华学，剧谈良久。张养斋、篑山、静斋及金小芗堂兄潮生桂芳，达泉之徒。偕至，饮于淡成轩。知静斋尚未接印，署南汇学亦姓李，始悟晨往拜者非静斋也。二鼓归，知佩秋、篑山、养斋及署南学李兆麒，号茜东。皆来拜。

二十五日丁亥(4月23日) 晴。晨未起，祁浩泉、陈子愚来拜，不晤。衡堂先生来，托查青村场、袁浦场场灶，长谈而返。四点钟到贡院，知府署已挂牌，素服摘缨而去。俟太尊进院，同娄县陈彦士、汪子砚、屈达泉、张养斋禀见，他学皆未到。回，到浩泉、子愚寓及静斋寓。

二十六日戊子(4月24日) 府考华、娄正场，晴。丑正，到贡院，子砚亦到，时外巡捕处尚未开门，徘徊久之。到两县官厅，诸同寅皆至，俟三炮开门，拥挤而进。点名毕，天已明，同子砚留场。放三牌，冒雨出，时已四鼓。

二十七日己丑(4月25日) 阴。思泉字约二十九日小饮。

二十八日庚寅(4月26日) 奉、金、上正场，晴。思泉来。夜雨。

二十九日辛卯(4月27日) 晨雨，止已巳刻，思泉又来招，即走去，同席子砚、佩秋、子愚、篑山，肴馔极精。时古香书屋牡丹盛开，惜为雨所损，不免胭脂零落矣。席间，子愚云浩泉得孙殇耗，回青浦。晚，沈仪廷交学宪观风卷。

四月初一日壬辰(4月28日) 南、青正场，晴。丑正，到贡院，俟点名毕，黎明回。午后，约斋来，取回前月初二日交《华娄人物传稿》一本。

初二日癸巳(4月29日) 晴。午后，走访达泉，在君韩案头见常、昭县试正案。昭案首侄孙鸿迈，族中县案首游庠者仅从侄芸圃一人，相距已四十余年矣。

初三日甲午(4月30日) 华、奉、娄、金初覆，晴。丑初，到贡院，尚早，良久开门。点名毕，天已明。予同佩秋留场，三牌出，将近四鼓。雷雨。

初四日乙未(5月1日) 阴。接慎生侄三月廿九日信，知禹山五哥于廿六日陡然仆跌，昏蒙无语，气窒痰升，危在旦夕。已阅六日，未知吉凶若何，即日作书寄慎生。冶山来，交到《殉难册》二本，即送耿处，属其转交诚斋。诸阶祥交学宪观风卷。黄昏，解府观风卷二十本。今日换戴凉帽。

初五日丙申(5月2日)　上、南、青初覆，晴。晨，到文粹书坊略坐，继至眼镜铺买眼镜，价九角。赵义顺买凉帽胎，价七百五十文。饭后，同三儿又往贡院前各书肆，顺访子愚，不值。三月廿九日耿思泉招饮，同席汪子砚、朱佩秋、陈子愚、符篑山，忆黄宰平、韩小坡、杨竹轩皆古香书屋中旧酒人，今先后物故，感成二律一柬子砚：

"黄公垆冷已三年，话到韩杨更泫然。有柬难招泉下客，无缘那聚饮中仙。雨来不免分今旧，酒好何论酌后先。我愧坡翁蕉叶量，坐花忝附饯春筵。时牡丹盛开。

"茂苑汪伦最少年，偏来冷处领群仙。长身一座惊昂若，旧梦三生话惘然。泮水怕赓芹藻句，谏垣难访竹林贤。子砚与亡儿锡麒同岁游庠，同年玉森给谏其堂叔，今已故。与君一事心相印，自定行藏不问天。子砚由归班改府教授，余大挑一等，改教职。"

夜雷雨。

初六日丁酉(5月3日)　晨雷雨。阅《申报》，恭录上谕：

"三月二十一日，奉上谕：'钦惟大行慈安端裕康庆昭和庄敬皇太后，德性渊涵，仁慈普被，体坤元而合撰，备懿嫩以难名。仙驭升遐，徽音永著。今据大学士九卿等，敬谨拟上尊谥，朕仰维慈爱，追慕无穷，谨于徽号十字内酌留六字，合之恭上尊谥，称曰"孝贞慈安裕庆和敬仪天祚圣显皇后"。允足昭垂万祀，式表尊崇，薄海同钦，咸瞻巨典。所有应行典礼，该部敬稽成例具奏。钦此。'同日，奉上谕：'大行慈安端裕康庆昭和庄敬皇太后普祥峪万年吉地，今定为普祥峪定东陵。着传知各衙门，敬谨遵照缮写。钦此。'"

初七日戊戌(5月4日)　七县性理诗古。寅正微雨，到贡院。点名毕，天已明，即回。午后，走访浩泉，不值，即将杨荫安书便面交其纪纲。求子愚画墨菊。归，顺访张隽生，求铁笔者甚夥，略谈而返。晚，家松泉来剧谈，耿伯齐亦至。

初八日己亥(5月5日) 酉初三刻十一分立夏，雨。求忠书院府课：文题“故君子尊德性而道问学”二句，诗题“迎夏南郊”。因小有不适，令周桂到贡院告感冒假两日。观伯印书，知五哥已故，无月日。

初九日庚子(5月6日) 七县二覆。昨夜雨达旦，至巳刻才止。

初十日辛丑(5月7日) 晴。钱梧生来，谈及司饷，云苏省哀诏亦未到。晚，接芝生弟初三日书，知五哥于前月廿九日亥时辞世，菊泉颇有烦言，幸慎生侄能知大体，处置甚为妥洽，属作挽对。芝弟亦属代作，信口成之，云：“频年冷宦住苇城，家政赖操持，再从弟兄如手足；蓦地凶音来梓里，客居正离索，一思謦欬怆心神。”代芝弟云：“我生终鲜弟兄，同高曾留得二人，一客未言归，相处里闾君最密；医者强投药石，叹旦夕竟成千古，九原可无恨，兼承堂构子能贤。”灯下作覆书，封固，明日发局寄常。来信云，汉峰五侄要奉母回里，沈少客习幕多年，忽欲应小试回家。

十一日壬寅(5月8日) 晴。午后，走访达泉，见君韩“子曰：德不孤”二章会课文甚佳。知子砚家眷已到，谈至酉刻，返。招钱梧生夜饭，子砚作陪。饭毕，即将银洋及空白册结文件、红白禀等面交梧生，托其代为上兑。

十二日癸卯(5月9日) 晴。午后，出西门，拟向衣庄买素色单马挂，遍觅不得。在章一大遇浩泉、子愚、静斋，同至石间小筑访邱元卿，茗谈良久，留吃点心。浩泉诸人从佛字桥下塘回寓，予走大街，至普照寺，看举哀处白厂皆已预备。回，接子砚送阅石梅生试律一本，并送稻香村茶食四匣。

十三日甲辰(5月10日) 七县三覆，晴。丑正，到贡院，子砚已在外巡捕房。良久，诸同人始到。三炮开门，点名毕，天明。余同子砚、佩秋、浩泉留场，剧谈竟日，娓娓忘倦。三牌出，才二鼓。

十四日乙巳(5月11日) 晴。冶山交《殉难册》三本，即送耿处转交诚斋。

十五日丙午(5月12日) 晴。晚,到文粹书坊,顺访浩泉、子愚,不值。

十六日丁未(5月13日) 晴。

十七日戊申(5月14日) 孝端文皇后忌辰,七县终覆,晴。寅初,到贡院,子砚、篑山已到。少顷,诸同人齐集,开门,天已明,点名毕即出。午刻雨,竟日。府发三月初十小课案,赋题“弱竹弹燕”。共廿三卷,误认“雍州厅事”为官名者八卷,而超等四名,误者居其二,作者不解“厅事”二字已可异,何阅者竟亦目迷五色耶?诸卷中吴履刚赋为冠,宜其列特等也。

十八日己酉(5月15日) 微雨。去冬所雇乳妪,其姑爱惜所带女孩,不听其媳在外,准其领回,另雇一人。今日立契,每月工钱二千二百文,衣服、首饰各两件,二年为满。夜,发府正案,前列十名:许毓麟、姜保清、周士鹏、陈锡瑕、封师连、马世襄、沈和敬、王臣贤、鲁泮、顾鹏飞。

十九日庚戌(5月16日) 晴。午后,衡堂先生来,交《桥梁》及《山》考证各一卷,剧谈而返。同三儿访子砚,又访达泉,归已暮。

二十日辛亥(5月17日) 晴。晨未起,子砚来长谈,同至衡翁家,茗话良久。回,阅《申报》。维扬史忠正公祠内联语,向有京口严问樵太史撰“生有自来文信国;死而后已武乡侯”一联,脍炙人口。今合肥爵相新撰之联,可谓后先济美,云:“与刘文成、于忠肃伯仲追随,事异心同,百世孤忠光日月;继孙高阳、卢宜兴驰驱尽瘁,身歼志决,一抔万古傍江山。”但“傍”字尚弱,不如“壮”字之坚老。晚,接县移,催六年熟田上下忙条银。

二十一日壬子(5月18日) 晴。女孙松保昨夜起壮热、咳嗽,请唐石愚诊视,云要发痧。

二十二日癸丑(5月19日) 晴,躁热,午后雨,竟夜。

二十三日甲寅(5月20日) 雨。接芝生弟十九日书,云五哥吊期定于月之廿九日。此时哀诏尚未开读,须俟举哀三日后方可告假旋里,恐廿九之期赶不及也,即日寄覆。思泉交来诚斋《兵制》一本。十五日在文粹书坊看《华阳国志》一部,论定价五百文,未去取。现府试已毕多时,想总搬回上洋,须俟道考时再买。范履端属书之件搁案头已久,因久不临池,难于下笔,奈索之屡屡,勉强捉笔,久荒者用羊毫,软弱支离之态,不可言状,只可付之败纸簏中矣。恨恨。

二十四日乙卯(5 月 21 日) 小满,晴。

二十五日丙辰(5 月 22 日) 雨竟日,至亥刻止。

二十六日丁巳(5 月 23 日) 晴。午后,访达泉,剧谈半日。知曾印若病殁京师。

二十七日戊午(5 月 24 日) 晴。

二十八日己未(5 月 25 日) 晴。

二十九日庚申(5 月 26 日) 孝慎成皇后忌辰,晴。解义学夏季脩。

三十日辛酉(5 月 27 日) 晴。晨,接藩吏房王荣生信,索俸满润笔,每节两圆,即交来人带去,使给钱三百文。

五月初一日壬戌(5 月 28 日) 晴。卯正起,辰刻素服往白龙潭接诏。船泊马头,赍诏官捧诏书登岸,文、武各官两班跪接。即往普照寺,俟诏到,再跪接,行三跪九叩礼,跪听宣读毕,举哀。到官厅,穿白袍,席地坐,俟军门、太尊回即返。申刻,又往普照寺举哀。是日府小课:"江海下百谷赋以'江海所以为百谷王'为韵","赋得'人语烟中始焙茶'得茶字,五言八韵","阿衡解","寇准、李迪论","大陆考","拟苏长公《游金山寺》七古","九子粽、五时图七律各一首"。今日起,用蓝印二十七日。

初二日癸亥(5 月 29 日) 晴。早、晚两诣普照寺举哀。

初三日甲子(5 月 30 日) 孝诚仁皇后忌辰,晴。早、晚两诣普照寺举哀。钱唐戴文节公子保卿有恒官松江府管粮厅,住苏州护龙街，因哀丧而来。丹青是其家学，求绘行看子。其二世兄青来兆春已入词林，文节为先侍御兄壬辰同年，其孙克绳祖武侄孙辈，仅青一衿，能无颜汗？

初四日乙丑(5月31日) 晴。附生冯慎卿德赓举优来见。思泉交来上海贾云阶寄到《上海宦绩传续》四人附《游寓传》一人，《同治上海县志补遗》《建置》《田赋》《水道》《学校》共二本，属分送各总纂。

端午丙寅(6月1日) 晴。祀先。午后，遣周桂到府署告省墓假二十天。子砚来。接扬州府江都县学、甘泉县学："为移知事。案照光绪四年，据扬城绅士周凤藻等自行捐资，禀请设局采访本属及寄籍已故、现存孝贞烈节妇女吴田氏等六百四十三口，造册送学，即经照造加结移县，详奉两江总督部堂沈、江苏巡抚部院兼署学院吴题请旌表在案。兹于光绪七年四月初四日，准江、甘两县刘、桂移，奉各宪札，准礼部咨，仪制司案呈，所有前事一案，光绪六年十二月十八日题，二十日奉上谕：'依议。钦此。'相应抄单知照可也。等因。转饬查照光绪四年分详报各原册，核明部单准驳，分别遵办，并传知各节属知照，抄粘到学。准此，查奉准旌表案内，节妇儒童张昌珍之妻柯氏、儒童张福全之妻瞿氏，寄居扬属原籍娄县，除由该绅士等建祠设位，春秋致祭，并给谕各该氏家属知照外，合行移知。为此，合移贵学，请烦查照备案。望切。须移。"

余幼时喜作画，忆道光庚子端午日画天中节物于扇头，伯兄题云："不随竞渡少年狂，爱画天成品物芳。画就题诗诗纪岁，恰经第十五端阳。"童时光景历历在目，而题诗者风流已尽，即作画者年亦半百余矣，能无慨然！徐石泉令郎患鼻衄，属查方书，检《玉历应验良方》内治鼻衄数方与之。

初六日丁卯(6月2日) 晴。辰刻，开船，顺风扬帆。晚泊绿葭浜，到镇上吃面茶，回舟吃夜饭，尚未上灯。黄昏微雨。

初七日戊辰(6月3日) 晴。五鼓开船，无风，黄昏后抵家。知五侄奉母自粤东旋里，住芝弟家。

初八日己巳(6月4日) 晴。晨,往吊禹山五哥,与慎生侄、钱伯诚长谈。归,欲过芝弟家,知弟同五侄到西山祖茔,未去。仲展侄邀吃午饭,二嫂亦在其家,饭后回。公临暨选青、云儿来。佩女打发轿出城接我,即乘轿进城,遂下榻焉。

初九日庚午(6月5日) 芒种,雨。本欲出城,因雨不果。午后,到云儿家,顺访子章表兄,有小恙,已掩户而睡。闻余至,披衣起,剧谈良久。回归处,适选青送五侄到门首,觌面竟不相识。出门时才十四龄,今年二十八,忽忽已十四年矣。因招其到我卧室,长谈而返。龚家桥顺之再侄辈邀明日吃分家酒。

初十日辛未(6月6日) 晴。晨,患头痛,令佩女提痧,顺之家来邀,辞之。午后,芝生弟、云儿自龚家桥回,过我。

十一日壬申(6月7日) 晴。字招李吉人。午后,吉人来,在梯云阁剧谈。归亲家招同吉人暨选青、仲陶如意馆小饮,石梅啜茗,遇张仁卿、曾君表。继游慧日寺。回,余与选青到云儿家,晤少溪再侄。

十二日癸酉(6月8日) 晴。晨,走答公临,晤其郎君。出城,过芝弟家,五侄生母、五侄媳会侄女及侄孙、四侄之子。杨氏外再侄女受华侄婿之女。皆见,芝弟留吃午饭。午后,至家中,芝弟又来。晚,进城,沈公周侄倩招饮,辞之。

十三日甲戌(6月9日) 晴。晨未起,岷帆再侄来谈家常事。书归仲陶、宗亦洲、方书卿、式卿、陶礼卿、徐颉甫款扇。午后,云儿、用吉来。汉峰侄送《大唐中兴颂》、“三吾铭”扇、小木匣。

十四日乙亥(6月10日) 晴。晨,公临来,余欲访儒卿,与同行,途遇少客,至南泾堂而别。仲展侄在彼课其两孙,余在塾中略坐。儒兄有小恙,造卧室,陆润卿亦至,即去。余在房中同其午饭,无所不谈,一倾积愫。晚,回选青家,吃二儿送来自裹馄饨。知芝生来访,因余未归,在宗幼谷处待我。即过彼,而芝生已出城,遂至书塾访沈稚莲,二儿亦在塾中。略坐,偕稚莲、二儿同至选青家。夜,同选青、佩女庭中乘凉。

十五日丙子(6月11日)　晴。晨,访王聘珍、翱风,适请严心田,余为不速之客,同席心田、严翰卿、翁士吉、平孚吉、聘珍、翱风、斗山。席散,同孚吉、三王游梵音庵。薄暮,回选青家。月帆表弟来,邀明日饮。芝弟书来,约明晚到丁氏大嫂家,有事面谈。

十六日丁丑(6月12日)　晴。晨,月帆处来邀,即去,心田已到。因客未齐,过鹤孙新宅,公周、大女侄、三甥女俱见。茗谈片刻,即到来青阁,同席严心田、曹小卿、翁士吉、菉卿、沈用宾、少客、月帆,肴馔精美。席散,回选青家,拟出城践芝弟之约,因火伞当空,惮于行走,令周桂传语芝弟,明早出城。接三儿十二日信,云县中移催验看及催完漕粮。

十七日戊寅(6月13日)　晴。晨,访李吉人。出城,到家中,伯印侄来。午饭后,同芝弟到丁氏大嫂家,谈一切家常事。又至二嫂家,曹表嫂亦在其家,谈从前会事。晚,家中吃夜饭。同芝弟、用吉到范家市访钱韫琳。芝弟回,余同用吉显星桥访屈一峰,顺返选青家。

十八日己卯(6月14日)　晴。晨起,书扇面七叶。午后,九万圩访沈苕生,与二、三女侄长谈。祝家河访屈酉君,薇卿亦来。又访蒋石枫,皆晤。归,至二儿家吃鸭面,晤少溪再侄、伯印侄,用川再侄亦至。返,知王聘珍、翱风来。

十九日庚辰(6月15日)　晴。晨,石枫、聘珍、吉人、钱树斋、芝生弟来。吉人邀吃午饭,俟石枫、聘珍去,四人同行。才出门,遇一峰过访,同吉人又回梯云阁,坐谈久之。一峰去,同吉人至其家午饭,归庸堂亦来,竟日茗谈,一洗尘俗。屈吉轩亦来。晚,与吉人、庸堂同行,彼到别处。余返选青家,知李蓉阁来,大孙女在选青家,吃夜饭去。庸堂属题其祖访斋先生《静坐听鸣泉图照》。灯下书纨扇一、便面一。

二十日辛巳(6月16日)　晴。晨,仲展侄来。与选青对弈。书便面六叶、纨扇一柄。午后,二儿来。晚,稚莲来。伯印书扇毕,同选青,伯、仲两侄,稚莲,二儿清和轩吃茶。继至寺前王双盛配扇骨白扇面两叶，途遇湛卿表侄、松甫再侄。同选青回，已上灯矣。

二十一日壬午（6月17日） 晴。昨月帆片来，云今午过我，因要出城，致书止之。晨，走答蓉阁。太平巷看王亲母，大侄媳亦见。与王信甫谈屋事。出城，至慎生家，适谢孝下乡，晤钱伯诚。回家，吃午饭。二嫂来。晚，伯、仲两侄来，同吃夜饭。予偕伯侄进城，知晚月帆又到归处访我。

二十二日癸未（6月18日） 晴。晨，写便面五叶、纨扇二，其一系沈季瑶表侄女属书。午后，二儿来。晚，佩女做水饺子啖我。偕选青、二儿到石梅雅宜轩茗饮，杨柳摇风，新荷出水，四座无人，颇饶静趣。欲至寺前配扇骨，因微雨即回，令二儿明日配来。到归处，知胡雪帆过访，属书扇面，并致松江朱朵峰信，属将书扇一并送交。夜，洗足。芝生属题章馨吾照，倩选青代作。卧后雨竟夜。

二十三日甲申（6月19日） 孝恭仁皇后忌辰，晴。晨起，书馨吾照、南市姚瀛生便面。过二儿午饭。访子章表兄，适在家，与予至儒英坊啜茗，吃三鲜面。同访月帆，先返，余长谈。薄暮，回选青处。用吉来谈会事。书庞君衡便面。

二十四日乙酉（6月20日） 晴。晨，出城，过慎生侄家。到家，午饭后到芝弟家，树斋亦在，用吉亦来料理金稼耘会事。景祺侄媳住世德，顺之再侄、汉峰侄皆见面。晚，回家吃夜饭。同用吉又往范家市，与钱韫琳、稚兰谈会事。即进城，过九万圩访沈稚莲，带交宋养初白折子。忽雨，假雨具回选青家。

二十五日丙戌（6月21日） 夏至，微雨。晨，少溪来，书纨、折扇各一。午后，月帆来。晚，二儿送会菜。

二十六日丁亥（6月22日） 晴。酉君送家信来，公临来，索书单条四幅，使误以未起辞之，均未晤。条幅甚巨，属携至松江，明年回常带交，特无腕力作大字，徒污佳笺耳。午后，与选青、佩女话别。即出城，过慎生侄家，取坟地契等。回家，又过二嫂家。薄晚，家中吃夜饭。过芝弟家，略谈片刻而返。将交二鼓，下船，大媳、二孙女、大侄妇送至门首。思周再侄城西饮未回，到船，予睡已久。

二十七日戊子(6月23日) 晴。黎明开船，至油车头，令周桂上岸买油六十斤，每担六元。计洋三元六角。午后，过巴城湖。晚，过昆山朝阳门，舟人上岸买米，即开。夜泊李巷，离朝阳门六七里。忆己卯六月初回松过此，溽暑困人，挥汗如雨，今竟日可穿夹袄，清风徐来，舟行一乐。

二十八日己丑(6月24日) 黎明开船，微雨即止，午后雷雨交作。泊舟，俟雨止开行。早晚过青浦，又行十八里，至钟贾山停泊，与思周登岸，徘徊山麓间。夕阳在树，牧童驱犊归来，茅檐土垒，缕缕炊烟，盖晚饭熟时也。下船后，微雨即止。吃过夜饭，坐船头，看山上电光闪闪。

二十九日庚寅(6月25日) 晴。黎明开船，饭前到松，寓中均安好。寄大媳、佩女回信，即交原船带回。

六月初一日辛卯(6月26日) 晴。晨，上府销假，旋访达泉，面交酉君家信。

初二日壬辰(6月27日) 晨晴，热甚，午后大雨倾盆，晚止。

初三日癸巳(6月28日) 晴。接县移，催漕米。午后，达泉来，同访衡堂先生。回，留晚点去，夜雨即止。灯下书朱朵峰便面。夜雨。

初四日甲午(6月29日) 晴。晨，往访陈彦士，带交俸斋银两划漕印领文移，谈及验看一节，太尊意在必送。午后，子砚来。晚，君韩来，皆留点心去。

初五日乙未(6月30日) 晴。四月杪临《敬使君碑》一过，回家后停二十余天。现从初二日起，每日仍临是帖以消遣长昼。

初六日丙申(7月1日) 晴。续举廪生张宝书、附生冯德譽优行，申详学宪。临帖四叶。

初七日丁酉(7月2日) 晴。天气炎蒸，兼以头戴重发，尤觉昏沉。临帖四叶。

初八日戊戌(7月3日) 晴。晨,走答汪子砚,旋访达泉。回,连升寓答陈深甫,予在常时曾过访也。临帖三叶。晚雷电、风雨交作,颇凉快。求忠娄课:“足食足兵”二句,“渔舟过去水生风”。

初九日己亥(7月4日) 晨,子砚字来借吴梅村诗。午前起阵,竟日雨,凉爽异常,穿夹袄。临帖四叶。

初十日庚子(7月5日) 晴。晨起,知昨夜偷儿又从后门逾墙而进,开直后门、第二重后门,穴壁,拔门牡子,因家有人声,惊觉而去。午后,上府见太尊。临帖四叶。寄书祁浩泉,询验看事。

十一日辛丑(7月6日) 晴。临帖四叶。晚雨。灯下临帖一叶。

十二日壬寅(7月7日) 小暑,晴。临帖四叶。

十三日癸卯(7月8日) 竟日雨。临帖四叶。作书寄选青,附致芝生信。题归庸堂祖访斋先生《静坐听鸣泉图照》:“白发文孙吾老友,数载睽违忽聚首。珍重遗容出相示,先泽流传永不朽。披图想象图中人,空山静享太古春。泉声瀌瀌常在耳,世上丝竹徒纷纷。先生已骑赤鲸去,在山泉水清如故。能述祖德诵清芬,慎守斯图诏后昆。”

十四日甲辰(7月9日) 晨雨,午霁。微觉头痛。临帖一叶。

十五日乙巳(7月10日) 阴、晴半。府小课:“明镜止水赋以‘此心当如明镜止水’为韵”,“赋得‘一雨虚斋三日凉’得凉字,五言八韵”,“日月为易解”,“盐法议”,“托克托论”,“拟嵇中散言志诗”,“读画、眠琴七律各一首”。临帖四叶。

十六日丙午(7月11日) 晴。晨,临帖二叶。接选青十二日信,并殷伯棠、胡秋农书画扇。书中述常、昭府试正场题:常“民无信不立棘子成”;昭“殷有三仁为柳下惠”。此种无情搭题,场中专为杜绝窗稿计,实无文章可做耳。午后,临帖三叶。接浩泉信。晚浴。

十七日丁未(7月12日) 晴。晨,临帖三叶。陈彦士来,茗谈良久,云验看委代札已到县。借“足食,足兵,民信之矣”集文一本去。

午后，临帖二叶，复放临一叶。

十八日戊申(7月13日)　晴。求忠季山长课：“子曰：禘自既灌而往者”两章，“竹批双耳峻”。晨，临帖三叶。午后，临二叶。晚浴。陈深甫来。

十九日己酉(7月14日)　晴。国制百日期满，剃发。晨，走访达泉、子砚。亡妻沈孺人忌。午后，临帖一叶。

二十日庚戌(7月15日)　初伏，晨雨即霁。因泥途，字覆深甫。午后，子砚来剧谈，晚去。临帖一叶。大风雨竟夜。

二十一日辛亥(7月16日)　晴、雨半，大风未止。临帖四叶。晚，又临一叶。

二十二日壬子(7月17日)　晴。晨，临帖三叶。浩泉验看来松，过访，留吃午饭去。到县答拜陈彦士。晚，浩泉又来，何秋士亦来。

二十三日癸丑(7月18日)　晴。晨，达泉、思泉来。午后，临帖三叶。夜饭后，到耿处访浩泉，不值。

二十四日甲寅(7月19日)　晴。子砚招明日午饭。临帖二叶。

二十五日乙卯(7月20日)　晴。晨，往华学，同达泉、君韩剧谈。到府学，良久，浩泉、达泉至，饮于有斐轩。子研尊人同席。晚，同浩泉、子砚到全节堂，思泉已在。略坐，同出西门，至怡园乘凉，暮返。思泉约明日午饭。

二十六日丙辰(7月21日)　万寿，晴。寅初，到世英堂拜牌，常服去，行礼时仅穿补服。回，天已明，略睡。巳刻，诣思泉，子砚已到，同席浩泉、子砚、思泉、其令嗣伯齐。席散，长谈，吃西瓜，归。晚浴。验看册结九套，备文移县。

二十七日丁巳(7月22日)　晴。生曾祖妣瞿太孺人忌。陈彦士交还集文一本。午后，临帖三叶。

二十八日戊午(7月23日)　大暑，晴。晨，临帖三叶。午后，放临三叶。晚，冯树卿来。

二十九日己未(7月24日) 晴。晨,松泉来,交盐法、开河案卷,属缴还府署。秋士邀初二日饮。挥汗放临帖七叶。浴罢,又临一叶。

三十日庚申(7月25日) 中伏,晴,炎郁异常。放临帖二叶。羊毫不纯,未能圆转如志,大败书兴。晚起阵,甚凉快。

七月初一日辛酉(7月26日) 晴。晨,上府,子砚、达泉已到,见后圣庙行香。回,至娄县,还拜代理水利厅饶肇璜、署左营张熙。接芝生弟六月廿六日书,知弟十八日起寒热,下痢虽止而尚未复元;五侄妇患湿温病类疟,不间断,延董浜徐梅轩诊视;寄到弟夫人梅兰竹菊墨拓二副。午后,放临帖三叶。

初二日壬戌(7月27日) 晴。晨,临帖二叶。赴秋士之招,子砚、达泉、尹子铭、沈诚斋相继至。肴馔极佳,因溽暑,不敢饱啖,晚散。

初三日癸亥(7月28日) 晴。临帖四叶。闵怡生交到墨梅便面一、选青纨扇,笔致极秀。

初四日甲子(7月29日) 晴。午后,临帖三叶。晚浴。

初五日乙丑(7月30日) 晴。晨,临帖三叶。闻壁邻沈赓甫廷扬,丁卯副榜。病故,此君邃于理学,惜天促其年。午后,耿思泉来。晚,临帖二叶。

初六日丙寅(7月31日) 晴。县移到加考册结,即同报起程日期一并详府。临帖一叶。是日炎热异常,晚浴后忽起凉阵,肌骨一爽。

初七日丁卯(8月1日) 晴。辰刻,上府验看。回,接芝生弟初二日信,知弟下痢后饮食已复元;惊悉五侄妇于廿八戌时闭脱而亡,此妇甚贤淑,年才三十,可惨可惜!汉峰侄自岭南奉母挈眷航海而归,不数月即遭此变,兼以卜居未定,暂住芝弟家,出此意外之事,益觉难以为怀。即日寄书芝弟,兼唁五侄。饭后,访达泉长谈。晚回,途遇子砚过我,托上洋买书。

初八日戊辰(8月2日) 晴。求忠奉贤课，前月杪备文移请出题，俟至昨晚不到，禀府命题："当暑，袗絺绤"二句，"轻罗小扇扑流萤"。午前，临帖三叶。晚起阵，颇凉爽，又临帖三叶。廪生瞿敏丁忧，孙骐考贡，备文申详学、府二宪。

初九日己巳(8月3日) 孝静成皇后忌辰，晴。晨，喻锦涛来。晚间，奉贤题目才到。

初十日庚午(8月4日) 孝懿仁皇后忌辰，晴。晨，作书致慎生侄，附致大媳信。达泉来，兼馈火腿一肘、彩蛋三十枚。今日解奉贤课卷，附信一函，述明府宪出题之由。府吏房送到加考册结。午后，走访陈彦士。晚，何醒吾、侯慎卿带贡单来，托到苏向藩库房领坊仪银两。彦士遣人来，说明日送印须早，彼择卯时接印。

十一日辛未(8月5日) 晴。卯刻，遣周桂娄县送印，俟其回，发行李，即开船赴沪。午过泗泾，未过七宝，酉正至徐家汇。因潮来，逆水不能行，暂泊，起岸闲步。回船吃夜饭，俟潮平开行。至西门外停泊，已四鼓矣。

十二日壬申(8月6日) 晴。晨起，坐东洋车至宝善街得月楼茗饮，吃点心、剃头，令周桂先去招号房投文。回船，吃午饭。走进西门，访篑山，留宿学署。篑翁出示□□即日寄到，书中附浩泉青浦寄来覆信。

十三日癸酉(8月7日) 立秋，晴。晨，到道署禀见道宪。回，至四牌楼傅公馆拜傅冶山镕，未晤即回。篑山备馆菜款我，溽暑不敢大嚼，竟日静坐谈天，挥汗如雨。

十四日甲戌(8月8日) 晴。晨起，篑山同至文昌宫，即蕊珠书院。中有也是园，在荷亭上茗饮。观荷亭有大镜一座，楹联曰："风行水上；人在镜中。"流连良久而返。又游一粟庵，亦有水一池。精庐数椽，颇清静可爱，府城中无此游息之所。回，冶山来，坐谈良久。忆咸丰甲寅四月，随尊甫静延同年。至我邑，留住花园浜家祠中月余，时不过十数龄耳，今已颔下鬑鬑矣。午后，赤日炎炎，不能走出。薄晚，同周桂出北门，至夷场宝善街公顺里望益山房为子砚买书，坊友云明日十点钟送来。又往洋货店，买洋皂、锁、耍货。上店吃夜饭，松风阁茗饮，遇清河县茂才余小坡嘉澍，年三十二，英英露爽，欲赴台州就馆，从镇江乘轮船到此，谈及他于月初出门，学宪淮安尚未考毕，题目及所取文章、考试场规无不畅谈。踏月进城，已二鼓矣。

十五日乙亥(8月9日) 晴。望益书坊送书来，令周桂董家渡王利川栈买再造丸，达泉托也。又令其到道署催文书。

十六日丙子(8月10日) 晴，午后微阴。游城隍庙。四美轩吃茶点。在扇子店内询悉卫少芝寓所在佛兰西大马路升平里，即出城，坐东洋车访之。少芝虽侄婿，却从未见面。坐谈良久，留吃西瓜。同游广肇山庄，有中元节盂兰盆会，灯彩之盛而工巧无以复加，游人如蚁。回，少芝欲同至酒馆小酌，辞之。同周桂上店吃夜饭。踏月进城，已过二鼓。

少芝曾到日本国，听其海外谈，娓娓忘倦。壁间悬东洋名士如意山人谷铸巨草书楹帖，甚佳。

十七日丁丑(8月11日) 文宗显皇帝忌辰，晴。因昨多走路，稍觉乏力，竟日同篑山清谈。号房来云，明日文书可有考语："品学兼优，勤于训士，堪以留任。"

十八日戊寅(8月12日) 晴，大风。晨，冶山送礼物来，受茶叶四瓶、点心两木匣。文书亦由冶山送到，即将茶叶两瓶、点心一匣送篑山，令周桂道辕挂号禀辞。吃过西瓜，与篑山话别，出西门，令周桂到船上唤船人到学署中挑行李。予坐东洋车先到谷春，吃茶、剃头，周桂继至，往点心店吃肉饺，又听女弹词。天已晚，雇东洋车下船。更余开六里，至石灰港即泊。

十九日己卯(8月13日) 晴。四更时潮来，即开船，顺风。午刻，抵青浦。北门外略停，煮饭。开船至此，计行百十余里。饭后即开，十二里至珠家阁，天极早，因过此赶不及歇夜处，即泊舟起岸。游城隍庙，内有宝稼堂，洞庭山画史徐月樵敦书设砚于此，观其画《桐阴士女》，坐良久。遍游镇上，招不着面馆，买面、青笋、虾米、酱油，在舟中吃腌面。

二十日庚辰(8月14日) 晴。黎明开船，顺风。午刻，抵金泽镇。略停，煮饭。自珠家阁开船至此，计程三十六里。饭后，扬帆而行四十五里。申刻，抵同里镇，泊舟登岸，问金紫庭住处，知在章家浜。有行路人领至其家，适出外吃茶，不晤。其人云他吃茶有两处，顺途访之，不见，遂下船，约走三里许。

二十一日辛巳(8月15日) 晴。卯刻，开船。巳刻，进盘门。泊舟，觅寓道前街德兴栈。原船回松，托带信及子砚书、洋皂等，即到凤池园吃茶、打辫。令周桂到施巷口招藩吏房王荣生投文，荣生到凤池同饮。回，令周桂到仓街虹桥顾宅片候浩泉，适遇诸途。浩泉来寓，知其藩台验看尚未挂牌。同访徐石泉、贺锦川寓，俱相近。

二十二日壬午(8月16日) 晴。晨，同周桂到元妙观[①]前吃汤团，雅聚茗饮。西天宝买缎靴二双。回，浩泉在寓，因顾宅路太不便，亦搬至德兴客栈，遂连床焉。晚，金狮巷访金筱芗。

二十三日癸未(8月17日) 晴、雨半。晚，徐石泉来，知其藩台已验看，抚台因小有不适，石泉先往金陵见制军，回再见。贺锦川来。丹徒包晓村苏府学包子丹郎君。来，素未相识。数年前曾介吴兰艭索题其悼亡图册，今知我在苏，特过访道谢，此君可谓诚矣。王荣生亦来。

二十四日甲申(8月18日) 晴。午后，同浩泉凤池园茗饮、剃头。

二十五日乙酉(8月19日) 仁宗睿皇帝忌辰，晴。晨，锦川来，知石泉已赴金陵。晚，至养育巷吃面，凤池楼上茗饮。坐地即癸酉六月偕书局陈少舫、李小墅夜间乘凉啜茗处，忽忽已九年矣。夜饭后，同浩泉剧谈，知其有《西山柿》《西山臬》诸书，回松后欲借钞，谈及“屈

---

① 笔者按，此处避讳改字，今通作“玄妙观”，下同。

戍”之“戍”从“人”，取“戍守”之义。今人读作“戌”，有以干支作对者，误也。[①]

二十六日丙戌(8月20日) 晴。午后，写致云儿信，及冶山所送茶食一匣，令周桂送航船寄交云儿。晚，王荣生来，说前所投文已发房。同荣生凤池吃茶，浩泉继至，晤苏州人王晋卿、朝栋，乙亥举人。武进士朱小汀永清，曾到我邑，潘幼南、曹小卿皆熟识。小汀工书。

二十七日丁亥(8月21日) 晴。晨，走答包晓村，不晤。独游沧浪亭，瞻仰五百名贤像，在明道堂啜茗。忆道光季年随业师陈寿兰夫子考紫阳书院，曾到此，未及遍游。今日重来，弹指已三十余年矣。荣生来，藩司门包及一切费皆交其手。在宝墨斋买《魏张猛龙清颂碑》一张，五百七十文。

二十八日戊子(8月22日) 晴。午后，金筱香来。晚，凤池啜茗。回，独坐无聊，到养育巷李天源糕团铺吃汤团。归，赤脚而卧。包晓村来，送其祖《来青阁赋钞》二本，另一部属转送冯树卿，并素纸及迹略，托代求树卿题诗。即同晓村再至凤池茗饮、吃烧卖，回已上灯矣。

二十九日己丑(8月23日) 处暑，晴。午后，至养育巷丽箕堂买纨扇一柄。润园茗饮、剃头。回，道前街面馆吃面。

三十日庚寅(8月24日) 晴。晨，藩司挂牌初四日验看。子枞世兄在寓吃饭，同至凤池茗饮。晚，养育巷吃汤团，洞义泉洗澡。金筱香招初二日饮。程友竹来访。

闰七月初一日辛卯(8月25日) 晴。晨，李天源吃糕汤团，润园茗饮。午后，同周桂出阊门。曹素功买墨，飞丹阁啜茗，进城吃三鲜面。

初二日壬辰(8月26日) 晴。午刻，赴筱香之招，同席周康甫、

---

① 是叶眉批：“‘柹’，削下木片也，音‘肺’。”

邱湘舲，皆宜兴人。席散，阅其家藏江蔗畦恂《枯墨花卉翎毛册》，并赠纯羊毫四枝。

初三日癸巳（8月27日）　晴。晚，养育巷迎和馆吃肉面，丽贺堂买白矾扇面，润园啜茗、剃头。回寓，骤雨即止。黄昏微雨，凉甚。闻墙根蟋蟀声，大有秋意。雨竟夜。

初四日甲午（8月28日）　大雨。晨，赴藩辕验看。饭后，冒雨同浩泉润园楼上啜茗，吃烧卖。晚雨止，大风。

初五日乙未（8月29日）　大风。晨，戴保卿从差条上见我验看来省，遣人将来松时求画之件送来。午后，同浩泉到抚辕访陆云孙，知已回常。浩泉到别处，余同周桂井义坊巷答程友竹，招不着住处，遥见万寿宫，知其向在彼襄办局事，即往寻之，果在，同到元妙观雅聚啜茗。前数日已到护龙街访戴保卿，因无公馆条，招不着，今询明送画来人，而友竹亦知其处，顺路访之。友竹先到章万隆，保卿适在家，茗谈良久。顺至万隆，馨吾桥梓皆见，留吃点心而返。周桂不知何往，友竹送我至养育巷而别，累他纡途回寓，心感之至。下人敢于如此，总是平日过宽所致。今日在信成衣庄买蓝绉夹衫，五元七十五文，仅有一洋四元，友竹代付。栈主人云金筱香来访。黄昏，王荣生送藩司考语来："品端学裕，训迪勤明，堪以留任。"

初六日丙申（8月30日）　晴。浩泉因册结不合例，奉司驳下，要更换后验看。原呈册结由司发道，由道发府，由府发县，另备册结由县、府、道详司，总有月余耽阁，因于今晨买棹回青。独客苏台，殊形畏踽，送其登舟，即至李天源吃糕汤团，润园啜茗。午后，令周桂送还筱香浩泉书扇对，又令其送还友竹昨代付之洋。闷坐无聊，信足至府前，过西贯桥、鹤鸣楼、周忠介公祠。回，又到养育巷，进小巷，过况公祠下，欲升堂瞻仰，有拦阻者，不得入。归途，迎和馆吃小肉面、蟹肉烧卖。

初七日丁酉（8月31日）　晴。晨起，知章馨吾来，因我尚睡，留字而去。养育巷口吃芋艿，再至天源吃汤团，润园啜茗。回，知戴保卿来。午后,令周桂送扇面至娄门,请巡查委员王次宣绶章,浙江人。画。同寓秀水沈鹭乡,同乡持其信而去。晚,养育巷吃馄饨、芋艿。作家书,明日寄。黄昏,王荣生云藩司文书明日可有。

初八日戊戌(9月1日) 微雨。晨,吃干菜、白糖烧饼。贺锦川来,云抚辕今日验看,因护抚有恙未见,明日欲赴金陵。午饭后,走送锦川。润园啜茗,李天源吃芋艿。令周桂出阊门,松江航船寄家信。雨竟夜。

初九日己亥(9月2日) 晨,吃烧卖。午后微雨,润园啜茗。回,吉利桥吃烧卖。晚,荣生交到藩台文书二件。学辕一件,赴江阴赍投;抚辕一件,即托荣生去投。日前托其代领娄贡生何瓒、侯增祥坊仪银两,亦交来。

初十日庚子(9月3日) 晴。晨,吉利桥瑞昶馆吃汤团、馄饨。午后,到润园啜茗、剃头,适鹭乡亦在,颇不寂寞。吃汤面饺,甚佳,鹭乡东也。晤松江张介山,谈及冯树卿于前月廿七日以痢疾卒。回,接初八日家信,云原船带回信物及书等因修船耽搁,直至是日才送到,迟迟可恶;淯孙之恙尚未复元;慎生侄、二儿皆有信到松;庞少冶病故。又接浩泉青浦信,内附致王荣生书。灯下作书致选青,明日寄。

十一日辛丑(9月4日) 晴。晨,吃粥。午后,将尤书祁画纨扇用油纸包固。余同沈鹭乡至观前,令周桂持扇,随至稻香村买月饼八匣,同纨扇令其送至阊门外,交常熟航船寄选青。余与鹭乡在观中三万昌啜茗,观前街凤昌馆吃面,贝松泉买笔。回已晚,作书复浩泉。数日凉甚,今日又热。

十二日壬寅(9月5日) 微雨。晨,吃芋艿。鹭乡乞改闰七夕七绝四首,为易数联。午后,凤池园啜茗,养育巷李天源吃芋艿、煎团。回,道前街装池店内见集《争座》楹帖颇佳:“同心席地二三子;直节参天十八公。”在养育巷碑帖店阅《安刻书谱》,释文已佚,索价三元半。明日吴中丞太夫人灵柩回籍,凡经过处皆搭厂结白,为路祭而设,荣哀极矣。屈达泉家人袁福因欲回家,自松过苏,住筱香处。晚来寓，述知树卿故后，志局分纂改延周幼翘，松江考贡者，自淮安回。知学宪初三日起马回江阴。

十三日癸卯(9月6日)　晴。晨起，同鹭乡吉利桥瑞昶馆吃馄饨，即到府前鹤鸣楼。午刻，中丞太夫人灵柩才过，观者如堵。俟拥挤略清，同鹭乡观前正元馆吃馒头、肉面当饭，玉寿仙啜茗。回，接芝生弟两书，述知沈子章表兄于前月廿五日辞世，月帆表弟乞作挽诗。今年五月中回里，见其形容憔悴，一语一喘，虑其不久人世，果以咯血盈碗而卒，伤哉！晚，徐石泉金陵验看回，亦住德兴栈楼上。

十四日甲辰(9月7日)　白露。晴。晨，谢鸿源吃芋艿、蒸团。回，接芝生弟信及挽子章表兄诗。午后，作挽章兄五古四首。晚，润园啜茗，令走堂叫天源汤团来吃。灯下写覆芝弟书。

十五日乙巳(9月8日)　晴。晨，吃煎饺。午后，覆芝弟书并挽诗，亦由航寄常。晚，天源吃芋艿、煎团，润园啜茗。灯下无聊，录子章表兄挽诗四首：

"有事客苏台，家书报君死。呕血一盏余，孱躯竟至此。今年仲夏归，访君询动履。时日犹未晡，见君窗户闭。闻我叩户声，披衣跃而起。觌面讶憔悴，形神非昔比。聆君言语间，启口喘不止。翼日再寻君，茶香坐移晷。叹息为我言，生不如死耳。况数半生来，不利岁逢巳。怪君语不祥，识君言有以。一别曾几时，死者长已矣。死者不再生，生者情难已。何况我与君，苏程老兄弟。

"忆昔庚申秋，粤寇恣披猖。一月陷城中，虎口几罹殃。我方率妻子，避兵居穷乡。啼哭君两儿，过我形踉跄。留之待君出，未卜君存亡。意外顾村居，见面神惨伤。差幸骨肉聚，略定心仓皇。谁知历忧患，先后赋杳殇。相见话前事，恻恻摧肝肠。

"儿死不复生，女长皆适人。睘睘形吊影，两鬓熬成银。我亦老鳏鱼，五子仅两存。相思辄相访，不嫌过从频。同游散怀抱，踏遍西城闉。[①] 有时结诗社，阄韵争清新。自泛松江棹，迹疏交以神。亥春过冷庐，连床情话真。冀君复相顾，饱啖烹鲈莼。遇合如抟沙，一散聚无因。历数事犹昨，悲哉人已陈。

“昨日不可留，今日多烦忧。烦忧亦何益，生浮死即休。君虽蹇一生，富贵亦山丘。况弟有长孙，书香绍箕裘。撒手谢尘网，神与大化游。妻妾与子女，相见罄绸缪。君五女，三女未嫁卒。两屈老茶友，谓香坡、云溪。或仍同一瓯[②]。冥冥览我诗，诗语然与不。”

十六日丙午(9月9日) 晴。晨，吃蒸团。昨寄诗又易数句，午后仍由航船寄交芝弟，属改之。晚，至吉由巷访钱梧生，带回解司饷给照库收。又至养育巷迎和馆吃面，润园啜茗。适鹭乡同嘉善周秉文今晨来苏，亦住德兴楼上。亦至，茶话良久。从支家巷走，由凤池后门回栈。将出凤池，遇宗幼谷招我，云因考验而来，到栈略谈，仍回舟，明日搬寓楼下。靖江陈一中云今日接家信，学宪廿五日取齐常州府。

十七日丁未(9月10日) 晴。晨，吃芋艿。到各家栈遍招幼谷不得，字来，云觅寓西善祥巷老永孚客栈。又接芝生昨航寄信，商所作挽诗。即覆之。选青亦有书来，云全家安好，佩女前月到过城外，二保等亦皆好。午后，至永孚栈访幼谷，长谈至暮。回，天源吃芋艿，途遇浩泉大女婿顾聘侯。夜饭后，王蓉生来，云谭护抚患三阴疟，恐挂牌尚需时日。幼谷来。

十八日戊申(9月11日) 晴。晨，吃芋艿。幼谷来，云其搬寓在歌薰桥堍同怡安栈。午后，润园啜茗、剃头，即回。晚，吃干菜心烧饼。

十九日己酉(9月12日) 晴。晨未起，幼谷来，约润园吃茶，即在茶园吃烧饼。午后，同石泉谈天。晚，祁子枞来，同其到迎和馆吃面。夜饭后，王蓉生来。

---

① “同游散怀抱，踏遍西城闉”原作“出入必与偕，茗谈言笑亲”。

② “或仍同一瓯”原作“或堪重劝酬”。

二十日庚戌(9月13日) 晴,大风。晨,吃芋艿。赵寿山来,幼谷亦来。午后,同怡安栈访幼谷。石泉以纨扇乞书画至,幼谷对客挥毫,两者立就,长谈而返。又至养育巷吃蟹肉烧卖、汤团,润园啜茗。回,知幼谷又来。前接芝生弟书,述及瞿安仁亦故。故交零落,悲感何如,信口得四十字,觉言有尽而思无穷也,云:"瞿昙吾老友,一别两经秋。己卯八月从金陵回里,曾一聚首。胡厌人间世,而为地下游。有才名未就,何疾药难瘳。书中但云以微疾卒。益我晨星感,临风涕泗流①。"灯下与鹭乡、秉文谈。

二十一日辛亥(9月14日) 晴。幼谷今日考验,晨片招明日午饭。午后,到盛家带访子枞,课读尤氏,见其中堂悬楹帖,上联"章帝玉音真才子",下联"今皇天语老名士",康熙十八年□月,詹事臣沈荃跪书。盖尤为西堂先生之族也。坐谈良久,同到润园啜茗、吃烧卖。回,知幼谷来两次。夜饭后,幼谷又来,约明早润园待我。考验文题"子以四教",诗题"蛾子时术之"。

二十二日壬子(9月15日) 晴。晨,幼谷片来,云已到润园,即往。在天源吃芋艿、汤团。到润园,幼谷、程友竹、藩房程觉生皆在。茗谈片刻,忽觉泛泛欲呕,即在茶园大吐,就回寓,略静片时而愈。招蓉生,据云两三日内必挂牌。同寓赵鼎臣湖南人,上海水利厅,前藩辕同日验看。过我剧谈。袁福自家回苏,今晚由航回松,复三儿信、致达泉书托带去。夜,蓉生来,说廿四可验看,明日挂牌。夜半雨。

二十三日癸丑(9月16日) 晨大雨,吃粥、烧饼。周桂至抚辕看牌,已挂。午后,写致选青信,即到同怡安栈,面交幼谷带回。风池剃头,吃茶、烧卖。明日验看后即赴江阴,令周桂至埠头雇船。船户荆全,常熟五渠人。每天六百文。夜饭后,蓉生来,酬仪及抚辕费皆交付。

二十四日甲寅(9月17日) 晴。清晨起,吃烧饼。藩辕挂号禀辞,即发行李,下船,开至抚台衙门前,进署验看。禀见抚宪,不见,即

---

① "涕泗流"原作"搔白头"。

投履历，随禀辞。下船即开行。逆风，二更余泊舟无锡南门外。三更雨。

二十五日乙卯(9月18日) 雨。黎明开船。午后，过青阳镇。酉刻，泊舟江阴南门外。本拟泊城内，为考船所阻，即持文书起岸，同周桂进城，到学宪衙门招上房王仁甫，托其投文，云明日学宪行香放告。巳刻，进署验看。贡院前赶考各店铺甚夥。

二十六日丙辰(9月19日) 晨微雨。进城，至学辕前茶园吃面、打辫，俟学宪行香放告毕即禀见。出，复至仁甫房略谈，禀辞。回船，买月饼十匣、茶食两包。饭后即开船，逆风，竟日雨。酉刻，至青阳镇，泊舟，携雨具起岸，吃面甚恶。饮福珍一杯，买黄爵三只，味颇佳。夜饭后雨更大，竟夜。

二十七日丁巳(9月20日) 雨。逆风。晨，自青阳开船，巳刻大雨，到无锡才起。舟人买米停泊，即令买糕团作点心，甚饱，吃饭已未申间矣。晚泊望亭镇，微雨。

二十八日戊午(9月21日) 雨。黎明，自望亭开船，过浒关，尚早。进阊门，泊石岩桥。起岸，仍回德兴栈。石泉已领饬知回松，赵鼎臣已赴金陵。房东交浩泉廿三日青浦书，云大约八月初十边可到省。晚，接筱香信，附达泉廿六日松江书。丁祭事，陈彦翁悉托□□办理，特恐未能胜任耳。

二十九日己未(9月22日) 雨。晨，令周桂送微物四种于金处。同寓靖江陈一中立基，年七十，精神矍铄，声若洪钟。雨窗无事，谈及道光二十年三月到我邑游虞山，过端阳而返。常到邑庙，见花园中多有楹联，独临水一榭无之。向道士索对纸笔墨，书联云："斜照浴红春水上；好山送翠画阑前。"翼日重过，道士云有董事某见之称善，已为镌板。忆兵燹前邑庙中曾见此联，不料四十年前事，至今日逆旅中始逢作者，亦一奇事。今庙中园亭尽成荆棘，异日重构是园，必属当事者仍镌是联，以志一段翰墨因缘云。陈君三十岁时，赠无锡蒋小可长歌，时蒋有峨眉之行。此时亦记不全，断续为余述之。起云："丈夫五十未仕不更仕，若非五十，还当投笔乘风破万里；丈夫四十未游不更游，若非四十，还当放脚凌云遍九州。”“下笔千言疾如飞，而寒不可以为衣；读书万卷不再读，而饥不可以为粟。已矣何所道，青衫穿敝而青毡坐破令人老。”“壮士无黄金，床头啸宝剑；美人无胭脂，秋风弃团扇”等句，笔极奇横。更述直隶举人冯家驹有不可一世之概，有诗云：“无术能令公喜怒，不才屡被鬼揶揄。”君曰：“诗固佳，下句须易一字。”冯云：“我诗君敢易耶？”云：“‘屡’字宜易‘应’字。”冯为拜倒，遂成莫逆交。盖“屡”字太浅直，“应”字便深而有味。陈君固深于诗学者，其著作有《史汉异同劄记》《读史管窥》。靖江令冯誉驹之封翁故，君挽之云：“品学兼优，教子定成贤宰相；恩荣叠锡，居心犹是老书生。”封翁是诸生，长君展云先生誉骥时官正詹，累膺封典，封翁犹戴金顶也。令语君曰：“挽联虽多，无能过此者。”晚，接廿六日信并寄衣服，悉松保患日日疟，森、湇两孙嬉戏如常。夜饭后，蓉生来，云藩台饬知初六七可有。

八月初一日庚申（9月23日）　秋分，晴。晨，吃汤包。作书复浩泉，七律一首赠陈一翁：“不携鸠杖不扶童，七十平头矍铄翁。读史千秋胸有镜，谈诗一座口生风。扣槃识解能开我，破甑功名莫恼公。逆旅相逢方恨晚，只嫌分手太匆匆。”晚，在养育巷吃百叶肉卷。夜饭后，鹭乡来谈天，示我在润园买汉玉镯，甚佳。听谈西湖之胜及嘉兴鸳鸯湖烟雨楼，不禁神往。

初二日辛酉（9月24日）　晴。朝饥，卯刻即起，吃油石块粥。饭后，同周桂至观前买物，万象春啜茗。薄暮回。向陈一翁借阅《兰苕馆外史》，内一条云：“产鬼喉间各有红丝一缕，名曰‘血饵’，以此缒入产妇腹中，系其婴胞，不使遽下，又暗中频频抽掣之，令其痛彻心髓，虽健妇，只三五抽掣，则命毕矣。如或不能入房，则伏屋上，以血饵缒入产妇口中亦可。有法制之，产鬼最畏雨伞，以一伞置户后，即不敢入房，于床顶再张一伞，使血饵不能下缒，则鬼术穷矣。”灯下无聊，特为录出，人家倘遇难产，可试之。

初三日壬戌(9月25日) 晴。晨，吃汤包。金筱香来。午后，令周桂到航船寄大媳、选青信物。正倚床阅《兰苕馆外史》，鹭乡招润园啜茗，即往剃头、吃烧卖。薄暮回。在道前街遇陈少舫、周厚甫，一别已九年矣，旧雨重逢，大家一快。

初四日癸亥(9月26日) 晴。晨，吃油石块粥。鹭乡招同蓝萼楼，遍游中丞衙署，时修葺尚未完工。但就上房而论，十一开间楼房，两厢楼招呼不应，其大可知。晚来一僧，亦宿楼上。夜饭后过彼谈，云自焦山来，俗姓张，扬州人，年才二十四，号清梵，眉目秀朗，谈吐不俗。彼以旅次无茶供客，深抱不安。余笑谓之曰："明年八月金陵回，到寺中饮中泠泉，胜此出山浊水多矣。东坡与参寥师有槐火石泉之梦，我今与清梵和尚预订名山之约，未识赵州茶肯分我一杯否？"口占两绝句："尘缰笑我太牵缠，逆旅逢僧却有缘。饱饭黄昏无个事，秋灯一盏伴谈禅。""玉带曾寻玉扃仙①，不曾佳处访焦先。明年定践名山约，来吃禅房第一泉。"

初五日甲子(9月27日) 晴。午后，到观前买物、雅聚、吃茶，归已暮。过周忠介公祠，登堂瞻仰，见石渠撰联云："秉公为国，清节受诬，有子肯刺血讼冤，配得真忠真孝；树德在乡，高风兴感，几人能奋身急难，完成义士义民。"

初六日乙丑(9月28日) 晴。晨，钱梧生来。筱香送月饼八匣、南腿一肘、熟鸭一只、笋尖两篓。晚，王蓉生来，云饬知已发出。周桂到藩署招熟人取得饬知，即到抚、藩辕挂号，禀辞回任。雇船，船户姚姓，言定两元二角，送到松江，明早可开船。灯下算清房、饭钱，开发栈中男女使。

初七日丙寅(9月29日) 晴。晨起，收拾行李，至石岩桥，下船即开，风微顺。午后，过同里。黄昏后泊舟陈家湾，计行七十六里。

---

① "玉带曾寻玉扃仙"原作"蹑屐曾登玉浮巅"。

初八日丁卯(9月30日) 晴。午后,过章练塘。酉刻,抵松。

初九日戊辰(10月1日) 太宗文皇帝忌辰,晴。辰刻,上府,禀见太尊。到娄县拜陈彦士。接浩泉信,即复之。

初十日己巳(10月2日) 晴。晨,娄县送印,巳时接印。午后,上府禀知接印,拜城内外各同寅及志局总纂、分纂、书院董。

十一日庚午(10月3日) 太祖高皇帝忌辰,晴。晨,赵襄伯、杜密侯来,达泉来,留吃午饭去。夜,写选青信,令周桂十三日回常带去。

十二日辛未(10月4日) 晴。晨,往横山祭张少宰祠,去遇顺风,回尚早。求忠金山课:本初八日,娄县兼理因初八丁祭,移请改期。文题"孝者所以事君也"三句,"众仙同日咏霓裳"。晚,批验所车来报丧,知立斋祖母辞世。解秋季义学脩。

十三日壬申(10月5日) 晴。思周因十六除服回家。周桂接父病信,乘思周船回常。耿思泉来。午后,到华学、府学。

十四日癸酉(10月6日) 晴。晨,出西门,到车处,子砚已在。饭后送殓。归,送陈彦士绍酒两坛、南腿两只。

十五日甲戌(10月7日) 晴。晨,上府贺节,文庙行香,继至华、娄两县。章韵之来答拜。君韩来,出西门,略谈即去。晚,微雨。黄昏……来,因雨留宿冷斋,剧谈至夜半方睡。虽无月可玩,而剪烛话雨,亦一乐也。

十六日乙亥(10月8日) 寒露,阴。午后,子砚来,带还沪上买书钱,剧谈至晚,去。君韩亦去。超亭来拜。衡翁来。

十七日丙子(10月9日) 晴。晨,中营王有珪幼山招明日饮。午后,访吴虎生。经昌,苏州人,府署钱席。晚,饬长班中营辞酒。

十八日丁丑(10月10日) 雨。求忠季山长课,题:"子曰:君子矜而不争"两章,"闰月定四时"。雨竟日夜。

十九日戊寅(10月11日) 雨。彦士书来,询娄县新、旧志板藏何处,余亦未知,询明再覆。

二十日己卯(10月12日) 阴。君韩送赋来阅。夜雨。

二十一日庚辰(10月13日) 阴,微雨。

二十二日辛巳(10月14日) 竟日雨。今年仲夏回里,李吉人饭我,出示癸亥避难兴化见怀之作,属和原韵,碌碌未报,雨窗无事,信笔成之,当录寄焉:

“莽地烟尘日易曛,犬羊岂可与同群。穷乡跧伏曾寻[①]我,福地移家最羡君。无事同观鱼得水[②],余避寇桑梅卿家,颜其临水书斋曰‘知鱼乐处’,吉人曾过访。好诗不寄雁来停[③]。见怀之作当时未寄。忽然索和殷投赠[④],岂[⑤]要骚坛胜负分。

“占得娄村十笏斋,偶来小住亦为佳。雏孙且可娱衰老,冷宦原来属我侪。出处自知天早定,迂疏遑问俗难谐。当年悔作春明梦,辛苦车尘计吏偕。”

二十三日壬午(10月15日) 世宗宪皇帝忌辰,晴。书五月中自常带来诸友索书楹帖七副。晚,衡翁来,交《盐法志》一卷。夜雨。

二十四日癸未(10月16日) 晨,冒雨赴志局,达泉先在,竹屏、幼翘相继至。饭后,杨超亭来。

二十五日甲申(10月17日) 晚晴。周桂乘君韩家雇来之船回松,知其父无恙,带到选青信、莲枣两包、菌油一瓶,知学宪出月初三取齐苏属。大媳寄布鞋一双。是日换戴暖帽。

二十六日乙酉(10月18日) 晴。晨,书归庸堂祖访斋先生遗照题诗、沈月帆表棣折扇。作书致吴儒卿表兄,同前书楹联及赠李吉人诗字令科试者带常。

---

① “曾寻”原作“应怜”。

② “无事同观鱼得水”原作“路阻一江怀旧雨”。

③ “好诗不寄雁来停”原作“诗吟七字感停云”。

④ “忽然索和殷投赠”原作“如何十九年前句”。

⑤ “岂”原作“还”。

二十七日丙戌（10 月 19 日） 晴。至圣先师孔子诞。晨，诣文庙，行释菜礼。毕，往访子砚。午后，吴虎生来。晚，临《敬使君碑》二叶。自七月十一日赴沪起，搁笔已两月余矣。

二十八日丁亥（10 月 20 日） 晴。晨，临帖二叶。午后，沈仪廷、吴琴轩来答。衡堂先生出示新得沈文恪公墨迹册叶一部。适超亭来拜，茗谈良久。超亭先返，余剧谈，薄暮回。再临帖一叶。

二十九日戊子（10 月 21 日） 晴。备文移上海县，求忠九月初八出题考课。午后，尹山泉来。晚，临帖四叶。

三十日己丑（10 月 22 日） 晴。晨，临帖三叶。晚，奚德腴文彬、赵襄伯来。奚君庚辰大挑二等，新选宜兴教谕。灯下临帖一叶。

九月初一日庚寅（10 月 23 日） 霜降，晴。晨，上府，文庙行香。往华学，沈平叔尊人六十寿，送烛、面票去。拜寿，留吃面，分不受。晚，临帖二叶。

初二日辛卯（10 月 24 日） 晴。午前，临帖二叶。晚，又临一叶。接上海县课书院题目。

初三日壬辰（10 月 25 日） 晴。午后，走访吴虎生、徐石泉，皆不值。晚，临帖三叶。

初四日癸巳（10 月 26 日） 晴。晨，到局，思泉已在，达泉、幼翘、椒岩、韵之、砚耘、衡翁相继至，椒岩即去，陈彦士来，饭后散。到华学，略谈而返。灯下临帖二叶。

初五日甲午（10 月 27 日） 晴。晨，接□□初一日太平巷书，云初三早同君韩赴苏，稚莲、伯印、仲展、麟儿初五开船。杨濠叟、曾仲英、潘韵笙、丁斐卿、曾献之、丁仲勤、沈少庄俱故，岷帆之母于八月廿六日病故。六月中师课雷同四人府宪除名，府中具禀请复，禀中有"屡次雷同，仍蒙录取"等语，太尊批着三学监院查覆是否属实。午后，持批禀往府、华两学交阅，约初七日上府。森孙昨微有寒热，今日壮热，至二更时热甚，忽厥，势颇可畏，有两时许方醒。

初六日乙未(10月28日) 晴。黎明,森孙身热得汗,虽未净而十减七八。午后,襄伯来,与谈杜密侯事。临帖三叶。灯下又临一叶。晚,子砚来。

初七日丙申(10月29日) 晴。午后,到华学商会详稿。接县移,催查孝廉方正封棣年岁。灯下临帖一叶。森孙寒热仍未止,殊为焦灼,请张医。

初八日丁酉(10月30日) 晴。求忠书院上海县课:文题"人之有德慧术知者"二句,诗题"(教)[校]猎秋雕掠草轻"。森孙身热,临晓得汗而退。午后,临帖一叶。达泉同金小芗来,薄暮去。灯下又临帖一叶。详府稿为:"奉此,卑职伏查去岁更章以来,师课榜示有雷同不入甲乙数名,在该生以为榜上无除名字样,求收与课。当时姑念初次,给卷收课,已属从宽,讵料该生等希图侥幸,习以为常,大属不合。今求忠书院于本年六月十八日师课,七月十七日发榜,有汤承德、沈廷扬、戴平、张启曾四名,榜上注明雷同除名。卑职适值验看赴省,蒙委娄县兼理,十八日师课不准给卷。卑职回任后,八月官、师两课亦未给卷,因此,该生等以有事赴乡、感冒情由,藉词赴宪辕禀求复入书院肄业。等情。兹奉批查,理合查明,会同申覆,仰祈宪台裁示祗遵。为此云云。"

重九戊戌(10月31日) 晴。午后,临帖二叶。森孙今晚又觉微冷而热,有似间日疟象。松孙女闰七月十七起日日疟,近日才止,今日始下床。灯下临帖一叶。森孙身热,夜半无汗退净。

初十日己亥(11月1日) 晴。晨,接思泉字,云邱质甫寄华亭县《义烈列女全册》已径交仇总纂,属为登号。午后,临帖三叶。代三媳作书寄王太太。马懋斋永钊代理知厅来拜。晚,书办自苏州回,领孙骐贡单到苏。带到糖蹄二只。知下六学生员初八日当场,初五日生诗古:"曹大家就东观藏书阁踵成《汉书》赋以'八表及天文志未竟'为韵","落日浓边橘柚山"。昭取三名:曹贵莹、程汝为、俞钟銮;常仅一名:沈鸿祥,即小楼弥甥。此子有志攻苦,今岁在三峰寺读书,可谓克继家学。

十一日庚子（11月2日）　微雨。先妣沈太恭人忌。午后，森孙冷热又至。阅书办带回场期单。今日江、震、常童提覆，一等生覆试，想二等者定早回家矣。夜半，森退热。

十二日辛丑（11月3日）　晨放晴即阴。湇孙期岁，达泉来道喜。午后，接奉贤学张世兄信，述知尊人养斋于八月廿八日病故，有萧条之况，闻之酸鼻。临帖三叶，灯下又临一叶。

十三日壬寅（11月4日）　晴。午刻，森孙冷热又至。临帖三叶。谕徐福查封棣年岁。灯下临帖一叶。夜半，森退热。

十四日癸卯（11月5日）　晴。晨，华学谢喜，达泉已到局，随去。衡堂先生、思泉相继至，仅四人吃饭。午后，太尊令号房来，说有事不到局，即散。余再至华学，茗谈良久。返，临帖一叶，灯下临二叶。

十五日甲辰（11月6日）　晴。卯刻起，诣文庙行香，达泉才到。礼毕，同上府俟超亭，良久至，见后子砚不到。余同达泉见太尊，面谕求忠雷同除名四人不准收考。今日府小课："郭子仪单骑见虏赋以题为韵"，"赋得'汲泉自煮午瓯茶'五言八韵"，"鸣鹤在阴解"，"女子贞不字解"，"火浣布考"，"出母为生母说"，"蟹断五排十二韵"，"菊酿七律二首"。府署回，顺途答拜马懋斋。午后，临帖二叶。晚，森孙冷热（冷甚微）又至。灯下临帖一叶。森夜半热退净。

十六日乙巳（11月7日）　立冬，晴。晨，子砚书来，询补廪事，知其尊人之恙渐愈。作书寄选青。午后，临帖二叶。晚，奚德余、赵襄伯来。灯下临帖一叶。

十七日丙午（11月8日）　晴。晨，到育婴堂，午饭后回。接十四日家信，初十日代三媳寄王太太信尚未接到。常科试题"友于兄弟"二句；昭"宜尔室家"二句。新案常、昭不同日考。常首题"霓也"，次"白雪之白"二句，诗"露色已成霜"；昭"天之高也星"，次未知，诗"毋雷同"。仲展侄常一等十五名，顺之再侄昭一等五名，我斯再侄第十二名。常府案首王朝赞，提覆竟不进。森孙冷热二点钟即至。临帖二叶，灯下又临一叶。森孙一点钟身热退净。

十八日丁未(11月9日) 晴。求忠季山长课："入公门，鞠躬如也"四节，"得失寸心知"。午后，访达泉，同至府学，问子砚尊人病，渐愈。长谈，吃点心，回已薄暮矣。灯下临帖一叶。森孙黄昏又见热象，十二点钟净。昨接府札，录于左：

"为札饬事。照得书院为讲学之地，雷同剿袭，不少宽容，所以严抉摘而资兴起。上年厘定新章，详蒙学宪批准，行知示谕，并函寄山长查照在案。查自改章以后，师课考卷间有雷同不列甲乙及附一等末者，在山长无非曲予成全，诱掖后进。本府亦惟体此恤寒之意，破格从权，故未即予除名，非有所偏好而异视也。凡在肄业诸生，束修自好之士，当能共谅此心，互相砥砺。乃昨据求忠肄业生汤承德等以六月十八日师课雷同除名，谓为因事赴乡并感冒不能应课，亲友代接录陈所误，具禀置辩，且称自更章以来，屡见雷同，仍蒙录取。等情。阅禀殊深诧异，即经批据该监院等会覆，并无其事。第念该生等非名列胶庠，即成均硕彦，考课为切己之事，不于百尺竿头力求进步，而乃事蝇营狗苟之为，自堕文名，于理未安，于义何取？本府不能不为斯文三致慨焉。除再函致山长，嗣后师课考卷遇有雷同剿袭，仍照章一律除名，不留此罅漏，以归划一外，合行札饬。札到，该监院立即遵照，将汤承德等四名扣除，不入弥封，仍查明再行出示晓谕周知。切切。特札。"

十九日戊申(11月10日) 雨。森孙冷热一点钟即至。临帖一叶，灯下又临一叶。雨竟夜。森孙下半夜退热。

二十日己酉(11月11日) 雨。临帖三叶。上灯时森孙冷热又至，约子时退。间日疟又成日日疟矣。

二十一日庚戌(11月12日) 晴。晨，接十八日家信，知媳妇寄母信十四日到。浩泉青浦来书，云验看已毕，要余回任通报底稿。临帖三叶。晚，森冷热又至。子时，森热退净。

二十二日辛亥(11月13日) 晴。昨得儒卿书，录于左：

“别又数月，手书至，使我快然知阖署康吉。亲好如老弟，又隔三百里，聋谬将谁解其疾耶？近来健步，颇亲书籍，聊慰鳏情。尘海纷争，时默哂耳。心瘴扫空，惟仙可羡，老弟同此意耶？盍早归来。”答诗四绝：

“瘦沈聋吴表弟昆，沈亡尚喜有吴存。明年假得春风便，定过[①]城南来扣门。

“一纸迢迢寄鲤鱼，近来健饭快何如。我心本厌尘缨缚，三复归来两字书。

“逼窄蜗庐只数间，未能风雨掩柴关。他年再缚三椽屋，好挈儿孙返故山。

“人生几见愿能谐，定惹诗翁笑口开。不见巾车彭泽令，但能容膝便归来。”

午后，子砚来长谈，偕至江西馆吃面，途遇襄伯，同去，反作东道主。灯下临帖二叶。森孙冷热上灯时又至，退热较前略早。

二十三日壬子(11月14日) 晴。复浩泉书，寄答儒卿诗。晚，森孙冷热又至，渐轻。灯下临帖二叶。不到半夜，森热即退。

二十四日癸丑(11月15日) 阴、晴半。备文移南汇县，十月初八日求忠书院出题考课。移娄县孝廉方正封棣年岁清册七套，转详各宪。临帖三叶。森孙冷热晚至，黄昏退。

二十五日甲寅(11月16日) 晴。午后，孙畹香来。临帖三叶。森孙冷热如前。

二十六日乙卯(11月17日) 晴。新娄县陶锡恩来拜。候廪陆鸿飞收缺，附生杜炳锷补廪，申详学宪。三太太要买常熟馒头，附周桂寄母信中递去，兼附致汉峰五侄书。午后，子砚、达泉拜陶公，便道过我，余即乘达泉轿答拜。回，与子砚、达泉剧谈，知张养斋吊分已

---

① “过”原作“入”。

送。开仓日子,府学十月初七,华学十二。临帖三叶。灯下封张养斋吊分,交奉贤学书(叶小舟)转寄。森孙冷热薄晚又至,黄昏退。

二十七日丙辰(11月18日) 孝慈高皇后忌辰,阴,晚雨。夜,临帖一叶。纸已罄,今日买者质太厚,不吃墨,殊觉败兴。森恙如前。

二十八日丁巳(11月19日) 微雨。晨未起,子砚来。午后,临帖三叶。正写不受墨,反写尚可。森恙如前。

二十九日戊午(11月20日) 孝敬宪皇后忌辰,昨夜半起风,晴,甚冷。临帖三叶,夜临一叶。子砚还诸子十五本。森恙如前。

三十日己未(11月21日) 晴。租由盖印,定十月十二日开仓。临帖四叶。森恙夜饭后至,子时退。

十月初一日庚申(11月22日) 小雪,晴。辰正,文庙行香。上府,不见客,挂号回。临帖四叶。森恙同昨。

初二日辛酉(11月23日) 晴。过节,祭先。午后,送彦士行。达泉托递张世兄荐条,阍人以有恙未起辞。顺访思泉,晤。接府札,学宪十三日取齐。寄书铜儿,令其速来。晚,访达泉。灯下拟致彦士书,为张世兄说项,子研、篔山、达泉及予四人列名,录信稿:

"彦士公祖大人阁下:凫飞仙舄,方亲雅范于王乔;鹊拥行拴,又贺真除于好畤。当冰衙之话别,适玉体之违和。未接芝标,弥殷葭溯。比维风清鼎祉,喜占勿药之爻;雨致随车,畅播甘棠之化。翘瞻斋采,式协颂忱。敬启者:贵县学张养翁,向客中州,莲幕之生涯冷淡;自为外翰,苜盘之况味清寒。果然忧能伤人,谁道贫而非病。偶染三秋之疟,竟罹八月之凶。凡属附身,难言诚信;矧为同调,弥益悲酸。然死者既难冀返魂,而生者必须谋糊口。世兄培生,向司笔墨,兼习征收,兹闻指日莺迁,不觉下风雀跃。致书弟等,属作曹邱。虽善不藏人,却愧非刘公一纸;而寒能庇士,原自有杜甫千间。况阁下谊既切乎同寅,惠自及于孤子。借枝栖于东阁,藉托穷乌;分勺水于西江,得苏涸鲋。定荷崇阶之引进,无烦下走之渎陈。则感激云施,直同身受；欲道扬风义，难假毫宣。恭请升安，诸希垂鉴。”

是晚，森孙冷热未至，可望就痊，喜甚。

初三日壬戌(11月24日) 晴。临帖三叶。接南汇求忠书院课题。闻达泉忽患目肿。

初四日癸亥(11月25日) 晴。晨，到局，途遇子砚过我，即同至华学，问达泉恙，避风未见。即到局，思泉已在，椒岩、衡翁、幼翘相继至。饭后，太尊到。晚散，余过子砚。回，再访达泉，造其卧室，目疾甚重，痛稍止。归已暮，灯下临帖三叶。

初五日甲子(11月26日) 晴。午后，代子砚书素对，又写前子固交来楹帖二副，书其一而衡翁至，长谈而去，已暮。因砚有墨，信笔乱涂，更形恶劣。灯下临帖三叶。

初六日乙丑(11月27日) 微雨。太尊生日。晨，上府，子砚已到，俟超亭来，挂号而回。曾祖妣曹太孺人忌。衡翁初八嫁孙女，送绣礼，仅受帖袋一只。午后，临帖五叶。灯下又临一叶。日前子研云姚听松传截疟神效法，俟来过几伐后，将墨笔悬书“颛顼神回”四字于白玉膏药上，贴在眉心，翼日取下，将膏药焚化香炉内，无不效。其族叔在署患疟，如法治之，立愈。

初七日丙寅(11月28日) 阴。晨，访达泉。目疾略愈，理出采访各条，封送总局，转交仇竹屏、沈诚斋。留吃午饭。访子砚。查《申报》，太后万寿前三日、后三日俱常服挂珠，正日蟒袍补挂。归，访篔山，云学宪太仓十一日起马，则是日要作青浦之行。归途微雨。临帖四叶。夜雨。森夜又微热，晓退。

初八日丁卯(11月29日) 晴。晨，往衡翁家道喜。求忠书院南汇课，题：“居仁由义至不义与之齐国”，“点勘同异分边旁斎”。临帖四叶，晚又临二叶。

初九日戊辰(11月30日) 晴。昨晚达泉来招，今晨去，在彼吃饭。因目疾未愈，欲请假半月，属面禀太尊。即上府，太尊面允，谕明日即具廪报，转详学宪。回，仍到华学，备述云云而返。晚，科试者回松，述知大媳、女孙及佩女家均安好，二媳又微吐红，颇可虑；王聘珍丧子过哀，一病不起，老友中又少一人，益形寥落；二儿二等廿二名，伯印侄，渐之、松甫两再侄俱二等，选青三等八名。

初十日己巳(12月1日) 寅刻，赴世英堂拜牌，黎明回，略睡。晚，朱佩秋信来，云痢疾初愈，不到青浦，属向学房告假，托带致子愚、浩泉书。灯下作致慎生侄书。十八日山长课因科试详府提于今日，试题："十二月舆梁成"，"冬岭秀孤松"。夜雨。

十一日庚午(12月2日) 晴。巳刻，同子砚赴青浦接学宪。薄暮抵青，即到学署，晤祁、陈两君。浩泉留夜饭。回舟，同子砚剪烛畅谈，夜半始睡。

十二日辛未(12月3日) 雨。晚，学宪抵马头，上手本，皆不见，即开船。夜泊白龙潭。

十三日壬申(12月4日) 雨。晨，起岸，回公馆。点心后至贡院，学宪船待潮不能开。傍晚，进贡院，各学禀见，即回文昌阁，与子砚联床秋飞阁。子铭、子韶来。

十四日癸酉(12月5日) 阴。黎明，赴府学。辰初，学宪行香、讲书，毕，仍到试院，俟放告毕，回寓。亥正至贡院护月，丑正回。

十五日甲戌(12月6日) 阴。考生经古。卯初，赴贡院，点名毕已交巳正，子砚留场。王子勖来拜，因睡未晤。子愚午后来，略谈即去。佩秋送肉腿，辞。古学题："郭林宗与李膺同舟济河赋以'众宾望之以为神仙'为韵"，"自汲新泉酹野王林"。奉府札，发御书"斯文在兹"扁额。

十六日乙亥(12月7日) 大雪，晴。府、华、奉、娄生正场。丑初，赴贡院，俟子砚府学栅阑内点名毕，余代点华学，继以本学。未留场，出即睡，略着。巳刻，访达泉。佩秋来，昨辞之腿仍带来，却恐不恭，受者益愧。科试题：府"如有所誉者"两句，华"如有复我者"两句，奉"如有用我者"两句，娄"如有能信之者"两句；策诗"绕场稻积密于墙"。

十七日丙子(12月8日) 晴。童经古。卯初,赴贡院,留场。“陆氏东西屋赋以‘参佐廨中三间瓦屋’为韵”,“鲙忆松江满箸红鲈”。三牌出。夜,思泉携尊阁中宴客,同席子勖、朱调三、静斋、子愚、浩泉、子砚。席散即睡,颇适。

十八日丁丑(12月9日) 晴。金、上、南、青生正场。丑初,赴贡院。试题:金“如有博施于民”三句,上“如有所立卓尔”三句,南“如有周公之才之美”两句,青“如有政”三句;策诗“草桥霜滑有人行”。走答子勖,不晤。

十九日戊寅(12月10日) 晴。复生经古,通属仅取十一名。贡院回,子砚回署,余亦返艾家桥。饭后回阁,诸同寅皆在。同到奉贤学张星门惟崧寓,为前任世兄张培生说法。顺至佩秋寓。晚,子愚来,发头场生一等案,娄十五名:姜飞熊、冯德麐、倪宇清、沈祥凤、王世俊、李文澜、沈庆安、陈宗彝、许绍基、蔡福昌、岳佐颐、王廷材、王廷梁、沈芸、周继达。

二十日己卯(12月11日) 晴。奉、金、上童正场。丑初,赴贡院,点名毕即出,仍睡,起已辰正。子勖来,张世兄亦来,君韩、襄伯皆至。童题:奉“有为神农之言者”,金“有行文王之政者”,上“有不被尧舜之泽者”;次“问人于他邦”;诗“剪取吴淞半江水刀”。三儿同宿阁中。

二十一日庚辰(12月12日) 晴。复八学一等,提复奉、金、上童。黎明赴贡院,出已辰初。张星门来。午后,访达泉,知其明日销假。晚,回。复一等题:“齐景公待孔子至不能用也”,诗“户枢不蠹劳”。提复堂东、西两题:“直哉史鱼”,“谓武”,作后比,每比限八十字。

二十二日辛巳(12月13日) 晴。南、青童正场。丑初,赴贡院。点名毕即出,解衣而睡。辰正起,星门、子勖、浩泉、思泉来。达泉上府销假,到阁略坐而去。童题:南“孔子下欲与之言”,青“阳货先岂得不见”;次“可以人而不如鸟乎”;诗“吏征渔户税”。

二十三日壬午(12月14日) 晴。提覆南、青童。辰初,赴贡院，出已交巳，回艾家桥。途遇子韶，知提覆已出场，题："晋楚之富"。晚，回阁。

二十四日癸未(12月15日) 晴。华、娄童正场，余在栅阑内点名，同浩泉留场，三牌出。学宪送《山左校士录》一函、《嗣乡会朱卷》一本。童题：华"其知可及也"，娄"其他可能也"；次"乡人长于伯兄一岁"；诗"惜寸阴"。

二十五日甲申(12月16日) 晴。覆前二场新进童生，提复华、娄童生三十八名。午后发案，复试题："然后知松柏之后凋也"。提复题："无遏籴"。夜，请廪生一席。

二十六日乙酉(12月17日) 晴。优正场兼贡监录科。又请廪生一席，竟日扰扰。酉刻，缴新进结单十五张、册一本。亥刻，又缴四张，其一最迟须俟黎明缴进。此次催迫异常，否则总要复试日辰巳间册结才齐。考优题："诗书执礼"两句，"仰不愧于天"两句。录科题：贡"中人以上"两句，监"下学而上达"；诗"养根俟实"。发廪生膏火。

二十七日丙戌(12月18日) 晴。华、娄童复试。辰初，赴贡院，点名毕即出。午后，同子砚至文粹堂书坊买翁笺《困学纪闻》，价八百，《简明目录》六百。回，知冯生德麐来见，有现缺，即可补廪。夜饭后，三儿回。覆试题："知者乐水"。

二十八日丁亥(12月19日) 晴。优二场。辰刻，赴贡院，即出。午后，偕子砚文粹堂买《冯注苏诗》，价一元六角，《华阳国志》四百。接选青廿三日信，悉全家安好。

二十九日戊子(12月20日) 晴。新进总复毕，一等奖赏。午后，佩秋、星门来，偕子砚孙珍三买条幅、纯羊毫两枝送浩泉。子砚搬回署。

十一月初一日己丑(12月21日) 晴。辰刻，到贡院，俟奖赏新生毕，即搬回艾家桥。夜，冬至节祭先。微雨。

初二日庚寅(12月22日) 冬至，晴。丑初，赴世英堂拜牌，俟学宪到已卯初矣。行礼毕,同府、华两学到府署及贡院贺节。即同子砚、达泉先出西门,到祭江亭马头,俟学宪下船,挂号而回。

初三日辛卯(12月23日) 晴。灯下临帖,不握管几一月,兼衣重裘,诸形掣肘。

初四日壬辰(12月24日) 晴。巳刻,赴志局,达泉、约斋先在,思泉、竹屏、幼翘、韵之、诚斋、衡翁相继至。刚午饭,太尊到。晚散,至华学,略谈而返。

初五日癸巳(12月25日) 晴。致书二儿,附寄大孙女花边扎额、稚莲扇。

初六日甲午(12月26日) 晴。

初七日乙未(12月27日) 晴。晨,子砚来。接府札,催造科试新进格眼清册七套。夜雨。

初八日丙申(12月28日) 晴。

初九日丁酉(12月29日) 晴。解义学冬季脩。致书沈茗生。详学宪附生孙丙蔚给顶。

初十日戊戌(12月30日) 晴。致书芝生,附张世兄告帮同人公启,属弟向里中诸友设法张罗,亦聚沙成塔之意也。附寄慎生侄信。接仲展书。

十一日己亥(12月31日) 晴。晨,子砚来。接沈菊泉及车立斋祖母讣。

十二日庚子(1882年1月1日) 晴。寄书选青。

十三日辛丑(1月2日) 圣祖仁皇帝忌辰,晴。先朝议府君忌。令长班送芝生信、墨拓画四幅,到今吾堂黄处交振之。章次柯交到包晓村夫人《封臂图》题诗,即函寄苏州府学署,交晚村。夜雨。

十四日壬寅(1月3日) 晴。晨,因地滑,小轿到志局。椒岩已在,达泉、竹屏、思泉继至,椒岩即去。思泉因媛有恙,亦即归,午饭仅三人。饭后,太尊来。薄暮,散。娄县陶韵轩招十七日饮。

十五日癸卯(1月4日) 晴。辰刻,文庙行香。上府,同邑杨莘伯崇伊庶常来。猛将庙各佃交租七十石零,米色极次。买得四腮鲈五十尾,寄选青。

十六日甲辰(1月5日) 小寒,阴。到西门外舟次答杨莘伯,送火腿一肘,彩蛋四十枚。晚,灯右临帖三叶。

十七日乙巳(1月6日) 雨。香烛吊沈菊泉,未到。子砚沈处回,过我,谈至午刻,同到娄县。超亭已在,诸同寅相继至,共两席。同席子砚、达泉、清溪、辉庵、杏甫,席散已晚。接慎生侄十四日覆信,云南乡租事扯有九成,李虎、周百二两佃去年未还,今岁必要开追;东乡不过五成,米价高者二元零,次者一元八角零,极次者尚有一元七角三分净。晨及灯下临帖四叶。周桂往枫泾收租。

十八日丙午(1月7日) 晴。临帖二叶。

十九日丁未(1月8日) 晴。作王聘珍挽诗四十韵:"人生过半百,恶闻拂意事。如何我故人,动辄凶闻至。沈瞿登鬼录,已洒秋风泪。子章、安仁。胡为入元冥,王郎又长逝。繄昔壬寅春,文坛结高会。小桥水一湾,入门欣把臂。伯也文轻灵,叔也文恣肆。而君喜沉思,一艺构不易。脱稿句惊人,不屑拾牙慧。愧我尚初学,遇敌中心悸。旭卉四十年,偻指事堪记。冷宦滞云间,间岁归舟舣。今年夏仲回,造访君昆季。是日适觞客,留我忝上位。老饕恣一饱,久不啖乡味。席散同清游,佛庐坐过未。谈笑才一天,踪迹又两地。入秋命儿归,言就苏台试。返棹向我言,贤人嗟巳岁。惊悉丧身由,实缘丧明致。君儿宵下帷,频年试不利。郁郁得心疾,帖括暂抛弃。少年病即瘳,何致久憔悴。悲哉秋风来,吹折阶兰蕊。俞柎虽善医,君精医理。不及投药饵。贵门竟丧宝,有识同悲涕。无怪老西河,一恸泪难制。益恩虽早亡,小同或可继。媳有遗腹。暂乏膝前乐,那弃人间世。老去思友朋,一一可宝贵。矧忝纪群交,兼附葭莩谊。君父享遐龄,幽明已分袂。君兄当盛年,尘凡早脱屣。谓敏斋。一朝君又去,身世感蝉蜕。晨星世上稀,旧雨地下萃。何况阮家咸,本是君家婿。谓颖生侄。天不永其年,物亦化为异。哭君兼哭之,羁怀曷由慰。泚毫不成诗，聊付星邮寄。遥知阿弟看，悲怆同一意。”

灯下偶成一律：“朔风不管撼庭柯，斗室团圞乐事多……[①]孙贪弄墨两头磨。作诗当话胸怀畅，啖粥临眠气体和。此是便宜娱老处，浮生扰扰欲如何。”

二十日戊申(1月9日) 晴。临帖四叶，写对三副。晚，立斋来，邀明日襄题栗主。秋士来，未晤。灯下次昨韵，又成一律：“大槐安国郡南柯，赚得人间幻梦多。倦眼怕看尘历碌，闲身甘受墨消磨。味须淡处堪长享，心到平时即太和。香茗一壶书一卷，漏长莫问夜如何。”

又得四绝句：“劲飙酿雪势飕飗，酒酌消寒福未修。性不能饮。且做贫儒逾分事，一身轻暖两狐裘。

“北窗本不与冬宜，晴亦如阴昼下帷。毡帽笼头炉炙手，更无兴写猛龙碑。

“书生结习未全忘，一盏昏灯耐夜长。自笑年来才思退……[②]

“无题未可撚吟髭，且改儿童帖体诗。我是老僧工说法，石顽会有点头时。沈琢成学吟，为之删改讲解。”

二十一日己酉(1月10日) 晴。晨，出西门，吊立斋祖母。申刻，同达泉襄子砚题主。晚归，接芝生、汉峰信。

二十二日庚戌(1月11日) 晴。晨起，临帖。沈调笙自华学来，昨晚到松。午后，子砚来，同到衡翁处。回，留其同调笙夜饭。调笙下榻小楼。灯下复临帖，共四叶。

二十三日辛亥(1月12日) 晴。午饭时达泉来。饭后，同调笙出西门游玩。临帖五叶。接佩秋信，索阅验看文书、履历册稿。柬子砚一绝：“侵人老境眼先知，渐觉光明减昔时。输与汪伦灯下火，课儿余兴看苏诗。”灯下同调笙剧谈。

二十四日壬子(1月13日) 晴。晨，赴志局。午饭后太尊到，

---

①② 此句原文被抹去。

云出月初八撤局，初四可不到。晚散，往访子砚。夜饭后，调笙回常，移船出城，明早开行。回常后有慈溪之行，邹伯蓉署县，欲往依焉。

二十五日癸丑(1月14日) 晴。临帖四叶。车立斋招明日饮。

二十六日甲寅(1月15日) 晴。晨，令长班车处辞酒。接县移宪书一本、封开印信日期。本年十二月二十一日卯时封印，次年正月二十一日巳时开印。封印、开印日，届时俱穿补褂，挂朝珠；元旦蟒袍补挂一日，前三日、后三日穿常服，挂朝珠；初三仍素服；于初五补穿常服，挂朝珠一日；上元节穿补褂，挂朝珠；十三、十六两日，均穿常服，挂朝珠；十四日仍素服。临帖四叶。子砚来。沈子刚和敬送试草。

二十七日乙卯(1月16日) 晴。寄验看卷一宗，交朱佩秋。接选青廿一日信，并张培生帮分洋一元，寄还试律诗两本。仪庭来。临帖四叶。

二十八日丙辰(1月17日) 雨即霁。寄诗仲展侄，属转交儒卿。灯下临帖四叶。

二十九日丁巳(1月18日) 晴。令长班送分吊邱元卿。临帖四叶。

三十日戊午(1月19日) 晴。临帖四叶。华亭学张保贤送试草。

十二月初一日己未(1月20日) 大寒，晴。辰刻，文庙行香，上府。回，接学宪批回冯德麐准顶补唐祖荫丁忧廪缺，以十月二十八日为始。附生孙丙蔚准给衣顶。临帖四叶。子砚和诗："折轮谢客倩飞柯[①]，闭户吟诗岁月多。中隐几忘身出处，壮心肯共墨消磨。读书有福人应羡，与世无争气自和。知否蛾眉宜淡扫，不将粉黛斗娙何。"

---

① "折轮谢客倩飞柯"原作"北山妄谮杜飞柯"。

灯下再次一首索和："万木经霜尽改柯，庭前椿树得春多。苜盘养志兰馨洁，梓舍传经玉琢磨。目识杯铛夸水部，诗谐琴瑟胜云和。生涯冷淡差①同调，制锦心甘让尹何。"

初二日庚申(1月21日)　晴。临帖四叶。奚葆芬号伯芗。送试草。又叠前韵寄子砚："仙家一局烂樵柯，扰扰尘寰岁月多。世事饱看忘宠辱，诗篇漫与谢砻磨。既无俗累缠禽向，婚嫁粗毕。自有中医胜缓和。今冬不服补剂。更喜冷斋吟啸侣，隽才不减白杨何。"

初三日辛酉(1月22日)　晴。晨起，次前韵，又得三律：

"春官屡放竟同柯，抱瓮闲吟亦足多。坐榻经年毡渐破，成针无日杵空磨。索居常向书求友，小户遑言酒养和。口占诗成聊遣兴，用心未肯学阴何。

"实理须求似茗柯，中虚未免抱惭多。憾无电眼书空读，怕看霜鬓镜不磨。垂老亲朋半零落，近春天气渐温和。消寒诗就寒消尽，笑问梅花信若何。

"尼山当日手无柯，木铎千秋感化②多。近圣人居瞻美富，有师长责愧磋磨。哦诗自写闲官乐，入世无忘君子和。我是杏坛老渔父，可能免叹末如何。"

午后访达泉，吃点心，归。灯下又次前韵两首，赠子砚：

"珊瑚交碧想枝柯，石鼓临摹体态多。画日才高名早就，病风手颤墨常磨。楷模多士胡安定，了辨群书李泰和。我亦冷斋甘戢影，只惭输与少年何。

"此生不愿集乔柯，退步原来乐境多。谁道生涯真澹泊，好将旧学细镌磨。书翻汶长功夫密，诗诵眉山声律③和。只恐邱长苏教授，欠伸屋要打头何。"

---

① "差"原作"堪"。

② "感化"原作"警觉"。

③ "声律"原作"音韵"。

初四日壬戌(1月23日) 晴。晨,又次前韵,得一首:"庭中老柏挺铜柯,饱看孙曾六代多。赁屋从今叨庇荫,题诗犹昔共研磨。先生官冷嘲工部,渔父词成仿志和。笑我连篇无别味,随刀能改让如何。"沈纯嘏家有柏树一株,高祖时物。在家时结诗社,曾赋"孔明庙前有老柏"诗。赴思泉家芹酒之宴,其侄保澂是科游庠。席散,答拜左营闪殿魁。回,徐雪舫来,斛裔米十五石。

初五日癸亥(1月24日) 穆宗毅皇帝忌辰,晴。晨,子砚送和韵诗来。临帖四叶。午后,子砚、慎卿来。

初六日甲子(1月25日) 孝惠章皇后忌辰,微雨。连日东南风,暖甚,竟不能穿皮衣,今日稍冷。致书慎生侄,附书芝生弟,并寄"柯"韵诗十首。黄昏闻雪珠声,继以雨。子研次韵二首,又得一律戏之:"梓匠殊工却共柯,三人我独得诗多。成丹只炼炉头熟,试墨如催盾鼻磨。寄札恐鱼沿路滞,已将十律寄芝生弟。鸣春先鸟弄风和。跛牂用习攀追力,飞步争如赤骥何。"

初七日乙丑(1月26日) 晴。午后,至琅嬛小筑,尹子铭所开书坊。买《杜诗镜铨》一部,一元四角。《古学记问录》一部、《订讹杂录》一部,共六角。往江西馆吃面而返。接浩泉信,并朱保之扇对、芝生扇、沈仪庭堂轴。龚鳌峰招初十日饮。沈楫甫惟康送试草。

初八日丙寅(1月27日) 晴。晨,赴志局。是日撤局。两总纂、诸分纂、太尊、两县、华学毕至(衡翁有恙未到)。席散已晚,访子砚。回,接慎生初五日信,知调笙会钱已送去。程健斋验看回任,来拜。夜雨。

初九日丁卯(1月28日) 晴。晨起,长班云昨三更时尹山泉家失火。子砚又送和韵诗来,寄信芝弟并扇对各件,附沈半樵扇面、复慎生信。耿赓廷葆澂送试草。临帖三叶,灯下又临二叶。周桂枫泾收租回,九四收一元七角,折新尚不清,无论陈矣,减色之至。夜雨。

初十日戊辰(1月29日) 巳刻,冒雨赴鳌峰家芹酒之宴,其幼子梧生其桐游庠。回,答拜程健斋。夜又雨,卧后闻雷。

十一日己巳（1月30日） 孝和睿皇后忌辰，雨。临帖四叶。接云儿初八日信，知媳妇时要吐红。据柘村云，冬令敛藏可无虑，恐交春转剧，但愿不应其言为幸。灯下临帖三叶。昨夜闻雷，枕上得八句："入冬太和暖，阳气不潜藏。酿雪雪不成，连夜雨淋浪。卧后忽闻雷，天道尤改常。耿耿不能寐，揽衣起彷徨。"

十二日庚午（1月31日） 孝德显皇后忌辰，雨。临帖三叶。晚起雨雪，不大即消。灯下又临帖二叶。

十三日辛未（2月1日） 晴。临帖三叶。寄二儿信、压岁洋。寄大媳信、食物。晚又雨，至夜。灯下又临帖三叶。

十四日壬申（2月2日） 雨。临帖四叶。令长班送耿芹分，酒十斤，烛五灯四十。沈约斋子芹分，烛五灯四十。灯下又临帖三叶。追悼黄宰平，得诗一首："忽尝狂药太无端，误信外国药酒治病，过饮发狂，一夕而逝。一别音容几暑寒。才气少年万人敌，功名了局一儒官。文埋净土光难掩，秋试屡摈，焚文稿瘗之。墨洒金壶泪亦干。著有《金壶七墨》，泪墨其一也。写我简端词尚在，题拙词有《金缕曲》一阕。昏灯风雨不堪看。"

十五日癸酉（2月3日） 晴。晨未起，子砚上府回，过我，云太尊不见，遂不上府。略谈片刻，诣文庙行香。访达泉，子砚亦在。达泉请假，尚未起，俟其起，茗谈而返。临帖二叶。侯慎卿送鲜蹄、青鱼，辞蹄，受鱼。送龚鳌峰子芹分，酒十斤，烛五灯四十。秀峰子分同，辞。

十六日甲戌（2月4日） 立春，卯初初刻十一分。晴。寅正，上府，鞭春毕，上手本贺喜，回已卯正，略睡。起，藩吏房王蓉生遣使赍书至。鳌峰来。二儿近患咳嗽、耳聋，请汪星榆诊治，据云风热挟湿上蒸所致。临帖二叶，灯下又临三叶。晚，仪庭来。

十七日乙亥（2月5日） 晴。送沈梧轩子芹分。烛五灯四十支。朱小鹤继常送试草。子砚送物四色，受彩蛋三十枚、莲枣二包。戴静卿来。灯下临帖三叶。晚，张秋卿来。寄选青信、压岁洋等。

十八日丙子(2月6日) 送学,晴。晨雨,至沈梧轩、约斋、耿思泉家道喜。晚,到华学,同至文庙,俟新生齐、两县到,谒圣后,明伦堂行礼。毕,返已薄暮矣。

十九日丁丑(2月7日) 晴。堂课,新生仅到一人,沈和敬,约斋子。可谓具文矣。临帖四叶。

二十日戊寅(2月8日) 晴。令周桂通惠、协成、恒源各店算帐。达泉交到府志稿十五本,□□□缮清折,包封送府,适到衡翁处,带回二本(共十七本),一并送府。在衡翁处晤黄拙生,茗谈而去。侯慎卿同其妹夫吴枚臣鸿撰来。寄张培生书,并诸同人帮洋。又致奉贤县陈彦士公函,即为培生事。寄用吉信,附致慎生书。子砚字来,云明日卯时太尊封印,闻系暗封,可不去。灯下临帖二叶。

二十一日己卯(2月9日) 晴。封印。不上府。杨家借磨推年糕粉。粜米四十石,开销在内。一元九角。二儿耳聋未愈,仍请星榆诊视。衡翁交到《钦定重修两浙盐法志》六函,属缴还府署。临帖四叶。夜,蒸年糕。

二十二日庚辰(2月10日) 晴。晨,鳌峰来。午后,雪舫来。走访子砚、达泉。灯下临帖三叶。微雨。

二十三日辛巳(2月11日) 阴。晨,衡翁来剧谈。送子砚脂油糕一甑、青鱼一尾、鸡子三十枚、福橘五斤,糕、鱼未受。送衡翁脂油糕黄白两甑、莲枣两包。送达泉脂油糕黄白两甑、青鱼一尾、彩蛋三十、福橘五斤。鲇鱼浜收租回,仅收三户,亦未清,余约明年正月二十日来。晚,送灶。灯下临帖三叶。

二十四日壬午(2月12日) 晴。晨,黄拙生、钱梧生来。梧生送年糕、宪书,学租报销卅八两,由书办转交达泉。送鱼蹄一肘、鸡子四十八枚、莲心一包、脂油糕两甑。同年符南樵葆森,扬州人。世兄稚樵棣棠送来《国朝正雅集》四函,南樵所辑。并信一封。南樵虽同年,从未谋面,适在窘乡,还其书,送对开洋一元,甚觉骍颜。

二十五日癸未(2月13日) 孝庄文皇后忌辰,晴。送沈纯嘏年糕二、脂油糕一甑、鲜蹄一只。送道士脂油糕一甑、生果三斤,唐石愚鸡子廿四枚、脂油糕一甑。拙生桥梓来。临帖五叶。夜雨。

二十六日甲申(2月14日)　雨。衡翁送彩蛋三十八枚,莲心、开洋各一包。送慎卿脂油糕两甑、彩蛋三十八枚。接选青廿一日信,并南腿一肘,蜜枣、莲心各一包,藉悉合家安好;我十七日所寄信、洋尚未收到。灯下临帖二叶。今日患腹痛,便溏三次,痛止,临睡又痛。雨竟夜。夜半,腹溏一次。

二十七日乙酉(2月15日)　晨雨,午后止。晚,张秋卿来。俟其去,即敬神,夜饭后送。灯下临帖三叶。

二十八日丙戌(2月16日)　晴。临帖二叶。夜,祭先。招沈猗菉吃年夜饭。灯下又临帖二叶。数年前明目侯庙修葺,捐洋四元,因不动工,未缴。明春正月要开工,来取此款,令周桂转交赵姓手。

除夕丁亥(2月17日)　晴。晚,上府辞岁。回,铜儿呈阅除夕五古一首,走笔和之云:

"家无理县谱,未享闲官闲。儿闲更胜我,索和除夕篇。红条印封固,黄梅花吐妍。伐檀愧素飧,从事岂独贤。步履虽尚健,精神不如前。观书过辄忘,却老方谁传。所欣诸雏孙,梨栗争喧然。此境可娱老,此心堪告天。爆竹除旧岁,桃符更新笺。明朝五十七,一笑又增年。"

铜儿自次韵,又作一首呈阅,再和之:"吾儿喜吟诗,破除除夕闲。和韵才脱稿,自和又一篇。手剔烛花看,爱兹笔花妍。能知诗好丑,不辨酒圣贤。罗列孙男女,夜饭呼来前。浅浅斟屠苏,子妇壶觞传。苍颜变红颜,一杯已陶然。凡事甘让人,此乐付自天。醉磨隃麋墨,再写梅雀笺。铜儿手制梅雀诗笺。掷笔[①]欲出门,鸡鸣又一年[②]。"

---

① "掷笔"原作"鸡鸣"。

② "鸡鸣又一年"原作"灯残已隔年"。

夜饭后拜灶，先严慈真容前上茶，媳率孙男女为余辞岁。时已不早，未睡，同铜儿谈诗至寅初。出门，天甚暖。

是年后附页：

“出门时节柳鸣蝉，返棹霜鸿已满天。焉用一编珠记事，人生万事等云烟。九月十七日书于昆山舟中，羡仙。”

光绪八年壬午日记

元旦戊子(1882年2月18日)　晴。寅初，赴世英堂拜牌。行礼毕，天已明，即诣文庙行香。上府署暨提辕贺节，顺至府、华学及城中各处。归，拜天香、灶神，先考妣真容前上糕团、茶。行礼毕，适睡，子砚、达泉来，俟其去，即往纯嘏处贺年。午饭后出西门，各处拜贺，归已薄暮，倦极即睡。戌刻起，吃夜饭。

初二日己丑(2月19日)　雨水，晴。宋养初送己卯科乡试朱卷。

初三日庚寅(2月20日)　高宗纯皇帝忌辰，晴。临帖三叶，灯下又临三叶。

初四日辛卯(2月21日)　晴，大风。晨，都戎汤少渔怀忠自常熟来提辕贺节，来拜。午后，出西门，至舟次答之。晚，接五路。亥刻，送神。临帖三叶。

初五日壬辰(2月22日)　晴。晨，奉贤县陈彦士来拜。即出城，至舟次答之。午，先严慈暨沈孺人前上供。三媳同松、森至府、华两学拜年，晚归。日间及灯下临帖五叶。封苏州年糕两块，明日由局寄二保。

初六日癸巳(2月23日)　晴。晨，黄振之来拜年，属转寄子渠、芝生信，即作书致芝弟，附寄两信并除夕五古二首。午后，子砚夫人、达泉夫人来拜年。晚，接张培生信，附陈彦士覆函，知全年干脩送三十元。灯下临帖三叶。

初七日甲午(2月24日)　世祖章皇帝忌辰，晴。符篑山来，未晤。子砚招明日饮。临帖九叶。

初八日乙未(2月25日) 晴。晨，赵寿山宝仁，选常州府知厅。来辞行，即去送行，兼答篑山。顺至子砚处，同席篑山、张冠亭、熙，苏州人，游击。达泉、子砚桥梓。客散，茗谈良久。往华学，归已暮。阅选青腊月廿四日覆书，知腊月十七日所寄信等皆已收到，全家均平安。灯下临帖二叶。再次去冬“柯”字韵，赋呈汪松乔先生：“哲嗣香搴桂树柯，联镳杏苑最英多。开先此会春熙皞，有斐轩名。无惭德琢磨。肴出郇厨真味在，座亲芝宇惠风和。两家父子团栾饮，争奈天悬鹏鹗何。”

初九日丙申(2月26日) 晴。晨起，拜天香。晚，杨超亭招明日饮。灯下临帖两叶。

初十日丁酉(2月27日) 晴。晨，川沙厅张小泉祥符，山东人。来拜，即到广明桥舟次答之。顺至华亭署，超亭出门拜客，在帐房略坐。超亭回，即过迎薰轩，良久，达泉、子砚、篑山、小泉相继至。席散已晚，子砚尊人送和韵诗来。夜雨，临帖三叶。再次“柯”字韵，赋谢超亭春酒：“已枯亭树复枝柯，用《南史》褚翔事。八载甘棠善政多。心镜在堂刑用缓，口碑匪石劫难磨。娱宾有酒偏同醒，主人与余皆不饮。治邑如庖只在和。漫道苜盘滋味淡，春盘岁岁快如何。”

十一日戊戌(2月28日) 孝全成皇后忌辰，晴，晚微雨。娄县来报丧，知陶韵轩于昨酉时病故。临帖五叶。独坐无聊，再次“柯”字韵：“彭泽怡颜屡眄柯，新春生意眼前多。辛盘大嚼诗难谢，古帖闲临墨细磨。树送鸟声风淡荡，炉抛兽炭气融和。回思灯火沉吟夜，十日非遥隔岁何。辛巳除夕和三儿韵，得诗二首。”

十二日己亥(3月1日) 雨。娄署又来报，明日申时大殓。临帖五叶。偶有所感，再次“柯”字韵：“不辨三柯与一柯，曹商舐痔得车多。豆箪谁复知羞恶，坚白方堪受涅磨。半世贫非原宪病，三公介是展禽和。冶容桃杏东皇宠，持较梅花品若何。”

十三日庚子(3月2日) 晴。晨，衡堂先生来。午后，到娄县送殓。回，往华亭县道喜，兼理娄县。接选青初八日书。临帖四叶。

十四日辛丑(3月3日) 宣宗成皇帝忌辰，晴。午后，尹子铭招十七日饮。寄覆选青信。接府二月初三日文帝诞祭、十三日春祭省牲、后殿行礼，监院督抚批回两札。临帖四叶。封张养斋绋分，托达泉汇寄。

元宵壬寅(3月4日) 晴。晨，上府贺节、挂号。回，文庙行香，顺访达泉，吃点心，长谈而返。接慎生侄十二日书，知白米已装廪。临帖八叶。晚，接灶。铜儿呈阅元宵诗，次其韵："入春吟兴颇不恶，旧韵新诗得四首。即去冬'柯'字韵。闻说西郊今夜灯，年来病懒惮行走。小儿示我元夕诗，欲和沉吟搁笔久。醉司命日曾几时，虔接云车地灌酒。一瓯饱啖粉团香[1]，握管吟哦不知丑。短檠相对夜深时，放翁父子真师友。冷斋乐事我自知，何用悬肘印如斗。"

再次韵："嵇康本有七不堪，朝朝晏起常蓬首。兴来偶写北朝碑，毫端岂有蛟蛇走。今宵佳节是元宵，爱看月华倚阑久。我清诗思只宜茶，儿助诗兴必须酒。剪灯和韵一而再，不识谁妍更谁丑。只愿今生作冷官，何况同僚得诗友。谓子砚。伯郎奚事觅梁州，西域蒲萄遗一斗。"

三次，寄佩女："记得在家曾语汝，穿牛鼻与络马首。人胜不克全其天，叹我亦如牛马走。女在家时曾问何谓人、何谓天，余常引漆园语解之。今夕元夕月华圆，相看两地流连久。姑嫂当年迎紫姑，言笑嘻嘻如醉酒。九年儿女各成行，无怪吾衰增老丑。忆女常教形梦寐，相夫但愿如宾友。明月重圆我傥归，又须累汝面一斗。二月望后，拟请清明扫墓假。去年五月回，住女家，尝制面食啖我。"

月明如昼，徘徊良久乃寝。

十六日癸卯(3月5日) 惊蛰，晴。晨，沈藕塘延福同其子子华寿康来，为余写照。午刻，先考、先妣及沈孺人前上供，收影。军门招十九日春酒，即令周桂至提辕及尹处辞酒。临帖三叶。灯下四次韵，

---

① "一瓯饱啖粉团香"原作"粉团当饭恣一饱"。

寄选青："微云女婿邮书至，红纸书名贺岁首。里中灯火报我知，憾不归来同一走。去年夏仲住君家，相聚无多相别久。冷官近状说与君，良朋迭速椒盘酒。常过戚好探梅花，著花树老枝无丑。赢得闲身一事无，喜听嘤嘤鸟求友。戏次强韵寄君看，莫笑折腰恋五斗。"

十七日甲辰(3月6日)　晴。临帖四叶。教森孙识字，戏赋长歌："阿森识字难上口，如鹰脱绦如兔走。阿翁本太挟奢愿，先望三场尽居首。教以'三元'两字。晴窗默坐哑然笑，悔生沮诵仓颉后。若使身处结绳时，何有文字记某某。昔我六岁识之无，持较孙年月赢九。余正月生，孙十月生。虽然嬉戏马骑竹，却有清声莺啭柳。当时指授是阿兄，在旁色喜有父母。及今追忆无一存，忽觉红颜变衰朽。早年名纵列贤书，五上春官弃林薮。挽弓不如识一丁，藏书有愿探二酉。即不杖杜致谬讹，一遇离卨等蒙瞍。目中岂无易识字，不识其义往往有。陆机曾读《匈奴传》，撑犁孤涂解亦否。朱辅不与田恭遇，魏冒逾糟孰为剖。况我识字本无多，错落众星颜孔厚①。穷年灯火费咿唔，无用文章空覆瓿。阿森阿森我语尔，但愿愚鲁全禀受。抵授谢悰也庙廊，昭热程覃亦印绶。时来一蹴即青云，能记姓名已足取。莫学阿翁老无成，冷官岁岁青毡守。"

十八日乙巳(3月7日)　晴。晨，接芝生弟元宵书，并和除夕韵五古，附阅近作，覆振之信属转交。子砚来，留吃午饭。同出西门，铜儿随去。在大文堂书坊买《国朝先正事略》一部三十二本，二千。《杨忠愍公集》四本、《爻辰谱》四本，共四百。顺访杨禾斋璞，回已薄暮。灯下临帖三叶。

十九日丙午(3月8日)　晴。前日马茂斋永钊、朱奏廷宗汉来，说府署刑席倪古青士玮亲戚欲从汪子砚，属转述。昨来应允，晨到马朱公馆覆之。□□赴子铭春酒之招，归已暮。临帖五叶。接府二月初四日祭吕祖札。

---

① "错落众星颜孔厚"原作"书阅洨长但名斗"。

二十日丁未(3月9日) 晴。临帖五叶。

二十一日戊申(3月10日) 孝穆成皇后忌辰，晴。辰刻，上府。俟太尊巳时开印，贺喜。回，书斗已齐，即开印。临帖五叶，晚再临二叶。接府札："光绪七年十二月二十六日，奉提督学院黄札开：照得该属各学届欠三考文武生员，迄今未据申送补考，限期久逾，未复再缓。除将该生等列入除名项下造册达部外，合行开单札知。等因到府。奉此，合行抄单札饬，札到，该学即将该生等以欠考三次除名注册。毋违。特札。文生周绍昌、陆士骅，武生陈国昌。"

二十二日己酉(3月11日) 晴。晨，令周桂往鳌峰处。去冬剩糙米十七石，今日粜去，价净一元九角三分。午后，周桂同书办往涨庄收租。临帖五叶。

二十三日庚戌(3月12日) 孝圣宪皇后忌辰，晴。午后，金小芗来，达泉继至，留点心。小芗即出西门，达泉晚去，面招明日春酒。鳌峰来。灯下临帖二叶。

二十四日辛亥(3月13日) 晴。晨，往华学。同席汪松乔先生、子砚、小芗暨主人，长谈而返，已暮。灯下临帖三叶。

二十五日壬子(3月14日) 晴。薄治具，招松翁桥梓、达泉、冰玉、纯嘏小饮。席散，小芗即往沪上。灯下临帖三叶。

二十六日癸丑(3月15日) 晴。临帖十二叶。

二十七日甲寅(3月16日) 晴。临帖十二叶。接府二月初九日三书院甄别札。为芝生弟题余惟亭省画册十二绝：

"日轮如火正当天，嘒嘒声来杨柳边。知了有知休聒耳，先生方爱午时眠。蝉柳。

"食叶吐丝千万缕，衣被世间厥功巨。此图莫与纨绔看，看亦不识蚕桑苦。蚕桑。

"宋香陈紫与方红，按谱应嫌类不同。只为全身宫锦服，也居仆射画图中。锦荔枝。

"绿刺红苞手自栽，春风月月小园来。含情若语题诗客，尚逊心花逐日开。月季。

“苦笋何足使致仕，故山象笋却甘美。我欲来谈玉版禅，捉取松枝作麈尾。象笋、折枝松各一。

“延龄有杞老还童，喜看双雏放出笼。我欲各将名字唤，神仙不让祝鸡翁。雏鸡二，旁有枸杞一枝。

“红杏香中柳叶肥，青禽对立语依依。托身自有高枝，[1]不逐藩离鹖雀飞。杏、柳、双禽。

“南山之南北山北，尽可逍遥舒羽翼。莫入藩笼强斗争，人得花枝尔劳力。黄头鸟。

“半亩菱塘一鉴开，有人独听正徘徊。天然鼓吹堪娱耳，莫遣僧昭作咒来。菱塘青蛙。

“络纬如缫车上丝，蚱蜢亦饮草头露。惟虫能虫并能天，鸣与不鸣各生趣。秋虫。

“蘋花带露水边开，看尔寻芳栩栩来。正欲填词无调寄，今朝好谱《祝英台》。祝英台二，在萍水间。

“纸上鲈鱼不可餐，解馋聊作几回看。秋风饱吃松江鲙，口福还输老校官。柳贯双鲈。”

二十八日乙卯(3月17日) 晴。水利厅贺锦川病故来报，明午大殓。临帖五叶。

二十九日丙辰(3月18日) 晴。前署华捕陶筱圃领帖，贺锦川入木，皆送香烛。临帖五叶。

二月初一日丁巳(3月19日) 晴，热甚。子正，到文庙，俟两捕厅到，代达泉祭崇圣祠。超亭来，雨，即在戟门行礼。毕，同到府学，良久，太尊、军门来，雨虽止而地湿，亦在戟门行礼。俟黎明，复诣县学行香，回略睡，亦未着。午后，临帖四叶。祭圣时极热，仅穿棉袍单

---

① 原文即如此，此首疑有讹脱。

套，尚觉汗出。日间又冷，仍穿狐皮挂。一日之间，气候不齐如此。森孙下苗。

初二日戊午(3 月 20 日)　晨雨即霁。前娄县陶韵轩讣来，十四日领帖。临帖四叶。晚，文昌宫省牲，顺往子砚处。归，出初九日书院甄别示，备文移华、娄两县，领文帝春祭执事生胙肉钱。

初三日己未(3 月 21 日)　春分。丑正，冒雨赴文昌宫祭后殿，诸同寅相继至，俟太尊、军门到，行礼。毕，天已明，雨亦霁。回略睡，起，走访衡堂先生，面述超亭之言。晚，丁固之振基接代理水利厅印，来拜。

初四日庚申(3 月 22 日)　晴。晨，出东门，祭吕祖。回，固之公馆道喜。午后，接芝生廿八日驿递书，并和去冬"柯"字韵诗十二首、儒卿表兄和韵四首。临帖十三叶。湇孙下苗。

初五日辛酉(3 月 23 日)　晴。晨，饬长班送香烛吊林莲舟。孝廉，小莲之父。午后，倪古青来，由驿递覆芝弟书，附题书诗及近作七古二首、致二儿字。备文移李侯祭品银到县。临帖四叶。府学唐小村曾镳送贡卷。

初六日壬戌(3 月 24 日)　晴。接县移，提文生张云襄，抗欠漕粮。临帖七叶。

初七日癸亥(3 月 25 日)　孝淑睿皇后忌辰，微雨。临帖九叶。前芝生弟寄和韵十二律，兼寄儒卿表兄和诗，率成一律代柬："驿递吟筒入手□，临风展诵客怀开。恰能得半司空品，更羡无双季重才。当作诗屏粘壁看，恍同灯火擘笺来。探梅清兴偏输与，梦想残香点绿苔。弟和诗有《赵次公家看梅》一律，想此时无花可赏矣。"

初八日甲子(3 月 26 日)　晴。临帖二叶。

初九日乙丑(3 月 27 日)　晴。丑正，赴世英堂祭武帝，俟太尊、军门到，行礼。毕已黎明，即到贡院。辰刻，太尊到，扃试。生题："子路问政"一节，"三拜鹿鸣"；童题："谓之中发"，"木笔初开第一花"。放三牌，太尊回署，略停片时，余同子砚、达泉亦出，已过三鼓。

初十日丙寅(3月28日) 晴。午后,到九和堂书坊。

十一日丁卯(3月29日) 孝康章皇后忌辰,晴。唐小村出贡,悬扁,送酒票十斤。衡翁属寄江都学陈东皋履泰书,加封发铺。灯下临帖四叶。

十二日戊辰(3月30日) 微雨。府太太生日,上府挂号,兼答刑席倪古青。接县移,查上年官生空缺。午后,临帖六叶。晚,文昌宫省牲,顺访达泉。

十三日己巳(3月31日) 丑正,冒雨赴文昌宫,先祭后殿,俟太尊、军门到,行礼。毕已黎明,卯正回,天晴。

十四日庚午(4月1日) 晴。晨,往吊前娄县陶韵轩。晚,黄少卿来。明日达泉夫人回里,将去年用吉代友索书楹帖托带回。灯下临帖五叶。微雨,闻雷。

十五日辛未(4月2日) 晴。晨,上府,即诣文庙行香。午后,临帖六叶。夜饭时微雨。

十六日壬申(4月3日) 竟日阴,黄昏大雷雨。接府札,催造科试新生格眼清册。

十七日癸酉(4月4日) 晨大风,午后微雪,继以雨,寒甚。

十八日甲戌(4月5日) 清明,晴。午后,访达泉,留吃晚点。顺访子砚,小恙未愈,不晤即回。灯下临帖四叶。

十九日乙亥(4月6日) 晴。代达泉书金小芗母寿对字样。接府札,催解春季义学脩。晚,临帖四叶,灯下又临二叶。

二十日丙子(4月7日) 孝哲毅皇后忌辰,晴。姚少莲开第送贡卷,送小洋一元。

二十一日丁丑(4月8日) 晴。灯下临帖六叶。枕上闻雷雨。

二十二日戊寅(4月9日) 晴。接芝生弟十八日驿递书,并儒卿表兄诗信,兼示悉云帆再侄店中近事。临帖十二叶。

二十三日己卯(4月10日) 晴。接府札,藩司催解司饷。临帖十二叶。夜雷电以雨。

二十四日庚辰(4 月 11 日) 晨雷雨,午霁。临帖十二叶。灯下闻蛙声。

二十五日辛巳(4 月 12 日) 晴,大风。接金山县移,查上年廪生空缺。由驿递复芝弟书。解春季义学脩。枕上和儒兄《见怀》原韵两绝:

"庚桑思虑戒营营,近亦浮名脱屣轻。最喜今年时令早,小楼春夜听蛙声。

世间扰扰半蝇营,蝉翼千钧倒重轻。安得心头尘尽洗,与君岩壑听泉声。"

二十六日壬午(4 月 13 日) 孝昭仁皇后忌辰,晴。晨,接云儿书,知石虎浜已去祭扫;媳妇春分后吐红一次,惟平时总有咳嗽;属出文题,今日铜儿课文无暇,余作复书并文题一纸,即附致芝弟函中寄去,昨封未寄,今日发铺。并和儒兄诗二绝,又录旧年作二绝、二律,同附芝弟函转交。临帖八叶。

二十七日癸未(4 月 14 日) 晴。写杨荫庵折扇。龚鳌峰来。

二十八日甲申(4 月 15 日) 晴。午后,汪松乔丈来。署娄县张东瀛今日接印,来拜。临帖十叶。

二十九日乙酉(4 月 16 日) 晴。晨,往娄县公馆道喜。临帖十叶。两孙种痘皆已落痂,甚少,可喜之至。惟森孙所出十余粒形甚细,亦未上浆。据《痘科》云,本有此种,名石痘(因气血不足所致)。彼虽如此说,尚在疑似。详府科试新生七套册。

三十日丙戌(4 月 17 日) 晴。临帖十叶。灯下书小横披,录黄静怡《陶令归园谕松菊》文。

三月初一日丁亥(4 月 18 日) 晴。晨,诣文庙行香,顺访达泉。太尊上省,不上府。临帖四叶。灯下写杨荫庵册叶一方。

初二日戊子(4 月 19 日) 竟日微雨。补过清明节。接丹阳县教谕顾笏庭渥霖讣,太仓沙溪镇人,己未举人,辛未大挑二等,去年十二月廿五病故,已回籍,讣由沙溪镇来。己卯科送省试曾一晤面,云蔡泾周氏是其亲戚，与先侍御兄表连襟。临帖十叶。雨竟夜。

初三日己丑（4月20日） 谷雨，晴。府发书院甄别案，又发出初八日道课题。庭前牡丹盛开。

初四日庚寅（4月21日） 临帖八叶。接贺锦川讣，月之十一日领帖。

初五日辛卯（4月22日） 晴。

初六日壬辰（4月23日） 晴。前月杪接儒卿和去年寄怀韵见寄八绝，晨起无聊，如数次答：

“先泽绵长裕后昆，素修著作箧中存。多君寄读湖田记，春水依稀绿到门。竹桥先生有《素修堂集》。

“少日埙篪有两昆，风流已尽怅生存。大千世界原泡幻，愿共卢生访羡门。

“忆共苏台校豕鱼，连床情话快何如。索居无计消岑寂，灯下频看寄我书。

“爱君诗字等熊鱼，学步邯郸愧不如。只欲付他装潢匠，可能为我易笺书。前寄和‘柯’字韵四律以竹纸写，未便装册，以诗笺乞重书。

“床婆椅妾昼宵间，十七年来痛痒关。诵到营斋元九句，断帘栊触白香山。

“营巢燕子语梁间，手倦抛书昼掩关。梦里忽开诗境界，桃萼红处看青山。

“请从曼倩学诙谐，花亦迎风笑靥开。不分冷官成热客，眼前富贵逼人来。庭中牡丹盛开。

“自笑迂疏百不谐，只将残卷掩重开。偶吟付与邮筒寄，还望琼瑶报我来。”

午后访达泉，薄暮返。接娄县初八日请酒帖。

初七日癸巳（4月24日） 晴。

初八日甲午（4月25日） 晴。晨，令长班明伦堂发求忠道课卷，文题“仁义礼智，非由外铄我也，我固有之也，弗思耳矣”，诗题“花落一溪春水香”。巳刻，到里仓沈氏园。娄县张秋泉移尊宴客，达泉亦到，席散已晚。秋泉，山东临清人，乙亥举人，丁丑翰林，年才三十二。接芝弟初四日驿递书、和韵诗、儒卿诗。花园浜家祠与屈姓以田易地，初二日在弟家立议，以祭产内逸号三斗二升粮田四亩九分，易屈氏西南隅隙地一块，进深四丈二尺，阔前六尺六寸，后五尺六寸。中：言泮芹、沈鹤孙、屈小卿、家菊泉。又悉沈苕生慈溪不果行。

初九日乙未(4月26日)　晴。临帖六叶。夜雨。

初十日丙申(4月27日)　孝贞显皇后忌辰，晴，大风。水利厅贺邀明日题主，今午便酌。巳刻去，归已晚。临帖三叶。

十一日丁酉(4月28日)　孝贤纯皇后忌辰，晴。晨，往吊贺锦川，分三学合两元。申刻，题主，送殡至善应寺。回，周桂娘乘屈太太来松船，带到选青初二日信，并大枣、大麻饼。致芝弟信及代付云帆物，附寄大媳信、覆选青书，一并托屈使原船回常带去。贺处抬酒一席，领二篮。

十二日戊戌(4月29日)　晴。接芝弟沪上书，知于十一日到。同游者树斋、柘村。寄两孙鸽蛋、莲心。

十三日己亥(4月30日)　晴。午后，访达泉。吃过点心，同访子砚，归已暮。

十四日庚子(5月1日)　晴。晚，子砚同其叔端斋来。

十五日辛丑(5月2日)　晴。晨，上府，诣文庙行香。篑山之叔如森嫁女，送礼，不受。

十六日壬寅(5月3日)　阴。晨，符处道喜，晤篑山。午后雨。

十七日癸卯(5月4日)　晴。

十八日甲辰(5月5日)　立夏，夜子初二刻十四分。晴。求忠书院季山长课：文题“君赐食”一节，诗题“共登青云梯”。移娄县官生空缺、金山县廪生空缺。午后，走访子砚。

十九日乙巳(5月6日)　晴。

二十日丙午(5月7日)　晴。换戴凉帽。晨，到育婴堂。午后，偕子砚、立斋、固之、鹤舲、小莲在醉白池上徘徊良久，又与子砚游超果寺而返。衡堂先生、思泉来。府小课："河间王献雅乐赋以'夫惟大雅卓尔不群'为韵"，"赋得'扫后更闻香'得闻字，五言八韵"，"瑟彼玉瓒，黄流在中。岂弟君子，福禄攸降"，"西汉三雍考"，"姚崇论"，"拟周宏让《复王少保书》"，"铜雀瓦砚歌七古"，"苏台柳、隋堤柳七律"。黄昏大雨。

二十一日丁未(5月8日) 晴。

二十二日戊申(5月9日) 晴。

二十三日己酉(5月10日) 晴。

二十四日庚戌(5月11日) 晴。

二十五日辛亥(5月12日) 晴。子砚来。

二十六日壬子(5月13日) 晴。明日耿思泉娶侄媳，送烛票五灯六十枝。

二十七日癸丑(5月14日) 晴。晨，思泉处道喜。晚，邀吃花筵，未去。

二十八日甲寅(5月15日) 竟日雨，夜大风。

二十九日乙卯(5月16日) 晴。接县移，四月初一日护日。夜大风。

四月初一日丙辰(5月17日) 日食九分四十四秒，初亏申正一刻二分，食甚酉初一刻十分，复圆酉正一刻十分。微雨。晨，上府，旋诣文庙行香。申初，赴府署护日。耿思泉邀初三日饮。接扬州府江都县学、甘泉县学移，知扬城绅士查懋馨等采访本籍及寄籍已故、现存孝贞烈节妇女，奉准旌表。内已故节妇儒童张为梅之妻戴氏、奉祀生孔昭鼎之妻瞿氏，现存节妇奉祀生孔广尌之妻姜氏，寄籍扬属，原籍娄县，移学备案。

初二日丁巳(5月18日) 晴。补季山长二月分课：文题"有子曰礼之用"一节，诗题"中必叠双"。

初三日戊午(5月19日) 晴。巳刻，赴思泉之招，同席张啸山先生、魏盘仲、郭友松、姜礼甫、廖应兰、钱□甫、冯□□。席散，访子砚剧谈，毕景而返。

初四日己未(5月20日) 小雨竟日。

初五日庚申(5月21日) 小满，晴。

初六日辛酉(5月22日) 晴。

初七日壬戌(5月23日) 晴。

初八日癸亥(5月24日) 晴。求忠府课：文题“子贡曰：《诗》云至始可与言《诗》已矣”，诗题“麦穗两岐”。晚雨，夜半止。

初九日甲子(5月25日) 晴。何秋士送顾尚之《七国地理考》二本。

初十日乙丑(5月26日) 晴。达泉回松，带到芝弟及吉人信，并得孙志喜诗索和、条幅四属代求子愚画。晚，子砚来，偕出西门，在大文堂见《经义述闻》，欲买，价昂未果。永兴馆小酌而返。

十一日丙寅(5月27日) 晴。黎明，在枕上成四绝，贺吉人抱孙：

“朵云飞到慰相思，报道桐孙秀[1]一枝。不放尘封毫砚上，来诗有‘老翁砚席久生尘’之句。四章催就阿翁诗。

“充闾喜气指蓬桑，是好男儿志四方。阻我盈盈衣带水，不随贺客共登堂。

“郎君笔阵[2]剧纵横，举子槐黄谶已成。料得耳聋应大减，试啼声后又锣声。

“争梨索枣闹晨昏，我弄双雏懒出门。本是同庚谅同愿，白头再看子生孙。”

晨，达泉府署销假回，过我。饭后走访之，薄暮返。

十二日丁卯(5月28日) 晴。午后，出西门，卷芳阁配扇骨。

---

① “秀”原作“喜”。

② “阵”原作“势”。

回，知新选奉贤学周小堂慰曾来拜。寄贺吉人抱孙信并诗。

十三日戊辰(5月29日) 晴。晨，欲答小堂而昨已开船矣。

十四日己巳(5月30日) 阴。由驿递覆芝弟书，附诗转寄儒卿，并寄慎生、仲展两侄信，仲展窗课三篇一同附去。晚，钱梧生来，谈司饷事，约其明日午饭。

十五日庚午(5月31日) 晴。晨，上府，文庙行香。午刻，梧生来，留饭，往他处。晚又来，将应解司饷洋及空白册结、申详红白禀等一并交他，润笔亦面送。

十六日辛未(6月1日) 晴。午后，访达泉，兼访子砚，吃点心，薄暮回。

十七日壬申(6月2日) 孝端文皇后忌辰，晨雨，午后晴。

十八日癸酉(6月3日) 晴。求忠书院季山长课："孟懿子问孝"两节，"校理秘文"。

十九日甲戌(6月4日) 晴。府札发六年分岁考文武生员、新进文武童生红案。

二十日乙亥(6月5日) 晴。吃早饭，赴祭江亭马头，接制军左爵相。傍晚不到，遂返。

二十一日丙子(6月6日) 芒种，晴。黎明，到马头。少顷，制军船到，自府以下概不见，皆挂号。俟起岸，因太挤，同子砚、达泉回官厅，略坐而返。晚，微雨。制军大阅终日而毕，即登舟赴沪。雨竟夜。

二十二日丁丑(6月7日) 竟日雨。

二十三日戊寅(6月8日) 竟日夜雨。

二十四日己卯(6月9日) 雨，晚止，夜又雨。

二十五日庚辰(6月10日) 雨竟日。

二十六日辛巳(6月11日) 晴。张啸山先生送《舒艺室杂著》《诗存》《索笑词》五本。

二十七日壬午(6月12日) 晴。晨，戴宝卿有恒来。午后，走访达泉，同访子砚。

二十八日癸未(6月13日) 晴。晨，出西门，芦席汇舟次答宝卿，适在船，晤谈良久而回。

二十九日甲申(6月14日) 孝慎成皇后忌辰，晴。晚，出西门，遇林小莲在杨禾斋店中，即在彼与禾斋谈画良久，又至岳庙而返。寄选青信。

三十日乙酉(6月15日) 晴。

五月初一日丙戌(6月16日) 晨阴。上府，将篑山所托者面呈，旋诣文庙行香。回，雨，午放晴。寄书篑山。府小课，题："背水阵赋以'韩信击赵背水为阵'为韵"，"江上晴云杂雨云"，"一曰食，二曰货"，"问历代农政"，"王导论"，"祭三闾大夫屈原文"，"黄金台歌七古"，"题玉溪生诗集五排十二韵"。晚复雨，夜大雨。

初二日丁亥(6月17日) 雨。接芝生廿六日书，附儒卿诗。雨竟日夜。

初三日戊子(6月18日) 孝诚仁皇后忌辰，雨。

初四日己丑(6月19日) 晴。

端午庚寅(6月20日) 晴。未上府贺节，挂号。祀先。

初六日辛卯(6月21日) 夏至，晴，热甚，午前雨即霁，午后复大雨。接选青初三日覆信，寄二儿信并文题。

初七日壬辰(6月22日) 晴。午后，子砚来剧谈，薄暮去。

初八日癸巳(6月23日) 晴。求忠书院华亭县课："可与共学"一章，"三笔六诗"。躁热异常，午后洗澡。忆去年今日回家，第二天午后佩女接我到其家，遂下榻焉。晚，接府委金陵送考札。

初九日甲午(6月24日) 晴、雨半。解义学夏季脩。

初十日乙未(6月25日) 阴。晨，上府谢委。

十一日丙申(6月26日) 晴。

十二日丁酉(6月27日) 阴。晨，接藩司解饷批详。遣长班送香烛吊廖菊屏。午后，走访达泉。继至戏场，略驻足，即访子砚剧谈。归，又同松乔丈、子砚往戏场，人渐散，戏将阑矣。

十三日戊戌(6月28日) 丑刻，往世英堂祭武帝。回，天已明，略睡。起，接娄县催漕米移文。晴、雨半，夜雨达旦。

十四日己亥(6月29日) 雨，晚止。

十五日庚子(6月30日) 晨阴。上府，不见。诣文庙行香。拜县张秋泉，上省不值。回，又雨，夜达旦。

十六日辛丑(7月1日) 雨竟日夜。

十七日壬寅(7月2日) 雨半日，晚止。

十八日癸卯(7月3日) 雨。求忠季山长课："子曰：小子何莫学夫诗"两章，"佳士如香固可熏"。

十九日甲辰(7月4日) 晴。覆府，廪、增、附各生册内并无八十、九十之生应试。谕卯首，传知应编官号附生仇恩福、仇恩祎，取具履历、族邻甘结。

二十日乙巳(7月5日) 雨，晚止。

二十一日丙午(7月6日) 雨，午后雨止。访张秋泉，面交俸斋划漕印领文书，谈及吾邑庞絅堂放广西主考。忽复大雨如注，俟止乃回。晚晴。斗覆官生两仇不应试。

二十二日丁未(7月7日) 小暑，晴。午后，访达泉剧谈，薄暮返。

二十三日戊申(7月8日) 孝恭仁皇后忌辰，竟日大雨，庭中积水与阶平。祖妣沈太恭人忌。夜半复雨，达旦。

二十四日己酉(7月9日) 雨竟日。详府送考教官履历册六套。

二十五日庚戌(7月10日) 晨微雨，竟日阴。接用吉再侄致铜士书。

二十六日辛亥(7月11日) 晴。午后，达泉来。晚，接二儿信，知媳妇吐红逢节要发，兼有咳嗽，颇可虑。

二十七日壬子(7月12日) 晴。覆用吉书,附书慎生侄。

二十八日癸丑(7月13日) 晴。曾祖考有闻公忌。天甚热,夜卧席。

二十九日甲寅(7月14日) 晴。

六月初一日乙卯(7月15日) 晴。晨,上府,诣文庙行香。顺往府学,问子砚小恙。晤松乔丈,达泉亦在。晚,洗澡。

初二日丙辰(7月16日) 晴。

初三日丁巳(7月17日) 晴。晚,洗澡。

初四日戊午(7月18日) 晴。接慎生信,云邑中阴雨一月,水长三尺余,低区被淹,南乡一带俱加筑坝。

初五日己未(7月19日) 晴,晚雷电大雨。

初六日庚申(7月20日) 雨。接汉峰五侄朔日书。又接上海学移取正科举、录遗生员清册文。详江藩宪、学宪、府宪正科举生员册。

初七日辛酉(7月21日) 阴。午后,篑山来。

初八日壬戌(7月22日) 晴。晨,子砚来商七、八两月云、求两书院免课会详事。谕乡试识认书斗周应龙、徐福、钱源,详府识认书斗花名、年貌册、印结,转详各宪。求忠书院娄县课:文题"宗庙会同,非诸侯而何",诗题"一雨三日得亭字"。

初九日癸亥(7月23日) 大暑,晴。晨,走答篑山,不晤。答汉峰书,兼寄扇面属写。令三儿致书用吉。

初十日甲子(7月24日) 晴,午饭时起阵,大雨如注。寄复二儿信。赵襄伯来。

十一日乙丑(7月25日) 晴。接伯印信。晚,写渊甫交来吴仲篪介眉族侄,华庠生。纨扇。

十二日丙寅(7月26日) 晴。致书张秋泉,索俸斋划漕串。

十三日丁卯(7月27日) 晴。接芝弟初八日驿递书,告知景祺有售地沈咏之之说。接府发送各学士子试卷告示两张。

十四日戊辰(7月28日) 晴。

十五日己巳(7月29日) 晴。晨,上府,诣文庙行香。府小课,题:“石鸡应潮赋以‘石鸡清响以应潮’为韵”,“赋得‘浮香绕曲岸’”,经文“济济多士,秉文之德”,“兰台东观考”,“萧望之论”,“拟简文帝《与刘孝绰书》”,“口箴”,“补竹、删竹七律各一首”。

十六日庚午(7月30日) 晴。接南汇学移送正科举各生姓名,共五十四人。

十七日辛未(7月31日) 大风甚凉,忽雨忽晴,大有秋意。晚,冯调生端变来。

十八日壬申(8月1日) 晴、雨如昨。求忠山长课:“曾子曰:以能问于不能”五句,“记事珠”。娄县移交米串。

十九日癸酉(8月2日) 晨晴。子研来,同访衡堂先生。午后大雨倾盆,晚霁。接选青十五日信,知其家大小均好。沈孺人忌。

二十日甲戌(8月3日) 晴。接府学移,知府批七、八月分云、求两书院免课,其膏火查照上月官师两课取定名次,分别给发。嗣后凡遇考试免课,均照此次定案办理。

二十一日乙亥(8月4日) 晴。天马山佃保来报荒。晚,思泉来谈,张联恩考荫用工部员外。

二十二日丙子(8月5日) 晴。邱宾兴报销详府。

二十三日丁丑(8月6日) 晴。晨,达泉来,述知陈子愚郎君游庠,致书娄县张秋泉,催其初八日求忠书院课发案须速,缘录科诸生出月初要赴金陵,本月杪要照发七、八两月免课膏火。

二十四日戊寅(8月7日) 晴。晨,沈平叔因虚廪收缺来见。午后,寄复选青信。造具录遗生员(八十二名)弥封坐号册,并试卷申送府署。移上海学正科举、录遗生员及识认书斗名册。接府发学宪委牌七月十四日取齐札、宾兴告示两张。

二十五日己卯(8月8日) 立秋,丑初初刻五分。晴。

二十六日庚辰(8 月 9 日) 万寿,晴。

二十七日辛巳(8 月 10 日) 晴。生曾祖妣瞿太孺人忌。晨,子砚来谈,约余廿九日小饮,谈及子愚郎君芹分合送一圆。作书寄慎生侄,附复芝生弟信。

二十八日壬午(8 月 11 日) 晴。接府发宾兴告示两张。书去年回家归公临亲家属书单条四巨幅,恶劣不堪。

二十九日癸未(8 月 12 日) 晴。巳刻,赴子砚之招,同席冠廷、达泉、陈筱兰、子砚之徒,绍兴山阴人。子砚桥梓。晚欲散而思泉至,又谈良久而回。顺往华学,薄暮始返。寄子愚信并芹分,附去洁晨求画条幅、致季君梅书。接华学科举录遗生员册。

三十日甲申(8 月 13 日) 晴。接篑山信,知送考轮船头批七月初八日开行,约余先期赴沪。接奉贤学科举录遗各生并书斗姓名册。接藩司解饷批禀。接奉贤学移,知文生范其勋现被控发,饬提在案,应行扣考,如该生私自到省,请即扣除,一面饬斗押回原籍,归案办理。晚,何秋士来,详府、学宪廪生沈祥凤六月十四日丁母忧。

七月初一日乙酉(8 月 14 日) 晴。晨,文庙行香,上府。

初二日丙戌(8 月 15 日) 晨微雨。因欲出门,预过中元节,祭先。详府、学宪武生科举。详府初四日起行日期,秋祭改委华学代办。接府学移录遗、正科举生员册。晚又雨。冯调笙来,交到宾兴洋七百元。接选青廿八日信,述吉人询四月中来信曾否收到。此信达泉带来,翼日即作书并贺诗一同寄去,竟未收到。被洪乔浮沉,虽属可恶,然未始不为魏公藏拙也。选青信又述知家乡米价腾贵。夜大雨。

初三日丁亥(8 月 16 日) 晴。上府禀辞。午后,子砚来。沈吉人、姚衡翁、吴琴轩来。

初四日戊子(8 月 17 日) 晴。赴沪。辰刻开船,夜泊虹桥。

初五日己丑(8 月 18 日) 晴。开船,泊上海西门外。午后,往夷场买洋布一匹、洋皂一箱。晚，回舟。

初六日庚寅(8月19日) 晴。午后，到上海学。篑山留下榻，因初八即要开轮，再发行李，殊形周折，已定船寓，辞之。篑山云，原定送考威靖轮船到烟台载兵往高丽，道署要改派，初八未必能开。长谈而返，约明日午饭。游夷场，在徽馆吃夜饭，遇符鹤孙、龚梓材、柽如，雇车回舟。

初七日辛卯(8月20日) 晴。晨，篑山片招，即往。思泉到学，云昨日来沪，寓大亨栈，同席王孝侯、承熙，青浦学生，昆山学子兰郎君。姚志让、文枬，上海学生，学问淹博，黄学宪极赏其观风诸作。科试一等一名，未举优，令续报，到金陵补考优。两龚、主人桥梓。席散，偕篑山、鹤孙往大亨访思泉，不值，即至四马路华众会弹子局吃茶，思泉亦在。茶点后，篑山请思泉泰和馆夜饮，余作陪，思泉拉余他往。薄暮到泰和，同席思泉、伯齐、赓廷、主人桥梓。席散，回舟。思泉约明日游静安寺申园。

初八日壬辰(8月21日) 晴。四点钟，赴思泉之约，同马车冯莲汀、绍兴人。思泉与余。一路宝马香车，络绎不绝。园为群花乘凉之所，鬓影衣香，户户皆满，茶点极精美。薄暮回，尚有载花而去者。忽见一马惊走，两少年僵卧于道，是坠车者，头破血淋，恹恹一息，可惧哉！夜，思泉拉饮熟游处。同席莲汀暨于莘田长华、李平书钟珏，皆上海学生，墨君亦至。酒罢，莲汀、平书先去，余与莘田、思泉徘徊良久。临行，莘田约明日饮醉春园。偕思泉又访墨君。余因连夜舟宿太热，夜宿宝善街登丰栈。臭虫蚊虻，殊不可耐，竟未交睫。闻雨。

初九日癸巳(8月22日) 孝静成皇后忌辰，晨雨即霁。出栈，至松风阁吃茶点，雇车到船。思泉字来，招今夕同赴莘田之约。因疲乏，属其代辞。须臾又有字来，云莘田再四谆属，似不可却，约五点钟到他寓同往。午后，莘田又片招。晚，到思泉寓，同赴醉春园。同席严伯崖、锡康，嘉兴人，候补府捕盗局总办。孙晓霞、绍钧，武员，钧和轮船统带。莲汀、思泉、伯齐、赓廷、莘田昆仲。视听之娱，不独佳肴适口也。散，雇车回舟。下人云，晚篑山到舟次，说道宪送考因钧和轮船太窄，改用招商局船，送考者须到金利源行买票，十一日开行。早知如此，在松江大可缓数日动身。

初十日甲午(8月23日)　处暑，孝懿仁皇后忌辰，微雨。晨，令周桂往学署，篑山云票已代买，上舱二元四角，大舱一元六角，尚未取得。晚，又去取票。船名江永。回，复字云明日午后登轮。潮来，移舟泊新北门外。店吃夜饭，回舟。

十一日乙未(8月24日)　晴。午后，上轮船。

十二日丙申(8月25日)　晴。四点钟开轮，夜十点钟到镇江，略停即开。

十三日丁酉(8月26日)　晴。八点钟到下关，寻常招商轮船到下关不停，今因道宪送考，停轮抛锚，发行李一切，甚觉舒徐。雇驳船到聚宝门，余同篑山自水西门上岸，觅寓利涉桥南塊石坝街朱宅，房金三十二元，可设十榻。篑山同寓而另讲。用吉来寓略谈，同伴王研北、衡章。砚北本拟同寓，他因又多一人，另寻寓矣。夜，俟用吉，不至。

十四日戊戌(8月27日)　晴。晨，得月台茗饮，剃头，寄家信。午后，用吉来寓。晚，同至近淮园吃茶点。至钓鱼巷常昭学书寓，写我寓处，令其贴在门首，以便云儿等到彼招寻。

十五日己亥(8月28日)　晴。同篑山上学辕，适吴县学程燕谋诒孙、元和学唐右惺毓和、吴江学李养贤颐、丹徒学汪和卿亮钧皆来，同禀见。继至藩辕禀到，江宁府署禀见，适赵太尊请感冒假，不见客，挂号而回。到上元和江宁两学，仅晤江宁学季礼斋。回寓，耿思泉来。晚，萧县学黄景伊昭瑜，金山人。来。

十六日庚子(8月29日)　晨大雨，屋漏无干处，骤凉。海州学张肖岩汝霖，松江烧香山人。来。晚，书办来，盖印补岁考册卷。

十七日辛丑(8月30日)　文宗显皇帝忌辰，晴。各属文生补岁考。沈平叔来。午后，礼斋、姚志让、赵韵臣、世修；姚、赵皆上海学考优者。庞凤书来。晚，上元学吴莲生振宗来。

十八日壬寅(8月31日) 晴。苏、松、太录科。寅初，同篑山、蔡绥生、儒珮，宝山附生。用吉乘舟赴学辕，俟至天明才开门。篑山留场，点名毕即出，略睡。于莘田来。午后，镇洋学任卓儒光奇，宜兴人，其兄光斗，辛亥孝廉。来。晚，沈吉人来，交到宾兴洋三百九十元、征信录、正科举姓名单。用吉录科，二牌出场。文题“吾见其人矣”二句，策问“三代以下人才惟汉唐称盛，其取士之法若何”，诗题“青钱万选得文字”。书王镜平扇面。寿辉庵来，云监修贡院，住闱中。

十九日癸卯(9月1日) 晴。书庞继之属子珊款便面。晚，偕篑山诸人走答辉庵，他出，不晤。飞虹桥以内扃鐍，游人不得入。归途遇辉庵，约明日早去，他在闱中可以遍游。今日教职录科。

二十日甲辰(9月2日) 阴。走答任卓儒、黄景伊。莘田招夜饮，辞之。是日镇、徐、通录科。夜，发苏、松、太录科案，用吉正取四名。

二十一日乙巳(9月3日) 晴。补考优。思泉、奉贤陈闻庭兆煃来。午后，到玉河坊答思泉、莘田。

二十二日丙午(9月4日) 晴，又热。淮、扬、海录科。沈吉人来。

二十三日丁未(9月5日) 晴。正途录科。黎明，到贡院，余同高淳学吴锦斋吴县人，丁卯举人。留场，热甚。三牌出。文题“居则曰不吾知也如或知尔则何以哉”，策问“两汉兵制”，诗题“我能拔尔抑塞磊落之奇才”。是日兼补岁考、考教职、补录科优二场。

二十四日戊申(9月6日) 晴。江京驻防。江、常录科。黄渊甫来见。调考优生。庞凤书来。

二十五日己酉(9月7日) 仁宗睿皇帝忌辰，晴。补录生员。篑山到贡院，余未去。晨，走答张肖岩、六合学徐慕庭。晋高，上海人。

回，王孝侯在寓，云有青浦学生某录科后病故，本系寒素，柩欲回籍，不得不呼将伯之助。出洋一元。写沈允之郎君希黄纨扇。晚，走寻选青旧寓，晤言志仁尚达、言友三□□，知其十九日动身，想即日可到。回，尹子铭、何秋士在寓，长谈而去。夜微雨。

二十六日庚戌（9 月 8 日） 白露，晴。俊秀录科。黎明，到贡院，点名毕即出。申送江宁府优生会考册结卷。上海学生王焕星乘轮船赴试，到下关，过驳船，失足坠水，闻之可惨。

二十七日辛亥（9 月 9 日） 微雨。偕用吉到书局，为子砚买书。问渠啜茗。午后，伯印、仲展两侄，麟儿，少溪、顺之、渐之再侄到寓。晚，选青来，亦才到。今日贡监补录科。

二十八日壬子（9 月 10 日） 晴。选青、稚莲来。晚，偕两侄到状元泾碑帖店观帖。今日优生会考。

二十九日癸丑（9 月 11 日） 晴。补录生贡监。黎明，到贡院，会考者尚未净场，小憩长生庵，俟至日高才开点，点毕即出。午后，偕少溪访李吉人，因船上着凉患疟，略谈片刻。走答秋士、子铭。回，问渠啜茗。又访选青，不值。访稚莲，晤。晚归，稚莲来，留夜饭，去。

八月初一日甲寅（9 月 12 日） 晴。补岁考，未到贡院。黄景伊片来，照会学宪谕各学报正科举不到数。写纨扇七柄、便面一叶。

初二日乙卯（9 月 13 日） 晴。李品如、沈小楼来。正取优生六名：范钟通州、朱启勋宜兴、朱铭盘（本科中）泰兴、曹福元（本科中）吴县、姚文枬上海、陆春官（本科中）江宁府学。赵襄伯来。夜，二儿患寒热。

初三日丙辰（9 月 14 日） 晴。写纨扇三柄。午后，选青来。晚，偕其及伯印侄、铜儿问渠吃茶点，秦淮荡桨。用吉亦至，回已黄昏矣。成七律一首，云：

“八年三踏白门秋，零落朋簪怅旧游。乙亥偕黄宰平送试，己卯偕韩小坡，两君先后物故。挈侣偶来桃花渡，纳凉又上木兰舟。六朝无恙惟风月，半世知交只鹭鸥。回首卅年辛苦地，名心尽付水东流。”

铜儿和云:"雁行又送石城秋,结伴同来两月游。大好江山聊作客,无边风月屡登舟。荡桨已三次。六朝漫说空啼鸟,一水相从笑问鸥。不少桃根与桃叶,风流谁是晋名流。"

伯印和云:"棘闱努力又鏖秋,乘兴来为汗漫游。昔日共拏吴地棹,今朝又放秣陵舟。前程久羡青云鸟,故我应嘲白水鸥。最是阮家真乐在,灯红酒绿也风流。"

用吉和云:"桂子香飘正及秋,兰桡轻荡共来游。兴亡事业成千古,多少诗情载一舟。翠袖倚阑钗弹凤,红灯照水梦惊鸥。桃根桃叶今何在,付与秦淮日夜流。"

仲展、少溪亦有和作。仲展云:"飒飒金风又报秋,两江人物尽来游。联翩争步青云路,先后纷停白下舟。自笑豪情腾健鹘,却无情兴伴闲鸥。科名纵说由前定,要祝词源水倒流。"

少溪云:"苍苍两鬓不知秋,今日同来白下游。箫管万家临古渡,烟波十里荡轻舟。翱翔输与江边雁,亲近欣逢水上鸥。屈指棘闱经五战,催人岁月迅如流。"

云儿寒热未止,一夜下痢数次。

初四日丁巳(9月15日) 晴。请沈仲絜为云儿治病,脉案:"伏邪挟滞,身热汗少,下痢腹痛,里急后重,脘闷头重,脉象郁数弦细,舌苔中剥,边根黄糙,素体阴液不足,尚防增重。用升清降浊法,粉葛根一钱,防风根一钱,独活三分,槟榔七分,青麟丸三钱,煨木香七分,焦曲三钱,查炭二钱,广藿梗五钱,焦枳壳一钱,焦栀二钱,赤苓三钱,加鲜佛手一片,薄荷八分。"头煎服之,吐尽。夜服二煎,亦吐。痢仍不止,四肢冰冷,额亦时有冷汗,兼有呕恶,势颇可虑。

初五日戊午(9月16日) 晴。晨,仍请仲絜,据云病势不轻,恐防脱变。章韵之适来,亦诊脉,云尺脉已绝。昨已定遣周桂乘原船送回家中,儿亦愿旋里。今午将仲絜晨开方买药三剂,备舟中服。雇轿下船,出房门尚自行数步,令人抱至轿中。下船,开行不半里,竟尔气绝,惨何可言!是儿名心极热,因丙子、己卯两科荐卷,是科以为必不可不中，不料病才四日，竟至殒命他乡。媳妇又有血症，一男五女俱幼，后顾茫茫，不堪设想。书至此，老泪落涔涔矣。

初六日己未(9月17日) 晴。亥时，在通济门外舟旁厂中入殓。

初七日庚申(9月18日) 晴。雇江船装柩，俟十六日开行。忆己卯科余亦送试，与儿同寓，带来一仆，以痢疾卒。是科儿亦以是疾死，怪哉！

初八日辛酉(9月19日) 晴。寅初松属开点，余未去，篑山到场。午后，七人进场。有府学生徐乐炜南汇人。卷被人接去，同门斗来，说提调前已禀明，肯补给卷，要送考教官一见。遂同篑山到贡院见提调，再四斟酌，补给卷总属不妥，原卷总须有个着落。因查坐号册，徐某东气字肆拾陆号。即令一员同教官到是号细查。岂知查到四十六号，竟有一人坐其中。问其籍，南汇徐姓，阅其卷面，徐乐炜。余遂袖其卷，彼方争是我之卷，何故袖去。余云徐乐炜并未接卷。阅其卷袋上系徐兆楠，将卷面与他一看，如梦始醒，方知点名时误接，遂同其到提调处禀明误听唱名之由，即将原卷发还徐乐炜，令徐兆楠出去补点。凡接卷后，必要将卷面姓名一阅。此生仅阅坐号，以致此误。幸而查出，否则补给一卷，有两卷徐乐炜矣，岂不闹成大错？提调之细心可法，徐兆楠之鲁莽可戒。晚，同篑山访李吉人，疟已愈，继至唤渡，吃茶点。回，曹小卿、景涵来。沈吉人患痢已久，寅初尚进场，力不能支，轿回寓，卯时卒。

初九日壬戌(9月20日) 太宗文皇帝忌辰，微雨。昨日热甚，今日稍凉，鏖战棘闱者大为受用。晚，学宪片来辞行。夜雨，灯下与篑山谈心。

初十日癸亥(9月21日) 晨雨。学宪起马。同篑山到贡院，回途遇出场者，询知：首题“子曰：小子何莫学夫诗”二章，次题“尊贤之等，礼所生也”，三题“命也，有性焉，君子不谓命也”；诗题“袖中吴郡新诗本”。七人陆续出场，顺之最晚，已上灯矣。少溪首、次艺甚佳，惜三题误作“性也”三句，首、次虽佳，总不能出房，糊涂太甚，殊自误也。

十一日甲子(9月22日) 太祖高皇帝忌辰,晴。晨,走访选青。饭后,等进二场,到东牌楼买九子盘二只,是木质者,每六百文。

十二日乙丑(9月23日) 秋分,晴。午后无聊,到问渡,遇思泉、平叔,同茗饮。平叔场前有恙,未与试。

十三日丙寅(9月24日) 晴。余未起,二侄出场。经题:《易》"象也者,像也;彖者,材也;爻也者,效天下之动者也",《书》"平章百姓,百姓昭明",《诗》"度其鲜原,居岐之阳,在渭之将。万邦之方,下民之王",《春秋》"六月,齐侯来献戎捷庄公三十有一年",《礼》"一年视离经辨志"。午前,渐之、伯印、用吉相继出场。饭后,稚莲来,同伯、仲两侄文德桥陈公祠啜茗,余亦去。少溪上灯时候出场,顺之出来已亥刻矣,甚觉踉跄。

十四日丁卯(9月25日) 晴。饭后,等进三场,同周桂文德桥碗摊买碗。余至得月台吃茶点,时点名旗灯已十四起矣。备文详府,松属下场人数一千八十五名。

中秋戊辰(9月26日) 晴。午后,李吉人来。晚,仲展、渐之、伯印、用吉相继出场。夜饭后,与仲展步月利涉桥,至贡院前看出场者,甚挤。

十六日己巳(9月27日) 晴。晨,少溪、顺之出场。俟发毕行李,即偕□侄、从孙辈步出通济门,下船,另雇江船,亦同开。晚泊下关。

十七日庚午(9月28日) 晴。四更开船,阻风燕子矶。夜雨。

十八日辛未(9月29日) 微雨。风仍不利,未可开江。午后,闷坐无聊,冒雨偕仲展、用吉、渐之游三台洞,路滑难行,至上台洞小憩。老尼鬻茗供客,泉清可爱。俟仲展诸人三台洞回,略坐片时即下山。泥滑益甚,令寿官负而走。唤渡回舟,鞋袜都为泥污,赤脚吃夜饭,亦一乐事。此游若无寿官,难免为"泥融觉"矣。

十九日壬申(9月30日) 晴。风息。卯刻,开船过江。酉刻,泊镇江西门外,到茶肆剃头。

二十日癸酉(10月1日) 晴。顺风。四更开船,扬帆而行,到常州花马头停泊,甚早。同用吉、少溪进城,登瀛社啜茗,蟹肉心汤面饺极佳。买花,回舟。

二十一日甲戌(10月2日) 晴。四更开船。用吉起观彗星光芒径丈,直指东南。舟人云,起于中秋夜,未识是何祥异。午后,到无锡,泊舟惠山浜,游惠山寺,啜第二泉。桂花香里,凉蝉送声,久坐而返。买泥孩,吃馄饨。回船,开至江尖渚,买缸甏。夜泊南门外。

二十二日乙亥(10月3日) 晴。四更开船,逆风。至三更,抵常熟南门外。仲展、用吉、顺之兄弟起岸,余与伯印、少溪仍舟宿。

二十三日丙子(10月4日) 世宗宪皇帝忌辰,晴。晨,起岸,与少溪吃点心茶。先到芝弟处,即回家,大媳、女孙俱安好。午后,云儿棺起岸,停花园浜家祠内。

二十四日丁丑(10月5日) 晴。午后,公临来。

二十五日戊寅(10月6日) 晴。晨,儒卿来,同访吉人。即至陶家巷看二媳、诸孙男女,惨不忍睹,老泪盈襟。午前至佩女家。选青金陵于昨晚回,长谈竟日。夜饭后微雨,乘轿出城。

二十六日己卯(10月7日) 晴。晨,过芝弟,同至花园浜祭家祠。回,选青在我家。

二十七日庚辰(10月8日) 晴。晨,至善祥巷贺菊泉孙期岁。往访儒卿,留午饭。芝弟同慎生从菊泉处来,偕至城西,游曾圣与之撰新构之园,复至寺前啜茗。游文书院中,又设赈济书画社。芝弟谓余可请钱秋畦写照,因先到王双盛扇店付润笔五百五十文,约廿九晨到社。又往祝家坞访屈酉君,不值。过九万圩,沈稚莲家看二嫂、侄女,稚莲、苕生均晤,回已上灯矣。

二十八日辛巳(10月9日) 晴。晨,过慎生家。佩女、三外孙来家竟日。午后,酉君、儒卿归。述甫来。

二十九日壬午(10月10日) 晴。晨,到书画社,倩秋畦写照。过石梅,晤钱漱青、曾君标、沈仲洁。于茶肆招茗饮,同至书院,儒卿已至。钱君已为他人写照,余作第二人矣。在社吃饭,看倪砚耕、宝田,扬州人。宗幼谷画花鸟,程育生、陈仲方写山水,蔡鲤庭、殷伯唐作篆隶,儒卿题书,均极对客挥毫之乐。晚,到选青家,留宿。夜饭后,与仰之亲家谈天。二鼓余方睡,竟夕不寐。

三十日癸未(10月11日) 晴。午后,出城。知吉人昨今两晨来访。

九月初一日甲申(10月12日) 晴。到春风巷,拜公临太夫人阴寿,晤张心泉、李升兰。回,访吉人,在彼吃午饭。同游燕园及闲来步步,至石梅啜茗。暮返,过太平巷看王亲母。同仲展在伯印处吃夜饭。偕仲展出城。

初二日乙酉(10月13日) 晴。芝生弟招吃午饭,子渠、儒卿同坐。芝弟极道颜港程芳洲家颇擅园亭之胜,饭毕,偕余及儒卿、用吉往游焉。余素不识芳洲,茗话之余,知其幼时曾延寿兰陈夫子授读,后又从之游,是同门友也。回,就茶楼饮,用吉招吃夜饭。令周桂送三儿回太平巷岳母家。

初三日丙戌(10月14日) 晴。晨,吉人来剧谈,留午饭。余同用吉到陶家巷,与吉人至高木桥而别。□□亦在陶家巷,述知今日接松江信,合寓均安好。仲展亦来,晚同其出城。夜饭后,仲展来,长谈而去。

初四日丁亥(10月15日) 晴,夜微雨。

初五日戊子(10月16日) 晨微雨。同芝弟、汉峰、仲展、用吉至西山祖茔祭扫。刚拜,忽大雨。焚纸锭毕,回苏坟客家,小坟上令儿侄辈去。本拟回舟到石虎浜沈孺人墓,不果。晚归,知稚莲来。仲展家吃祭余。

初六日己丑(10月17日) 晴。晨,选青来,午饭后偕其同用吉至城西石梅茗饮,剃头。四座无人,清静可喜。顺至翁祠堂映雪山居。到选青家吃夜饭。偕用吉出城。

初七日庚寅(10月18日)　晴。午后,偕仲展、汉峰、用吉维摩阡扫墓。舟至菱塘沿,微雨。到孙祠堂,伯印☐☐从太平巷步出北门,俟其至,雨亦止。余坐山轿上山,在季坟客家略停,诣先茔祭扫。毕,复谒仲兄墓。下山,仍到坟客家,啜茗数瓯,回舟已暮。在仲展家吃祭余。今夜三步两条桥合龙门武帝开光,横街陈、范两市灯彩音乐颇盛。

初八日辛卯(10月19日)　微雨竟日。

初九日壬辰(10月20日)　晴。晚,约仲展、用吉、张勤补吃梦,汉峰、思周亦与,余亦同去。到南门外小酒馆,楼上炊烟塞屋,竟不能坐。遂至阁老坊裘馆,坐地颇佳,菜亦可口,回已更余,雨。

初十日癸巳(10月21日)　晨微雨。开报船锣声振耳。午后,偕用吉到陶家巷。晚,偕用吉回,顺访稚莲。夜饭后,仲展、用吉来剧谈。

十一日甲午(10月22日)　晨微雨。沈小楼完姻。先妣沈太恭人忌。晚,访慎生,不值,晤伯诚。

十二日乙未(10月23日)　霜降,晴。云儿领帖,大媳、二保均去。闷坐无聊,往访芝弟,亦进城,同张苑卿、沈梅峰、范秋华剧谈。秋华云,大田岸俞芝轩地基如出售,大可购得。意却极合,特苜蓿生涯恐难如愿。

十三日丙申(10月24日)　晴。

十四日丁酉(10月25日)　晴。晨,儒卿来畅谈。佩女同龙保来家,留宿。午后,芝弟来。

十五日戊戌(10月26日)　晴。约莫城风鉴王少田来,饭后到石虎浜新地看向,晚归。云:艮龙入首,艮山坤向,兼寅、申二分,今、明两年皆通利。定于明春,请其择日筑坟。夜雨,灯下与大媳、佩女谈至二更余。

十六日己亥(10月27日)　雨。晨,闻报,匆促开船赴松。传闻中式四人,未悉谁某。走别芝弟,弟及侄孙辈皆送至船头而别,族中又无一获售者，殊为闷闷。一路逆风，晚泊唐市万安桥。篷窗独坐，想佩女此时亦已回家矣。夜饭后，义昌来船。晨起时忽患左臂痛，竟日未愈。

十七日庚子(10 月 28 日) 晴。黎明开船，顺风扬帆。过巴城湖，尚未起。午前过昆山，夜饭后抵青浦西门外，即泊。进城，剃头。知青浦昨黄昏闻报中一人张姓心镜第四名，松府南北场共五正一副，苏州上三县中十七人。回舟，月明如昼，寝不成睡，臂痛依然。

十八日辛丑(10 月 29 日) 晴。顺风。黎明开船，午前抵松。饭后上府，回，阅《申报》，我邑中式者严安澜、季保康，副陆震福；昭正赵仲纯，娄县王廷材。臂仍痛。

十九日壬寅(10 月 30 日) 晴。森孙疟来，数伐才止。媳妇拟明日同孙男女乘原船回家。森孙夜饭后身又发热。臂仍痛。

二十日癸卯(10 月 31 日) 晴。晨，打发原船回常，媳妇省亲须俟明春矣。致书三崖，令其乘达泉船来，托船友带回装米袋十六只还慎生，花边扎一只、折租布四匹、盖钵一个、篮一只交大媳。午后，子砚来。请道士看臂病后不出门，遂就医治。据云促筋所致，贴膏药两枚。晚，思泉来访。我丧出嗣子，彼于八月十三日亦殇一幼孙，相对唏嘘，皆沪游时所不及料也。夜间臂痛更甚。

二十一日甲辰(11 月 1 日) 阴。闷坐无聊，录在家时偶过衡州守新筑园基作："荒田卅亩水园开，草创宏规太守才。先业正须诒厥补，相公无地起楼台。"

昆山道中书日记上："出门时节柳鸣蝉，返棹霜鸿已满天。为用一编珠记事，人生万事等云烟。"

舟中望马鞍山："纸鸢风里马鞍山，三十余年转瞬间。道光甲辰春，余游庠，随陈寿兰师偕芸圃侄、吴玥艺林、缄之游马鞍山，放风筝。料得山灵不相识，鬓霜凋尽旧朱颜。"

昨开船打头风甚大，今日扬帆而行，感而成咏："不争名利岂人情，究亦何须抵死争。昨遇逆风今遇顺，由来天道最公平。"

青浦舟中夜起："两仆鼾齁梦已成，披衣重剪蜡灯明。今宵先想来朝乐，丱角诸孙跃户迎。篷窗如水月华明，拥被宵深睡不成。谁道舟居太清寂，草虫两岸和吟声。"

夜雨，臂仍痛。

二十二日乙巳（11月2日） 阴。先妣沈太恭人百龄冥诞，斋供。晚，家松泉来，以臂痛、困倦谢之。

二十三日丙午（11月3日） 晴。还子砚金陵买书余钱，送《应验良方》一部。儒卿索我集褚《圣教》楹帖，钞录缄封，俟便寄去。汉峰索观试帖，同祁书词锷款便面沈公周所托。一并封固，俟寄。朱保之属题《枫江感旧图》，拟填《金缕曲》，仅得起两韵，不就即掷笔。日间臂痛稍止，夜依然。

二十四日丁未（11月4日） 晴。晨未起，太尊枉驾，沈平叔、家松泉亦来。走访衡堂先生，晤谈良久而返。午后，走答子砚、封翁，松乔先生适午前自苏回松，均晤。回，作《枫江感旧图》七绝四首：

"往来宦辙熟苏台，手把甘棠处处栽。只恐留鞭民莫慰，苕溪虽好不归来。

"志继先人未敢忘，髫茅即在宦游乡。地灵大半由人杰，便是枫桥三瑞堂。

"蓦地东南劫火红，草堂依约访遗踪。乌啼月落停船处，怕听寒山夜半钟。

"重写青苍旧住山，须知家世是韦丹。此中多少诒谋在，莫作寻常图画看。"

临睡如松翁说，捣姜，包臂上，痛略平。

二十五日戊申（11月5日） 晴。晨，上府统挂号，不见。封子愚画幅，寄李洁晨。

二十六日己酉（11月6日） 晴。晨，新科举人王廷材来拜。冯调生来。松泉来，交志稿六卷、监卷一宗，衡翁致太尊书一函属转送府。新捕厅潘啸峰家珍，浙江嘉善人。来，俟其去，即将志稿等包封送府。书蒋若洲、家士英、凤石便面，同汉峰索观试帖一并寄常。解义学秋、冬两季脩。移文南汇，请十月初八日求忠书院课题。移本县李侯祭品银。

二十七日庚戌（11月7日） 孝慈高皇后忌辰，立冬，晴。

二十八日辛亥（11月8日） 晴。晨，走答平叔、思泉，平叔不晤，与思泉茶话喜孙亭上，移晷乃返。午后，杨超亭过访。

二十九日壬子（11月9日） 孝敬宪皇后忌辰，晴。晨，答拜超亭。午饭时，舟人交到达泉回松带来信，云苏府岁试在即，然恐为《申报》所误，未必确也。媳妇欲乘原船回家省母，约定船人，因明天晦日，准于初一开行，正在收拾一切，而松松又忽患身热，只得中止。两次阻挠，须俟来春归省矣。将三儿御寒衣服及信、归公临条幅托船友带回。

三十日癸丑（11月10日） 晴。晨，达泉府署销假回，过访，谈及邑中中式者更有杨同登系府学，前阅《申报》误刻张。赵仲纯是价人之子君修。夜雨。

十月初一日甲寅（11月11日） 微雨。晨，上府，诣文庙行香，顺答达泉。本拟出西门，王企张廷材处道喜，因雨不果。今日府小课："上善若水赋以'利万物而不争'为韵"，"赋得'一禾九穗'得禾字，五言八韵"，"履霜坚冰解"，"拟谢元晖《拜中军记室辞隋王笺》"，"郦食其论"，"电气灯说"，"不老先生五言排律，不限韵"，"不律、不借、不落、不钩七律各一首，不限韵"。补录九月初一府小课题："朱衣点头赋以'惟愿朱衣暗点头'为韵"，"赋得龙虎榜得登字，五言八韵"，"一道德以同俗论"，"《宋》《齐》《梁》三书《南史》一事互异考"，"代高丽国王谢出师定乱表"，"东坡笠屐图赞"，"重九日登云间第一楼望九峰三泖七古"，"科名草、及第花七律各一首"。雨竟日夜。

初二日乙卯（11月12日） 雨。金小芗到松，仼来。竟夜雨。

初三日丙辰（11月13日） 雨。午后，子砚张秋泉处送行，新署娄县处道喜，顺道过访。秋泉未来辞行，余差送去后适来，云明日起程。雨竟日夜，灯下无聊，想及伯印、仲展挽云儿联，录之："同堂兄弟十二人，五已后先亡，不图白下偕来，撒手又辞尘网去；矮屋文章一再荐，丙子己卯。重将摩厉试，谁料青山无恙，伤心空伴旅魂归。"去冬同子砚赴青浦接学宪舟，夜剧谈，偶及俞荫甫先生挽某联云："冬日至峻狼，太岁在辰真遇厄；秋风歌鸣鹿，昔年犹子共登科。"当时未知"峻狼"二字所出，今日来云，近阅《淮南子》，冬至日在峻狼山，足见此君读书处处留心。

初四日丁巳(11月14日) 雨。署娄县陆冠瀛来拜。午后，到县道喜，晤。顺至华学访小芗，适要开船，匆匆数语而别。秋士过我。黄昏雨止，夜半又雨。

初五日戊午(11月15日) 雨竟日夜。函致奉、金、上、南、青五学，查乡试实到数，缮姓名清册详府。灯下听雨无聊，读《曝书亭词》。

初六日己未(11月16日) 雨止。太尊生日，未上府，令周桂挂号。曾祖妣曹太孺人忌。南汇县移到求忠书院课题。

初七日庚申(11月17日) 阴，晚微雨。

初八日辛酉(11月18日) 晴。求忠书院南汇课：文题"子曰：雍也可使南面"两节，诗题"丁卯桥应胜午桥得浑字"。摘府札：

"奉督学阁部院黄札开：现奉礼部行知，查例开，廪、增无论何项缺出，应由该学呈报者，即于三日内具详，学政饬知者，即于三日内札行该学，务令随空随详，随详随补。其增生补廪，所遗增缺，须前详批允后方准作缺，不得两项并申。又同治四年议准廪、增报捐贡监等项，向例以接到咨文及呈验执照之日，扣饩开缺。从前报捐者少，文到验照，可鳞次无差。军兴以来，士子由廪、增赴京，或往各省报捐者日夥，文到验照，迟早无常，难保无书吏压前等后及士子私相授受等弊。嗣后廪、增报捐职官、贡监察者，以给照之日为开缺日期；在省先给实收者，以给实收之日为开缺日期，并令在京由户部按月造册，各省由督抚随造册，注明发照及实收日期，知照各该学政，即时行学办理帮补，无庸俟该生验照。等因。通行各督抚、学政在案。是廪、增帮补，例限期严。兹查该省近年廪、增册，各该学所出廪、增各缺，有迟至一二年之久始行请补。省有增生补廪，所遗增缺，并不分别请补，遽以两项并申者。似此任意具详，难保无留难搀越情弊，亟应申明定例，以杜弊端。相应札知该学政，转饬各教官，嗣后廪、增缺出，照例三日内详补。增生补廪，所遗增缺，均俟前详批允，方准作缺，不得两项并申。并转饬各学，晓谕各士子，如有报捐贡监官职，即行报学开除，勿得延报、匿不报，致滋混弊。如士子私相授受，教官任意挪移，以致帮补逾限，即由该学政查明，照例参处可也。等因到院。合行通饬，札府，即便转饬各该学，嗣后务宜恪遵定例办理，倘再有廪、增缺出，延搁不详，以及两项并申，定将该教官照例议处。”

接藩吏房王蓉生母讣。侯慎卿来。

初九日壬戌(11月19日) 晴。接篑山信。晚雨竟夜。

初十日癸亥(11月20日) 慈禧皇太后万寿。丑刻，冒雨赴世英堂拜牌。冒雨回，天未明。晨霁，晚又雨。

十一日甲子(11月21日) 雨。复篑山书。接吉人信。寄王蓉生母吊分洋一元。今秋自金陵回里，吉人见示和秦淮荡桨韵诗，今日书来索和，走笔酬之：

“采萧一日等三秋，悔不江乡老钓游。舍卫城中空托钵，诺惺庵里共般舟。惊寒天已闻新雁，问讯人谁到冷鸥。多感故交来索句，朗吟口角沫俱流①。

“故山胜似秣陵秋，只共城西半②日游。东道有君同战茗，北风催客又登舟。匆量乡味潭塘蟹，订取交情海国鸥。后会寄言原不远，暮春曲水待觞流。

“琵琶弹碎四弦秋，朋旧招邀沪渎游。那有绮怀浓似酒，更无学

① “朗吟口角沫俱流”原作“吟成愧不出时流”。

② “半”原作“一”。

舍小如舟。寄篱傲骨惭黄菊，避俗初心证白鸥。知否东门虽作违，缘缨难免泪珠流。

“往岁苏台度早秋，今年白下又遨游。光阴滚滚[1]长流水，踪迹飘零不系舟。半世不求信似蠖，一官何碍冷于鸥。寄诗望勿粘斋壁，毁谤徒然遍布流。”

一时兴至得四首，暇当写寄。

十二日乙丑(11月22日) 小雪，晴。

十三日丙寅(11月23日) 雨。

十四日丁卯(11月24日) 阴、晴半。苏州府本月十五日取齐，闻苏属岁试十一月十三日取齐。晚，衡堂先生来。

十五日戊辰(11月25日) 大风，晴。晨，上府，太尊谈书院有更董之意。诣文庙行香，顺访达泉。详学宪，廪生朱镛丁本生父忧，详府、移县宾兴报销。

十六日己巳(11月26日) 晴。寄和吉人诗。

十七日庚午(11月27日) 晴。午后，达泉字招，即往，子砚亦在。俟至晚，秋士到，与谈一切。薄暮返。

十八日辛未(11月28日) 晴。接奉贤学周小堂书。

十九日壬申(11月29日) 晴。前寄诗吉人未有信，灯下缮就，觅便寄。

二十日癸酉(11月30日) 晴。达泉幼女学书，索字样，为书曹大家《女诫》，十八书始，今日才毕。观家人腌菜，口占一绝：“一桁檐前晒夕阳，虀材收贮瓮中香。世间多少肥脓品，不及菜根滋味长。”

二十一日甲戌(12月1日) 晴。午后，访达泉，知廿四日太尊孙女十岁，三学合送礼四色。长谈，暮返。夜饭后，府发娄县监生吴光裕交学看管，与堂兄娄庠生光澍争嗣续事。

二十二日乙亥(12月2日) 晴。晨，监生之师姜竹庐飞熊来。

---

① “滚滚”原作“迅速”。

二十三日丙子(12月3日) 晴。晚,达泉交送礼帐来,受腿二、面六十斤,连门包、号房,三学每派洋一元、钱七百十九文。

二十四日丁丑(12月4日) 晴。晨,上府,俟同寅齐,上手本而回。

二十五日戊寅(12月5日) 晴。复小堂书,交奉学书叶小舟转寄。

二十六日己卯(12月6日) 晴。开仓。猛将庙佃保交租四石。晚,衡堂先生来,子研亦至。衡翁谈至薄暮返,子研留吃夜饭去。

二十七日庚辰(12月7日) 大雪,晴。晨,接三儿廿二日信,云苏属今冬未必岁考,拟廿八日买棹来松;石虎浜亡妻墓筑墩择于是月廿六日,五丈围圆,五尺高大,田岸俞姓地基已看过,索价甚昂,只好作罢论。子砚送纸来,属书《女诫》。郡尊邀廿九日申刻饮。前曾集《平原书》得贤字一联,属儒卿书楹帖,偶忆及之,足成一律:"人生无事不由天,峰泖羁栖已十年。入世不须金紫贵,读书唯望子孙贤。菜根有味餐常饱,药饵无缘健即仙。万虑已空诗癖在,寒檠相对耸吟肩。"

二十八日辛巳(12月8日) 晴。晨,接朱佩秋书。宋养初交来金笺琴条一幅,军门少君完姻,署中友公分所送者,属作行书。灯下无聊,次前韵,又得一律:"炼石何能补恨天,江艽又复夭青年。壬申麒儿卒,年二十七;今秋麟儿卒于金陵,年三十六。相怜同病朱文季,今日得佩秋唁书,佩秋郎君亦故已多年。顿尽风流沈下贤。沈子章表兄去秋病故。卷里有诗都叹逝,枕中有秘或成仙。达泉钞示神仙枕方。根尘只恐除难尽,未必洪崖许拍肩。"

二十九日壬午(12月9日) 晴。申刻,上府,赴郡尊之招,两县皆辞,到者仅三学,与委员李子服□□同席。二鼓散,回寓,知铜儿即于是晚回松。

十一月初一日癸未(12月10日) 晴。晨,上府。不见,旋诣文庙行香,顺访达泉。华、娄县试正场。

初二日甲申(12月11日) 晴。书全金琴条。款卜臣,军门少君。覆佩秋信。

初三日乙酉(12月12日) 晨晴,午后微雨兼霰。移文青浦县,请初八日书院课题。

初四日丙戌(12月13日) 晴。致书选青并梅皮,附致吉人书并诗词。

初五日丁亥(12月14日) 晴。县试初覆。接县移,知十五日武童外场。

初六日戊子(12月15日) 晴。接府札,本月十八日取齐,二十日开考。午后,写自常带来对两副,再沓前韵一律:"冻云黯黮雁来天,开到黄梅又一年。两鬓催人增老态,一经诒后愧前贤。何堪鸡鹜常争食,不作鸳鸯只羡仙。闻道故交官显达,岂真骨相类鸢肩。近闻小棠已补侍郎。"

初七日己丑(12月16日) 雨霰。晨起,三沓前韵:"不戴人恩无二天,自将闲兴遣流年。偶吟诗弗计工拙,不饮酒难分圣贤。鸥鸟许盟交冷淡,蠹鱼空食字神仙。松鲈虽好归须早,营得菟裘便息肩。"接青浦县移求忠书院课题目。

初八日庚寅(12月17日) 雪。求忠青浦课:文题"君子务本"一节,诗题"晴日烘窗释砚冰"。县试二覆。

初九日辛卯(12月18日) 晴。达泉交来程序东送《江南闱墨》一部。晚,子砚来。因天寒,夜饭下面,留子砚吃面去。

初十日壬辰(12月19日) 晴。府小课:"幽兰俪曲赋以'楚谣以幽兰俪曲'为韵","赋得'玉树花攒'得攒字,五言八韵","白符花考","木屑布地论","五谷精说","旗亭贳酒七言十二韵","盐虎、玉龙七律,不限韵"。

十一日癸巳(12月20日) 晴。因冬朝忌辰,十二日拜牌请假未去。县试三覆。

十二日甲午(12月21日) 晴。夜,冬至节祭先。

十三日乙未(12月22日) 圣祖仁皇帝忌辰,冬至,晴。先朝议府君忌,午上供。极冷,滴水成冰。王企张廷材送朱卷、十九日苹尊帖,兼为祖母预庆八秩。耿思泉帖来,二十日赘婿,招十九日巳刻饮。县试正案前十名:胡嘉骏、陈光熊、唐元斌、吴清翰、孙钟杰、吴时扬、闻时敏、冯恕、瞿其璜、汤颐荪。

十四日丙申(12月23日) 晴。接府谕举院董札,往商于达泉,子砚亦来,夜饭回。

十五日丁酉(12月24日) 微雪。晨,上府,文庙行香。武童外场,县邀同赴教场校射,只二十二人,阅毕即回。午后,访衡翁,与商可任院董者,举甘、沈二人,札告子砚、达泉。

十六日戊戌(12月25日) 晴。送耿绣礼,受表袋一只、京片袋一只,送王面、酒票各十斤。午后,往华学,子砚同甘菉川皆在,与谈书院一切事宜。俟菉川去,三人便衣至府署,俟下人持衣帽来,进谒太尊,呈所举院董甘、沈二人。太尊云,两人共事,恐有推诿,不如责成一人,去沈用甘,谕明日具详。猛将庙佃交租四户,向系约齐同来,今年如此经催不力,佃户疲顽,可恶之至。

十七日己亥(12月26日) 晴。衡翁来,缴志稿四本,即包封送府。又致江都学陈东皋信,即加封发铺。甘菉川来谈,院董若两人他肯帮办,如伊一人,断难胜任,府、华两学亦去说过。晚,子砚来谈此事,偕其往商衡翁,衡翁亦云必须两人,若专任菉川,他必不答应。遂同子砚访达泉,云既如此,只得明日再上府面禀。

十八日庚子(12月27日) 晴。求忠书院季山长课:文题“离娄之明”七句,诗题“吹葭六管动飞灰”。晨,往耿处道喜,子研已在,略坐。上府,途遇达泉到耿处,在官厅俟达泉来,同见太尊,禀明院董菉川不能独任。衡翁意,必须梧轩董其事、菉川襄办乃妥。太尊应允,谕赶紧具详。顺拜梧轩,兼拜佩秋。送府试,寓梧轩家。接府十二月十三日考试武童札。接县移封开印信日期。本年十二月二十日辰时封印,次年正月二十一日午时开印。

十九日辛丑(12月28日) 晴。午后,拜下县各学同寅。俟太尊进贡院,谒见,回寓。

二十日壬寅(12月29日) 晴。华、娄童正场。丑正,到贡院,余同达泉留场。放三牌出,已寅初矣。

二十一日癸卯(12月30日) 微雨。晚,赴思泉之招,诸同寅皆在,唯佩秋不到。更余席散。接县移,府饬查杨恩培是否冒籍。

二十二日甲辰(12月31日) 雨。奉、金、上童正场,未去。

二十三日乙巳(1883年1月1日) 晴。接选青信、芝弟信。

二十四日丙午(1月2日) 晴。南、青正场。丑正,到贡院,点名即回。午后,由驿递复芝弟书,附致伯诚信。

二十五日丁未(1月3日) 晴。

二十六日戊申(1月4日) 晴。华、奉、娄、金初覆,未到贡院。猛将庙佃交租六十余石。

二十七日己酉(1月5日) 小寒,晴。

二十八日庚戌(1月6日) 晴。上、南、青初覆,未到贡院。

二十九日辛亥(1月7日) 晴。周桂同书办往枫泾。

三十日壬子(1月8日) 晴。寅初,到贡院,七县性理、经古。余同子砚留场,亥正放三牌出。

十二月初一日癸丑(1月9日) 晴。晨,诣文庙行香。回,访达泉,子砚亦在,与阅所保院董沈福同、甘调鼎告退之禀,详言时届残冬,租米已被何董收去数成,明年膏火等项及公车之费诸形支绌,一时难于接办,却亦实在情形,当即会详。然旧董告退,新董已接谕,断不能辞其任,须待郡尊批示也。长谈而返,知周小堂来过,午后走答之,遇诸途,欲赴思泉之约,数语而别。遂过李静斋寓,薄暮归。

初二日甲寅(1月10日) 七县二覆,未到贡院。午后,静斋来。

初三日乙卯(1月11日) 晴。天马山各佃还租二十一石零。

初四日丙辰(1月12日) 晴。

初五日丁巳(1月13日) 穆宗毅皇帝忌辰,阴。徐雪舫来,斛斋米十五石。致书南汇县顾竹城,催十月书院课花红卷价等项钱文。

初六日戊午(1月14日) 孝惠章皇后忌辰,晴。七县三覆,未到贡院。篑山招初八日饮。

初七日己未(1月15日) 晴。天马山佃交租二石零。佩秋来。接慎生、用吉信,附洁晨诗信。用吉云,明年清明前出殡,瀛儿柩要同日出,属将合宅生肖及化命一并开出寄家,代交风鉴择日。

初八日庚申(1月16日) 晴。巳刻,到篑山家,诸同寅惟浩泉、佩秋未至。席散,小堂回寓,予同子砚到其寓剧谈,暮返。

初九日辛酉(1月17日) 晴。午后,访达泉。沈、甘两董及子砚皆在,谈书院事,正要招余同见太尊,遂回。子砚、达泉先至贡院,余包靴帽等,走至贡院,知太尊因问案回署,遂至署,子砚、达泉俟已久矣。见太尊,禀何董新租业经收去数成,匿不交出。新董无米之炊,断难接手。十月师课、十一月官师课膏火及山长束脩等,只得仍归何董经发,一面再将所收新租催其交出。太尊以为然,云速具公牍俟批。灯下写复慎生、用吉信,并合家生肖及亡冢男化命开示用吉,令其转交风鉴。

初十日壬戌(1月18日) 晴。寅刻,赴贡院,府试终覆,余同子砚、静斋、子愚留场。申刻,放三牌出。滴水成冰,风檐笔砚非火烘不可。

十一日癸亥(1月19日) 孝和睿皇后忌辰,晴。晨,周桂自枫泾寄到酱蹄、酥糖。寄佩女信洋、蹄、糖,附致祥孙蹄、糖。寄大媳信、蹄、糖。

十二日甲子(1月20日) 大寒,孝德显皇后忌辰,晴。午后,访达泉,知本年三课膏火何董承认给发。申刻,发府正案:唐元斌、吴清翰、韩昌时、陈宗、丁铭、胡嘉骏、陈光熊、孙钟杰、吴时飏、陈宝书、冯恕。

十三日乙丑(1月21日) 晴。武童外场。辰刻,到教场,诸同寅已齐集矣。娄童骑射毕,吃饭而回。是日风和日暖。

十四日丙寅(1月22日) 晴。武童内场步箭。晨,到府署,在帐房吃饭。午后,娄童射毕,回。军门娶媳,三学合送礼,未受。道喜,令长班去挂号,兼辞十六日请酒。娄县移催本年条银。

十五日丁卯(1月23日) 暖甚,微雨。晨,诣文庙行香,顺访达泉。午后,子砚自府署来,云今日技勇考华、奉止,娄须明日。后长班云娄县今日要考,遂往府署。子愚、浩泉皆在,因天晚,奉贤未看毕,尚留十六人,明晨再去。藩吏房王蓉生书来,索季咨册费,向无此款,给使二百文而去。

十六日戊辰(1月24日) 雨。晨,上府署。奉贤童技勇将毕,俟娄童技勇毕即回。昨张椒岩交到志稿二十本、《赋役全书》九本,包封送府。

十七日己巳(1月25日) 晴。晨,衡堂先生来交志稿。午后,上府署,华童覆试将毕。达泉、小堂皆在,俟华、奉毕,娄童覆试。阅毕即回,已傍晚矣。志稿带交府署。

十八日庚午(1月26日) 晨起,知昨夜下雪寸许,随释。子砚送糖蹄二只、彩蛋廿四枚、年糕一方、茶食四匣,全受。送衡堂先生糖蹄一只、彩蛋三十枚。张词甫子联瑛在湖北未归,应县府试,办佾生,应明年院试,寄卷湖北去做。到学请题,文题“如磨者自修也”,诗题“玉琢成器”。

十九日辛未(1月27日) 晴。午后,访达泉。适同子砚因院董事上府,俟良久,吃点心而回,遇诸途。归,知其自府回到衡堂处,曾来招我。衡堂送鲜肉两块、鸡子五十枚。借沈家磨,推糕团粉。黄昏,衡堂字来,属转交达泉。字云顷将尊谕与前途细述,其意断不能接手矣。偶阅《类林新咏》,“文章却宜书壁讽”句注云:“宋景文修唐史,好以艰深之辞文浅易之说,欧公每思有以讽之。一日,大书其壁曰:‘宵寐匪祯,札闼洪休。’宋见之,曰:‘非“夜梦不祥,题门大吉”

耶？’何必求异如此？欧公曰：‘《李靖传》云“震霆无暇掩聪”，亦是类也。’公惭而退。”

二十日壬申(1月28日) 阴。辰时，封印，太尊暗封，不上府，差长班挂号。晚，接选青十六日信、糟蛋一甏、熏鱼一篮、咸鸡鸭各一、乌芝麻片一包。悉佩女腹泻已愈，孕体平安；我十一所寄洋信、食物亦皆收到。接府详委监院札。

二十一日癸酉(1月29日) 晴。达泉字来，云今日沈、甘二君退禀及另举新董王愚溪孝廉茂昭禀一并详府。午后，愚溪来拜。接府札：

“为严饬核实举报优劣以彰劝惩事。光绪八年二月十二日，奉督学部院黄札开：照得本部院莅任之初，曾经札饬各该学教官，查取文武生员优劣在案。迄今首尾三年，輶轩遍历。前届岁试各学举优密单，其名实相副者固多，而冒滥遗漏者亦复不少。转瞬又届岁试，不得不再为各教官剀切言之。近世考试之法，多系暗中摸索，惟举优一途颇存古意。各学所呈密单，向系八字考语，大旨率言文行兼优。乃岁科试时，竟有照单核校而文实不优者，则所谓行优，又安敢深信乎？复有文实秀出、屡试不爽者，及察访其为人，亦自循循矩矱，无戾乡评，何以密单未报乎？教官与诸生素相习，邑有佳士，断无不知。最忌平日漠视士林，遇事又挟持私见，甚至需索规费，习为固然。遂使庸材充选，寒畯向隅。试问各教官有佳子弟，方望其上进之不遑，横被隐抑，岂所甘心？顾于所属诸生，乃苟且徇私若此乎！札府转行各学，于诸生中之行谊纯笃、学问优长者，务须加意周咨，秉公密保。其品学出众、知之最深者，仰遵照填注事实之例，凡孝弟廉正，有何实迹，治何经史，精何学业，于考语后一一叙明。其文行有偏至者，不妨专举所长，以凭考核。若该属岁试时未经密保，后始察知，准其续行补报，但不得延至科试期内，致难达部。总期循名责实，无滥无遗。至于报劣之例，所以惩一儆百，原不宜过于刻核，亦何可相率姑容？若该学中实无窳材，固属甚善，若有之而徇庇隐纵，岂不为害地方，有伤风教乎！仰各学教官悉心访察，如有劣衿学霸、恃符妄为者，即着注明款迹，据实详报，以凭分别黜戒。总之，本部院见闻有限，全赖各教官扩其聪明。若皆虚应故事，甚且自便私图，士习何由而敦，文风何由而振？查《学政全书》载'教官举报优劣，或有隐蔽袒护，及受贿滥举、挟仇妄劾诸弊，经学臣察出，题参议处'。按试所至，如有文学冠场，及平时访闻有品诣表著、过恶昭彰者，该学教官始终不行举报，及别有滥举妄劾情弊，重则参处，轻则记过，决不敢因循迁就，上挠国法，下拂舆情。如果实力奉行，鉴别公允，亦当循照旧例，于计典声明列荐。《传》曰：'方以类聚，物以群分。'本部院将即以各教官举劾之当否，验其人心术之邪正、学识之浅深焉，慎无以具文视之也。等因到府。奉此，合就转饬，札到，该学立即遵照宪札，核实举报，毋得徇情滥举，自蹈愆尤。仍将举报姓名，查造事实款证，送府核转。毋违。特札。"

二十二日甲戌(1月30日) 晴，北风甚厉。三媳于二十日起患寒热，昨午后请医，汪星榆他出，今晨来而寒热昨夜已止。云感受风寒所致，热虽解而脉尚数，宜辛散，服药一剂。松、森亦患寒热。

二十三日乙亥(1月31日) 晴。晨，思泉处送府志局收掌束脩来。森森热止，嬉戏如常，松热亦止。夜，送灶。荠菜脂油心团子甚好，吃六枚当饭。二更时雪。

二十四日丙子(2月1日) 雪。达泉送来青鱼一尾、彩蛋廿八枚、脂油糕二甑、白菜二棵。即送子砚彩蛋，易鸡子四十枚。夜，蒸年糕。

二十五日丁丑(2月2日) 孝庄文皇后忌辰，晴。晨，钱梧生来。达泉令轿班来，说同子砚在府署，属即往。梧生去，即到府，新董愚溪亦在，同见太尊。午后，将司房费及司饷找交书办家转付。晚，周桂同书办枫泾回。

二十六日戊寅(2月3日) 晴。晨，衡翁来。吴佩生、赵襄伯有事来。午后，访子砚长谈，薄暮回。同其访达泉，上灯而返。是日周桂同书办往鲇鱼浜收租。纯嘏送糕两甑、彩蛋卅枚。送纯嘏鲜蹄一只、年糕二块、脂油糕一甑。送道士脂油糕一甑、茶食四匣,因余臂痛,曾贴其两膏药耳。

二十七日己卯(2月4日) 立春,午初初刻一分。晴。晨,上府。午初鞭春毕,上手本贺喜。回,答拜愚溪,走答衡翁。子砚借《前汉书》两函。

二十八日庚辰(2月5日) 晴。周桂鲇鱼浜、涨庄收租回。午后,子砚来,同访衡翁。夜,敬神。

二十九日辛巳(2月6日) 微雨。夜,祀先。

除夕壬午(2月7日) 晴,晚微雨即止。府署辞岁,令长班挂号。夜饭后,拜灶,先考妣真容前行礼,儿、媳、孙男女为余辞岁。忆去年除夕和三儿守岁诗两首,今年无一句。

光绪九年癸未日记

元旦癸未(1883年2月8日) 晴。寅刻,拜天香,即赴世英堂拜牌。俟郡尊、军门到,黎明行礼,诣文庙行香。上府,俟同寅齐,进谒太尊,贺喜。又府、华两学及提辕各营、华亭县,顺拜在城各处。回,拜灶神,先严慈影前行礼。子砚、纯嘏来,同三儿往纯嘏处贺年。午饭后即睡,起已夜饭后矣。

初二日甲申(2月9日) 阴。晨,至娄县贺年。出西门拜各处,回已晚。

初三日乙酉(2月10日) 高宗纯皇帝忌辰,晴。

初四日丙戌(2月11日) 晴。晨,三媳同孙男女到府、华两学拜年。午后,走访达泉。腿痛稍愈,尚不能拜跪。长谈,吃点心而返。漾漾欲泛,令三媳提痧。夜,接五路。

初五日丁亥(2月12日) 晴。晨,奉贤县陈彦士熊才来拜年。午刻,先考妣及亡妻影前上供。差拜彦士。子砚夫人、达泉夫人来拜年。

初六日戊子(2月13日) 雨竟日。

初七日己丑(2月14日) 世祖章皇帝忌辰,雨。顾孟平翰,华亭监生,户部候补主事,壬午科顺天举人。送朱卷。

初八日庚寅(2月15日) 阴。贺顾孟平悬扁,烛票五灯四十枝。

初九日辛卯(2月16日) 阴。午后,达泉来拜年,晚去。阅伯印致三儿书,云学宪元宵取齐苏属。

初十日壬辰(2月17日) 阴。晨,儿、媳同孙男女回常,令周桂送去。午后，接选青初五日信，云佩女分娩在即，身体安好，附寄三儿常学传考票。篑山来拜年。晚雨即止，夜复雨。

十一日癸巳(2月18日) 孝全成皇后忌辰，阴。午后，同沈景刘访达泉。微雨，假盖而还。

十二日甲午(2月19日) 雨水，阴。晨，答拜篑山，未晤。午后雨雪珠，继以雨。汪松翁邀明日巳刻饮。今晚儿、媳等想可到家。

十三日乙未(2月20日) 雨。起已不早，赴松翁之招，诸客已齐。同席海运委员沈少笙、凤韶，浙江归安人，前苏松太道沈仲复先生之侄。篑山、达泉、松翁桥梓。客散，予复茗谈片刻，携子砚《韩诗外传》归。夜复雨，灯下同景刘说典故，颇不寂寞。上楼已一点钟矣。

十四日丙申(2月21日) 宣宗成皇帝忌辰，阴。沈姓米友领客来看米。达泉招十七日巳刻饮。雨竟夜。

十五日丁酉(2月22日) 雨。晨，文庙行香。不上府，挂号。南汇王召棠保奭，子勖郎君、耿思泉婿。来拜年。晚，接灶。竟夜雨。

十六日戊戌(2月23日) 雨止，西北风甚大。午，上供，收影。接慎生侄十一日信。盼周桂回松，不至。

十七日己亥(2月24日) 阴寒。巳刻，赴达泉之招，同席松翁、子砚、愚溪、篑山及主人而六。客散，余同子砚茶话良久乃回。适周桂自常回松，带到饭米十石、酱鸭、茶食等及三儿信。阅悉一路因风雨，直至十四晚抵家，过巴城湖，将进港，断橹绳，舟人堕水，甚险，若在湖中，不可问矣；儿侄、从孙辈十七赴郡岁考；佩女孕体平安；沈少客、杨受华两侄婿皆故。军门招二十日春酒。

十八日庚子(2月25日) 阴寒。晨，遣长班提辕辞酒。午后，与船人算帐，令轿班斛带来饭米上囤。夜饭后，景刘、猗菉过我，与之谈今说古，聊解岑寂。

十九日辛丑(2月26日) 晴。午后，偕景刘、猗菉登药王宫方塔。塔九级，余与景刘历五级，猗菉造其巅。继游府、娄两城隍庙，又至云间书院县学，近圣人之居观梅。南枝已吐萼，景刘、猗菉折数枝归，为予供瓶，雅意可感。

二十日壬寅(2月27日)　阴、晴半。午后，偕景刘、猗莱杨家桥花树行看梅，继至九和书坊略坐。出西门，游岳庙，到抚松山房，晤邱香谷，元卿之叔。留茶。忆数年前到此，与元卿畅谈，今日重来，难免物是人非之感。进西门，登城而走。下时因路削而蹶，幸无所伤。昨登塔梯虽险，却未倾跌，所谓不踬于山而踬于垤也。

二十一日癸卯(2月28日)　孝穆成皇后忌辰。晨大雪，上府，俟太尊午时开印毕，贺喜而回，书斗已齐，即拜阙、拜印，不点卯。卯首徐福具保李昌、方荣二名求上卯，准其入卯。午后雪止而雨，竟日夜雨。窗灯下随兴写墨梅鸟雀与景刘、猗莱。

二十二日甲辰(3月1日)　雨。作七古一首，《正月十九日偕沈景刘、猗莱登方塔，翼日复偕出谷阳门，从城上步归，下时因路削而仆，戏作此篇》："五十八翁忽放颠，强将腰脚斗少年。药王宫中古方塔，插云九级空中悬。阶梯壁立扱衽上，一曲一折如螺旋。一沈从我历五级，景刘。一沈猱捷升其巅。猗莱。下来向我拍手笑，头上何有唯青天。井闾万瓦若鳞比，芙蓉九朵罗眼前。我身纵未凌绝顶，所见与尔同无边。软红不着两足底，飘飘已觉如飞仙。夕阳万灶生炊烟，俯视已有投林鸢。凭栏相顾盍归去，二子踏梯脱兔然。我则从高下非易，跛牂难占赤骥先。蹒跚不顾二子笑，却喜学士能瓦全。登塔余兴上城走，持较高下如天渊。岂知径削丸走坂，直下两足难少延。力孱到地忽倾覆，扶掖幸有沈子贤。不踬于山踬于垤，古来名语非虚传。"

二十三日乙巳(3月2日)　孝圣宪皇后忌辰，雨。补录新春口占一律："曾几何时篝易炉，东风忽又到庭隅。家家冬酿酬春节，户户新桃换旧符。投刺往来相避面，升官迟速各呼卢。老夫无计堪排闷，随意吟诗墨乱涂。"

正月十六日作："关关又听鸟鸣春，节物欣看应候新。儿戏呼卢争鼎甲，人情沿例荐盘辛。老犹健饭差强意，懒不趋衙自在身。元宵不上府。只是素餐难免诮，十年恋恋泖湖滨。”

二十四日丙午(3月3日) 晨雨，午后见日，倏又集霰，甚寒。上海姚子让文楠送优贡卷，内刻黄学宪观风杂艺二篇，腹笥之博，令人钦佩。自孙男女回常，冷斋寥寂，唯写梅鸟消闲。连夜雨，今夜有星。

二十五日丁未(3月4日) 晴。接府札，二月初三日文帝诞祭，初八日春祭后殿行礼及先一日省牲。前日所定之米，因连日雨，今日来斛。

二十六日戊申(3月5日) 阴。午后，子砚来。又雨，谈片刻即去。雨窗挑灯画花鸟。

二十七日己酉(3月6日) 惊蛰，阴。子砚去冬属书《女诫》，今日才动笔。笔僵手生，恶劣不堪。周桂妇病重，代写信寄母，属其来松。

二十八日庚戌(3月7日) 阴。

二十九日辛亥(3月8日) 孝仪纯皇后忌辰，晴。接县移府试武童名次，又三月十六日月食。周桂妇故，殊可惨也。自十月初十日产，恰百日。

二月初一日壬子(3月9日) 晴。晨，上府，子砚、达泉已到，见太尊后，诣文庙行香。学宫红梅两株盛开，花下徘徊良久。继至淡成轩，梅亦齐放，折数枝归。午后，写《女诫》，画花鸟，颇有静趣。今晨大雾，与元旦同。

初二日癸丑(3月10日) 晴。晨，接选青廿七日信，悉佩女于廿四日卯时分娩，又得一男，母子均平安。又接三儿同日信，岁试一等十一名。文题：常“悦周公仲尼之道”；昭“禹稷颜回同道”。经题：“东风解冻，蛰虫始振，鱼上冰”。诗题：“温公警枕圆”。覆试：“仪封人至从者见之”。诗题：“蓬莱文章建安骨清”。常一等十八名，昭十二名。弥甥沈小楼又取古学一等四名，其弟鸿声提覆第一、发案第二入泮，可称佳子弟；沈公周亦进。常廪翁雨峰、昭席宝书因应贡不贡，作为废廪，不准欠岁考，须连考三次一等一名，始得再行补廪，教官记大过一次。徐云汀之子交卷后，击鼓打灯，被承差夺去考具，牌示云该童生不守场规，存案，不准应试。晚，至文昌宫省牲。访子砚桥梓，吃点心。又访达泉，归已暮。

初三日甲寅(3月11日) 晴。四更赴文昌宫祭后殿，俟太尊到，行礼。毕，天已明。午后，送《应验良方》一部与徐石泉。娄县陆翰臣来，请明日祭吕祖。

初四日乙卯(3月12日) 晴。晨，出东门，祭吕祖。景刘假我大花瓶，向达泉乞梅数大枝，随手乱插，颇有奇趣。竟日为老臞写照，兼作翎毛，觉生意拂拂从指头出。

初五日丙辰(3月13日) 晴。

初六日丁巳(3月14日) 晴。丑刻，至县学，代达泉祭崇圣、乡贤、名宦祠，俟超亭到即祭正殿。达泉步履不便，未能上殿，邀子砚东配分献，余西配分献。祭毕即到府学，俟良久，陆翰臣才至。太尊到即行礼，余西哲分献。祭毕，回已黎明矣。

初七日戊午(3月15日) 孝淑睿皇后忌辰，晴。今日华学祭在城各祠，景刘、倚菉拉予同至文恪公祠，瞻仰庙貌、御赐扁对。俟过午达泉到后，即在祠中饮福。偕景刘兄弟至县学宫观梅，折数枝。往华学，达泉祭祀已回，即令其轿夫到艾家桥，唤周桂将衣帽兼令轿夫抬轿来，至文昌宫省牲。周桂来，述知子研过我，因省牲尚早，即往府学剧谈。子研云，学宪考苏属教职题："我不忍以夫子之道至君事也。"命题甚趣。诣文昌宫，天将暮而大武尚未到，俟之久，乃回，县礼房之办事疲玩如此。景刘兄弟先归，又假我一瓶，将学宫及淡成轩所折梅花已为我供养座隅，一缕酸香，沁人肺腑。

初八日己未(3月16日) 晴。丑刻，至文昌宫，子砚、达泉、翰臣已到，即祭后殿，俟太尊到即行礼。祭毕，天尚未明。余因回寓周折，径赴贡院，敲门而入，在达泉端整铺上略睡。天明，子砚、达泉来，俟考生齐，请太尊到院点名扃试。生题：“樊迟从游至善哉问”，诗“庭下已生书带草”；童：“则修文德以来之既来之”，诗“桃始华”。三监院作竟日谈，殊为乐事。俟太尊三牌出乃散，时已丑、寅间矣。

初九日庚申(3月17日) 晴。画梅数纸。

初十日辛酉(3月18日) 晴。作书寄三儿，附寄王亲母丽参。致选青信。再寄伯印侄近作花鸟二十余纸、《登塔》七古一首，明日周桂父回常，托其带去。

十一日壬戌(3月19日) 孝康章皇后忌辰，阴，微雨，晚起大风。画花鸟数种与景刘。周桂来云，其父今日不回常，须明日托带之物周桂带至家。

十二日癸亥(3月20日) 晴。午后，正写梅花，慎卿来，剧谈至暮去，送《应验良方》一部。

十三日甲子(3月21日) 春分，晴。晨，周桂同书办鲇鱼浜一带收租去。府署请感冒假三天。详学宪文生吴学欧改名卫中、黄吉士改名应逵。

十四日乙丑(3月22日) 晴，夜微雨。检近作花鸟十余纸赠景刘。

十五日丙寅(3月23日) 雨。请假未销，不上府，不行香。写花鸟消遣。

十六日丁卯(3月24日) 晴。午后无聊，走访达泉，子研亦到，剧谈甚乐，云昨太尊说学宪三月初四取齐文书已到。吃过点心，与子砚同行，他往愚溪处，余遂归，知前营守备维凤岐到任来拜，潘啸峰亦来。上灯时，啸峰又来。灯下杂录题自画诗：

“梅花水仙：姑射神人玉作胎，凌波仙子脱尘埃。天生供养诗人品，端整瓶盆汲水来。

“水仙：凌波图里写丰姿，欲乞吴兴笔一枝。偶遇苹洲老渔笛，肯拈夷则为填词。

“梅花白头公：除却探梅不出游，淡成轩看梅归。画梅清福几生修。

遥知小鸟应生羡，羡我成翁未白头。

“又：缟衣翠羽去难留，只向师雄梦里求。最羡白头偕老者，此生浓福几生修。

“又：不看桃李厌繁华，来访孤山处士家。小鸟亦如人意思，一生只解恋梅花。

“搔首白头公：一样凌云翮，如何飞不高。问天天不语，白首几回搔。

“梅雀：梅花香里掩柴关，小鸟飞来未肯还。占得南枝生处乐，不知世有纥干山。

“又：吟窗无计破清寥，乱写梅花不避嘲。莫怪冻禽不飞去，老臞本是岁寒交。

“梅花睡雀：北风猎猎撼林梢，香孕庭梅渐吐苞。纸帐夜寒同不睡，一枝羡尔得安巢。

“梅：十二三龄弄墨来，椿庭一见笑颜开。如今纵画梅千树，那有春风报夜台。

“又：任人抹粉与涂脂，我性生成不入时。拈取一枝枯水笔，兴来挥洒墨淋漓。

“又：四五株梅一冷官，淡成轩里耐盘桓。惜无健步能移取，只索枯毫写照看。”

十七日戊辰(3月25日) 晴。晨，走答啸峰。午后，写八言对二副。襄伯来长谈，留吃点心，携我近作花鸟数纸去。灯下作画。

十八日己巳(3月26日) 晴。午前，接三儿十四日家信，知一等覆试拔第九名，然亦无济于事；用吉、渐之入海，余俱二等，选青亦二等；今年老总坟轮我值祭。附儒卿书一纸。

十九日庚午(3月27日) 晴。晨，答拜前营罗君。午后，写祝萱白头一幅与伯印。未竟而达泉、子砚相继至，阅所作画及儒卿诗字，兼以剧谈，亦为一乐。二客未去，襄伯亦来，颇不寂寞。灯下封昨缮家信及画四纸，令三儿转交伯印。录题画两绝：

“梅子白头公：花已开残子密攒，禽来叶底偶探看。怜伊空有凌云志，头白依然气带酸。

“竹谖白头：冷宦年来事事幽，阶前小草亦忘忧。偶然弄墨邮筒寄，祝尔萱堂到白头。”

二十日辛未（3 月 28 日） 孝哲毅皇后忌辰，晴。作画赠子砚，各缀一诗：

“海棠白头：上林看过杏花红，冷宦相逢臭味同。写赠此图无别意，羡君堂上白头翁。

“松竹梅：各抱岁寒心，始为三益友。奇哉天假缘，不期而聚首。

“临水桃花：红桃临水开，空潭艳泻春。潭水纵然深，不及深情人。

“菜：不可使民有此色，偏宜我辈苜盘中。咬根况是君家事，此味原来味不穷。”

随口而成，颇有趣。寄昨封家信及画。

二十一日壬申（3 月 29 日） 晴。将昨画送交子砚。灯下戏写茶炉松果一叶，颇得意。

二十二日癸酉（3 月 30 日） 晴，大风。晨起，画梅花斗雀，书一绝：“一树寒香境最幽，恼人小鸟忽啁啾。向阳各有高枝在，何用纷纷斗不休。”午后，思泉来，知其自苏赴我邑游虞山，在石梅遇铜儿。正在剧谈，襄伯亦至。思泉去，与襄伯看《冬心墨梅册》，携我试律诗百首、画数叶去，天已暮矣。

二十三日甲戌（3 月 31 日） 晴。午后，答陆翰臣，顺答思泉，均未晤。到府学，易衣帽，令轿先回。思泉亦在，畅谈半日。同访达泉，思泉先返，余与子砚薄暮回。灯下写水仙芝石。

二十四日乙亥（4 月 1 日） 晴。出道考取齐示。作画数页，四雀，三鸣一否，戏书四句：“一树梅花香最清，同柯同集不同情。下风那敢轻开口，让尔高枝得意鸣。”

二十五日丙子（4 月 2 日） 晴，晚雨，黄昏止，夜半大风。

二十六日丁丑（4 月 3 日） 孝昭仁皇后忌辰，晴。接学宪廿一日太仓发附生钱鸿基捐贡开除札。画花鸟数页。晚，又接学宪廿三日太仓发前详吴、黄两生准改名批回。灯下画碧桃、燕、菊花、老少年、白头公石，颇得意。

二十七日戊寅(4月4日) 午后微雨。止，偕景刘至章一大买大红描金龙凤蜡笺八言对一副，价五百六十文。汤殿元买水笔，孙珍三买画笔。归已暮，忽闻雷声，复雨。夜雨止，大风。灯下与景刘、猗棻谈天。

二十八日己卯(4月5日) 清明，雨。过节祭先。略师稽留山民法，画梅数页。子砚片来，约定初一日赴青，船托我雇。灯下画鹳鸽枫叶，颇有神。

二十九日庚辰(4月6日) 晴。晨起无事，又写鹳鸽梅花一页，同昨夕画者一并赠景刘。午后，朱佩秋来拜，昨抵松。

三月初一日辛巳(4月7日) 晴。午后，子砚来，同舟赴青浦。酉刻抵青，泊学前。登岸，访子惠、浩泉、小堂，佩秋已在，篑山继至。浩泉留吃夜饭，更余回舟。

初二日壬午(4月8日) 晨微雨即止。达泉舟昨到已暮，今晨亦移泊学前。余同子砚天香楼茗饮，吃点心。又至学署，赴子愚午饭之招。晚，学宪舟到马头，禀见即开船，三更抵松。

初三日癸未(4月9日) 晴。晨，起岸，望三儿、选青不至，竟日无聊，惟以画消遣。

初四日甲申(4月10日) 晴。晨，赴贡院，诸同寅已齐集。少顷，学宪进贡院，八学同禀见。回，到文昌阁，静斋来。午后，鹿笙、子韶、仲英来。

初五日乙酉(4月11日) 阴，即晴。学宪辰初行香，卯正到府学。俟学宪诣学行香、讲书毕，到贡院。辰正放告，参见。礼毕，回，顺拜各学同寅。子铭来，浩泉、子愚、静斋偕至。子砚夜饭后到阁，仍连床秋飞阁上。

初六日丙戌(4月12日) 晴。生经古。寅正,到贡院。卯正,开点,子砚留场。午后,铜儿、选青、贵保到松,晚来阁,知我家及女家均安好。性理论"暑变物之性,寒变物之情,昼变物之形,夜变物之体";孝经"父母生之,续莫大焉";经解"次且","夹介","庐旅","弱植","博依";"万石君让内史庆入外门不下车赋以'诸子入里门趋至家'为韵","碧碧黄黄麦际天","细林山篆冢歌七古","瑁湖修禊词七绝"。举优陈宗彝、姜飞熊廪、尹熙栋附。

初七日丁亥(4月13日) 晴,燥热。府、华、奉、娄生正场。寅刻,赴贡院,俟三炮开门,点名毕,回已黎明,略睡。景刘来。午后,铜儿、选青、贵保来。头牌发昨生古案,取十五人,娄学取两名,第三张云襄,第四杜炳锷。生正场题:府"然则舜伪喜者与",华"然则文王不足法与",奉"然则圣人且有过与",娄"然则孔子之仕也非事道与";经文"修利隄防,道达沟渎";诗"欲问陆机当日宅得今字"。黄昏闻雷,雨不大。

初八日戊子(4月14日) 雨,大风。童经古。寅正,到贡院。卯正,开点,毕即回,雨亦止。午后复雨。性理论"夫荐士者量才之所堪,不问志之所欲";孝经"居家理,故治可移于官";"樊迟请三刻逾沟赋以'约信三刻众如其言'为韵","圆泖晴添春水嫩","蚕豆七绝"。

初九日己丑(4月15日) 晴。金、上、南、青生正场。寅刻,赴贡院,同佩秋留场。金"君子尚勇乎",上"君子亦党乎",南"君子亦有穷乎",青"君子亦有恶乎";经"雷风不相悖";诗"众仙同日咏霓裳"。三牌后出场,选青、铜儿在阁。头牌发上四学一等案:尹熙栋、汪骥良、沈庆安、倪宇梁、吕兆熊、姜飞熊、倪宇清、丁昌霖、许绍基、闻人鹄、颜镛、陆鸿际、杜炳锷、张济寅、汪若霖。

初十日庚寅(4月16日) 孝贞显皇后忌辰,晴。覆生经古,补岁考。天明,到贡院。点名时学宪面谕张云襄诗赋甚佳,因正场文内有数语说不去,故不列一等。午后,选青、铜儿、贵保来。诗古覆试:"陆海潘江赋以'机文喻海岳藻如江'为韵","花底山蜂趁远人"。夜,子韶、仲英来。

十一日辛卯(4月17日) 孝贤纯皇后忌辰,雨。考教职,辰初至贡院。题:"躬自厚而薄责于人,则远怨矣";经"沉潜刚克,高明柔克";诗"在春风中坐了一月得中字,五言八韵"。向例在贡院饮毕而出,此次送酒一席至文昌阁,同袍偕至,惟达泉未来。笑语诙谐,颇极朋簪之乐。晚,仲英冒雨来。

十二日壬辰(4月18日) 雨。奉、金、上童正场,未至贡院。午后,选青、铜儿来。令铜儿誊卷,在阁吃夜饭去。今日童试题:奉"伊尹相汤",金"周公相武王",上"管仲相桓公";次"子曰:吾不与祭";诗"草色引开盘马路"。

十三日癸巳(4月19日) 阴。覆一等,提覆奉、金、上童。辰刻,到贡院,俟点名毕即出。午后,思泉来,子韶亦至。伯齐与南汇王召棠俱取古,思泉一子一婿,明年皆有选拔之望。提覆题:奉、金"磨而不磷",上"涅而不缁"。一等覆试题:"子曰:善人教民七年"二章,"自古英雄尽解诗"。夜雨。

十四日甲午(4月20日) 谷雨,雷雨。南、青童正场。未到贡院。今日童试题:南"未入于室也子贡问师",青"不仕者远矣子贡问友";次"旧令尹之政";诗"鱼翻谷雨萍"。

十五日乙未(4月21日) 晴。提覆南、青童。辰刻,到贡院,点名毕即出,回艾家桥。夜饭后,到阁。提覆题:南"厚往",青"而薄来"。

十六日丙申(4月22日) 阴。华、娄童正场。丑刻,到贡院,同达泉留场,放三牌出。华"赤之适齐也",娄"丹之治水也";次"观其色";诗"万紫千红总是春"。

十七日丁酉(4月23日) 晴。覆奉、金、上、南、青童,提覆华、娄童。辰刻,到贡院,点名毕即出。午后,龚鳌峰来。提覆题:"怪力"。覆试题:"浴乎沂,风乎舞雩"。[1] 晚,发华、娄案。夜,请廪生两

---

① 是叶眉批:"经'惟辟作福';诗'一一更筹到枕前'。"

席，竟夜未睡。

十八日戊戌（4月24日） 晴。覆华、娄童。卯正，到贡院，俟辰正点名毕即出。午后略睡。覆试题："咏而归"；经"好贤如《缁衣》"；诗"拜孔揖颜得阶字"。

十九日己亥（4月25日） 晴。武童外场。卯正，到教场，俟片刻，府宪、学宪即至。华亭骑射毕，奉贤未竟，微雨。至娄县，大雨淋漓，勉强毕事，学宪即回贡院。巳刻，先试华、奉、娄童步箭，俟娄童射毕即出。天放晴。学宪悬牌，申时试金、上、南、青步箭，如明日天晴，再下教场；若雨，以步代骑。午后，思泉来。俟其去，同子研到子愚、浩泉寓，代求书画便面。两君尚在贡院，不晤。遂至扫叶山房，买《辅轩语》，一百四十文。遇子铭、子韶桥梓。又至千顷阁，买《樊榭集》。一元一角。府发到求忠甄别案及超、特、一等卷。黄昏雷电以雨。

二十日庚子（4月26日） 晴。知学宪先试华、奉、娄童技勇，晨起即到贡院，俟技勇毕即出。申刻，学宪下教场，阅金、上、南、青童骑射，余未去。子砚归，述知有青浦武生某因抢箭，堂房去禁止，被他挤至泥淖中。上禀学宪，遂大怒，将某武生交提调，笞臀四百板。本学不得不详请斥革，该生咎由自取，然亦未免太甚矣。晚，同子砚赴小堂之招，同僚皆至，思泉亦到，欢哗畅饮，惟予不识杯铛，饱啖，冒雨而返，知选青、三儿晚曾到阁。

二十一日辛丑（4月27日） 晴。晨，同子砚到扫叶山房，买《古文词类纂》。一千六百文。同府、华两学在文昌阁公请各学午饭，席未散，发武童案。是日金、上、南、青童技勇。

二十二日壬寅（4月28日） 晴。卯刻，到贡院，武生内场。奖赏一等，娄学一等陆鸿际、汪若霖不到，附三等末。晚，选青、三儿来。夜雨。选青返艾家桥，三儿未回。留廪生夜饭。竟夕不睡。

二十三日癸卯（4月29日） 雨。卯刻，到贡院，覆武童，总覆文童。有青浦武童两名迟到，学宪大怒，饬学师在公座前每人掌责十下。贡院回，午睡颇适。

二十四日甲辰(4月30日) 雨。卯刻，到贡院，奖赏一等武生、新进文武童生。文粹堂买《绎史》、四元。《韩诗外传》、四角。《养新录》。六角。

二十五日乙巳(5月1日) 晴。卯刻，到祭江亭。俟学宪下船，上禀，不见，即回艾家桥，令轿夫搬回行李。接王太太信，知三媳小产。选青接家信，知佩女患龙泉疔，请吴学如开过，尚未全愈。

二十六日丙午(5月2日) 阴。午后，达泉来，同至文粹堂，买铜板《困学纪闻》两部，每一元八角。又至骨董铺，买红木文柜两只、每两元。花瓶、香炉。各一元。五庙出会，忽大雨，遂乱次以济。余同选青诸人冒雨回，着凉，腹泻数次。

二十七日丁未(5月3日) 晴。达泉邀选青等吃午饭，招同去，因腹疾初愈，辞之。

二十八日戊申(5月4日) 晴。晨，子韶、仪廷来。午后，同选青等到府前文粹堂看会，子砚亦在。又往骨董铺买玉子烟壶、两元八角。长方小铜盆。一元三角。求忠补二月师课："颜渊季路侍"三节，"云近蓬莱常五色"。

二十九日己酉(5月5日) 晴。选青在骨董铺得澄泥砚，属余作铭书两句，付之云："其泥一斗澄之清，制为研兮当田耕。"夜饭后，送选青、三儿、贵保到狮子桥下船，移舟城外，明早开行。

三十日庚戌(5月6日) 立夏，卯初二刻三分。晴。自选青等回家，殊形寥寂。

四月初一日辛亥(5月7日) 阴。晨，上府，文庙行香，顺访达泉。回，东南风吹急而雨。篔山嫁女，送烛、酒票，受烛九灯一百枝。解义学春季脩。

初二日壬子(5月8日) 晴。巳刻，赴篔山喜酒之招，同席子研、达泉、潘冶山、吴蕊乡、赵幼渔及主人。席散，看发妆奁而回。灯下书超亭款扇面，盛莲生来。不留心，烟壶坠地，及写毕，拾起珊瑚盖，一枝竟折为数段，惜哉！

初三日癸丑(5月9日) 晴。晨，至篑山处道喜。午后雨。昨接王太太三月廿八致铜士书，知媳妇小产后服赵蕴芬药数剂，现一切如恒，甚慰远忆。竟日无事，整理架上书及新得数种，位置楚楚。

初四日甲寅(5月10日) 阴。晨，原船回松，带到三儿信，知于初一晚到常，媳妇尚未起床。据蕴芬云，满月后必须服补剂。佩女疔疮已愈。午后，走访达泉，顺访子砚。雨中至世英堂后门旷野中寻圣祖御笔“芝英云气”四大字，碑石虽泐而字迹完好。两旁跋语赞，董其昌字，摩挲良久。雨不止，仍至府学署，假盖而还。

初五日乙卯(5月11日) 晴。

初六日丙辰(5月12日) 竟日雨。纯嘏出示屈味霞信，云月之十六、七，十九，二十常、昭两邑庙出会；廿二、三，廿五、六总管及水仙两庙出会。忆道光十八年水仙会极盛，时才十三龄，闻先君言，此会久不出，故举国若狂，观者如堵。忽忽四十余年，想又有一番热闹。然统计四庙赛会，所费不訾，神灵有知，亦必不以为然也。夜雨达旦。

初七日丁巳(5月13日) 雨止，竟日阴。

初八日戊午(5月14日) 晨大雷雨，竟日雨不止。求忠书院府课：“天之所覆”四句，“村前竹树欲藏溪”。看杜诗，摘录《示从孙济》一首：

“平明跨驴出，未知适谁门。权门多噂沓，且复寻诸孙。诸孙贫无事，客舍如荒村。堂前自生竹，堂后自生萱。两‘自’字使写出如荒村光景。萱草秋已死，竹枝霜不蕃。此亦伤本支零落，赋而比也。淘米少汲水，汲多井水浑。刈葵莫放手，放手伤葵根。时必淘米、刈葵，故复以起兴。族之有宗，犹水之有池、葵之有根也。水有源，勿浑之；族有宗，则亦勿疏之而已。阿翁懒惰久，觉儿行步奔。所来为宗族，亦不为盘飧。小人利口实，薄俗难具论。勿受外嫌猜，同姓古所敦。结意厚。”①

---

① 是叶眉批：“沈云随事比兴，全得古乐府之神。”

夜饭时又雷，大雨如注。竟夜雨，群蛙聒耳。

初九日己未(5 月 15 日)　晨雨，午后止。收拾书架顶上故纸堆，得《素修堂》残稿一本，拟秋间回常赠儒卿。又检得《董戒遗箴》，前江苏学政寿阳祁文端相国劝戒鸦片《新乐府》，录之：

"《新乐府》三章，为戒鸦片作也。鸦片本名阿芙蓉，康熙二十四年开禁南洋，始充药材，流入中国。其后吸食渐众，毒瘾溺人。嘉庆十五年，奉旨严禁。嗣后屡议科条，加重惩警，而习染勿悛，以其瘾发能致人死故也。道光十八年，鸿胪寺卿黄君爵滋以纹银出洋日多，弊由私贩日夥，疏请自今犯者宜论死，以塞漏危。诏下盛京、吉林、黑龙江将军、直省督抚，各抒所见议奏。于是中外闻风，振厉洗刷，有司剀切宣谕，并刊布治瘾诸方，以拯积溺。寯藻忝奉輶轩之使，士习民风，与有责焉。爰制《新乐府》三章，以当劝戒，俾多士循省，且为民诵之。庶知大圣人好生之德，洽于民心，兹用不犯于有司云尔：

"鸦片烟，来自西南外洋之估船。我朝柔远弛洋禁，欲化毛羽为织纴。大黄茶叶洋所无，洋人得之销毒鸩。大哉圣德中外无不该，彼洋乃以鸩为媒。不知何物阿芙蓉，阑入包匦充药材。蜃楼云烟从此起，世上纷纷鸦片鬼。鸦片鬼，尔何愚！尔之金尽骨髓枯，旁人笑骂尔欢娱。岂不闻洋人贩烟亚细亚，彼国食者杀无赦。如今朝廷议以重典待尔侪，许尔湔肠涤胃痛自悔，尔不自悔谁为哀。

"鸦片烟，流入中土自南及北如狂澜。先皇有诏严禁此，为其伤生废事耳。伤生废事犯者法当徙，特未杀人罪至死。大哉国法轻重有权衡，尔辈乃以死为生。岂惟将身作药脯，坐使黄金化为土。初闻番钱满载来，估船近则以土代其钱。土日多，钱日少，蟹艇朝朝出海岛。岂不知黄金白金国之宝，民命系此为寿夭，掷之大洋真草草。如今朝廷岂乐以重典待尔曹，愿尔拔疽剔蠹善自保，尔不自保将为逃。

"鸦片烟，黄鸿胪疏天下传。我皇恻然为民计，诏下封疆大臣各具议。大哉天地好生德，辟以止辟诚救弊。立法由近以及远，行法后贱而先贵。惩一警百许自新，酒诰意在醒迷民。民风要视士习变，臣愚窃考洪范传。洪范次九乃以六极终，鸦片一物备其凶。岂特恶疾致短折，日贫日弱忧何穷。氓之蚩蚩自罹咎，士也裒然四民首。岂不闻深宫宵衣与旰食，蠲租却贡纾民力。又不见市上金价高如山，民间米盐事事艰。毒药得解尚可活，黄金入海何时还。如今朝廷日以化民成俗望我士，我士勖哉，其以忘生徇欲为深耻，五福绳绳其来跂。"

初十日庚申(5月16日) 晴。府小课："被褐怀玉赋以'有人于此被褐怀玉'为韵"，"赋得'器冷弦调'得调字，五言八韵"，"五事本五行解"，"织布始于何时考"，"山涛论"，"《太元》拟《易》说"，"蚕豆五排十二韵"，"麦秋七律二首"。接三儿初七日信，知媳妇又患齿痛、头痛，似有微热。蕴芬云，营虚未复，虚火上干，须慎防之。儒卿家狐仙弄人，柴间内一日火发数次。归千之雉经死，身子并未悬空，必是遇祟。此君一生快活，后起又好，竟如此结局，亦一怪事。仲展侄媳旧病复作，奈何！晚，覆三儿信，附寄选青书。

十一日辛酉(5月17日) 晴。午后，走访达泉，畅谈，薄暮返。

十二日壬戌(5月18日) 晴。检理各处故纸堆，所缺《国朝先正事略》一本，竟无踪迹，可怪亦可惜也。午后阴，大风。闻斜塘港摆渡船遇风而覆，溺死四十余人，系往观演剧，船小人多，致遭此祸。

十三日癸亥(5月19日) 晨微雨即霁。午后，子砚来，正极无聊，足音忽到。放翁诗云"正欲清言闻客至"，如为今日咏也。

十四日甲子(5月20日) 雨晚止，夜复雨。

十五日乙丑(5月21日) 小满，晨微雨即止。上府，子砚、达泉已进去，恰好同揖。出，诣文庙行香。午后，访子研。阅《申报》，会试我邑中叶士荃；嘉定秦氏三兄弟中其二，名绶章、夔飏，可称竞爽；去年南元汪凤藻联捷，镇江府学训导和卿亮钧少君；祁寿麐，籍贯注江苏，未知是浩泉郎君改名否。茶话久之，同至达泉处，略坐，即往西门。本拟到岳庙，因阴云四合，恐有雨，即归。夜，月明如昼。

十六日丙寅(5月22日) 晴。思泉招明日巳刻饮。偶阅昭文姚古愚齐宋《甑尘纪略》:“徐诚,字征九,太仓人,与弟莲溪同迁吾里,为桐子师二十余年,潦倒而卒。邵太医子松严,字鹤威,会稽上虞人,徙居吾里,太学生,乙酉乡试不售,弃举子业,为桐子师。”“桐子”二字未知所出,若系“童子”之误,不应两处皆然,摘出,俟质诸博闻者。会试松江一府脱科,殊觉减色。午后,接芝生弟初十日驿递书,即作复书,明日寄。[①]

十七日丁卯(5月23日) 晴。晨,子研答府钱席吴虎生,顺过访,带公周、芝弟、秋农求浩泉书扇及条幅。略谈,先往耿处,余亦随去。达泉已在,张玉山鸣珂、魏槩仲、胡公寿相继至。忽雨,席散,乘小轿归。封寄芝生信及祁书各种,附致三儿字。顷在耿处见浩泉复书,祁寿麐并非子枞改名,是泰州人。又阅《申报》,我邑邵松年亦中。宛平籍。玉山,浙江嘉兴人,向在军门幕府,现署江西奉新县,回来买宅松江荷池巷。余耿处未回,虎生来拜。

十八日戊辰(5月24日) 晴。求忠季山长课:“曾子曰:以能问于不能至犯而不校”,“记事珠”。两题皆去年六月十八日课出过者,掌教如此善忘,此课肄业诸生谁肯不录旧耶?可叹可叹!晚,书渊甫来纨扇一柄。

十九日己巳(5月25日) 晨微雨。答拜虎生,以未起辞。午后大雨。府札发新进文、武童生红案。何省吾来。

二十日庚午(5月26日) 晴。周桂枫泾讨租回。

二十一日辛未(5月27日) 阴,黄昏雨。

---

① 是叶眉批:“甲申四月,买子书数种。灯下看扬子云《法言·学行》:‘学则正,否则邪。师哉师哉!桐子之命也。’李轨注:‘桐,洞也。桐子,洞然未有所知之时,制命于师也。再言之者,叹为人师,制人善恶之命,不可不明慎也。’《音义》:‘桐,音通,与侗同,亦音同,为成人也。’盖疑一载,顿觉豁然,开卷有益如是,但恨蹉跎半世……”

二十二日壬申(5月28日) 晴。写对五副。灯下得四十字:“一雨绿如洗,眼前生意饶。草香时引蝶,树静不闻蜩。长昼难消遣,残书破寂寥。倦来贪午睡,难免客嗔招。注:往往以午睡辞客。”

二十三日癸酉(5月29日) 晴。午后,汪松翁来。唐石愚郎君过隆,华亭学。送试草来。

二十四日甲戌(5月30日) 晴。杜密侯、黄丽生来。晚大风,夜雨。

二十五日乙亥(5月31日) 雨。送唐少愚芹分,烛票五灯四十枝。寄书三儿。

二十六日丙子(6月1日) 晨微雨,晚霁。戴静卿、冯慎卿来。慎卿今春未与岁试,当时报病,今询其在河南中牟县王□□,晓莲郎君。署中教读,岁试时适中牟县试,留其阅卷不得归,现欲俟学宪回江阴补考。接三儿十九日信,知媳妇前有寒热,服蕴芬药即愈,现惟头眩心跳,廿一满月后再要请蕴芬诊视;二媳旧恙又发;小楼之弟月之廿四日完姻,娶俞芝轩孙女;出月十二日送学;米价三元二角。张象山郎君士希芹分,送烛票九灯六十枝,酒票十斤。

二十七日丁丑(6月2日) 送学,晴。晨,秦伟生来。晚间往华学,俟华、娄两县送新生到学,即赴学。新生谒圣毕,在明伦堂谒见乃回。沈仪廷来。

二十八日戊寅(6月3日) 晴。晨,陆吟甫来。新生张伯贤士希来,名为堂课,而新生仅到一人,实属不成事体。晚,陆玉书来。

二十九日己卯(6月4日) 孝慎成皇后忌辰,晴。寄书伟生泗泾。夜半忽齿痛。

五月初一日庚辰(6月5日) 晴。晨,上府,文庙行香。齿痛未平。府小课:“禁扇去笠赋以‘不欲令人御盛阳之气’为韵”,“赋得‘日长栏槛燕交飞’得长字,五言八韵”,“殳斯解”,“奉时辰牡解”,“拟羊叔子《让开府表》”,“赵松雪书《前后赤壁赋》石刻跋”,“拟谢灵运《斋中读书》”,“棋筒铭”。

初二日辛巳(6月6日) 芒种,晴。齿痛,觉有微热。晚,愚溪来。

初三日壬午(6月7日) 孝诚仁皇后忌辰,晴。送沈少泉芹分,《学海堂三编》一部。晚,少泉招吃芹酒,同席达泉、唐又村、景刘、猗莀、主人。

初四日癸未(6月8日) 晴。各店来算帐,甚觉烦琐。为少泉书纨、折扇各一。寄信三儿。

端五甲申(6月9日) 晴。晨,上府贺节,同寅已散,挂号而回。写少泉之兄亚春纨扇。过节祭先。接廿九日家书,知廿五所寄之信已到;媳妇渐好,惟乏气力,仍要心跳头眩;丁葵臣疽发背而死;家存廪米尚未粜。晚,玉书来,襄伯继至,吃夜饭去。襄伯云,阅《申报》,吾邑杨、庞两君俱留馆,松江顾香远散知县。

初六日乙酉(6月10日) 晴,大风。午后,走访达泉、子砚。微雨,假盖回。周桂往泗泾,带书致伟生,附扇面二叶乞画。阅《申报》,邵松年二甲第五名,叶士荃三甲一百三十二名。灯下书汪端斋扇。竟夜雨。

初七日丙戌(6月11日) 雨。昨阅《申报》,见陈名珍列二甲,是子惠同年郎君。子惠癸丑进士,任农曹几二十年,郁郁不得志,而郎君捷贤书者数人,今又南宫继起,故人有后,为之一快。

初八日丁亥(6月12日) 晨雨。求忠华亭课:“庶几夙夜”,“摘尽枇杷一树金”。午后,书芝弟庚辰秋寄来之扇,录五十寿诗二首,又写子砚来朗薇款扇。

初九日戊子(6月13日) 晴。昨接子砚字,云梧生稿已寄到,人不来松。晨起,缮信一函,备齐空白详册结、红白禀等寄梧生。临封时,书办交阅梧生寄来之稿,即将原稿一并封寄,属其代缮照办,仍将此稿寄来。接县移,催漕米。

初十日己丑(6月14日) 晴。晚,襄伯来。府小课“棋筒铭”无有佳者，戏拟之："分黑白，决雌雄。既息争而化竞兮，请君晏处乎其中。"又："圆匀者质耶，黑白者色耶，国手不来，肯轻出耶。"

十一日庚寅(6月15日) 晴。晨，接初八日家书，知定于二十日来松；米先粜一廪，价二元九角五分；大、二媳，诸孙男女均安好；新坟筑方基，已与坟客讲定洋十六元，俟王少田日子寄到，月内即要动工。晚，子砚来，微雨。

十二日辛卯(6月16日) 晴。备俸斋划漕印领文书移县。

十三日壬辰(6月17日) 晴。丑正，赴世英堂祭武帝。回，天已明，略睡。备印领文书，领春、夏两季门子工食。

十四日癸巳(6月18日) 晴，甚热，寒暑表九十三刻。晨，仪庭、子韶、伟生来。

十五日甲午(6月19日) 晴。未上府，挂号。晚，玉书来，夜卧铺席。

十六日乙未(6月20日) 晴，热甚，午前阵未成，至晚大雨即止，始觉凉爽。托甡源庄汇解司饷交钱梧生，并信一封。景刘竹醉日栽竹，作《种竹篇》赠之："沈郎性爱竹，乞邻得数竿。及兹沉醉日，移徙依庭垣。稍删天竹丛，植此青琅玕。天竹虽结实，徒供鸟雀餐。不如对此君，潇洒结古欢。早晚勤灌溉，风雨问平安。但期春笋多，会见阴檀栾。虚囱鸣秋声，深林生夏寒。岂知美荫成，要在培壅坚。种[①]竹固如此，力学岂不然。栽从虚怀谷，沃以灵源泉。治经根本固，能文枝叶繁。学成十年间，如竹青云干。此时倘健饭，或再游云间。见竹荫满庭，修尾摇青鸾。更看种竹人，名高玉笋班。相与共竹笑，乘凉开风轩。努力治艺圃[②]，无忘此赠言。"

十七日丙申(6月21日) 晴，甚热，晚大雨，稍凉。接芝弟初五日驿递书。偶成七律一首："但觉浓阴绿似油，晚来得雨暑全收。砌

---

① "种"原作"即"。

② "治艺圃"原作"竹简披"。

生细草苔同上，盆植新荷叶渐抽。插架有书贫亦富，当窗设榻夏如秋。日长饱饭浑无事，惭愧东菑台笠俦。”

十八日丁酉(6月22日)　夏至，晴。求忠山长课：“可以赞天地之化育”，“秧马”。晚又起阵。松江夏至节要荐先，闻东邻祭哭声，得五古一首：“夏至一阴生，象取天风姤。俗沿冬至例，馨香荐俎豆。邻家设几筵，哀号令眉皱。沈子君子儒，颜貌剧清瘦。文场谢角逐，理窟恣研究。谁知心血枯[①]，颜夭输跖寿[②]。奄忽已二稔，妇嫠子尚幼。无怪哭声哀，茕茕真[③]在疚。人生天地间，百年几昏[④]昼。少者壮渐成，老者衰日就。春鹂与秋蟀，一物应一候。相催白发新，谁保朱颜旧。不如且行乐，放怀观宇宙。宇宙本寥廓，人见徒自陋。怡然心息争[⑤]，我师伏不斗。泠然风可御，我慕列御寇。本是蒲柳姿，敢异松柏茂。饱饭终余年，苍苍待我厚。何用苦忧煎，肝肾自鉥镂。不见邻家子，高坟夏屋覆。”

昼甚热，晚起阵，顿凉爽，成一诗：“炎帝赫司权，朱明行夏令。凡人每惮暑，天乃人心顺。当[⑥]昼日以暄，及晚雨以润。一雨洗炎歊，心目陡清净。不然芸耨者，难免夏畦病。调剂得其宜，苍苍恤物命。人欲天必从，处高尚卑听。奈何坐堂皇，民瘼未暇讯。能持宽猛平，庶几可为政。”

十九日戊戌(6月23日)　晴，黄昏雷电交作，风雨骤至。北牖迎凉，快然成咏：“正苦蚊虻闹[⑦]，当空火伞张。何来大雷电，顷刻异炎凉。萤火草根湿，蛙声雨后忙。仅堪北窗卧，清簟竹方床。”

---

① “心血枯”原作“夭天年”。

② “颜夭输跖寿”原作“尚未及中寿”。

③ “真”原作“实”。

④ “昏”原作“旦”。

⑤ “怡然心息争”原作“嚣然世尚争”。

⑥ “当”原作“旦”。

⑦ “正苦蚊虻闹”原作“挥扇汗如浆”。

二十日己亥(6月24日) 晴。接梧生十八日书,云所寄空白诸件已接到,业已缮申,并寄还原稿;汇洋尚未到,现想可收到矣。作《凌霄花》一首:"凌霄花,托身何高高,托身既高颜更娇。我语凌霄花,托身须择木。松耶柏耶老空谷,直节不遭尘世辱,尔能附之显芳躅。世上岂无恶木枝,任尔攀援总不辞。恶木有时作新炭,巢覆乌鸦各星散。托身一误悔已迟,凌霄凌霄知不知①。"晚又起阵。

二十一日庚子(6月25日) 晴。晨,衡翁来。午后,走访达泉,同访子砚,剧谈,吃点心。阅《申报》,邵松年点翰林,叶士荃主事。俟阵雨止乃归,黄昏又大雷电以雨,得四十字:"饱饭黄昏后,凉风到北窗。电光时闪闪,檐溜自淙淙。此地宜高枕,何时系小艭。儿、媳、诸孙于昨买棹来松,际此雷电交作,未知已泊舟否。偶然吟短什,蚓笛不成腔。"解义学夏季脩。

二十二日辛丑(6月26日) 雨。晨,儿、媳、孙男女回松,知大媳、孙女、二媳、诸孙男女及佩女家均安好。王翱风于月之十三日谢世,老友中又少一人矣。

二十三日壬寅(6月27日) 孝恭仁皇后忌辰,晴。晨,长班交到牲源庄取回钱梧生收到汇洋回信。先祖妣沈太恭人忌。

二十四日癸卯(6月28日) 晴。晚,玉书来。

二十五日甲辰(6月29日) 晴。

二十六日乙巳(6月30日) 晴。午后,达泉来。

二十七日丙午(7月1日) 晴。午后,挥汗写朱裕源来条幅四、保之《枫江感旧图》、稚莲册页二纸。晚,周岭梅来。

二十八日丁未(7月2日) 晴。先曾祖考有闻公忌。午后,写蒋芍舟条幅四。晚,陆吟甫来。昨宵人穿壁,犬吠而遁。

二十九日戊申(7月3日) 晨阵雨,午霁。书里中本巷沈大单

---

① "托身一误悔已迟,凌霄凌霄知不知"原作"一身自报不能全,此时此花亦可怜"。

条四幅及陶星槎轴心，字不佳而挥汗作之，殊觉费力。夜又起阵，雨甚大。

六月初一日己酉(7月4日) 晴。晨，上府。子砚云，昨晚起阵，雷击府学文星阁。谒太尊后，诣文庙行香。晚，书王愚溪纨扇。

初二日庚戌(7月5日) 晴。才起，子砚来。同访衡翁，适出门拜客，俟其回又去，茶话良久而返。留子砚午饭，去，慎卿来。晚又大雨。接县移："署松江府娄县为转移事。奉本府正堂博札，奉提宪李札，准礼部咨开，祠祭司案呈，恭照本年六月初十日，孝贞显皇后二十七月服阕之辰，当经本部札行钦天监，敬谨选择行释服礼吉日吉时。去后，旋据钦天监文称，选择得六月初六日辰时，皇上亲诣奉先殿行释服、祭告礼吉，本部于三月初十日奏闻，本日奉旨：'知道了，钦此。'相应通行京外，一体敬谨遵照可也。等因到本军门。准此，合行札饬。等因到府，转饬下县。奉此，合行转移。为此，合移贵学，请烦查照施行。须移。"

初三日辛亥(7月6日) 晴。晚，龚梓材来。黄昏雷电以雨。

初四日壬子(7月7日) 小暑，晴。晨，子砚还《前汉书》两函，借《后汉书》两函去。

初五日癸丑(7月8日) 晴。门斗方莹泗泾回，带到伟生信。炎蒸殊甚。阅选青书，知全家均好。

初六日甲寅(7月9日) 晴。因四更时起风阵，竟日凉爽。

初七日乙卯(7月10日) 晴。

初八日丙辰(7月11日) 晴。求忠娄县课："子曰：伯夷叔齐"二章，"桐阴清润雨余天"。

初九日丁巳(7月12日) 晴。

初十日戊午(7月13日) 晴。接藩司解饷批详。

十一日己未(7月14日) 晴。晚浴。

十二日庚申(7月15日) 初伏，晴，晚阵雨。

十三日辛酉(7月16日) 晴。晚,令关寿薙草,阵雨至。

十四日壬戌(7月17日) 昼晚起两阵,颇凉爽。接慎生十一日信,云新坟方基已筑好;邑中米价三元零。

十五日癸亥(7月18日) 晨,上府,冒雨诣文庙行香。晚及黄昏又雷雨。今日府小课:“观云悟笔赋以‘夏云随风顿悟笔意’为韵”,“赋得‘花为四壁船为家’得花字,五言八韵”,“三寿作朋解”,“释茶”,“房谋杜断论”,“拟陆机《荐戴渊疏》”,“招凉珠七古”,“西瓜、灯七律两首”。

十六日甲子(7月19日) 晨雨即霁。覆慎生信,附致芝弟书及陶星槎属书轴心。

十七日乙丑(7月20日) 晴,晚阵雨。

十八日丙寅(7月21日) 晴。求忠师课:文题“伊尹耕于有莘之野至系马千驷弗视也”,诗题“绿树阴浓夏日长”。

十九日丁卯(7月22日) 晴。亡妻沈孺人忌。

二十日戊辰(7月23日) 大暑,晴。晚,接选青信,并仰之亲家属书《祠堂碑记》一纸。娄捕厅汪邦杰,钱塘人。来拜。

二十一日己巳(7月24日) 晴。晚,梓材来。

二十二日庚午(7月25日) 中伏,晴。

二十三日辛未(7月26日) 晴。晨起,坐北窗下,凉风飒然。偶弄墨画一鹳鸽,三儿补梅。晚,伟生寄到余及选青属绘扇面。

二十四日壬申(7月27日) 晴。晨,答拜娄捕厅汪朗亭。寄覆选青信,附伟生画便面,并昨画鹳鸽小横披寄佩女。

二十五日癸酉(7月28日) 晴。

二十六日甲戌(7月29日) 万寿,晴。丑刻,赴世英堂拜牌。

二十七日乙亥(7月30日) 晴。

二十八日丙子(7月31日) 晴。晚,汪端斋来。

二十九日丁丑(8月1日) 晴。

三十日戊寅(8月2日) 晴。

七月初一日己卯(8月3日) 晴。晨,上府,诣文庙行香。修葺文庙是日破土,祝告土神,同达泉行礼。

初二日庚辰(8月4日) 晴。致书奉贤县陈彦士,初八日求忠书院出题考试。今日忽雨忽晴,大有秋意,竟夜风潮不息。

初三日辛巳(8月5日) 晴。竟日风潮,夜雨。

初四日壬午(8月6日) 雨,晚止,风稍息。

初五日癸未(8月7日) 雨。

初六日甲申(8月8日) 立秋,卯正三刻八分。雨,晚止,黄昏又微雨。

初七日乙酉(8月9日) 晴。

初八日丙戌(8月10日) 晴。今日书院课因奉贤县题目未到,改于十六日课。午后题目寄到。

初九日丁亥(8月11日) 孝静成皇后忌辰,雨。

初十日戊子(8月12日) 孝懿仁皇后忌辰,晴。

十一日己丑(8月13日) 晴。接藩司解饷批稟,知于六月廿三日收库。

十二日庚寅(8月14日) 末伏,晴,夜雨。

十三日辛卯(8月15日) 晴。补书院奉课:文题"思而不学则殆"合下二章,诗题"天阶夜色凉如水"。

十四日壬辰(8月16日) 晴,甚热。中元节祭先。

十五日癸巳(8月17日) 晴。太尊上省,未上府。文庙行香后,到华学,略谈而返。达泉述知庞昆圃于六月初谢世。

十六日甲午(8月18日) 晴。接府祭祀各札。

十七日乙未(8月19日) 文宗显皇帝忌辰,晴。

十八日丙申(8月20日) 晴。季山长书院课:文题"惟仁者为能以大事小"三句,诗题"半岭天风有啸声"。午后,访子砚。

十九日丁酉(8月21日) 晴。令周桂到县催取俸斋划漕串,即带回。

二十日戊戌(8月22日) 晴。备文移两县,领丁祭银两。

二十一日己亥(8月23日) 处暑,雨。令轿夫搬房间,俱在楼下住,因房东家修葺楼屋。

二十二日庚子(8月24日) 风雨竟日,木棉及稻恐有所损。课森孙读《弟子职》《孝经》毕,今日始读《论语》。

二十三日辛丑(8月25日) 晴。庶祖妣汪太恭人忌。

二十四日壬寅(8月26日) 晴。继祖妣沈太恭人忌。

二十五日癸卯(8月27日) 仁宗睿皇帝忌辰,晴。接县移,传欠粮米附生张世德。晚,子砚来。

二十六日甲辰(8月28日) 晴。备文移金山县,八月初八考试书院。

二十七日乙巳(8月29日) 晴。

二十八日丙午(8月30日) 晴。

二十九日丁未(8月31日) 晴。晨,接芝弟廿一日驿递书,并用东坡《聚星堂》韵诗三首,附儒卿信诗。又朱保之催取诗册,此册五月底书就,即附寄稚莲转交,何未收到耶?须致书一问。备文移两县,领八月十二日祭武帝执事生胙肉钱。

八月初一戊申(9月1日) 晴。晨,诣文庙行香,顺访达泉。太尊有调省察看之信,今日不见客,挂号。节前后要卸事,署任闻已挂牌:杨见山太守岘。又有迎新送故之劳。午后,祭城内外十八祠,热甚,回尚早。今日府小课:“蠹书于羽陵赋以题为韵”,“赋得‘海棠露湿胭脂朵’得棠字,五言八韵”,“《诗》有六义说”,“江离说”,“陈汤论”,“读周子《养心亭说》书后”,“拟谢惠连《秋怀》用原韵”,“拜月词”。

初二日己酉(9月2日) 晴。

初三日庚戌(9月3日) 晴,甚热。晚,洗澡,适起凉风。致书用吉,询九月葬期择定与否。附复儒卿书,属其转交。黄昏雨,灯下整理乱书,检得庚辰春南汇杨司训竹轩襄和韵留别七律,有“飞花此日长辞树，采药何年共入山”句。杨君是年六十九，拟七十乞休，于是夏暂假回籍，不数月即故，则“飞花”句竟成诗谶，当时本以为不祥也。

初四日辛亥(9月4日) 晴。祭文帝，未去。

初五日壬子(9月5日) 晴。晨，祭昭忠祠。毕，访子研，借其新买数种书归，适喻锦翁在寓，闲谈良久而去。阅选青信，知全家皆安好。

初六日癸丑(9月6日) 晴。写伟生及屺怀便面。屺怀扇亦伟生寄来。

初七日甲寅(9月7日) 晴。晨，娄捕汪朗廷来。明日书院金山课题目尚未寄到，改于十一日课。

初八日乙卯(9月8日) 白露，晴。晨，将所书扇面封寄伟生。字询子研金山县任公之号，回字云号石芝，名焕奎，并云朱佩秋病危。府学文生彭镐、顾思恺，本学文生张继勋来见，缘张生叔周世德被陆翰臣发饭歇，求往见一说。函致任石芝，催其书院课题。复芝弟信，附覆选青信中，托其转交。致书子愚，代屈虞臣乞画，另扇料四张，二索子愚画，二属子愚代求周芰裳画。

初九日丙辰(9月9日) 太宗文皇帝忌辰，晴。午后，接金山县书院题目。晚，诣学宫省牲，顺访达泉。回，提痧。

初十日丁巳(9月10日) 晴。丑刻，诣文庙，在轿中呕吐。比至，达泉、清溪、朗廷已在，即诣后殿行礼，俟县陆翰臣到即祭正殿。送神后，至府学。祭毕，回已天明。晚，朗廷来。

十一日戊午(9月11日) 太祖高皇帝忌辰，晴。求忠书院金山课：文题“夏后殷周之盛至民不改聚矣”，诗题“新秋雁带来”。阅用吉书，知葬期择定九月廿五日。顾思恺、张继勋来。晚，世英堂省牲，顺访子砚。

十二日己未(9月12日) 晴。丑正，赴世英堂祭武帝，回已天明。

十三日庚申(9月13日) 晴。

十四日辛酉(9月14日) 晴。晨,往横山祭张少宰祠,去顺风,回已暮。夜,陆翰臣片请明日代武庙行香,他欲往金山,有邻封相验之事。

十五日壬戌(9月15日) 晴。晨,上府贺节,诣文、武庙行香。顺访达泉,上府未回,略坐即返,遇诸途。夜月明如画,忆去年此时与仲展侄、用吉再侄淮清桥啜茗,看出场者纷纷,弹指又一年矣。

十六日癸亥(9月16日) 晨微雨即霁。书《归氏祠堂碑记》,字劣甚,镌石殊骍颜也。晚,衡翁来。

十七日甲子(9月17日) 晴、雨半。楼屋修葺完工,仍搬住楼上。

十八日乙丑(9月18日) 晴。晨,走答汪朗廷。求忠师课:“吾见其人矣”合下一节,“书名玉杯”。

十九日丙寅(9月19日) 微雨。府发监生张锡让到学,家松泉亲戚来取保。闻新本府明日要到。

二十日丁卯(9月20日) 晴。巳刻,赴祭江亭接署府宪,诸同寅毕集。须臾,舟抵马头,上手本,云到公馆见。即进城至贡院,俟良久,进贡院,见两县后,三学禀见而返。

二十一日戊辰(9月21日) 晴。接子愚信,并屈虞臣求画之扇及画扇料两页。

二十二日己巳(9月22日) 晴。辰刻,到府署。新府接印,仍回贡院,又往彼贺喜。后又同子砚、达泉及华、奉、娄、金四县到府署见博太尊,皆未见,挂号而回。杨太尊来拜。

二十三日庚午(9月23日) 世宗宪皇帝忌辰,秋分,晴。因忌辰,太尊公馆差长班挂号。屈处来人云明日太太回常,写致慎生侄信一函,托其带交。

二十四日辛未(9月24日) 晴。

二十五日壬申(9月25日) 晴。太尊府学行香、讲书。卯刻,到学,子砚、达泉已到。子砚云,昨晚佩秋之侄到彼署,述知佩翁于月之廿三日病故，旧友中又少一人，为之悒怏。俟太尊到，毕事而返。接翰臣信，催完清上季粮米。午后，访达泉长谈。继访子砚，知翰臣亦有信。回已暮。

二十六日癸酉(9月26日) 阴。

二十七日甲戌(9月27日) 晴。至圣先师孔子诞，诣文庙，同华学行释菜礼。子砚到学。回，衡翁来。博太尊来辞行。

二十八日乙亥(9月28日) 晴。巳刻，博太尊动身，先往祭江亭马头，俟下船，同华、奉、娄、南四县及府、华两学禀见，送行。进城，广明桥答拜水利厅饶。世德，江西人。移知上海县九月初八书院课。

二十九日丙子(9月29日) 晴，晚微雨，夜雨达旦。

三十日丁丑(9月30日) 晴。

九月初一日戊寅(10月1日) 晴。晨，到贡院，俟太尊行香回。见后，诣文庙行香。达泉述知沈月帆表弟于八月十八日病故。晚，为子研表弟丁诒孙有芑书楹联，恶劣不堪。

初二日己卯(10月2日) 晴。

初三日庚辰(10月3日) 晴。王元熙，院董愚溪之父。初六娶媳，帖邀初五日看妆。

初四日辛巳(10月4日) 晴。送王愚溪处喜分，五灯烛票一百枝。午后，张仲玉廷柱，叔周之兄。来，陆玉书亦来。

初五日壬午(10月5日) 晴。晨，拜陆翰臣，带交漕划。昨接达泉字，云今日王处喜酒不去吃，是以亦未去。晚，玉书来。忆去年今日在家，同儿侄、侄孙辈西山祖茔祭扫值雨。

初六日癸未(10月6日) 晴。晨，往愚溪处道喜，顺访达泉。晚，杨超亭招明日饮。接金山学朱佩秋讣，月之十四日领帖。周桂同玉书往涨庄武生陈昌其处。

初七日甲申(10月7日) 晴。晨，慎卿来。午刻，赴超亭之招。子研、达泉继至，同席李□、侯□□、超亭同乡，乙亥孝廉。子研、达泉、施芾村，兆缙，亦湖北人，帐房江苏候补。暨主人而六。接上海县黎光旦信，并明日求忠书院课题。陆翰臣来答拜。

初八日乙酉(10月8日) 晴。书院上海课：文题“夫政也者，蒲卢也，故为政在人”，诗题“政贵有恒”。愚溪处招明日饮。

初九日丙戌(10月9日) 寒露。晴。巳刻，赴愚溪之招，同席姚清溪、应连，华捕厅。子砚、达泉。席散，往子砚处，坐谈良久。同游南禅寺、云间书院，归已暮。喉咙忽哑，想是受热所致。

初十日丁亥(10月10日) 晴。送朱佩秋吊分洋一元。

十一日戊子(10月11日) 晴。先妣沈太恭人忌。接县移，十月初一日日食。赵襄伯送绋分洋一元。

十二日己丑(10月12日) 晴。达泉字来，云其夫人在常，十六动身则抵松总在十八，则我十九乘来船回家太觉局促，只好在松雇船矣。

十三日庚寅(10月13日) 晓雨即霁。

十四日辛卯(10月14日) 晴。吴秋农谷祥属题琴墨拓本，为书《琴赋》数语。为景刘书《种竹篇》小横幅。

十五日壬辰(10月15日) 晴。太尊赴沪未回，不上府，文庙行香。访子砚，述知其太夫人及其弟灵柩本于十月中安葬，昨尊人自苏来信，云另有风鉴说今年太岁在未，与其弟嗣子丁丑生相冲，断不宜办葬事，因而中止。思森孙亦系丑生，未可造次。但颖侄、翁媳两棺既要出殡，俗例，同宅者未便停留，只得将棺借山人家暂停，且俟明年择日营葬。即致书用吉、大媳，余且俟屈太太回松，乘其原船于十九日回里。继思到家距廿五之期已迫，又函致仲展侄，属其先看定停棺之所，及帖子、灯笼等亦先为置办。

十六日癸巳(10月16日) 晴。昨府小课：“笔阵横扫千人军赋以题为韵”，“赋得‘高义总成林’得林字，五言八韵”，“《诗》传笺异同考”，“唐韵考”，“海防论”，“芦田利弊论”，“拟杜少陵《诸将》五首”，“观海歌”。晚，又寄书慎生侄。沈纯嘏送绋分洋一元。

十七日甲午(10月17日) 晴。晨,到育婴堂,县及府、华两学、经知、水利、华捕厅皆不到,仅余与车立斋、汪朗亭三人,神前行礼即回。录神前对:"父兮生,母兮鞠,俾无父母有父母,此谓民父母;子言似,孙言续,视犹子孙即子孙,以保我子孙。抚吴使者楚南陶澍撰。"

十八日乙未(10月18日) 晨微雨即止。访达泉,知其夫人尚未抵松,逆风甚大,到必迟也。求忠师课:文题"夫志至焉至无暴其气",诗题"八月湖水平"。汪松乔丈送绋分一元。

十九日丙申(10月19日) 微雨。达泉送绋分一元。其夫人船仍未到,即雇两舟,挈媳、孙男女于巳刻登舟,一路逆风。晚泊青浦南门外。夜饭后大雷电以雨。

二十日丁酉(10月20日) 晴。黎明开船,逆风。晚泊昆山朝阳门外,起岸,进城买茶食,在酒馆吃夜饭。出城,如意阁啜茗。

二十一日戊戌(10月21日) 四更开船,微雨即止。到巴城镇,尚早,舟人买菜略停,顺风扬帆,顷刻过湖。晚,抵家。

二十二日己亥(10月22日) 晴。将出殡日期开单通知至亲及族,令慎生出西门看停棺处,近坟一带人家绝无可容者,定见在坟上权厝矣。

二十三日庚子(10月23日) 晴。吃早饭,同风鉴王少田到新坟定厝向。公临亲家来,不晤。晚,过芝弟。邀赵秀庄廿五、廿六帐房。

二十四日辛丑(10月24日) 霜降,晴。空场上搭木屋。选青、稚莲、伯诚来,将帐房一切事托之。晚,公临来。佩女来家。三媳同森孙、松孙女亦出城。余夜宿仲展侄家。

二十五日壬寅(10月25日) 晴。约吊一日,余避烦,竟日在仲展家,公临过访。寅时,哭送亡儿棺出门。同稚莲、佩女谈至天明。

二十六日癸卯(10月26日) 晴。辰时登位,神主入宅在巳、午间,颖侄坟略远,回已晚。侄孙辈奉神位入祠,余与芝生弟同到祠堂一拜。

二十七日甲辰(10月27日) 孝慈高皇后忌辰,微雨。卸木屋,大媳、女孙石虎浜覆墓。

二十八日乙巳(10月28日) 晴。李虞章侄婿来望新亲,因家中无坐地,在仲侄家见之。

二十九日丙午(10月29日) 孝敬宪皇后忌辰,雨。午后,过芝生弟家,求范秋华表兄做归仰之亲家寿幛对金字。在汉峰楼上剧谈。

三十日丁未(10月30日) 晴。□□□去谢各亲友及族中。佩女因明日上坟,晚同贵保、怀保乘舟回去。

十月初一日戊申(10月31日) 晴。早饭后,令大、三两媳,森孙,二孙女石虎浜坟祭扫,兼上新坟。

初二日己酉(11月1日) 晴。瞿叔璟送蟹。李吉人来,留吃午饭。儒卿来。芝生弟邀邵馆小酌,沈鹤孙邀公议分晰事,皆以腹疾辞之。薛道士来,择定初八日保太平。夜,同两媳、儿孙在仲侄家吃饭。

初三日庚戌(11月2日) 晴。晨,走答公临,扫墓,不晤。回,过节祭先。晚,三媳同森孙回太平巷。

初四日辛亥(11月3日) 晴。晨,吉人来。俟其去,即偕芝弟、儿侄、侄孙辈西山祖茔祭扫,回已暮。

初五日壬子(11月4日) 晴。倩伯诚算出殡帐。午后,公临、芝弟来。

初六日癸丑(11月5日) 晴。饭后,偕儿侄、侄孙辈北山朝议府君茔祭扫,兼谒仲兄墓。忆从前偕仲兄扫墓,从未坐山轿,今足力不支,非肩舆不可。噫!老矣!

初七日甲寅(11月6日) 雨。晨,到桐桥拜李吉人尊人书农先生阴寿。午后雨止,佩女送食物来。写便面四。偕伯诚至天益,又豫茂衣庄买羔皮马挂,洋十三元,找还三百文。时已上灯,复雨,到太平巷王处借灯出城。

初八日乙卯(11月7日) 雨。延黄冠建保安斋醮一天。步洲磨墨来，将其所属书之件尽为挥之。又书叔瑔对及慎生来对。

初九日丙辰(11月8日) 立冬，晴。午后，进城，至二媳处。又至佩女家。顺访稚莲，二嫂，二、三女侄，皆晤。佩女留宿，雨竟夜。

初十日丁巳(11月9日) 雨。今日本祭扫始祖茔，因雨不果，仍住佩女家。

十一日戊午(11月10日) 晴。晨，乘轿出城，知昨公临过访，今早儒卿又来。晚，书薛道士来对两副。

十二日己未(11月11日) 晴、雨半。始祖茔祭扫，同去者侄汉峰、伯印、慎生，再侄伯孙、德卿、少洲、用吉。因雨，蒋泾茔在坟屋祭。回已暮，留扫墓者吃祭余。芝弟、仲侄亦来。

十三日庚申(11月12日) 晴，骤冷。邀稚莲、秀庄、秋华、伯诚在邵馆小酌。备幛对、糕桃烛面送归处。午，过芝弟。走答儒卿，不晤，顺至太平巷看诸孙。

十四日辛酉(11月13日) 晴。晨，过芝弟家。归处邀吃寿酒，辞之。书对两副。屈酉君到芝弟处，过去长谈。吉轩亦来。与子渠同酉君去看祠堂基地。

十五日壬戌(11月14日) 晴。晨，拜仰之亲家寿。饭后，同儒卿、吉人及曾君表游其虚霩园，出示《山庄课读图》，题咏甚富。继至稚莲家，易衣服。又至陶家巷看二媳，回已暮。

十六日癸亥(11月15日) 晴。晨，往芝弟处，诸侄、侄孙皆在，因欲用聚珍板排印《世系考》，令其各分类钞写。吉人过访，即在芝弟处吃饭，晚去。儒卿又来话别。吉人携示金陵王姓家谱宋人题赞四页，韩琦、梁克家、郑清之、章惇。欲押洋十二元，闻更有十八页押在他处。

十七日甲子(11月16日) 晴。书屈幼如对、仲新款单条四幅。晚，仲侄来。

十八日乙丑(11月17日) 晴。晨，芝弟，汉峰、仲展两侄，仪卿、松甫两再侄皆来。俟三媳、诸孙出城，吃早饭即登舟，风顺、逆半。

晚泊塘市万安桥，即去秋九月赴松泊舟处。

十九日丙寅(11月18日) 黎明开船，微雨。过巴城湖，尚早。饭后过昆山，晚泊赵潭桥。

二十日丁卯(11月19日) 黎明开船。雨中过青浦，令舟人上岸买面、青菜做朝点。薄暮抵松，冒雨到寓。阅县移，宾兴冯董告退，要由学保举新董。又府学移：

"奉学宪札开：照得本部院前准国史馆文移，来访力学笃行及服官清廉、政绩卓著者，备《儒林》《文苑》《循吏》《孝友》四传之选，檄府转札遵办。嗣据华亭学廪生耿葆清呈送焦袁熹《春秋阙如编》《此木轩四书说》《此木轩文集》《此木轩史评》《此木轩论文杂说》、焦以恕《仪礼汇说》、沈大成《学福斋诗文集》各书稿本及家藏旧本，业经本部院批饬录副。兹查该县朱大韶著有《经说》九卷、《经义》八卷、《讲义》十六卷，姚椿著有《晚学斋集》《望云集》若干卷，又辑有《国朝文录》一百卷，并学行渊粹，研究入深，堪以上充斯选。合专札调取，札学，即会同娄县学迅将前项各书及其家传、行状，一并搜辑呈上。其书或购或印，或付钞胥，均照章移县请资，务期实事搜求，网罗必备。至华亭县之倪思宽、陆明睿，金山县之杨履基，青浦县之胡鸣玉，本部院未得其详，应否兼甄，并移查附覆。切切。等因到学。奉此，合行移会。为此，合移贵学，希即遵照宪札，一体移查。望速望速。须移。"

二十一日戊辰(11月20日) 雨。晨，上府销假，顺访子砚。适归安潘芝岑树辰亦往拜，先返，余略坐。又访达泉，带印回。子研还《后汉书》两函。

二十二日己巳(11月21日) 晴。晨，子研答潘芝岑，顺过访，携儒卿书十数纸去。晚，沈纯嘏交到夏衔、宋承昭、杨德麟、张树藩公禀："保举附贡生沈尔常，诚实公正，办事精勤，堪以董理娄县宾兴田亩收租事宜，请移县转详。"

二十三日庚午(11月22日) 小雪，晴。晨，子砚送题吉人《耄鳌图》。午后，达泉答潘芝岑，顺过访，与余访衡翁，茗话良久而回。今晨潘君亦来拜。晚，王愚溪来。

二十四日辛未(11月23日) 晴。晨，到府署答潘芝岑，又答王愚溪。回，吴秋农来访，携示山水册及临毕仲恺《美人》并近作数首，云将返我邑，且索诗。令长班请廪生倪荻书。午后，荻书来，询知倪思宽是其高祖，著作曾刻遭乱已多散失，约明日将残稿送来。灯下作七古一章赠秋农："我识秋农画已久，水村图扇常在手。辛巳夏乞绘《水村图》便面。闻名却未获谋面，君客我乡我外走。春风吹到泖湖滨，萍水无缘一聚首。今春过访冷斋，他适不晤。今朝课孙书斋[①]中，闯入一客知谁某。各道姓名一揖余，得慰神交定非偶[②]。袖携山水二三册，信哉丘壑胸中有。更摹周昉美人图，靥[③]赛夭桃腰斗柳。一幅一态各极妍，窃恐前贤亦畏后[④]。岂知工画更工吟，字字珠玑句琼玖。邀我题诗好句无，赠君琴赋涂鸦丑。春来索题墨拓古琴，书《琴赋》数语塞责。今更索诗不获已，颜重铁甲胆如斗。携到里门勿示人，免使后生嘲覆瓿[⑤]。谓沈公。"

二十五日壬申(11月24日) 雨。荻书同其弟涤源送其五世祖二初先生《经籍录要》二本，其余著作板已无存。又二初之子元坦著《志乐辑略》三卷、《畲香草存》六卷，余刻板尚有，俟印。

二十六日癸酉(11月25日) 晴。晨，衡翁来。晚，张星庵锡让来。夜饭后，同三儿明静堂访秋农，冒雨归。

二十七日甲戌(11月26日) 雨。

---

① "斋"原作"室"。

② "各道姓名一揖余，得慰神交定非偶"原作"一揖各将姓名道，平昔神交果邂逅"。

③ "靥"原作"颜"。

④ "窃恐前贤亦畏后"原作"令人赞叹不绝口"。

⑤ "嘲覆瓿"原作"笑衰朽"。

二十八日乙亥(11 月 27 日) 晴。晨,松泉来,交到星庵处送来姚春木诗文全集十二本、倪二初《读书记》二本,皆刻本。陆若璿《纬书》系张氏所藏钞本,须重录。又,星庵送我《国朝文录》廿四本。① 饭后子砚来。

二十九日丙子(11 月 28 日) 雨。

三十日丁丑(11 月 29 日) 雨。晨,松泉来取《纬书》去,付钞。喻锦涛嫁女,送烛票五灯八十枝。请明日饮,辞之。

十一月初一日戊寅(11 月 30 日) 雨。晨,上府,诣文庙行香。子研约同到两县,予在翰臣处,将学宪札钞及购买刻板之书由县给资与他说明。子砚才到,同访超亭,亦此意也。晚,子研送会详稿来参酌。今日府小课:"郭汾阳免胄见回纥赋以题为韵","赋得'云鹤有奇翼'得陶字,五言八韵","夙夜在公解","隶书始于何代考","秀才说","咏笋、咏蟹、咏鲈七律,不限韵"。

初二日己卯(12 月 1 日) 晴。晨,往喻锦涛处道喜。今日开仓,仅有应仓米五斗。晚,写正卿、子云、小村款八言对三副。夜,作七律一首寄儒卿:"任人非毁任人誉,万事浮云过太虚。习懒常辞门外客,御冬先蓄瓮中蔬。偶因兴到楹题帖,不算家贫架有书。试问乡关吴季重,婆娑风月近何如。"

初三日庚辰(12 月 2 日) 晴。书小斋壁:"从吾所好即吾庐,天地原来是寓居。得雨庭蕉三尺长,经霜邻树一林疏。偶思良友看来札,为课雏孙熟旧书。位置闲身天有意,几曾薄待不材樗。"

在家时,儒卿索观《邵子诗钞》,今日寄去,附四句:"人道君诗似邵诗,君言从未一观之。及今分占窝安乐,歌咏间来尽自怡。'安乐窝中诗一编,自歌自咏自怡然。'集中句也。"连前两律一并录寄,想缊袍翁见

① 是叶眉批:"《晚学斋文集》十二卷,《通艺阁诗录》八卷、《续录》八卷、《三录》八卷,《樗寮诗话》三卷,《和陶集》三卷。"

之，喷饭满案。

初四日辛巳(12月3日)　晴。超亭来答拜。

初五日壬午(12月4日)　晴。晨，翰臣来答拜。阅超亭世兄课艺数篇，骨力苍劲，气魄沉雄，绝无时下疲软之习。英年得此，远到材也。昨今两日令余天成药铺中人到寓，煎予及三媳膏滋药两剂。余方叶柘村开，媳方赵蕴芬开。

初六日癸未(12月5日)　晴。封正卿、子云、小村对寄常，附致慎生信。

初七日甲申(12月6日)　晴。

初八日乙酉(12月7日)　大雪，晴。求忠青浦课。回，题目未到，改于初十日课。

初九日丙戌(12月8日)　晴。晚，赴达泉夜饮之招，同席汪松翁桥梓、金小芗及主人。肴馔极佳，二鼓始散。

初十日丁亥(12月9日)　晴。求忠青浦课：文题“曾子曰：夫子之道，忠恕而已矣。子曰：君子喻于义”，诗题“岁寒三友”。

十一日戊子(12月10日)　晴。午后，小芗来。

十二日己丑(12月11日)　晴。晨，接选青初八日信，知全家均好；述知翁士吉选授金山学训导。思泉来。服补药，用甲戌冬服补剂，戏作韵：“人病有虚实，补泻宜兼施。我遇长桑君，积虚为补之。方为柘村所定。忆昔四十九，服药曾吟诗。忽忽将十载，神更耗于思。腰脚纵云健，心血知渐亏。牛溲与马勃，并蓄称良医。药虽进医手，方是古人贻。苏公呈奏议，天下赖以治。养身亦犹尔，调剂贵及时。龟鹿号二仙，浓膏加数匙。可能长不老，消息参灵蓍。莫再挟奢愿，饵黄而茹芝。”

十三日庚寅(12月12日)　圣祖仁皇帝忌辰，晴。先朝议府君忌。

十四日辛卯(12月13日)　晴。晨，走答思泉，托其向张湛如家买姚春木辑《国朝文录》，学宪札办也。呼僮斫败蕉叶，以薪裹其根，戏作:“败叶删除根本留,呼僮为着木奴裘。寂寥听雨灯前客,想像摇风扇里秋。暖气但期随地转,芳心还望及春抽。护持得免冰霜劫,窗外清阴定我酬。”

十五日壬辰(12月14日) 晴。晨,上府,文庙行香,顺访达泉,携大文堂买《陔余丛考》归。元板,甚好,价二元一角半。获书印其高祖畬香先生元坦《读易楼合刻》二部、五世祖二初先生思宽《读书记》二部,每一部属呈送学宪,余惠我。因即同姚春木集、《国朝文录》及获书前呈进二初《经籍录要》一并送子砚,属其备文申送。午后,子砚来,剧谈至晚。同访闵怡生,不值。二初《读书记》,余已有张氏交来一部,将获书今日所送者转赠子砚。

十六日癸巳(12月15日) 晴。晨,怡生来,询其朱虞卿《经义》八卷,张啸山已属李都转兴锐付梓,行将刷印。晚,赵襄伯来。

十七日甲午(12月16日) 晴。晨,奉贤学周小堂来。收租到松。晚,府学送详学宪札,取各种著述、申文来会印。

十八日乙未(12月17日) 晴。思泉招明日饮,辞之。子砚招今晚饮。猛将庙各佃还租。午后,访达泉。同到府学,小堂继至。席散,将二鼓。归,见思泉又有字来招饮,主人情重,不可再却矣。

十九日丙申(12月18日) 晴。晨,走答小堂,晤谈良久而回。即赴思泉之招,同席渔团局委员裘仲、张啸山先生、周小堂、尹子铭、王赓九,子勖郎君、啸山孙婿。及主人而七,肴馔精美。席散已晚,因微雨即回。灯下录朱亦栋《群书札记》中辨赵瓯北《陔余丛考》引《汉武内传》“哥哥”二字之讹一条。

二十日丁酉(12月19日) 晴。晨,接慎生侄信。夜微雨。灯下作复慎生信。

二十一日戊戌(12月20日) 晴。晨起,泛泛欲吐,令三媳提痧,即止。灯下沓前韵,得一律:“冷宦年年此滞留,思归何日卜菟裘。枌榆渐少同心友,蒲柳先惊两鬓秋。事悔遗忘珠未记,癸酉秋到松江,日记始于戊寅九月[1]，五年之事不能省忆。诗无情绪茧空抽。和章耻向骚坛索，拈得尖叉自唱酬。”

枕上和一首：“驹隙光阴去不留，匆匆夏葛又冬裘。瞢腾窗户天将雪，堆积囷廛岁有秋。入世几能开口笑，论文何用秘思抽。冷斋别有消寒法，随意吟诗□□酬。”

二十二日己亥（12月21日）　晴。再沓前韵：“冯驩只为有鱼留，四腮鲈，松江所独，借东坡句。不饮奚须典敝裘。我早胸中平块垒，人皆皮里有阳秋。素餐诒诮囷胡取[2]，隶事无才簟任抽。余坐榻无簟。天与闲身还与健，蹉跎岁月愧难酬。

“不将警枕仿婆留，裹被酣眠更拥裘。梦倦如尝千日酒，宵衣尚忆一灯秋。偶删诗草笺空费，欲写梅花笔懒抽。犹幸椿庭吟兴健，篇成无事索朋酬。”

夜，过节祭先。□□有诗复次余韵：“先人余荫百年留，世业无忘箕与裘。讵有馨香供俎豆，非徒霜露感春秋。吹葭渐觉飞灰动，荐寝还期宿麦抽。松江风俗，夏至亦荐先。看到诸雏随拜跪，汪洋祖德总难酬。”

二十三日庚子（12月22日）　冬至，晴。寅初，赴世英堂拜牌，黎明即上府署贺节。回，催景刘起，偕出西门，永兴馆吃羊肉面。尚早，到三三径略坐，复往永兴，羊面才有。寅初起吃莲心一碗，腹枵已久。余羊肉面从未尝过，颇觉可口，岂饥者易为食耶？重过三三径，久坐而回。遇林筱涟开福。午后无聊，三沓前韵，寄儒卿：“昔年笔札敌陈留，君壮年客京师，为翁文端公掌书记。老友长安远赠裘。今秋翁笙谐尚书寄赠狐裘。忆我暂回桑梓里，与君同话菊花秋。诗成风月吟写乐，君近读《击壤集》。纸落云烟健笔抽。短幅长笺盈箧笥，一缣抱愧未

---

① 笔者按，据此，《姚星五日记》记载当始于戊寅年九月（即1878年10月），然今南图藏本记载始于己卯年元旦（1879年1月）。

② “素餐诒诮囷胡取”原作“歌诗不稼囷惭取”。

曾酬。”天气太暖，夜雨。

二十四日辛丑（12月23日） 雨。子砚字借《订讹杂录》二本。课森孙读。四沓前韵：“薄宦无心任去留，书香望汝绍箕裘。戏看蜡凤随僧绰，莫恋笙鸿负弈秋。识字声清灯盏辨，学书指嫩笋芽抽。目前我亦堪娱老，不独羲之素愿酬。”

旧存书籍兵燹后亡失大半，陆续购买，不及十之二三，五沓前韵：“满架残书劫后留，屡经集腋未成裘。廿二史逐年买局刊本，因绌于资，亦未全。汉阳刊本难称善，曾买湖北局刻诸子，俱无注。白下归装仅带秋。壬午送试金陵，拟买数种，遭二儿之变，不果。遗后遑言清俸得，遣闲聊向乱堆抽。波斯辛苦头将白，聚宝何年愿可酬。”

二十五日壬寅（12月24日） 晴。午后，走访子砚。回，顺访达泉，云陆叔文自浙来松，有片到彼处。归，知其亦来，明日须答拜。顷从子研处借《香祖笔记》，灯下阅之，有载《避暑录》治卒然中暑气闭方：“取大蒜一握，道上热土杂研烂，以新水和之，滤去渣滓，灌之即苏。”

二十六日癸卯（12月25日） 晴。晨，过东邻曹碧溪家，答拜叔文，知其随盐局总办来此，兼帐房书启。总办亦见，马姓驷良，号星五，云南人，军功出身，二品衔浙江候补道。午后，达泉答拜叔文，顺过访。晚，沈仪庭、吴琴轩来。

二十七日甲辰（12月26日） 晴。解义学冬季脩。前接县移，文生张世德欠完漕米，属开该生进学年分，移县详革。今张世德禀，所欠已于九月中交于原保族叔祖云望处，据禀移县。接县移封开印信。十二月二十日巳时封印，正月二十一日午时开印。

二十八日乙巳（12月27日） 晴。盐局总办马公来答拜。接华亭县移，提附生孙士璋，被岳母陆钟氏告窃其家田单二十五亩零，当作夿田，勒收租米。若果属实，可鄙甚矣。灯下阅《香祖笔记》，载治难产方：“用杏仁一枚，去皮，一边书‘日’字，一边书‘月’字，用蜂蜜粘住。外用熬蜜为丸，滚白水或酒吞下。此方乃异僧所传。”

又："叶蒲州南岩传治刀疮药方：端午日取韭菜，捣汁，和石灰杵熟为饼，用敷瘠处，血即止，即骨破亦可合，奇效。"

"武昌小南门献花寺老僧自究者，病噎食，临终，谓其徒曰：'我不幸罹斯疾，胸臆间必有物为祟，殁后剖视，乃可入敛。'其徒如教，得一骨如簪形，取置经案。久之，有兵帅借寓。一日，从者杀鹅，其喉未殊，偶见此骨，取以挑刺，鹅血溅骨，骨立消。后其徒亦病噎，因前事悟鹅血可疗，数饮之，遂愈。因广其传，无弗愈者。"

"从伯文玉，讳其玟，号能诗，尝有咏宋高宗一绝云'千金空买玉孩儿'，不得其解。读《西湖志余》，高宗尝宴大臣，见张循王俊持扇，有玉孩儿扇坠，上识是旧物，昔往四明，误坠于水者。问俊所从得，对曰：'臣从清河坊铺家买得之。'询铺家，云得之提篮人。复询之，乃从候潮门外陈宅厨娘处得之。询之厨娘，云破黄花鱼腹中所得也。上大悦，铺家、提篮人补校尉，厨娘封孺人。"

二十九日丙午(12 月 28 日)　晴。吴秋农来。张隽生来，写其邻瞽叟年米一斗。

十二月初一日丁未(12 月 29 日)　晴。昨大风竟夜，今晨颇冷。上府，诣文庙行香，顺访子砚。因咳嗽未愈，尚未销假。达泉招明日陪陆叔文饮。晚，叔文来。

初二日戊申(12 月 30 日)　晴。晚，至华学，叔文、车立斋、王愚溪相继至。叔文上顿在府署饮，已带微醺。席散同回，已二鼓余矣。偶摘《香祖笔记》：

"'古董'字，东坡作'骨董'，晦庵作'汩董'。见《霏雪录》。"

"顾邻初云：'沈约《宋书》凡"歌"字皆作"哥"字。'予昔官广陵，于一士大夫家见赵松雪家书，凡'哥'字皆作'歌'字，盖古通用也。"

"温飞卿以'苍耳子'对'白头翁'，宁阳许襄敏公彬取作一联，云：'道上钩衣苍耳子；风前聒客白头翁。'盖其去国之作。上句即'迷阳迷阳，勿伤吾行'，下句即'违山十里，蟪蛄之声，尚犹在耳'之义。"

初三日己酉(12 月 31 日) 晴。睡至鸡鸣时,忽患腹泻,起两次,颇冷,兼以房中无灯,诸形累坠。徐雪舫来,斛槖米十五石。

初四日庚戌(1884 年 1 月 1 日) 晴。临起又泻一次,被亦沾污。摘《香祖笔记》:

“马永卿云:‘常见李西台所书小词中,“罗敷”作“罗纣”。后读《汉书》,昌邑王贺妻十六人,其一人严罗纣。“纣”音“敷”,“敷”作“纣”,必有据依,当询之攻六书者。’”

“佛果禅师云:‘阎浮提雨净水,具诸天相。方时大旱,雨忽降,莫知其价,此兜率天上雨摩尼也。方欲收禾,霖雨不止,此阿修罗中雨兵仗也。甘雨及时,人皆饱足,此护世城中雨美膳也。’”

“八米卢郎,或云‘八采’,说者纷纷不一。按《太平广记》,止是‘八咏’耳。魏高祖山陵,诏魏收、刘逖、祖孝征、卢思道各作挽词,尚书令杨愔诠之,收四首,刘、祖各二首被用,卢独取八首,时号为‘八咏卢郎’。此谓哀挽,且非佳事。”

“沈存中谓楚词之‘些’,盖楚人旧俗,即梵语‘萨缚诃’三字之合也。‘荪’即菖蒲,‘蕙’即零陵香,‘茝’即白芷。又云‘杜蘅’即马蹄香,今伪作细辛用。”

“《五侯鲭》载薛琼至孝,家贫采薪,遇老父,以一物遗之,曰:‘此银实也,用四壁土种之铜盆中,当得银。’如言种之,旬日生苗,再旬开花,花有银色如钿螺,及结实,皆银也。银亦可种。与雍伯种玉皆奇闻。”

“宋予祠之制,考赵升《朝野类要》云:‘旧制有三京分司之官,乃退闲之禄。神宗置宫观之职以代之,取汉祠官祝釐之义,虽曰提举主管某宫观,实不往供职也。故奏请者多以家贫指众为辞,降旨则曰依乞差某处宫观,任便居住,惟京师宫观不许外居。’此虽优士大夫之典,而侪衣冠于道流,亦自非理。”

自昼至夜便泄五次,睡后幸未起。

初五日辛亥(1 月 2 日) 穆宗毅皇帝忌辰,晴。因便泄,起甚早。览襄伯和三儿诗，尚多稚嫩句。摘《香祖笔记》：

“后汉马略闭户读书，十年不出，三日一食，乡里谓之‘潜龙’。此在‘卧龙’之前。”

“青浦县有地名‘孔宅’，相传隋苏州刺史、孔子三十四代孙祯葬先圣衣冠处。乙酉南巡，驻跸松江府，御书‘圣迹流徽’扁额，及二陆祠、董其昌家祠‘芝英玄气’扁额颁赐。谕其昌孙候铨州同建中送吏部先用，得荆门州，皆旷典也。”

“余前记梵书‘薜荔’为‘饿鬼’。又按，《酉阳杂俎》云，人犯五千恶为五狱鬼，万恶乃堕薜荔也。”

“唐开元二十七年，诏追谥孔子文宣王，命其后嗣褒圣侯改封嗣文宣公。宋初，孔氏子孙袭封，仍唐之旧。仁宗纳祖择之言，改封衍圣公，至今因之。”

“宋人书‘感激’曰‘感矶’，取《孟子》‘是不可矶也’，注云：‘矶，激也。义与激同。’然亦凿矣。”

“《荆楚岁时记》：‘河鼓’谓之‘牵牛’，‘黄姑’即‘河鼓’也。古诗云：‘黄姑织女时相见。’李后主诗云：‘迢迢牵牛星，渺在河之阳。粲粲黄姑女，耿耿遥相望。’则又以‘黄姑’为织女，不知何据。”

“晋简文帝郑后讳阿春，故晋人谓‘皮里阳秋’。孙盛《晋春秋》为《阳秋》。梁武小名阿练，改‘练’为‘绢’。今绢布之‘绢’，俗罕知其为练矣。”

“《异闻录》：唐明皇以八月五日生，宋文贞公璟表云：‘月惟仲秋，日在端午。’凡月之五日，皆可称端午也。”

“《野客丛书》云，或有书‘是非’字为‘氏飞’者，固好奇之过，然不可谓无所本。以‘氏’为‘是’，如《汉志》‘至玄孙氏为庄王’是也。以‘飞’为‘非’，如汉碑‘飞陶唐其若是乎’是也。”

“予童子时常梦人属对，出句云：‘君子有酒旨且多。’予应声曰：‘诗人之赋丽以则。’”

“蜀道有郎当驿，即明皇雨中闻铃声处。予丙子岁题诗驿壁云：

‘金鸡赐帐事披猖，河朔从兹不属唐。却使青骡行万里，三郎当日太郎当。’三郎郎当，黄幡绰对明皇语。”

“雪峰百里间多篾竹，笋味甚美，寺众自三月至六月犹餍饫，是义存禅师手植。余考戴凯之《竹纪》六七十种，而无‘篾竹’。先方伯赠尚书府君谱竹尤多，亦不之及。近杭僧篾堂有诗名，其自号殆取诸雪峰云。‘篾’音‘豁’，字书云：‘空大也。’”

“‘干支’即‘幹枝’省文。”

“汉光武帝曰：‘仕官当作执金吾。’师古曰：‘金吾，鸟名也，主辟不祥。’《逸篇》又以为九子之一，云金吾形似美人首，鱼尾，有两翼，其性通灵，不睡，故用以巡警，则又似鳏鱼之属。鳏鱼见《孔丛子》。又应劭曰：‘吾者，御也，掌执金革以御非常。’《古今注》曰：‘执金吾棒也。以铜为之，金涂两末，谓之金吾。’”

“宋《臞翁诗集》一卷，长乐敖陶孙器之所著。器之非江西诗派中人，而诗深得江西之体。其评诗最精，尝自云：‘此评手书两纸，一贻莆阳刘潜夫，一贻同舍朱仁叔。’其自贵重如此。韩平原当国时，题诗临安酒家壁，吊赵忠定公云：‘九原若遇韩忠献，休说渠家末代孙。’几罹于祸，亦奇男子也。”

“《避暑录》言，吕文穆蒙正为父龟图所逐，衣食不给。龙门寺僧识其贵人，延致寺中，凿山岩为龛以居之，凡九年。后诸子即石龛为祠堂，名曰‘肄业’，富文忠为之记。今人以传奇有破窑之说，志书亦沿俗论，但言窑而不知有龛，并龙门僧亦湮没不传，可惜也。”

“昭王南征，其君子化为猿鹤，小人化为沙虫，疑是诞罔语耳。然世颇有此事，如望帝化杜宇，牛哀、李委化虎，郗后化蟒，李林甫化牛之类。《清波杂志》载章惇化猫，《泊宅编》载冯拯化驴，甚异。不知卢杞、柳璨、蔡京、秦桧、史弥远、严嵩之徒，又当化何物耳。桧墓在金陵城南牧羊亭，至今呼为‘狗葬’，则其化韩卢必矣。”

“陶岳《五代史补》载冯道镇同州有酒务吏，乞以家财修夫子庙，道以付判官，判官素滑稽，书一绝句于判后，云：‘荆棘森森绕杏坛，儒官高贵尽偷安。若教酒务修夫子，觉我惭惶也大难。’道有愧色，因出俸修之。又李谷为陈州防御使，三日，谒夫子庙，惟破屋三间，中存圣像。有伶人李花开进口号曰：‘破落三间屋，萧条一旅人。不知负何事，生死厄于陈。’谷惊叹，出俸以修之。五代学校废坏如此，赖滑稽之言，始得复故，可为浩叹。观唐元宗过鲁谒孔子庙诗，居然盛世帝王气象。近圣驾东巡，谒阙里圣庙，载谒孔林，特命户部发金钱十余万，重修庙貌，轮奂一新。赐孔氏子孙十余人，为五经博士等官，特赐御用曲柄伞于大成殿，此又汉、唐、宋、明以来所未有者。故观于文教之兴废盛衰，而世之治乱可知矣。”

初六日壬子(1月3日) 孝睿章皇后忌辰，晴。令木工柳姓铺满书房地板，买八尺寸松二块，三尺五寸，七尺寸松三块，四尺，计钱一千一百九十五文。连出栈、送力，卅六、五十。共一千二百八十一文，付洋一元，钱一百七十。遣周桂褚馆定菜。达泉六十生辰，因概不举动，故未去拜寿。灯下摘《香祖笔记》：

“周公谨述括苍陈坡言，治痘疮色黑倒靥、唇口冰冷方，用狗蝇七枚，擂碎，和醅酒少许调服，移时即红润如旧。冬月蝇藏狗耳中。又治痘毒上攻内障方，用蛇蜕一具，净洗焙燥，再用天花粉等分细末之。取羊肝破开，入药末于内，麻皮缚定，泔水煮熟，切食之，旬日即愈。”

“唐文皇病痢，诸医不效。金吾长史张宝藏进方，以乳煎荜茇，服之立差。”

“菌毒往往至杀人，而世人不察，或以性命殉之。予门人吴江叶进士元礼舒崇之父叔，少同读书山中，一日得佳菌，烹而食之，皆死。予常与人言以为戒。又枫树菌，食之则笑不可止。陶隐居《本草注》：掘地以冷水，搅之令浊，少顷取饮，谓之地浆，可疗诸菌毒。”

“先大父方伯赠尚书公手书遗训有云：‘吾既无厚遗，而使汝辈过营丧葬之费，心殊不忍，虚地上以实地下，又所深恶。’云云。盖本汉贡禹‘众庶葬埋，皆虚地上以实地下，其过自上’之语。”

“乾州武则天陵墓，过客题诗讪笑，必有风雷之异。利州乃武生处，今四川广元县是也。嘉陵江岸皇泽寺有其遗像，乃是一比丘尼。予过之，题诗云：‘镜殿春深往事空，嘉陵祸水恨难穷。曾闻夺婿瑶光寺，持较金轮恐未工。’盖用《洛阳伽蓝记》‘瑶光寺尼工夺婿’之语以谑之，且曰：‘尔果有灵，不妨以风雷相报。’已而晴江如练，微风不作，顷刻百里。岂老狐独灵于乾陵，不灵于利州乎？记之以发一笑。”

初七日癸丑(1月4日) 晴。晚，叔文来剧谈。

初八日甲寅(1月5日) 晴。夜，招叔文饮，同席汪松乔丈、车立斋、王愚溪、屈达泉、沈纯嘏，即席赋赠叔文：“忽从意外惬幽悰，刚在云间遇士龙。颔下鬑鬑惊老态，席间滚滚让谈锋。湖名西子供游宦，寓近东邻便过从。惭愧苜盘无美膳，负君佳酿瓮头浓。叔文带绍酒来。”

沓前韵，再赠：“底须鲭鲊献虞悰，豪饮原来号醉龙。小户何堪杯受罚，三儿醉吐。铅刀难与剑争锋。不殊旅邸消寒会，己未客京师，与令兄云孙结消寒会。尚忆山庄载酒从。乙亥秋芝生弟借君映雪山庄觞客，余与君晤后直至今。他日西湖东道主，杭州游兴我方浓。”

赠立斋：“关西大汉唱江东，铁板铜琶气概雄。赢得主宾欢乐甚，今宵座上有车公。”

初九日乙卯(1月6日) 小寒，晴。

初十日丙辰(1月7日) 晴。仪廷、琴轩来。晚，华学来会印详府修学宫报销。摘《香祖笔记》：

“‘仅’字有‘少’‘余’二义，唐人多作‘余’义用，如元微之云‘封章谏草，繁委箱笥，仅余百轴’、白乐天《哭唐衢》诗‘著文仅千首，六义无差忒’、小说《崔炜传》‘大食国有阳燧珠，赵佗令人航海盗归番禺，仅千载矣’、《甘泽谣·陶岘传》‘浪迹怡情，仅三十载’、《摭言》‘曲江之宴，长安仅于半空’、《玉壶清话》‘《南唐先主传》：吴越灾，遣使唁之，赍帑币粮镪，仅百余艘’之类。至宋人始率从‘少’义，迄今沿用之。”

“周公谨密著《云烟过眼录》《癸辛杂识》诸书。癸辛，所居巷名，犹许浑之丁卯桥。”

“《群碎录》云，书曰‘帙’者，古人书卷外必用帙藏之，如今裹袱之类。宋真宗取庐山东林寺《白居易集》，命崇文院写较，包以斑竹帙送寺。尝于秀水项氏见王右丞画一卷，外以斑竹帙裹之，云是宋物。帙如细帘，其内袭以薄缯，故‘帙’字从‘巾’。”

“寒食面、腊月雪为糊，则不蠹。宋王文宪家以皂荚末置书中，以辟蠹。”

“《辍耕录》言，或题画曰‘特健药’，不喻其义。予因思昔人如秦少游观《辋川图》而愈疾，而黄大痴、曹云西、沈石田、文衡山辈皆工画，皆享大年，人谓是烟云供养，则‘特健药’之名，不亦宜乎？”

十一日丁巳(1月8日)　孝和睿皇后忌辰，晴。午后，课孙毕，走访子砚，薄暮归。昨闻东门杨某因佃租米恶，口角之际，以手中黄烟筒扑之，中脑立毙。虽尸亲得钱，可以无事，而忍心如此。朱柏庐先生云：“刻薄成家，理无久享。”况以人命为儿戏耶！记之以为收租者戒。尝闻先妣沈太恭人云：“祖父有言，少收几粒，多收几年。”名言至理，愿我子孙敬听之。

十二日戊午(1月9日)　孝德显皇后忌辰，晴。据孙士璋禀移华亭县。

十三日己未(1月10日)　晴。

十四日庚申(1月11日)　晴。赵襄伯祖式如辞世来报，年八十一岁。天暖甚，晚微雨。夜饭时汪端斋来。

十五日辛酉(1月12日)　晴。未上府。符鹤孙来。夜月明如昼。

十六日壬戌(1月13日)　晴。接祥孙十二日信，知媳妇咳嗽不止，现服柘村所开补剂。所住陶家巷房屋，少溪转典张敬堂之侄，现看过会龙桥严姓之屋，须俟明春定见。午后，走访达泉，暮返。灯下摘《香租笔记》：

“《两山墨谈》陈霆著云：‘朋党二字，为万世之祸。’始见于《汉书》，萧望之、周堪、刘更生同心谋议，弘恭、石显奏三人朋党。此王伯厚之言也。按《逸周书》载，穆王作史记以自警，云：‘昔有果氏，好以新易故，新故不和，内争朋党，阴事外权，有果氏以亡。’则朋党之说，其来尚矣。”

“欧阳公云：‘秋霖不止，文书颇稀。丛竹萧萧，似听愁滴。’苏公云：‘岁云暮矣，风雪凄然；纸窗竹屋，灯火青荧。时于此间得少佳趣。’此等寂寥风味，富贵人所不耐，而予最喜之。政苦一年中，如此境不多得耳。二公盖先得我心之所同然。”

十七日癸亥（1月14日） 阴。昨南汇县由乾大丰钱庄寄至十月书院课花红卷价等项钱文，今晨遣长班送董事王愚溪处。接选青十三日信，尚有食物局中未经送到。来信云全家均安好，明年欲同其弟仲陶受业子砚之门，属为先容，恐子研亦未必高兴也。邑中租事尚称中稔，木棉歉收，前月杪乡间大户催租太严，顽佃结党成群，几至生事。凶岁多暴，殊可虑也。午后，子研来，即将选青兄弟执业门下之意转达，云缓日定见。赠子研《古诗源》一部。

十八日甲子（1月15日） 晴。晨起，微觉头晕，令三媳提痧。午后，顺成局送到归寄南腿一肘、黑枣一包、虾酱一瓶，又送三媳盐鸡一对、橘四十枚。子研字来，属辞归处受业，送《古唐诗合解》并时人诗数种。

十九日乙丑（1月16日） 阴。由顺成局寄复选青信件。

二十日丙寅（1月17日） 晴。巳时，封印，上府。衡堂先生送来鸡子六十枚、青鱼一尾。

二十一日丁卯（1月18日） 晴。藩吏房马云泉福源遣使持信来索取年例，向无此款，给使二百文而去。接慎生十八日书，云租米收有九成稍宽之数，米价高者不过一元九角零，次者一元七角零。附儒卿书。送子砚青鱼一尾、鸡子五十枚、白菜二棵、橘廿四只。推年糕粉。

二十二日戊辰（1月19日） 晴。叔文回常，来辞行。

二十三日己巳（1月20日） 大寒，晴。晨，偕景刘佛字桥花树店买水仙。钱梧生来，送新书二本、年糕二块，学租报销，卅八两。由书办转交。衡堂先生来，适睡，未晤。夜，送灶。

二十四日庚午（1月21日）　晴。晨，走答衡堂先生。苏州新庶常孔樛园昭乾来拜，送朱卷。廪生瞿敏、唐祖荫服阕，备文及试卷详府。夜，蒸年糕。灯下阅《益闻录》，吾邑杨书城封君小世兄□甫茂才就婚合肥，挈眷回常邑中（并无其事），文武官员均往接官亭坐船贺喜（不知是否成官员）。营中兵弁排队入城，锦上添花，如是如是。可见《申报》半属海枣之谈。

二十五日辛未（1月22日）　孝庄文皇后忌辰，晴。子研送糖蹄二只、彩蛋三十二枚、蛋球四十枚、福橘廿八只。慎卿送鲜蹄一肘、青鱼一尾。送衡堂先生鲜蹄一肘、黄白脂油糕二甑，送达泉青鱼一尾、鸡子四十枚、福橘三十枚、脂油糕二甑，送纯嘏彩蛋五十枚、年糕二块、白糖脂油糕一甑。张隽生票取耆者年米一斗。夜雨。

二十六日壬申（1月23日）　阴。令轿班扇米。送孔樛园贶纹银三钱，差答拜。达泉送生鸡一对、彩蛋三十枚、脂油糕二甑、蜜饯二瓶，即将屈送四种送慎卿。七宝镇义塾师高维岳来，呈一年课程单。纯嘏送糟青鱼一盆，莲心、玫瑰球各一包。夜雨。

二十七日癸酉（1月24日）　阴。晨，周桂同书办枫泾回，即往涨庄。杜密侯送火腿一肘，青鱼一尾，白糖、湘莲各一包，福橘三十枚。

二十八日甲戌（1月25日）　雨。夜，敬神。

二十九日乙亥（1月26日）　雨。慎卿来。周桂涨庄、鲇鱼浜收租回。夜，祭先。招景刘、猗莱吃年夜饭。余近日胃气大坏，饭亦大减，略吃暖锅菜，饭仅数口，较之吃冬至夜饭迥不同也。

除夕丙子（1月27日）　晴。府署辞岁，令长班挂号。夜饭后，拜灶，先考妣影前上茶行礼，儿、媳、孙男女为余辞岁。

光绪十年甲申日记

元旦丁丑(1884年1月28日) 晴。丑正,赴世英堂拜牌。俟太尊、军门到,行礼。毕,天尚未明,即同达泉诣文庙行香,上府贺年。继至两县,上军门辕,偕达泉同到府学,又同往各营及在城各绅处。路上泥滑难行,即回。拜天香、灶君,先考妣真容前上糕团、茶。行礼才毕,纯嘏来拜年,景刘诸昆季继至。到纯嘏处,回即睡,夜饭时起。虽倦而仍未睡着。仅晨略吃点心,竟不觉饿,仅吃饭滞汤一碗。小便赤如浓茶汁,想是湿热所致,因之胃纳不开,过数日欲请汪星榆清理之。

初二日戊寅(1月29日) 雪。一冬太暖,腊底得此祥霙,甚是佳事。午后,达泉来。上下两顿仅吃饭滞粥。

初三日己卯(1月30日) 高宗纯皇帝忌辰,晴,夜雨,雨止,继以雪两顿。勉强吃饭半碗。接仲展侄腊月廿七书,告知陶家巷六保与沈叔庚表侄长子联姻,二媳属其问我。

初四日庚辰(1月31日) 晴,雪泽如雨。晨,请医。午后,星榆来诊脉,据云湿热为患,以致面目黄而小便赤浊,急宜清理。令三儿代写信复仲展,附致慎生书,又致大媳信并苏州糕二块,皆明日寄。夜,接五路。服煎药,上顿饭半碗,夜薄粥一瓯。

初五日辛巳(2月1日) 晴。午,屈太太来拜年。先考、先妣及亡妻影前上供。余粥饭同昨,夜服煎药。七宝义塾经董禀报开馆日期。

初六日壬午(2月2日) 雪,午后止,夜又雪。晚,接选青十二月廿三信,知所寄之物照收不误(并云是日先寄一书)。余胃纳仍不开,府署请假五天。

初七日癸未(2月3日)　世祖章皇帝忌辰，雪竟日积有尺许。星榆来诊脉，云脉象依然沉滞。

初八日甲申(2月4日)　立春，中正三刻六分。雪霁，寒甚。上下两顿勉强半碗。夜，服煎剂，卧后忽腹鸣，微痛，继痛及食肚，以掌摩至千遍，达旦乃平。

初九日乙酉(2月5日)　晴。寒甚，见晛而雪不消，檐垂冰柱有尺许者。晨，接泗泾戴静卿信，及其友托转呈荐举七宝镇义塾师娄学文生黄吉士禀。思义塾师高维岳已于初五日据经董李元芬、王馥森、骆文华、张书绅禀报正月十六日开馆日期，何得复有所举？且骆文华两禀皆列名，尤属矛盾。即致书静卿，发还原禀。杨超亭招明日春酒，辞之。午后，子研夫人来拜年。寄复选青信。夜，服煎药。

初十日丙戌(2月6日)　晴。晨，三媳同孙男女府、华两学拜年。接选青腊月廿三日书，并肉松两盒、山查糕两匣、松片糕一包。午后，子研赴超亭春酒回，过我拜年，又将选青今日来信定要受业门下意转达，久而乃允。即寄覆选青，属其鼓棹来松谒汪师受业，附寄致二媳信。余胃气略醒，夜仍服煎药。

十一日丁亥(2月7日)　孝全成皇后忌辰，晴，融雪。夜，服煎药。

十二日戊子(2月8日)　晴，寒甚。晨，星榆来诊脉，据云六脉稍见流利，余亦觉胃纳渐开，小溲黄色亦略淡。王愚溪招明日春酒，辞之。

十三日己丑(2月9日)　晴。愚溪又来招，作字辞之。

十四日庚寅(2月10日)　宣宗成皇帝忌辰，晴。晚，服煎药。

十五日辛卯(2月11日)　晴。晨，诣文庙行香，顺访达泉，带还代付捐里中东乡荒赈洋，长谈而返。知吴培生同其妻舅仇次屏来。夜，接灶。吃百果心小团子两枚，略吃夜饭，饱啖红烧蹄子，甚妙，胃口大开矣，快哉！口占一律赠达泉："小病旬余不出门，今朝才到澹成轩。元宵此地灯无影，残雪当街屐看痕。薏苡代茶忘久坐，病湿戒茶。

梅花孕萼冻香魂。冷官相对惊衰老,但愿年年共笑言。”

十六日壬辰(2月12日) 晴。午,上供,收影。闵怡生来送朱虞卿《经义》二本,云学宪前由其师张啸山先生径送,可不由学矣。得五律二首,赠怡生:

“多口乃[①]成士,埋头惟[②]读书。家风高汶上[③],师法得横渠。标格梅同瘦,襟怀竹并虚。吾宗勤[④]奖借,信不是欺予。谓衡堂先生。

“丹黄雠校罢,余事擅丹青。池藻鱼扬鬣,庭花鸟刷翎。苟非胸有物,那得笔通灵。一箑梅千朵,时时闻古馨。曾乞画梅花便面。”

晚,服煎药。夜微雨。

十七日癸巳(2月13日) 晨微雨即止,天甚暖,融雪,檐溜如雨。昨达泉交到昭文东乡沿海四十余啚荒灾募捐册二本,每本刊十塔,每塔十愿,每愿一百文,属为募捐。信云此番东乡发赈接济,至麦熟须得米六千石,为数甚钜,不得不广为劝募。司其事者赵价人、陆云孙、蒋石枫、钱漱青、曾君标、君麟,诣昭邑庙神前立誓,办事皆实心实力。接府二月初三日文帝诞祭、十三日春祭省牲、后殿行礼札,及监院详司批回札。晚,子研字来询近状。灯下录昭邑东乡沿海四十余啚荒灾启:“吾邑东乡,地产木棉。夏秋之交,当试花时,风潮叠作,吹落过半,十存二三。濒海一带,秋收独歉。居民生活,耕织相资,纱布获利,尚可度日。今冬客邦银根大紧,布无销路,庄贩坐困,布价日跌,民不聊生。前闻某姓买花百文,穷日之力,弹纺成纱,往市求售,反致亏折,钱不满百。夫告诸妻,妻曰:‘死耳!营生若此,何以生为?’遂投缳死。夫益无措,相继悬梁。失母婴儿,断乳陨命。呜呼惨哉!又有某姓夫妇二人,生子女三,求生无路,视死如归。日旰

---

① “乃”原作“方”。
② “惟”原作“只”。
③ “上”原作“水”。
④ “勤”原作“常”。

不食，门犹紧闭。邻窃惊疑，启户视之。三子僵毙，夫妇相背，以绳系颈，如倕鸡然。一家五口，同日毙命。如此情形，胡忍听睹？往昔晋豫及今直东邻省被灾，江浙善士不吝赀财，解囊协济，岂在近局而反漠视？为此普劝四方仁人君子，慨发慈心，或米或钱，量力捐助，多多益善。汇议章程，分别给发。嗷嗷万口，待命孔亟。无任祷祈盼切之至。”

十八日甲午（2 月 14 日） 晴，融雪如雨。经厅徐石泉十六未时病故，明日巳时大殓。石泉与我辈颇浃洽，每遇府试，留场终日，在其巡捕房内坐卧谈笑。前尘如昨，人已云亡，追念旧雨，能不怆然！子女颇多，皆幼，尤可悯也。

十九日乙未（2 月 15 日） 微雨即晴。因小恙初愈，徐处未去送殓。接选青元宵发贺节信，我初九、初十连寄两信并未提及，想尚未接到。

二十日丙申（2 月 16 日） 晴。午后，访达泉、子研。积雪尽消，路干可走。

二十一日丁酉（2 月 17 日） 孝穆成皇后忌辰，晴。午时，开印。太尊赴沪未回，不上府。饭后，偕景刘出西门，岳庙看戏法，手法奇妙，颇可娱目。回途遇慎卿。接府札，二月初四日祭吕祖。

二十二日戊戌（2 月 18 日） 晨微雨即止。星榆来诊脉，案云：“肺脾蕴湿未清，脉右缓涩，左弦细。胃纳渐开，目黄渐退，精液未回，仿甘露饮意。”竟夜雨。

二十三日己亥（2 月 19 日） 孝圣宪皇后忌辰，雨水，雨。廪生陈仲英尊人□十寿，送烛票五灯五十枝、面票十斤，不受。晚，服煎药。

二十四日庚子（2 月 20 日） 晴。午后，喻锦涛、子研来。子研为我校正《汉书·萧何传》误点破句一句。谈至薄暮，携《文海披沙》二本去。夜，服煎药。

二十五日辛丑（2 月 21 日） 晴。府发学宪南菁书院二月初十日甄别札，投考者报名造册，遵照出示。令保和筛米。

二十六日壬寅（2月22日） 晴。筛米。达泉交来塔图二本，令周桂、周孝各处书捐，将近合尖，可以交卷矣。

二十七日癸卯（2月23日） 晴。晚，服煎药。

二十八日甲辰（2月24日） 晴，昨夜起风，颇寒。陈吉斋时荣代理经厅来拜。夜，煎药。

二十九日乙巳（2月25日） 晴。日日望选青覆书不至，岂初九、初十两信竟未接到耶？

三十日丙午（2月26日） 晴。晨，接选青廿四日信并苡米，附致子研受业全柬、仰之亲家书，即饬长班送府学。午后即作覆书，因子研处题目未来，未封寄。

二月初一日丁未（2月27日） 晴。丑初赴县学，俟超亭到即祭，余西配行礼。毕，同诣府学，陆翰臣良久乃至，俟太尊到即行礼。两县，府、华两学配哲分献，余未上殿。祭毕，天尚未明，再诣县学行香，回，东方白矣。诸同寅皆不上府，令长班挂号。接慎生正月廿八日书，知所收之米俱打白装廪。

初二日戊申（2月28日） 晴。晚，文昌宫省牲，顺答拜陈吉斋。午后，阅伯印侄书，知王亲母病势渐重，气促神惫，身体肿胀，渐至上部，两足则麻木不仁，有时气升，语言几塞，盼女及早归省。三媳定于明早回家。

初三日己酉（2月29日） 晴。丑刻，诣文昌宫，后殿行礼毕，同寅才至，俟太尊到即祭正殿。祭毕，至官厅更衣。才罢，忽闻坍屋声，出视，即行礼处后檐，太尊拜所木尽摧折，瓦砾一堆。幸已毕事，否则大受惊矣。回，天尚未明，媳即起，同吃稀饭，即发行李。黎明，媳、孙女、森孙开棹回常，湇孙未去。余虽睡，亦未着。接济之信，封面书三十日发，昨伯印信廿九发。连发两信，大为惊骇，及拆阅，悉患恙依然，乏人侍疾，属三媳早归。然病势不轻，究不知若何也。子研还《文海披沙》二本，借王念孙《读书杂志》廿四本去。交到题目及覆信，即同余三十日所缮复书一并封寄选青。

初四日庚戌(3月1日) 晴。东南风甚大，想媳辈今晚可抵家。晨，出东门，祭吕祖。午后，接济之初一日信，云前日所寄丽参已收到。晚，微雨。检得去秋回里张易书索书扇面，忘之久矣，即为潦草涂就，觅便寄还。易书，杨氏女侄之婿。夜雨。

初五日辛亥(3月2日) 雨。令长班府署请感冒假三天，书斗土地诞做社，行香未去，买十二两香烛一付去。军门柬招初八日饮。午后雨止，夜复雨。灯下读子砚借阅吴侍读慈鹤诗集。

初六日壬子(3月3日) 阴。祭武帝，请假不去。晨，接伯印初三日致三儿书，述王亲母病势增剧，神蒙痰升，属三媳赶紧归去，或得一面。如此情形，则媳初三开船，未知赶得及否。午后，令保和提辕辞酒。

初七日癸丑(3月4日) 孝淑睿皇后忌辰，晴。粜米廿石，价每石二元一角三分。午后，周桂回松，带到□□信，述其岳母之病，据医云，惊蛰、春分两大节恐难。交来酱鸭二只、馒头三十、方糕廿块。子研来谈天。写覆三儿信，同钉靴、膏滋药皆明日寄。

初八日甲寅(3月5日) 惊蛰，晴。昨府札催去年岁考新生格眼册，已屡屡催造，书办耽延至今，实属疲玩已极。今晨出朱谕，限其即日造就详府，若再误公，将该书解府严办。接县移，三月十五日庚申望月食十四分四十三秒，初亏酉初三刻十三分，在地平下，月出地平酉正一刻六分，带食三分二十五秒，食既戌初初刻五分，食甚戌初三刻八分，生光戌正二刻十一分，复圆亥初三刻三分，届期一体救护。

初九日乙卯(3月6日) 雾。黎明，赴贡院，俟太尊良久乃到，点名扃试。生题：“子曰：不在其位，不谋其政。曾子曰：君子思不出其位”，童：“有楚大夫于此，欲其子之齐语也”；诗：“潭定静悬丝影直”。竟日雨。同子研、达泉谈天，甚乐。放牌极早，太尊三牌出，三监院停半时亦即散，才过亥初。

初十日丙辰(3月7日) 晨雨兼雪,即晴。

十一日丁巳(3月8日) 孝康章皇后忌辰,晴。午后,衡堂先生来,带到府志刷印样本五册、信一封,属转呈府尊。今年已八十六,精神矍铄,清谈娓娓,令人钦慕。

十二日戊午(3月9日) 晴。午后,文昌宫省牲。回,接吴兰艭讣,闻去冬十二月廿八日故,二月十六日领帖。兰艭与余同庚,生辰先予一天,留松时往来甚密,曾赠七古一章,兰艭亦有和作。抟沙踪迹,一散不能复聚,怅何如之。

十三日己未(3月10日) 晴。三更诣文昌宫,月明如昼,太早,当差人俱在官厅鼾睡,同寅皆未到。欲祭后殿,礼生亦未来,俟良久才至。祭毕,诸同寅相继至,太尊、军门到,行礼,毕已黎明。听太尊谈被参事。归略睡。子研字来,询兰艭吊分。晚,接府札:“奉督学部院黄批,本府详送该学候廪生瞿敏、唐祖荫服满起复试卷由。奉批:据详已悉。缴。卷存。等因到府。奉此,合就转饬,札到,该学即便知照。”

十四日庚申(3月11日) 晴,东北风甚大。董书《金刚经塔图》裱就,俟便寄。午后,扶雅堂黄来报丧,知同年拙生今日丑时病故,十六日巳时大殓。拙生究心理学,古道可风,年六十三。幸世兄渊甫克承家学,九京可无憾焉。

十五日辛酉(3月12日) 晴,大风。晨,上府,不见客,挂号。诣文庙行香,顺访达泉,看梅花已残矣。午后,致书襄伯。晚,娄县幕宾邹尊贤来拜。周桂、书办鲇鱼浜、涨庄去。

十六日壬戌(3月13日) 晴。晨,接县移,传廪生瞿敏到案。送兰艭吊分,托立斋转寄。

十七日癸亥(3月14日) 晴。出谕单,派斗传瞿敏。午后,偕景刘、猗菉访达泉,面交周静卿寄到塔图捐执照,属转交松江捐钱者。折梅花数枝,又到县学宫观梅,折数枝归,乱插胆瓶中,殊有天趣。今晨周桂、书办自鲇鱼浜等处回,晚又往枫泾。

十八日甲子(3月15日) 晴。晨,接十三日家信,知王太太之恙稍痊,尚在床褥;归姨太太忽血涌如潮,势甚危急,现已平安;陶家巷六保于月之初六日文定,现看定赵巷赵姓房屋,已立契;学洲亦在家,此次出门欲挈妹而去,因其妹婿游幕凤阳,亲族助嫁资,余家亦有所赠。寄来馒头廿个,只十一个;大头菜一斤,小饼一百,皆去小半;松片糕一斤,并无,可恶之至,即寄复信。卧后闻雨。

十九日乙丑(3月16日) 阴,午后雨。粜米廿五石,每二元一角五分,余数石因船不能容,约缓日来斛。

二十日丙寅(3月17日) 孝哲毅皇后忌辰,晴。接县移,三月初二日县考,饬令廪保预期保结,着识造具清册,开同廪生及识认门斗姓名各折,务于三月初一日押识赍送,以便饬造序进牌,点名考试。府发书院甄别案,▨▨两卷,荫安代作。求忠取附课,云间不取。

二十一日丁卯(3月18日) 晴。接府发监院督、抚批回札。昨答拜娄县幕宾邹君,误记其姓郑,接帖云此间西席无郑姓者,依依而返。归,检阅日记而知其误,粗心可笑。今日差拜。

二十二日戊辰(3月19日) 晴。府尊姨太太故,三学合送香烛、冥资。

二十三日己巳(3月20日) 春分,晴。子研借阅《古夫于亭杂录》,啸园刊本,颇精。《颜氏家训》是翻宋本,有《考证》一卷,胜于湖北局刻。

二十四日庚午(3月21日) 晴。接石泉讣,月之廿七日领帖。

二十五日辛未(3月22日) 雨。晨,襄伯来,云晤次屏约在月杪。

二十六日壬申(3月23日) 孝昭仁皇后忌辰,晴。阅《颜氏家训·养生第十五》:"近有王爱州在邺学服松脂,不得节度,肠塞而死,为药所误者甚多。"余去冬服虎骨、鹿角,大受其害,可知服药不可不慎。晚,屈味霞来松,带到信一函、茶食两种,悉其岳母之恙尚可敷衍;松、森在信甫学堂中读书。又接芝生棣十八日驿递书。夜雨。

二十七日癸酉(3月24日) 晴。晨,出西门,吊同年黄拙生。进城,吊徐石泉。周桂枫泾回。午后,子研来访,同至大文堂书坊买阮葵生《茶余客话》一部,归已暮。写复芝弟信。伯印侄属出赋题,检两《汉书》,得八题,附寄。

二十八日甲戌(3月25日) 晴。接金山县移,查廪生空缺。摘王渔洋《古夫于亭杂录》:

"画家画古人图像,皆须考其时代,如冠舄、衣褶、车服之类,一有舛误、杜撰,后人得而指之。诗赋亦然。宋史绳祖《学斋占毕》称杜牧《阿房宫赋》'烟斜雾横,焚椒兰也'二句尤不可及,谓六经止以'椒兰'为香,《楚辞》言'椒浆兰膏'亦然。若'沈''檀''龙''麝'等字,皆出于《西京》以后。近世文士作《婕妤怨》《明妃曲》,而引用'梅妆''莲步',更为可笑。此齐、梁间事,汉时宁有之耶?故知作诗赋、作画,皆贵考据典故,方不贻讥后人。"

"《占毕》载:'汉西京时,南宫寝殿内有醇儒王史威长葬铭,曰:"明明哲士,知存知亡。崇陇原野,非宁非康。不封不树,作灵垂光。厥铭何依?王史威长。"见张茂先《博物志》。'此西汉墓铭之最古者。"

"余再使蜀,于绵州山中见群鹿,赋诗云:'远游忽忆杨岐语,只有渠侬得自由。'用宗门杨岐方会禅师语,盖自言行役万里,不及鹿之饮食止息得自由也。余儿启涑和之,用唐吕温《由鹿赋》曰:'由此鹿以致他鹿,故曰由鹿。'可谓工切,能押险韵。宋景文云:'率鸟者,系生鸟以来之,名圝。圝,音由。吕得其意,而不知《说文》有此圝字。''圝'盖与'囮'字、'媒'字义同。"

二十九日乙亥(3月26日) 晴。晨,拜纯嘏曾祖母百龄冥诞阴寿。达泉亦来,沈氏留饮素酒、吃面。摘《夫于亭杂录》:

"世言叶令王乔与仙人王子乔本是两人,而应劭《风俗通义·辨叶令》一条,引周灵王太子与师旷事,则是三人混而一之矣。按,《后汉书》王乔载《方术传》,传末云:'或云即古仙人王子乔也。'而刘向《列仙传》以为即灵王太子,劭之说本此。《列仙传》多诞谩不经,如载范蠡，而云事周师太公望，其可笑如此。”

“齐鲁之俗，多于村落巷口立石，刻‘太山石敢当’五字，云能暮夜至人家医病。北人谓医士为‘大夫’，因又名之曰‘石大夫’。按，‘石敢当’三字出《急就篇》，师古注但云‘所当无敌’。石贤士祠，本汝南田间一石人，有妪遗饵一片于其下，民遂讹言能治病，是两事而讹为一也。‘太山’二字，义亦难解，或以劭为太山太守而转讹耳。”

“治暴吐血，以蛛网为丸，米汤饮下，立止。”

三月初一日丙子(3月27日)　晴。晨，上府，诸同寅已散，不见客，挂号而回。诣文庙行香，顺访达泉。又访陆翰臣，茗谈良久而返。味霞今日回常，托带家信、内附复芝弟书。衣包一个、朱拓董书《经塔》一轴、张易书扇面一个。

初二日丁丑(3月28日)　县试正场，晴。午后，走访衡堂先生。

初三日戊寅(3月29日)　晴。致书陆云孙，索写便面袁福带苏。昨县试题：华“王赫斯怒”四句，次“而爱人”，诗“草长江南岸岸春”，未冠“可使制梃以挞秦”；娄“其恕乎己所不欲”，次“有本者如是”二句，诗“红气通林未放花”，未冠“及其壮也”。

初四日己卯(3月30日)　微雨。偶摘《夫于亭杂录》：

“姚文献公崇遗令云：‘佛以清净慈悲为本，而愚者写经造像以求福。汝曹勿终身不悟，追荐冥福。道士见僧获利，效其所为，尤不可延之于家，当永为后法。’近淄川高念东珩侍郎夙昔好佛，而遗令‘勿请恤典，勿作佛事’，可谓达观矣。”

“《梵网经》：‘修行之人不得食五辛。五辛者，一葱、二薤、三韭、四蒜、五兴渠。’兴渠出于阗国，根粗如细蔓菁根而白，其臭如蒜。或云芸薹、胡荽者，非。”

“《僧祇律》云：‘二十念名一瞬，二十瞬名一弹指，二十弹指名一罗预，二十罗预名一须臾，一日一夜有三十须臾。’”

“宋孙奕季昭《示儿编》云：‘《泗洲大圣传》：“和尚，何国人也。”考

《隋书·西域传》，有何国。’‘东坡《雪夜》诗：“试扫北台看马耳，不随埋没有双尖。”次公曰：“马耳，山名。”殊不知王晋之与霍辨雪夜对谈，曰：“看北台马耳菜何如？”左右曰：“有两尖在。”坡正用此事，赵未见而妄为是说耳。’然孙亦不注出处。”

“《示儿编》云：‘句读字自汉有之。《周礼·宫正》：“春秋以木铎修火禁，凡邦之事跸。”郑司农读“火”绝之，云“禁凡邦之事跸”，若今之卫士填街跸也。郑康成注“春秋以木铎修火禁”句绝，读，徐音豆。韩退之《师说》云：“彼童子之师，授之书而习其句读者也。”洪曰：“读音豆。”马融《笛赋》云：“睹法于节奏，察度于句投。”注：“投，徒斗切。句投，犹章句也。”其字画异而音训同也。’”

“又云：‘章句，孔安国曰：“自古而有篇章之名，故《那》序曰‘得《商颂》十二篇’，《东山》序曰‘一章，言其完足’也。句，则古者谓之言。《论语》曰：‘一言以蔽之，曰思无邪。’则以一句为一言。赵简子称子太叔‘遗我以九言’。皆以一句为一言。秦汉以来，诸儒各为训诂，乃有句。”诗家有四言、五言、六言、七言，则又以一字为一言也。’”

初五日庚辰(3月31日)　雨。摘《夫于亭杂录》：

“开元二十三年，裴耀卿为江淮转运使，置河阴、集津、太原诸仓，自太原入渭输关中。时命三百里内刺史、县令，帅所部音乐集五凤楼下。怀州刺史以车载乐工数百，皆衣文绣，服箱之牛皆为虎、豹、犀、象之状。鲁山令元德秀惟遣乐工数人连袂歌《于芳于》，上曰：‘怀州之人，其涂炭乎？’以刺史为散官，而叹德秀为贤。天宝初，江淮租庸使韦坚引浐水抵苑东望春楼下为潭，以聚江、淮运船。三月，上幸望春楼，坚以新船数百艘，各榜郡名，陈郡之珍货于船背。陕尉崔成甫着锦半臂，缺胯绿衫而裼之，红袙首，居前船，唱《得宝歌》，使美妇百人盛饰而和之；坚跪进诸郡轻货，仍上百牙盘食。上置宴，竟日而罢。加坚左散骑常侍，僚属褒赏有差。观此，则怀州刺史左官，何以令其心服？天宝之乱，即一事可预知矣。”

初六日辛巳(4月1日)　县试初覆，晴。求忠补二月山长课：

“君子依乎中庸”一节，“文人藻思催”。覆试题：华“露之所润非无萌蘖之生焉牛”，经题“以义制事，以礼制心”，诗“杨柳酒旗三月春”；娄“人皆有所不为达之于其所为”，“业广惟勤”，“野含时雨润”。

初七日壬午(4月2日) 晴。先祖朝议府君忌日。午后，访达泉，又访子研。出新购《带经堂诗话》示我，甚好。灯下阅《夫于亭杂录》，昆山顾绛亭林作《革除辨》，其言确当不可易，此史馆所当知者。略曰：

“成祖以建文四年六月己巳即皇帝位，夫前代之君若此者，多即其年改元矣。不急于改元者，本朝之家法也；不容仍称建文四年者，历代易君之常例也。故七月壬午朔诏文一款‘今年仍以洪武三十五年为纪，其改明年为永乐元年’。并未尝有革除之说，即云革除，亦革除七月以后之建文，未尝并六月以前及元、二、三年之建文而革除之也。故建文有四年而不终，洪武有三十五年，而无三十二、三十三、三十四年云云。或曰，洪武有三十五年，而无三十二、三十三、三十四年，可乎？考之于古，后汉高祖之即位也，仍称天福十二年，其前则出帝之开运二年，故天福有十二年，而无九、十、十一年，与成祖之仍称洪武，岂不暗合者乎？”

初八日癸未(4月3日) 晴。晚，襄伯字来，附次屏覆字。夜微雨。

初九日甲申(4月4日) 清明，晴。过节祭先。灯下写唐少愚纨扇。

初十日乙酉(4月5日) 县试二覆，孝贞显皇后忌辰，晴。覆试题：华“我四十不动心曰若是”，“严助持节发兵救东瓯赋以‘戎狄是膺荆舒是惩’为韵”，“已过清明尚浅寒”，孝经论“爱亲者不敢恶于人”，性理“诚者圣人之本”；娄“商也不及曰然则师愈与”，“李白《春夜宴桃李园》赋以‘不有佳作何伸雅怀’为韵”，“平铺新绿水苹生”，孝经、性理题未知。盼家信不至，未知西、北两山扫墓否。

十一日丙戌(4月6日) 孝贤纯皇后忌辰。雨，寒甚。

十二日丁亥(4月7日) 阴,寒甚。

十三日戊子(4月8日) 县试三覆,晴。选青、仲陶寄窗课到府学,信局误送,即拆阅之:“子曰:弟子入则孝”二章,“修身也”二句。选青“修身”篇“箕畴”误“筹”,“昭考”误“穆”。覆试题:华六讲“闻一以知十”,“父母之年”,“公西华”,“千室之邑”,“盈科”,“月试”;娄全篇“若火之始然”。

十四日己丑(4月9日) 晴。子研字云,阅王懿荣奏稿,请以《古文尚书》与今本并行,大小试均可出题,现交礼部议奏。如议准,则孙渊如《尚书今古文注疏》卅卷必然纸贵洛阳矣。晚,衡堂先生来。夜雨。两县发正案,娄十名:陈邦枢、王世昌、汤颐荪、姚肇元、顾沄、姚肇源、董威、冯端法、盛世奇、王铭勋。

十五日庚寅(4月10日) 晨,冒雨上府。同人皆在,不见,挂号。诣文庙行香,午前雨止。酉初至府署护月,亥正归。

十六日辛卯(4月11日) 晴。令周桂种荷花。摘《夫于亭杂录》:

“王宁波方田崇义《笔谈》一条:‘嘉靖甲辰榜,诸公取其名之相近者作一联云:“萧一鹗,余一鹏,罗一鸾,何一举以登科;李九功,方九叙,金九成,戈九章而作乐。”以四人名辏合之,其巧如此。又乙未榜有劳姓者,号原野,为屯田郎中。时都水郎顾,号一江,同年也,戏劳曰:“原野屯其田,空劳碌碌。”劳应声曰:“一江都是水,四顾茫茫。”闻者绝倒。’”

昨求忠道课:“致知在格物,物格而后知至”,“惜花春起早七言八韵”。

十七日壬辰(4月12日) 晴。侯颂廉来要诗题。

十八日癸巳(4月13日) 晴。求忠季山长课:“子贡问友”二章,“远闻佳士辄心许”。新任批验所徐思谦来拜。

十九日甲午(4月14日) 阴。留松谭德甫病故来报。午后,接三儿十六日书,悉其岳母之恙渐次痊可,惟气喘未平,尚不能离床褥;媳妇又小产;适环秀沈大侄女于前月廿三日产一男,临盆极快,忽于月之初四夜左股肿胀，伸而不能屈。初六一昼夜痛势大作，竟至一厥不醒。诸医莫名其故，年仅廿六，闻之凄惋，想芝生弟必老泪交颐也。曾侄孙振钧、我斯子。同华云帆子。俱殇。两邑县试正场，题：常“必照焉至不盈科”，次场“其问名世句”；昭“臣父父子”，次场“譬诸草木”。蔡家浜、蒋泾浜西、北两山皆已祭扫。

二十日乙未(4月15日) 晴。育婴堂齐堂，未去。午后，子研自堂回，过访。寄选青信，附子研交来课艺四篇。晚，接芝生弟十六日书，述大侄女产后一切安然，至十三朝陡患左股肿胀，楚毒异常，号呼一昼夜，至月之初七日巳刻竟尔摧折，存年恰与伊前母相符。其性情和婉明达，举正安详，实无不寿之相。奇疾陡作，如平流坦道中顿起危峰骇浪。一昼夜呼号之惨，言之令人痛彻心脾。弟：“自咸丰甲寅、乙卯间叠遘闵凶，抱痛靡已，今复睹此意外之变，中怀抑塞，意兴隤然。亲友都来慰藉，例言套语，反滋厌倦。老兄能以韵语慰我，定可解释闷怀。”灯下信笔成五古一章，俟寄。日间解义学春季脩，移覆金山县查廪生空缺。

二十一日丙申(4月16日) 晴。晨起，令周桂包封十八掌教课卷，饬长班解府。然后出西门接博府，途遇超亭、翰臣，知船已到马头。及至，子研、达泉已谒见，尚在船，余即随见。回，答拜批验所徐梅卿。午后，博太尊来拜，杨太尊来辞行。作书覆芝生弟，附五古四十韵：“我年五十九，拂逆境备尝。乱离丧两儿，犹曰是幼殇。四十从城居，炊臼梦不祥。壬申大儿病，呕血同倾筐。亭亭玉树枝，一夕摧秋霜[①]。壬午大比年，二儿志观光。抱疴不三日，一命陨他乡。弹指十年间，老怀又两伤[②]。虽曰有儿女，数不敌死亡。命途本多舛，冷宦聊随行。客窗正箫寂，忆弟梦池塘。寄我空中书，如获赠青琅[③]。

① “亭亭玉树枝，一夕摧秋霜”原作“秋风命如丝，归泉路茫茫”。

② “老怀又两伤”原作“两断西河肠”。

③ “如获赠青琅”原作“欣喜倍寻常”。

讵料发缄读，字字啼酸螿。告我适沈女，一索得弄璋。举家方欢抃，谁知祥即殃。筮易夷左股，号呼声在床。昼夜十二时，闻者摧肝肠[①]。诸医齐束手，续命嗟无汤。此女本淑慎，明慧兼端庄。豪无不寿相，庸知寿不长。我诵书中语，扼腕殊凄惶。奚怪哭金銮，香山泪淋浪。犹忆未嫁时，随亲到我旁[②]。居停诸女宗，交口群称扬。逮赋桃夭篇，含泪辞爷娘。夫婿本工吟，前年入胶庠。苏程姻固旧，嘉淑缘何良。圆镜陡然破，月冷凄空房。想见附身者，斩新嫁衣裳。一现优昙花，凋谢[③]方春阳。弟欲解悲怀，来索诗一章。哭子我泪干，哭女君泪滂。愿诗似谖草，与君忧共忘。弄人由造化，骇浪如平常。好物不坚牢，昔人言之详。逆旅六合中，本如梦一场。朝菌与大椿，何必多较量。幼女亦已嫁，男儿弱冠将[④]。明年娶新妇，五岳愿可偿。及此腰脚健，同游裹糇粮。"

二十二日丁酉(4月17日) 晴。晨，上府，知杨太尊即欲登舟，遂到外官驿，奉、娄、金三县及子砚已先在，达泉、超亭继至。太尊即到，三学禀见，太尊送客，予误踏船头盘铁链上，竟至蹉跌。登岸时左腿颇觉艰苦，幸痛即平。进城，仍上府，俟至午刻，博太尊进衙门，接印毕，诸同寅一同贺喜。余与达泉补递履历。回，接符篑山之叔如森二十七日嫁女请酒帖。

二十三日戊戌(4月18日) 晴。晨，接府札，四月初二日取齐，初四日开考。午后，作书致芝生弟，前寄五古删改又寄。

二十四日己亥(4月19日) 晴。接府札，四月初一日考小课。午后，翁士吉到华亭学，令屈使送来笋尖两篓、腿一肘、吉人信一函，受笋、辞腿，云上府回即过我。晚，士吉来拜，匆匆即去，云今晚就要

① "摧肝肠"原作"心悲伤"。
② "我旁"原作"鲈乡"。
③ "凋谢"原作"摧折"。
④ "幼女亦已嫁，男儿弱冠将"原作"况有子女在，兄弟相颉颃"。

开往金山，故未答拜。

二十五日庚子(4月20日) 谷雨，晴。辰刻，诣府学宫，达泉、子研已在。俟良久，太尊到。行香、讲书毕，茶话片刻而去。余同达泉皆到子研署中，吃稀饭，达泉先返。予欲访陆翰臣，因今日是逢五，县必上府，径去恐不值，与子研长谈移晷乃过彼，而府署尚未回，依依而返。午后便衣再去，晤谈一切。回，顺访思泉，不值。

二十六日辛丑(4月21日) 晴。前粜剩之米五石零，今晨来斛去，价二元五分。夜，将就睡，陆翰臣字来，属开附生张世德入学年分名次。卧后雷雨。

二十七日壬寅(4月22日) 晴。符处道喜。晤篑山，询其乞养一节，云署事尚未委人，现仍要办府考。回，答拜府帐房汪凤修鸣锵及李作舟，号小帆。兼拜刑席倪古青士玮、钱席吴虎生经昌，询号房，知李君是朱墨笔。午后，新前营王思才来拜。晚，虎生交到陆云孙信及书就扇面。

二十八日癸卯(4月23日) 晴。各庙赛会。

二十九日甲辰(4月24日) 晴。接府催司饷札。

四月初一日乙巳(4月25日) 晴，换戴凉帽。晨，上府见后，诣文庙行香。回，答拜前营王。府小课："越人自贡珊瑚树赋以题为韵"，"赋得'青遍柔桑趁浴蚕'得蚕字，五言八韵"，"半部《论语》治天下论"，"拟曹子建《与杨德祖书》"，"地球四大洲说"，"采茶歌七古不限韵"，"电线报、电气灯不拘体韵"。黄昏雷雨。

初二日丙午(4月26日) 晴。晨，篑山来拜。午后，周小塘、李静斋来拜。接冯处告窆，树卿于十四日安葬。

初三日丁未(4月27日) 晴。晨，往拜各学。未刻，到贡院，尚早。至青浦学公馆，达泉亦在，茗谈良久。又至贡院，四点钟太尊进院，见即回。

初四日戊申(4月28日) 府试华、娄童正场，晴。丑刻，赴贡院，同达泉留场。三牌出场，已四鼓矣。华：已冠“威而不猛恭而安子曰泰伯”；未冠“而爱人使民以时子曰弟子”；诗“花鸟萦红”。娄：已“斐然成章不知所以裁之子曰伯夷”；未“而不实者有矣夫子曰后生”；诗“苹鱼漾碧”。出场，老妪交到家书，知王太太之恙又增剧，医云夏至节恐难。知此情形，媳妇等又不能速返，森孙功课荒极矣，如何如何！

初五日己酉（4月29日） 晴。午后，静斋来。信局交到天目笋、五香大头菜、鞋一双。即寄覆信，附覆吉人书。

初六日庚戌（4月30日） 奉、金、上童正场，晴。不到场。午后，浩泉、子愚来。奉“民之于仁也甚于水”；金“且贵于我如浮云”；上“君子之过也如日”。

初七日辛亥（5月1日） 微雨。尹子铭招十一日饮，辞之。子研亦招，改十三日饮。子铭又有书来见招，不能再辞。周小塘又招明日饮。

初八日壬子（5月2日） 南、青正场，晴。不到场。求忠书院府课：“事思敬，疑思问”，“扬滞飞翘”。午后，士吉来。点心后，同至府前各书坊阅书。冒雨至小棠公馆，同席士吉、子研、篑山、达泉、奉贤学廪生朱□□及主人，席散已二鼓。雨竟夜。

初九日癸丑（5月3日） 雨。昨府试题：南“由也升堂矣至师与商也”；青“曾由与求之问至今由与求也”。

初十日甲寅（5月4日） 华、奉、娄、金初覆，晴。丑刻，到贡院，同子砚、达泉留场。三牌出，已四鼓。阅三儿初七日寄信，悉其岳母于初五日寅时病故。今日覆试题：华“则天下之士”，经“如月之恒”；奉“天下之商”，“如日之升”；娄“则天下之旅”，“如南山之寿”；金“则天下之农”，“如松柏之茂”；诗“谢却海棠飞尽絮”。

十一日乙卯（5月5日） 立夏，晴。近日稍患腹疾，子铭饯春之招，昨贡院晤士吉，托其转达只可心领也。耿思泉招明日饮，亦辞。覆三儿信。钱梧生来，交到解饷稿。晚，为南汇廪生顾琴楼书扇。

十二日丙辰（5月6日） 上、南、青初覆，晴。不到场。晨，接选青初八日信,知合家安好;外孙种牛痘,已收痂。附窗课七篇,属转送府学。晚,梧生来,因书办备空白诸件尚缺,未带去,约明晚再来。陈杏生来。

十三日丁巳(5月7日) 雨。赴子研之招,同人惟小塘未到。首坐嘉定施伯铭,荣鼎,丙子北榜。现在青浦县办笔墨。将终席,梧生至,归已晚。夜饭后,梧生来,即将空白诸件及银洋面交。昨覆试题:上"我非尧舜之道",经"是之谓大同";南"由是以乐尧舜之道","身其康强";青"吾闻其以尧舜之道","子孙其逢吉";诗"乍寒乍暖麦秋天"。

十四日戊午(5月8日) 七县性理、古学,晴。不到场。晚,篑山招十七日饮。府试题:孝经"圣人因严以教敬"二句,性理"吉凶悔吝生乎动","五声六律十二管还相为宫解","拟唐李程《日五色赋》以'德之交感瑞必相符'为韵","赋得'班超投笔'得投字,五言八韵","饲蚕词五、七古俱可,不限韵","帘波、炉篆七律各一首,不限韵"。

十五日己未(5月9日) 晴。晨,诣文庙行香,顺访达泉。娄县移查官生空缺,移覆文书早经缮就,即日发铺。

十六日庚申(5月10日) 七县二覆,晴。丑刻,到贡院,俟良久才开门。点名毕,不留场,即出,略睡。午后,新娄县阳镇来拜。晚,沈旅云出场,询知题目:通场"夫物之不齐"五句,"云水光中洗眼来"。夜雨。

十七日辛酉(5月11日) 孝端文皇后忌辰,雨。巳刻,赴篑山之招,同人皆至。

十八日壬戌(5月12日) 晴。晨,到娄县阳公公馆道喜谢步,顺至华学。今日同达泉、士吉公请各学同寅,褚馆菜尚好。席散,偕子砚、士吉至贡院前各书肆,晤思泉、鳌峰,归已暮。求忠季山长课:"仁之实至节文斯二者是也","小园烟草接邻家"。

十九日癸亥(5月13日) 晴。李静斋招廿一日饮。出西门,章一大配扇骨,买白矾扇面。归,知陆翰臣来辞行。午后,送翰臣行,顺访小塘,以《北堂侍膳图》求题,并求画便面。他出,不晤,将图及扇面交其家人手。寄覆选青信及云凌款祁书、陈画扇面，附寄三儿信。

二十日甲子(5月14日) 七县三覆，晴。丑刻，到贡院，同浩泉、静斋留场。三牌出场，不到二鼓。通场题："而芸子路拱"，"第一功名只赏诗"。

二十一日乙丑(5月15日) 晴。巳刻，赴静斋之招，同人惟篑山未到，思泉亦在坐。席散，同浩泉、子愚、子砚出西门，进城，又至贡院前抱芳阁、文粹堂阅书。

二十二日丙寅(5月16日) 晴。小唐属代求伟生画条幅，即封寄泗泾，余亦附扇面乞画。抱芳阁送书来：

《孔子集语》四本，四角。《荀子》六本，四角。《管子》六本，六角。《韩非子》六本，六角半。《扬子法言》一本，一角二分。《晏子春秋》四本，三角六分。《墨子》四本，三角半。《春秋繁露》二本，二角八分。《竹书统笺》四本，三角半。

晚，士吉来。思泉招明日饮。

二十三日丁卯(5月17日) 晴。巳刻，赴思泉之招，同人皆到。廿六日思泉夫人六十正寿，不受贺礼。周小唐创议七学八人各送一元作赈捐，上海学篑山、思泉亲家不与焉。席散，子砚过我。夜雨。

二十四日戊辰(5月18日) 七县四覆。黎明，到贡院。微雨，风甚大，点名毕即出。雨霁。午后，到抱芳阁还《孔子集语》四本。买《经典释文》(价昂，还)、《日知录》。终覆题："居是邦也"，"仁远乎哉"，"由也为之"，"义之与比"作四讲；"居仁由义"。送士吉腊腿、皮蛋廿四，腿未受。抱芳阁又送《淮南子》《列子》《吕氏春秋》来。

二十五日己巳(5月19日) 晴。

二十六日庚午(5月20日) 晴。陈杏生来。字致慎卿，又令长班送扇面至张处属湛如画。午后，访达泉。晚，发府正案。夜雨。府案前列十名：王世昌、陈邦枢、冯端法、钱企鹤、姚肇元、汤颐荪、王铭勋、顾沄、姚肇源、黄允昶。

二十七日辛未(5月21日) 小满，雨。晨，子砚上府请假，过访。

二十八日壬申(5月22日) 阴。晚,娄县新捕厅姚森荦来拜。

二十九日癸酉(5月23日) 孝慎成皇后忌辰,晴。午后接信,悉媳与孙男女及城外均安好,二媳十七日移居赵巷赵远卿家。并寄儒卿写诗二十纸。

三十日甲戌(5月24日) 晴。午后,走访汪松乔丈。回,知襄伯过我。夜饭时又来,留吃夜饭。此君办事至诚可嘉。

五月初一日乙亥(5月25日) 晴。上府,不见。答拜姚捕厅。诣文庙行香,顺访达泉。府小课:"兵气销为日月光赋以题字为韵","赋得'化成风偃草'得成字,五言八韵","宅南交解","七政考","防边策","钟馗传","拟东坡《书晁补之所藏与可画竹》五古,用原韵","题东坡墨竹"。儒卿寄诗中有七律二首属和,信笔成之:

"新诗远赠抵琼琚,愧我经荒二岁畬。从郑注。眼看蚕眠花满纸,来诗廿纸皆细书。腹供蠹饱架添书。近买子书数种,杂亦不读。日长……[1]当年苏台风雨夜[2],连床情话到更余。癸酉春夏同寓紫阳书院。

"刹那[3]五十九年春,回首韶华更足珍。垂老纵难成事业[4],问心幸未遂风尘。枌榆戢影浑无定,竿木逢场不当真。近状报君应一笑,峰屏泖镜聚闲人。近因府试,各学俱集郡城。"

初二日丙子(5月26日) 晴。午后,接选青廿九日信,悉其家安好。两邑于前月设团防局。闻杜兰圃选苏州府教授。

初三日丁丑(5月27日) 孝诚仁皇后忌辰,晴。提辕幕宾周中规得子,送红蛋九枚,索百家锁钱。

初四日戊寅(5月28日) 晴。达泉送粳子来。思泉来,剧谈半

---

① 笔者按,改作后漫漶不清,原作"半生长日凭闲过,一唱停云感索居"。

② "当年苏台风雨夜"原作"何似归来茆屋底"。

③ "刹那"原作"经过"。

④ "垂老纵难成事业"原作"垂老纵然徒哺啜"。

日，留吃点心去。

初五日己卯（5月29日） 晴。晨，府署及华、娄两县贺节，午饭后口占一律："仆本江湖懒散人，只宜冷处著闲身。鬓霜入镜容颜改，角黍登盘节物新。艾蒳炉熏香沁鼻①，菖蒲酒设强沾唇。回思十五龄时事，诗诵令原欲怆神。道光庚子，余年十五，画端阳节物，伯兄题诗其上云：'不随竞渡少年狂，爱画天成品物芳。画就题诗诗纪岁，恰经第十五端阳。'"又得四绝：

"枇杷颜色赛金黄，引得童孙索取忙。只恐酸多甜者少，两三枚待我先尝。

"西邻庙祝索香资，云为温公献寿卮。未识云车风马过，喧天铙鼓可曾知。

"酒洒雄黄粽贴符，辟邪门更系菖蒲。不知制就横磨剑，果可降精杀鬼无。

"曾醉刘伶解粽筵，山塘七里木栏船。张公祠下来瞻拜，往事重提十二年。癸酉校书紫阳书院，端午刘泖生觞客，尹子铭招游山塘，谒张公祠。"

初六日庚辰（5月30日） 晴，大风。昼倦，正思略睡而家松泉过访，先将钞就《纬书》二卷送来，属向华亭县算写书钱。今吾堂黄星侯俞子渠妹倩亲家。昨故来报，明日大殓。晚，汪松乔丈来。

初七日辛巳（5月31日） 晴。接士吉信，托篑山尊人吊期代送香烛等，约三四百文。夜，接娄县移，传提文生朱继常，被朱秉亮控不缴贴还造屋费。

初八日壬午（6月1日） 晴。接娄县移，催提欠完八、九两年银漕文生张世德。求忠华亭课：文题"子曰：盖有不知而作之者，我无是也"，诗题"细葛含风软"。

初九日癸未（6月2日） 晴。

---

① "鼻"原作"胃"。

初十日甲申(6月3日) 晴。

十一日乙酉(6月4日) 微雨。

十二日丙戌(6月5日) 芒种,晴。周桂有事赴泗泾,带名片候伟生,如前寄画件已就,即可带回。接篔山尊人子鹤先生讣,月之二十七日领帖。请感冒假五天。

十三日丁亥(6月6日) 晴。得一绝:“绿阴庭院晚风飘,汲井呼童遣寂寥[1]。造物本无私雨露,盆荷添罢灌芭蕉。”

十四日戊子(6月7日) 晴。晚,接□□初九日书,大约二十左右来松,现与仲展侄同受业江阴姚缉庵熙载,改名熙绩。先生门,受业帖托庞凤书带呈;沈稚莲于初七日有弄璋之喜;二侄女产后身体亦好。附寄排印《世系考》一本、慎生侄信一封,云先粜一廪,价二元三角九分。灯下缮致姚缉庵通候信稿,道达儿侄受业之意。

十五日己丑(6月8日) 晴。晨未起,达泉来,长谈而去。午后写信,附致缉庵信稿,寄江阴,又附寄儒卿诗。

十六日庚寅(6月9日) 晴。晚,伯齐送来李军门郎君德斋《淞江送别图》册页,欲三儿题句。二十日欲返楚南,不及待三儿来松,即代作七绝二首,拟明日送慎卿,属其一挥。

十七日辛卯(6月10日) 晴。午后,襄伯来长谈,去已晚。

十八日壬辰(6月11日) 晴。晨,出西门,吊黄星侯。季山长书院课:“子曰:片言可以折狱者”二章,“草色入帘青”。慎卿处取得代三儿书册页,即送伯齐,属其转交。

十九日癸巳(6月12日) 晴。为侯颂廉改诗。晚,令长班将公分送符处,祭幛四大字及边款交慎卿,乞其代写。带还颂廉诗。

二十日甲午(6月13日) 晴,甚热。正值插莳之际,农民望泽孔殷。晚雷而不雨。

---

① “绿阴庭院晚风飘,汲井呼童遣寂寥”原作“闲寻事做遣无聊,提瓮呼童赴晚潮”。

二十一日乙未(6月14日) 晴。午后,访达泉。回,顺访尹丽生,不值,晤其郎君伯荃。

二十二日丙申(6月15日) 晴。晨,松泉来,又交到所钞《纬书》二本,已全,共计十一万九千九百三十六字。晚微雨,夜又雨,不大。

二十三日丁酉(6月16日) 孝恭仁皇后忌辰,晴。先祖妣沈太恭人忌。夜饭时儿、媳、孙男女来松,三孙女亦来,询悉家中均好。昨八点钟开船,难得如此之快。

二十四日戊戌(6月17日) 晴。书邑中友乞书便面五个。

二十五日己亥(6月18日) 晴。书邑中友便面二。

二十六日庚子(6月19日) 微雨。合酱。

二十七日辛丑(6月20日) 晴。晨,子研、达泉从符处回,过我,俟其去,亦往吊。晤子铭、思泉。解义学夏季脩。

二十八日壬寅(6月21日) 夏至,晴,甚热。先曾祖考有闻公忌。晚,书蒋鲁岩扇面。

二十九日癸卯(6月22日) 晴,甚热。晚,两腿痒甚,以热水洗之,其快胜于买妾。晚起阵,农田望泽孔殷,正"好雨依时抵万金"也。夜复雨。

闰五月初一日甲辰(6月23日) 晴。府尊不见客,挂号,诣文庙行香。出西门,答拜杜兰圃,未晤。晚雨至夜。

初二日乙巳(6月24日) 晴。晨,思泉来,郎君仲宣欲受业子研门下,属为介绍。午后,子砚来。张秋卿来。灯下书汪松乔丈折扇。

初三日丙午(6月25日) 雨竟日。

初四日丁未(6月26日) 阴、晴半。

初五日戊申(6月27日) 晴。晨,书邑中友楹帖四副。走答思泉。

初六日己酉(6月28日) 晴。寄公周、幼莲、月生诸件。青浦代求浩泉篆书帷，无厌之求，徒取人厌耳。

初七日庚戌(6月29日) 晴。走答子研。伟生寄到周小唐属画条幅及余扇面。

初八日辛亥(6月30日) 微雨。

初九日壬子(7月1日) 晴。

初十日癸丑(7月2日) 晴。晨，娄捕厅姚干人来。

十一日甲寅(7月3日) 晴。微觉头痛，令三媳提痧。周继达、陈宗彝备文考贡。

十二日乙卯(7月4日) 晴。晚，姜竹庐来。

十三日丙辰(7月5日) 晴。浩泉寄到公周诸人求书各件，附子愚寄周芰裳画扇料两张。

十四日丁巳(7月6日) 午前起阵，夜复大雨。

十五日戊午(7月7日) 小暑，晨雨。上府，文庙行香，顺访达泉，目疾未愈。晚又微雨。

十六日己未(7月8日) 午后起阵，即霁。

十七日庚申(7月9日) 晴。

十八日辛酉(7月10日) 晴。

十九日壬戌(7月11日) 晴。姜竹庐来。

二十日癸亥(7月12日) 晴。赵襄伯来。

二十一日甲子(7月13日) 晴。

二十二日乙丑(7月14日) 晴。家松泉来。黄昏雨。

二十三日丙寅(7月15日) 晴。

二十四日丁卯(7月16日) 晴。晨，访子砚。

二十五日戊辰(7月17日) 晴。松泉来。

二十六日己巳(7月18日) 晴。秦▨小唐条幅，托奉学书叶小舟转寄。

二十七日庚午(7月19日) 初伏，晴。姜竹庐来。

二十八日辛未(7月20日) 晴、雨半。

二十九日壬申(7月21日) 清晨起，拟与三儿、景刘出西门，忽大雨而止。

六月初一日癸酉(7月22日) 大暑，晨微雨即止。上府，文庙行香。午后，松泉来。

初二日甲戌(7月23日) 晴。

初三日乙亥(7月24日) 晴、雨半。晨，子砚来，接选青闰月廿七日信，并托买沐泰山资生丸、八珍糕、天目笋。附窗课数篇，即送子砚处。竟夜雨。

初四日丙子(7月25日) 晴。

初五日丁丑(7月26日) 晴。接戴保卿大世兄兆登讣，月之十九日领帖。

初六日戊寅(7月27日) 晴。

初七日己卯(7月28日) 晴。署经厅娄湘来拜。

初八日庚辰(7月29日) 中伏，晴。求忠娄课："求为可知也至夫子之道忠"，"喜见云章第一篇得瞻字"。

初九日辛巳(7月30日) 晴。晨，访达泉，不值，使云答拜娄经厅兼过我。因走访子砚，坐谈良久。达泉遣使来云已回，即过彼剧谈，留吃午饭、西瓜，又吃自种雨麦，回已晚。王愚溪弟愚亭故，送香烛。

初十日壬午(7月31日) 晴。

十一日癸未(8月1日) 晴。晨，往九知堂书坊，装订钞本陆若璿《纬书》。

十二日甲申(8月2日) 晴。姜竹庐送西瓜十枚来，赋两篇属阅。

十三日乙酉(8月3日) 晴。接县催完银漕移文。

十四日丙戌(8月4日) 午后雨，即霁。

十五日丁亥(8月5日) 晴。太尊赴沪未回，不上府，文庙行香。回，往高家沿答拜署经厅娄君。号吟秋。

十六日戊子(8月6日) 晴。阅章子超交来约课卷十八本，题："君子居易以俟命"二节。

十七日己丑(8月7日) 立秋，午正二刻十一分。晴。戴保卿大世兄吊分洋一元封寄苏城，由顺成信局去。晚，襄伯来。

十八日庚寅(8月8日) 末伏，晴。尹鹿笙来。接芝生弟十二日书，附致黄振之信。师课："思天下之民"三句，"檐垂夏果香"。

十九日辛卯(8月9日) 晴。沈孺人忌。备俸斋划漕印领文书移县。灯下作复芝弟书。

二十日壬辰(8月10日) 晴。晨，衡堂先生来。

二十一日癸巳(8月11日) 晴。复选青信。寄还子研阅窗课，附复芝生弟信。晚，衡堂先生来。灯下闻络纬声，大有秋意。

二十二日甲午(8月12日) 晴。午后，访达泉。又访子砚，带钞本《纬书》四本，托其会印，申送学宪。

二十三日乙未(8月13日) 晴。晨，颜友笙镛来。午后起凉阵，雨不大。

二十四日丙申(8月14日) 阴，微雨。晨，达泉温公庙烧香回，过访。

二十五日丁酉(8月15日) 晴。晚，黄振之来。

二十六戊戌(8月16日) 万寿，晨大雨，竟日凉甚。廿三日请感冒假五天，拜牌不去。

二十七日己亥(8月17日) 微雨。详学宪颜镛、尹熙栋补廪。移奉贤县，七月初八日求忠书院出题考试。补录十五日府小课题："枕戈待旦赋以'常恐祖生先吾著鞭'为韵"，"赋得'蝉急知秋早'得蝉字，五言八韵"，"王朝步自周解"，"三江考"，"用人以心术为本论"，"含风鲊七言十二韵"，"拟杨慎《诛蚊阵露布》"，"樵水、渔山、枕流、漱石七律四首"。

二十八日庚子(8月18日) 晴。

二十九日辛丑(8月19日) 晴。午后,松泉来。

三十日壬寅(8月20日) 晴。阅竟夏质夫分课卷三十二本,题即我出:“子曰:为命”合下一节,“集古今圣贤家诫书屏风得龄字,五言八韵”。

七月初一日癸卯(8月21日) 晴。晨,上府,因中营王、城守营郑相继至,两县亦在内长谈,号房云余皆挂号矣,即诣文庙行香。子砚今日不上府,顺访之,知其尊人有小恙。午后,思泉来。廪生冯德馨六月十三日病故,昨来报,即详学宪。

初二日甲辰(8月22日) 晴,午后微雨。晨,松泉来。饭后,达泉字来招,即过彼,知其欲请就医假,详府委我兼理,就要挈眷而回。他本久有归计,假满即请开缺。苜盘无味,后我而来,先我而退,可称勇决。明年六十矣,恋栈复何为耶?归心怦怦动矣。华学回,接芝弟前月廿六日书。

初三日乙巳(8月23日) 处暑,晴、雨半。复芝弟信。

初四日丙午(8月24日) 微雨即晴。谭德甫灵柩初六日回籍,有知单。又接黄拙生告窆,初十日领帖。奉贤县陈彦士寄到初八日求忠书院课题。

初五日丁未(8月25日) 晴。晚,拟出西门,走过小北庵,因雨而返。

初六日戊申(8月26日) 晴。接县斋俸划漕移文并米串。

初七日己酉(8月27日) 晴。倪荻书、涤源来。阅近日《申报》,法兵在福州已开仗,华兵败,吴淞口亦吃紧。中营驻扎南门外豆腐浜,此路直通吴淞。城中亦办防堵,人心皇皇。

初八日庚戌(8月28日) 晴。书院奉贤课:“礼之用,和为贵;先王之道,斯为美”,“一年容易又秋风”。

初九日辛亥(8月29日) 孝静成皇后忌辰,晴。续举优行:附生张锡恭究心经史,不务时趋;附生许绍基有志向学,可造之材。详府转详学宪。接府委兼理华亭学札。初七日发，铺上迟递。

初十日壬子(8月30日) 孝懿仁皇后忌辰，晴。上府谢委。出西门，西塔巷吊黄拙生出殡。详学宪倪宇梁补冯德鏖病故缺。午后，访达泉，又至府学问松乔丈患恙，适遇外科萧秋山，云症系偏对口，大势无妨，然已大受痛苦矣。明日西门外痘神庙会课，慎卿属出题：首题"宰我问曰仁者"，次题"圣人之忧民如此"，诗题"剪取吴淞半江水"。阅慎生信，知家中所存之米已罄，仅二元三角八分。

十一日癸丑(8月31日) 晴。接兼理华亭学印。晚雨，甚凉。阅《申报》，夏廷烈知县改教，选丰县教谕。

十二日甲寅(9月1日) 晴。新选上海县教谕宣敬熙，号琴山。来拜。

十三日乙卯(9月2日) 晴。晨，拜杨超亭，差拜上海学，西门外舟次已解维矣。接选青、佩女两信，女信中述知二媳现患腹胀，医云气郁所致；祥孙肾囊起一核，到董浜看过，此儿过弱，速愈为佳；二媳时以两棺未葬为忧。夜雨，墙根闻蟋蟀声，得"一帘凉卷芭蕉雨，四壁声催蟋蟀秋"句。

十四日丙辰(9月3日) 晴。中元节祭先。

十五日丁巳(9月4日) 晴。晨，上府。子研请假，仅余一人见。诣文庙行香。访达泉，金小芗已到。接华亭县移，八月十七日月食。附生张锡恭举优来见，交到其兄心庵画扇、小幅。

十六日戊午(9月5日) 晴。接府札，八月初四日祭吕祖，初十日祭文帝、后殿行礼，先于初九日省牲。晚，访子砚，知其尊人之恙渐痊，面交选青兄弟寄来窗课数篇。回，顺至昭忠祠，登堂瞻仰。有博太尊撰对联云："将佐尽英雄，惜当年星焰欃枪，未竟男儿事业；忠勋光史策，际此日风高俎豆，犹留士庶讴思。"

十七日己未(9月6日) 文宗显皇帝忌辰，晴。杜兰圃赴任辞行，差送。夜雨。

十八日庚申(9月7日) 白露，晴。求忠师课："可以速而速"四句，“范亚父拔剑撞破玉斗”；景贤师课：“不肤挠”六句，“思以一毫挫于人”。三媳同森孙到华学。接府札，八月初六日祭孝悌祠，十三日祭昭忠祠。

十九日辛酉(9月8日) 晴。接学宪十五日金坛发颜镛、尹熙栋补廪批回。丁昌霖补廪来见。

二十日壬戌(9月9日) 晴。许绍基补廪来见。移两县，领丁祭银。移华亭，通报兼理华学接印日期。陈子愚验看到郡，过访，同访达泉，询悉廿二日挈眷回常。

二十一日癸亥(9月10日) 晴。接府札，八月十二日祭武帝，十一日省牲。邀子愚夜饭。

二十二日甲子(9月11日) 微雨。午后，子愚来，同出西门。回，访思泉，留吃夜饭。

二十三日乙丑(9月12日) 晴。庶祖妣汪太恭人忌。松泉来。子愚来，同出西门。

二十四日丙寅(9月13日) 晴。继祖妣沈太恭人忌。往舟次，招子愚吃饭。陈杏生来。阵雨极大。

二十五日丁卯(9月14日) 仁宗睿皇帝忌辰，晴。徐雪舫故来报。

二十六日戊辰(9月15日) 晴。徐处送香烛。

二十七日己巳(9月16日) 晴。七宝塾师高维岳送松江标布二匹。

二十八日庚午(9月17日) 晴。

二十九日辛未(9月18日) 晴。

八月初一日壬申(9月19日) 晴。娄县阳绍翁故来报。

初二日癸酉(9月20日) 雨。晨，往阳公馆送殓。午后，沈咏楼甥媳同弥甥翼生来松，甥媳即回船，留翼生夜饭。晚，松泉来。

初三日甲戌(9月21日) 晴。晨，翼生起岸，留午饭，即开船回常。寄选青信。景贤府课："自耕稼陶渔以至为帝"，"篱豆花开蟋蟀鸣"。

初四日乙亥(9月22日) 阴。祭吕祖。夜雨。

初五日丙子(9月23日) 秋分，雨。接学宪七月廿七日金坛发倪宇梁补廪批回。晚，诣学宫省牲。接达泉书。

初六日丁丑(9月24日) 雨。丑刻，诣文庙。祭毕，到府学，黎明回。

初七日戊寅(9月25日) 晴。午后，祭城内外各祠。接金山县明日书院课题。详学宪许绍基、丁昌霖补廪。

初八日己卯(9月26日) 晴。求忠金课："视不胜"六句，"更上西楼看远帆"。接姚缉庵覆书。寄复达泉书。补录初一日府小课题："二三豪俊为时出赋以题为韵"，"赋得'雕鹗在秋天'得秋字，五言八韵"，"临八月解"，"《易》不言五行说"，"拜住论"，"晋谢太傅像赞"，"王叔明《石梁秋瀑图》跋"，"桂露七律二首"；景贤题："蟋蟀俟秋吟赋以题为韵"，"赋得'川广自源'得源字，五言八韵"，"奉席如桥衡解"，"五福不言贵论"，赞、七律同。

初九日庚辰(9月27日) 太宗文皇帝忌辰，晴。晚，文昌宫省牲，顺访子砚。

初十日辛巳(9月28日) 晴。丑初，到文昌宫。祭毕回，天已明。接代理娄县潘移，十七日月食。

十一日壬午(9月29日) 太祖高皇帝忌辰，晴。晚，世英堂省牲。

十二日癸未(9月30日) 晴。丑刻，到世英堂祭武帝，天明回。

十三日甲申(10月1日) 晴。晨，祭昭忠祠。即往横山祭张少宰祠，归已夜饭后。

十四日乙酉(10月2日) 雨。

十五日丙戌(10月3日) 寒露，雨。晨，上府贺节，诣文庙行香。回，又到两县。陈杏生来。晚雨止，夜无月。

十六日丁亥(10月4日) 晴。接选青初十日复书,附汪师脩洋、窗课。

十七日戊子(10月5日) 晴、雨半。达泉详府展病假一月。

十八日己丑(10月6日) 雨。求忠师课:“百工居肆以成其事”,“心清松下风”。景贤师课:“墨羿”,“寄语重门休上钥看”。

十九日庚寅(10月7日) 晴。

二十日辛卯(10月8日) 寒露,晴。沈仪廷来。

二十一日壬辰(10月9日) 晴。寄信选青,附汪阅文章。

二十二日癸巳(10月10日) 晴。接达泉信。

二十三日甲午(10月11日) 晴。

二十四日乙未(10月12日) 晴。接娄县阳少彰讣,二十七日领帖。

二十五日丙申(10月13日) 换戴暖帽,晨微雨。子研来。晚,经厅陈其璟来拜。寄还选青汪阅文章,附复达泉信一函。

二十六日丁酉(10月14日) 晴。晨,娄县林殷臣,广东人。来拜。接汉峰五侄书。府发达泉展假批禀,即寄阅。

二十七日戊戌(10月15日) 晴。圣诞,诣文庙,行释菜礼。拜县林仲伊、癸酉拔贡。经厅陈小崖(书局帐房少舫之堂弟)。吊前娄县阳少彰。

二十八日己亥(10月16日) 晴。潘芝岑字借新《娄县志》。移上海县,九月初八日求忠书院考试。

二十九日庚子(10月17日)

三十日辛丑(10月18日)

九月初一日壬寅(10月19日) 晴。晨,上府,诣文庙行香。芝岑还《娄县续志》,又借旧志去。林仲伊招明日申刻饮。

初二日癸卯(10月20日) 晴。晚,赴仲伊之招。同席子砚、徐梅卿、批验所。陈小崖。

初三日甲辰(10月21日) 晴。复汉峰信,附致达泉书。景贤华课:“赐之墙也”二句,“寒叶已无蝉”。

初四日乙巳(10月22日) 晴。晚,偕景刘佛字桥看菊,买十六盆。

初五日丙午(10月23日) 霜降,晴。晚,又往佛字桥,买菊二十盆。

初六日丁未(10月24日) 晴。作娄小课《鹤林花赋》一篇。

初七日戊申(10月25日) 晴。

初八日己酉(10月26日) 晴。求忠书院上海课因题未到,改初十日,黄昏题目才寄到。接学宪初一日江阴发许绍基、丁昌霖补廪批回。

初九日庚戌(10月27日) 晴。午后,走访子铭,还前日借骈体文一本。

初十日辛亥(10月28日) 雨。书院上海课:“周公思兼三王”五句,“已凉天气未寒时”。午后,书衡堂先生交来其族侄介三楹联,又书瞿叔璟单条四幅。去秋回松时带来,迟迟报命,仍恶劣不足观。夜雨不止。

十一日壬子(10月29日) 雨。接芝弟初八日书,述二媳今冬欲营葬两棺。先妣沈太恭人忌。夜有月。

十二日癸丑(10月30日) 晴。复芝弟信。

十三日甲寅(10月31日) 雨。书赵景明扇。

十四日乙卯(11月1日) 晴。午后,走访子砚。

十五日丙辰(11月2日) 晴。晨,上府,诣文庙行香。晚,招子砚持螯。月明如昼,夜半雨。

十六日丁巳(11月3日) 雨竟日。

十七日戊午(11月4日) 晴。晨,桑调甫由苏来,留吃午饭而去。夜又雨。今日育婴堂齐堂,未去。补录十五日府小课题:“空林落日寒烟织赋(唐六如《姑苏台》诗)以题为韵”,“赋得‘刚是溪丁拾蟹归’

得归字，五言八韵”，“外事刚日内事柔日解”，“三十六宫考”，“王羲之论”，“爨婢请淘酒米得淘字”“园丁催算花钱得钱字”，皆五言八韵。“题唐六如画墨菊七绝”。

十八日己未(11月5日) 雨。季山长课：“或生而知之”三句，“八月湖水平”。景贤师课：“焉能为有”，“则左右屏而待得言字”。调甫因雨不能开船，又来，留午饭，晚与持螯。吃过夜饭，下船，明日回常。移南汇县，十月初八日求忠书院轮课。

十九日庚申(11月6日) 晴。书介三扇面。

二十日辛酉(11月7日) 立冬，晴，夜雨。

二十一日壬戌(11月8日) 雨。接达泉十八日信。竟夜雨。

二十二日癸亥(11月9日) 晴。

二十三日甲子(11月10日) 晴。午后，访符篑山、汪子砚，篑山婿沈惟贤欲从余看诗赋，却之不得。

二十四日乙丑(11月11日) 晴。晨，到府学，同子研上提辕拜寿。午后，篑山来。晚，寄复达泉书。夜雨。

二十五日丙寅(11月12日) 微雨即止。接大媳信。夜又雨。

二十六日丁卯(11月13日) 晴。娄县刑席沈锡祚来拜。接子愚青浦信并书诸件。夜雨雪珠。

二十七日戊辰(11月14日) 晴。潘芝岑还《娄县志》。夜雨。

二十八日己巳(11月15日) 雨。

二十九日庚午(11月16日) 雨。接达泉廿四日信。竟夜雨。正在刈获之时而连日霖雨，所谓“阿修罗中雨兵仗”，奈何奈何！

三十日辛未(11月17日) 竟日夜雨。

十月初一日壬申(11月18日) 雨止。晨，上府，诣文庙行香。祭邵公祠、明季殉难诸生墓。晚，欲出西门，不果。

初二日癸酉(11月19日) 晴。过节祭先。张象山书来，说王廷梁，号斗槎。要举优。有王显曾来拜，应门无人，仅投刺而去，须打听其人(娄县钱席),方可答拜。阅《沪报》,学宪科试苏属场期单,下六学生九月二十八正场,三十日江、震、常童正场,初二日昭、昆、新童正场。

初三日甲戌(11月20日) 晴。景贤书院娄县课:“如有所誉者至斯民也”,“半江红树卖鲈鱼”。晨,同景刘出西门,佛字桥看菊。又访子砚,适达泉寄到书中有附致一函。

初四日乙亥(11月21日) 晴。书盛莲生来锡侯款扇面,小行楷一角。

初五日丙子(11月22日) 小雪,晴。周岭梅继达送贡卷。

初六日丁丑(11月23日) 晴。太尊五旬生日。晨,上府,挂号而回。晚,仪廷来。曾祖妣曹太孺人忌。

初七日戊寅(11月24日) 晴。午后,子砚来,襄伯亦至,述知杜密侯于昨日丁外艰。密侯岁考一等一名,可望拔贡,殊可惜。点心后,襄伯归,余同子砚访思泉。南汇县寄到明日书院题。

初八日己卯(11月25日) 晴。求忠书院南汇课:“子曰:爱之能勿劳乎”二句,“疏影池塘淡月中(放翁《梅花诗》)”。午后,思泉来。接府札,学宪催报岁考不到文武生。

初九日庚辰(11月26日) 晴。

初十日辛巳(11月27日) 太后五旬万寿,晴。四更,赴世英堂拜牌。

十一日壬午(11月28日) 晴。符鹤孙来。

十二日癸未(11月29日) 晴。晨,同景刘到泰来,又访子砚。景刘将痘神庙文社卷三十余本求阅。午后,子铭来。

十三日甲申(11月30日) 晴。两学开仓。午后,襄伯、杜鼎梅来,寄还选青兄弟汪阅文章。

十四日乙酉(12月1日) 晴。

十五日丙戌(12月2日) 晴。太尊上省,不上府。文庙行香,顺访子砚。

十六日丁亥(12月3日) 晴。晨,偕景刘、猗蓀出西门。张象山来,未晤。

十七日戊子(12月4日) 晴。大媳寄到公临娶媳请帖。

十八日己丑(12月5日) 晴。求忠师课:"求,尔何如"二节,"求贤若渴"。景贤师课:"摭拾(韩诗作掎摭)星宿遗义娥"。解义学秋、冬两季脩。寄复达泉书,附屈小酉怀远县信。

十九日庚寅(12月6日) 晴。晨,接三儿十六日信,科试二等二名,松甫再侄一等七名,仲展侄九名,选青十六名,名次皆低,断难食饩。晚,访子研,留吃夜饭,同座翁受之、相城人,帐房。陈剑庵。祥贵,娄学附生,现在府学代馆。归已不早。

二十日辛卯(12月7日) 大雪,晴。十一月初一日府小课提前今日课:"丰年留客足鸡豚赋以题为韵","赋得'寒菜一畦'得寒字,五言八韵","直方大解","左氏有三病说","日移竹影侵棋局""风递花香入酒尊",俱五言八韵。"史道硕《八骏图》跋","冰花七律"。

二十一日壬辰(12月8日) 晴。补录昨日府小课景贤题:"飞泉如散玉赋以题为韵","赋得'乘醉自横琴'得琴字,五言八韵","风雨思君子解",五言八韵二首同云、求,"赵文敏书《千字文》跋"。

二十二日癸巳(12月9日) 晴。接府发学宪十一月初七日取齐札。

二十三日甲午(12月10日) 晴。耿伯齐来。瞿逊甫父子来。

二十四日乙未(12月11日) 晴。接达泉雇船,来载亡妾之柩。交到廿三日书,云出月初十边来松。

二十五日丙申(12月12日) 晴。

二十六日丁酉(12月13日) 晴。

二十七日戊戌(12月14日) 晴。

二十八日己亥(12月15日) 晴。

二十九日庚子(12月16日) 晴。经厅陈小崖来拜。代达泉解秋、冬两季义学脩。

十一月初一日辛丑(12月17日) 晴。晨,上府。俟子砚不至,知奉府委往太仓接学宪。太尊询达泉病体。诣文庙行香。小崖亦赴太仓,差拜。月之初八日求忠青浦课因学宪按临提于今日课,早经备文移请出题。考试题未寄到,又改于初三日。致书县尊钱伊甫,属其速寄题目。

初二日壬寅(12月18日) 晴。猛将庙各佃还租。青浦县钱志澄来拜,交到书院课题。瞿逊甫来。

初三日癸卯(12月19日) 晴。求忠青浦课:"仁义忠信,乐善不倦,此天爵也","冰花成缬"。午后,周小塘来,约初五日早同舟赴青接学宪。前详附贡生张沄重游泮水,接到学宪批回。

初四日甲辰(12月20日) 晴。小塘因初五赴青太迟,令舟人来说,今日午后开船。饭后下船,俟小塘到即开。夜泊钟贾山。

初五日乙巳(12月21日) 冬至,晴。清晨抵青,泊舟学前。正拟到学访陈、祁两君,而两君适接学宪回,云学宪舟已过马头。随即开船出城,已赶不上。行半里许,适上海学迎舟而来,暂停,谒见,遂与小棠同见,即开。晚,抵郡,即住文昌阁。

初六日丙午(12月22日) 晴。辰刻,学宪进贡院,各学谒见。续举优(候廪生沈祥凤、增生王廷梁、附生许毓麟、华学廪生陈宪章)。

初七日丁未(12月23日) 晴。辰正,学宪行香、放告。夜饭后,子砚到阁。

初八日戊申(12月24日) 晴。考生经古,子砚留场。性理论"古之用兵者不急于治兵而急于择将论";孝经"进思尽忠退思补过论";史论"问《后汉书》《三国志》列传有两见者宜归并于何书,能详其义理与","《史记·魏其武安列传》书后";经解"帝乙荀虞异义述","祖己郑王异义述","奚斯所作毛韩异义述","三老五更郑蔡异义述","五侯九伯郑杜异义述";"齐国上言有一男子披羊裘钓泽中赋以'隐身不见帝思其贤'为韵";"赋得'九峰西峙比昆仑'得□字,五言八韵"。

初九日己酉(12月25日) 晴。童经古,留场。性理"平易近民为政之本论";孝经"五刑之罚三千而罪莫大于不孝论";经解题未见;"长鬣呼余皇赋以'潜伏舟侧三呼迭对'为韵";"云近蓬莱蜃气消得云字,五言八韵","平原村怀古七律"。出场尚早,士吉来。发生古案,共取二十名:王廷梁八,尹熙栋九,颜镛十六,张际清二十。正取经解一名:张锡恭。华亭学:陈宪章二,耿葆清十四。备取算学一名:华亭张兆熊。

初十日庚戌(12月26日) 晴。府、华、奉、娄生正场。府"以天下之所顺"一节;华"无已则有一为至守之";奉"知和而和"三句;娄"援而止之而止"三句;策未知;"勋名将相今何限"。金、上两学留场。华学廪生姚锡瓒交卷不接签,即被皂役、巡捕手拖发辫扭至堂上,该生不服,经留场士吉、琴山劝谕不悟,发交提调,予同该生及翁、宣两君到府,太尊申饬数语,即发学戒饬。

十一日辛亥(12月27日) 晴。覆生经古。到外巡捕房,知昨日姚生之事,学宪有札发提调,提调已具覆。及点名时,学宪大怒,责留场两君不该和颜婉劝,致其益肆咆哮。且该生考迹素优,今科可望选拔,何自误功名若此。覆经古题:"白香山以华亭双鹤与裴相公赋以'司空爱尔稳上青云'为韵","赋得'吴台越峤两分津'得江字,五言八韵"。是日点名毕即出,同翁、宣两君上府面求太尊,为姚生转圜,太尊面允明日点名时代求。午后,学宪已悬牌褫衿,竟以"咆哮公堂"等语为该生罪案,并让太尊以发学戒饬为不足蔽辜,且归咎留场教官于该生肇事时不能严声正色以斥,致误该生功名。虽该生咎由自取,而内巡捕遇事生风,士林为之侧目。

十二日壬子(12月28日) 雨。金、上、南、青生正场。金"虽被发缨冠而救之",上"虽蛮貊之邦行矣",南"虽千万人吾往矣",青"虽大国必畏之矣";策问"桓宽《盐铁论》有云:异物内流,则国用饶;利不外泄,则民用给。互市以来,财帛外徙,果操何术以变通之,能举前闻而抉利害与";"赋得'战鼓虽冻犹可挝'(东坡诗'可'作'堪')得兵字,五言六韵”。晚，发上四学一等案。娄取十五名：张锡恭、俞一夔、吕兆熊、韩庆、倪宇梁、居拱辰、张际清、颜镛、尹熙栋、奚葆芬、李镕江、唐祖荫、倪宇清、王廷梁、冯祖寅。华学续举优行，陈宪章第一，覆耿葆清第一。

十三日癸丑(12月29日) 雨。覆上四学一等。午后微雪，偕子砚到千顷阁书坊买《颜氏家训》。一百二十。又往抱芳阁，将府考时买《晏子春秋校勘》一本、苏诗一本，因中有破叶，与之调换，云须上洋寄来，约四五日去取。接华亭县移，查补考童生姜邦彦是否异籍。复试题：“人而无恒”二句，“寒藤夭矫学草书”。

十四日甲寅(12月30日) 晴。奉、金、上童正场。午前，松泉、颜友笙、俞望山来。传华学廪生杨德麟来，云明日具禀。童试题：奉“草木之名”，金“粟米之征”，上“管籥之音”；次“而内自讼者也”；诗“被风吹散却为晴”。发下四学一等案。

十五日乙卯(12月31日) 晴。提复奉、金、上童。覆下四学一等。提覆题：奉、金“舟车所至”，上“无忘宾旅”。生覆试题：“赵孟之所贵”二句，“月明蟹过平沙岸”。晚，知达泉已到，下榻冷斋。

十六日丙辰(1885年1月1日) 晴。南、青童正场，与士吉留场。南“无为小人儒子游”，青“愿为圣人氓陈相”；次“大夫以旌”；诗“牧子唱歌樵子笛得山字，注：元凌岩《薛山》诗。”三牌出，已上灯。达泉在阁，吃夜饭，回艾家桥。

十七日丁巳(1月2日) 晴。提覆南、青童，考优头场。提覆题：“颜渊闵子骞”。考优题：“君子不重”四句，“故至诚如神”。

十八日戊午(1月3日) 晴。华、娄童正场，点名毕即回艾家桥，夜饭后到阁。童试题：华“文王以百里”，娄“管氏有三归”；次、诗“今有璞玉于此”，“花砖一线添红景”。姚生之事，各廪生具禀环求。晚悬牌，开复衣顶。

十九日己未(1月4日) 晴。提覆华、娄童，优二场。提覆题：“吾于武成”。午后，发案。

二十日庚申(1月5日) 小寒,雨。覆奉、金、上、南、青新进童生,题:“诸侯能荐人于天子”;经文免;诗“双雕玉作联”。达泉移寓文昌阁。

二十一日辛酉(1月6日) 晴。选拔头场。文题“子曰:《诗》三百”二章,“有安社稷臣者”二句;经解“益稷乐节考”。

二十二日壬戌(1月7日) 晴。覆华、娄童。“子曰:庶矣哉”,诗“水涨江声近驿亭”;经文免。

二十三日癸亥(1月8日) 晴。选拔二场。史论“严助诘田蚡不救东瓯论”;策“史之有志原本于经,龙门始创八书,后之作者踵而为之,篇目异同、体例得失,学于旧史,试言其详”。晨,往书坊买《骈体文钞》。七百。午,篑山招饮。

二十四日甲子(1月9日) 晴。贡监录科。学辕回,顺拜奉贤陈闻庭,已回去。宣琴山招午饮。午后,出选拔榜:华拔耿葆清,娄拔张锡恭。夜,公请各学同寅,思泉亦在座。

二十五日乙丑(1月10日) 晴。总覆文童。奖赏八学一等生员。学辕回,思泉处道喜。晚雨。思泉移尊白玉堂宴贺客,同寅皆至。

二十六日丙寅(1月11日) 雨。奖赏新进文童。

二十七日丁卯(1月12日) 雨止。黎明,出西门,到祭江亭马头,俟学宪下船,上禀而回,即返艾家桥公馆。

二十八日戊辰(1月13日) 晴。接县移(十二月二十一日卯时封印,正月十九日卯时开印)。

二十九日己巳(1月14日) 晴。汪子砚招达泉及予饮。

三十日庚午(1月15日) 晴。杨超亭招饮。

十二月初一日辛未(1月16日) 晴。

初二日壬申(1月17日) 晴,夜雪。买《袁文笺正》(一元三角)、《急就篇》(四百)、《职官表》(二百)。

初三日癸酉(1月18日) 晴。夜饭后，达泉回常，送至船头而别。

初四日甲戌(1月19日) 晴。周桂往枫泾一带收租。接芝弟廿七日书。晨有湖北汉阳府黄陂县人金子仪丙琳来拜，未晤，留履历条而去。据称山西试用布政司照磨，系辛亥座师可亭夫子少君，真假莫辨。①

初五日乙亥(1月20日) 大寒，晴。三儿送二儿葬，同大孙女回家。夜，登舟，明早开行。

初六日丙子(1月21日) 晴。接府札，十五日送学。

初七日丁丑(1月22日) 晴。

初八日戊寅(1月23日) 晴。娄县林仲伊来拜，云明日有事上省，十五日送学不得回来，一切事宜俱托超亭。

初九日己卯(1月24日) 晴。致书达泉。寄阅开缺文书底稿。夜雨。

初十日庚辰(1月25日) 晴。接达泉书。致书谢镇洋学任卓儒光奇。回，寄赠其祖午桥先生及蒋岂潜古文集。

十一日辛巳(1月26日) 晴。接学宪批回武生王廷良。既愿投标食粮，仰即补造履历清册，详候核给咨文。

十二日壬午(1月27日) 晴。午后，访子砚。晚，沈仪廷来。

十三日癸未(1月28日) 晴。写对六副、轴心一、单条四。晨，令周桂到乾大丰。

十四日甲申(1月29日) 晴。晨，三儿回松。

十五日乙酉(1月30日) 迎学，晴。太尊不见客，未上府。诣文庙行香，顺访子砚。午后雨雪珠。申刻，到学，因府学新生太尊亦委华亭县送学，俟之良久，超亭始到。行礼毕，回已暮，微雪。

---

① 是叶眉批："十一年丁祭日，杨超亭谈及是可亭夫子三世兄，太夫子在襄阳掌教，遂家焉，与超亭邻居，是极熟人。"

十六日丙戌(1月31日) 晴。堂课到者十余人,来吃者仅两人:尹士龙、华学钱钟麒。课题:“夫义路也”四句,“进德修业”。

十七日丁亥(2月1日) 晴。

十八日戊子(2月2日) 晴。接达泉十五日信,寄还开缺文书底稿,属代缮函致超亭。晚,藩房马云泉来。

十九日己丑(2月3日) 立春,亥正二刻。晴。亥刻,府堂鞭春。

二十日庚寅(2月4日) 晴。府发《松江府志》,各学两部(每部六十四本),另两部转给采访张彤卿、潘冶山。

二十一日辛卯(2月5日) 封印,微雨。卯时封印,知太尊系暗封,不上府。接达泉十八日信,并岁底署内开销帐。昨缮信封贽洋托局寄交,局中因岁底不肯接受,今日在寄洋信外,又加一信覆之,只好开正寄矣。又寄选青信及泗泾戴静卿信。晚,襄伯同吴佩生郎君来。

二十二日壬辰(2月6日) 雨。寄书安徽复沈叔庚表侄。

二十三日癸巳(2月7日) 晴。子砚送糖蹄一篮、皮蛋三十、橘十八枚、蛋球四十枚,即将糖蹄、皮蛋送衡堂先生。襄伯送青鱼一尾,五斤。栗子、蛋球二包。送子砚鲜蹄一只、青鱼一尾、七斤。茶叶二篓、鸡蛋三十枚,又酥糖十六包,梅皮两瓶,栗子、蛋球、枣子各一包,因森孙小恙时送物未答。夜,送灶。

二十四日甲午(2月8日) 晴。汪晓梅来。衡堂送馆菜两碗、蛋球三十枚。晚,钱梧生自苏州来。

二十五日乙未(2月9日) 晴。七宝义塾师高崧生维岳呈一年课程折。

二十六日丙申(2月10日) 晴。晨,晓梅来。晚,襄伯来。蒸年糕。

二十七日丁酉(2月11日) 晴。鹿芩同张廉侯来。周桂枫泾回,新欠累累,陈者休提,租事年疲一年,而司饷粮米不能短解,奈何奈何!周桂又往涨庄、鲇鱼浜一带去。送沈鲜腿一只、蛋球、橘子。

二十八日戊戌(2 月 12 日) 晴。龚鳌峰来。慎卿送蜜枣、栗子、茶食,受;彩蛋,辞。接戴静卿复信,约明年二月。夜,祀神。

二十九日己亥(2 月 13 日) 雨。周桂涨庄一带收租回。周岭梅贡卷,送纹银二钱五分。夜,过节祭先。

除夕庚子(2 月 14 日) 晴。晚,上府辞岁。夜饭后拜灶,祭先考妣、亡妻,影前上茶、行礼。儿、媳为予辞岁,两孙微有恙,兼旬未下楼。岁月如流,一年又过。香山诗:“火消灯尽天明后,便是平头六十人。”为之一慨。

光绪十一年乙酉日记

正月初一日辛丑(1885年2月15日) 晴。丑刻，赴世英堂拜牌，俟军门到，天已明。行礼毕，诣文庙行香，上府署、提辕及府学贺节。腹已枵，子砚留点心。顺往四营、两县，又城中素来往者。归，拜天香、灶神，先考妣、沈孺人影前。到纯嘏处。子砚来贺年。

初二日壬寅(2月16日) 雨。

初三日癸卯(2月17日) 高宗纯皇帝忌辰，晴。元旦拜牌回，忆丁丑岁朝得残蜡一联，足成之，又沓韵一律，寄达泉里中："行年六十老儒官，旧句重吟感百端。残蜡尚余除夜火，重裘难御岁朝寒。功名了此真堪叹，筋力如前强自宽。最羡林垌归去好，酣眠不问日三竿。

"一身轻处是无官，岁琯更新贺履端。离索难忘连夕话[1]，客腊到松，连床数夜。起居须慎早春寒。尽多乡味充庖美，远胜衙斋卜宅[2]宽。我亦欲归归未得，尚湖何日办纶竿。"

初四日甲辰(2月18日) 雨水，晴。陈仲英宗彝送贡卷。夜，接五路。

初五日乙巳(2月19日) 晴。子砚、翁受之来，余尚未饭，俟影前斋供毕，吃饭，同出西门。

初六日丙午(2月20日) 晴。由全盛信局寄达泉洋信并诗二律。陈小崖招初八日春酒。夜雨。

---

① "离索难忘连夕话"原作"笑语尚思长夜乐"。

② "斋卜"原作"赁屋"。

初七日丁未(2月21日)　世祖章皇帝忌辰，雨。令长班小崖处辞酒。忆澹成轩梅花，再沓前韵："岂有看梅禁冷官，要将消息叩林端[①]。我于香国是权主，时兼理华亭学。春到隔年犹嫩寒。芳信欲催腰鼓乏，繁枝曾插胆瓶宽。花时倘[②]共汪伦赏，谓子砚。题句谁先书[③]竹竿。园中多竹。"

闷坐无聊，三沓前韵："山宾自分未堪官，聊借新年弄笔端。爆竹催人成老大，梅花与我共清寒。形单常忆亲知乐，达泉本至戚，兼以十载同官，一旦告病回籍，诸形畏踽。性懒群将礼数宽。贺年不出城，投刺而已。归去几时奢愿遂，香山池上竹千竿。"

初八日戊申(2月22日)　阴。四沓前韵："阿况能辞早岁官，曾持白简列朝端。先侍御兄年四十九告病归，任台谏时弹劾不避权要。老犹窃禄吹竽滥，家本无毡坐榻寒。缚草难将穷鬼送，考槃敢冀硕人宽。功名自忖原无分，莫叹鲇鱼上竹竿。"

初九日己酉(2月23日)　雨。超亭招明日春酒。令长班雷谱桐处送贺分，五沓前韵："繁剧难胜司牧官，十年薄宦亦无端。天教苜蓿全家享，人与梅花一样寒。鸠拙叹应同白傅，香山诗'伤心自叹鸠巢拙'。鸡廉语恐愧桓宽。不如归就[④]同庚友，谓李洁晨。料理生涯买钓竿。"

初十日庚戌(2月24日)　晴。巳刻，赴超亭春酒之招，同席子研、小崖、饶馨圃、姚干人。席散，归，鹿芩来。

十一日辛亥(2月25日)　孝全成皇后忌辰，晴。

十二日壬子(2月26日)　晴。

十三日癸丑(2月27日)　晴。甘绿川来。接慎生初十日信，知

---

① "岂有看梅禁冷官，要将消息叩林端"原作"不禁看梅喜冷官，先将消息叩林端"。

② "倘"原作"要"。

③ "书"原作"写"。

④ "就"原作"共"。

米已上廪;用川再侄媳于小除夕去世。又接达泉初十日信,知初六日所寄贽洋尚未接到,并云选青本要来松,因太夫人有恙未果。

十四日甲寅(2月28日) 宣宗成皇帝忌辰,晴。晨,接选青初八日信,并宗亦周绘单条四幅、呢衫两件。信云,本拟人日前来松,因其尊人立春后痰嗽气喘,夜卧不能着枕,请蒋石枫诊视,稍就痊可,定于十一日开船。不意于昨晨生母旧症复发,稍有咳呛,血即坌涌而上,日侍汤药,不能远离。以吾望女之切,此次又不能来,殊觉鲜欢耳。接县移豁免文书。

十五日乙卯(3月1日) 晴。晨,上府,诣文庙行香。同子砚华亭学看梅花,含苞未吐。归,作书复选青,寄还窗课,并述汪师之意,属今年另从先生,附复达泉信。夜,接灶。遥忆家乡邑庙中灯火热闹,此间萧寂无异常时,惟有一盏青灯与老儒作伴耳。

十六日丙辰(3月2日) 晴。午后,斋供毕,收先考妣、亡妻影。接达泉十三日覆书,知寄洋已收到。府札发华、娄两学科试新进文童红案,催造格眼清册各七套。三媳到府学拜年。

十七日丁巳(3月3日) 晴。昨夜令周桂将府札发房,今晨交到仲展十二日廿六驿递书,云在书办家抽屉内检得,若不看见,竟被浮沉矣,可恶之极。阅悉北山坟树被伐,即覆书,属其偕用吉到坟察看,先将坟丁、地保送县,限其交出伐树人惩办。西、北两山坟上腊底壅树,空说不行。覆信内附致大媳信、宪书一本。午后往耿处,为子砚辞仲宣今年受业,思泉他出,未晤,托其帐房先生转达。子研夫人偕子女来拜年。夜雨。

十八日戊午(3月4日) 阴。思泉来。看学头门周元来报,昨夜明伦堂被窃,失去方桌两张、单靠椅十五只。闻超亭上省,即令周桂持片报华捕姚清溪。姚君他出,只得明日开印上府在官厅面谈矣。夜雨。接府札,本月二十五日三书院甄别,又二月初三日文帝诞祭,十二日春祭后殿行礼,前一日省牲,初八日祭各祠,十三日祭武帝,前一日省牲。

十九日己未(3月5日) 惊蛰,晴。寅刻,上府,俟太尊开印,上手本贺喜。回,两学书斗有到者即拜阙、拜印,不点卯。

二十日庚申(3月6日) 晴。

二十一日辛酉(3月7日) 孝穆成皇后忌辰,阴。

二十二日壬戌(3月8日) 晴。巳刻,选青、佩女率四外孙游沪回,到松。

二十三日癸亥(3月9日) 晴。

二十四日甲子(3月10日) 晴。六十生辰,有送礼者皆却之。

二十五日乙丑(3月11日) 晴。三书院甄别。黎明,到贡院,太尊放三牌回,余与子砚出来已丑刻矣。云、求:文题“孔子于乡党”两节,诗题“劝耕曾入杏花村”。景贤:“子之武城”二句,“春山如笑”。芝弟寄赠合笔单条四幅。

二十六日丙寅(3月12日) 晴。午后,出谢诸友。

二十七日丁卯(3月13日) 晴。

二十八日戊辰(3月14日) 雨。南汇王召棠送贡卷。

二十九日己巳(3月15日) 晴。

三十日庚午(3月16日) 晴。

二月初一日辛未(3月17日) 晴。晨,上府,文庙行香,顺至华学看梅花。带达泉来字交徐书阅看,属其将告病文书赶紧移县。午后,作书复达泉,附选青信寄。

初二日壬申(3月18日) 晴。晚,至文昌宫省牲。俞锦涛来。

初三日癸酉(3月19日) 晴。四更,诣文昌宫祭后殿,俟太尊、军门到,祭毕,天已明。耿伯齐、雷谱桐送贡卷。

初四日甲戌(3月20日) 春分,黎明大风雨,闻雷即霁。巳刻,出东门祭吕祖。回,顺访鳌峰,赴沪,不值。

初五日乙亥(3月21日) 晴。致书达泉,述知告病文书即日移县。

初六日丙子(3月22日) 晴。晚,文庙省牲。

初七日丁丑(3月23日) 孝淑睿皇后忌辰,晴。丑刻,诣文庙祭后殿。俟超亭到即祭正殿,余东配分献。送神后诣府学,俟太尊、军门到即行礼,余西哲分献。祭毕,易常服回,已黎明矣。

初八日戊寅(3月24日) 微雨。祭城内外各祠。接达泉信。

初九日己卯(3月25日) 阴。晨,访子砚,述选青兄弟今年仍欲受业。浩泉验看来松,适在子砚处,同吃午饭。雨,假盖而回。

初十日庚辰(3月26日) 阴。横山祭张少宰祠,与选青同舟去。祭毕,下船吃饭。同张熙甫、湛如、朗如游温和公祠堂,颇擅园林之胜,回已黄昏矣。今日思泉招饭,因下乡不能赴。

十一日辛巳(3月27日) 孝康章皇后忌辰,晴。本欲招浩泉午饭,晨适来,饭罢,彼去访思泉,余到文昌宫省牲。

十二日壬午(3月28日) 晴。丑刻,到文昌宫祭后殿。祭毕正殿,天已明,又祭昭忠祠。郡尊太太生辰,往府署挂号而回。晚,世英堂省牲。接陆云生太夫人讣。

十三日癸未(3月29日) 雨。丑刻,到世英堂祭武帝。沈小楼伻来,致书铜儿述近状,略有所赠,无济于涸辙也。带到芝弟、吉人书,覆吉人书即托来人带去。

十四日甲申(3月30日) 雨。夜饭后,选青、佩女、四外孙登舟,泊狮子桥,明早开行。复芝弟信。陆云孙太夫人奠分即托选青带回。请感冒假三天,护月不去。

十五日乙酉(3月31日) 晴。致书戴静卿,令关寿下莺萝、鸡冠子。夜微雨,不识选青、佩女泊舟何处。

十六日丙戌(4月1日) 晴。课森孙读。去年十二月十一日晚间放学,夜起患寒热,淹缠至今年元宵才下楼。嗣因外孙辈来嬉戏,至今心猿意马放而难收,又须温理半月方得复旧。致书达泉,寄阅移县告病文书底稿。

十七日丁亥(4月2日) 晴,夜雨。

十八日戊子(4月3日) 晴，地上潮湿异常。米友来定米价，净不过一元六角。

十九日己丑(4月4日) 清明，雨。过节祭先。到华亭学祭邵公祠，明伦堂祭明季殉难诸生戴泓等墓。仅留影碑半截，"乾隆二十二年戴泓公"几字。昨潮湿天热，今日殊冷。闻博太尊三月中入都引见，请代理已挂牌：时乃风，浙江仁和人。忆初七日祭圣，在官厅闻林仲伊谈广东双忠庙对联云："国士无双双国士；忠臣不二二忠臣。"颇自然。

二十日庚寅(4月5日) 孝哲毅皇后忌辰。竟日夜雨。

二十一日辛卯(4月6日) 雨，午后止。仪廷来谈半日，留吃点心。夜雷雨，雷止而雨达旦。

二十二日壬辰(4月7日) 雷雨晚止，夜复雨，达旦。

二十三日癸巳(4月8日) 雨竟日。

二十四日甲午(4月9日) 晴。令轿夫种荷花。米友来，斛米二十石。接府札，催司饷。接选青二十日信，知十四夜下船即移泊城外，十七日清晨到家。今日森孙不读书，写单条八幅，一再侄崧甫款，一闻星槎交来单款。送陈仲英贡卷分洋半元。寄复选青信。佩女相聚二十余日，依依至性，还如在家时。喜看我诗，欲寄一首与他，苦不成句，惟诵韦苏州"别离在今晨，见尔当何秋"两语，为怅然者久之。今吾堂黄振之母故来报。

二十五日乙未(4月10日) 晨雷雨。令长班送吊分到今吾堂。周桂欲往涨庄一带讨租，因雨不果。

二十六日丙申(4月11日) 孝昭仁皇后忌辰，晴。周桂往涨庄去。芝弟书来，寄方恂卿弟子英便面索书，云子英三月下旬就馆皖省，属写就寄南门内黄仓桥范履端处。灯下即为乱涂，封固，明日寄。

二十七日丁酉(4月12日) 晴。周桂涨庄回。振之来讣信两函，一寄芝弟，一俞子渠，为加封发铺。卧后大雷电以雨。

二十八日戊戌(4月13日) 雨竟日。府札催解春季义学脩。华学欠租各佃，备文移县提催。

二十九日己亥(4月14日) 晴。

三月初一日庚子(4月15日) 晴。晨,上府,文庙行香,顺访子砚,借二月《申报》。张闻远锡恭送贡卷,初九日开贺,有请帖。

初二日辛丑(4月16日) 晴。家松泉来。

初三日壬寅(4月17日) 晴。详学宪张锡恭补杜炳锷丁忧缺。接金山县移,查廪生空缺。府发还姚、仇两总纂府志稿,即送姚处。

潈潩瀿澱。潈,音凭。《玉篇》:"水声,一曰潈潩,水势相激貌。"潩,音急。郭璞《江赋》:"潈潩瀿澱"。瀿同淯,音薨。澱,呼怪切,音咶,水相激声。茥。同蒫。瘯。音籍。《说文》:"瘦也。"本作膌,今作瘠。瘰。音顽。《广韵》:"痹也。"《字汇》:"手足麻痹。"又音群,义同。

初四日癸卯(4月18日) 晴。县移提欠粮附生计兆麟。

初五日甲辰(4月19日) 晴。寄还选青汪阅文章。府发初八日道课题目。

初六日乙巳(4月20日) 谷雨,晴。桑梅卿同其甥张□□自常来。午后,访子砚。

初七日丙午(4月21日) 晴。晨,李吉人同其女孙自宝山扫墓过访,老友数年不见,喜出望外。梅卿回常。午饭后,正欲同吉人出西门,子砚适至,遂与偕行。晚归,子砚亦在冷斋,吃夜饭而返。同吉人剧谈,二更余下船,其女孙同松保睡。吉人谈及沈小楼弥甥于二月十六日病亡,殊堪惋惜。俞金门作联挽之云:"老母妻子托何人,有弟有弟;文章词赋工无益,悲哉悲哉!"吉人送我《黄忠节公集》。

初八日丁未(4月22日) 晴。晨,偕吉人访尹丽生,晤其郎君伯荃,云往嘉善,须四月回。晚,同吉人到学宫,归已踏月矣,剪烛剧谈,快甚。求忠道课:"十目至体胖","景星庆云"。

初九日戊申(4月23日) 晴。晨,吉人舟中未起,出西门,张闻远家道喜,送分洋一元。午后,同吉人出西门,薄暮归。纵谈至四鼓,送至船头而别。吉人与余同庚,月之十七日六十生朝,无以为寿,送

《施注苏诗》一部、朱仲钧《经义》一部。

初十日己酉(4月24日) 孝贞显皇后忌辰,晴。县移查官生空缺。博太尊来辞行。

十一日庚戌(4月25日) 孝贤纯皇后忌辰,晴。接达泉信。

十二日辛亥(4月26日) 晴。清晨,出南门,大张泾马头接署任时本府,同子砚、陈彦士、潘芝岑、潘芳如兆芬、陈吉斋、饶馨圃诸人枵腹谈天。薄暮,太尊船始抵马头,谒见即进城,已月为灯矣。

十三日壬子(4月27日) 晴。晨,上府,俟巳时太尊接印,贺喜,即出西门,到外官驿马头。片刻,博太尊即到,同子砚下船禀见。进城,顺拜陈彦士。午后,封寄沈小楼吊分。补二月师课:"子夏曰:博学而笃志"二章,"中必叠双"。

十四日癸丑(4月28日) 阴。清晨,到府学,子砚、林仲伊先在,陈小崖继至。俟太尊行香、讲书毕,子砚招至署吃面粥,枵腹而往,果腹而返。齿痛,稍睡着乃止。府帐房顾元基来拜。

十五日甲寅(4月29日) 晴。晨,上府,子研、芝岑亦在,止辕,不见客。顺答帐房顾晴江,尚未起,留片,即诣文庙行香。晚,子砚交来贺达泉嫁女喜分。余本欲寄书,将徐书交到府详藩司及司批府札、金山县刘验病诸稿寄阅,又托买汤殿元笔及余与媳妇贺分,同汪分一并封寄。

十六日乙卯(4月30日) 晴。午后,士吉自金山来,欲回常,一茶而别。

十七日丙辰(5月1日) 晴。晨,思泉来,交到华学新进王恩溥绍兴寄到贽仪,尚缺,须寄书达泉。

十八日丁巳(5月2日) 晴。求忠师课:"子夏曰:大德不逾闲"合下一节,"铜似土行"。代子砚拟致房师邓莲裳先生蓉镜,辛未翰林,由京察一等升左替善。信,又为其郎君写字样。

十九日戊午(5月3日) 晴。周桂往枫泾讨租。夜微雨。

二十日己未(5月4日) 晴。晨,上府。太尊改衙门期,县与学每月初五、二十。寄书达泉,并思泉交来原信。上灯时雷雨。

二十一日庚申(5月5日) 立夏,酉初初刻十分。晴。接选青信,述知二月中回常,开去松保庚帖,与桂保联姻,已占遇。

二十二日辛酉(5月6日) 晴。晨,潘芝岑来拜,长谈而去。

二十三日壬戌(5月7日) 晴。接达泉收到分洋及笔回信,附致姚、耿、仇、符、张请帖,即饬长班分送。张在烧香山,托徐书办寄。接府札,催造学租:"光绪五年以前积年民欠清折,检同完过印串及三饷批回,勒限十日内责识赍送豁免要件,汇转非易,该学必须依限办覆,以速补迟。倘此催之后,敢再任延,定即提识,究处不贷。火速火速。"

二十四日癸亥(5月8日) 晴,晚至黄昏雷雨。

二十五日甲子(5月9日) 晴。接洁晨书并和韵诗。接娄县移,部议奉天府丞张条陈乡试事宜。仇竹屏交来达泉处喜分。

二十六日乙丑(5月10日) 换戴凉帽,晴。晨,答拜潘芝岑,未起,投刺而返。

二十七日丙寅(5月11日) 晴。午后,沈梧轩来。

二十八日丁卯(5月12日) 晴。

二十九日戊辰(5月13日) 晴。襄伯杭州回,过访。

四月初一日己巳(5月14日) 晨微雨。文庙行香。徐书交阅金山官医生并金山县吏房致府房信。金山既有官医,则前日寄书达泉在常熟取医生验病结可不必办,恐致两歧,即寄信达泉,并属其面托士吉回金山,可与县尊面述一切,兼附仇竹屏及徐书喜分。求忠书院府小课:"月生于西解","乡贡八蚕之绵赋以题为韵","赋得'绿柳才黄半未匀'得才字,五言八韵","欧亚各国盛衰论","书《史记·平准书》后","克复谅山颂","电灯、气球七律各二首"。景贤:"羞糗饵粉酏解","舞雩归咏赋以'舞雩归咏春风香'为韵","赋得'首夏犹清和'得犹字,五言八韵","中法和战得失论","汉学源流考","宋五子赞"。晚雨至夜,达旦。

初二日庚午(5月15日) 雨。媳妇除母服,在竹隐庵诵经一天。

初三日辛未(5月16日) 雨。景贤书院娄县课:“铿尔至咏”,“曲水流觞三”。致书龚鳌峰,索还去冬携去府志四十本。

初四日壬申(5月17日) 晴。午后,衡堂先生来,面交达泉处喜分,属寄。八十七老翁谈从前乡、会试场中角艺情形,娓娓不倦。晚,接藩司催司饷札。接芝弟书,云俞金门新得明李存我待问。小楷。李系松江人,明季起义殉难,属查府志录寄。又述知丁氏大嫂现患气喘浮肿,每日仅食粥数匙,年近九旬,恐难支持,而嗣孙岷帆仍裹足不至。此等人岂复有人心耶!闻之发指。

初五日癸酉(5月18日) 晴。晨,走答思泉,知昨子愚来郡,在彼吃夜饭,今早开船回青。午后,寄复选青书,附复芝弟信,并录府志《李存我传》寄金门。写沈亚春子余款纨、折扇。林仲伊招明日饮。俞锦涛来。

初六甲戌(5月19日) 晴。巳刻,赴仲伊之招,同席何、范两委员,皆宁波人,庚辰大挑知县。粮厅赵柱臣。应珪,浙江仁和人。何启绶,东桥;范端揆,叙卿。

初七日乙亥(5月20日) 晴。子砚自苏回,送食物来,选青兄弟前寄来窗课即带去。

初八日丙子(5月21日) 小满,晴。晨,子砚来。午后,篑山送达泉处贺分来,属寄。移娄县、金山县官生空缺。

初九日丁丑(5月22日) 晴。接达泉信。送思泉寿礼,腿二、酒两坛、烛一对、面四十斤。三学列名,不受。午后,走答子砚,知翁受之欲到我邑,其兄在县南街开药材。即将姚、符两喜分托其面交达泉,并附耿处请帖及思泉六十述怀诗。府学带回题目及课作三篇,封寄选青。

初十日戊寅(5月23日) 晴。晨,走答衡堂先生,有小恙。晤松泉，长谈而返。求忠课因初八日太尊赴金陵未回，改于今日。[①]

二十二日庚寅（6月4日） 晴。午后，便衣访林仲伊。

二十三日辛卯（6月5日） 芒种，晴。接芝生十六日书，知钱漱青农部于十一日暴疾卒。是日至邵伯英处送行，又至杨思赞处宴饮，未及举箸而疾作，飞舆而回，口不能言，午刻溘逝，实堪骇异。寄书周小堂。

二十四日壬辰（6月6日） 晴。解义学春、夏两季脩。夜，接子砚字，交到小堂书及详府豁免稿。

二十五日癸巳（6月7日） 晴。慎卿来，送胡公寿画纨扇。城守营汪友仁来拜。

二十六日甲午（6月8日） 雨。差拜城守汪。

二十七日乙未（6月9日） 雨。晚，士吉自金山来，带到吉人信，下榻思泉家，拟明日邀其午饭。戌刻，思泉字来，云翌午治具觞士吉，招余作陪；如即欲回金山，只得不招，其便饭矣。

二十八日丙申（6月10日） 晴。晨，子砚来。午刻，赴思泉之招。士吉上府拜客，良久而回，饭毕即返金，送至船头而别。归，接选青信文，及汪师束脩羊十二元。

二十九日丁酉（6月11日） 孝慎成皇后忌辰，晴。寄选青信，附致佩女代节物洋，又附复芝弟信。耿思泉来，谈藩房索府志报销费。去后，梧生适有信来，即将原信送阅。午后，致书林仲伊。晚，得仲伊复信。灯下书唐芙生扇。前买《香山诗集》多模糊处，假松泉藏本校阅一过。

三十日戊戌（6月12日） 晴。致书达泉，寄还常熟医生验病结。晚，襄伯来。接思泉信，属转交梧生一阅。

五月初一日己亥（6月13日） 晴、雨半。晨，接小堂复书并属

---

① 笔者按，十一日至二十一日日记原本即阙，不知是否脱漏，特此说明。

拟之件。诣文庙行香，顺访子砚。晚，备文及票洋移县。周桂父来松，带到二媳信、松蕈油、香椿头。太尊小课，题："凤凰鸣矣"四句，"曹参见盖公赋以'治贵清静而民自定'为韵"，"赋得'果然夺得锦标归'得标字，五言八韵"，"海运河运折色得失论"，"代朝鲜国王乞归大院君疏"，"五岳考"，"遮羞螯、梭子蟹各七律一首，不限韵"。

初二日庚子(6月14日) 雨。灯下写致吉人书。襄伯送蹄子、月饼。

初三日辛丑(6月15日) 孝诚仁皇后忌辰，晴。寄吉人信。

初四日壬寅(6月16日) 雨。详府科试新进格眼册六套。襄伯来。

端午癸卯(6月17日) 大雨竟日。晨，上府贺节。午，祭先。寄书子愚，代求书画扇面，并吉人册页一方求浩泉书。三儿微冷，发热。

初六日甲辰(6月18日) 微雨。书仲展妇翁郑月香扇面。

初七日乙巳(6月19日) 晴。令周桂到乾大丰托解华学司饷。华亭县交到明日求忠书院课题。信局交到选青洋信收条，初四日到。今日天气躁热，地上潮湿异常。三儿冷热又至。夜大雨。

初八日丙午(6月20日) 晴。华课，题："君子不以言举人"二句，"一举首登龙虎榜"。午后，子研来，述知其胞叔病故，欲请期服假。令周桂送华学司饷洋一百六十元，另批洋一元及红白禀、致梧生信，到乾大丰托其会寄，梧生找还钱二百三十八文。致似泉书并七律四首，函托士吉于家信中寄皖。夜又雨。

初九日丁未(6月21日) 夏至，雨。潘冶山来。

初十日戊申(6月22日) 晴、雨半。

十一日己酉(6月23日) 微雨。接达泉初八日书，姚、符两处谢帖，致耿思泉信。述知其婿金小芗与周静卿合开德泰丰钱庄，在县南街。

十二日庚戌(6月24日) 晴。接士吉信。晚，世英堂省牲。顺访子研，见《申报》四月分教职选单，江苏华亭选张维崧，镇江人，即前署奉贤学之张星门。烧香山张香雨汝梅送来达泉处喜分洋一元。

十三日辛亥(6月25日) 雨。四更，赴世英堂祭武帝。晚，寄书达泉并张分。竟夜雨。日间接子愚信、书画便面、浩泉书件。

十四日壬子(6月26日) 晴。复子愚书，子固属代求带宾兴洋到金陵。寄还选青文章，附祁书“半万卷斋图”五字，属其转交李吉人。

十五日癸丑(6月27日) 晴。文庙行香。晚，娄县讲乡约生王友兰来。灯下书沈稼山、归述甫便面，述甫为书小楷。

十六日甲寅(6月28日) 晨雨，午霁。娄捕厅姚干人来。午后，到岳庙宣讲乡约，干人亦到。晚，讲生王友兰际清，华学生员。送到二月十六日起至今日宣读圣谕及所讲家庭讲话、朱柏庐《格言》等清单，即送县，属其详报太尊。封寄月香、述甫及祁、陈两君书画便面，交仲展。

十七日乙卯(6月29日) 晴。明日求忠课，到府署请题，云季山长题目未到，明日只好停课俟补。

十八日丙辰(6月30日) 晴、雨半。备文移县领斋俸。接士吉信，述知金山县验病须要达泉切结，即饬徐书缮写。景贤师课题：“庆以地至则削其地”，“樵爨倚滩舟”。

十九日丁巳(7月1日) 晴。午后，子研来。

二十日戊午(7月2日) 晴。晨，上府。午后，子研来。

二十一日己未(7月3日) 雨。寄书士吉并华学结八套，属致金山县刘藜阁洋六元，开销县房、医生。致书筱塘，属其草八学公禀稿。接芝生弟十六日书，述知履安堂大嫂于十三日故，年八十七。府发到季山长题目，示期廿四日课。

二十二日庚申(7月4日) 晴。接伯印、汉峰两侄信。又接昭学杨镜泉信、洋一元，属买沈菊泉文稿。正欲致书达泉，又接来信，并张香雨处谢帖，亦要买菊泉文稿，属送子砚胞叔吊分。

二十三日辛酉(7月5日) 孝恭仁皇后忌辰,晴。

二十四日壬戌(7月6日) 晴。午后,访子砚,面致其叔吊分及达泉分。今日补求忠师课:"《诗》云:相在尔室"三节,"陂塘五月秋"。

二十五日癸亥(7月7日) 小暑,晴。晨,陈吉斋来。晚,耿思泉来。昨接梧生信及驿递藩司批详,今午接士吉信,县房四元已付,医生欲请益,两元寄还。接子愚信,并铜士求浩泉书扇面。寄信达泉,附复县扣旷银稿、沈菊泉文稿。寄信杨镜泉,并沈菊泉文稿、找还钱三百十文。

二十六日甲子(7月8日) 雨。寄南汇学李静斋信。吉斋、松泉来。雨竟夜。

二十七日乙丑(7月9日) 雨。

二十八日丙寅(7月10日) 竟夜雨。

二十九日丁卯(7月11日) 晴。详府官生册结。晚,李静斋自南汇来。

六月初一日戊辰(7月12日) 晴。晨,文庙行香。晚,襄伯、静斋来。子砚交到小唐公禀稿。夜饭后,吉斋、静斋来,长谈而去。

初二日己巳(7月13日) 晴。晨,访子砚,疔尚未愈,避风在内室见,剧谈而返。途遇吉斋,亦欲访子砚,又同其去,归已近午矣。未刻,到普照寺讲乡约。森孙《孟子》读始。夜,静斋来,即回南。

初三日庚午(7月14日) 初伏,晴。

初四日辛未(7月15日) 晴。晨,走答陈吉斋。午后,吉斋来,谈至晚,同访子砚。

初五日壬申(7月16日) 晴。晨,上府。接选青廿八日信、天目笋二篓、玫瑰糕二匣、文章十七篇,悉其全家安好。

初六日癸酉(7月17日) 晴。寄周小唐复信送子砚阅,即属其寄归,来文章附去。晚,吉斋上府销差回,过访。

初七日甲戌(7月18日) 晴。晨,访子砚,述知吉斋昨日云云。

午后，接达泉初三日书。阅伯印致铜士信，乡试欲同赴沪，乘送考轮船，势有所难。

初八日乙亥(7月19日) 晴。求忠娄课："仁能守之，庄以莅之"，"绿槐高处一蝉吟"。

初九日丙子(7月20日) 晴。

初十日丁丑(7月21日) 晴、雨半。晚，吉斋来。接士吉信。

十一日戊寅(7月22日) 晴、雨半。附生沈笏林来。咸禧。同邑李伯棠宗元持其妇翁潘少岚信来拜，向未谋面，与渐之再侄同进，向在安徽其母舅严莘田任所学幕，此来欲赴娄县署从钱席王克安学习钱谷，余连衿李鲁詹宗旦是其堂弟。灯下书纯嘏纨扇。

十二日己卯(7月23日) 大暑，晴。静斋饬斗赍书至，本欲致书，即将吉斋交来之件及吉斋辞洋四元一并交来斗带呈。寄复士吉、选青信。

十三日庚辰(7月24日) 中伏，晴、雨半。晨，宣琴山自沪来谒太尊，过访，留吃午饭，同访子砚。

十四日辛巳(7月25日) 晴。送耿伯齐王召棠元卷。

十五日壬辰(7月26日) 晴。晨，文庙行香，顺访子砚。寄士吉信、医生洋二元。

十六日癸未(7月27日) 晴。午后，岳庙宣讲乡约。接子愚、小唐信，并重删禀稿。

十七日甲申(7月28日) 晴。复子愚信，述娄宾兴洋纯嘏定要托带，其洋出月初一日向典中提出。

十八日乙酉(7月29日) 晴。求忠师课："如有博施于民至可谓仁乎"。

十九日丙戌(7月30日) 晴。亡妻沈孺人忌。

二十日丁亥(7月31日) 晴。晨，上府。子砚已销假，带阅禀稿，尚有几处要改。

二十一日戊子(8月1日) 晴。寄信选青，附汪阅文章。致佩女瓜洋、子研胞叔讣,附致达泉讣及谢帖。

二十二日己丑(8月2日) 晴。寄大媳信、二孙女瓜洋。

二十三日庚寅(8月3日) 晴。松泉来。

二十四日辛卯(8月4日) 晴。晨,林仲伊、陈子愚来。午后,访松泉,不值,晤衡堂先生。晚,访子砚,吃夜饭回。

二十五日壬辰(8月5日) 晴。晨,子砚来,作竟日谈,松泉、吉斋亦至。接士吉信,云医生处他垫二番,仍是四数;送我《文端公诗集》一部。

二十六日癸巳(8月6日) 万寿,晴。三鼓,赴世英堂拜牌。松泉来。

二十七日甲午(8月7日) 立秋,晴。曾祖妣瞿太孺人忌。详府录科生员册。复士吉信,寄还代付医生洋二元。

二十八日乙未(8月8日) 晴。晨,访子砚。回,仲英、仪廷在小斋,晤谈良久去。午后,答拜仲伊。

二十九日丙申(8月9日) 晴。接士吉信并洋四元。前来信属代求郡人作金山县尊封翁七十寿序,是幕宾公送者,予托襄伯作,此洋是润笔。晚,仪廷来。

七月初一日丁酉(8月10日) 晴。晨,文庙行香,顺访子砚。接芝生弟廿六日信,知俞氏大妹于是日病故。子渠妹丈远客霍丘,弟寄挽对属改。妹与余同丙戌生,今年亦六十矣。忆丱角时从许秋岩夫子同塾读书,光景如昨,而俯仰已成陈迹,崦嵫暮景,能不慨然!

初二日戊戌(8月11日) 晨雨即霁,大风。寄复芝弟信及挽对。易数字。午后,普照寺讲乡约。

初三日己亥(8月12日) 晴。寄达泉信。仪廷来。

初四日庚子(8月13日) 末伏,晴。姚壮之来拜。常州府荆溪学,请病假回籍,亦欲效达泉假满请开缺。

初五日辛丑(8月14日) 晴。晨,上府。

初六日壬寅(8月15日) 晴。接选青朔日书,知全家安好。附汪师脩洋及其叔奠分。窗课即交子砚,子研字招明日过彼。

初七日癸卯(8月16日) 晴。晨,访子研,作竟日谈。

初八日甲辰(8月17日) 晴。寄复选青信,附汪阅文章。致慎生信。喻锦涛来。令铜儿书禀,交子砚。

初九日乙巳(8月18日) 孝静成皇后忌辰,晴,热甚,寒暑表至九十五分。复士吉信,附阅禀稿。

初十日丙午(8月19日) 孝懿仁皇后忌辰,晴。士吉又有信,催寿序。

十一日丁未(8月20日) 晴。

十二日戊申(8月21日) 晴。接达泉信。

十三日己酉(8月22日) 晴。

十四日庚戌(8月23日) 处暑,晴。中元节祭先。

十五日辛亥(8月24日) 黎明微雨即霁。晨,子砚来,略谈片刻而去。诣文庙行香,回,接慎生侄十二日信,知米粜一廪,价二元八角一分。晚,乡约生王友兰来。

十六日壬子(8月25日) 晴。午后,至岳庙讲乡约。答拜姚壮之。

十七日癸丑(8月26日) 文宗显皇帝忌辰,晴。赵德仲交到襄伯制寿序,即寄士吉。

十八日甲寅(8月27日) 晴。

十九日乙卯(8月28日) 晴。

二十日丙辰(8月29日) 晴。晨,上府。午后起凉阵,雨不大。

二十一日丁巳(8月30日) 晴。晨,拜松盟先生百龄阴寿。访子砚,作竟日谈。薄暮回,接士吉收到寿序回信。

二十二日戊午(8月31日) 晴。清晨,襄伯送其弟德仲来,与三儿同舟赴沪,乘轮船往金陵。晚,署华亭学沈漱芳汉槎,昆山人,丁卯举人。来拜。

二十三日己未(9月1日) 晴、雨半。午后，赴沪原船回，带到三儿信。知昨三点钟从石灰港起岸，寓宝善街大亨新栈，轮船廿五日开。

二十四日庚申(9月2日) 晴。昨庶祖妣汪太恭人忌，今日继祖妣沈太恭人忌。晨，松泉携陈杏生属书对来。李伯棠自常来松，交到芝生弟信、虾子酱油一缸、茶叶两瓶、乌丝栏生纸十二页，属写旧作。沈漱芳接印，午后去道喜。顺访子砚，带王念孙《读书杂志》去，子砚索阅也。晚，漱芳又来，沿接印拜客之例。

二十五日辛酉(9月3日) 仁宗睿皇帝忌辰，晴。午后，子砚来剧谈，携《两当轩集》去。

二十六日壬戌(9月4日) 晴、雨半。蕉窗夜坐，墙根蟋蟀作声，颇饶静趣，想三儿此时已抵金陵矣。

二十七日癸亥(9月5日) 晴。

二十八日甲子(9月6日) 晴。

二十九日乙丑(9月7日) 白露，晴。

三十日丙寅(9月8日) 晴。晚，到学宫省牲，顺访子砚。

八月初一日丁卯(9月9日) 三鼓到文庙，祭崇圣祠。俟林仲伊到，祭大成殿。雨，在戟门行礼。送神后，冒雨至府学，俟太尊到，祭正殿，雨止地湿，亦在戟门行礼。后至县学行香，回，在途大雨倾盆，衣帽沾濡，不得已在萧王庙前廊棚下停轿避雨。时天尚未明，守半时许，天渐明，雨不止，令轿夫到公馆取油衣帽、油轿顶而回。

初二日戊辰(9月10日) 晴、雨半。午后，祭城内外各祠，幸未遇雨。暮归，又雨。

初三日己巳(9月11日) 微雨。四鼓至文昌宫，俟太尊到。祭毕，回，天尚未明。在文昌宫知漱芳太夫人病，欲请假回籍。静斋调省察看。晚，伯棠来。

初四日庚午(9月12日) 晴。太尊五十生辰。晨，上府。回，接三儿七月廿八日金陵试寓书，知廿五日趁江裕轮船，夜十二点钟起轮，廿六夜九点钟抵镇江，停三个时辰。廿七日五点钟到下关，寓织造府东段宅。沈稚莲、庞继之、凤书、伯印、仲展亦于是日到，选青兄弟廿六日到。

初五日辛未(9月13日) 雨。晨，祭昭忠祠，顺访子砚、漱芳。悉漱芳太夫人患恙渐愈，可不请假矣。在子砚处见《申报》，八月初一日奉上谕："本年值更换学政之期，除浙江学政瞿鸿禨甫经到任，江西学政梁仲衡、贵州学政杨文莹毋庸更换外，顺天学政着许应骙去，江苏学政着王先谦去，安徽学政着贵恒去，福建学政着陈学棻去，湖北学政着张仁黼去，湖南学政着陆宝忠去，河南学政着华金寿去，山东学政着陆润庠去，山西学政着高燮曾去，陕西学政着林启去，甘肃学政着秦澍春去，四川学政着盛炳纬去，广东学政着胡瑞澜去，广西学政着李殿林去，云南学政着戴鸿慈去，奉天府府丞兼学政着杨颐调补，所遗顺天府府丞即着朱以增调补。以上各员有现出试差者，着即赴新任，毋庸来京请训。杨颐着俟顺天乡试事务办理完竣，再行赴任。钦此。"

初六日壬申(9月14日) 晴。

初七日癸酉(9月15日) 晴。寄信达泉，附复芝弟书。

初八日甲戌(9月16日) 晴。晨，子研来，同舟至横山吃午饭。登岸，祭张少宰祠，即同游横云山。登未及半，气喘，子研亦然，藉草坐良久，再上。山巅一寺甚小，不见一僧，香火人沦茗饮客，禅室半间可憩。风极大，静坐，身上嫌冷，即下山，别有一径，甚平坦，始悔向时之舍易就难也。回舟即开，抵西门外已上灯，同子砚永兴小酌，踏月而回。临睡时楼中玩月，得句云："连宵雨洗碧天秋，今夜疏帘好上钩。一样清辉两样看，儿曹矮屋我高楼。"

初九日乙亥(9月17日) 太宗文皇帝忌辰，晴。午后，漱芳来剧谈，留点心去。子砚字来，还黄仲则诗，询昨日登山腰脚如何，灯下答以七古一首，云："张公祠在横云山，年年秋祭独往还。应被山灵笑我怯，绝顶甘让人跻攀。今年同舟得良伴，豪兴直欲穷巑岏[①]。鼓勇而上足力弱，憾未早办青行缠。汪伦年少亦复尔，半途暂歇荆同班[②]。汗流气喘俟少息，且行且止趑趄间。红墙一座见古寺，驻足有所开心颜[③]。入门不见僧一个，与佛相对浑忘言。半间禅室可小憩，飒然风至仙乎仙。聊啜苦茗解渴吻，且学趺坐参枯禅。上方清凉异下界，相顾身上嫌衣单。旁人指点下山去，别有坦路非险艰。果然信步到山麓[④]，回[⑤]瞻一刹高云天。始悔向时误投足，两途难易如天渊。榜人待久催解缆，归途暮霭浮林端。谷阳门犹未上钥，两脚踏月仍轻便。诘朝函书走相问，老者筋力蒙见怜。一笑余勇犹可贾，题糕时节在眼前。任风吹落孟嘉[⑥]帽，与君登高再棹横山船。"

初十日丙子(9月18日)　晴。送诗子砚处。

十一日丁丑(9月19日)　太祖高皇帝忌辰，晴。子研送和诗来，沓韵答之："我所思兮乌目山，三年不共飞鸟还。山中故人入我梦，时时游屐同登攀。破山寺径曲迎客，桃源涧水清照颜。拂水岩与剑门石，直上[⑦]不辞足力孱。……[⑧]。幽探辗转正未已，一鸡叫醒羁云间。昨朝瓜皮赁小艇，横云山顶寻禅关。赤壁虽小最奇特，足所未到闻人言。小赤壁亦在横山。十年九峰仅登一，笑我应有山中仙。我语仙人莫相笑，故山佳处堪安禅。四腮鲈鱼纵称美，味薄何足供食单。行当羁屑谢鞿鞅，故乡度日何嫌艰。每逢良辰挈诗友[⑨]，▨▨福

---

① "穷巑岏"原作"登孱颜"。

② "半途暂歇荆同班"原作"倦坐不顾榛与菅"。

③ "开心颜"原作"欣开颜"。

④ "果然信步到山麓"原作"始悔向时投足误"。

⑤ "回"原作"两"。

⑥ "孟嘉"原作"参军"。

⑦ "直上"原作"拾级"。

⑧ 笔者按，改句漫漶不清，原作"药龛清静方丈室，赞公之房差可班"。

⑨ "每逢良辰挈诗友"原作"胜侣相携旧时友"。

地探洞天[1]。青鞋布袜适性耳，仙鸟在林鱼在渊[2]。汪伦汪伦听我语，人生作合非无端。茸城隔一衣带水，扁舟来往邮程便。抽身暂作猿鹤伴，举足欲笑夔蚿怜。如升瑕邱洵可乐，望君勿为瑗请前。以诗作券要践约，待君来游，定当置酒虞山巅。和诗有欲游虞山之约。”子研和诗是未经改定之韵，今依此答之，故与前首有数韵不同。

十二日戊寅（9月20日） 晴。接藩房马云泉信，云今年四月两次俸满，若辈又要想法儿也。送诗子砚处，夜坐偶成：“掩书两眼渐朦胧，手剔残缸一穗红。荷叶摇[3]风声绰缭，蕉阴漏月影玲珑。催人倦卧三更柝，和我孤吟四壁虫。遥想棘闱鏖战者，此时正在兴酣中。”

十三日己卯（9月21日） 晴。寄信佩女，并代节物洋。子砚前借王念孙《读书杂志》，今日书来云：“昔坡公有仇池石，王晋卿欲得之，坡公欲易以韩干二散马。今潇湘渔父有王氏《读书杂志》，予有《唐宋诗醇》，纸墨精妙，颇足相埒，窃欲以此易彼，然不敢侵人之所爱也。即用东坡韵，先之以诗。”

余次答云：“我蓄两架书，临窗映蕉绿。高邮精考订，文史三冬足。束阁未一览，但果碧蟫[4]腹。汪子酷嗜[5]之，手抄若窘蹙。今朝寄我诗[6]……[7]。请易唐宋诗，相埒如岳渎。贱子曰不然……[8]。瓻不期君还，案仅代我伏。犹忆避寇时，乡僻居暂卜[9]。黄巾如虎来，

---

① 笔者按，改句漫漶不清，原作“福地来探小洞天”。

② “青鞋布袜适性耳，仙鸟在林鱼在渊”原作“青鞋布袜从此始，适性不殊鱼跃渊”。

③ “摇”原作“翻”。

④ “碧蟫”原作“蟫鱼”。

⑤ “酷嗜”原作“爱此”。

⑥ “寄我诗”原作“寄诗来”。

⑦ 笔者按，改句漫漶不清，原作“如求刍与牧”。

⑧ 笔者按，改句漫漶不清，原作“此岂荆山玉”。

⑨ “乡僻居暂卜”原作“居向徐庄卜”。

虽众不敢逐[①]。架中书经满，乱后王官谷。所藏书籍移置乡间，尽遭兵燹，五色印《唐宋诗文醇》精本亦罹此劫。看诗亦偶尔，来诗有‘篇章公所喜’之句。岂真我所欲。如必剑换砚，此举太委曲。和韵寄赠君，马工逊枚速。”

十四日庚辰（9月22日）　晨雷雨，送诗子砚处。晚，至世英堂省牲，顺访之，见其又成次韵一首答我，只得诵东坡“背城借一吾何敢，慎莫尊前替戾冈”之句谢之矣。竟日雨，薄暮止，月明如昼。

十五日辛巳（9月23日）　秋分，晴。三鼓，世英堂祭武帝。毕，文庙行香，上府贺节。午饭后适睡，子砚书来，送到《唐宋诗醇》一部。灯下又次前韵答之：“昨废一宵眠，眼缬炫红绿。饭余倦隐几，蘧蘧睡正足。一介函书来，未及剖鱼腹。梦醒拭目看，字密寸[②]笺蹙。唐宋六家诗，大将皆颇牧。奎章炳卷首[③]，敬诵不敢渎。虽非五色印……[④]。一见[⑤]心目爽，凉风起三伏。君惠既下颁，我受不再卜。交易凭[⑥]诗书，酒食异征逐。疑义涣释冰，吟声朗应谷。考订偕词章，熊鱼各餍欲。若无诗为券，奚以通款曲。欲作佳话留，报章恐不速。”

烧香斗，诸孙欢呼跳跃，虽嫌其闹，亦是一乐，此时儿侄、从孙辈想亦在淮清桥踏月矣。今夜月不如昨夜，更深静坐，闻芭蕉叶上滴滴有雨声，又得一诗寄子研：“昨日出门天未晓，长空四望纤云扫。日间积雨路成潦，得睹银蟾出意表。今日中秋日杲杲，满拟玉盘挂林杪。谁道月宫兔最狡，药杵忽停不肯捣。嫦娥偶露颜色姣[⑦]，虽揭帘檐亦

---

① “黄巾如虎来，虽众不敢逐”原作“黄巾扰穷乡，惊窜如麋逐”。

② “寸”原作“红”。

③ “首”原作“端”。

④ 笔者按，改句漫漶不清，原作“胜获无尺玉”。

⑤ “一见”原作“见之”。

⑥ “凭”原作“在”。

⑦ “颜色姣”原作“容颜姣”。

缥缈[①]。碧翁无言故弄巧，愈见中秋月可宝。岂知[②]天难人力拗，未能随遇省烦恼。莫恨今宵月不皎，庭蕉雨滴声亦好。作诗寄君非草草，想君两地同怀抱。”

十六日壬午(9月24日) 送诗子砚处。竟日雨，岳庙讲乡约不去。

十七日癸未(9月25日) 晴。漱芳以照属题，应以两绝：

“才名绮岁噪文场，出手连搴芹桂香。只恨暌违无百里，今朝才识沈东阳。

“玉树丰姿远俗埃，双松亦是栋梁材。一盘苜蓿原无味，看取蓬池斫脍来。”

十八日甲申(9月26日) 晴。作《梁上燕》一篇：“梁上燕，梁上燕，昔日营巢望尔来，今日衔泥惹人厌。燕子依依似去年，缘何不受主人怜。主人家有能言鸟，尔燕羽毛空自好。谁向主前代燕语，何不开帘放之去。”

十九日乙酉(9月27日) 晴。身有微热，下痢，上顿吃饭一碗，即上楼卧。[③]

二十日丙戌(9月28日) 晴。热未净，余不信服药，媳妇去请汪星榆诊视。夜，服败毒散一帖。深悔此方未与漱芳斟酌，若彼见，必不令服，可免后来诸苦。

二十一日丁亥(9月29日) 晴。星榆又来诊治，身热已止，下痢昼夜多至数十次，刻欲小解而闭塞不通者一昼夜，少腹膨胀难忍。

二十二日戊子(9月30日) 晴。星榆来，急者先治，专主通利小便。未服药，先煎车前子，连饮数杯。至晚，小便通，痢未止，觉精神一爽。字致子砚，属其同漱芳来看方。据漱芳云，其误在第一帖用

---

① “虽揭帘檐亦缥缈”原作“若隔碧纱殊缥缈”。

② “岂知”原作“我谓”。

③ 是叶眉批：“此日起皆九月十一日补记。”

药太猛，六十岁人岂可受此重拳，将今日方略增改数味。黄昏服时小便，又闭一夜。

二十三日己丑（10月1日） 世宗宪皇帝忌辰，晴。晨，小便通畅，然究非自然，一通之后又闭。作书令三儿来松。晨，漱芳字来，云："尊恙无非湿热留恋阳明所致，宜服川连为君，稍加厚朴，佐以赤苓、泽泻之类，以期分利。此外痢疾等药随时加入，断不可专事燥剂。"午后来诊治，自后专服漱芳方药，数日只吃粥。

二十四日庚寅（10月2日） 晴。晨，漱芳字来询："如嫌小便不畅，添利水之品，恐愈渗而精液愈枯，不如兼用外治之法，以葱白头二斤切细炒热，分作两绢包于脐下，更换熨之，冷则再炒，以通为度。"汪医所说田螺和当门子捣烂，纳脐中，究嫌太劫，不可从，幸而小便渐渐通利，葱白熨脐下一法亦未试。晚，漱芳又来诊视。夜，服药。今日仍吃粥。

二十五日辛卯（10月3日） 晴。漱芳又来诊视。夜，服药，痢稀未止。今午吃饭小半碗。

二十六日壬辰（10月4日） 晴。仍服昨方，属去川连。

二十七日癸巳（10月5日） 晴。漱芳又来开方，仍用连。三分。

二十八日甲午（10月6日） 风雨。子砚来问疾，留其在楼上吃饭，作竟日谈，胸次略舒。薄暮，三儿抵松。

二十九日乙未（10月7日） 晴。晚，漱芳来诊脉，案云："素患阴亏不寐，近更痢后脾胃不和，上膈气郁不舒，此乃脾失健运，阳明精液不能上输，膀胱气化失常，小便时觉失摄，拟培土化湿，佐以顺气。"夜，服药。接选青信、菌油、虾干。

九月初一日丙申（10月8日） 寒露，晴。漱芳晨来，云照方可多服数剂。予因昨方内有党参一钱，服之似觉胃呆，遂停药。

初二日丁酉（10月9日） 晴。接儒卿信诗，芝弟附字。太尊感时疫故。

初三日戊戌(10月10日) 晴。

初四日己亥(10月11日) 晴。晨,子研来,招其到楼上,谈及达泉处已寄信,属其来松。

初五日庚子(10月12日) 晴。令三儿作书覆选青,并寄洋二元,属买南腿、白鲞。

初六日辛丑(10月13日) 晴。

初七日壬寅(10月14日) 晴。接慎生信,述橘泉抢收祭田,无理取闹。

初八日癸卯(10月15日) 阴。接芝弟书,述履安田亩事。

初九日甲辰(10月16日) 晴。

初十日乙巳(10月17日) 晴。令三儿代写信,覆芝弟、慎生侄。近日昼、夜两饭每两碗,晨粥新米、红枣煮,间或饭滞粥。二碗,大便间一二日一解,亦干结,小便亦利,惟引动旧恙,夜不能寐,只得听其自然,难求速效也。

十一日丙午(10月18日) 晴。先妣沈太恭人忌。

十二日丁未(10月19日) 晴。前接芝弟书,知今日祭家祠,享堂落成,恭移神位。惟病体不能请假,不得躬亲祀事为憾耳。

十三日戊申(10月20日) 晴。知署府姚太尊丙吉,浙江归安人。即日要到。予病体初愈,不能出接,致书子研,属其见时先代为禀明。饭后,在楼上剃头。

十四日己酉(10月21日) 晴。晨,闻报松江一府两正、两副:第六名姚文枏上海、第九名王廷梁娄县;顾忠宣南汇、李祖锡上海。接选青重九信,并托买南腿一肘、白鲞四条。子砚字来,云达泉已有回信,二十左右到松。

十五日庚戌(10月22日) 晴。晨,下楼走楼梯,差喜不觉艰苦。

十六日辛亥(10月23日) 霜降,晴。晚,子研来,知姚太尊已进公馆,在贡院内。马头见时为余代禀病体未痊,今夜丑时接印。子研云，太尊须发已皓然矣。

十七日壬子(10月24日)　晴。晨，太尊来拜。令周桂到府署请病假半月。

十八日癸丑(10月25日)　晴。晨，倪古青士玮来拜，知在姚太尊署中。灯下令三儿代写复马云泉信，以今冬为始，每届岁底送羊毫四枝。

十九日甲寅(10月26日)　晴。晨，接二媳寄火腿一肘、其臭在骨，不可吃。黑枣一包。阅伯印致三儿书，知常熟中归棠、学之之子。周士吉，支塘人。副管仁植。去年科试，侄孙松甫后管一名，今管中副车，杨实甫拔贡出缺，松甫可现缺补廪，所谓“弱女虽非男，慰情聊胜无”也。接达泉信，托辞目疾不来，有致杨超亭及徐书办信。午后，差拜倪古青。接徐雪舫告窆，十月初四日领帖；时太尊讣，十月初六日领帖。

二十日乙卯(10月27日)　晴。昨伯印寄三儿常熟各沙荒赈募捐折，属其在此地书捐。此间人，地方善事尚不肯出钱，况为他县？犹越人视秦人肥瘠，不如不开口之为愈。令其将元折寄还，我捐两元，属伯印持信到慎生处取。

二十一日丙辰(10月28日)　晴。仲展寄到托买五香大头菜、乳腐，为达泉交代事，备酒一席，招子砚、漱芳同到冷斋。余顺请漱芳诊脉，写方属服四五剂。

二十二日丁巳(10月29日)　晴。北榜中殷崇光，昭文人，必是厚培令郎。后知是芝阶之子。

二十三日戊午(10月30日)　晴。杨超亭辞行，差送，附一信。

二十四日己未(10月31日)　晴。寄书选青。

二十五日庚申(11月1日)　晴。署华亭县吴仲英恒，浙江人。接印，拜客，差道喜。午后，漱芳来。

二十六日辛酉(11月2日)　晴。午后，子砚来。晚，府发出季山长补十八日课题目。

二十七日壬戌(11月3日) 孝慈高皇后忌辰，晴。送漱芳贺分。选丹阳教谕，送报单来。寄达泉信。夜半起大风。

二十八日癸亥(11月4日) 晴。林仲伊来拜，未见。午后函致云，俟十月初二日销假禀见太尊，即诣衙斋。又接马云泉信、羊毫四枝，尚欲请益两枝。求忠季山长课："尊其位"四句，"橹摇背指菊花开"。

二十九日甲子(11月5日) 孝敬宪皇后忌辰，晴。写对六副、扇面一。漱芳交到得女感怀诗七律四首。

三十日乙丑(11月6日) 晴。写对两副。漱芳送蟹，因今秋患痢，不敢吃，灯下看儿孙持螯，馋涎欲流。

十月初一日丙寅(11月7日) 立冬，晴。午后，子砚、漱芳来。

初二日丁卯(11月8日) 晴。晨，上府销假，禀见。送林仲伊行。又到府、华两学，华亭县吴仲英处谢步道喜。过节祭先。

初三日戊辰(11月9日) 晴。李伯棠来，说见金山县申详金山学翁士吉病故开缺，闻之骇悼。吴仲英招明日饮，因病后戒口，辞之。

初四日己巳(11月10日) 晴。晨，新娄县张筱蓉绍文来拜。

初五日庚午(11月11日) 雨。晨，上府，娄县张筱蓉处贺喜。回，士吉之侄(号新田)自金山持咏春信来，云其尊人九月十八日起寒热，即于二十六日辞世，欲吾兼摄金学篆，代其开仓收租，此不达事理之词也。接选青廿八日信，佩女尚未分娩，身体安好，寄到桂花糖百枚。午后，伯棠同新田来，欲请子砚禀太尊，委县兼理须要加一信，说明翁某身后萧然，格外照拂等语。予先往府学，伯棠、新田继至，面恳子砚，允其明日上府面禀。伯棠、新田先返，留余吃白米粥而回。

初六日辛未(11月12日) 晴。晨，府署吊时太尊，即举襄。曾祖妣曹太孺人忌。

初七日壬申(11月13日) 晴。午后，子研来。晚，同至府署答伯棠。

初八日癸酉(11月14日)　晴。太尊生日。挂号。

初九日甲戌(11月15日)　晴。晨,叶翥云金榜来,即欲赴沪,面辞,答拜。三儿在大文堂买邵子湘长衡《古今韵略》,是旧书,甚好,惟价太昂耳。访姚干人,托其禀明太尊,病后拜牌不能到。

初十日乙亥(11月16日)　太后万寿,未赴世英堂拜牌。晨雨,夜又雨。

十一日丙子(11月17日)　晴。午后,干人来。漱芳招十三日申刻饮,来便面属书。接达泉初六日覆信。寄覆马云泉。

十二日丁丑(11月18日)　晴。

十三日戊寅(11月19日)　晴。晚,赴漱芳之招,同席郭友嵩福衡、子研,自备菜甚精洁。

十四日己卯(11月20日)　晴。接似泉九月廿九日凤阳信,知我所寄之诗信已接到,信云自己卯秋起,奔驰皖南北,无一年不在途中跋涉。今春二月又自徽郡赴省,闲居半年。中秋后应王雨村明府之聘,办理书记,九月廿二日抵凤。学洲仍在六安州署习幕,兼一征收馆。叔庚亦附一信。接祥孙信,来索所贴家用,即日寄书慎生,属其就近送去。昨接桑梅卿信,即附慎生信中复之。复祥孙信,附骅儿致佩女信中寄去。

十五日庚辰(11月21日)　晴。晨,文庙行香,顺访子研。

十六日辛巳(11月22日)　小雪,晴。午后,至岳庙讲乡约。夜,招子砚、漱芳、襄伯、伯棠、景刘小饮。褚馆菜尚好,惟米鸭之米生不可吃。

十七日壬午(11月23日)　晴。子研交士吉奠分来,属同寄。接慎生十四日信。

十八日癸未(11月24日)　开仓,晴。汤子韶嫁女,送烛票九灯五十枝。晚,作书覆似泉,托伯棠由驿递凤阳。今日本书院师课,因山长题未寄到,俟补课。太尊赴金陵未回,府署持名片来,属作札致季君梅速寄题目,即缮一函寄去。

十九日甲申(11 月 25 日) 晴。本学文生吕兆熊、马曾望、濮焕章禀,泗泾义塾师李继中病故,公举廪贡生沈维灏,据禀移县。

二十日乙酉(11 月 26 日) 晴。晨,上府。晚,娄县张筱蓉邀廿二日巳刻饮。

二十一日丙戌(11 月 27 日) 晴。复翁咏春信,寄奠分,子砚一函亦附去。

二十二日丁亥(11 月 28 日) 晴。晨,接佩女复骅儿信,知孕体平安,附到吉人信并诗两律,属和。赴筱蓉之招,同席王、郑两君,子砚,潄芳。席散,顺访思泉。回,见潄芳,还前借书及予词,题赠《沁园春》一阕。灯下和吉人诗二首。

二十三日戊子(11 月 29 日) 晴。寄复吉人信并和诗。晚,翁新田自洙泾来,即往府学。伯棠来。

二十四日己丑(11 月 30 日) 晴。寄复儒卿书,由骅儿寄还选青文章信中寄去,属选青转交。接季君梅复书,知课题已径寄府署。又接苕生表弟书。

二十五日庚寅(12 月 1 日) 晨微雨,竟日阴。午后,往府署俟太尊。未正,进衙门贺喜。顺访伯棠,其师王克安亦晤。携归赵松雪、康茂园书墨拓本数种,碑在府署,伯棠令人椎拓,余亦得一分,其值五角半。

二十六日辛卯(12 月 2 日) 晨晴,午后雨。方余未起,子砚已到府官厅。信来即起,俟轿夫良久乃至。上府同谒太尊,禀明金山县夏午庭征收学租,欲封待署任。翁故任不能动用,欲求太尊函致夏君。太尊即属三学公启,述太尊之意:“翁某开缺已在九月杪,学租乃应得之款,如署任日内即到,必不得已。翁前任应得三分,署任得一分,司饷照此认解,须得速复,以便弟等复府。”太尊授意如此,可谓体恤孤寒,盛意可感。即同子砚回,缮就公启稿。今日周桂娶亲,送菜一桌。同子砚、景刘兄弟小酌,招潄芳不来。饭罢,令三儿将公启誊清,附致咏春信,寄至洙泾,属其投送。太尊面交季山长课题。

二十七日壬辰(12月3日) 晴。晚,伯棠来。

二十八日癸巳(12月4日) 晨雨即霁。松泉来。求忠书院补师课:文题"曰:敢问招虞人何以"一节,诗题"良玉比君子"。

二十九日甲午(12月5日) 阴。属陈吉斋书篆文小对旧句"无药可医懒,有书差疗贫"十字,并信笺上"分绿窗写诗启事笺"八字。太尊因欲上省,将十一月师课题亦发出。

十一月初一日乙未(12月6日) 晴。晨,文庙行香,顺访子研,长谈而返。接选青廿七日信,知佩女于二十日申时产一女,坐草甚速,继患呕恶神倦,四昼夜后神识渐清,候医服药。现诸恙悉平,一日吃粥五六顿,每顿碗许。小儿颇壮大,乳名全保。又阅仲展致骅儿信,北山庙朝议府君茔壅树,拜坛上下及寝上均多崩塌,急宜修葺,日子已属风鉴选择。肯留心祖宗坟墓,此子可嘉。

初二日丙申(12月7日) 大雪,晴。寄复选青信,附三儿复仲展信。陈吉斋、汪子砚、李伯棠、殷子范九福,元和甪直人。亦在府署习钱谷。

初三日丁酉(12月8日) 晴。接汉峰五侄信,云鲁眉四侄粤东书来,云倪豹村中丞谒见时屡询先兄与余,侄欲乞我一信转呈。五侄云,代起稿寄阅后,然后誊真寄粤,即交鲁眉投送海盐。即复汉峰,如其所说。查冀甫燕绪送朱卷,前在书局认识。

初四日戊戌(12月9日) 晴。子砚招明日巳刻饮。解义学秋、冬两季脩。

初五日己亥(12月10日) 雨。赴子砚之招,同席思泉、漱芳、铁松,骅儿亦叨陪末座,席散已薄暮。又访漱芳,其夫人昨日回里,造其卧室略谈而返,已上灯矣。接县移,月之初十日县试。覆泗泾义塾师,已给谕。昨接周小堂信并翁士吉奠分,今日即将奠分寄金。王廷梁送朱卷,初七日悬扁。上海姚文枬送报单。

初六日庚子(12月11日) 阴。王斗槎交到朱卷、报单,属转寄芝生，即为转寄去。衡堂交到致杨超亭信，即加封，递苏城侍其巷公馆。王处送五灯烛票、百支。酒票。十斤。寄复周小堂书。托叶小舟寄由信局杭州叶种德堂兑阿胶。

初七日辛丑(12月12日) 晴。接县移新书，明年岁朝春。

初八日壬寅(12月13日) 晴。娄捕厅章乃详来拜，即留松委员代理，因姚干人系太尊从孙，回避。接车立斋夫人讣，十一月二十三日领帖。书院青浦课："君子务本"二句，"酿雪不成微有雨"。晚，接选青初三日复骅儿书，知佩女产后诸恙悉平，每顿可吃陈米饭碗余。因天寒风多，尚未起床。寄到托买白鲞五条、乳腐三瓶。我初二日覆信，此时亦可到矣。常、昭县试题：常已"取诸人"，次"与之游"；未"进以礼"，次"设为庠"，诗"骅骝开道路"。昭已"与之庾至骍"；未"闻弦歌之声至割鸡"，次"是心足以王矣"，诗"霜叶满江红"。

初九日癸卯(12月14日) 晴。寄复选青，致佩女代食物洋。

初十日甲辰(12月15日) 县试正场，晴。晨，吊姚干人夫人，兼答代理娄捕。晚，漱芳书来，云作律诗须去声病，寄阅《食四腮鲈戏作五古》一首。华已"入其疆至养老尊贤"，次"得见君子者"；未"其子弟从之"二句，次"得见有恒者"，诗"瑞雪兆丰年"。娄已"割鸡至君子学道"，次"我亦欲正人心"；未"则爱人小人学道"，次同，诗"蓬莱文章建安骨"。

十一日乙巳(12月16日) 晴。信局寄到叶种德堂阿胶三十六块。

十二日丙午(12月17日) 晴。九和堂交阅各种书。

十三日丁未(12月18日) 圣祖仁皇帝忌辰，晴。先考朝议府君忌。

十四日戊申(12月19日) 初覆，晴。

十五日己酉(12月20日) 晴。夜，过节祭先。

十六日庚戌(12月21日) 冬至，晴。三更，世英堂拜牌。知漱芳丹阳学凭已到。

十七日辛亥(12月22日)　二覆，雨竟日。猛将庙各佃本约今日交租，因雨不至。天甚热。

十八日壬子(12月23日)　晴，稍冷。接县移，十一月廿二日考试武童外场。书院师课："对曰：然，非与？曰：非也"，"羡鱼结网"。

十九日癸丑(12月24日)　雨。接选青十三日信，云初九日寄洋信已接到，佩女已起来，诸臻安善。附子砚束脩。

二十日甲寅(12月25日)　三覆，阴。晨，上府，与子研合送立斋夫人吊分。猛将庙各佃交租，未全。令俞天成药铺伙来合补药膏，方漱芳所开。

二十一日乙卯(12月26日)　晴。接吉人信并《见怀》诗、其嫂节烈事略，欲征诗。

二十二日丙辰(12月27日)　晴。晨，操场校武童骑射，仅十六名，尚有一人不到。午后，天马山各佃交租。今日出县正案，前列十名：钟毓、邬尧春、陈端章、沈和懋、尹良辅、戴宗逵、杜葆璠、华光煜、戴锡承、陈刚振。

二十三日丁巳(12月28日)　晴。寄复选青信，附复吉人书并和《见怀》韵，又附复茝生信。晚，漱芳来。

二十四日戊午(12月29日)　晴。晨，子研拜客，顺道过访。作李节妇诗。

二十五日己未(12月30日)　晴。

二十六日庚申(12月31日)　晴。午后，走访漱芳，适思泉、约斋俱在，长谈。晚，访子砚，才到而周小唐至。子砚留吃夜饭，乘轿归。

二十七日辛酉(1886年1月1日)　晴。晨，同安客寓答拜委员秦光宗。回，子砚来。招小唐午饭，不得闲，晚到吃夜饭。与子砚作竟日谈。昨接芝弟书诗，并复王斗槎信属转交。思泉招廿九饮。

二十八日壬戌(1月2日)　晴。周桂往枫泾收租。

二十九日癸亥(1月3日)　晴。巳刻，赴思泉之招，同席小唐、漱芳、子砚、谢梅石、苏州人，精钱笔。吴培生、沈约斋、主人桥梓。梅石现在华亭县署，曾到吾邑，芝生弟亦熟识。

三十日甲子(1月4日) 晴。晨，接王学宪札发观风告示、题目，《劝学琐言》三十本。又接府札，奉学宪札，南菁书院于明年正月十八日甄别在院肄业诸生，经学二十日，古学如有愿投考者，准一例报名，另册送试。

十二月初一日乙丑(1月5日) 晴。晨未起，张小蓉来拜，辞之。文庙行香后，顺访子砚，即到小蓉公馆，长谈而返。午后，又访子砚，漱芳亦来畅谈，归已薄暮矣。送《侍膳图》到约斋处。

初二日丙寅(1月6日) 晴。致书张小蓉。

初三日丁卯(1月7日) 晴。晨，子研来。

初四日戊辰(1月8日) 晴。

初五日己巳(1月9日) 穆宗毅皇帝忌辰，晴。晨，上府。

初六日庚午(1月10日) 晴。接府札，奉学院王札，南菁书院创设书局，汇刻经史笺注诸书，饬各学就该处先哲著述详加采访，将书目造册申报，统俟本院随时调取，陆续付刊。晚，为汉峰五侄书顾雪坡文渊《雪竹卷子》跋。图为先侍御兄所藏，庚申粤匪之乱失之，今春汉峰得于城西市肆，属跋数语于后。

初七日辛未(1月11日) 晴。漱芳送诗来。

初八日壬申(1月12日) 晴。午后，沈约斋来，面交属题《北堂侍膳图》。

初九日癸酉(1月13日) 阴。送《白云常在》《北堂侍膳》两图到仇处，乞竹屏题诗。

初十日甲戌(1月14日) 晴。和漱芳七古韵。

十一日乙亥(1月15日) 晴。接府札，明年正月二十九日取齐，府考二月初一日开考。送《白云图册》一页到约斋处，前日来，图已见过也。

十二日丙子(1月16日) 晴。接县移，二十日巳时封印，正月二十一日卯时开印。晚，接选青初八日信，知佩女产后身体复元，已到过城外，大媳、二保均好；又到过赵巷，二媳旧恙又发。附到吉人复信，又其嫂节烈题诗素纸四页。

十三日丁丑(1月17日) 晴。接县移府札："奉学院札开：照得鸦片流毒为酷烈，士人不准吸食，例禁綦严。凡稍知自爱者，必不甘蹈迷途，自隳进取。前任夏、黄两学使已屡次诰诫，自应灼知其害，谨懔奉行。第恐新旧交替之际，尔等或疑成法变更，复萌故态，不得不严行申儆。为此剀切晓谕，尔等务当勉体本院与人为善之意。父兄饬其子弟，师保戒其生徒，杜渐防微，永遵无斁，庶可振作精神，养成令器。自谕之后，倘有犯而不戒、戒而复犯者，一经查出，教官督率不力，从重记过，廪、增、附分别降革。童生临场斥逐，不准应试。一切按照前院所定章程办理，有严无宽。该士子其各懔遵，毋得自误。"

十四日戊寅(1月18日) 晴。襄伯来。晚，平叔来，其母舅许修来缴平湖县任内银两，借用印。

十五日己卯(1月19日) 晴。晨起，见案头一函，发之，乃漱芳沓韵七古一章。即赴文庙行香，与漱芳遇。顺访子砚，有小恙，晤谈久之。又访漱芳，谈诗。夜，又和其韵，作七古一首。接慎生信。

十六日庚辰(1月20日) 晴。接学宪札："照得姓氏之学，古有专家。自轩辕启支，神禹作贡，条流广衍，不可殚论。《姓纂》之在元和，帝命特勤，类集世系，以表宰相史臣，不废遐稽。逮后代谱牒愈纷，则诸书网罗益密。本院嗜古成性，究心于兹，足迹所经，辄有甄采，将远绍鲜于之卓绝，近接武威之寻源。莅任兹邦，罔敢懈志。查缙绅姓氏，既輶轩所应问；生童族贯，亦考试所当知。苏省夙号大邦，不乏稀姓，宜因试事，以究真源。为此，札仰该学，于合邑生童僻姓，留心采访，并令廪生中嗜学者帮同询问，务使将受氏之原暨徙居所自，检察家谱，别纸开呈，惟取明确，无事文饰，并谕以备纂入书，非有他故。该学即于院试前将原纸黏册汇呈，不必另钞，既免讹误，兼省烦费。一县之内，稀姓无多，但令加意搜罗，无难得其崖略。本院按试之日，展册可稽，凡所考求，悉资印证。该学官敏求好古，谅有同心，仰即遵照办理可也。”

接似泉甥初四日凤阳来信。送和韵诗到漱芳处。

十七日辛巳（1月21日） 晴。将昨交漱芳诗又改几处，正欲送去而三叠韵又至，即托来人带交。自惭力竭，不能复和矣。夜雪。

十八日壬午（1月22日） 晨起，雪未止。又和漱芳三叠韵，午后送去，兼讯子砚恙，稍愈。晚，四叠韵，赋雪。

十九日癸未（1月23日） 晨复雪。送昨诗及宋守初画女扇到漱芳处。晚，漱芳又送叠韵二首来，并还旧诗一本。为我多指疵，实可感也。

二十日甲申（1月24日） 晴。巳时，封印，上府。晤漱芳，交《喜雪》和韵诗。晚，衡堂家看病，又过访。又赠《男儿篇》和韵一章，笔阵纵横，音节浏亮，信于此中三折肱者。晚，作书寄慎生。

二十一日乙酉（1月25日） 晴。晨，马云泉来，节规面交。午后，访漱芳，将铜儿诗就正，继访子砚。

二十二日丙戌（1月26日） 晴。饭罢，子砚来，襄伯同吴培生亦至。晚，五叠漱芳韵，咏澹成轩雪美人。夜饭时周桂、书办枫泾收租回。

二十三日丁亥（1月27日） 晴。子砚来，带阅近作五古一章。晚，送灶。灯下和子砚韵，又写选青信。

二十四日戊子（1月28日） 晴。晨，送诗子研、漱芳处。寄选青信。午后，钱梧生来。接选青十八日信、茶腿一肘、盐鸡一对、枣子一包，藉悉合家安好，惟二媳旧恙屡发，如何如何！

二十五日己丑（1月29日） 晴。周桂涨庄一带收租回。午后，访漱芳，子砚亦在。漱芳出示和子砚五古，又答我昨送阅和子砚诗，纵横如志，的是老手。畅谈至晚，彼适接苏州抚房信，知实授何君绮已到苏考验，想不日可莅任。只惜诗友将唱骊驹，为之怅怅。

二十六日庚寅(1月30日) 晴,冷甚,笔墨皆冻。再次子砚韵寄漱芳,即以录别。甫脱稿而漱芳又来二篇,字云后任何公红谕已到。灯下又和三儿"时"字韵七绝两首。

二十七日辛卯(1月31日) 晴,严寒。晨,子砚来,云太尊因书院事约余午后进署。饭后,上府长谈,在官厅易衣服。顺访子砚、漱芳,回已上灯。与书办算帐,各项开销亦领出。

二十八日壬辰(2月1日) 晴,严寒。晨,襄伯来。晚,漱芳送和三儿七绝诗来。夜,敬神。

二十九日癸巳(2月2日) 晴。晨,新任华学何庾香来拜。午后,子砚来,余往云间书院何君处道喜,未晤。顺访漱芳,子砚亦在,谈至暮回。漱芳又有迭韵诗。夜,祭先。庾香,淮安山阳人,甲子举人。

除夕甲午(2月3日) 晴。晚,上府辞岁。夜饭后,先考、先妣及亡妻影前行礼,儿、媳、孙男女为余辞岁。

光绪十二年丙戌日记

正月初一日乙未(1886年2月4日) 立春,晴。丑正,到府署,俟寅正一刻十四分随太守鞭春。毕,世英堂拜牌,再往府署贺喜及华、娄两县,顺途各绅处。回,拜天香、灶神,先考妣及亡妻影前行礼。一夜衣冠桎梏,殊觉力乏。饭前即睡,起已上灯矣。忽大风,风止而雨竟夜。

初二日丙申(2月5日) 雨。巳刻,子研招饮,同席庾香、漱芳、铁松及主人,席散已薄暮矣。

初三日丁酉(2月6日) 高宗纯皇帝忌辰,晴。

初四日戊戌(2月7日) 晴。晨,西门外拜年。漱芳招明日饮。

初五日己亥(2月8日) 晴。漱芳与庾香交盘,招子砚与予饮,席散已暮。陆莆生宗郑来拜。

初六日庚子(2月9日) 晴。招庾香、漱芳、子砚、纯嘏饮,褚馆菜尚好。

初七日辛丑(2月10日) 世祖章皇帝忌辰,晴。晨,答拜莆生,未晤。到云间书院赴庾香之招,同席漱芳、子砚。席散,再访莆生,晤谈良久而返。

初八日壬寅(2月11日) 晴。晨,出西门,到外馆驿送漱芳登舟,子砚已在船上,因欲赴友春酒之招,先返。余俟漱芳下船,匆匆话别而返。漱芳虽下船,而潮落不能行,午后又过冷斋,招子砚来,同吃夜饭而别。

初九日癸卯(2月12日) 晴。午后,媳与森孙府学拜年。接仲展侄初六信,云岁底开一廪缺,可以补廪。覆达泉去冬信。覆仲展信，如其所请。寄大媳信。

初十日甲辰（2月13日） 晴。午后，庾香来。汪太太来拜年。张小蓉招十二日巳刻春酒。

十一日乙巳（2月14日） 孝全成皇后忌辰，晴。陈小崖招十三日饮。接祥孙初八日信，云其母岁底血症大发，请石枫、柘村诊视。贫病交迫，儿女又多，殊为焦灼。

十二日丙午（2月15日） 晴。晨，子研来，坐谈片刻，同赴小蓉之招，同席潘芳如兆芬、庾香、子研、小崖，席散已晚。回，接选青初八日信，知合家安好，惟纯保颈上患风痰；岁底由慎生处所交之洋皆已收到。

十三日丁未（2月16日） 晴。巳刻，赴小崖春酒之招，同席即昨诸友。席散，往子砚处，庾香亦来。回已暮，夜有龙灯。

十四日戊申（2月17日） 宣宗成皇帝忌辰，晴。寄复选青信。

十五日己酉（2月18日） 晴。晨，诣文庙行香，太尊省中未回，不上府。庾香十三日进衙门，顺去道喜，见澹成轩挂蓝田叔山水八幅，实希世之珍也。夜，接灶。

十六日庚戌（2月19日） 雨水，雪。午，斋供，收先考妣、亡妻影。纯嘏招明日春酒。

十七日辛亥（2月20日） 雪。晨，思泉招十九日春酒。午，赴纯嘏之招，同席子研、庾香、夏冰夫、宋守初。

十八日壬子（2月21日） 晴。午后，子砚来，晚又来招，漱芳到松，在彼署，即往吃夜饭，谈未了交代事，二鼓回。漱芳送脚炉一个、脂油糕一甑。

十九日癸丑（2月22日） 晴。晨，到华亭学。子砚已在，略述昨夜漱芳所谈，即同赴思泉之招。午后，又往府学，漱芳来谈。至晚，又到华学，乃归。约斋交《白云图》题诗。太尊招廿二日春酒。

二十日甲寅（2月23日） 晴。晨，上府，子砚、庾香已在。知明日忌辰，开印系暗开，可不上府。接府札，二十四日书院甄别，二月初三日文帝诞祭省牲、后殿行礼，初四日祭吕祖。寄复慎生信，附寄芝弟信。晚，子砚来，继知漱芳在衡堂家，去招之，衡堂同来，谈久去。三人同行，漱芳往他处，予同子砚访庚香，圆成其事。到子砚处，吃夜饭回。

二十一日乙卯(2月24日) 孝穆成皇后忌辰，晴。开印。详府履历清册，转详学宪。夜，莆生来。

二十二日丙辰(2月25日) 晴。庚香来。巳刻，赴太尊春酒，寄吉人信、节烈题词。

二十三日丁巳(2月26日) 孝圣宪皇后忌辰，夜雪。

二十四日戊午(2月27日) 黎明，冒雪赴贡院，子砚、庚香已到，太尊继至，筱蓉亦来。生文题“子曰：事父母几谏”二章，诗“忠孝状元”；童“斧斤以时入山林”，“且向百花头上开”。午霁，雪尽消。竟日谈天，庚香说灯谜：“睡鞋”打卦名四：“家人、临、困、履”；“子食于有丧者之侧”二句《春秋》人名：“见灵辄饿”。颇妙。太尊三牌出，我三人略停亦回，恰二鼓。知彦士日间来拜。

二十五日己未(2月28日) 晴。晨，正欲答拜彦士，府号房适来，云已开船，遂止。莆生送乡、会朱卷来，前日面索也，并附世兄试草。柘林厅潘芳如招二十七日春茗。夜雨。

二十六日庚申(3月1日) 雨。

二十七日辛酉(3月2日) 雨。巳刻，赴芳如之招，同席筱蓉、莆生、子研、庚香、小崖。庚香赠梅，侑以两绝。余先有《乞梅》七古一章未写出，今誊清带交。

二十八日壬戌(3月3日) 雨。和庚香两绝韵。详学宪韩庆改名奇，又补增。

二十九日癸亥(3月4日) 孝仪纯皇后忌辰，晴。接县移，提武生陈昌其。庚香和七古来。

三十日甲子(3月5日) 惊蛰，晴。晨，宣琴山、周小堂来拜。午后，拜外学同寅。

二月初一日乙丑(3月6日) 华、娄正场,晴。丑刻,到贡院,同子研、庚香留场,竟日剧谈。三牌出场,已四鼓。阅选青廿八日信,两县招明日饮。①

初二日丙寅(3月7日) 微雨。赴仲英、筱蓉之招(席设华署),八学惟署金山学徐瘦君未到。席散,文昌宫省牲。

初三日丁卯(3月8日) 丑刻,到学,仲英已到,即祭。因雨,在戟门行礼,毕即往府学。祭毕,到文昌宫后殿行礼。毕事回,天已明。开霁,竟夜雨。

初四日戊辰(3月9日) 奉、金、上正场,雨,未到考场。辰刻,出东门,祭吕祖。接县移,提武生陈士达。奉"訚訚如也子路",金"久而敬之子曰臧文仲",上"再斯可矣子曰宁武子";次"又尚论古之人",诗"不将今日负初心"。

初五日己巳(3月10日) 晴。陈子愚来拜。符篑山招初八日饮。三儿赴苏应岁试,夜饭后开船。外县童生在天主堂闹事,夜饭时太尊片招,八学皆到贡院。比余到,七学皆见,即同到教堂。少顷,太尊、两县亦至,各营齐集,水龙皆到,但见人众将教堂打得落花流水,器皿、装修、衣服架在庭中付之一炬,火光烛天,太尊亦无如何。询之,知是日某县童生四人到教堂游玩,折其园花,三人被堂中拘住,一人逸出,纠众劫二人不得,酿成此事。事情重大,不知如何了结。韩庆改名、补增廪详文令周桂带苏交学房。

初六日庚午(3月11日) 晴。丑刻,到世英堂祭武帝。太尊不到,俟仲英来,天已明。祭毕,回略睡。太尊片招,有童生在府署求太尊验伤,看者几有二百多人。余去,各学已散而人尚扰扰。余开导某童:"昨日之事,太尊正要查首事者,若欲呈验,是自认滋事矣,不如及早回寓,今夜好好进场。"闻言始悟,即回寓,众人皆散。教堂旁童贞所居之屋火起,军门亦到,同各学又到教堂。此事童生启其端,实则

---

① 是叶眉批:"华:'一人定国尧';娄:'必也圣乎尧'。"

皆痞棍流氓乘风抢劫所致。已过午，尚枵腹，在贡院吃饭。太尊面谕转致南、青两学，须传廪保，谕各童明日考试宜恪守场规。贡院回，到米生、浩泉、子愚寓，述太尊之意。

初七日辛未（3 月 12 日） 南、青正场，雨。丑刻，到贡院，闻道宪因教堂事到松，同人约贡院。回，俟天明，即到大张泾禀见。回略睡，即出南门，在朱泰丰米行等诸同寅，道台船却未到。少顷，庚香亦来，闲谈良久，仍进城。饭后冒雨又去，小唐、庚香已先在米行内，主人朱调三亦在，剧谈至暮，仍无信息，又复空回。雨中仆仆，甚觉无谓。南“语小至鸢飞”，青“其孰能知之至衣锦”；次“其详不可得闻已”；诗“腹有诗书气自华”。

初八日壬申（3 月 13 日） 晴。晨，太尊片招三学，即到贡院。庚香横山祭祀，不到。俟子砚来，同禀见，面商一切。即赴篑山之招，诸同寅皆在，述知太尊之意。席散，又到贡院面复太尊，云道台有信来，即日要派委员至。

初九日癸酉（3 月 14 日） 华、奉、娄、金初覆，晴。丑刻，到贡院。点名毕即出，天尚未明。略睡，起。接芝弟初三日书、老稼诗，悉沈幼莲丧子。望子已久，才茁兰芽，又遭摧折，何运之蹇耶！又阶升之子完姻，问我分送若干，即日覆之。接华亭县移，提文生张粟舟。覆试题：经“琴瑟击鼓，以御田祖”；诗“桑柘影斜春社散”。

初十日甲戌（3 月 15 日） 晴。课两孙，略读生书。晚，邬定魁差拜，未识何许人。后知是左营守备，差答。

十一日乙亥（3 月 16 日） 上、南、青初覆，孝康章皇后忌辰，晴。未到考场。晨，沈仪廷来，携示《沪报》。学宪按试苏属，询各学教官观风卷何以寥寥，各学嗫嚅不能对。生赋题“金布令甲”，通场无知者，牌示出《汉书·萧望之传》。晚，接学宪札，催观风卷。覆试题：“睨伐柯节”，“岁二月，东巡守”两句，“柳拂旌旗露未干”。

十二日丙子（3 月 17 日） 午后雷电以雨，稍止，文昌宫省牲。顺访子砚，小恙，未晤即回。府发季山长十八日课题。

十三日丁丑(3月18日) 晴。丑刻,赴文昌宫祭后殿。太尊不到,俟仲英,良久至。祭毕,回已黎明。致书约斋。晚,约斋来。

十四日戊寅(3月19日) 七县二覆,晴。丑刻,到贡院,点名毕即出。移覆娄县,陈士达非本学武生。复试:"惟智者为能以小"合下节,"杨柳楼台赋","新笋掀泥已露尖"。

十五日己卯(3月20日) 晴。晨,文庙行香。访子砚,庾香亦来,在彼吃饭。定十九日公请同寅,席设华学,菜托受之去定。

十六日庚辰(3月21日) 春分,晴。三儿岁考回松,知仲展侄一等六名,景苏再侄十名。

十七日辛巳(3月22日) 三覆。寅刻,至贡院,同浩泉留场。放三牌尚早,冒雨而回。覆题:"适市","帘外春寒赐锦袍"。

十八日壬午(3月23日) 阴,寒甚。书院季山长课:"明乎郊社之礼"三句,"春寒花较迟"。接金山县移,查上年廪生空缺。

十九日癸未(3月24日) 晴。晨,往华学,子砚已在。少顷,奉周小唐、金徐守君、上宣琴山、南赵米生、青陈子愚、祁浩泉及耿思泉皆至。席散已晚,同子砚、庾香到贡院前,在徐立顺买眼镜,一元八角。到文粹堂书坊,略坐而回。

二十日甲申(3月25日) 孝哲毅皇后忌辰,四覆,晴。黎明起,到贡院,至半路,知已点过数县,即回。覆题:"必有中进士","皆举首而望之"作四讲。

二十一日乙酉(3月26日) 晴。详学台附生沈和敬辑《尔雅注》、封作梅辑《水经注》、杜葆璋《说文》。

二十二日丙戌(3月27日) 发正案,晴。府试前列十名:杜葆璠、钟毓、陈叔铭、姜磻溪、陈端章、邬尧春、徐绍芬、任曾禧、张永济、华光煜。

二十三日丁亥(3月28日) 晴。卯刻,到教场。俟七县武童骑射毕,回,天尚早。七县不满二百人。

二十四日戊子(3月29日) 晴。辰刻,到府署。华、奉武童步箭毕，吃饭。午后，娄、金步箭，射毕即回。接选青二十日致骅儿书，知合家安好；三儿岁试二等六名，选青亦二等。署娄捕陆桐华来拜。

二十五日己丑(3月30日) 晴。上、南、青武童步箭。晚，子研来，交阅漱芳信，知其已赴丹阳任，将要送府试至镇江。

二十六日庚寅(3月31日) 孝昭仁皇后忌辰，晴、雨半。华、奉、娄、金武童技勇。辰刻，到府署。华、奉毕，吃饭。午后，娄、金毕即出。答拜娄捕陆梅村。

二十七日辛卯(4月1日) 晴、雨半，上、南、青武童技勇。

二十八日壬辰(4月2日) 晴。七县武童覆试。晨，到府署，娄童已射毕，略坐即出。访子砚。午后，仪廷来交观风卷。

二十九日癸巳(4月3日) 晴。

三月初一日甲午(4月4日) 阴。文庙行香，顺访子砚，知观风卷亦未解。

初二日乙未(4月5日) 清明，燕来，晴。过节祭先。约斋来谈天。阅仲侄致三儿书，知啸冈之孙用汝、沈荫鹤之弟翼生棣皆游庠。忆甲申秋，其兄小楼病，随其母来松。余在外多年，未曾识面。时年才十五，见其应对娴雅，不类常童，作文已半篇，不两年果受知宗匠。惜吾娣与吾甥不及见，并惜小楼之美才仅食廪饩，已于去春病殇，否则三凤之目不减河东也。侄孙用吉纳妾，生子名振诜，唇左微缺。

初三日丙申(4月6日) 晴。遥忆家乡烧香浜一带看拜香者舟如云集，羁迹云间，不获祭扫先茔，兼与两三朋旧踏青西郊，言之怅怅。晚，种荷花。微雨。

初四日丁酉(4月7日) 雨，午后晴。

初五日戊戌(4月8日) 晴。晨未起，子砚自府署回，过访，知太尊昨晚赴沪，可不上府矣。晚，张椒岩来，带还王益吾宗师著《中山疆域图说》一本。

初六日己亥(4月9日) 晨雨，午霁。庚香来谈天。黄昏，封观风卷，申解学宪，生十四卷，童廿一卷。共三十五本。

初七日庚子(4月10日)　黎明雷雨即霁。先祖考少山府君忌。午后，子砚、庚香来。晚，中营王有圭招明日饮。

初八日辛丑(4月11日)　黎明雷雨，竟日雨不止。午刻，赴有圭之招，席散已晚。求忠书院道课：“食饐而餲”二节，“花鸟萦红池”。

初九日壬寅(4月12日)　昨夜雨达旦，午霁。娄县移查上年官生空缺。

初十日癸卯(4月13日)　孝贞显皇后忌辰，晴。日前与庚香、子研约天晴出西门，在九和书坊等我，午后到彼，两君未至，俟良久，往岳庙西元泰衣庄买夹袍一件，八两五钱，令店伙送回。途遇两君，即至大文书坊。庚香他往，俟其来，同至怡园。晚，进城，到泰来小酌，主人则子砚也。回，见芝弟初四日信，附儒卿信诗。又阅府札，十五日小课，限五日交卷。

十一日甲辰(4月14日)　孝贤纯皇后忌辰，晴。昨在恒润衣庄看宁绸单套，今日字去取来，身材恰称，买之，七两。复芝弟书，录寄去冬与漱芳唱和七古，书来索观。并附覆老稼书。

十二日乙巳(4月15日)　晴。李伯棠同沈伯初钱塘人。来。接似泉甥媳信。

十三日丙午(4月16日)　晴。太尊太太生日，晨，上府拜寿。接汉峰五侄本月朔日书，附拟致粤抚倪豹村同年书，措词尚妥，唯“驽骀”二字倒用，“驽”字又误作仸，但已寄交鲁眉四侄，不及改正，难免贻笑耳。晚，接选青信、邑中新进案。知外孙纯保颈痰已溃，不免淹缠。附吉人信，知其所以迟复，因交春后其孙辈患时痧，渠又患痔疮。有七律一首、《虞美人》词一阕属和。

十四日丁未(4月17日)　阴。续解学宪观风卷，生八卷、童十四卷。共廿二本，附报附生奚葆芬治《说文》。接学宪札发告示一道：“制艺一道，以清真雅正为宗，总宜自出匠心，芟除俗调。本院陆续阅定各属观风试卷，佳构如林，而因仍滥套、袭用浮词者，亦复所在多有,兹特略举数联,如‘十六字之心传,五百年之道统’‘挽狂澜于既倒,作砥柱于中流’‘五百年名世挺生,数十载读书谈道’‘读圣贤书,所学何事;生古人后,自命何如’‘惜也,天不生我于黄农虞夏之朝;幸也,天竟生我于汤文周孔之后’‘尊闻行知,无非左右六经之训;远宗近守,不越唐虞三代之书’。如此之类,千手雷同,虽有佳篇,顿成疮痏。当由乡曲之中,见闻不广,人已弃同臭腐,彼方视为清新,循习钞传,莫知所极。为此剀切晓谕,如生童正场文字仍有袭用以上浮词滥套之类,虽有佳卷,断不录取。至截搭题,纯讲钩贯,既觇积轴,亦见灵心。本院近试苏属,见正场提覆诸卷不合截搭作法者颇多,盖因平日经书全束高阁,翻阅钞袭,视为故事。及至扃试,侥幸之计已穷,但图敷衍了事,积弊至此,良用慨然。除此次正场提覆仍严行搜检,片纸只字不许夹带外,一并详谕各属文童知悉,务当及时加意用功,熟复经书,讲求作法,毋得率尔操觚,自误功名,徒贻后悔也。”

寄复选青信,似泉甥媳处托其代送,俟三儿回家算还。庚香有字来。夜雨。

十五日戊申(4月18日) 晴。文庙行香,顺访子砚、庚香,带交庚香所需之物。府小课题:“路长君尚德缓刑书赋以‘永思至德以承天心’为韵”,“具曲植籧筐作经文”,“周礼军赋考”,“建类一首同意相受说”,“魏郑公论”,“蕉心、苔发、柳眼、花须俱倚《摸鱼儿》调”。午后,张椒岩来递禀,属详学宪重游泮水。子砚来,偕三儿同至泰来。字招庚香,亦至,散已更余。

十六日己酉(4月19日) 晴。午后庚香来,了土木之事。

十七日庚戌(4月20日) 谷雨,晴。午后,访子研,剧谈至晚,同访庚香。

十八日辛亥(4月21日) 晴。倪涤源来,其外祖张椒岩重游之禀未开明年岁,令其重缮。求忠掌教题目未到,今日不课。

十九日壬子(4月22日) 晴。晨,庚香来,约晚间中州馆小饮。午后伻来,云仍在泰来。晚,同三儿到彼,子砚、庚香已在。散,更余矣。发娄县移查上年官生空缺、金山移查廪生空缺覆文。接粤抚倪豹村覆书。

二十日癸丑(4月23日) 晴。晨,上府,不见。

二十一日甲寅(4月24日) 晨大雨。午后,与子砚、庾香同舟赴青浦。夜泊钟贾山,剪烛畅谈,乐甚。儿、媳同两孙于是夜上船,明早开行回里。留孙女在艾家桥寓,缘四月初七日孙女同归大外孙联姻,须早为料理一切。

二十二日乙卯(4月25日) 晴。晨,抵青浦,到学署,晤陈、祁两君。子愚留午饭,同席琴山、米孙、子砚、庾香。饭罢,子愚招游城隍庙。园址极大,惜已废,在新葺船式一间茗饮。小唐亦至,闻学宪船将到,茶罢而散,不及赴浩泉夜饮之招,即移船城外。金山学叶心田其蓁,长洲县岁贡,年二十九,与仲展侄同。船方至,俟夜饭后才抵马头,各上手板,云已睡,明日贡院见。回舟剧谈,至二鼓始寝,三更余即开行。

二十三日丙辰(4月26日) 案临,晴。晨,抵松。午后,学宪进贡院,偕诸同寅进谒,仍回艾家桥。夜饭后,到文昌阁。

二十四日丁巳(4月27日) 行香放告,晨雨。黎明,诣府学,子砚、庾香已在,各同寅相继至,太尊、两县皆至。俟学宪行香、讲书毕,回贡院,俟放告毕,仍回艾家桥。晚,到阁,子砚亦于是晚搬来。

二十五日戊午(4月28日) 生经古,晴。未明到贡院,俟至近辰才开门,点名毕即出,留青浦学两人。试题:"张汤之先与留侯同祖赋以'冯商所称班固述赞'为韵","烟萝一径入僧寮";经解"包蒙吉解","我旧云刻子解","贻我来牟解","君氏解","稷日明粢解";史学"魏相论","《后汉书》不立更始纪说","书《史通》后";性理"观天地生物气象论";孝经"资于事父以事君论"。举优行:候廪生沈祥凤、廪生尹熙栋、附生赵曾发。

二十六日己未(4月29日) 童经古,晴。卯刻,到贡院,与昨同时开门。点毕出,留上、南二学。内巡捕沈俊卿交屏条八幅,索三儿书，即作书寄常，属其写就，来松带来。封作梅交到辑注《水经》“瀍水、涧水”，属呈学宪。昨发观风案：沈知敬正取四名、颜镛十一名、封作梅次取三、张士希十八、侯镇藩二十。晚，尹子铭来，发生经古案次取二名：尹熙栋、封作梅。童经古题：经解“兔罝解”，“崇鼎贯鼎解”；古学“晁错号智囊赋以‘太子家令号曰智囊’为韵”，“小草无名亦自春”；性理“求放心论”。夜饭后，同子砚访小唐。

二十七日庚申(4月30日) 府、华、奉、娄生正场。丑刻，到贡院。大雨，同心田留场。四学题：府“子曰于止至乌乎”；华“君子遵道而行”一节；奉“道听而途说”二句；娄“行辟人可也”；经“鹦鹉能言”；诗“横风吹雨入楼斜”。出场将夕。

二十八日辛酉(5月1日) 金、上、南、青生正场，晴。丑刻，到贡院。封门，天已明，留子砚、庾香。午后，思泉、小唐来。四学题：奉“故君子之道”二句，金“予欲无言”，上“小人乐其乐而利其利”，南“强为善而已矣”；经“礼闻来学”二句；诗“月明船笛参差起”。

二十九日壬戌(5月2日) 覆生经古，补岁考，晴。辰刻，到贡院，堂上点名毕即出。午后，同子砚访米孙、子愚、浩泉、琴山，皆晤。发上四学一等案，娄学十六名：尹熙栋、沈祥凤、倪宇梁、张宗祥、黄吉士、封作梅、陈祥贵、倪宇清、黄应逵、朱云骏、蔡福昌、韩奇、沈庆安、李镕江、赵曾发、陆元达。覆经古题：经解题不录；“司空图隐居中条山赋以‘先人别墅在王官谷’为韵”，“身当恩遇常轻敌五八”。李伯棠交到三儿信，述知咏楼甥媳病故。

三十日癸亥(5月3日) 奉、金、上童，晴。丑刻，到贡院。点上海童将毕，忽一童不服搜检，大闹，立即扶出。留场小唐、琴山。出来即睡，起将交巳。子韶送阅子铭字，即同子砚访子韶，途遇，招其到阁。午后，伯棠同吴仓石来，俊卿，牙帖委员，浙江人，其父某与予同年。昨自常熟来，曾在芝生弟家住几天。奉“岂得不见曾子曰协肩”，金“不能使人巧至饭糗”，上“是为欲富乎季孙”；次“流风”；诗“三月正当三十日春”。发下四学一等案。

四月初一日甲子(5月4日) 覆一等，考教，微雨。辰刻，到贡院，俟点一等生毕即出。考教题："孔子当仕有官职而以其官召之也"；经"君子不尽人之欢，不竭人之忠，以全交也"；诗"中书君岂不中书五八"。酒两席，送至文昌阁，诸同寅皆至。席散，回艾家桥。晚，到阁。覆试题：府"不义而富且贵"二句，华"天下国家可均也"二句，奉"事前定则不困"，娄"文胜质则史"，金"至诚而不动者未之有也，不诚，未有能动者也"，上"诸侯恶其害己也，而皆去其籍"，南"说之不以道，不说也"，青"君子之于道也，不成章不达"；"山向吾曹分外青"。夜饭时仪廷出场，到阁同吃饭，襄伯出场已回考寓，亦来。适大雨，在秋飞阁上剧谈，雨稍止而去，已二鼓余矣。将睡，接学宪札，俞一夔准补韩奇增缺。

初二日乙丑(5月5日) 立夏，提复奉、金、上童，晴。辰刻，到贡院，点毕即出。午后，鹿笙、襄伯、德仲来。襄伯在阁吃夜饭。提复题：奉"亦为不善变矣至五尺之童"，金"将五十里也至若药"，上"既入其苙至有布缕之征"均作讲钓；通场次题"大人者，言不必信，行不必果，惟义所在"作后二比；诗题"月因雾暗，星向楼低炼五律二句"。

初三日丙寅(5月6日) 南、青童，雨。丑刻，到贡院。心田、子愚留场，点毕出，天已明，略睡。题：南"君之于氓也至抱关"，青"乡党自好者不为至耳不听恶声"；次"子思不悦至再拜而不受"；诗"风来竹自啸五六"。发覆一等案。午后，访浩泉，不值。

初四日丁卯(5月7日) 奉、金、上童覆试，晴。辰刻，到贡院。良久，才点名。发还封作梅辑注《水经》，凡不合体裁处一一指出。庚香来，在阁午饭，偕子砚三人到各学寓订明日小酌。浩泉、子愚他出，未晤；小唐昼寝；米孙、琴山、心田三处皆晤谈。见庚香梅花扇头，去冬将之华亭学博任，其乡人梅江刘熙庭画此赠别，题两绝甚佳，录之：

"河梁饯别酒方酣，醉写梅花附客骖。漫说淮壖春色少，一枝转赠到江南。

"分根新自墨池中，移去须资化育功。五色仙泉勤灌溉，好随桃李被春风。”

覆试题:“此谓惟仁人为能爱人”;经“支子不祭,祭必告于宗子”;诗“湖上棠阴手自栽”。

初五日戊辰(5月8日) 提复南、青童,晴。辰刻,到贡院,点名毕即出。同子砚出西门,在永兴楼上俟庚香至。诸同寅相继至,惟米孙以小恙辞,菜尚可口。提复题:南“弗顾也系马”,青“缨冠而救之可也乡邻”后二比免作;诗“风来山木飞动,雨急溪水奔腾炼成五七律或五七古二句”。发出观风卷。

初六日己巳(5月9日) 华、娄童,晴。丑刻,到贡院。点名毕,天已明,子砚、小唐留场。吃点心,略睡。方起,浩老来。午后,回北门寓,避竟夕之喧。华“既醉以酒至犹水”,娄“必先苦其心志至困于心”;次“然则曾子何为食脍炙”;诗“沙洲夕鸟还”。晚,发家信。

初七日庚午(5月10日) 南、青童覆试,晴,大风。辰刻,由艾家桥到贡院,良久才出。点名毕,仍回文昌阁。午后,子砚返署,余倦而卧。醒后,受之云小唐到楼上访我,因睡而去,竟未之知,颇喜,睡味难得如此之酣。下五学招明日饮,席设净土桥武帝庙。晚,访浩老、子愚,将呈阅三儿篆字带回。覆题:“不信乎朋友矣”经。

初八日辛未(5月11日) 提覆华、娄童,晴。辰刻,到贡院,点名毕即出。巳刻,赴武帝庙诸同寅之招。华“力不赡也至自西”,娄“自北至恶湿”作讲钓;次“天吏也”作后比;诗“山壁蒸云,松涛和水炼七律两句”。武帝庙席散回,日将夕。发提覆案。夜,请廪生两席。娄提五十名,连拨府进廿七人。骆小亭又提而不进。

初九日壬申(5月12日) 华、娄童覆试,晴。辰刻,到贡院,点名毕即出。午,同愚溪、襄伯、孙问樵豫樟,娄拨府廪。吃饭,皆昨夜来。去后即睡,起已上灯。覆题:“此心之所以合于王者何也”;经“视于无形”二句;“将军欲以巧服人”。

初十日癸酉(5月13日) 七邑武童步箭,雨。本武童外场,因雨,先阅步箭。俟娄童射毕出,在外官厅吃午饭而回。戴静卿同附生陆修治，小农之子。来，因佃朱大冈武生历年租籽不还，具禀求提。

十一日甲戌（5月14日） 武童外场，华、奉、娄技勇，晴。卯刻，到教场，俟学宪到已辰正。娄童骑射毕，同子砚到其署中吃午饭。闻七县骑射毕，就要试技勇，饭后即到贡院。未正，学宪坐堂，仅看华、奉、娄三县武童技勇。出来，日将夕矣。

十二日乙亥（5月15日） 金、上、南、青童技勇，阴、晴半。晨，未到贡院。庾香来，午饭后同至各书坊。晚雨。鹿笙、丽生来。黄昏，发武童案。梓材来。

十三日丙子（5月16日） 武生正场，奖一等，晴。辰刻，武生正场，奖赏一等。夜，请廪生两席。接小香信。

十四日丁丑（5月17日） 总覆文童，武童覆试，雨。辰刻，总覆文童毕，武童覆试。晚，三儿来信，云大媳留三媳看会后来松，则到此尚需时日。附到达泉信、儒卿诗。

十五日戊寅（5月18日） 学宪起马，晴。辰刻，奖赏武生及新进文、武童生。毕，回文昌阁，庾香同到阁吃面。子砚、庾香先到祭江亭马头，余因俟轿夫后到。俟至未刻，学宪下船，上手板，不见而回。仍到阁吃饭，算还阁中柴钱及开销下人。心田来剧谈，俟轿夫搬回行李，即回艾家桥。至衡堂家道喜，其孙松泉中进士。十三日闻报，第十一名。常、昭脱科。

十六日己卯（5月19日） 晴。晨，致书愚溪，并番饼四十枚，属其散给道课前列三十名花红。寄三儿信。

十七日庚辰（5月20日） 孝端文皇后忌辰，黎明雷雨。接三儿信，并篆八幅。

十八日辛巳（5月21日） 小满，晴。晨，潘芳如处道喜，其女招赘。分托子砚公送。求忠书院补三月分陆莆生山长课：文题"则必为之求牧与刍矣"二句，诗题"解带写诚"。招侯颂廉来，面交黄纸，属慎卿书吊陈彦士夫人祭幛四大字及边款，浩泉、子研与余三人合送。伯棠来，有便船到常，带致三儿一字，属其媳妇等或乘之而来。伯棠送到芝弟信、吴仓硕书便面。

十九日壬午(5月22日) 晴。子研书来,借刘忠介公《人谱》。令长班慎卿处取幛字,交子砚。庚香持纨扇来索画,阅《冬心梅册》儒卿字诗,他甚爱儒卿字,即以数纸赠之。

二十日癸未(5月23日) 晨雨。太尊赴沪,不上府。送便面李伯棠处,属转求吴仲英书。午后,走访子研,偕访庚香。回已晚,知伯棠来。前日王有圭幼山交阅世兄时艺四篇、诗四首,今日阅竟送去。致书叶心田,附属开各项帐。

二十一日甲申(5月24日) 晴。前日接三儿信,云今明两日老庙出会,两孙跳跃之态可想。

二十二日乙酉(5月25日) 晴。长日无聊,答儒老《湖田歌》一首。

二十三日丙戌(5月26日) 晴。庚香送笋。浩泉书来,承临《石鼓》赠三儿,附庚香属书条幅。晚,仪庭来。

二十四日丁亥(5月27日) 晴。周桂见前日到常之船已回松,云持信到过我家,儿、媳等不乘其便而来,亦不托带覆信。

二十五日戊子(5月28日) 晴。子愚寄赠三儿《爨龙颜碑》。此碑数年前沈诚斋曾为予言觅之不得,今得藏之冷斋,亦一快事。碑尾跋:

"右爨使君碑,在陆凉东南二十里贞元堡,碑立于刘宋大明二年九月,距今已千三百余年矣。通篇仅十数字漫漶,余皆神采焕发,较之《南诏碑》独为完善。设移入中土,早经摹拓流传,顾以远在边陲,不独赵宋以来录碑诸家所未见,即王兰泉司寇在滇搜采金石,亦未之及。至阮芸台节相开府滇黔,访而得之,称为'云南第一古石'。历任湮埋,出之于□□□□□,可不谓厚幸欤?余承乏州牧,拓得数本,装潢成帙。旦晚复有粤西之行,遂携置囊笥中,倘亦陆绩郁林之遗意乎?时道光十二年岁次壬辰月建壬子癸酉朔,知州事闽黔邱均恩跋,因以题石。

“此碑文体书法皆汉晋正传，求之北地，亦不可多得，乃云南第一古石，其永宝护之。总督阮元。”

寄谢浩泉、子愚书。灯下偶阅子砚处借陶九成宗仪《辍耕录》，第九卷载“磨兜鞬”：“襄州谷城县城门外道傍石人缺剥，腹上有字云：‘磨兜鞬，慎勿言。’是亦金人之流也。距县四五十里，有石人二，相偶而立，腹上题刻，一云‘已及’，一云‘未匝’，不可得而详也。”

第三十卷“磨兜坚箴”：“昔李侍郎敦立，尝揭‘磨兜坚’三字于座隅。磨兜坚者，古之慎言也，其善于自防者哉！金华宋濂为著箴曰：‘磨兜坚，慎勿言。口为祸门，昔人之云，磨兜坚。人各有心，山高海深，磨兜坚。高不知极，深不知测，磨兜坚。言出诸口，祸随其后，磨兜坚。钟鼓之声，因叩而鸣，磨兜坚。不叩而鸣，必骇众听，磨兜坚。惟口之则，守之以默，是曰玄德，磨兜坚。磨兜坚，慎勿言。’”

忆幼时作《摩兜鞬赋》，此两条亦曾见过，今家藏《津逮秘书》毁于兵燹，故录之。

二十六日己丑(5月29日)　微雨竟日。

二十七日庚寅(5月30日)　晴、雨半。儿、媳、两孙不知何日回松，殊为盼望。接心田覆函。晚，伯棠来，带交吴仲英书便面，见我案头王艺斋先生“十不可奏折”，假钞一过。

二十八日辛卯(5月31日)　晴。晨，庚香来，留吃午饭。莆生来剧谈，庚香后莆生而去。书八言对十副。接三儿廿五日信，云初二、初三周神庙会，大媳留看会，须初四日开船回松。

二十九日壬辰(6月1日)　孝慎成皇后忌辰，晴。

五月初一日癸巳(6月2日)　晴。晨，文庙行香。访子研，南汇未回。又访庚香，云午后来招我。接似泉甥十八日凤阳来信。晚，庚香来，同至双凤茗饮。受之亦至，云松乔先生今午自苏回松。府小课，题：“墨突不得黔赋以题为韵”，“建国之神位右社稷而左宗庙作经文”，“以其围之防捎其薮说”，“肆献祼馈食礼考”，“书归震川《贞女论》后"，"和苏东坡《薄薄酒》"。夜饭后雨。

初二日甲午（6月3日） 雨。沈仪廷招初四日饮，其子和懋今岁游庠。复似泉书，附七古一章，托伯棠加封付递。汪松翁来招，即去。示子研南汇信。

初三日乙未（6月4日） 孝诚仁皇后忌辰，晴。晨，访吴仲英，往亭林，不晤。顺访伯棠，俟其起，谈久之。出，顺答姚清溪，回函覆汪松翁。

初四日丙申（6月5日） 晴。巳刻，赴仪庭之招，同席仇竹屏、陆莆生、王晋芬、陈仲英、侯慎卿、陈杏生、家铁松暨约斋、仪庭。席散，观约斋诗稿，赠蔡梅茵鹏飞《六半楼诗钞》一本，归已暮。

初五日丁酉（6月6日） 芒种，晴。辰刻，上府贺节。

初六日戊戌（6月7日） 晴。晨未起，儿、媳、两孙回松，询悉家中及亲戚家均安好。午后，将篆书八幅令三儿用图章寄江阴学院巡捕沈俊卿，前日写致芝弟信交原船回常带去。

初七日己亥（6月8日） 晴。午后，书归澄沚、吴稻芬、袁春圃、陈英和、丁叙孙便面。致慎生信，即将吴、袁、陈、丁四君便面附寄转交。

初八日庚子（6月9日） 晴。求忠华课："子张曰：何谓惠而不费至惠而不费乎"，"杨柳风和乳燕飞"。晚，庚香来，拉至双凤，三儿亦到。夜雨。

初九日辛丑（6月10日） 雨。作华亭节妇龚唐氏诗。接钱梧生初七日信，并拟解司饷稿。

初十日壬寅（6月11日） 晴。

十一日癸卯（6月12日） 晴。解义学春、夏两季脩。接张筱蓉信，催完漕米。午后，往府学，晤松乔丈，知子砚南汇尚未回，长谈而返。先将解饷空白诸件封寄梧生。

十二日甲辰（6月13日） 晴。晨起，知松泉昨二更时报主事，未得馆选，衡老心中未免美犹有憾也。午后，走访莆生，晤谈良久而回，知仪廷来。晚，庚香来。

十三日乙巳(6月14日) 晴。丑刻，至世英堂，诸同寅皆在。俟太尊到，祭毕，天已明。回略睡。午后雨，竟夜。

十四日丙午(6月15日) 雨。接府札："奉学院批：游学告假娄学文生许嘉瓒、沈廷福俱准宽限一个月，随棚赴补。如迟，定即照例除名，余如详分别注册。札到，该学即便遵照宪批，依限送补。"寄书沈漱芳丹阳，附节妇龚唐氏事略及素纸乞诗。竟夜雨。

十五日丁未(6月16日) 雨。晨，文庙、府委武庙行香，衣尽沾濡，有几处轿夫涉水而行。府发季山长课题。晚霁。

十六日戊申(6月17日) 晴。解司饷洋，由乾大丰汇寄。又接梧生信，前寄空白诸件收到，尚缺文书封一个，即用印，由局寄去。致书子愚，将三儿带来里中诸友求书画件寄去，附龚节妇事略及素纸征诗。晚，松乔丈来，知子研南汇尚未回。

十七日己酉(6月18日) 晴。接选青十三日书，知纯保颈痰溃后尚未收口，左手大指合谷穴又起一块，医云是流痰，本原不足所致。即寄复函，附近诗数首并端阳代节物洋。午后，访吴仲英。因三儿右乳有硬块，向其索雷允上六神丸。丸细甚，每服十丸，开水送下。

十八日庚戌(6月19日) 阴。求忠季山长课："洋洋乎发育万物"，"悬崖置屋牢"。吉斋来，交去冬求书之件。晚，接芝弟书，并儒老书庚香条幅、石雨滋画子愚扇。信云，念庭三侄俸满验看，请假回籍，月内可到；鲁眉四侄现署遂溪县湛川司巡检。夜饭后，庚香来。

十九日辛亥(6月20日) 晴。接府札，月之二十七日送学。

二十日壬子(6月21日) 夏至，晴。晨，上府，太尊面谕函致子砚，归即作书，交松乔丈转寄。午，补过端节。天气躁热不堪，晚雨，顿觉凉快。吴琴轩来。

二十一日癸丑(6月22日) 晨阵雨极大。午后，书景刘送新进沈蕴生对。晚，接府札，学宪查武生告游、告病。

二十二日甲寅(6月23日) 晴。李军门回籍，署军门滕嗣林接印,来辞行、拜客,差送、差道。咸丰癸丑、甲寅间曾临《颜鲁公家庙碑》,所藏软裱本道光廿四年玉峰试时,在范引泉铺中得。遭庚申兵燹。今三儿在仲展侄处借得带松,长日无聊,临数百字,犹是三十余年前故态。帖为仲兄藏本,伯、仲两兄皆有图记,偶一展阅,幸故物之犹存,而当日同在睫巢披玩此帖者墓木皆拱,曷禁物在人亡之感,作五古一首。

二十三日乙卯(6月24日) 孝恭仁皇后忌辰,雨。莆生招饮,因雨辞之。令周桂乾大丰庄取梧生收到银洋信,知补寄文书封尚未收到。

二十四日丙辰(6月25日) 雨。晚,接芝弟十九日书,并幼谷画小唐扇。信云,近见《申报》,周小棠银台因病开缺。小棠少余九岁,忆甲寅、乙卯间在常邑侯黄印山署中司记室,过从颇密。莲客相其必中两榜,官阶必显,惟寿能过五旬已为幸事。今年仅五十二,益信莲客相人之奇中也。

二十五日丁巳(6月26日) 阴。吴仲英、子铭来。午后,子砚、庾香、襄伯来。仪廷处送芹酒、十斤。五灯。一百。

二十六日戊午(6月27日) 雨。戴静卿来。倪涤源来。子砚约余过彼,因雨不果。

二十七日己未(6月28日) 雨。府发新进文、武童生红案,催造格眼清册。新进送学,竟日大雨不止。余午饭后到庾香处剧谈,留吃面。傍晚到学,两县率新生至,谒圣,明伦堂行礼。毕,归已暮矣。灯下令三儿代写致汉峰书,因吴仲英要购完白山人篆书,属其寄来。

二十八日庚申(6月29日) 晴、雨半。致书小唐,寄幼谷画扇,附吴仓硕书扇面,托其代求奉贤庄姓画蟹。堂课,题:“发而皆中节”,“同学少年多不贱”。到者仅武生三人。夜又雨。

二十九日辛酉(6月30日) 雨。子研书来,今日又到南汇。

三十日壬戌(7月1日) 晴。

六月初一日癸亥(7月2日) 晴、阴半。晨,文庙行香,顺访庾香。

初二日甲子(7月3日)　阴。为何世兄阶天可及书纨扇。子愚寄到常熟诸亲友求书画各件、我求画条幅四，即将各件寄常，并我书归澄沚扇、述甫小幅一并寄去。午后，庾香来，偕三儿同出西门，在章一大买清水砸笺单条四、对一，回已薄暮矣。

初三日乙丑(7月4日)　微雨即晴。致书仪廷，带回约斋龚节妇诗。晚，昆山徐锐君来。

初四日丙寅(7月5日)　晴热，闻蝉。森孙患寒热，得汗不解，请星榆诊视，云湿热所致，无妨也。午后，黄丽生来。晚雷雨。

初五日丁卯(7月6日)　晴。晨，上府。午后，寄书静卿泗泾。晚，伯棠、襄伯来。

初六日戊辰(7月7日)　小暑，晴。

初七日己巳(7月8日)　晴，热甚。接漱芳丹阳书并和赠别七古，又近作数首。

初八日庚午(7月9日)　晴，热甚。午后洗澡。寄达泉信、吉人信，附龚节妇诗予、约斋、友嵩、庾香。交俞金门。

初九日辛未(7月10日)　晴。晨，接选青初五日信，云纯保患痰稍愈。附吉人书，索旧撰联句。午后，寄儒卿书，赠康基田条幅、张文敏书扇拓本，附汪景叔对纸求书。寄芝弟书，赠吕祖像、张文敏画扇、董文敏诗拓本。寄子愚谢函，附三儿寄浩泉书中。致慎生信，附芝弟信中转交。

初十日壬申(7月11日)　晴。寄书吉人，附旧挽联句并五律一首。接漱芳丹阳书。黄昏，太尊字来，云恩太尊十七接印，属招子砚回松。

十一日癸酉(7月12日)　晴。伯棠来，留午饭。将府来原信交松乔丈。

十二日甲戌(7月13日)　晴。庾香来，留午饭。听其述淮上有数寺可以避暑，一曰千佛寺，一路六七里皆种荷花，舟从花中行，花尽而寺见，令僧备素肴，二三知己作竟日谈，暮从荷花香里纳凉而返。

松江无一清旷处可以逭暑者，闻之令人神往。又述有一种洋河瓜，其大如瓮，瓤子皆白，味极甘美。大瓜八枚为一担，不用称，实不止百斤，其值不过二百多文，价廉而物美，安得左慈致蜀姜之术，一慰馋羡也。洋河，桃源县乡镇名。

十三日乙亥(7月14日) 晴。令竹匠搭凉棚。

十四日丙子(7月15日) 晴。子砚来。接解饷批详。

十五日丁丑(7月16日) 晴。晨，文庙、文昌宫行香。访子砚，留午饭。赵米生亦至。饭后，米生回，余剧谈。吃过晚点，米生招子砚，因公同上府。予访庾香，又吃杜下面。在澹成轩庭中乘凉，闲话良久，欲返而子砚至，又谈许久而回(阅念庭、汉峰信，知念庭已到家，须七月中回粤时到松)。黄昏时庾香使来，说恩本府舟已到，泊南门，即唤轿夫出南门。子砚、庾香已回，不见，留手版而返。

十六日戊寅(7月17日) 晴。黎明起，欲再到船头，过华学访庾香，亦已起，询知昨夜子研到得早，谒见，庾香后至已不见矣。彼长班云，五点钟要起岸，不到船头，径至贡院。守至过午不到，回寓吃饭，又往，太尊在姚太尊署中燕饮良久。进贡院，见两县，余皆明日接印后见矣。际此炎天，整冠束带，自卯至未，较昨日在澹成轩树下纳凉，大有仙凡之别。

十七日己卯(7月18日) 晴。寅时，太尊接印。丑正，到府署，俟接印礼毕，谒见，递履历。回，残月在天。啜粥两瓯，略睡，吃早饭。到外馆驿马头，诸同寅皆到，而姚太尊坐船在芦席汇，潮落不能开，待至晚，知不走此间，遂散。过芦席汇，见太尊待潮泊此，遂上手版，不见而回。

十八日庚辰(7月19日) 初伏，晴。将邓六种篆书送仲英处。接解饷批禀。五月廿八堂期解。

十九日辛巳(7月20日) 晴。沈孺人忌，乙丑迄今已二十二年，地下人念我否？接儒卿接到墨拓条扇覆书，附汪景叔对，告知其孙完姻，择吉明年正月廿七日。祁浩翁有事来松，过我。

二十日壬午(7月21日)　晴。晨，到贡院，子砚左足趾患疔，不到。余同庚香见，浩泉亦在，已见过，即要回青。晚，接芝弟接到墨拓各种信，寄到邓篆《弟子职》《忠宣诗》两种。

二十一日癸未(7月22日)　晴。寄复漱芳书。接祥孙信。

二十二日甲申(7月23日)　大暑，晴。寅刻，太尊文庙行香。丑正，到府学，仲英、子研、庚香已在。俟筱蓉到，去请太尊行香、讲书，毕，归已天明。连日酷暑，望起凉阵不得。

二十三日乙酉(7月24日)　晴。复祥孙信，附致慎生字条。陈杏生交到龚节妇诗。

二十四日丙戌(7月25日)　晴。黄昏，接浩老覆三儿书，并寄还呈阅近写篆字、陈吉斋求书各件。

二十五日丁亥(7月26日)　晴。晚，至府署。俟至酉刻，太尊进衙门，各上手版而回。子砚足患疔，不到。仲英买完白翁篆《弟子职》《阴符经》两种，交到洋三元，即将原信来洋寄汉峰侄。

二十六日戊子(7月27日)　万寿，晴。丑正二刻，到世英堂拜牌。回，天已明，未睡。太阳未出，人皆鼾睡，静坐北窗，颇觉凉快。过此片刻，又见火伞当空矣。

二十七日己丑(7月28日)　晴。骄阳逼人，终无雨意。附生仇恩福五月二十六日丑时病故，竹屏片来报。曾祖妣瞿太孺人忌。

二十八日庚寅(7月29日)　中伏，晴。书铁松纨扇，录七古一首。代三儿写蓉人款纨扇小楷一角、潘芳如婿子赡纨扇小楷全面。

二十九日辛卯(7月30日)　晴。

七月初一日壬辰(7月31日)　晴。晨，文庙行香。顺访子砚，留吃午饭。火伞当空，不能走，以“望雨”为题，联句二十韵。吃过西瓜、晚点，同访庚香，在澹成轩树下乘凉。庚香见联句诗，留稿许和，薄暮回。黄昏电而不雨，酷热难忍。

初二日癸巳(8月1日)　晨微雨即止，骄阳如昨，至晚大雨倾盆，檐溜如瀑。六月初四阵雨后盼望至今，禾苗将槁，今甘霖渥沛，想见农夫抃野矣。书庚香令郎送人纨扇，泥金楷书，又写单款便面。吊竹屏长子幼竹香烛一副。

初三日甲午(8月2日) 晴。令三儿致书襄伯。

初四日乙未(8月3日) 晴。寄戴静卿信。庚香交到和联句韵诗。接选青二十七日信，云佩女近患牙痈，已出脓，将愈。寄到虾干、月饼。女要吃水蜜桃，属寄。

初五日丙申(8月4日) 晴，午后雨。

初六日丁酉(8月5日) 晴，晚雨。寄信选青，水蜜桃一百只，仲展、祥保、二保，属其分致，各十枚。虽拣极生者，恐到已烂熟不堪，且舟人必效东方之术，可恨。附寄吉人书，陈、姚两君龚节妇诗。

初七日戊戌(8月6日) 晴。

初八日己亥(8月7日) 晴。求忠奉课:“君子不以言至行之者乎”，“疏帘巧入坐人衣”。

初九日庚子(8月8日) 孝静成皇后忌辰，末伏，立秋，子正一刻三分。晴。

初十日辛丑(8月9日) 孝懿仁皇后忌辰，晴。晨，上府，不见而还。襄伯来，留吃夜饭。

十一日壬寅(8月10日) 晴。晚，伯棠来，留吃夜饭。

十二日癸卯(8月11日) 晴。日长无事，将历年同人倡和诗裒集一处，钞录成帙，今日写毕。

十三日甲辰(8月12日) 晴。夜，北窗乘凉。与三儿作“食瓜”联句二十韵。

十四日乙巳(8月13日) 晴。中元节祭先。将昨联句诗送子砚、庚香。三儿复浩泉信，送邓篆四种并求书条幅。今日竟日夜大风，凉甚。

十五日丙午(8月14日) 晴，大风。晨，文庙行香。访子砚，继访庚香，留吃午饭。又同访子砚，吃西瓜、点心。回已暮，带庚香和联句韵诗及《落花诗》三十首并诸作以归。

十六日丁未(8月15日) 晴,风仍未止。

十七日戊申(8月16日) 文宗显皇帝忌辰,晴,仍大风,时洒雨,大有秋意矣。芝生弟去秋寄到乌丝栏素纸十二页,属录旧作,今日勉强书就,诗、字两无足观,不识老弟要此何用。

十八日己酉(8月17日) 竟日风雨。求忠季山长课:"仲弓曰:居敬而行简"一节,"山虚风落石"。

十九日庚戌(8月18日) 昨竟夜雨,至晨尚未止,过午乃霁。

二十日辛亥(8月19日) 晴。晨,上府,不见客,半途得信而返。

二十一日壬子(8月20日) 晴。接芝生弟书,谈曹履之盐引事。

二十二日癸丑(8月21日) 晴。晚,访子砚,同访庾香。

二十三日甲寅(8月22日) 晴。先祖妣汪太恭人忌。晨,子砚来,留吃午饭。傍晚,同答汪凤修鸣锵,他出,不晤。又同访吴虎生经昌、倪吉青士玮,皆晤。

二十四日乙卯(8月23日) 处暑,晴。先祖妣沈太恭人忌。寄复芝弟书。景刘作约课,诗题:"廉颇一饭斗米肉十斤"。题本难作,半日无一句,代其完卷云:"斗米还须肉,将军腹自皤。十斤供餍饫,一饭尽消磨。纵比筲容少,休辞鼎馈多。饱餐同酒尽,大嚼快门过。食具兼人量,威扬壮士戈。莫言遗矢屡,老健想廉颇。"约课仅六韵,续成八韵,"过"韵下云:"却笑饥闻朔,无妨累似何。炊难升合灭,称不重轻讹。"韵甚难押。

二十五日丙辰(8月24日) 仁宗睿皇帝忌辰,晴。欲到耿处道喜,因忌辰而止。奉贤寄到书院卷榜。晚,倪涤源来。寄浩泉信并洋一元。

二十六日丁巳(8月25日) 晴。晨,思泉处道喜,晤谈良久而返。娄捕姚干人森荦调署吴江,回任来拜。晚,接漱芳二十日驿递书，并《夏日书怀》七古、龚节妇诗，附闻孙容节妇诗。夜大雷雨。

二十七日戊午（8月26日） 晴。先姊瑞臻女史忌。寄静卿信。午后，子砚、庾香来，吃过西瓜，拟同出西门，而子砚处有人来招，其即返，余仅与庾香同行。到大文堂装订诗一本，三层楼茗饮，阜成买鼻烟，归已夜饭时矣。阅三儿龚节妇诗一首，颇好。

二十八日己未（8月27日） 晴。

二十九日庚申（8月28日） 晴。

八月初一日辛酉（8月29日） 晴。晨，文庙行香。访子砚。

初二日壬戌（8月30日） 晴。晨将起，念庭三侄挈眷由沪赴粤，纡道云间看我。一别二十年，苍颜宣发，若途遇，竟不知何许人。侄媳因腰脚痛，不起岸，侄孙女四人皆来寓中。长玉保十三岁，次宁保九岁，三双保、四榴保孪生四岁。记丙寅春赴粤，年仅二十二，宦海飘蓬，光阴转烛，年已四十二矣。留宿冷斋，听其谈雷州风土，娓娓忘倦，睡已三鼓。

初三日癸亥（8月31日） 午后雨。夜饭后，送三侄下船，俟四更潮来放棹。别已廿年，聚惟两夕，余年已老，后会茫茫，诵"别时容易见时难"句，为之怅怅。

初四日甲子（9月1日） 晓雨。辰刻，祭昭忠祠，顺访庾香。致书慎生，属其送少溪再侄吊分。昨念庭云，凡目上生疖，须用蛇皮醋中浸湿，贴之则脓自清而无瘢疤，系粤东人所传。

初五日乙丑（9月2日） 晴。午后，庾香来。

初六日丙寅（9月3日） 晴。寄选青信，附吉人信，漱芳、闻孙容、三儿龚节妇诗。晚，文庙省牲，顺访子砚。

初七日丁卯（9月4日） 晴。丑初，诣文庙，祭崇圣祠，即祭正殿。娄县张小蓉他出，予正献。祭毕，即到府学，俟太尊、军门到即行礼，黎明回。

初八日戊辰（9月5日） 雨。午后，祭城内外各祠。金山课："万章问曰：人有言伊尹以割烹"三章，"圣为天口"。

初九日己巳(9月6日)　太宗文皇帝忌辰，雨。晨，弥甥沈荫鹤自家来，欲往天津应殷芝阶教读之聘，下榻小楼。

初十日庚午(9月7日)　晴。祭文帝，未去。午后，子研来，留夜饭去。

十一日辛未(9月8日)　太祖高皇帝忌辰，白露，晴。

十二日壬申(9月9日)　晴。晨，往横山，祭张少宰祠。纯嘏欲游横山，同去。余足力不支，未登山，纯嘏亦不能造其巅。回已暮，知庾香过访。

十三日癸酉(9月10日)　晴。午后，世英堂省牲。顺访子砚，同访庾香。

十四日甲戌(9月11日)　晴。丑刻，世英堂祭武帝，黎明回。午后，子研来，同访筱蓉，有事不晤。访思泉，不值，同到于□□家。

十五日乙亥(9月12日)　晴。上府贺节，文庙行香。回，接选青十一日书，知初六日信、洋已收到；佩女患牙龈出脓，曾到董浜就徐小章医；纯保之瘯尚未收口。附到李吉人书诗、俞金门书。昨黄昏接似泉初三日凤阳书。

十六日丙子(9月13日)　晴。金山学叶心田来。接小塘信、庄仁泳画蟹扇。

十七日丁丑(9月14日)　阴。答拜发审委员宋枬。覆漱芳书，附吉人求闻孙容题其从嫂节烈，由驿递。

十八日戊寅(9月15日)　雨。陆山长课:“泄柳申详至其身”，“呼吸湖光饮山绿”。

十九日己卯(9月16日)　晴。晨，子砚书来，约勿他出，午后欲偕庾香过访。俟两君来，与三儿同出西门，松乔丈偕西席陈叔铭先在三三径。晤后，松乔丈邀至永兴馆。散已二鼓余，三儿已酩酊矣。

二十日庚辰(9月17日)　晴。昨席间庾香约今日不上府，晨未起，子砚仍自府署回(不见)，来询三儿昨状，昨宵席间之约已忘之矣，亦微醺也。答周小唐书，托叶小舟寄。又寄宣琴山世兄芹分，与庾香合一元。

二十一日辛巳(9月18日) 晴。子砚处交阅漱芳书，知又抱黄门之痛，已五断琴弦矣。

二十二日壬午(9月19日) 晴。

二十三日癸未(9月20日) 世宗宪皇帝忌辰，晴。晨，子砚来，同往县署。太尊招明日饮。

二十四日甲申(9月21日) 晴。晨，庾香来。申刻，到府署。席散，归。荫鹤已趁航船去，托带致慎生、大媳信，和吉人韵七律四首。

二十五日乙酉(9月22日) 晴。午后，访子研，带洋一元，托其寄丹阳吊漱芳夫人。

二十六日丙戌(9月23日) 秋分，晴。寄书金小芗，送素纸两页及节略求陈杏生题诗。一李吉人从嫂，一屈康侯夫妇。作康侯夫妇诗七古一首。

二十七日丁亥(9月24日) 晴。至圣先师孔子诞，同庾香行释菜礼。接漱芳十八日书，讣两分，属致纯嘏、姚干人。

二十八日戊子(9月25日) 晴。代庾香写对一副。接芝弟廿四日驿递书，招余回家吃伯亨侄完姻喜酒。

二十九日己丑(9月26日) 晴。由驿递覆芝弟信。

三十日庚寅(9月27日) 晴。由驿递复漱芳信。信上书廿九日。备文上海县，请九月初八日书院题。接浩泉信。

九月初一日辛卯(9月28日) 晴。晨，文庙行香。顺访子研，患疟未痊。又访庾香。寄复浩泉信。

初二日壬辰(9月29日) 晴。写康侯夫妇殉节诗一首，作小楷。赵米生来，未晤。

初三日癸巳(9月30日) 晴。晨，署柘林厅张路青亦贤来拜。午后，走答米生。船头又答姚干人、陈小崖、章子黎，与章同寓蔡莱仙亦晤。

初四日甲午(10月1日)　晴。晨,庾香来,留其谈天、吃午饭。家松泉出京来拜,送朱卷。送吉轩吉人寄题节烈两纸,交莱仙,求其题句。留许久,仍未做,交还。

初五日乙未(10月2日)　阴。晨,答拜张路青、家松泉。午后,仪廷来,俟其去,访子砚,疟已止,长谈而返,已薄暮矣。

初六日丙申(10月3日)　晴。

初七日丁酉(10月4日)　晴。阅仲展致三儿书,知庞希蔓于八月廿五日谢世。沈荫鹤欲荐其弟诵棠到松教读,无下榻处,只好辞之。

初八日戊戌(10月5日)　晴。约斋、仲宣来,约斋约我十一日到彼,是日先妣沈太恭人忌,辞之,改于十二日;面求题屈康侯夫妇殉节诗。寄复仲展信。子固明日到常熟,托带复选青信。上海课:“见善至下节吾闻其语矣”,“菊花天气近新霜”。

重九日己亥(10月6日)　松泉来。龚鳌峰署镇江府教授,来辞行。

初十日庚子(10月7日)　晴。出东门,送鳌峰行。子砚、庾香来,留午饭。

十一日辛丑(10月8日)　寒露,晴。先妣沈太恭人忌。

十二日壬寅(10月9日)　晴。晨,约斋令其郎君子刚持信来招余,即去,竹屏太史亦至。午饭后,同游龙潭一带,秋色如画,洵可乐也。归已暮。约斋赠《夏节愍全集》二本、浩泉书沈诚斋墓碣、诚斋书黄少卿太夫人墓志。

十三日癸卯(10月10日)　晴。晨,接选青初十日书,谈花事,附吉人接荫鹤带回和诗、回信。颜友笙来。晚,约斋来,赠昨游龙潭诗四首,写小横幅,可装池悬斋壁也。

十四日甲辰(10月11日)　晴,大风。午后,访庾香,尚未饭。走访子砚,庾香亦至,谈天。吃过点心,同至世英堂游玩。微雨。子砚留吃夜饭,同庾香仍至其署。夜饭后,乘小轿回。

十五日乙巳(10月12日) 晴。晨,文庙行香。晚,西门外失慎,延烧四五十家,至黄昏尚未息,得雨乃止。

十六日丙午(10月13日) 晴。晨,庾香同子砚来,即同子砚到仲英处为庾香谈事。庾香先回,余与子砚走覆之,留吃午饭。余饮五茄皮酒少许,竟醉几吐,卧竹榻上,良久始解。同出西门,看火烧场,回已暮。接慎生、仲展两侄信并希夔节略,属作挽诗。

十七日丁未(10月14日) 晴。午后,到祭江亭马头接制军。未到,子砚、庾香皆未来,到者仅余与署水利厅王裕斋祖培。薄暮,进城,途遇陈彦士往马头,见予而返。余到宋家巷答拜王裕斋,昨接印来拜也。

十八日戊申(10月15日) 晴。闻制军四点钟到,明日起岸,未出去,托子砚同上手板。作希夔挽诗,即令三儿封寄仲展,由覆选青信中去。季山长课:“人道敏政”一节,“程表朱里得融字”。

十九日己酉(10月16日) 晴。制军大阅。

二十日庚戌(10月17日) 微雨。纯嘏自常回,带到选青信并各种食物,装洋铁箱内,并放埂灰在底,小女为老人计周且至也。信云,女所患者是牙漏,须服补剂;吉贝已买。

二十一日辛亥(10月18日) 晨雨即霁。

二十二日壬子(10月19日) 雷雨。午后,接金小芗二十日书,云七月中回苏,拟出月初先行赴西省禀到,明正回苏,再图久计。

二十三日癸丑(10月20日) 雨。

二十四日甲寅(10月21日) 晴。寄戴静卿信。致崔逊甫、陆玉书、唐伯景、黄丽生信。

二十五日乙卯(10月22日) 三儿不回家扫墓,致书大媳、仲展。

二十六日丙辰(10月23日) 霜降,晴。午后,子砚来。

二十七日丁巳(10月24日) 孝慈高皇后忌辰,雨。偶阅诸生交府小课卷,诗中失调甚多,“甘”“调”“鼎”“狸”误仄,“席”“威”“嗣”

“荩”皆误平，“丕”误仄，此等字音尚读不准，他无论矣。黄啸远应逵补廪来见，即日申详学宪。

二十八日戊午（10 月 25 日）　晴。

二十九日己未（10 月 26 日）　孝敬宪皇后忌辰，晴，夜雷电雨交作。

十月初一日庚申（10 月 27 日）　阴。晨，文庙行香，顺访子砚，带还《申报》。夜雨。

初二日辛酉（10 月 28 日）　雨。过节祭先。寄覆选青信，附寄吉人件。致稚莲书中附复似泉信，荫鹤致似泉、叔庚信，属其加封寄皖。

初三日壬戌（10 月 29 日）　晴。晨，往华亭县，贺杨超亭回任接印喜。出西门，芦席汇送吴仲英行。书闻星槎属德星款对。

初四日癸亥（10 月 30 日）　晴。超亭来拜。致书汪晓梅。晚，庾香来。

初五日甲子（10 月 31 日）　晴。晨，同景刘、卫泉、三儿泰来吃羊面。

初六日乙丑（11 月 1 日）　晴。闻尹子铭病故。此君余未到云间已在书局相识，与余同庚。先曾祖妣曹太孺人忌。

初七日丙寅（11 月 2 日）　晴。午后，子砚来。

初八日丁卯（11 月 3 日）　晴。宣琴山送世兄君美增秀试草、报单、请帖来。书张文巢、唐小村纨扇。

初九日戊辰（11 月 4 日）　晴。

初十日己巳（11 月 5 日）　太后万寿，晴。丑初，赴世英堂拜牌，回已天明。

十一日庚午（11 月 6 日）　晴。

十二日辛未（11 月 7 日）　立冬，晴。南汇寄到课题：“子曰：孟公绰”一章，“海上潮头一线来”。“潮”，“涛”之误。

十三日壬申(11月8日) 晴。接仲侄信,知西、北两山已祭扫。

十四日癸酉(11月9日) 微雨。

十五日甲戌(11月10日) 晨微雨。文庙行香。访子砚。

十六日乙亥(11月11日) 晴,晚微雨。差吊章次柯,送香烛。

十七日丙子(11月12日) 晴。晨,吊前营赵虎臣。

十八日丁丑(11月13日) 晴。晨,同三儿、森孙泰来吃面,遇宋守初,归途遇陈小崖。午后,访章子黎,看菊,兼看其作画。晚归,子砚、庚香来。寄书二媳,并洋布、燕屑,属其寄三保御冬衣服。

十九日戊寅(11月14日) 晴。午后,陆莆生来谈天。昨莆生秋忠课:"不忮不求至终身诵之","菜肥人愈瘦"。

二十日己卯(11月15日) 晴。晨,上府,未见。接选青十六日信,附二媳托述之言,吉人信、诗。详府新进七套册。

二十一日庚辰(11月16日) 晴。午后,同三儿访庚香,带《侍膳图》,属其代宰平录题语,并乞题诗。遂偕庚香访子砚,归已暮。阅芝弟十三日书,云蒋泾浜曾祖冢上獾穴更大,有石灰屑满地,并有腐木一片,若被其穿棺为穴,情何可忍!弟与侄辈筹商,殊无善策。秋华兄云,渠家祖茔亦有此患,用河泥灌穴数次乃止。仲展嫌其污秽,似亦有理。若令打生船纵猎犬捕捉,又恐有扰幽宫。函商及之,亦无计可展,奈何!

二十二日辛巳(11月17日) 晴。用吉人韵作七律二首。

二十三日壬午(11月18日) 晴。松乔丈自苏回,交到托买缎靴一双。二元三百五十。

二十四日癸未(11月19日) 晴。寄书达泉,洋二十枚,附复吉人信并诗二首。

二十五日甲申(11月20日) 晴。晚,庚香来,招廿七日上顿陪其友徐莱臣世彪,归安人,乙亥北榜。永兴馆小酌。

二十六日乙酉(11月21日) 晴。接漱芳丹阳信、江绸袍料一件、和《冷斋四咏》五律,并寄示悼亡诗。

二十七日丙戌(11 月 22 日) 小雪,晴。晨,庾香字来,云徐莱臣有事赴沪,小酌须其回再择日矣。午后,松乔丈桥梓来。晚,写复芝弟信,明日由驿递。

二十八日丁亥(11 月 23 日) 晴。

二十九日戊子(11 月 24 日) 晴。晨,吊王愚溪父,送分一元。接祥保信、菌油一瓶。

三十日己丑(11 月 25 日) 晴。

十一月初一日庚寅(11 月 26 日) 晴。晨,文庙行香。东门蓬莱桥吊尹子铭,分洋一元。衡堂娶孙媳,送五灯烛票、百支。酒票。十斤。

初二日辛卯(11 月 27 日) 晴。晨,衡堂家道喜。午后,子砚因其女病重来招,即去,宋医脉案云邪陷难治。庾香继至,回已上灯矣。晚间闻雷。

初三日壬辰(11 月 28 日) 晴。晨,令三儿到府学问子砚令嫒病,归云略有转机。接达泉覆信,寄洋已接到。

初四日癸巳(11 月 29 日) 晴。因风大,未到府学。字询子砚嫒病,复云病机渐顺,神识渐清。解义学秋、冬两季脩。移青浦县初八日求忠书院课。接潄芳书,并闻孙蓉题李节妇诗。

初五日甲午(11 月 30 日) 晴。晨,访子砚,问其嫒病,化险为夷,大喜。庾香亦在,留吃午饭,作竟日谈,回已暮。

初六日乙未(12 月 1 日) 开仓,晴。由驿递复潄芳信。

初七日丙申(12 月 2 日) 晴。汤子韶十九日娶媳,有帖来。

初八日丁酉(12 月 3 日) 晴。衡堂邀初十日饮。

初九日戊戌(12 月 4 日) 晴。章子黎来。王有圭来辞行。夜雨。

初十日己亥(12 月 5 日) 微雨。晨,往中营送有圭行。午前,庾香来,同至衡堂家,子研继至,席散已晚。

十一日庚子(12月6日)　晴。署中营杨文彪来拜。

十二日辛丑(12月7日)　大雪,晴。青浦寄到求忠题目。接选青初六日信,送松保留云之物。

十三日壬寅(12月8日)　圣祖仁皇帝忌辰,晴。先考朝议府君忌。

十四日癸卯(12月9日)　晴。晨,到府学。会齐三人,往提署吊丧,在彼吃饭,仍到府学。晚归,寄复选青信。

十五日甲辰(12月10日)　晴。午后,到俞天成配药。晚,到永兴,庚香已在,同席徐莱臣、汪瑜伯、陈叔铭、三儿。散已不早,余乘小轿回。子研因女病剧未到。莱臣,归安人,刑部主事,乙亥北榜举人。瑜伯,苏州人,壬午举人,尊人鲁严任山阳学,时从庚香游。

十六日乙巳(12月11日)　晴。详学宪、府宪廪生尹熙栋丁忧。

十七日丙午(12月12日)　晴。午后,到华学,同庚香问汪小姐病。行至署前桥堍,遇松乔丈与叔铭赴西门办物,云已于午时去世,殊堪惋惜。至署看子研,归,同庚香到罗神庙。十九日未时入木,子研约我去照应一切。

十八日丁未(12月13日)　晴。子韶娶媳,送分洋一元。娄捕姚干人妹招赘,三学合送分一元。襄伯来。陆山长求忠课题:“言未及之而言”四句,“纸窗竹屋深自暖”。

十九日戊申(12月14日)　晴。晨,往姚干人、汤子韶处道喜。到府学,俟未时大殓毕,同庚香、三儿游南禅寺,薄暮回。

二十日己酉(12月15日)　晴。猛将庙各佃还租,照额收兑租二元三角半。

二十一日庚戌(12月16日)　晴。巳时,次孙女生。午后,同景刘往日丰、慎润,顺至三三径。

二十二日辛亥(12月17日)　晴。晨,庚香来采菊叶,因其三世兄指上发肿,恐成疔,欲捣汁饮耳。他为子砚散闷,午后出西门茗饮,约余到三三径,未去。

二十三日壬子(12月18日) 晴。次孙女根保洗三。

二十四日癸丑(12月19日) 晴。

二十五日甲寅(12月20日) 晴。晚,庾香来。

二十六日乙卯(12月21日) 晴。寄书吉人,附孙蓉、约斋、杏生节烈题词,又附致选青信。夜,冬至节祭先。

二十七日丙辰(12月22日) 冬至。晴。丑刻,赴世英堂拜牌。毕已天明,上府衙门贺节。午后略睡。姚干人来,未晤,送《禹贡正诠》一本。

二十八日丁巳(12月23日) 晴。午前答干人,他出,不晤。午后访庾香,同访子研,薄暮回。

二十九日戊午(12月24日) 晴。晚,仪廷来,云要选书院文付石印。

十二月初一日己未(12月25日) 晴。天马山各佃交租,九九折收。

初二日庚申(12月26日) 晴。书办同周桂往枫泾收租。午后,接慎生二十八日书,知租事今年较好,现收见近九成之数,陈租皆可起拔,折价二千五百文。仪庭处来取历年书院卷去,共一百一本。

初三日辛酉(12月27日) 晴。

初四日壬戌(12月28日) 晴。

初五日癸亥(12月29日) 穆宗毅皇帝忌辰,晴。午后,同儿、孙出西门,慎顺买蒸糕糖等物。

初六日甲子(12月30日) 孝惠章皇后忌辰,晴。

初七日乙丑(12月31日) 晴。接祥孙信、虾糟、枣子。

初八日丙寅(1887年1月1日) 晴。接吉人初四日信,述知荫鹤于重九动身赴津门,殷芝阶现署南皮县。

初九日丁卯(1月2日) 晴。接选青初五日信,知佩女牙漏现不发,纯保之痰仍未愈;女近曾到城外,大媳、二孙女均安好。寄我酱鸡鸭四只、枣子二种。

初十日戊辰(1月3日)　晴。晨,上府,庾香不到。

十一日己巳(1月4日)　孝和睿皇后忌辰,雨。夜将睡,张筱蓉发到府学廪生孙豫樟。因非本学,仍由原差带回。

十二日庚午(1月5日)　孝德显皇后忌辰,小寒,雨。接县移封开印信日期。十二月二十日巳时封印,正月二十一日午时开印。

十三日辛未(1月6日)　晴。庾香、干人来,留庾香午饭,同出西门,归已上灯。

十四日壬申(1月7日)　晴。寄复选青信,并洋若干元。

十五日癸酉(1月8日)　晴。晨,文庙行香。访子砚,知小唐来松。回途遇小唐,午后过访,谈至晚,同到府学吃夜饭,庾香亦在座,归已更余。日间接芝弟信,知通河巷屈姓旧基上大兴土木,要开设戏馆。接漱芳信,又送江绸袍料。

十六日甲戌(1月9日)　雨。徐氏领裔米十五石,折洋三十三元。晚,到华学,陪小唐吃夜饭,子砚亦在座。

十七日乙亥(1月10日)　雨。招小唐吃夜饭,庾香、子研同席。

十八日丙子(1月11日)　阴。藩房马云泉来。

十九日丁丑(1月12日)　雨。

二十日戊寅(1月13日)　封印,雨、阴半。未上府。子研、庾香送次孙女剃头分,辞之。偶读放翁诗《蜀使归寄青城上官道人》云:“欲与公为尘外友,几时身上峡中船。”上句可对杜诗“自称臣是酒中仙”,工绝。

二十一日己卯(1月14日)　晴。晨,襄伯来。午后,接用吉致三儿书,述知常邑银米非往年可比,附阅邑尊信。又接似泉信,知我秋间托稚莲寄复之信并未接到。

二十二日庚辰(1月15日)　阴。令三儿到府学吊汪小姐,送香烛。寄复用吉信。

二十三日辛巳(1月16日)　雪珠兼雨竟日。接选青十九日接到洋复信。送灶。雨竟夜。

二十四日壬午(1月17日)　阴。

二十五日癸未(1月18日)　孝庄文皇后忌辰，雨。枫泾收租回。钱梧生来，面交解十一年分司饷库收禀稿等件。学租报销费，书办家老妪来领去。

二十六日甲申(1月19日)　雪。蒸年糕。

二十七日乙酉(1月20日)　阴。涨庄收租回，仅一户，收洋七元余。约正月各处来算帐，甚觉烦碎。

二十八日丙戌(1月21日)　晴。接漱芳丹阳驿递用《湖田歌》韵七古一首。夜，祀神。竟夕雨。

二十九日丁亥(1月22日)　雨。接府详委监院奉批札。接县移，知正月十六日月食。夜，祭先。雨竟夜。

除夕戊子(1月23日)　雨。夜饭后拜灶，影前上茶、行礼，儿、媳、两孙为余辞岁。竟夜未睡。

光绪十三年丁亥日记

正月初一日己丑(1887 年 1 月 24 日) 丑正，冒雨至世英堂拜牌，俟太尊到，天已明矣。行礼毕，吃面而散。诣文庙行香，提辕、府署及华、娄两县贺节，因雨即回。拜天香、灶神。先考妣及沈孺人影前上糕团、茶，行礼。纯嘏处拜年，即睡。晚起吃饭，雨止。

初二日庚寅(1 月 25 日) 阴。

初三日辛卯(1 月 26 日) 阴，微雪。

初四日壬辰(1 月 27 日) 阴。晨，子研来拜年，余亦往在城各处及两学。饭后，出西门，回已晚。夜，接五路。

初五日癸巳(1 月 28 日) 晨，庾香来，见我除夕诗，钞去许和。影前上供。竟日雨，夜尤甚。寄书芝弟，缴三儿篆书社稷庙灯片。

初六日甲午(1 月 29 日) 阴。写复漱芳信，附诗五首，并与子研合送其夫人窆分，封就，明日由珠家角航船径寄陈墓。前来书云，在家度岁也。

初七日乙未(1 月 30 日) 阴。张筱蓉招初九日春酒。庾香送和诗来。

初八日丙申(1 月 31 日) 微雪即止，竟日阴寒。由驿递覆似泉甥信。

初九日丁酉(2 月 1 日) 晴。赴筱蓉春酒，同席钱伊甫、志澄，浙江人，青浦县。宋枬、号松存，四川人，发审委员。何庾香、陈小崖、王裕斋祖培，席散已晚。

初十日戊戌(2 月 2 日) 阴。

十一日己亥(2 月 3 日) 孝全成皇后忌辰，晴。接选青初五日信，知我女牙漏已愈。城外戏园元旦开演，西门赵园又添几处亭榭许人游玩，每客四十文。观剧游园，仿佛苏州光景。沈甥公周寄阅诗稿两本，气魄沉雄，笔势奇横，近今罕有其匹。年少能此，所诣正未可量。午后，森森嬲之不已，偕出西门。

十二日庚子(2月4日)　立春，晴。晨，上府。巳正，随太尊鞭春。毕，往帐房汪凤修、钱席吴虎生、刑席倪古青三处谈天。俟两县拜客回，同赴太尊春酒之宴，同席吴□□、超亭、筱蓉、子砚、庾香、小崖。归，襄伯来拜年。

十三日辛丑(2月5日)　阴。

十四日壬寅(2月6日)　宣宗成皇帝忌辰，微雪，继以微雨。接漱芳十一日覆书。夜又微雪。

十五日癸卯(2月7日)　皇上亲政，竟日微雨。寅刻，到世英堂拜牌，俟太尊到已曙。行礼毕，吃面而散。文庙行香。上府贺节。夜，接灶，天霁。

十六日甲辰(2月8日)　月食，晴。襄伯送馆菜四簋。申正上府护月，戌刻回。

十七日乙巳(2月9日)　晴。晨，铜儿偕三孙女回家。巳刻，赴思泉春酒，太尊未到，同席张筱蓉、张智三、子砚、庾香。席散，庾香过我，同出西门，万阳楼啜茗，大文书坊略坐，回已上灯。

十八日丙午(2月10日)　晨微雨雪珠即霁。县移提，准青浦县移，奉松沪厘局宪札，据上海县文生王鼎周等禀控青南卡司事勒捐一案，饬县提案质讯详办。查有文生李镕江，系娄县人氏，移请提解，希饬斗立传文生李镕江，刻日交差解县，以便移解质讯。

十九日丁未(2月11日)　晴。接府二月初四日祭吕祖札。

二十日戊申(2月12日)　晴。接府札，二月初三日诞祭文帝，又十二日春祭后殿行礼、省牲。午后，独游普照寺，往访庾香，他出，废然而返。

二十一日己酉(2月13日)　孝穆成皇后忌辰，晴。开印，因忌辰暗开，不上府。饭后，子砚来，拟偕出西门，忽雨，不果，谈至晚而去。

二十二日庚戌（2 月 14 日） 晴。晨，庾香送诗来，兼赠梅花。字云子研约其午后出西门，招我同去。课孙毕，即到大文堂，伙云在三三径，往彼，研、香两君同篑山茗饮，剧谈良久。篑山先回，余同两君往岳庙，如意馆吃点心，归已上灯矣。

二十三日辛亥（2 月 15 日） 孝圣宪皇后忌辰，晴。晨，送常熟船回，云十九日黄昏到家，知仰之亲家于初五日起病，势颇重。晚，仪庭来，留吃常熟馒头，松江人算好物。接芝弟十七日驿递书，云邻墙锣鼓殊聒人耳，茶园中又设习家池，欢呼声与笙歌间作，巷中屐声跫然不绝。城西又开花园，游人亦络绎而至，吾邑遂有金昌景象。

二十四日壬子（2 月 16 日） 晴。晨未起，庾香携和诗来，剧谈之际，南汇县学严俊云荣德，仪征人。来拜。午后，到舟次答拜。上轿时，子砚字招夜陪严公小饮，往拜未晤。到华学，庾香亦答严公，晤其大世兄袖海。少顷，庾香回，偕至三三径。傍晚进城，同到有斐轩，俊云已在席间畅谈。人亦直爽，胸无城府，兼能诗画。散已不早，与庾香约其明日小叙，因明早即欲回南，面辞。

二十五日癸丑（2 月 17 日） 晴。出单传附生李镕江，又传张宗祥补增。

二十六日甲寅（2 月 18 日） 晴。庾香送和诗来。接府札，二月十三日三书院甄别。

二十七日乙卯（2 月 19 日） 雨水，晴。赵家巷大孙女于归吴氏。

二十八日丙辰（2 月 20 日） 晴。晨，立斋来拜。庾香来，送到绿梅，赠七古一章，余约其午后到大文堂。课孙竟，到彼，他与子研已先在。余买旧板《韦孟诗》三本。六百。三三径茗饮。进城，江西馆吃面。

二十九日丁巳（2 月 21 日） 孝仪纯皇后忌辰，晴。午后，庾香来。江西馆吃面。将《韦孟诗》带还大文堂，因韦诗不及旧藏之佳耳，易《仙史》一部。四百四十。夜雨。

三十日戊午(2 月 22 日)　晴,雨。和庾香《赠梅》七古,灯下又戏成七古一章。

二月初一日己未(2 月 23 日)　晴。晨,文庙行香。昨诗带交庾香。出西门,到监公堂答车立斋。午后,庾香送和诗至,并和《冷斋四咏》。夜雨。

初二日庚申(2 月 24 日)　雨竟日夜。

初三日辛酉(2 月 25 日)　鸡鸣,到文昌宫。子研、庾香已到,俟太尊、军门到。祭毕,天已明,雨止。复雨,晚乃止。粜米。谭军门太夫人进署,挂号道喜。在文昌宫晤庾香,云和我癸亥《消寒》十律将脱稿。

初四日壬戌(2 月 26 日)　晨微雨。出东门,祭吕祖。灯下作寄漱芳七古。

初五日癸亥(2 月 27 日)　晴。粜米。晚,庾香送《消寒》和韵来。灯下作《花月吟》一首赠漱芳。

初六日甲子(2 月 28 日)　晴。

初七日乙丑(3 月 1 日)　晴。晚,庾香来,《消寒》诗又和二律,携《睫巢诗》去。

初八日丙寅(3 月 2 日)　晴。接三儿初三日信,说吉贝折阅;仰之亲家之病,胃气未绝,或可无妨。芝生寄阅《观剧》和韵一律。寄漱芳信、两诗,又红、绿梅戏作共七古三首,由驿递。

初九日丁卯(3 月 3 日)　晴。丑刻,到文庙,俟筱蓉到,超亭因丧,明请期服假。即祭正殿。诣府学,俟太尊、军门到,祭毕天明。

初十日戊辰(3 月 4 日)　阴,微雨。

十一日己巳(3 月 5 日)　雨。接似泉甥二月初二日凤阳复书,云凤阳县腊月十六日雪,至正月二日才止,有三尺余;并要将连年所寄之诗,属用佳纸汇书一处寄去,以便装池。诗不成诗,字不成字,老甥嗜痂，何至是耶！诗中所用之典，并属录寄。

十二日庚午(3月6日) 惊蛰，雨。丑刻，诣文昌宫，俟礼生到，祭后殿，俟太尊到，祭毕天明。

十三日辛未(3月7日) 雨止。寅刻，诣世英堂祭武帝。黎明，太尊到。祭毕，同子砚、庚香即到贡院。少顷，太尊来，诸生亦齐，即点名扃试。生题："子路问：闻斯行诸"全章，"肯销金甲事春农"。童题："其故家遗俗至微子"，"沾衣欲湿杏花雨"。三牌后，太尊回署，余同汪、何两君亦即出，已丑初矣。

十四日壬申(3月8日) 晴。

十五日癸酉(3月9日) 晴。文庙行香。访庚香，折梅数枝回。

十六日甲戌(3月10日) 晴。

十七日乙亥(3月11日) 晴。接三儿十四日信，述知翁韬甫太史、曹蕴琛大令皆故。附到儒卿信。黄昏雨。

十八日丙子(3月12日) 晴。

十九日丁丑(3月13日) 晴。晨，耿思泉来，谈及陆莆生于十七日辞世。

二十日戊寅(3月14日) 孝哲毅皇后忌辰，晴。晨，庚香来，留午饭。招子研，字云即来，饭已吃。午后，同游超果寺。至育婴堂访雷正卿，到醉白池看梅花，茶话良久，颇饶静趣。进城，江西馆吃面。

二十一日己卯(3月15日) 晴。以醉白池观梅诗交庚香，来字云，廿五日太尊孙女满月，属办礼物，三学合送。

二十二日庚辰(3月16日) 雨。银匠铺取手镯、手铃等八种，送府，不受。灯下缮复儒卿信稿。

二十三日辛巳(3月17日) 晨雨。接三儿十九日信，云佩女有恙。灯下写覆选青、儒卿、三儿信。

二十四日壬午(3月18日) 晴。寄本色洋标布一匹交大媳，昨写三信附布包内寄。午后，庚香送《九老诗》来，同到江西馆吃面。出城，大文堂取装订韦诗，尚未有。三三径啜茗。

二十五日癸未(3 月 19 日) 晴。

二十六日甲申(3 月 20 日) 晴。唐小村招同舟慧日寺观梅，辞之。午后，访子研，同访庾香。子研亦高兴，作《九老诗》，未竟。

二十七日乙酉(3 月 21 日) 晴。午后，庾香来，至三三径、江西馆。回，至花树店。

二十八日丙戌(3 月 22 日) 晴。午后，庾香、子砚来，到永兴馆小酌。招沈约斋、仪庭，仪庭先至，约斋在他处饮，闻信亦至。二鼓归。

二十九日丁亥(3 月 23 日) 晴。

三十日戊子(3 月 24 日) 晴。

三月初一日己丑(3 月 25 日) 晴。文庙行香。访子砚，庾香携《九老诗》至，长谈而返。

初二日庚寅(3 月 26 日) 华、娄县试正场，晴。接选青二十八日信，知我廿四复信尚未到；佩女患咳嗽，至苏州就医，耽搁九日而还。

初三日辛卯(3 月 27 日) 晴。字招庾香，午后来，同出西门，到通惠、恒润庄看衣，三三径、江西馆，回已上灯。

初四日壬辰(3 月 28 日) 晴。午后，子砚、庾香偕王裕斋来，王去，余偕两君出东门，天泰庄看夹马挂。子研招去吃夜饭，一杯已醉。

初五日癸巳(3 月 29 日) 初覆，雨。晨，子研字来问昨恙。

初六日甲午(3 月 30 日) 阴。午后，庾香来，询有斐轩归后何如，同寅老友关爱可感。

初七日乙未(3 月 31 日) 晴。先祖考少山公忌。

初八日丙申(4 月 1 日) 雨。

初九日丁酉(4 月 2 日) 二覆，晴。夏冰夫来。

初十日戊戌(4 月 3 日) 燕来，孝贞显皇后忌辰，晴。晨，书祝颂君对。庾香来，面订晚招同莱臣、子砚永兴小酌。傍晚，出城，在通惠买洋布。欲到大文堂，途遇汪、何两君，同到元泰看夹马挂，即到永兴。良久，莱臣至。席散，将二鼓，过通惠，取洋布回。

十一日己亥(4月4日) 孝贤纯皇后忌辰，晴。元泰送马挂，不合，未买。

十二日庚子(4月5日) 清明，晴。过节祭先。寄复选青信，附寄吉人《九老诗》二十七首、信一函。午后，访庾香，同访子砚。晚归，拉庾香过冷斋吃夜饭。

十三日辛丑(4月6日) 晴。接三儿初七日信、《诗经》、唐诗。信云，须过廿一日归，龙保文定吃喜酒，廿二日来松；佩女咳嗽渐愈。

十四日壬寅(4月7日) 晴。沈仪庭送兰花笋。县试发正案，案首姚前瀛。接吉人信、观梅诗，云扫墓之便要过访。

十五日癸卯(4月8日) 晴。文庙行香。访子砚，庾香亦在，长谈而返。和吉人观梅诗，即寄，属其过访之言须践。

十六日甲辰(4月9日) 晴，黄昏时大风，微雨。

十七日乙巳(4月10日) 晴。寄书金小芗，又寄信三儿，告其松江船十九日开至常。杨超亭招十九日饭。黄昏雷雨。

十八日丙午(4月11日) 阴。晚，庾香来，同至江西馆。欲到花树店，忽雨，在汤殿元避雨，买笔，俟雨稍止而回。

十九日丁未(4月12日) 晴。巳刻，赴超亭之招，席散，同庾香花树店看花。欲买杜鹃花，价太昂，不买。欲归，忽一人招呼，问欲买何花，叫他送两盆至公馆。余茫然询之，是朱节甫之侄，其子继常是娄学附生。余却之，而彼已唤花佣送去，不要取钱。彼既如此，余遂受之，分一盆与庾翁。回，接小芗信，云请假回苏，接藩札，委解京饷，即欲动身，由甡源会到今年之息；我十七之信尚未接到。太尊招明晚饮。

二十日戊申(4月13日) 晴。上府，不见。陆莆生明日开丧，子研、庾香今日去吊，余亦同往。午后，庾香来，吃过点心，同至府署。同席陈彦士、张筱蓉、道台委员□□、子砚、庾香、小崖、健斋。席间询之太尊，知求忠山长抚台荐陆云孙，关书已送。

二十一日己酉(4月14日) 晴。

二十二日庚戌(4月15日) 晴。接府札，四月初七日府考。

二十三日辛亥(4月16日) 晴。接藩札，催司饷。

二十四日壬子(4月17日) 晴。晚，江西馆吃面。花树店看荷包牡丹。

二十五日癸丑(4月18日) 晴。晨，三儿自常回松。午后，子砚来，庾香继至。出西门，三三径啜茗，永兴馆吃面。

二十六日甲寅(4月19日) 晴。详府廪生杜炳锷起复。

二十七日乙卯(4月20日) 谷雨，晴。午后，偕三儿至华学，庾香尚未饭，遂往府学。良久，庾香至，同出西门，在润顺买毛燕，一斤四元。三三径啜茗。进城，泰来小酌，主人则子砚也。移覆金山、娄县查官生空缺。

二十八日丙辰(4月21日) 晴。子砚饷莼羹。寄书选青，毛燕一匣、腊腿一只，附致大媳信并二保贴痰膏药。

二十九日丁巳(4月22日) 晴。晚，子砚、庾香来。吃过点心，至宏兴小酌，主人则庾香也。

四月初一日戊午(4月23日) 晴。晨，文庙行香。顺访庾香，面致其嫁女贺分。晚，出西门，萧王出会，拥挤不堪。进城，江西馆吃面。

初二日己未(4月24日) 晴。致书慎生侄，属其送伯亨侄妇觌仪。

初三日庚申(4月25日) 晴。晚，庾香来。

初四日辛酉(4月26日) 晴。接选青初一日信，知佩女咳呛前月中旬后势已大减，寒热亦未来，于廿六黄昏忽吐红一二口，廿七天明及临睡仍见，近日已止，候蒋石枫诊视。方云："伏温引动木火，留恋未彻，久咳动络，气逆不降之故，药用宣肺调肝、理气通络诸品。"颇效，所幸咳不甚急，饭量照常。

初五日壬戌(4月27日) 晴。晚，同子研、庾香招下五学同寅在宏兴馆小饮。令三儿覆选青信。

初六日癸亥(4月28日) 晨雨。琴山来。午后，答拜各同寅。到贡院，俟太尊进院，谒见即出。

初七日甲子(4月29日) 华、娄正场，晴。丑初，到贡院。点名毕，封门，已天明。余同子研、庾香留场，四牌后出场，已丑初。华“樊迟未达至樊迟退”，娄“则民服至问使民”；次通场“察邻国之政”；诗“草色入帘青”。

初八日乙丑(4月30日) 晴。接藩司排单、催司饷札。晚，到青浦学公馆，未晤。询知子研亦到，从各书坊招之不得，即回。

初九日丙寅(5月1日) 奉、金、上正场，晴。午前，浩泉来，约三三径啜茗，即将缴排单申文封发就。出西门，浩泉、思泉、子愚、庾香皆在三层楼，茶话良久而散。浩泉面约晚泰来小酌。回，寄信梧生，将空白诸件封去，托其造册详司。浩泉又遣人来邀，即往，途遇庾香，同到泰来。同席严隽云、子愚、庾香、思泉，再有不相识三人。席散，大雨，乘轿回。奉“时子因陈子”，金“陈相见许行”，上“周公使管叔”；次通场“子比而同之”；诗“圆荷浮小叶”。

初十日丁卯(5月2日) 晴。接梧生信并拟详稿，属将空白各件寄彼，昨已封寄矣。奉贤陈闻庭令郎亮臣海镜来拜，属书扇面。常熟归云林便面，属转求子愚画。有闻庭致选青昆仲书，属转寄。小唐来答拜。解义学春、夏两季脩。接选青初五日致三儿信，知燕窝、腊腿已收到；女吐红已止，现不服药，吃燕窝汤、旗参、人乳。接漱芳初四日丹阳驿递书并诗，告知四月廿八日续胶。

十一日戊辰(5月3日) 南、青正场，晴。书陈亮臣来便面三个。复选青信，托味霞回常带去。晚，访庾香、子砚，不值。到贡院前，遇子韶，在书坊略坐而回。南“下欲与之言趋”，青“而揠之者至其子趋”；次“一薛居州”；诗“风帘入双燕”。隽云招十五日饮，琴山招十七日饮。

十二日己巳(5月4日)　晴。午后,偕三儿访浩泉,不值。

十三日庚午(5月5日)　华、奉、娄、金初覆,晴。丑初,到贡院,同子砚、庾香、小唐留场。四牌出场,子正遇雨。通场题:“百里奚不谏,知虞公之不可谏”;经“君子以遏恶扬善,顺天休命”;诗“才了蚕桑又插田”。

十四日辛未(5月6日)　立夏,晴。接金山县移,交还文生顾宗恺,已具结销案。

十五日壬申(5月7日)　晴。晨,文庙行香,顺访子砚。巳刻,到宏兴馆赴隽云之招。席散,同子砚、庾香、心田出西门,章一大买裱好红蜡笺对送漱芳。三三径啜茗。回,接儒卿信、梧生收到空白诸件回信。灯下写复梧生信,明日寄。

十六日癸酉(5月8日)　上、南、青初覆,晴。晚,小唐过访。通场题:“左右皆曰贤至国人皆曰贤”,经“好贤如缁衣”;诗“花落讼庭闲”。

十七日甲戌(5月9日)　孝端文皇后忌辰,晴。晨,南汇县袁树勋来拜。访隽云,将便面求书画。访小唐,同赴琴山之招,诸同寅皆在。席散,同庾香三三径茗饮。回,见选青十三日致三儿信。佩女之恙,咳嗽时带微红,人亦疲倦。殊为焦灼,拟考毕请假回家看之。太尊送赵子昂书《赤壁赋》拓本,治牙痛、胎产方。

十八日乙亥(5月10日)　晴。晨,出西门,答拜南汇县袁君。回,见仲展致三儿信,述佩女于立夏日大吐血。午后,访浩泉,不值,到贡院前一走。回,小唐招廿一日饮。书漱芳喜对。

十九日丙子(5月11日)　七县二覆,晴。丑初,到贡院,封门已天明,同庾香、小唐、心田留场。四牌出场,才二炮。通场题:“如其礼乐,以俟君子”合下一节;“小园花暖蝶初飞”。出场,三儿述知选青又到信,所言与仲展信同。

二十日丁丑(5月12日)　晴。晨起,接仰之亲家信,云佩女之恙有增无减,我未克抽身,令三儿今夜下船,明早开行,回家看之。灯下书夏琢夫纨扇。

二十一日戊寅(5月13日) 晴。巳刻,赴小唐之招,同寅中惟心田未到,思泉、篑山亦在座。席散,同庾香、子研怡园茗饮。回,接梧生十九日信,云详文、册结于十五日申详,属银洋即日会寄。

二十二日己卯(5月14日) 七县三覆,晴。晨,庾香来。又接二十日藩宪排单,并派委员守提印册。据梧生信,既云十五日申详,何以又发排单?不解,且委员一至,又不无所费。午前即将英洋一百四十元交甡源庄会寄梧生。昨子研面交贺漱芳信一函,同列名。即同对两副由局寄去。午后,访庾香、子研,同访小唐,仍到子研处,吃点心而回。通场题:"仕而优";"五经无双";"新绿阴中燕子飞赋以题为韵"。

二十三日庚辰(5月15日) 晴、雨半。备申文缴藩台排单。接张小蓉信,漕米云云。太尊招二十六日饮。

二十四日辛巳(5月16日) 雨。

二十五日壬午(5月17日) 四覆。丑正,冒雨到贡院,八学九人全留场。作四讲:"夫子莞尔","子路率尔","颜渊喟然","夷子怃然"。净场,饭毕出,才午正。天晴。琴山来谈天,傍晚去。回常船回松,三儿字云廿二夜到常,不及进城,仍住仲展家,须明日到虹桥看佩女病。

二十六日癸未(5月18日) 晴。晨,接汉峰五侄信。巳刻,赴太尊之招,同席汪子研、何庾香、宣琴山、严隽云、内外巡捕,奉、金、青三学昨已回去。

二十七日甲申(5月19日) 府发正案,雨。晨,子研来,留午饭。适委员郭汝雨、司马元昌来拜。饭后,同到芦席汇舟次答拜,明日巳刻在华学公请。甡源庄交到梧生廿五日收到洋钱收条。太尊来拜。薄暮,郭公又来,必要见面缴酒帖,云明早就要往金山,再四留之不得,即将酒帖送庾香处,属转致子砚。

二十八日甲申(5月20日) 晴。晨,子砚、庾香字来,邀陪郭公饮，盖昨夜辞后又去请也。即到华学，子砚继至，俟郭公来已午正矣。招思泉作陪，腹疾，不至，仅四人，席散已晚。字招襄伯，代课两孙读书，约其初一日到馆。

二十九日乙酉(5月21日)　晴。接三儿廿六日自归宅寄信，但云佩女之恙不加剧，亦未见好处，并不详细告我。悬揣其情，总有不可言者，恐我焦灼耳。

三十日丙戌(5月22日)　晴。午后，字约庾香大文堂相聚，三三径茗饮，江西馆吃馄饨。

闰四月初一日丁亥(5月23日)　晴。襄伯来代馆。子砚送来梧生信，云廿八日堂期已禀解，他垫付两元三角，要找还。

初二日戊子(5月24日)　晴。接芝弟书，选青属述佩女之恙，即发信致选青。

初三日己丑(5月25日)　晴。覆云孙书，寄苏州抚署中。

初四日庚寅(5月26日)　接女病重信，望我归。午后，上府请假。因雨，未开船。初五清晨登舟，初七午前抵家，而女已于初五亥时辞世。老怀怅悼，酸泪交颐。在家月余，城西足不忍到，惟在坛上与诸侄、侄孙辈游玩茗饮。过五月初十吊期，十一日午后挈三儿回松，十三日午后抵寓。[①]

五月十四日庚午(7月4日)　晴。午后，上府销假，娄县谢步。回家后曾来拜。访庾香、子砚。

十五日辛未(7月5日)　阴。晨，文庙行香。午后，庾香来，松乔丈、子砚亦至，剧谈至晚去。作书复浩泉、子愚，因交到代友人求书画各件。张小蓉书来，俸斋划抵漕粮外，尚欲请益。夜雨。

十六日壬申(7月6日)　雨、晴半。寄复王有圭幼山书，以端午

---

① 笔者按，闰四月初五日至五月十三日日记原文即如此，特此说明。

有贺信来。又复梧生信，因前寄库收，来信云须回信以慰悬忆。寄书仲展侄，附娄县移来溧阳县李采访贞孝节烈册。

十七日癸酉(7月7日) 小暑，午后微雨。访子砚，商武生事。晚，冒雨回。

十八日甲戌(7月8日) 晴。写步洲再侄、李虞章侄婿、虞章之弟琴琛便面三个。虞章扇作小楷。

十九日乙亥(7月9日) 晴。

二十日丙子(7月10日) 晴。

二十一日丁丑(7月11日) 晴。详学台斥革武生王廷楫。

二十二日戊寅(7月12日) 晴。

二十三日己卯(7月13日) 孝恭仁皇后忌辰，晴。先祖妣沈太恭人忌。

二十四日庚辰(7月14日) 初伏，晴。接县催银漕移文。

二十五日辛巳(7月15日) 晴。清晨访子研，太阳未吐，颇觉凉快。

二十六日壬午(7月16日) 晴。长昼无聊，看三儿习篆，颇足消遣。今年缸荷但长叶而无花。接县移，六月十五日月食(四分三十四秒)，初亏寅初一刻十二分，食甚寅正二刻十三分，月入地平卯初一刻，带食三分四十一秒，复圆卯初三刻十四分，在地平下。吊王愚溪夫人银二钱六分。

二十七日癸未(7月17日) 晴。昨黄昏雷而不雨，因酷暑，今日卧榻移置楼下。接仲展侄信、童子范书便面。接思周信，述颖生户提粮事，用吉到翁家庄张谷诒家。

二十八日甲申(7月18日) 晴。晨，往娄县，与小蓉谈完漕事。寄信芝弟，将所书扇面属转交李处及步洲再侄，祁篆公周册首亦属转交。先曾祖考有闻公忌。

二十九日乙酉(7月19日) 晴。寄书归述甫，交还祁、陈书画条幅、册页，三儿篆书便面。

三十日丙戌(7月20日) 晴。寄仲展信,并水蜜桃五十只,前日书来,其母欲吃也。寄马云泉信,并端节规二元。其住址在苏城胥门内盛家浜东。前似泉信,属录历年寄怀之作,为书一小横幅,诗、字俱无足观,奈何!夜饭后,接庾香字云:"火伞行空,炎威可畏,不出门者半月矣。日惟科头跣足,箕踞于澹成轩中。虽清风来故人,究不能大暑去酷吏也。寒斋偪处,苦热可却。明日行香,务祈过我,作永日冷斋热话。当约子研兄相待,铜士兄能偕来则更妙矣。"

六月初一日丁亥(7月21日) 晴。晨,文庙行香,顺赴庾香之招。三儿亦至,子砚有恙不至。松乔丈来,在澹成轩中作竟日谈。薄暮回,顺看子研。夜半齿痛,不能睡,闻雨。

初二日戊子(7月22日) 清晨微雨即霁,大风,日间时洒凉雨几点,大有秋意。

初三日己丑(7月23日) 大暑,晴,风仍大。昨徐福自江阴回,传说达泉有不佳之音,未识江阴何从而知,但愿不确。午后,写步洲所托对,连三儿篆书对,一并封寄慎生。

初四日庚寅(7月24日) 中伏,晴。寄信大媳,腊腿一只、水蜜桃三十二只。

初五日辛卯(7月25日) 晴。偶忆前著楹帖两联,录之:"陆机赋文,精骛八极;王通讲学,心醉六经。""文中子传河汾学;柱下史著《道德经》。"夜微雨。

初六日壬辰(7月26日) 晨大雨。郡尊太太五十寿,上府祝寿。晚又大雨,坐卧之地屋漏无干处。夜复雨。

初七日癸巳(7月27日) 晴。写屈士豪扇。芝弟之表侄。

初八日甲午(7月28日) 晴,午后时洒凉雨。谚云:"豫先十日作秋天。"信然。

初九日乙未(7月29日) 晴。寄信吉人,附三儿墨梅一幅、篆字两纸。

初十日丙申(7月30日) 晴。

十一日丁酉(7月31日) 晨雨即霁,午后忽晴忽雨,北窗甚凉。接芝弟初五日驿递书,并曾氏园观荷宗湘文、月锄、吴稼翁及弟赏荷叠韵诗。并云,观荷后不旬日君临腹胀物故,年才四十四,新得保举刺史。又云,闻童子嘉云,沈学洲得凤阳刑、钱兼席馆。

十二日戊戌(8月1日) 忽雨忽晴。午后,访子研,湿疮略愈。又访庾香。

十三日己亥(8月2日) 忽雨忽晴。

十四日庚子(8月3日) 晴。晚,写送归绶紫便面,即由局寄。接慎生十一书,知所存一廪尚未粜,各会俱未得。附大媳信,所寄桃、腿皆接到;媳自我回松后连发寒热,腿肿依然;二孙女颈痰尚未全消。又接仲展信,蜜桃亦接到。我仅寄一次五十枚,信云两日收到各五十枚,亦大奇,须信去一问。用吉之事可了,现仍住谷诒家。

十五日辛丑(8月4日) 晴。晨,文庙行香,顺到新任中营刘□□公馆道喜。晚大雨。

十六日壬寅(8月5日) 晴。

十七日癸卯(8月6日) 晴。接周静卿母讣。接县移,七月初一日日食,六分三十三秒,初亏午正三刻十分,食甚未正初刻十二分,复圆申初一刻七分。

十八日甲辰(8月7日) 晴。连日欲访子砚、庾香,畏热不果,竟日在北窗看三儿习篆。

十九日乙巳(8月8日) 立秋,卯正初刻六分。晴。亡妻沈孺人忌。晨,访庾香,在彼吃饭。晚,同访子砚,脚上湿疮尚未愈,跣足而出。太尊招二十二日饮。

二十日丙午(8月9日) 晴。录同人和韵诗数首。

二十一日丁未(8月10日) 晴。

二十二日戊申(8月11日) 晴。巳刻,赴太尊之招,同席超亭、小蓉、立斋、健斋、庾香。子砚足疮未愈,不到。连日酷暑,今日尤甚,晚雷而不雨，稍觉凉爽。

二十三日己酉(8月12日) 晴，热甚。

二十四日庚戌(8月13日) 末伏，雨。

二十五日辛亥(8月14日) 晴。午后，书襄伯祖遗照赞。

二十六日壬子(8月15日) 万寿，晴。丑正，赴世英堂拜牌。回将曙，略睡。移文奉贤，七月初八日求忠出题考课。

二十七日癸丑(8月16日) 晴。先曾祖妣瞿太孺人忌。午后，重写似泉属录历年赠诗小横幅。晚，走访陈小崖。

二十八日甲寅(8月17日) 晴。从败纸中检得王亨来录治难产、骨鲠二方，恐失去，录于此：

“治难产方：杏仁一个，去皮，一边书‘日’字，一边书‘月’字，外用熬蜜为丸。或滚水，或酒吞下。试之有验。

“凡骨鲠，用水一碗，虚空以手指写‘天上金鸡叫，地下草鸡啼，两鸡并一鸡，九龙下海，喉咙化如沧海’，诵七遍，饮此水即愈。又，书‘鸟飞龙下，鱼化丹丘’，亦愈。”

芝弟由驿递到儒卿信、《观荷》及《不苦热》诗，并索观拙老人书《千字文》，属三儿回常带去。由驿寄书似泉，并书小横幅诗。寄周静卿母吊分。详学台张宗祥、封作梅补廪。

二十九日乙卯(8月18日) 晴。

七月初一日丙辰(8月19日) 晴。晨，文庙行香。访子砚，在彼吃早饭。同到府署护日，申初复圆后，同访庾香。稍有腹疾，请假，在澹成轩纳凉谈天，薄暮乃返。

初二日丁巳(8月20日) 晴。接学台斥革武生王廷揖批回。

初三日戊午(8月21日) 晴。

初四日己未(8月22日) 晴。详府文童余效良、金耀奎充佾生。(文题“梓至舍其梧”，诗“昼合宵炕得槐字”。)

初五日庚申(8月23日) 处暑。晴。晨，子研来，姚干人亦至，留子研作竟日谈。奉贤寄到求忠初八日课题。

初六日辛酉(8月24日) 晴。

初七日壬戌(8月25日) 晴。

初八日癸亥(8月26日) 晴。

初九日甲子(8月27日) 孝静成皇后忌辰，晴。长昼无聊，写《困学纪闻》"格物之学，莫近于诗"一则，计三百余字。

初十日乙丑(8月28日) 孝懿仁皇后忌辰，午前起阵，惜雨不透，而炎蒸稍解。

十一日丙寅(8月29日) 晴。午后，陈小崖来，后书《困学纪闻》"格物之学"一则。写两过，计六百零字。

十二日丁卯(8月30日) 晴。午后，重书"格物之学"一则，用笔略觉圆熟。

十三日戊辰(8月31日) 晴。又写"格物之学"两过。晚雨，惜不大。

十四日己巳(9月1日) 中元节祭先，竟日夜雨，农田沾足矣。复书"格物之学"一过，又缩小写一过，未竟，窗已黑。

十五日庚午(9月2日) 晨微雨。文庙行香。欲访子砚，恐有大雨，即返。写毕《困学纪闻》，将连日所书，检其稍可观者共十余纸交子砚，数年前属书也。

十六日辛未(9月3日) 晴。晨，子砚来，留其作竟日谈。去后，同森孙到汤殿元买笔墨。接府八月祭祀诸札。

十七日壬申(9月4日) 文宗显皇帝忌辰，晴。晨，字致子砚，约其桥梓，兼招庾香午后出城，在大文相待。饭罢，即同三儿、森孙到彼，守良久才到。在怡园茗饮，回已晚。

十八日癸酉(9月5日) 晴。晚，书唐小村便面，劣甚。

十九日甲戌(9月6日) 晴。

二十日乙亥(9月7日) 晴。备文移两县丁祭银两。过午，访庾香，在彼吃点心。同访子砚。

二十一日丙子(9月8日) 白露,晴。晨,书颜友笙来若愚款全金便面。晚,作书致金小芗,寄养育巷口森和钱庄卞星垣先生转交。

二十二日丁丑(9月9日) 晴。

二十三日戊寅(9月10日) 晴。先庶祖妣汪太恭人忌。点《南史·宋帝纪》。

二十四日己卯(9月11日) 竟日夜大雨。先继祖妣沈太恭人忌。点《宋帝纪》。文题"直在其中矣至宗族称孝焉";诗"一门七业得刘字"。三儿致书慎生,附寄大媳信。

二十五日庚辰(9月12日) 仁宗睿皇帝忌辰,晴。点《齐高帝纪》。夜雨。

二十六日辛巳(9月13日) 晴。点《齐武帝》《郁林》《海陵纪》。

二十七日壬午(9月14日) 晴。先姊瑞臻女史忌。备文移华、娄两县,学宪批准斥革武生王廷楫。点《齐明帝》《东昏》《和帝纪》。

二十八日癸未(9月15日) 晴。午后,正点《梁武帝纪》而庾香至,云约子砚在大文堂,拉余同三儿即出谷阳门。三三径茗谈,晤固之、裕斋。回,江西馆吃面。

二十九日甲申(9月16日) 晴。张象山郎君附生士希来。

八月初一日乙酉(9月17日) 晴。晨,文庙行香,访子砚。午后,点《梁武帝纪》。

初二日丙戌(9月18日) 阴。晨出,吊前营石清华夫人之丧。晚,诣文庙宰牲,顺访庾香。

初三日丁亥(9月19日) 子正,诣文庙,祭毕即到府学。太尊赴沪,华亭县主祭。祭毕回,天尚未明。微雨。

初四日戊子(9月20日) 晴。晨,张氏来约初六日横山祭祠。午后,祭城内外各祠。接学宪七月廿八日发张宗祥、封作梅补廪批回,以七月初七日为始。接似泉七月廿一日书,知学洲得太湖县刑席之馆;我六月廿八日所寄一信及录诗横幅均未接到,恐被浮沉,即令三儿作复。

初五日己丑(9月21日) 晴。

初六日庚寅(9月22日) 晴。晨,往横山,祭张少宰祠。祭毕,回舟吃午饭。忽雨,开行里许即霁。到城尚早。

初七日辛卯(9月23日) 秋分,晴。张伯贤来,以其在浙江书院课文赋呈阅,送我杨古醖葆光《苏庵集》一部。午后,庾香来,子砚亦至。金山县夏午庭槐送明日书院课题来,晚又来拜。

初八日壬辰(9月24日) 晴。晨,到府学,庾香已在,即同上提辕,拜军门太夫人七十正寿。观剧,饮罢已晚。回,仍到子砚处,略谈乃散。雨,差拜夏午庭。

初九日癸巳(9月25日) 太宗文皇帝忌辰,阴。

初十日甲午(9月26日) 晴。昨未睡,坐至丑初,赴文昌宫,俟太尊到即祭。同寅皆散,余与城守汪祭昭忠祠。祭毕回,恰交五更,略睡亦未着。午后,吴琴轩来,明日痘神庙会课属出题:首题"木之名至礼云玉";次"王立于沼上顾鸿";诗"皎如玉树临风前得之字"。

十一日乙未(9月27日) 晴。午后,同景刘出西门,至痘神庙观诸童生会课,共二十四人。

十二日丙申(9月28日) 雨。阅会课卷,绝少完善之作,诗尤劣。

十三日丁酉(9月29日) 晴。世英堂省牲,顺访子研。接吉人信。

十四日戊戌(9月30日) 晴。丑初,到世英堂祭武帝,俟太尊,五点半钟到。祭毕,天已明,归略睡。午后,书家蓉墀、沈省甫、健甫便面三叶。

十五日己亥(10月1日) 晴。晨,上府贺节。诸同寅皆散,惟子砚、庾香俟我至,略谈而去。诣文庙行香。回,又往陈小崖公馆,请其令嫒庚帖。夜,烧香斗,携森孙踏月三桥。

十六日庚子(10月2日) 晴。午后,仪庭来。

十七日辛丑(10月3日) 晴。阅仲展致三儿书，知学宪廿六日取齐苏属。

十八日壬寅(10月4日) 晴。午后，偕景刘、卫泉、三儿由北门外菜花泾到西门章一大买珊瑚笺对一副，送归公临亲家。松风阁啜茗。访仇太史笏东草堂，晤谈良久，即将送归之对求书。归，游湛然庵，忆丙子秋偕纯嘏、次柯曾游此，忽忽已十二年，次柯谢世将一载矣。

十九日癸卯(10月5日) 晴。午后，子研来。明晨三儿回常，写致儒卿书，并索观拙老人《千字文》。又致公临书，并《松江府续志》，令其一并带常。又致书钱梧生，并还其司饷垫付二元三角，令其带苏面交。

二十日甲辰(10月6日) 晴。晨，三儿回家，继接选青致他书，并常学科考传单。襄伯到馆，上书后，胡寿生拉至泰来馆饮，余代背两孙熟书。过午，庾香来，同至三三径、江西馆，复至花树店。

二十一日乙巳(10月7日) 晴。晨，拜纯嘏尊人六十冥诞，在彼吃午饭。

二十二日丙午(10月8日) 晴。接仲展侄二十日致铜士信，述赵巷二媳于月十八日红症大发，饮食渐减。屡进童便，总无效，病者忧虑之至，急望铜士回常面话一切。

二十三日丁未(10月9日) 寒露，晴。晚，家衡老过访，年八十九，精神矍铄，明年重宴鹿鸣矣。吟甫送贡卷、九月初九日悬匾请帖。

二十四日戊申(10月10日) 晴。同治癸亥避难南乡，读《南史》，作七绝二十余首，四朝未全，偶检残稿，补吟十余绝足之。前日崇文义塾会课，庾香出题：首“犬放至则不远秦”；次“夫子与之游”；诗“金剪秋裁寄远衣”。前晤庾香，告知接淮人书，云彼处馆师课徒题：“鹳也至求三年之艾也”，“兔者往焉至句践”，“无轨至非其鬼”。再，庾香课子题：“月有明至拔一毛”。揣摹风气竟至于此。

二十五日己酉(10月11日) 阴。晨未起，三太太喊厨房间风窗何以开却，急令老妪们起看。厨房下失去铜杓二把、大铜杓一把、茶壶一、旧水烟筒一、酒壶一、下人伞两顶。余起，到北窗检点，眼镜连刻漆袋玉坠、洋伞两把、零用钱九百余、轿衣、钉靴、周桂雨衣皆失去。贼从后进，穴壁而入，可恶之至。巳刻，庾香、子砚过访，留作竟日谈。接仲展廿二日信，三儿尚未到家，云二媳吐红略止。石枫云眼前可无妨，特恐霜降大节耳。

二十六日庚戌(10月12日) 晴。晨，出西门，莫家巷吊留松冯受祜之尊人。回，适姚清溪在纯嘏家勘失窃。少顷，杨超亭亦来。接芝弟十八日驿递书，寄到常熟保甲委员平湖王次宣绶章属题《枫林晚眺图》素纸一幅。述知儒卿疝气大发，现稍愈。三儿回常船今日还松，带到茶食数种，字云二十二夜才到家，二十五要赴苏。述知翁仲渊殿撰病故；木工喻海司无疾而终，此人甚诚实，我后年正欲造屋，惜其不及待也。

二十七日辛亥(10月13日) 晴。至圣先师诞，诣文庙，同庾香行释菜礼。子砚字招吃饭，即至其处，庾香亦来。午后，松丈偕陈叔铭、庾香、子研及予同出西门，游岳庙。石闾小筑晤幼翘、晋芬，略坐，即到三径层楼。进城，天已晚，在旧货铺买黄铜水烟筒一枝。一百八十。阅三儿廿四日信，云大嫂、二保俱好；二嫂病势颇重，石枫云眼前总可无事。啜茗时，叔铭谈一灯谜颇妙："土阝"，打《四书》不连两句——"城郭不完"，"为其不成享也"。

二十八日壬子(10月14日) 雨。子研字借《黄忠节公集》八本。还。

二十九日癸丑(10月15日) 晴。字向庾香乞竹四竿以钉窗及墙脚，所谓"贼出关门"也。闻慎卿课徒题："兽草木之名至钟兴至"，拟一讲一钓。余为景刘拟数题："以承三圣者至蟺"，亦拟一讲。皆景刘取去。

三十日甲寅(10月16日) 晴。午后，竹屏令郎次屏送求书对来，即封固，明日寄公临。

九月初一乙卯(10月17日)　换暖帽,晴。晨,文庙行香。访子砚,留吃午饭。同访庾香,俟其饭罢,偕至普照寺。子砚将小厓令嫒八字倩袁云表推算,据云命甚好。回,同访徐莱臣新居。俟庾香与郑文巢一局棋罢,归,已暮色苍然矣。

初二日丙辰(10月18日)　晴。

初三日丁巳(10月19日)　晴。夜十点钟时,景刘兄弟在塾作文,微闻墙外斫竹声,出视之,贼上土墙而遁。

初四日戊午(10月20日)　晴。令木匠将竹钉墙脚,北窗又添铁搭纽。晚,庾香来,同其到江西馆吃面。

初五日己未(10月21日)　晨微雨即霁。

初六日庚申(10月22日)　晴。

初七日辛酉(10月23日)　晴。午后,莱臣、庾香、子砚过访,邀三君泰来小酌。莱臣谈一灯谜:“诗中画,画中诗”——“维其有之”。

初八日壬戌(10月24日)　霜降,晴。昨买眼镜。一元七角。交大节,未识二媳病体如何。

重九日癸亥(10月25日)　晴。贺陆吟甫悬匾,五灯烛票、五十支。酒票。十斤。晚,到泰来,赴子研初七面约,途遇子砚、庾香、莱臣、叔铭。顺至眼镜铺还钱,即至泰来,散已亥初矣。日间接周小唐信。

初十日甲子(10月26日)　晴。走答家衡老。

十一日乙丑(10月27日)　晴。先妣沈太恭人忌。覆小唐信,由叶小舟寄。午后,走答姚干人。

十二日丙寅(10月28日)　晴。晨,王晋芬曾玮来。黄昏,提左营来报杨游府病故,明午大殓。

十三日丁卯(10月29日)　晴。午前,庾香来,留吃午饭。到花局看菊,顺访莱臣。回,走访松泉,新从杭州回。衡老亦晤。

十四日戊辰(10月30日)　微雨。

十五日己巳(10月31日)　晴。晨,文庙行香。访子砚,知其嫒之柩于廿六日下船。贺沈平叔娶媳,送五灯、三十支。酒,十斤。又五灯,四十。因送贡卷。致书张小蓉,说明李侯祭品银两早已如数备文移县,并未短付,属其饬书向学书算可也。因前日有移文云,据其书禀,仅领到一元,余皆书应垫,殊为可异。前银两经考办交付,必其扣去,可恶之极。

十六日庚午(11 月 1 日) 晴。戏制《眼镜袋铭》:"自他有耀,察及毫芒。既竭目力,舍之则藏。盖君子之道,贵乎匿彩而韬光。"晚,青浦笔客持慎卿字来,吴姓,号春泉,交易一元。陈叔铭来。

十七日辛未(11 月 2 日) 晴。湑有小恙,请汪星榆,三媳亦看。

十八日壬申(11 月 3 日) 晴。午后,访子砚。同访庾香,偕至莱臣家,他出,不晤。到花局看菊,与庾香合买一元,每人八盆。

十九日癸酉(11 月 4 日) 晴。朱笔录钱警石郑康成《诫子书》中衍字校语一则于《后汉书·郑玄传》上方。

二十日甲戌(11 月 5 日) 晴。接南汇王木臣保建,丁丑进士,内阁中书,子勖大令郎。讣,月之廿四日领帖。

二十一日乙亥(11 月 6 日) 晴。七宝附生黄吉士补增来见。该生七月廿九日丁外艰(后知该生丁艰在四月中,所报不实,再要饬斗查覆),增生张宗祥奉学宪批准七月初七日补廪,则增缺出在该生丁艰之前,仍应该生补增。午后,阅《南史·陈本纪》。庾香来,偕至江西馆,又到三三径,回已上灯。庾香送我过大吴桥而别,心感之至。

二十二日丙子(11 月 7 日) 晴。

二十三日丁丑(11 月 8 日) 晴。午前,接三儿十九夜雨窗书,十七日同仲展自苏回常,大媳、二保均安好;二媳病体非但不能起床,胃纳亦不进,甚为可虑;侄婿李虞章钟、王恂甫令郎雨之承霖皆游庠;归述甫取佾生;金小芗秋间出京,丁母忧,住练塘老宅(后知尚在江西,未回籍)。附到儒卿、梧生信。接书局交到汪梦萱讣。晚,寄复三儿信。

二十四日戊寅(11 月 9 日) 晴,大风。午后,访子研,面致其嫒窆分,谈良久。同访庾香,观菊。

二十五日己卯(11月10日) 晴。午后,偕松保至贡院一游,遇篑山。回,过东阳道院,思小憩,适有平湖徐凤池画寓在此,看其画条幅碧桃、紫藤。谈及王次宣,是他熟人,坐良久归。

二十六日庚辰(11月11日) 晴。寄书芝弟,并王次宣《枫林晚眺图》题诗,附寄三儿一字。午后,偕松保花局看菊,又买廿二盆一元。

二十七日辛巳(11月12日) 晴。午后,庾香来。

二十八日壬午(11月13日) 晴。对菊成七律两首,呈庾香。午后,访子砚,吃夜饭回。

二十九日癸未(11月14日) 晴。午后,访思泉,不值。

十月初一日甲申(11月15日) 晴。晨,文庙行香,顺访庾香。晚,庾香来,同至贡院一游。

初二日乙酉(11月16日) 晴。过节祭先。午后,同景刘贡院前书坊闲玩。出西门,到里仁巷叶姓垫子店定垫四个。一面绿布,一面嘉文席。叶姓系苏州人,曾到常熟,认识屈铁庵与帐房叶先生。在松风阁茗饮,慎顺买湘莲一斤,二百四十。回已上灯矣。

初三日丙戌(11月17日) 晴。太尊生日,挂号。接学宪札:"'天''君'两字不得命名,乾隆年间已奉谕旨,自应懔遵。"宣琴山来拜,谈及周小唐近有西河之戚。董晓卿逢辰月之初八日娶媳,有帖来。严隽云来拜。接三儿廿七日信,知石岸头已祭扫,西北两山、石虎浜尚未祭;汉峰八月中忽失血,未录科;顺之、景苏两侄孙一等已覆;二媳在床。晚,庾香来,询明日同往青浦何时开船。

初四日丁亥(11月18日) 晴。寄信三儿。未刻,偕庾香、子研同舟赴青。定更时到,泊小唐舟侧,知其尚在青学署,遂起岸到彼,知子愚同其文昌宫观灯,亦往。灯彩甚盛,清音可听,游人如蚁。亥正,回船。

初五日戊子(11月19日) 晴。晨起,金盘露吃茶、吃点。到陈、祁二公署,知学宪昨午刻从太仓起马,夜泊绿葭浜,则今日抵青必早。未扰子愚之饭,即回船。未刻,学宪舟到,禀见,即开船。丑初,抵松。

初六日己丑(11月20日) 晴。辰刻,到贡院。俟至午,学宪进贡院,不见即返。先曾祖妣曹太孺人忌。

初七日庚寅(11月21日) 晴。卯刻,到府学。辰正,学宪行香、讲书毕,又至贡院,俟放告毕即返。午后,到文昌阁寓。子研夜饭后亦到阁。

初八日辛卯(11月22日) 小雪,生经古,晴。寅正,到贡院。开门已天明,府、华两学留场。"白马生赋以'白马生且复谏矣'为韵","月明欲入长门殿",经解、论题记不全,皆不录。

初九日壬辰(11月23日) 府、华、奉、娄生正场,晴。丑刻,到场。封门,天已明,同小唐留场。头牌已不早,即出。府"子贡曰:我不欲人之加诸我也"二章,华"子曰:德不孤"二章,奉"子曰:巧言令色"二章,娄"太宰问于子贡曰"二章;诗"明月出海底";策"金石之学昉自北宋,郑渔仲《通志·艺文略》别立一门,其流派何如"。头牌发生经古案:倪宇清次五名、张际清六、许毓麟九、陆元达十三、方莹洁十七、吴进宸廿、张云襄廿二。是日三儿自常回松,到阁。

初十日癸巳(11月24日) 童经古,晴。寅刻,到场。封门,天明,心田、琴山留场。"杜子美陪李北海宴历下亭赋以'云山发兴玉佩当歌'为韵","欲济苍生未应晚"。余题不录。

十一日甲午(11月25日) 金、上、南、青生正场,晴。丑正,到场,封门已明,隽云、子愚留场。头牌发上四学生一等案:陆元达、许毓麟、颜镛、倪宇清、陈祥贵、邬尧春、张宗祥、陈邦枢、宋云骏、吴觐宸、闻人鹄、黄应逵、唐祖荫、张士希、赵曾发。金"吾学周礼"三句,上"谁能出不由户"一章,南"子曰:有教无类"二章,青"《诗》云:不素餐兮"一章;策"宋王溥作《唐会要》《五代会要》,徐天麟作《西汉》《东汉会要》，两家之书孰为优”；诗“直为鲈鱼也自贤”。[①]

十二日乙未(11月26日)　覆生经古，补岁考，晴。黎明到场，点名毕，偕出。晚，同庾香到帖店，观《张黑女碑》《王府君碑》，皆魏碑之新出土者。子韶太夫人八十寿，送分一元，偕子研去拜寿。赋题“陆放翁古蜀别苑观梅龙赋以‘两龙卧稳不飞去’为韵”，诗“左青龙而右白虎”。

十三日丙申(11月27日)　奉、金、上正场，晴。丑正，到场。寅刻，开点。封门，天渐明，浩泉、子砚留场，回略睡。到艾家桥寓，饭后回阁。奉“犹恐失之至舜有臣五人而天下治”，金“以其兄之子至鲁无君子者”，上“虽百世至八佾舞于庭”；次“万室之国一人陶”；诗“晓霜初染一林丹”。

十四日丁酉(11月28日)　覆一等，晴。卯正，到场。辰正，点名。府“公孙丑曰：道则高矣”一章，华“公都子曰：滕更之在门也”一章，奉“司马牛问仁”二章，娄“冉子退朝”一章，金“孟子曰：逃墨”一章，上“樊迟从游于舞雩之下”二章，南“鲁人为长府”六章，青“子曰：色厉而内荏”四章；“手中一卷养鱼经”。

十五日戊戌(11月29日)　南、青童正场，晴。丑正，到场。封门，天已明，庾香、小唐留场。回即睡，起已巳刻。到书坊，买《尔雅郭注补正》、陶诗，共三百文。饭后，偕子研访隽云，携归隽云书赠对，同至琴山寓。南“人其舍诸至吾不知老农”，青“尚德哉若人至爱之能勿劳乎”；次“以其小者，信其大者”；诗“远闻佳士辄心许”。

十六日己亥(11月30日)　提复奉、金、上童，晴。天明到场，巳刻封门。因子研有事回署，余亦回艾家桥。晚，到阁。提覆题：奉“君子用其一”，金“赫赫师尹”，上“后素”。作后比。

十七日庚子(12月1日)　华、娄童正场，晴。丑正，到场，同琴山留场。题：华“无为小人儒至奔而殿”，娄“不耻下问至居蔡”；次“吾

① 是叶眉批：“脱第三名沈祥凤。”

于武成”;诗“木落寺楼高”。放头牌即出。

十八日辛丑(12月2日) 提覆南、青童,优正场,晴。天明到场。题:南“则削其地”,青“掘井九轫”。作后比。

十九日壬寅(12月3日) 贡监录科,晴。天明到场,点名毕,发廪生膏火交各学。

二十日癸卯(12月4日) 提覆华、娄童,优二场,晴。天明到场,题:华“革车”,娄“虎贲”。作后比。两县各提五十名,景刘提覆。晚,出案,景刘进华学第一。夜间请廪生酒两席。季幼梅来拜。君梅之小世兄。

二十一日甲辰(12月5日) 七县童生复试,晴。辰正,到场。题“守者曰”;经题“道德仁义,非礼不成”;诗“华岳峰尖见秋隼”。

二十二日乙巳(12月6日) 总覆文童,晴。辰正,到场。午刻,同子研、庚香招同寅白玉堂小饮,思泉亦在座,惟心田因忌口不到。子研适患腹泻,虽作主人而不能下箸。夜,隽云招诸同寅饮,庖人烹饪极精,点心尤为佳妙。

二十三日丙午(12月7日) 大雪,奖赏,起马,晴。辰刻,到场。俟奖赏毕,出西门,到祭江亭马头,俟学宪下船。不见,上手板而回。仍到文昌阁吃饭,算还柴钱及送司事代仪、给下人等钱。同子研到小唐寓,面致其大世兄吊分,长谈而返。见前日甘露华氏寄到华际芳入吴庠兼取算学报单及华光煜之信,云进学者是其兄星初之子,想即廿五年前逸云书屋中读《大学》序者,余亦记不清也。

二十四日丁未(12月8日) 晴。

二十五日戊申(12月9日) 开仓,晴。猛将庙各佃交租廿四石零。午后,访子研。点心后,偕余访袁云表,推算其内侄女吉庚。袁君因天晚已不在普照寺,至其寓,亦不晤,将八字交其家而回。途遇庚香,访我不值而返。夜饭时,接太尊明日午刻招饮帖。

二十六日己酉(12月10日) 晴。巳刻,赴太尊招饮,同席袁海观、树勋,南汇县。杨超亭、张路青、子研、庚香。席散,汪、何两君过我，易衣，同至袁云表命馆取批张。又到文粹书坊买《六朝文絜》一部，板子精好。三角半。

二十七日庚戌（12月11日） 晴。为唐碧仙拟院试取赋一篇，不存原本。

二十八日辛亥（12月12日） 晴。午后，携赋访庚香，为酌易数处，甚是。晚，接芝弟收到洋覆信。今晨见仲展致三儿书，云二媳之恙渐平；汉峰咯血依然，形神瘦减，现吃自便，未知能否奏效，甚可惨也。晚，小唐来，不值。

二十九日壬子（12月13日） 晴。午后，至全盛局寄河南灾振捐洋。顺至荷池巷答小唐，租事已了，明日欲回奉贤。

三十日癸丑（12月14日） 晴。夜饭时，弥甥沈诵棠自常来。

十一月初一日甲寅（12月15日） 晴。晨，文庙行香，顺访子砚，庚香亦至。

初二日乙卯（12月16日） 晴。晨，子研来，告知小崖之嫒卜之神联生吉，属转致小崖，留其午饭而去。

初三日丙辰（12月17日） 晴。午后，出西门，润顺买海参、笋干等。进城，荷池巷访小崖，适往朱家角，不晤，即走覆子砚，薄暮回。接漱芳丹阳驿递书、诗，附致子砚书。

初四日丁巳（12月18日） 晴。猛将庙各佃交租。晚，庚香来。

初五日戊午（12月19日） 晴。

初六日己未（12月20日） 晴。书楹联数副。请感冒假三天。

初七日庚申（12月21日） 晴。晨，陈小崖来，与之谈其嫒占吉汪家二世兄。晚，写复漱芳信。夜，过冬至节，祭先。

初八日辛酉（12月22日） 冬至，晴。晨，遣长班府署挂号贺节。青浦寄到今日书院课题目。

初九日壬戌（12月23日） 晴。晨，子研来。午后，偕诵棠到府学宫，顺访子研。继到县学宫，顺访庚香。欲返而庚香茶兴忽动，偕至八仙楼。茶罢，踏月回。初七日景刘交到屈兰坡信，属为其媳庞作诔词。诵棠代作，简洁老当，年未弱冠，所诣如此，甚可爱也。

初十日癸亥(12月24日) 晴。晨，上府。回，接芝生弟致三儿书，并《瓶水斋诗集》一部。八角。即作复书，由三儿致慎生信中寄。再寄复兰坡信，并诵棠代作诔词。

十一日甲子(12月25日) 晴。晚，庾香来，留吃夜饭。

十二日乙丑(12月26日) 晴。

十三日丙寅(12月27日) 圣祖仁皇帝忌辰，晴。先朝议府君忌。晚，常熟赵绍文榁来招诵棠。

十四日丁卯(12月28日) 晴。午后，偕诵棠、铜儿出西门，正元馆吃面，怡园啜茗。

十五日戊辰(12月29日) 晴。晨，文庙行香，顺访子研，留吃饭。午后，继访小崖，述汪处十九日送号帖为定，坤宅冰人章子梨。回即字复子砚。今夜诵棠乘卫泉往常熟吊味霞夫人便船回家。接府札，催造新进格眼清册。又接芝弟致铜士书。夜半大风。

十六日己巳(12月30日) 晴，竟日西北风，寒甚。到常船不能开，诵棠仍到冷斋，盘桓竟日。夜饭后风稍息，与卫泉同船而去。

十七日庚午(12月31日) 晴。章子梨为汪、陈联姻事而来。

十八日辛未(1888年1月1日) 晴。子研来望媒人，留吃饭。午后，小崖亦来望媒。

十九日壬申(1月2日) 晴。晨，庾香来。俟其去，即往府学，将问名帖送至陈小崖公馆，即将吉庚送至府学。庾香亦在，留吃午饭，薄暮回。

二十日癸酉(1月3日) 晴。阅汉峰致三儿信，知其恙冬至节未加剧。附到念庭雷州书，云侄媳之柩现停粤东省城江苏会馆。

二十一日甲戌(1月4日) 晴。晨未起，子研字来，云今日谭军门五十正寿，约同上辕。俟余至，子研、庾香已俟久，同往，不见，挂号而返。纯嘏招三学明日吃芹酒。黄昏，天马山各佃交租。送衡堂孙芹分五灯烛票，四十支。受，酒十斤。辞；唐碧仙五灯、卅支。酒票。十斤。是日，次孙女根保期岁。

二十二日乙亥(1月5日)　晴。午刻，赴纯嘏之招，同席庚香、子研、唐小村、宋守初、张进之，席散已晚。送张子明芹分，受酒，十斤。烛辞。王晋芬子砚孙烛五灯、四十。吴培生子存甫五灯、四十。杨禾斋子良骥五灯。四十。灯下写汤子谋扇面，是办考时在文昌阁索书者。接县移，十二月十七日月食。

二十三日丙子(1月6日)　小寒，晴。晨，写邑中带来扇面二，一袁春圃，一范叔明，范是伯亨侄同窗世兄。又写纨扇一柄，令三儿画梅花。送叶小舟子伯莲芹分。又为张仰铭书纨扇。

二十四日丁丑(1月7日)　晴。张子明联珠邀廿六日芹酒。

二十五日戊寅(1月8日)　晴。晨，子研、庚香来，同访倪古青。回，仍到冷斋，坐片刻。庚香招饮，同至澹成轩，从午吃至戌刻，子研大醉。日间令长班张处辞酒。唐小村招廿七日芹酒。

二十六日己卯(1月9日)　晴。午后，同景刘出西门，买紫沙水仙盆一只，更上一层楼茗饮。何恒源为两孙买皮困秋两顶，进城买水仙两个，薄暮回。知三儿去看子砚，昨大醉之后，今日尚吐，形神困倦。朋簪集饮本是乐境，如此反成苦境矣。明日唐家芹酒，闻已醉。

二十七日庚辰(1月10日)　晴。巳刻，赴小村家芹酒，庚香已到。席散，已上灯，庚香大醉。接府札，十二月初三日送学。

二十八日辛巳(1月11日)　晴。

二十九日壬午(1月12日)　晨微雨即止。午后，庚香带交仰铭属书画团扇。又访子砚，将《后汉书》一本带去，面乞叔铭钞补缺页。叔铭工宋体字。庚香亦至，谈及学宪腊月初三日取齐淮安府属。

十二月初一日癸未(1月13日)　雨。晨，文庙行香。

初二日甲申(1月14日)　晴。午后，静卿自泗泾来。

初三日乙酉(1月15日)　送学，晴。晨，道纯嘏喜，姚、唐两家道喜。出西门,杨禾斋、吴培生、张词甫、王晋芬家道喜。回,方知华、娄县开仓,差贺。晚,到华学坐片刻,同庚香答拜城守营曾□□。新任,今日来拜。回,径到学宫。两县相继至,新生亦齐,即谒圣,明伦堂行礼。毕,回已暮。静卿来。今日上下两顿,全家扰景刘芹酒。

初四日丙戌(1月16日) 雨。堂课:文题"子曰:弟子入则孝"一章,诗题"各勉日新志"。到者仅顾肇修、号百颐。叶瑞钟号伯莲。二人,未饮即去。屈味霞自常来,送物四种,受茶食、馒头,辞酒、腿,而酒又送来,亦受之。

初五日丁亥(1月17日) 穆宗毅皇帝忌辰,晴。午前,儿、媳、孙男女回家,因十二日佩女、十五日王太太安葬。昨堂课备菜一席无人吃,今午招屈味霞及其郎君葆初、稻初、宋拙生、景刘迎学来,未去。赵襄伯、适来。纯嘏、景刘同饮。黄昏雨,儿、媳等想可泊舟青浦。

初六日戊子(1月18日) 孝惠章皇后忌辰,雨。

初七日己丑(1月19日) 雨止而阴。接选青初三日致铜士书,告知十二日概不举动,问铜儿要回常否。午后无聊,昏昏欲睡。庚香适送梅花来,即汲水供瓶,以水仙一盆配之。今冬天暖,兼以闰月,澹成轩梅已全开,不比去年此时南枝消息尚觉迟迟也。

初八日庚寅(1月20日) 晴。午后,襄伯来,庚香继至,皆知我寂寞耳。谈至暮去,约其明日如天晴来此,同出西门。书办、周桂开夜船往枫泾。

初九日辛卯(1月21日) 晴。午后,襄伯到华学,同庚香过访,即到三径。回已上灯,庚香送我过大吴桥而别。

初十日壬辰(1月22日) 晴。午后,到常船回松,带到三儿信,知初八早抵里,附述适庞氏四侄女病故,闻之酸鼻;凤书痰症又发。晚,廪生丁鹤峰昌霖来,其戚柴某在山东曹州某县当征收,属驿递家信一函,即发铺。

十一日癸巳(1月23日) 孝和睿皇后忌辰,晴。接县移封开印信日期。十二月二十日巳时封印,十四年正月二十一日午时开印。

十二日甲午(1月24日) 孝德显皇后忌辰,晴。晨,庚香为龚徒事而来,留其吃午饭,携我分韵试律两本去。与之偕行,他归,余访子砚。回已暮,寄泗泾戴静卿信。

十三日乙未(1月25日) 雨夹雪。

十四日丙申(1月26日) 晴。"瑶阶秀发科名草;阆苑香探及第花。"三儿篆楹帖贺碧仙入泮,偶忆及之,录于此。

十五日丁酉(1月27日) 晴。晨,文庙行香。访庚香,留吃午饭,同访子砚。微雨兼雪,路滑难行,乘轿回。午饭时,马云泉使人持信及送宪书来,年例四元向庚香移,即交其使带苏。

十六日戊戌(1月28日) 雨雪竟日。夜,与景刘、卫泉谈天。

十七日己亥(1月29日) 晚雨,夜又雪。未识儿、媳辈今日家中开船否。

十八日庚子(1月30日) 雪。

十九日辛丑(1月31日) 雪霁。闲坐无聊,作七古简庚香、七绝四首怀念庭侄。雷州宋铁庵云骏来,面交陈剑庵送伊洋二元,属仍写剑庵,作为郑州捐,代其寄沪。

二十日壬寅(2月1日) 晴。巳时,封印。上府。午后,徐谷生应芬来斛裔米,领纸徐文炜列名。接叶心田信。

二十一日癸卯(2月2日) 晴。晨,襄伯来。午后,仪庭来。晚,儿、媳等回松,家中十九开船。庚香来,约明日夜小饮,吃淮厨。做馒头。

二十二日甲辰(2月3日) 晴。午后,微雪即止。赴庚香之招,与其戚萧汉台谈天。傍晚,松乔丈、子研、叔铭至,同席萧汉台、仰铭及主人而七,回已二鼓。

二十三日乙巳(2月4日) 立春,晴。未刻,至府署。申正一刻,鞭春。接金小芗信,鹰扬尚父与之偕来。又覆叶心田信。鞭春时余偶得一句:"又出土牛送寒气。"庚香对云:"不殊竹马共儿嬉。"

二十四日丙午(2月5日) 晴。晨,课两孙,温书数段。午后,子砚来，欲到大文堂算帐，因偕三儿同出西门，慎顺买糖，通惠、一大、大文三处还帐，三径啜茗。融雪，大街上泥淖难行。夜雪。

二十五日丁未(2月6日) 晴。两孙温书数段。晚，钱梧生来。

二十六日戊申(2月7日) 晴。令长班送襄伯束脩及明年聘帖。晚，周桂、书办枫泾、涨庄、鲇鱼浜收租回。梧生学租报销付讫。

二十七日己酉(2月8日) 晴。接漱芳丹阳书，并《见怀》七古、《九老》和韵九首。午后，同景刘出西门算帐。三径茶，豫章面。回，知庾香过访。

二十八日庚戌(2月9日) 晴。午后，访庾香，偕其及汉台同访子砚，同到三径啜茗，回已暮。和漱芳《见怀》韵，作七古一章。夜，敬神。

二十九日辛亥(2月10日) 晴。三儿有小恙，请星榆诊脉。襄伯、德仲来，留吃午饭。夜，祭先。

除夕壬子(2月11日) 大雪。午后，上府辞岁。夜，襄伯来，留吃夜饭去。先考妣及亡妻影前上茶、行礼。三儿小恙，未下楼，媳妇率孙男女为余辞岁。

光绪十八年壬辰日记

正月十九日己卯(1892年2月17日) 开印,晴。小除夕患病,至元宵才起床,现精神尚未复元,二十二日华、娄府试正场断难出去,托汪、何两君面禀太尊。新正十二卧病在床,忽有报子来报,十二月廿六选单,升常州府教授。又有一番跋涉,甚无谓也。

二十日庚辰(2月18日) 微雨。各学俱到。有来拜者,概未请见,只好缓日去答拜。

二十一日辛巳(2月19日) 孝穆成皇后忌辰,雨水,晴。午后,子研过我,到贡院。庾香自贡院回,过我云已禀明太尊矣。庾香带阅十八日《申报》,教职选单已见。

二十二日壬午(2月20日) 华、娄童府试正场,晴。

二十三日癸未(2月21日) 孝圣宪皇后忌辰,晴。小唐来剧谈,请其诊脉。午后,庾香至,云昨日同子研留场,出,天将曙矣。晚,许肖霞至,年已七十八矣,精神矍铄,步履轻松,令人生羡。肖霞名垚,支塘人,从未晤面。去秋在家,小卿请朱砚生,招作陪,与之同席,其时已委署青浦学,小卿之亲家。

二十四日甲申(2月22日) 奉、金、上正场,阴。午后,庾香至。

二十五日乙酉(2月23日) 晴。

二十六日丙戌(2月24日) 南、青正场,晴。午后,子研至,庾香、荃君相继至,薄暮去。纯嘏来,留吃夜饭,俟先生夜课毕,同回北门。

二十七日丁亥(2月25日) 晴。晨,庾香至,拟寄苏信,下午去。仪庭、静卿同濮焕章、方莹洁、沈和懋、宋云骏来见,余还礼,几致倾跌。张苇舟亦至，琴山继至。庚香赴隽云夜宴之招，顺道又过谈片刻。夜饭时襄伯至，留其吃饭，长谈，借灯去。

二十八日戊子(2 月 26 日) 华、奉、娄、金初覆，晴。接芝弟廿三日驿递书。复鳌峰、云泉书。灯下写复芝弟信，明日寄。

二十九日己丑(2 月 27 日) 孝仪纯皇后忌辰，晴。晨，朱廷扬来见。侯颂廉来。子砚交到昨留场太尊发交《阴骘图注》十本。午后，子砚、庚香来，谈及严隽云明日就要动身，今夕在琴山寓公饯，我竟未知，欲附一名。两君云病后尚未出门，似可不必矣，歉仄之至。明日本拟行香、拜客，隽云处谢步兼送行也。移复本县陆武童事。篑山招初二日饮，忌口，不能到。

二月初一日庚申(2 月 28 日) 上、南、青初覆，微雨。晨，文庙行香、拜各学同寅，俱未见。往华学、府学，皆晤。符篑山招初二日饮，朱调三招初三日饮，皆辞之。

初二日辛卯(2 月 29 日) 晴。天马山各佃仍以米来，可恶之至，不收，约定二十日来兑租。

初三日壬辰(3 月 1 日) 晴。晨，走访许肖霞、顾云抟，皆晤，长谈而返。云抟，苏州人，丁卯孝廉，青浦学正斋。是夜雨。

初四日癸巳(3 月 2 日) 七县二覆，晴。晨，出东门，祭吕祖。回，访龚梓材，询悉鳌峰长洲学署事须考后悬牌，其来信所云司友即马云泉。午后，庚香至，谈久之，同至贡院前，在文粹堂晤琴山、子砚。琴山先回，予至孙珍三买笔，又买清保读《尚书》一部。又见旧本徐春卿作秩《尚书说约》二本，是元刻，点画分明，以八十文购得之。同庚香、子砚回冷斋，适仪庭过我，留吃点心去。

初五日甲午(3 月 3 日) 晴。晨，子砚来，约明日招琴山饮，邀作陪。午后，庚香至，同到贡院前。襄伯寻踪而至，与之同回，在冷斋作学宪观风诗《署行义年》八韵一首，誊真交卷。留夜饭，长谈去。夜风雨交作。

初六日乙未(3月4日) 雨。巳刻,赴子砚之招,同席琴山、庚香、叔铭、汪氏桥梓。德源馆肴馔颇好。

初七日丙申(3月5日) 孝淑睿皇后忌辰,惊蛰,雨。接吉人初三日书。又接鳌峰苏城书,前来信云司友即马云泉,送委之迟,可以照办。景刘来。夜雷雨、风雪并作。

初八日丁酉(3月6日) 丁祭。丑刻,冒风雨至县学宫,俟张筱蓉到即行礼。送神后,到府学宫,太尊到已天明。祭毕回,未睡。午后适睡而小唐至,不晤。子砚交来谷辰拟解司饷稿。

初九日戊戌(3月7日) 七县三覆,晴。午前,走访小唐,留场,不值。庚香来,略谈即去,以今日祭十八祠。寄覆吉人信。

初十日己亥(3月8日) 晴。午后,走访小唐,庚香亦至,畅谈半日而返。太尊柬招十三日饮。

十一日庚子(3月9日) 孝康章皇后忌辰,雨。晨,张访君来。接抚房王字步青号少渠家鼎,住瓣莲巷。信,云事归抚房经办,俟凭到行文,即可自备移文及印领四纸、亲供四纸,并叙在任供职并无事故,移娄县请加印结四纸,并请县中给文送考,亲赍县详来舍,即可代禀面商,一切办理,无庸转详。此次名曰现任推升,事归抚院一处主政,非初次选缺比,诚恐未谙,特先关照,庶免转详多费一切周折,致迟歧误,公私无益也。

十二日辛丑(3月10日) 七县末覆,晴。寅正,到考场。俟开门,天已大亮矣,点名毕即回。珍保起惊,忽厥去,久而醒,请方老太推筋。午后,访子研,暮回。珍保又厥,上灯时又厥。又请杨姓看筋,据云急惊成慢惊,非用针刺不可。连刺三针,哭始出声。既经推过,今夜不能再推,明日覆看,据说大事无妨。然道士掐课,袁云表来寓占卦,华城隍船中请喜,灶上叫喜,道士来送土,自家送鬼,已搅得心绪棼如。半夜中又厥三次。

十三日壬寅(3月11日) 晴。晨,令周桂到贡院郡尊前辞酒。庚香、梓材、访君来。珍保不时厥,势颇可虑。延蒋仁侯诊脉,又招沈一鸣来起卦，皆云患恙不轻。又要送鬼、斋亡人、祭宅主、道士动钟鼓谢土，令森孙写信寄家，告知其父。明日书院甄别，又要黎明出去，留场内。一昼夜心乱如麻，如何如何！薄暮，纯嘏来，交还乙亥冬租房屋据。夜雨。

十四日癸卯(3月12日) 三书院甄别。黎明，到贡院，竟日雨。禀明太尊，因孙女有恙，放头牌即出场。珍保不复厥，惟竟日弄舌咋嘴，似非吉兆。施医早上来诊视，夜服其药。

十五日甲辰(3月13日) 阴、晴半。晨，庚香来问女孙病，子砚字来问，两君关切，心感之至。青浦副学实缺汪兆曾来拜。马云泉信交到部行抄奏，鳌峰自苏回，来谈一切。

十六日乙巳(3月14日) 华、奉、娄、金、上步箭，晴。丑刻，到文昌宫。外学同寅皆到，太尊、军门至。天明祭毕，回，交七点半钟。到府署，本定今日武童外场先试步箭，娄童饭后射，余在海石堂吃饭，俟诸童射毕即出。答拜汪少甫，未晤。小唐、琴山招明日申刻饮。寄谷辰信及空白各件，属其先行申详。

十七日丙午(3月15日) 上、南、青步箭，晴。晨，庚香来，施韵亭来，看女孙之恙。午后，襄伯至，谈至薄暮去。即到调三家，赴小唐、琴山之招，同席寿辉庵、汪少甫、篔山、庚香、子砚及两主人，散已不早。

十八日丁未(3月16日) 骑射，晴。六点半钟到教场，娄童骑射毕，天洒雨，即回。根根喉肿而红，晚去请心田。余因近日有事，略辛苦，兼以起早受寒，又发喘吐痰，亦请其诊视。雨益大，乘轿至华学。今日公请汪少甫、周小唐、宣琴山、符篔山、杨庶蕃，席散已三鼓。

十九日戊申(3月17日) 技勇，雨。八点钟到府署，太尊看过华、奉、娄、金，吃饭，余亦即出。接抚房王步青信，云红凭顷已到院，朱限本年五月初三日到任。夜，服药。

二十日己酉(3月18日) 技勇，孝哲毅皇后忌辰，阴，午后霰雪雨交作。晨，庚香来，留其午饭。同过小唐寓，不值。庚香顺路回署，予亦返。许肖霞来，云昨技勇看至上、南止，今晨看青浦；廿二武童覆试；汪少甫廿四日接印，廿三回青卸事，就要回里。夜，服药。

二十一日庚戌（3月19日） 晴。晨，友笙将各廪具禀来，属转移华亭。午后，庾香至，带前夜公请帐来。同到贡院前，为松保买扇，顺答许肖霞，他出，不晤。同访子砚剧谈，吃过点心，回已暮矣。晨，访小唐。寄覆抚房王步青信。接金山县移，查廪生空缺。南汇学郑志成来拜。

二十二日辛亥（3月20日） 武童覆试，春分，晴。到府署，华童已开射，仅箭一枝。七县毕，不过午刻。诸同寅齐集海石堂，饭罢而散。至察院巷，答拜代理南汇学郑绍文。志成，如皋人。前陈小崖太夫人讣至，由局寄分洋一圆。解府学宪观风卷，生十五，童十七。共三十二本。移县领上年斋俸。晚，鳌峰至，出云泉覆他札见示，云不料部凭已到，为期尚远，前说恐难如愿。其中颇费周章，达翁之数方欲增加，焉能议减，可恶之极。

二十三日壬子（3月21日） 雨。午后，庾香至，谈及毗陵之行，分手不远。余诵东坡《水调歌头》云"人有悲欢离合，月有阴晴圆缺，此事古难全之"句，相对欷歔者久之。心田来诊脉，因近日又患喘嗽吐痰，夜服其药。

二十四日癸丑（3月22日） 雨。寄信谷辰，询其前寄空白各件收到与否。华学附生钱韵亭钟麒来，有事属致本学师。上灯时，鳌峰冒雨乘轩来，无非为云泉事，可恨可恨！

二十五日甲寅（3月23日） 晴。移覆娄县、金山县查官生空缺。

二十六日乙卯（3月24日） 孝昭仁皇后忌辰，晴。接王步青信，附阅詹坦推升扬州府教授县径详抚稿。午后，子研、庾香相继至，剧谈，薄暮去。

二十七日丙辰（3月25日） 晴。午后，襄伯来，留夜饭。

二十八日丁巳（3月26日） 晴。午后，访庾香，不值，知与子砚出西门买物，同怡川略谈而返。写致芝弟、慎侄信，交两孙女初一回家带去。晚，接县移："光绪十八年二月二十五日，奉巡抚部院刚□札开：光绪十八年二月十六日，准兵部火票递到吏部咨，十七年十二月分推升教职姚福奎文凭一道封发，照例考试，朱限十八年五月初三日到任。等因到本部院。准此，合就抄咨札行，札县，即便转移遵照，迅将该县教谕签升常州府教授姚福奎作速查明在任有无事故及各项违碍确切声明，取具册结领卷，刻日详送考验，给凭赴任。如有事故，亦即由县详咨开缺。再，该县奉文后，照章限五日内转移，仍将奉文转移日期先行具文申复，毋任延搁。等因。并蒙抄咨下县。奉此，除将奉文转移日期申复外，合就抄咨转移。为此，合移贵学，烦照来文，希将任内有无事故及各项违碍确切声明，出具册结领卷，刻日移送过县，以凭详请考验，给凭赴任。幸勿有稽。望速望速。须移。

"计抄咨：吏部为给发文凭事，光绪十七年十二月分推升教职姚福奎文凭一道，合行封发。该抚照例考试，分别等第。文理平通可用者，按年汇报；如文理不通及年老残疾者，将该员即行革退，咨部开缺可也。

"计开：姚福奎，江苏苏州府举人，现任松江府娄县教谕，论俸签升，今授江苏常州府教授。"

二十九日戊午(3月27日)　雨。

三月初一日己未(3月28日)　晨雨。文庙行香。访庚香。午后，两孙女回家。傍晚晴，庚香至。

初二日庚申(3月29日)　晴。午后，庚香至。吃过点心，偕访鳌峰，适下乡，晤梓材。

初三日辛酉(3月30日)　晴。接学宪二月廿八日批回朱廷扬等如详俱准顶补各廪缺，均以二月十八日为始。午后，庚香至，偕出谷阳门，至万成水烟店取烟箱，云要过四五天才有，回已暮。接张筱翁移，查上年官生空缺。已于二月廿五日移覆矣，何以复来查？殊不可解，作书复之。

初四日壬戌（3月31日） 雨。昨庾香面约今日请廪生，书到者仅三人，招子砚与余作陪。说定天晴到，雨则不到，仍来邀，辞之。

初五日癸亥（4月1日） 晴。新到华捕厅蒋海帆朝琛来拜。又致书谷辰，询其前寄空白各件曾否收到，以前月廿四之信仍无复信也。接芝弟初一日信，以新得古碑数种寄纸属书《金石萃编》跋语。老弟家居无事，致多清兴，不知老兄近日心绪棼如，何有闲情逸致弄此豪翰耶！晚，庾香至，谈及昨廪生仅到两人，宏兴菜甚佳，惜乎不去吃。

初六日甲子（4月2日） 晴。晨，鳌峰来，持示马信，总为方兄哓哓不休。午前，子砚字招吃饭，云庾香在彼，即去长谈，竟日而返。两孙女回常船到松，云初三晚到家，带到慎侄信。

初七日乙丑（4月3日） 晴。午后，庾香至。晚，同游净土桥、放生园，信足所之。过龙门寺，顺至有斐轩。子研适过我，因不值即返。剧谈，薄暮回，知学宪太仓二十日奖赏，二十一日起马，二十三日取齐松江。

初八日丙寅（4月4日） 清明，晴。晨，常熟摊船到，昆和同来。因船大，不能进城，另雇驳船，将无用什物装载出城。来船带到似泉信，即作复，及学洲一纸，附致芝弟信中转交。又致慎侄一书，属其船钱及昆和帮工一切俱在家中算。正在过节祭先，庾香至，饭后偕往竹深处，遇府署书启诸□□，槃森，嘉定人。剧谈至暮返。郑月香属题余曾三《百鸟》长卷，未题，属昆和带交仲展。详府解春季义学脩。

初九日丁卯（4月5日） 晴。晨有事，便衣访筱蓉，他出。午后又去，晤谈一切。子研、庾香至，吃过点心，偕往文昌阁，与汤子谋闲谈，至暮色苍然而散。

初十日戊辰（4月6日） 孝贞显皇后忌辰，黎明闻雷，微雨。晨兴，接谷辰信，云自接空白文件后两寄复书，均被洪乔所误，清册即日缮详，上兑约二十左右，不迟也。午后，鳌峰来，交阅马信，云县详藩台，不必详抚。即作书致筱蓉，将昨面交公牍改详藩悉。庾香继至。

接府札，学宪三月二十三日取齐松属。

十一日己巳(4月7日) 孝贤纯皇后忌辰，晴。午后，令周桂弟送解司饷洋并信到甡源庄，属其会苏交钱谷辰，带回吴益甫振润名片，写“即晚汇付”。庾香、襄伯相继至。

十二日庚午(4月8日) 晴。午后，庾香偕廉石至，茶话良久，同出西门。廉石戏成灯谜四句赠余，每句射一古人，谜云：“贤哉姚广文”娄师德；“别有广文馆”郑居中；“从此往毗陵”离娄；“毗陵桃李满”常遇春。颇有趣味。首、三、四句，庾香俱猜着。为芝弟写《董洪达造象记》《金石萃编》考据。

十三日辛未(4月9日) 晴。晨，访陈叔铭，尚未起。俟其起，面交芝弟属书《造塔记》《金后萃编》考据，剧谈而返。午后，子研来谈天，薄暮去。

十四日壬申(4月10日) 晴。晨，庾香访鹿笙回，顺道过我。午饭后，偕访子研，适欲出西门买衣服，同去。进城已晚。

十五日癸酉(4月11日) 微雨。文庙行香。回，答拜华捕厅蒋海帆、中营陈晖章。竟日雨。

十六日甲戌(4月12日) 晴。午后，庾香、颂廉相继至。颂廉去，同庾香访子研谈天，返已暮。今日各庙赛社，提辕前游人如蚁。

十七日乙亥(4月13日) 晴。晨，襄伯来，为我录试律诗数首，汇订前钞本中。午后，庾香、廉石至，俟襄伯写诗毕，同游醉白池，修葺后未曾到过。去年观荷不果，惜今夏花开，余往毗陵矣。录仇太史楹联云：“胜地记当年，有十亩荷花、五亩梅花，不尽风流怀水部；名园经浩劫，只南城帆影、西城塔影，尚余烟景在云间。祁浩泉隶书。”

十八日丙子(4月14日) 晴。晨，叔铭送书件来。午前，景刘至，留午饭去。晚，庾香来。寄书芝弟，封缴余及叔铭书帖考。

十九日丁丑(4月15日) 晴。晚，子砚、庾香来，云赴青浦船已雇定。

二十日戊寅(4月16日) 晴。晨，同子砚、庾香赴青。晚到，即造学署。汪少符留点心、夜饭。

二十一日己卯(4月17日) 晴。又扰少符午饭,吃扬州面。游城隍庙,周小唐、郑绍文亦到。夜,顾云抟、汪少符又公请。席散,回船已十点钟矣。

二十二日庚辰(4月18日) 晴。晨,杨庶蕃、宣琴山船亦到。午后,学宪船抵马头,禀见后即开船回松,亥刻抵寓。

二十三日辛巳(4月19日) 案临,谷雨,晴。晨,到贡院。巳刻,学宪进院,上手板而回,顺拜诸同寅。午后,小唐、梓材相继至,老生填册者纷纷,幸襄伯适至,留其照应。

二十四日壬午(4月20日) 行香放告,雨。黎明,到府学。学宪辰刻到,行香、讲书毕,回贡院。午后,放告。子砚、庾香恐回署吃饭迟误,留其吃饭。襄伯下榻冷斋,取进场之便。接藩司解饷批详。

二十五日癸未(4月21日) 生经古,晴。卯刻,到贡院。辰刻,开门,点名毕即出。“舟大任重赋以‘舟大任重马骏远驰’为韵”;“晓庭公退半吟诗五言八韵”。[①] 三儿同两孙女来松。襄伯出场,仍留其宿此。

二十六日甲申(4月22日) 童经古,晴。卯刻,到贡院。辰刻,开门,点名毕即出。“礼部试尽赐及第赋以‘百二十人并赐出身’为韵”;“仁义为巢五言八韵”。襄伯仍住此进场。

二十七日乙酉(4月23日) 上四学正场,晴。丑正,到贡院。点名毕,封门,才黎明。回,复睡一觉,颇适。府“故汤之于伊尹至桓公之于管仲”,华“好臣其所教至桓公之于管仲”,奉“得其所哉至烹而食之曰”,娄“得其所哉至彼以爱兄之道来”;经题偶忘;诗“春后鲈鱼坠钓肥”。[②] 襄伯出场,仍留宿寓斋。有本学廪生某,交卷后在甬道上传递经文,被巡捕扭至堂上,学宪仅牌示扣保,仁厚万分,为士子者皆当知所感激也。

---

① 是叶眉批:“赋题出《隋书·苏威传》,诗题许棠诗,得棠字。”

② 是叶眉批:“经题:‘春王正月,师次于郎,以俟陈人、蔡人。庄公八年。’”

二十八日丙戌(4月24日) 下四学生正场，晴。丑正，到贡院，仍不留场，封门即出。金“如智者至如智者”，上“有际可之仕有公养之仕于季桓子”，南“何为也哉曰为其多闻也至为其多闻也”，青“能与人规矩至饭糗茹草也”；经题“虑善以动，动惟厥时”；诗“松花熏得白云香”。晚，发生经古案，娄学正取三名：颜镛、许毓麟、胡常德；次取：张公玙。

二十九日丁亥(4月25日) 覆生经古，雨。换戴凉帽。卯刻，到贡院。辰刻，开门。共覆四十人，堂上点名，顷刻而毕，即出。赋题：“矫若惊龙以‘羲之隶书推为第一’为韵”；“树影画斜阳”。

三十日戊子(4月26日) 奉、金、上童正场，雨。丑刻，到贡院。仍不留场，点名毕即出。午后，到明伦堂看廪生保结，暮返。一等案已发，取十八名：居拱辰、胡常德、颜镛、沈开祺、周廷桢、张联珠、许绠修、濮焕章、倪宇梁、许毓麟、陈则蕃、方莹洁、吴廷铨、侯功叙、陆元达、黄吉士、张鹤祥、张公玙。奉“女与回也”，金“孰愈对曰”，上“弗如也吾与女”；次“然而孟施舍守约也昔者曾子”；诗“广庭清晓席群英”。

四月初一日己丑(4月27日) 覆一等，考教职。卯刻，到贡院。辰刻，开门，八学一等生员点名毕即出。菜两席送至白玉堂，同寅毕集，惟庶蕃以茹素不到。席散，庶蕃至，过冷斋，友笙亦来。襄伯饮鹿笙处，留宿我寓。考教题：“得天下英才而教育之，三乐也，君子有三乐”；经“汝分猷念以相从，各设中于乃心”；诗“窗迎西渭封侯竹五八”。[①] 一等覆试题：“吾将仕矣至闻弦歌之声”；诗“石床润极琴丝缓五八”。

初二日庚寅(4月28日) 南、青童正场，雨止。丑刻，到贡院，点名毕即出。南“告子曰：生之谓性”，青“孟子曰：生之谓性也”；次“其寡过矣乎上焉者”；诗“孟夏雩于南郊”。午后，到文昌阁，与礼卿、

① 是叶眉批：“石延年《张氏园亭》诗，下句：‘地接东陵隐士瓜。’”

铁松剧谈。府学廪生张忍百属书纨扇，即在阁将子砚笔墨一涂。

初三日辛卯(4月29日)　提覆奉、金、上童，雨。卯刻，到贡院。辰正，开门，点名毕即出。雨中访子砚，谈久之。又访小唐，出场适睡，未晤。晚，襄伯至，因昨誊卷未了，留宿斋中。提覆题：奉“信近于义言”，金“可复也恭”，上“远耻辱也因”作一讲一钓；“千秋金鉴录得龄字，破题四句”。有点张龄而获售者，可笑可叹！

初四日壬辰(4月30日)　华、娄童正场，雨。丑刻，到贡院，点名毕即出。此回考试不留一场，前小唐询之学房，云学宪以我年老不派，感激靡涯。现留场总须竟日，必净场乃得出，诸同寅殊形辛苦。华“从吾所好子之所慎齐”，娄“俭吾从众拜下”；次“然则夫子圣矣乎，孔子曰：圣则吾不能”；诗“盘餐烹野花”。庾香晨过我，晚同袖考教卷交子砚处，略谈而散。明日杨庶蕃招饮。

初五日癸巳(5月1日)　提覆南、青童，雨。卯刻，到贡院。辰正，开门，点名毕即出。午刻，赴庶蕃之招，同席顾云抟、汪少符、宣琴山、何庾香、汪子砚、郑绍文、庶蕃胞弟书常。周小唐小恙，不至。提覆题：南“道学也如琢”，青“自修也瑟兮”作讲、钓；“惜分阴得陶字，破题四句”。黄昏，挂提覆华、娄牌。

初六日甲午(5月2日)　提覆华、娄童，晴。卯刻，到贡院。辰正，开门，点名毕即出。华“不逾矩孟懿子”，娄“有本者如是”二句；诗“品惠泉得山字，点题四句”。晚，出案。一夕之谈，淡而无味。

初七日乙未(5月3日)　新进童生总覆，晴。卯刻，到贡院。巳刻，开点，毕即出。晚，子砚、庾香来，约十三日在白玉堂公请各学同寅。

初八日丙申(5月4日)　武童外场，晴。卯刻，到教场。辰刻，学宪到，至上海吃饭。饭后余先回，出西门，张丙章处谢步道喜。丙子入泮，昨丙章来。郑绍文招明日饮。晚，象山来，交阅郎君伯贤会试首艺。

初九日丁酉(5月5日)　立夏，步箭，晴。辰刻，到贡院。学宪看毕华、奉、娄、金武童步箭，吃午饭，上四学同出。夜，赴绍文之招，同席小唐、云抟、庾香、子砚、琴山、庶蕃。席散已不早，踏月而回。

初十日戊戌（5月6日） 技勇，晴。辰刻，到贡院。学宪看华、奉、娄、金武童技勇毕，吃午饭，上四学同出。午后，访子砚。招庾香商十三日请同寅之菜。又访小唐，与商详稿。晤闻庭。郎君海瑚入泮。晚，子韵来。

十一日己亥（5月7日） 武生正场，晴。辰刻，到贡院。巳刻，开门，点名毕即出。傍晚，发武童案。

十二日庚子（5月8日） 武童覆试，晴。武童覆试巳刻开点。

十三日辛丑（5月9日） 总覆文童，奖赏，大雨竟日。巳刻，开点，总覆文童。未刻，一等文、武生奖赏。夜，在文昌阁公请同寅。

十四日壬寅（5月10日） 奖赏新进文、武生，晴。奖赏新进文、武生：沈生仪庭、倪生涤源、许生石麒、颜生友笙。以余将有毗陵之行，设席友笙家饯别，沈约斋同席。晚，襄伯来，留夜饭去。详学宪查覆事件。

十五日癸卯（5月11日） 起马，晴。向到马头送学宪，余未知更章，黎明起，欲出西门，已上轿而庾香令长班适至，云都在贡院送，不出西门。若非庾老关切，一人仆仆何为哉！心感无既。

十六日甲辰（5月12日） 晴。晨，庾香、子砚来，同访绍文、琴山。午后，接县移斋俸划漕串。

十七日乙巳（5月13日） 孝端文皇后忌辰，晴。晨，子砚来，云明日看大阅，招小唐、绍文、庶蕃、其弟书常吃午饭，约作陪客。午后，访庾香，同野川到教场游玩。顺访子砚，庶蕃、书常亦至，吃点心而返。寄信陆云孙苏州。

十八日丙午（5月14日） 晴。晨，往府学，庾香已到，绍文继至。小唐、庶蕃屡邀不至，酒半至，云已吃饭。琴山前到闵巷讲乡约，因看大阅回松，来访子砚，遂同饮。席散，同游醉白池。闻制军已到，明日开操。

十九日丁未(5 月 15 日) 晴。晨,襄伯至,午饭后挈两孙出游,余独坐书室。庚香至,家人误以他出辞之。后庚香途遇襄伯,知余在家,又来。点心后,散步旷野,信足所之。到教场,大阅早毕,旦为花团锦簇之场,暮成云散风流之象。余谓庚香曰:"红红绿绿是妆点成者,冷冷清清是本来面目。妆点者不常,本来者可久。"庚香笑曰:"然。"一路闲谈,又造有斐轩,略坐而返。接鳌峰长洲学署信。

二十日戊申(5 月 16 日) 晴。襄伯、鹿笙、野川、叔铭以予将有毗陵之行,设席文昌阁饯别,同席府、华两学。襄伯醉,留宿寓中。

二十一日己酉(5 月 17 日) 晴。寄复鳌峰信。午后,访庚香,同到三径。丹徒人朱雨之,在阜宁开布店。庚香之友,来松,暂住学中,同去。胡国珍亦至,茗谈良久。回,如意馆扰国珍面。

二十二日庚戌(5 月 18 日) 晴。还子砚公请同寅帐。德源馆来算帐。送符篑山令郎芹分。

二十三日辛亥(5 月 19 日) 晴。晨,谒太尊,禀请委人兼理,因欲赴省考验。篑山送赆,受茶叶两瓶,腿辞。因考验事,备文移娄县。太尊饬房来说,请委兼理须具禀,即饬书缮禀送府。晚,庚香来,约廿五日治具,同子砚饯别。

二十四日壬子(5 月 20 日) 小满,晴。接公临信,欲领二孙女到其家过夏。午后,子砚至,招明日饮。晚,庚香亦至。

二十五日癸丑(5 月 21 日) 晴。晨,到澹成轩,赴何、汪两君饯别之宴。

二十六日甲寅(5 月 22 日) 晴。午后,庚香至。闻远平叔来送挚兼送行。

二十七日乙卯(5 月 23 日) 晴。晨,上府禀辞,诸同寅及城内外各绅、诸友处辞行,即于是日交卸钤记,府尊札委华学兼理。庚香、子研、野川、叔铭皆来送行,留谈至晚,黯然而别。吃过夜饭,下船,略动几橹,潮落不能行,即泊。

二十八日丙辰(5 月 24 日) 晴。黎明开船,晚泊孙塔(吴江界)。

鸣凤馆吃面，旁有茶园（宝善堂扁额）。偕三儿啜茗，来一短衣者，谓周桂曰："此是娄学姚某，曾到此。"忆辛巳验看回松，曾在此地泊舟，吃茶与否亦不了了，至今十二年，此人尚认识，奇极。

二十九日丁巳（5月25日） 孝慎成皇后忌辰。黎明开船，申初抵苏，进盘门，泊石岩桥。凤池啜茗，剃头。抚署访陆云孙，回常未来。瓣莲巷访抚房王步青，晤谈一切，托其赶紧投文。

五月初一日戊午（5月26日） 竟日雨。闷坐舟中，无聊之极。

初二日己未（5月27日） 晴。午后，至观前买靴、补服，雅聚茗饮。

初三日庚申（5月28日） 孝诚仁皇后忌辰，晴。早、晚偕三儿凤池、鸣凤两茶，养育巷迎和馆吃面。

初四日辛酉（5月29日） 晴。黎明，令船友开至阊门外，同三儿飞丹阁吃茶。曹素功买墨三锭，万年红两锭。午后，至沐泰山买痧药。即回舟，仍开至盘门，泊舟小仓口。起岸，遇王步青使送抚号房抄牌来，初六日考验。偕三儿仍至迎和馆吃面，凤池茗饮。夜饭后，写致两孙信，附寄汪、何两君书。晚，在凤池买《申报》，见今科鼎甲：状元刘福姚广西桂林，榜眼吴士鉴浙江钱唐，探花陈伯陶广东东莞，传胪恽毓嘉顺天大兴。

初五日壬戌（5月30日） 阴、晴半。忆去年今日，吴廉石、金菊生、沈景刘诸君具酒肴，在白玉堂射灯谜，庾香同席，酣嬉淋漓。今年此日，舟中闷坐，从此与故人相别，欲复寻此乐，不可再得，言之慨然。

初六日癸亥（5月31日） 晴。辰初，进抚署考验，履历由号房递领，至西花厅作文，题："学则三代共之"，"五月榴花照眼明五言八韵"。午后，交卷，到外官厅，由号房取出吏字一号部凭一道，领纸号房已备，但画一押，送进即上手板禀辞，回船即开。夜泊浒关，卧后大雨如注。

初七日甲子（6月1日） 晴。午后，过无锡南门外，晚泊洛社，起岸,剃头。询之土人,洛社距常州六十里。

初八日乙丑(6月2日) 晴。午后,进常州东门,至学宫前停泊。起岸,先拜副学刘琴舫,铁群,如皋人,甲子举人。继谒见桐太尊,递履历禀到。夜即住学署中,房屋颇高爽。

初九日丙寅(6月3日) 晴。晨,刘琴翁来。巳时,接印。午后,拜两县、两学及各同寅、山长、堂董。又上府,仅晤阳湖学章杏初,光第,嘉定人。人极率真,一见如故。武进学何春海承霖,仪征人,丁卯举人。讲乡约未回,不晤。

初十日丁卯(6月4日) 晴。晨,何春海来拜,晤谈良久。在松时汪少符曾谈及此君,其熟识者。阳湖县叶怀善差拜。差拜游府关殿彪。午后,关亦差答。章杏初来拜,长谈而去。

十一日戊辰(6月5日) 芒种,晴。晨,朱山长仪训来拜,应请见,下人不知驾而去。晚,学宫董事金赞卿亮畴,附生。来拜,谈许久。

十二日己巳(6月6日) 晴。晨,刘琴舫来谈天。晚,周桂趁苏州航船回松,带家信及致何、汪两君信。李彦钟、总捕厅。殷以恕发审。来答拜。

十三日庚午(6月7日) 晴。晨,阳湖主簿沈幸生余庆,绍兴人。来答拜,晤,年六十九,颇健谈。走答琴舫,剧谈而返。由局寄芝二弟信。初八禀见太尊,见郡斋悬隶书楹联云:"治国若鱼,不扰为福;养民如马,有害斯除。"边款云:"集《曹景完碑》字。"偶忆及之,随录于此,惜忘书者姓名。

十四日辛未(6月8日) 晴。令木匠将西厅右次间装板壁,从门房内卸下。后柘板自己买,房门两扇从内室下房移用。做此一间,家眷来时,方可寝处。上房除中间砖地外,四间皆是板房,极好,因历任皆不住,今亦避之。两孙来,可设塾于此。午后,阳湖县叶来拜。书办缮册结八套缴凭。

十五日壬申(6月9日) 晴。黎明,闻打门声,呼张洪起询问,是马号来报,学宪船自金坛回江阴,将抵马头。即起,偕琴舫文庙、文昌宫行香，俟轿夫来，即出西门，到毗陵驿。巳刻才到，三同寅长揖。余新到任，穿花衣行礼，递履历。回已过午，见名片三纸：马时昌、(菊庵)照磨厅。金钟彦、督粮厅。王德甡，(富尹)武进主簿。皆来答拜。

十六日癸酉(6月10日) 晴。府吏房陆惠连士鸿来谈缴凭费。接用吉十三日致三儿信，云痴阿顺初五日到我家中，不招留他，他硬住在厅上，夜间要起来弄火，喝他，一味假痴。信来要我想一善处之方，再四思维，别无方法，惟有驱之门外，来即痛打耳。

十七日甲戌(6月11日) 晴。晨，接府札："据武、阳二邑举人薛念祖、徐汝翼、杨振祚、郑光照、孟璐，廪生孟森，生员吴振箕，职员张诰禀称：举人等窃思报本祭先者，子孙之谊也；稽古重道者，儒生之分也。伏查宋先贤何文定公讳基，崇祀文庙久矣。公生八子，曰宗虞、宗武、宗稷、宗英、宗韩、宗晋、宗周、宗文，有籍无锡、宜兴者，有籍金华者。惟宗周、宗文世居武进唐家湾，今隶阳邑，而何氏支派遂绵延以至于今。前明有徐州学正何懋基、陕西苑马寺监正何厚基，亦系宋先贤文定公何基支派，均崇祀常州乡贤祠，俱载在邑志。从可知宋之先贤何基，实何氏之始祖也；明之崇祀乡贤祠何懋基、何厚基，亦何氏之远祖也。谱牒源流，彰彰可考。旧祠向建阳邑唐家湾，祠宇湫溢，未便申明禀请委官致祭。今则移建阳邑司徒庙巷西首，盖造祠宇四进，中厤供宋先贤文定公何基，后厤供明乡贤何懋基、何厚基。举人等伏思府城内如范文正仲淹、苏文忠轼、张子正素祠，均非常州人，而其子孙迁居常地，追思先祖，因之禀请委官，春秋致祭，无不俯如所请，有案可查。今何氏子孙，确系先贤何基之支派，有关正学，而祀事未隆，俾先贤湮没无闻，未免向隅。今特重建专祠，为此环叩，恳请恩准春秋委官致祭，并请先示谕该裔孙何师翰，并求于本年秋祭为始，札饬府学教官诣祠致祭。嗣后所有春秋祭费银两，俱何氏裔孙自行集资承办。环叩俯赐垂鉴，恳请恩准存案。等情到府。据此，除禀批示并饬阳湖县传知该家属遵办外，合行札饬。札到，该学立即遵照，届期查照榜示，前往致祭，毋得违误。切切。特札。”①

武进捕厅吴祖荫来拜。岁考卷，书办来盖印。琴舫来谈天。接芝弟十五日书，我十三所寄一函已接到，附儒卿表兄四月廿六日信。

十八日乙亥(6月12日)　晴。午后，写复儒卿信。长日如年，毫无消遣，悔自松赴郡时不曾带一箧书来。晚，接王步青抄寄抚台札苏藩司，内有“考验得姚□□《四书》文平正通达，取列一等，即于是日给凭赴任”等语。

十九日丙子(6月13日)　晴。午后大风。录试律两首：

“《思家步月清宵立》：家亦他乡住，思之道里遥。步来非爱月，立处每连宵。累重频搔首，年深悔折腰。踏将蟾魄碎，伴有鹭拳翘。信足时行止，当头慰寂寥。一天忘露冷，两地感蓬飘。今夕明辉共，何时别恨消。更残灯欲烬，犹未掩窗寮。

“《忆弟看云白昼眠》：白发怜吾弟，分离岁序迁。看云频寄忆，当昼岂贪眠。病体书详述，羁怀笔待宣。无方消永日，有影指长天。亲舍悲仁杰，池塘梦惠连。纵饶容榻地，不抵对床年。蔼蔼遥空布，依依别绪牵。思兄还望月，一样意缠绵。

“媳妇、诸孙男女尚在松寓未来。前接芝弟书，告知近体患恙。偶拈少陵句作题，信笔成此，聊以寄怀。壬辰五月十九日晨兴作于毗陵学舍，老渔并识。”

二十日丁丑(6月14日)　晴。晨，同琴舫走至府署，禀辞。春海、杏初皆到，在官厅坐谈至午刻才上手板，不见而回。武生试卷，书办来盖印。

二十一日戊寅(6月15日)　晴，午后闻雷，风雨大作。收拾行李，明早开船赴江阴。

二十二日己卯(6月16日)　晴。四更时起，打叠铺盖，同琴舫

---

①　是叶眉批：“文定公已入文庙，祀事隆极矣，何得云湮没无闻？懋基、厚基崇祀乡贤祠，亦不得谓祀事未隆，秉笔者殊欠斟酌。”

桥梓上船，即开，行十里许天才明。申刻，到江阴，用驳船载行李进城，到琴舫旧寓李姓家，距学宪衙门不过数武。靖江学倪筱香、恩荣，江都人，甲子举人。朱怡云培源，新阳人。来。

二十三日庚辰(6月17日) 孝恭仁皇后忌辰，晴。晨，到靖江学，正要到各同寅公馆，而无锡学柳润之、昌霖，吴江人，庚午举人。金匮学王襄卿、有赞，元和人，癸酉拔贡。江阴学秦石麟、毓麒，嘉定人，癸酉举人。何春海、章杏初皆至，长谈而散。顺至锡、金学公馆，又到杏初处，石麟亦在。适午饭，杏初留余吃饭，剧谈良久。同到宜兴学公馆访奚德腴，文彬，娄县人，庚午举人。荆溪学杨馔清世盛，句容人。亦至。回，石麟、襄卿同到我寓，润之、德腴、江阴副学秦干臣赞尧，奉贤人。皆来。

二十四日辛巳(6月18日) 晴。晨，各学同寅齐集寓中，同上学辕禀见。廪生徐翰绮、朱其扬、殷葆诚来拜，适走出，未晤。江阴县刘有光，云南人。简招明日申刻饮。晚，宣琴山郎君通史来，谈及上海于廿一日已送学。

二十五日壬午(6月19日) 晴。卯刻起，辰刻拜江阴刘县，出门，未晤。到学宫晤谈，号谦山，代办提调。俟学宪行香、讲书毕，即回。午后放告，又上学辕。廪生华仲建志勋、县学廪生华相卿彦钰、甘露学生华芙生毓林郎君鼇瓒、廪生周志韩，小棠之侄，崇明教谕静山之子，号紫函。皆来拜，谈良久而去。忆壬戌避难乡居，曾馆于甘露华氏，其时芙生才十几岁，今询其郎君，年已廿八，已有子矣。光阴迅驶，无怪我齿摇发白也。琴山郎君晋侯来，亦晤。辞刘谦山处酒，又来招，偕琴舫同去。同寅中惟春海、润之不到，共两席，肴馔多且旨。

二十六日癸未(6月20日) 生经古，晴。卯刻起，到巡捕房等开门。辰刻，点名毕即出，武进学春海留场。廪生恽渭纶号友樵。来拜，适倦卧，未见。午后，访杏初，剧谈至暮。返，接庚香、子砚两书，告知松江府城内三学新生，太尊择定六月十六日送学。生古学题："蔡中郎以论衡为谈助赋以'入吴始得之恒秘玩'为韵"；"甘蔗吐白莲江边竹枝词”。

二十七日甲申(6月21日) 上五学生正场，夏至，雨。丑刻起，放过二炮，到巡捕房略坐，三炮后良久开门。点名毕，出，阳湖学杏初、江阴学石麟留场。点名时大雨倾盆，封门，雨已止。府“孔子也至则学孔子也”，武“若是班乎至孔子也曰”，阳“莫之能违也至有若曰”，锡“拔乎其萃至孟子曰”，金“力不赡也至诗云”；经题“不贵异物贱用物”；诗题“山谷远含风”。

二十八日乙酉(6月22日) 童经古，晴。卯刻起，坐巡捕房等开门。辰刻，点名，毕即出，无锡学润之留场。童古题：“柳下闻弹指声赋以‘已用柳汁染子衣矣’为韵”；“江远欲浮天、访浮远堂故址七古”。晚，偕三儿去吃面。回，知周小唐郎君海平来，惜不晤。

二十九日丙戌(6月23日) 下四学生正场，晴。丑刻起，放过二炮，到头门外坐至三炮后，良久开门。点名毕，出，宜兴学德腴、金匮学襄卿留场。江“非其道也至非其义也”，宜“无责耳矣至见孟子”，荆“弗思甚也至兼所爱兼所爱”，靖“跃如也至天下有道”；经“隰桑有阿，其叶有难”；诗“又发去年声蝉”。晚，发生经古案，府学次取五名：殷葆诚江、吕国铨宜、周保章、杜嗣程锡、徐大勋。廪生李正华来。

六月初一日丁亥(6月24日) 覆生经古，补岁考，晴。卯刻起，辰刻到巡捕房略坐，即开门，堂上点名毕即出。周小唐衣冠而至，廿八日自奉回江，十余年旧同寅，夏初云间一别，相见欢甚。廪生许咏仁来，学辕未回，不晤。无锡廪生周季梅绍荣来，晤谈久之。覆生古题：“刻木为耕农织妇赋”。

初二日戊子(6月25日) 宜、荆童正场，晴。丑刻起，放过二炮，到头门外坐候三炮开门。宜兴童廿九牌，荆溪童廿二牌，点毕，天已明。江阴副学秦干臣、荆溪学杨馔清留场。廪生王吉臣家枚、郁漱之芳润来拜，皆江阴人。晚，隆源吃面。回，小唐在寓，面约初五日吃局，剧谈而去。石麟招明日午刻饮。接廿六日芝弟书，似泉托其谋两孙教读之馆。松江吴健生已说定到常，即令三儿复芝弟，属转告似泉。宜“此天下之通义也当尧之时”，荆“食功也万章问曰宋”；次“文王之德之纯”；诗“山树抱云稠”。发一等案，府学取二十五名。

初三日己丑(6月26日) 覆一等，晴。卯刻起，至辰刻，到头门外等开门，堂上点名毕即出。巳刻，肩舆答拜小唐，剧谈良久。到江阴学，先至干臣署，继赴石麟之招。各同寅已到，惟春海、襄卿不至。席散已晚矣，步行而回。复一等题：“三军可夺帅也至岁寒”。

初四日庚寅(6月27日) 武、阳童正场，晴。丑刻起，听放二炮，到头门外坐候三炮开门。武进童三十五牌，阳湖三十余牌，点毕天明。春海、杏初留场。前署任黄蘅山寅清世兄昭章自金山来。晚，偕三儿城隍庙前吃茶、鳣鱼面。武“惟舜为然不得乎亲”，阳“敬人至敬人者”；次“似不能言者其在宗庙朝廷”；诗“楼明灯火高”。挂提覆宜、荆童牌。午后起风阵，竟日凉快。

初五日辛卯(6月28日) 提覆宜、荆童，晴。卯刻起，因等吃朝点过迟，知已开门，诸同寅已进去，遂卸却衣冠而止。附生荆溪周志鹏小棠堂侄。来拜。午后，琴山郎君君美、小唐郎君海平来。晚，偕三儿赴小唐之招。城隍庙公善局内坐地绝佳，大有竹深留客、荷静纳凉境界，惜荷花尚未开耳。同席陈味三、绍兴人，江阴县署钱席。干臣、君美、其戚常州赵某，席散已更余。宜“言必有中子曰由之瑟”，荆“点尔何如鼓瑟希”作一讲一钓；“沉珠于渊作四韵”。晚，发案。宜拨四名：钱家驹、张学源、潘宗翰、钱选；荆拨四名：许铭甲、陈鸣锵、潘莘华、卢肇标。

初六日壬辰(6月29日) 锡、金童正场，晴。丑刻起，听放二炮，到头门外坐候三炮开门。锡、金童共七百多人，点毕天明，润之、石麟留场。宜、荆新生来谒见。午后，访春海。又访杏初，适干臣、德腴以谈黄署任事而至。锡“奚其为为政至无锐”，金“人以为谄也至以礼”；次“君子深造之以道”二句；诗“文字觑天巧”。挂武、阳童提覆牌。

初七日癸巳(6月30日) 提覆武、阳童,晴。卯刻起,至辰刻开门,堂上点名毕即出。武“管氏亦有反坫管氏而知礼”,阳“莫知其苗之硕此谓身不修”作一讲一钧;诗“日下五色云见得韩字,作四韵”。晚,发案。武拔四名:蒋维乔、顾绍熙、吴大中、范覆刚;阳拔三名:殷惟一、潘第卿、承凤章。

初八日甲午(7月1日) 靖江童正场,晴。琴舫学辕回,云襄卿、德腴留场。武、阳新生来谒见。靖“王馈兼金至于薛”;次“犹以为远故君子以人治人”;诗“落日荷心香”。挂锡、金童提覆牌。

初九日乙未(7月2日) 提覆锡、金童,晴。卯刻起,等至辰刻开门,堂上点名毕即出。锡“其仆曰至其仆曰”,金“进退则可矣抑末也”作讲钧;诗“至人心镜四韵”。晚,发案。锡拔三名:熊嘉凌、张鉴、汤有光;金拔二名:邹鹏、华鸿勋。

初十日丙申(7月3日) 江阴童正场,晴。丑刻起,听放二炮,到头门坐候三炮开门。江阴童共三十六牌,点毕,尚有残星数点。干臣、馔清留场。锡、金新生来谒见。荆溪廪生许朗山士照、无锡廪生秦来卿复培、金匮廪生华相卿彦钰、龚赓臣志良、宜兴廪生周紫函志韩来。江“而抚四夷也至缘木求鱼”;次“风至上之风”;诗“新晴草蔓缘新笋”。挂靖江童提覆牌。

十一日丁酉(7月4日) 提覆靖江童,晴。卯刻起,等至辰刻开门,堂上点名毕即出。武进新生蒋维乔之兄克庄来。李守礽具全柬衣冠来拜,不知何许人,及与谈,是静斋郎君,号荫嘉,入学多年,此次岁试列一等。静斋司训南汇,罢官后穷愁而死,今继起有人,书香不坠矣,为之一喜。提覆题:“行止非人所能至不遇鲁侯”;诗“蒲葵扇得安字”。晚,发案。拔二名:周士廉、郑虎文。即日来谒见。

十二日戊戌(7月5日) 考教职,晴。辰刻,带考具进场。给卷后,学宪谓天暑,诸君可出去作文。题:“述而不作至诲人不倦”;经“师也者,教之以事而喻诸德者也”;诗“鳞被菱荷《江赋》,下句‘攒布水蓏’”。送酒肴二席到寓,招诸同寅会饮。午后雨即止。晚,赴干臣之招,肴馔精洁，席散已更余。刚回寓，大雨倾盆而至。挂江阴童提覆牌。

十三日己亥(7月6日) 提覆江阴童，雨。卯刻起，至辰刻开点，毕即出。午晴。提覆题："不为厉陶治"二句；诗题未悉。晚，发案。拨三名：周廷佐、杨世芬、向光纶。即来谒见。各学廪保络绎而来，八学并一夕之谈，当此盛暑，尤觉烦热。

十四日庚子(7月7日) 覆九学新进，小暑，晴。巳刻，开点。锡拨府熊嘉浚因病不能覆试，禀明学宪病痊补覆。题："迩之事父"三句；诗"贡士谒文宣王得唐字"；经文免。

十五日辛丑(7月8日) 武童外场，晴。黎明，到教场校骑射，七县毕，吃饭，余偕诸同寅饭于武帝庙。午后，靖江童骑射。

十六日壬寅(7月9日) 武童步箭，晴。卯刻起，辰刻进学辕。武、阳、锡、金射毕，干臣到二门口点江阴武童二十名进，予因腹枵随行而出。午后火伞当空，不能出走。晚稍凉，信足所之。途遇杏初，偕至隆源吃面，茗谈良久而返。

十七日癸卯(7月10日) 技勇，晴。

十八日甲辰(7月11日) 武生正场，晴。巳刻，三炮开门。点名毕，出。姚小湘来。晚，发武案。江拨三名，宜一名，荆一名，靖十五名。

十九日乙巳(7月12日) 总覆文、武童，晴。辰刻，各廪生尚聚寓中，小唐适至，云其媳患病垂危，略谈即去。文童总覆，出场后，总覆武童。

二十日丙午(7月13日) 奖赏，晴。辰刻，奖赏，毕即禀辞。因陆鸿、刘顺两斗事未了，迟至。吃夜饭。乘晚凉开船，夜不停泊。初逆风，夜半扬帆而行。

二十一日丁未(7月14日) 晴。辰刻，抵署。足迹不到才一月，庭中草比人长，亟令看头门叶林先去其当路者。写家信一纸，附致庚香、子研信中，由驿递至华学署转交。

二十二日戊申(7月15日) 晴。唤木工装卧房板壁。

二十三日己酉(7月16日) 晴。木匠完工。午后，府署禀到，随请回松接眷假一月。夜饭后，将印交琴舫，即登舟，开至东门外泊。

二十四日庚戌(7月17日) 初伏，晴。黎明开船，辰刻，过横林。午初，到洛社，尚枵腹，令张洪上岸买点心，竟无可口者。申刻，过黄埠墩。酉正，到无锡北门外。起岸，买夜饭菜、明早点心。开至西门外，停泊，已酉正三刻矣。岸上散步，见木牌楼一座，上书“星槎莅止”四大字，知是接官亭。入门，见中悬楹联云：“驿路控吴津，君子至斯尝得见；水程通惠麓，好山相对亦忘言。”裴大中书齐梅麓旧句。是日东南风极大，烈日中牵船而行，舟人甚瘁。

二十五日辛亥(7月18日) 晴。黎明开船，仍是打头风。午初一刻，过望亭。未正，过浒关，无锡至此八十里。申初三刻，过十里亭，遥见虎丘一塔，端坐船头。舟人吃晚饭，暂泊柳阴下。酉正，过山塘，见斟酌桥上联语云：“鹤市人家通一线；虎丘花舫聚三汊。”行至山塘桐桥，泊舟，起岸，走至凤皇街，买饺作明晨点心，吃肉面当夜饭。

二十六日壬子(7月19日) 晴。黎明开船，仍逆风。午初三刻，过唯亭。不及十里，见道上巨碑“长洲县”三大字，过此则昆山矣。酉初，到朝阳门买晚点火肉，即开。戌初三刻，泊东汊塘，又名张庄。蚊多，不能睡。

二十七日癸丑(7月20日) 晴。寅刻，开船，仍逆风。辰初，过赵潭桥。午初二刻，过青浦。夜抵松，泊北门外。走到荷池巷寓中，已亥初矣。

二十八日甲寅(7月21日) 晴。晨，到文昌阁，拜新任娄学储晋三。宝琛，宜兴人，乙亥举人。庚香、子研闻我回即至，两月之别，一见欣然。晋三来答拜。傍晚，襄伯至，留吃夜饭。

二十九日乙卯(7月22日) 大暑，晴。晨，鹿笙来。夜饭后，走答庚香、子研。及至澹成轩，庚老云顷过我，约明日饮。

三十日丙辰(7月23日) 晴。晨，赴庚香之招，同席晋三、子研、怡川、叔铭、荃君、其徒丁汤臣。回已晚，知友笙、石麒来，惜未晤。

闰六月初一日丁巳(7月24日) 晴。

初二日戊午(7月25日) 晴。晨,访庾香,晋三相继至。

初三日己未(7月26日) 晴。晨,访庾香,商交代稿,同访子砚与阅,适赴醉白池赏荷之宴。晤松乔丈,谈良久而返。纯嘏、襄伯在寓,纯嘏午饭后去,留襄伯作竟日谈。

初四日庚申(7月27日) 中伏,晴。致书云抟、少符,询办交代事。晚,子研至。

初五日辛酉(7月28日) 晴。晨,庾香至。夜饭后,铁松来。

初六日壬戌(7月29日) 晴。晨,访晋三,面交府志、《劝善要言》、《昭忠录》。

初七日癸亥(7月30日) 晴。鹿笙招明日饮。

初八日甲子(7月31日) 晴。晨,子砚、庾香、荃君、叔铭、襄伯至,偕往尹处。怡川已到,五君子公为庾老补祝六旬寿。

初九日乙丑(8月1日) 晴。晨,到醉白池,赴廉石、再波、菊生、谷生、景刘、碧仙之招,子砚、庾香亦至。诸君子补祝庾老寿,兼为予饯行。时池荷尚盛,酣嬉淋漓,日夕始散。席间见廉石新制灯谜,佳者颇夥,偶录数条:

"韩昌黎作争臣论"《左》:"以此攻城";"扪虱而谈世务"《礼》:"为桓司马言之也";"黄崇嘏"古文:"作妇人状";"候选"人名:"冀缺";"可以折狱者其由也与"《尚书》:"惟克果断";"寿比南山"人名二:"有若、石延年";"驺虞"山名:"终南";"不归杨"《毛诗》:"其之翟也";"荷池"县名:"钱塘";"二品"古文:"区区之心";"释箕子囚"汉人名:"解奴辜";"欲穷千里目"晋人名:"顾思远"。

初十日丙寅(8月2日) 晴。二十余日不雨,酷暑困人,戽水乡农难免夏畦之病。今日起,府尊率僚属禁屠祷雨,至晚阴云四合,即沛甘霖。虽未十分霑足,而感应之速足见长官步祷之诚也。接云抟书。

十一日丁卯(8月3日) 晴。晨,携云抟书访庾香。同访子研,庾香先回，余在有斐轩作竟日谈。午后，雨。襄伯来，夜饭后去。

十二日戊辰(8月4日) 阴，两日得雨，凉甚。写交代四柱册底稿。午后，庾香至。夜饭后，晋三来长谈，踏月去。

十三日己巳(8月5日) 晴、雨半。仪庭来。夜半雨。

十四日庚午(8月6日) 晴。友笙来。晚，书景刘来季章款便面。夜大风雨，卧后热甚，起乘凉，再寝。

十五日辛未(8月7日) 立秋，晴。晨，襄伯至，代写四柱册底稿，留吃西瓜去。

十六日壬申(8月8日) 晴。晋三字招廿一日饮。

十七日癸酉(8月9日) 晴。晨，访晋三。适庾香同五世兄在晋三处看病，长谈而返。午后，庾香至，留吃西瓜、面，薄暮去。

十八日甲戌(8月10日) 晴。夜饭后，访庾香，澹成轩庭中乘凉，踏月还。

十九日乙亥(8月11日) 晴。晨，到府学，闻汪松丈病疟已止。昨夜庾香云今早亦要去问恙，俟良久不至，先回，顺访叔铭。

二十日丙子(8月12日) 晴。午后，襄伯至。酉初，侯小姐进门。子砚、庾香至。

二十一日丁丑(8月13日) 晴。今日开屠。晨，庾香过我，同到晋三公馆，子砚、鹿笙相继至。同席六人，一主人之戚路伯起，年二十一，眉宇英爽。肴馔庖人自备，绝佳。

二十二日戊寅(8月14日) 晴。寄芝弟信。

二十三日己卯(8月15日) 晴。写高楚白扇面。

二十四日庚辰(8月16日) 末伏，晴。午后，庾香至。

二十五日辛巳(8月17日) 晴。晨，访友笙。又访子砚，闻松乔丈病渐轻。庾香亦在，谈久之，同回，约其晚来吃杜裹馄饨。过午，庾香至。

二十六日壬午(8月18日) 晨微雨即止。走访景刘，剧谈而返。侯小姐回家，俟我到常州再来，拟七月初三日动身。致书鳌峰，属其在苏雇大四舱南湾子一只。

二十七日癸未(8月19日) 晴。

二十八日甲申(8月20日) 晴。晨,拜署娄县夏丽笙。书绅,浙江人,乙酉拔贡。顺访箦山,他出,不晤,晤西席侯颂廉。晚,庾香、襄伯至。余访倪古青,庾香同行到华亭县前回去,襄伯吃夜饭去。

二十九日乙酉(8月21日) 晴。午前,箦山来。晚,景刘来。

七月初一日丙戌(8月22日) 晴。侵晨,夏丽翁来答拜。叶禹卿来,交还顶首租据,与之算清房金。予走答禹卿,交还笔据。庾香至,谈及子研明日又要招饮。

初二日丁亥(8月23日) 处暑,晴。巳刻,赴子砚之招,同席庾香、晋三、铁松、荃君、吴时卿。大沛,清卿之弟,在娄县当征收。晚回,接鳌峰信,并船票一纸,船价洋十三元。

初三日戊子(8月24日) 晴。晨,所雇之船自苏到松,即雇驳船,载器用什物至西门外芦席汇。无如来船是小四舱,实不能容,另雇摊船一只装载物件,吴先生、赵襄伯另雇马头船一只。余同家眷等吃早夜饭,下船。夜忽大雨,床架、桌椅等尚未装船,都在城根,雨淋半夜。

初四日己丑(8月25日) 晴。晨,庾香到船头,余起岸,偕至鸿园茗饮,江西馆吃面,送至河干而别。少倾,又同子研到船,袖出次我"家"字韵赠别诗一首,情真语挚,读之黯然销魂,坐谈片刻而去。余复登岸,在谷阳门外长揖而别。摊船上什物亦装好,遂开船。至西林寺前陶行桥,健生、襄伯下马头船。行至小关崖矶,停泊,离府城九里许,已上灯时矣。

初五日庚寅(8月26日) 晴。辰刻,过庄练塘,舟人上岸买物,略停。午后顺风,未、申之间过三白荡。忽雷声隆隆,乌云四合,回望东南一带,雨势满天。行至叶沙塘,仅微雨一阵。晚泊金泽镇,夜饭后大雨。

初六日辛卯(8月27日) 晴。辰刻,至孙塔。申刻,至同里。即泊,起岸,偕健生、襄伯在南观旁茶肆啜茗、吃汤团,遇前署奉贤学金紫庭之侄雨樵。茶罢,到庄家浜访紫庭,不晤,晤其孙世兄。回船,将上灯时矣。

初七日壬辰(8月28日) 晴。巳刻,抵苏,泊阊门外。走至吉由巷,访钱谷辰,为娄学任内交代事。烈日之中长途往返,颇觉乏困,俟下人买物回船即开,风大顺。申刻,过浒关。酉刻,到望亭泊。是日午后极热,黄昏时月白风清,殊快人意。健生、襄伯过船来,露坐船头,剧谈许久而睡。

初八日癸巳(8月29日) 晴。顺风扬帆。巳刻,至无锡,由东门绕至西门马头,小泊。申刻,过洛社。天气炎蒸,忽闻雷声,不雨。晚泊横林,微雨。

初九日甲午(8月30日) 孝静成皇后忌辰,晴。晨,过戚市堰。巳刻,抵常州。天气热甚,幸坐船不甚大,亦可进水关。三船同至学前河,余率两孙先进署,媳妇、孙女等亦随进署,发毕行李、器用什物,微雨。

初十日乙未(8月31日) 孝懿仁皇后忌辰,晴。晨,府署销假。二孙女要到外家,即雇松江来船,令李妪、连桂陪去,李妪顺便乘船回松。

十一日丙申(9月1日) 晴。

十二日丁酉(9月2日) 晴。致书无锡学柳润之。寄符篔山告养禀稿。

十三日戊戌(9月3日) 晴。午后,偕健生、襄伯出外散步,至东门吃点心,坏极。闻天宁寺在城外咫尺间,遂往游焉。

十四日己亥(9月4日) 晴。晨,马号来信,学宪寅刻过无锡,偕琴舫往毗陵驿。午后,武、阳两学,阳湖县,太尊相继至。俟良久,学宪船才抵马头。禀见后,同琴舫步行而回。学宪按临通州。

十五日庚子(9月5日) 晴。

十六日辛丑(9月6日) 晴。午后，偕健生、襄伯至府南头宏大木器铺，买椐木椅八把、方茶几四只。归途，步瀛吃茶点。

十七日壬寅(9月7日) 白露，晴。府发新进黉案。门斗王升来，说宜兴拨府钱家驹闰六月二十一日病故。

十八日癸卯(9月8日) 晴。寄书慎生侄。午后，偕襄伯至登瀛社啜茗，吃汤面饺。忆壬午送省试回，泊舟毗陵驿，曾偕再侄少溪诸人到此吃茶点，至今已十一年，少溪已故，曷禁物是人非之感。

十九日甲辰(9月9日) 晴。太尊生日。晨，偕琴舫步行至署，俟诸同寅齐，各上手板而回。补中元节祭先。

二十日乙巳(9月10日) 晴。晨，连桂回署，二孙女十二到春风巷，渠回家耽搁，所以迟返。午后，偕襄伯至步瀛，蟹肉汤面饺绝佳。又游城隍庙。回，接公临及二孙女信。

二十一日丙午(9月11日) 晴。差送武进县朱镜清行，以昨来辞行也。写致庚香、子研、晋三、鳌峰、颂廉五信，俟襄伯回松带去。

二十二日丁未(9月12日) 晴。寄覆公临信，昨晚接柳润之覆信、庚香信，芝弟一信托其转寄，内附儒卿书。

二十三日戊申(9月13日) 晴。晨，偕襄伯、健生教门馆吃面，颇好。庶祖妣忌，率孙等祭拜。晚，章杏初来。

二十四日己酉(9月14日) 晴。晨，襄伯回松，送至船头而别，张洪、阿炳附舟而去。自初九日抵署后，日与之谈今说古，必更深乃寝，颇解寂寞。今返云间，北窗闷坐，益复无聊，惟闻一树梧桐萧萧摵摵而已。祖妣沈太恭人忌。

二十五日庚戌(9月15日) 仁宗睿皇帝忌辰，晴。午后，琴舫来谈天。接芝弟信，告知祥保、全保皆患病，二媳所需甚亟；念亭自粤东回，欲往无锡谒岳母，顺道访我；弟偕归云林欲作金、焦之游，亦欲过访。

二十六日辛亥(9月16日) 晴。亡冢妇归孺人忌。午后，作书寄周小唐。

二十七日壬子(9月17日) 晨微雨。先姊瑞臻女史忌。襄伯之祖八月初九十冥诞,在常郡曾言及,二十四回松匆匆话别,竟致忘却。今日寄信一函,附香敬半元。

二十八日癸丑(9月18日) 大风。午前,苏州正大信局交到襄伯信及托买茶叶、茶心、乳腐等,信云廿五上灯后到苏,则此时早抵松江矣。夜微雨。

二十九日甲寅(9月19日) 微雨。午后,启书橱,见《国朝文录》四本、《震川集》二本被水沾湿,正与健生将逐页揭开,尚未竟,忽有孙禄保片来欲会,竟茫然不识何人。及见,询知阳湖人,号少山,前亦在书局襄校,住申衙前毕家局,余住梵门桥,不尝相见,竟不记忆矣。现仍在局中,欲乞丁祭太牢少许,剧谈而返。夜雨达旦。

三十日乙卯(9月20日) 晨雨,午后不止,想各处甘霖普被矣。至黄昏后略停点,夜半又雨。

八月初一日丙辰(9月21日) 雨。文庙、文昌宫行香,文、武各员皆到,太尊未来。午后,阳湖廪生孟□□森来领亚圣祠祭银,正、副学共一千六百文。

初二日丁巳(9月22日) 秋分,晴。丑刻,祭崇圣祠,教授正献,训导分献。俟太尊到,祭圣,两学东西两庑分献。萃萃俎豆,乐备礼明。至天明,送神,又祭土地祠、名宦祠。卞履和来领卞忠贞壶祠祭银一千二百文。在文庙晤武进县吴耀堂炳,谈及署娄县夏丽生病故(讹传)。

初三日戊午(9月23日) 晴。晨出,祭城内外各祠堂,归已过午矣。晚,前署任黄寅清郎君昭章自金山来,彼以为迎学已过耳,略谈即去,留一住址在此以便寄详,他不再来。

初四日己未(9月24日) 晴。祭文帝。丑刻起,吃点心,尚早,至卯初到文昌宫。太尊上省,两县辰正才到,早知如此之迟,尽可天明而起。送神后,又祭昭忠祠。

初五日庚申(9月25日) 晴。午前,念庭三侄来,七年不见,发益白矣,月内就要赴岭南马宁分司之任。晚,偕至步瀛吃茶点。留宿斋中。

初六日辛酉(9月26日) 竟日雨。三侄夜饭后即下船,明早开行,带复芝弟信。

初七日壬戌(9月27日) 晴。

初八日癸亥(9月28日) 晴。晨,走答孙少山,不值。

初九日甲子(9月29日) 太宗文皇帝忌辰,晴。仪卿再侄书来,要联会。

初十日乙丑(9月30日) 晴。午后,前任沈星垣来。接马云泉信,谈缴凭事。

十一日丙寅(10月1日) 太祖高皇帝忌辰,晴。琴舫招陪星垣午饭,罢后,章杏初、督粮同知金镜蓉钟彦,绍兴人,壬戌举人。皆到琴舫处答星垣,剧谈良久,归已薄暮。星垣明早即回江阴。

十二日丁卯(10月2日) 晴。

十三日戊辰(10月3日) 午后无聊,独行踽踽,至鼓楼而回。

十四日己巳(10月4日) 晴。夜,月明如昼,二更后月华。

十五日庚午(10月5日) 晴。午后,偕健生出西门。进城,游城隍庙,见朝鲜人设砚其中卖字,所书扇、对均未见佳。定更时月色朦胧,既而纤云四卷,明镜当空。与健生冷斋闲话,交丑乃睡。

十六日辛未(10月6日) 阴。

十七日壬申(10月7日) 晴。恽传胪毓嘉送会试朱卷、朝考卷。

十八日癸酉(10月8日) 寒露,晴。寄宣琴山信,并通史世兄芹分一元。夜,月色如昼。

十九日甲戌(10月9日) 晴。晚,学洲自家乡来,有芜湖之行,在此耽搁几天,雇船至镇江,乘轮船而去。

二十日乙亥(10月10日) 晴。午后,偕学洲至步瀛,适遇本地人、曾任绩溪典史吴谷孙曾诒。素与学洲熟识,日内亦欲往芜湖,遂合伴，巧极。归，游府城隍庙，傍晚回署，杏初偕其郎君鞠琴至。接公临复信、襄伯信、食物等，告知廿九到松，各信皆送，我廿七信亦接到。南汇王召棠保奭病故。

二十一日丙子(10月11日) 晴。午后，走访杏初，留吃点心，同游史干甫致谟意园，暮色苍然而返，学洲已开船矣。意园联语仅记其一："闻木犀香无隐乎尔；知菜根味不求于人。"

二十二日丁丑(10月12日) 晴。湖南辰州府知府刘咏如曾撰来告窆。

二十三日戊寅(10月13日) 世宗宪皇帝忌辰，晴。冯光遹来拜。

二十四日己卯(10月14日) 晴。

二十五日庚辰(10月15日) 晴。送冥资票吊刘咏如。接松江朱调三讣。

二十六日辛巳(10月16日) 晴。

二十七日壬午(10月17日) 微雨。至圣先师诞。晨，督粮厅金镜蓉、武进县吴曜堂同两学行礼，太尊未到。是日送学。晚，太尊率新生谒圣，明伦堂行礼。新进无一人蓝衫雀顶者，与松江迥乎不同。

二十八日癸未(10月18日) 晴。写寄公临复信，附致二孙女信、棉袄一件。

二十九日甲申(10月19日) 晴。接府札，九月十五日月食。

三十日乙酉(10月20日) 晴。写复襄伯、致庚香两信。

九月初一日丙戌(10月21日) 晴。晨，文庙、文昌殿行香。上府，答拜恽孟乐毓嘉。

初二日丁亥(10月22日) 晴。

初三日戊子(10月23日) 晴。李长青来拜。

初四日己丑(10月24日) 晴。晨，似泉来。午后，偕至步瀛。

接学洲芜湖信。

初五日庚寅（10月25日） 晴。接庾香信，附廉石和韵诗。

初六日辛卯（10月26日） 晴。巳刻，到李公祠。勤勇公神位入祠，合城文武皆到，拜后留饮而回。郡绅公启："原任直隶提督李勤勇公，于同治三年克复吾常，厥功最伟，业蒙直隶爵阁督部堂李奏奉谕旨优恤，凡立功地方，准予建立专祠。等因。自应钦遵办理。去岁李公家属来常，会商郡绅建造祠宇，购得河南厢东下塘民地一方，鸠工庀材，经营数月，业已一律告成。兹择于九月初六日巳刻，敬奉勤勇公牌位入祠。凡我官绅士庶，理宜躬亲祭奠，以伸诚悃。届期务祈台驾早临为荷。谨此布闻。"

初七日壬辰（10月27日） 晴。昨周桂回松，复襄伯、致庾香又复函令带去。

初八日癸巳（10月28日） 晴。吊朱调三分，黄瀛三贽洋亦于前日交周桂带松。

初九日甲午（10月29日） 晴。健生解馆。偕似泉及两孙至宏文堂书坊买《易经》一部、《四书体注》一部、《五朝诗别裁》四十本，顺至步瀛。午后，健生、似泉、森孙游天宁寺，余不能从焉。

初十日乙未（10月30日） 晴。晚，偕健生、似泉至宏文堂买《周礼节训》。长兴馆吃面。

十一日丙申（10月31日） 晴。晨，到十子街敬节堂吊冯仲芝太史光遹本生母。仲芝，余同年赓廷承熙之嗣子。晚，接公临信。先妣沈太恭人忌，午刻摆供。晚，金赞卿来。

十二日丁酉（11月1日） 晴。晨，二孙女回常郡学署。似泉夜饭后乘来船回家，复公临信交送孙女来女使带去。送杏初郎君鞠琴完姻分洋一元。

十三日戊戌（11月2日） 晴。晚，偕健生到宏文堂，因前买《五朝别裁》有缺页，欲调换而店无别本，将缺者留于店中，缓日去取。

十四日己亥（11月3日） 晴。晨，冯钟岱来拜。

十五日庚子(11月4日) 微雨。晨，文庙、文昌宫行香。亥刻，冒雨到府署护月，至丑乃散。

十六日辛丑(11月5日) 晴。

十七日壬寅(11月6日) 晴。晨，杏初来，今晚欲回嘉定娶媳，将钤记交来，属代收藏。

十八日癸卯(11月7日) 立冬，辰初初刻十三分。晴。

十九日甲辰(11月8日) 晴。

二十日乙巳(11月9日) 微雨。

二十一日丙午(11月10日) 雨。

二十二日丁未(11月11日) 晴，骤冷。

二十三日戊申(11月12日) 晴。

二十四日己酉(11月13日) 晴。晚，偕健生往城隍庙，又至青云阁、宏文堂。夜雨。

二十五日庚戌(11月14日) 晴、雨半。

二十六日辛亥(11月15日) 晴。

二十七日壬子(11月16日) 孝慈高皇后忌辰，雨。

二十八日癸丑(11月17日) 夜雨。

二十九日甲寅(11月18日) 孝敬宪皇后忌辰，阴、晴半。

十月初一日乙卯(11月19日) 阴、晴半。晨，文庙、文昌宫行香。上府，见。

初二日丙辰(11月20日) 阴、晴半。

初三日丁巳(11月21日) 小雪，阴、晴半。傍晚，偕健生、两孙游白龙庵，即在学宫后。晤留常委员胡欣甫，荣棠，嘉兴人。长谈，天已黑，欣甫唤庵中香伙小宝携灯送归。

初四日戊午(11月22日) 微雨。十月朝节祭先。接似泉信。

初五日己未(11月23日) 微雨，起大西风。

初六日庚申(11月24日) 阴，寒甚。曾祖妣曹太孺人忌。

初七日辛酉(11月25日) 阴。晨,荆溪卢剑泉文溶同其侄新进肇标来谒。

初八日壬戌(11月26日) 晴。午后,到唐鸣泰钟表铺修钟。接府札,封开印信日期。十二月十九日午时封印,十九年正月十九日卯时开印。

初九日癸亥(11月27日) 晴。接归述甫信。

初十日甲子(11月28日) 太后万寿,晴。寅初,至天宁寺纠仪。黎明回,略睡。

十一日乙丑(11月29日) 晴。

十二日丙寅(11月30日) 晴。

十三日丁卯(12月1日) 晴。

十四日戊辰(12月2日) 晴。晚,偕健生、两孙出去雇回常船,约其明早开至学前。

十五日己巳(12月3日) 晴。晨,文庙行香。走至府署,不见,略坐而回。等船不到。

十六日庚午(12月4日) 晴。微雨。巳刻,开船。逆风,幸不大。晚,拟泊洛社,因雨未能上纤而天已黑,即泊五木,距洛社十五里。

十七日辛未(12月5日) 晴。黎明开船,顺风。巳刻,到无锡北门外,暂泊,买物,在兴记吃肉面。酉刻,泊曹母塘,连桂家在此,他去看父母。

十八日壬申(12月6日) 大雪,晴。午后到常,即往芝弟家,弟到北门外沈家亭扫墓,侄妇留吃鱼面。遂至春风巷访归亲家,晤谈一切,顺访吉人而回。仍至弟家,三儿来,同吃夜饭。宿舟中。

十九日癸酉(12月7日) 晴。晨起,至家中,见冢妇一棺,几至落泪。去年住南面厢房,青苔满地。晤颖生侄妇,祥保至,云吴太表伯在世德堂访我,即到弟处略谈而去。午后,过景祺。在慎生侄家吃夜饭。因舟宿不安,携襆被宿芝弟小楼上。

二十日甲戌(12月8日) 雨。竟日在弟家。树斋、稚莲同饭。过午,选青来。

二十一日乙亥(12月9日) 晴、雨半。竟日在弟家。

二十二日丙子(12月10日) 晴。晨,开船时又听哓哓一番。三儿到,船开。至接官亭,起岸,令连桂寺前买食物。夜泊永济桥。

二十三日丁丑(12月11日) 晴。黎明开船,在孙协泰买菜油一担,六元七角。风顺、逆半。夜泊曹母塘。

二十四日戊寅(12月12日) 晴。黎明开船,西北风极大,到无锡已夜。连桂上岸买物,回船,开过黄埠墩,停泊。

二十五日己卯(12月13日) 晴。黎明开船,大西北风,舟人背纤而行。晚仅至戚市堰,距常州府城二十里。即泊,起岸,茶楼啜茗。如不遇打头风,今日尽可抵郡。

二十六日庚辰(12月14日) 晴。黎明开船,进城后一路打冰而行。午后抵署。

二十七日辛巳(12月15日) 晴。琴舫来。

二十八日壬午(12月16日) 晴。接庾香廿三日信,告知汪松丈于廿一日病故,子砚丁降服艰矣。杏初回常,遣使取回钤记。

二十九日癸未(12月17日) 晴。走答琴舫。杏初送喜糕、果、烛来。

三十日甲申(12月18日) 晴。寄复庾香信。

十一月初一日乙酉(12月19日) 晴。晨,文庙、文昌宫行香。上府署,见。午后,琴舫来,交到宜兴学奚德腴尊人讣。接芝弟书,谈景祺事。金山黄景亭来信,索所分者。

初二日丙戌(12月20日) 晴。夜,冬至节祭先。

初三日丁亥(12月21日) 冬至,晴。寅刻,到天宁寺纠仪,黎明回府署挂号。寄复芝弟信。

初四日戊子(12月22日) 晴。

初五日己丑(12月23日)　晴。接吉人信。

初六日庚寅(12月24日)　晴。备文移武进县领俸银。

初七日辛卯(12月25日)　晴。

初八日壬辰(12月26日)　晴。

初九日癸巳(12月27日)　晴。

初十日甲午(12月28日)　晴。接史冠千悠元观察讣,介若致驯长子。

十一日乙未(12月29日)　晴。

十二日丙申(12月30日)　晴。

十三日丁酉(12月31日)　圣祖仁皇帝忌辰,晴。先朝议府君忌。杏初柬招明日酉刻喜酌。

十四日戊戌(1893年1月1日)　晴。酉刻,到阳湖学吃喜酒,同席琴舫、阳湖学附生赵瑾昆、鞠琴昆季。亥初散,走去,轿回。

十五日己亥(1月2日)　晴。晨,文庙行香。上府,见。午后,寄庾香信,内附交周桂字条。交琴舫奚德腴尊人吊分,属其汇寄松江。吊史冠千,幛、烛、香楮,四学公分。

十六日庚子(1月3日)　晴。

十七日辛丑(1月4日)　晴。接庾香初八日信、和韵两律,并代制汪丈挽联。武进学生员高时泉绎成,明乡贤高兰麦公后裔。来谈乡贤祠祭品银两,予到任未久,不知其详,同其到后学谈。时泉是孙少山亲戚,少山住其家,余八月中走答少山即其家也,当时未知,今日晤谈始悉。

十八日壬寅(1月5日)　晴,晚微雨。接公临信,谈徐处亲事。三儿信来,云景事尚不了。

十九日癸卯(1月6日)　晴。寄复三儿信。

二十日甲辰(1月7日)　晴。

二十一日乙巳(1月8日)　阴,夜微雨。

二十二日丙午(1月9日)　雨。接芝弟信,谈景事。

二十三日丁未(1月10日)　晴。

二十四日戊申(1月11日)　雪。寄复芝弟信。又寄三儿信,令其到赵巷面谈一切。

二十五日己酉(1月12日)　雪。

二十六日庚戌(1月13日)　雪。晨,接庾香信,以前寄诗及汪丈挽联收到后未作复,故复函询也。接三儿信。午后,写复庾香信,又复吉人信,晚即交局。

二十七日辛亥(1月14日)　雪。

二十八日壬子(1月15日)　雪止,严寒。

二十九日癸丑(1月16日)　晴,严寒。

三十日甲寅(1月17日)　晴,严寒。

十二月初一乙卯(1月18日)　晴,严寒。辰初起,文庙、文昌殿行香。上府,不见。春海、杏初皆在,剧谈而返。

初二日丙辰(1月19日)　晴,寒威稍减,积雪渐融。接马云泉讣。

初三日丁巳(1月20日)　大寒,晴。

初四日戊午(1月21日)　晴。寄书襄伯。

初五日己未(1月22日)　穆宗毅皇帝忌辰,晴。寄覆公临、学洲信。

初六日庚申(1月23日)　孝惠章皇后忌辰,阴,又有雪意,黄昏雨。

初七日辛酉(1月24日)　雪。

初八日壬戌(1月25日)　晴,黄昏微霰。

初九日癸亥(1月26日)　雨。

初十日甲子(1月27日)　雪。藩房姚善本信致阳湖县房姚达安,来取洋三元、钱三百文,送小本时宪书二本。

十一日乙丑(1月28日)　孝和睿皇后忌辰,雪。

十二日丙寅(1月29日) 孝德显皇后忌辰,雪。府礼房钱来,取钱一千文。

十三日丁卯(1月30日) 雪。

十四日戊辰(1月31日) 霁。夜月皎然,健生师即以康乐诗“明月照积雪”命题,课森森六韵诗。

十五日己巳(2月1日) 晴。晨,文庙行香。上府,见。

十六日庚午(2月2日) 晴,融雪。午后,阳湖廪生蒋树声廷槐来。

十七日辛未(2月3日) 立春,亥初一刻三分。晴。晨,张洪来,交到庾香、子研信,讣闻六分,属分送学宪、江阴两学、选青、仲陶、翁咏春,即日发局寄去。庾香信是廿九日写,我廿六日覆信尚未接得。

十八日壬申(2月4日) 阴、晴半。写复子研、庾香信,明日健生师解馆回松,托其带去。复芝弟信、寄三儿信即日发局。

十九日癸酉(2月5日) 封印,晴。上灯时吴师解馆去,黄蘅三贽洋托其带至松江转交。

二十日甲戌(2月6日) 晴。

二十一日乙亥(2月7日) 晴。

二十二日丙子(2月8日) 晴。

二十三日丁丑(2月9日) 晴。送灶。

二十四日戊寅(2月10日) 晴。

二十五日己卯(2月11日) 晴。

二十六日庚辰(2月12日) 晴。

二十七日辛巳(2月13日) 晴。

二十八日壬午(2月14日) 晴。晚,敬神。

二十九日癸未(2月15日) 雪。夜,祀先。

除夕甲申(2月16日) 夜,雪止。

光绪十九年癸巳日记

正月初一日乙酉(1893年2月17日)　晴。寅初,赴天凝寺,俟太尊到,天已明。朝贺纠仪毕,即到文庙随班行香,又往府署贺年。回,拜天香、灶神暨祖先。同寅、各绅,令王珊投刺。

初二日丙戌(2月18日)　阴、晴半,夜微雪。

初三日丁亥(2月19日)　晴。午前,到后学拜年,与琴舫长谈。午后,出游,看戏法。又到城隍庙,游人拥挤不堪,毫无意味。归,知琴舫过我。

初四日戊子(2月20日)　晴。夜,接五路。

初五日己丑(2月21日)　晴。午刻,祀先。

初六日庚寅(2月22日)　阴。晨,章杏初送延陵书院生童名次册来。午后,到赵源盛纸铺定书院卷一千本、点名册青格四十张、帐簿二本。

初七日辛卯(2月23日)　晴。晨,访琴舫。

初八日壬辰(2月24日)　雨。令森孙写书院甄别生童点名册。

初九日癸巳(2月25日)　晴。接三儿信。

初十日甲午(2月26日)　晴。琴舫来谈天。

十一日乙未(2月27日)　晴。晨,接芝弟书。午后,挈两孙游城隍庙,游人渐稀,看戏法几套。步瀛啜茗。回,源盛纸铺取毛太纸半刀。灯下令森孙做点名册。

十二日丙申(2月28日)　晴。

十三日丁酉(3月1日)　晴。晨,武进县吴曜堂夫人六十寿,去拜寿,吃面而返。午后,来邀夜酒,辞之。挈两孙游城隍庙,又到局前街古玩铺游览，步瀛啜茗，归途吃馄饨、烧卖。夜，写复三儿信。

十四日戊戌(3月2日) 晴。

十五日己亥(3月3日) 晴。写致健生书，请其开馆。午后，挈两孙出游，顺便寄信。又到步瀛茗饮，吃馄饨、烧卖而回。太尊上省，挂号贺节。晨，杏初来。灯右写致庾香信。

十六日庚子(3月4日) 晴。晨，琴舫来。午后，封汪松丈奠分，明日同庾香信一并发局。

十七日辛丑(3月5日) 晴。偕两孙出游兼寄信。登瀛社啜茗，吃馄饨。

十八日壬寅(3月6日) 晴。

十九日癸卯(3月7日) 开印，晴。晨，琴舫来谈天，闻郡尊太太故。

二十日甲辰(3月8日) 晴。

二十一日乙巳(3月9日) 晴。申刻，到府署，送郡尊太太大殓，两学合送大六事。

二十二日丙午(3月10日) 晴。

二十三日丁未(3月11日) 晴。

二十四日戊申(3月12日) 晴。

二十五日己酉(3月13日) 晴。何春海来。

二十六日庚戌(3月14日) 晴。

二十七日辛亥(3月15日) 晴。

二十八日壬子(3月16日) 晴。接靖江学倪筱香、朱怡云信，问府中吊礼如何。接府来讣闻，二月十一设奠，十三日未刻发引，权殡于小北门内并育寺。

二十九日癸丑(3月17日) 晴。黄昏后健生师才到。

二月初一日甲寅(3月18日) 雨。晨，文庙、文昌宫行香。署府知厅盛啸庐故来报。午后，偕吴师、两孙明伦堂观演祭。在帐房晤董事金赞卿及其堂弟尧卿。接府二月十二书院甄别札、告示。下履和具领下忠贞祠祭银，与后学各付六百文。

初二日乙卯(3月19日)　微雨，大风。接家信，我正月十三信已收到。今日略具酒肴为吴师午饭，招琴舫同吃。琴翁谈及赞卿精于针灸。

初三日丙辰(3月20日)　晴。黎明，祭文帝。接似泉信、庾香信并灯谜数百条，我正月十六日信已接到。

初四日丁巳(3月21日)　丁祭，晴。丑刻，偕琴舫祭崇圣祠，予与琴舫东西庑分献。此次太尊不到，大成殿缺员，余东庑兼东哲分献，琴舫西庑兼西哲分献。登降上下，幸不至陨越。

初五日戊午(3月22日)　雨。孟□□领亚圣祭银，与后学各付八百文。

初六日己未(3月23日)　晴。琴舫下乡祭刘公祠。晨，余代祭昭忠祠。

初七日庚申(3月24日)　晴。晨，琴舫来剧谈。连日猜庾香寄示灯谜，属其不要露底。猜着几条，绝妙，俟寄松询之，猜不出者乞其注明。

初八日辛酉(3月25日)　晴。晚，义兴吃点心。源盛纸铺取帐簿，途遇杏初访琴舫。灯下写致庾香信。日间接公临信。

初九日壬戌(3月26日)　晴。写复三儿信、复似泉信，内附复学洲书，同昨写庾香信一并交局。午后，接府十八年接卸日期造册申报札，携之过琴舫，适金镜蓉钟彦来长谈，送其去而返。到源盛换昨取帐簿，走至龙城书院，回已暮。

初十日癸亥(3月27日)　晴。接家信。夜雨雪珠。

十一日甲子(3月28日)　晴。晨，往府吊丧，饭后回。

十二日乙丑(3月29日)　晴。甄别。侵晨，往龙城书院点名。午后，访金镜蓉，他出，不晤。顺访杏初，吃点心，偕至葛仙楼。又访春海，不值。复至金公馆，晤谈良久而返。寄覆三儿信。

十三日丙寅(3月30日) 晴。午前，往府署送丧，未时发引，送至北门内并育寺。薄暮回。

十四日丁卯(3月31日) 晴。

十五日戊辰(4月1日) 晴。晨，文庙、文昌殿行香。未上府，挂号。

十六日己巳(4月2日) 晴。才交丑初，忽闻人声呼本府到，即起，着衣冠，喊下人起，到文昌殿看视，阒其无人，知是当差人谎语耳，遂和衣而睡。打过五点钟，到文昌殿。两县县试正场不到，太尊亦不到，俟总捕同知李君来，祭毕已辰初矣。午后无聊，出外略走，义兴吃点心而返。森孙交阅庾香十三日信，告知大世兄袖海正月廿四日忽发痰症，辄欲自戕，家人守护，夜不能寐者一旬有余，现稍平而神识尚不开朗；子研正月廿六日回籍，现赁平江路濂溪坊陆姓房屋居住；松府学选江宁人温繁炘，辛酉南元，庚寅进士，年已古稀矣。前将所猜灯谜寄去，属其将射中者圈出，今寄来，录之，以供闻览：

"母在子寒"《易》："则损一人"；"钱"："圆而神"；"则在舟中矣"："失前禽"；"于忠肃"："故受之以谦"；"萧何追亡者"："以求信也"；"瓜子金"《书》："海物惟错"；"南人不复反矣"："乃有获"；"禹崩"："启呱呱而泣"；"今雨不来"《诗》："访予落止"；"走尸"："行有死人"；"十"《礼》："王中"；"大事不胡涂"《四子》："知之端也"；"王父母"："亲亲也"；"杜鹃为宰相来啼"："雍之言然"；"东方欲死梁园病"："饥渴害之也"；"九扣钱"："用不足"；"增广生员"："而附益之"；"孤竹"《左》："又弱一个"；"万里封侯相也"《诗品》："超以象外"；"萤火与日月争光"《诗》篇名三："《小明》《思齐》《大明》"；"裕后承先"韵目："二萧"；"娄猪艾豭"童读："为南朝"；"黄花女"："恭惟鞠养"；"尧独忧之"："有虞陶唐"；"定远侯列传"官名："序班"；"三千年花三千年实"地名："老桃"；"恐是汉代韩张良"："陈留"；"鸿胪初唱第一声"年号："元始"；"南海瓜子金"："普通"；"苏迈"食物："东坡肉"；"离魂倩女"药名："蝉蜕"；"此二人者实弑寡君"鳞属："石首"；"言寡尤行寡悔"人名："张禄"；"思亲泪落吴江冷"："孙楚"；"壮悔堂"："侯君集"；"暑

多一月”:“叔夏”;“贼犯金陵”美人:“寇白门”;“汉平帝立后王氏”《六才》:“做了新婿”;“羿之教人射”:“谁能彀”;“罢张栻”:“不要南轩”;“嘴上无毛”:“口没遮栏”;“西戏来沪”:“游艺中原”;“女不二字”市招:“只此一家”;“无贵贱一也”:“仕商赐顾,真不二价”;“冰”一字:“滑”;“四面看山山不断”:“田”。

十七日庚午(4月3日)　晴。昨失写一条:“安定辞”《六才》:“胡云”。昨录“暑多一月”一条,是吴健生打着者。

十八日辛未(4月4日)　清明,晴。过节祭先。午后,偕健生、湑孙步瀛啜茗,看天下都城隍会,森孙出北门看设祭厉坛。

十九日壬申(4月5日)　晴。寄覆庾香信。

二十日癸酉(4月6日)　晴。午后,杏初来谈天,偕至义兴吃点,步瀛啜茗。

二十一日甲戌(4月7日)　晴。午后,走至龙城书院前,见阳湖县试案已发,又至城隍庙。回,义兴吃点心。

二十二日乙亥(4月8日)　晴。午后散步,过延陵世家牌坊。回,到宏文堂书坊小憩。又至城隍庙,义兴吃点而归。接十七日家信,我前寄两信皆接到。

二十三日丙子(4月9日)　晴。晨起,写致子研信。午后,到永和局寄信,文运书庄小憩。看《通甫类稿》,山阳鲁一同所著,前在松江庾香曾谈及之,共十本,索值一元,未买,仍至城隍庙而返。薄暮,健生放学,同其散步,信足所之。在青云阁茗饮。

二十四日丁丑(4月10日)　晴。过午,义兴吃烧卖。又至城隍庙而回。晚,健生放学,偕至步瀛啜茗。夜雨。

二十五日戊寅(4月11日)　晴。过午,义兴吃烧卖。街头尚滑。

二十六日己卯(4月12日)　晴。闻城隍庙演剧,午后闲游至庙中,观者如堵,立片刻而回。放学后,偕健生到步瀛。

二十七日庚辰(4月13日)　晴。接似泉廿五日信,附寄吉人长孙女吉庚。晚微雨,闻雷。

二十八日辛巳(4月14日) 晴。午后,琴舫来谈天。薄暮,偕健生锦泰祥买缎鞋一双。又到步瀛。

二十九日壬午(4月15日) 晴。接周小唐廿一日信,答我去年八月杪书,告知其次媳去年六月故,长媳十月故;篑山选得江宁学缺。薄暮,偕健生散步,又至步瀛。

三月初一日癸未(4月16日) 晴。晨,文庙、文昌殿行香。上府,不见,挂号而回。午后,出走即返。

初二日甲申(4月17日) 竟日雨。写致庾香信,附廋词五十条,明日寄。

初三日乙酉(4月18日) 晴。俟健生放学,偕至宏文堂为湇孙买《礼记》。适无装订者,约明晚去取。到永和局,寄致庾老信。顺至步瀛,忆家乡今日西门外烧香浜看拜香者士女如云。丙子上巳,从娄学请假在籍,偕王翱风、颖生侄踏青西郊,松棚茗话。距今十八年,同游人皆为北邙土矣,思之怅然。

初四日丙戌(4月19日) 晴。晨,持昨藩司来札及请批交琴翁,他出,不晤。少顷,琴翁来,云即要将大批填写去,托姚达安解饷。薄暮,偕健生宏文取书,又至步瀛。夜雨。

初五日丁亥(4月20日) 谷雨。晴。琴翁解饷批填就,片招达安,约其啜茗。知在凤来仪,踏湿至彼,请其茶点,即将批册及洋托其解司。达安初次见面,其人布帛菽粟,毫无房友习气。署知厅盛啸庐前有讣来,今日领帖,与琴翁合送一元。

初六日戊子(4月21日) 晴。午后,杏初来,闲谈久之,偕至义兴吃点心。到步瀛,其使寻至,云琴舫在其署,有话面谈,即去,余又坐片刻而回。

初七日己丑(4月22日) 晴。晨,琴舫来。向晚偕健生宏文堂还书钱,又至步瀛。夜雨。

初八日庚寅(4月23日) 晨,琴舫来,晴、雨半。

初九日辛卯(4月24日) 晴。晚,偕健生到府前看府试取齐告示。又至龙城书院。

初十日壬辰(4月25日) 晴。

十一日癸巳(4月26日) 晴。接初七日家信,告知初一夜南门外失火,延烧三十余所店房,义成酱园亦遭劫。晚,偕健生走出买湘莲,顺至步瀛。

十二日甲午(4月27日) 竟日雨。

十三日乙未(4月28日) 晨大风,午后雨。写家信。

十四日丙申(4月29日) 晴。府发甄别案册,生童取卷二百四十本,又不取卷。札定本月廿八日师课。

十五日丁酉(4月30日) 晴。晨,文庙、文昌殿行香。上府,见。辛卯孝廉汪作黼赞纶来看甄别超等卷,四名,贡明堂卷是其所作。晤谈良久而去。傍晚,到龙城书院,修葺将毕,与琴舫同返。

十六日戊戌(5月1日) 雨。昨请太尊今日到龙城书院看工。巳刻,冒雨走去,琴舫、杏初已到。俟过午号房来,说天雨不来,须明日矣。冒雨而回。昨接瞿小泉表侄自常熟西张市托乡人到常州卖布者带来一信,云去年属芝弟转乞书扇面三个想已书就,交去手带回。芝弟并无扇面寄来,懒未书覆,属来人转述之。

十七日己亥(5月2日) 微雨。未到书院。接府札,查应编官生、录遗、取科举人数。部议奉天府府丞张条陈乡试事宜一本,阅后即交后学。接庾香十二日书,告知子研前月二十日到松,下榻澹成轩,至本月初四回苏;大世兄痰症,神识仍不清,现已回淮矣;我寄灯虎五十条,猜着者半,余属告知。

十八日庚子(5月3日) 换戴凉帽,府试武进童正场,晴。子初刻,因地湿,轿到书院,俟良久才开点。琴舫、春海留场,点名毕,余同杏初即出,已黎明矣,略睡。午后,到书院前各书坊、古坑铺,见《古文眉诠》一部,已非初印,索值九元。回,在义兴吃点心。晤陆轮斋。

十九日辛丑(5月4日) 晴。晨,琴舫出场过我,云昨文题“闵子骞至孝哉”;次“圣人之忧民如此”;诗“闲听鹭语移时立”。午后,写覆庾香信,并注明前寄廋词,又附数条,再合锦诗句,一并封固,连十三日写家信,晚偕健生散步,即带交永和信局,顺至步瀛。接江阴县刘谦山查官生空缺移文,阅后即交后学。

二十日壬寅(5月5日) 立夏,申初二刻八分。晴。晚,将铺盖等挑至书院,夜饭后过彼住宿。

二十一日癸卯(5月6日) 阳湖童正场,雨,午晴。同杏初留场。文题“乐以俟君子至舍瑟”;次“汤使亳众”三句;诗“竹林雨过山多笋”。俟放过三牌,解衣而睡。

二十二日甲辰(5月7日) 晴。黎明,太尊回署,余同杏初尚未起,停数刻起,杏初先返,余亦回署。琴舫来,适睡,未见。午后,奉贤孝廉程龢来,素不相识,晤谈,知号蓉生,乙丑北榜,现署荆溪学。属予招公馆,与之偕行,看丁姓家大厅右旁两间板房,是秦干臣老寓,房金十二元。丁是吾邑杨氏亲戚。晚,宜兴学张应曦、荆溪学杨馔清同琴舫来。张是崇明人,甲子举人,号晓鳌。馔清因署事者未到荆溪,是以仍来送考。接芝弟二十日书,附儒兄信,告知四月廿六日办葬事,届时欲放船来接湇孙。又接子研书、侯颂廉弄璋书。

二十三日乙巳(5月8日) 雨。写三月师课生童卷面二百六十本。

二十四日丙午(5月9日) 锡、金童正场,晴。子正,到考场,因昨雨地湿,坐轿去。同寅皆到,柳润之、王襄卿场外未晤,到此才见。点名毕,回署,已黎明矣。

二十五日丁未(5月10日) 晴。晨,琴舫来谈天。覆江阴县、武进县移查官生空缺,出单交刘顺。查靖江武生钱国梁不安本分。午后,走访锡、金两学,兼答晓鳌、馔清。途遇襄卿过我,他云先到后学,余与晓鳌、馔清略谈而回。招锡、金学公馆,望东走去,遍觅不得,走回,询之书坊,乃知其处。以为襄卿虽出,润之或在公馆,岂知亦走出，留两片而返。襄卿知我未回，亦留片去。送三月分官课卷及投课卷到武进县用印。昨府试题：锡“禹之有天下也至舜有臣”，金“卫之政至子适卫”；次、诗题未知。晚，接廿二日家信，我十九日寄信尚未接到，述知屈吉轩病故，家屺瞻故于严州考棚，易箦时口占四句云：“一死由天总罢休，浮云流水雨悠悠。白衣庵侧埋吾骨，惆怅当年总角游。”其柩，学院陈六舟先生派人送回。

二十六日戊申（5月11日） 晴。午前，润之来，剧谈而去。午后，访琴舫。润之又来，谈无锡书院董钱觉生最事，云钱君欲来见我及琴舫，琴舫云不必来，约其到润之公馆。润之去，予同琴舫过彼，钱君来长谈，又到襄卿房中畅谈。傍晚回，遇健生于途，偕行至北门，沿城脚一路走，回已上灯矣。

二十七日己酉（5月12日） 宜、荆童正场，晴。子正二刻到考场，尚未放头炮，俟良久，三炮开点。回，将近卯初矣。灯下写覆似泉甥信，附还吉人孙女喜条。

二十八日庚戌（5月13日） 晴。今日延陵书院二月分师课。辰刻，到院点名，散卷。朱山长生题：“工欲善其事”二句，诗“平铺新绿水苹生”。童：“人十能之”，诗“初日照高林”。宜兴学张晓鳌衣冠来拜，余适在琴舫处，晤谈良久去。晚，偕健生访秦干臣，又访程蓉生，皆晤。秦石麟亦在干臣公馆。昨府试题：宜“今女画至子游为武城宰”，荆“以友辅仁至仲弓为季氏宰”；次“得志行乎中国，若合符节”；诗“满城风雨牡丹时”。

二十九日辛亥（5月14日） 黎明大雷雨，竟日微雨。廿七写复似泉信今晚发局。

三十日壬子（5月15日） 江阴童正场，雨。未到考场。

四月初一日癸丑（5月16日） 晴。晨，文庙、文昌殿行香。倪筱香、朱怡云来。程蓉生衣冠来拜。书院二月师课卷送朱山长处。晚，下人途遇杏初，云在步瀛，约余去。至彼，润之、襄卿、蓉生、石麟、杏初皆在,晤洞庭山人徐倬云,襄卿之友;陆云孙,亦素相识,现处阳湖县征收馆兼阅文章。昨试江阴童题:"是礼也至尔爱其羊";次"顾鸿雁麋鹿,曰贤者亦乐此乎";诗"惜春几度行花径"。

初二日甲寅(5月17日) 晴。午后,干臣、襄卿来。晚,石麟来。

初三日乙卯(5月18日) 靖江童正场,晴。子正,走至考场,尚早,诸同寅皆未到。良久,放头炮,俟三炮后开点。毕,回已黎明矣。晚,走答石麟,不值。

初四日丙辰(5月19日) 晴。寄慎生信。覆颂廉信。

初五日丁巳(5月20日) 晴。琴舫请外县各学同寅,招余同健生皆去,武、阳两学不至。初三日靖江题:"我爱其礼至君使臣";次"国人皆曰贤,然后察之";诗"隔花立马听更漏"。黄昏,接府札,委初六日覆试赴考棚东仪门,将武进、无锡二县童生点名给卷进场。

初六日戊午(5月21日) 武、阳、锡、金初覆,小满,晴。子正,走至考场,诸同寅相继至。俟放三炮,在头门外点名。坛上诸童拥挤,热极流汗。阳湖、金匮春海点,又留场。余点毕缴册,揖而出,与琴舫步行而回,已黎明矣。

初七日己未(5月22日) 晴。午前,琴舫来谈天,午后访柳润之,同去。招石麟,他出。又招晓鳌,偕至青云阁啜茗,而石麟同章季传世兄适在阁,剧谈良久,复同游城隍庙而返。昨四县初覆题:武"所谓修身在正其心者",阳"所谓齐其家在修其身者",锡"所谓治国必先齐其家者",金"所谓平天下在治其国者";经"彼茁者蓬"三句;诗"青山常对卷帘时"。

初八日庚申(5月23日) 晴。清早,到书院点名,延陵三月官课兼师课。官课题:生"生而知之者上也,学而知之者次也",童"生而知之者上也";诗"国士无双"。师课题:生"仲尼祖述尧舜",童"有复于王者曰,吾力足以举百钧";生诗"万顷江田一鹭飞",童"郊原雨初霁"。点名毕,回。见襄卿在公馆对门店铺买物,招至其处谈天。筱香、怡云亦至，坐久始返。晚，接似泉初二日信，钞阅陈六舟先生挽屺瞻联语云："等身著作，垂老飘零，天地本无情，可怜建德非吾土；饭罢论文，更阑话别，死生亦大矣，何日清风来故人。"是日六舟学使试衢州，诗题为"霖雨思贤佐"，屺瞻以"清风来故人"作偶，是夕遽卒，故挽联云然。

初九日辛酉(5月24日)　宜、荆、江、靖初覆，阴。丑刻，走到考场。三炮后，琴舫、杏初点名，封门已鸡鸣矣。与琴舫走回署，略睡。晚，芝弟处雇船来接湇保，带到信一函、瞿幼泉属书扇面三个，即在灯下涂就，可以带回。

初十日壬戌(5月25日)　晴。晚，偕健生到青云阁。

十一日癸亥(5月26日)　晴。晨，湇孙、莲保回常，松孙女陪去。

十二日甲子(5月27日)　晴。书院缴卷者沓至，纷纷扰扰者一天。夜雨。

十三日乙丑(5月28日)　雨。分送官、师课卷到武进县及朱山长处。

十四日丙寅(5月29日)　大雨竟日。觞各学同寅，春海、杏初本不至；因雨不到者，朱怡云、秦干臣、张晓鳌；到者，柳润之、王襄卿、秦石麟、倪筱香、程蓉生及琴舫桥梓，塾师吴健生亦同席。北门外周厨子肴馔尚可口。接府札，委明日覆试赴考棚东仪门，将武进、无锡、宜兴、江阴童生点名给卷进场。

十五日丁卯(5月30日)　八县二覆，晴。子正，因地湿，轿到考场，太尊才到，俟三炮后开点。毕，缴册，揖而出，已黎明矣。在场内晤晓鳌，询悉初九日覆试题：宜"虽有其位"，荆"虽有其德"，江"上焉者虽善"，靖"下焉者虽善"；经"嘤其鸣矣"四句；诗"绿阴庭院燕差池"。

十六日戊辰(5月31日)　晴。午后，干臣来。同健生到青云阁啜茗，润之、晓鳌、筱香皆在，畅谈良久而返，约诸君明日午后再叙。

润之述知昨二覆题:“去谗远色,贱货而贵德”,“乍寒乍暖麦秋天赋”,“暖日烘窗笔砚香”。

十七日己巳(6月1日) 雨。写五月分官、师课生童卷面五百廿本。

十八日庚午(6月2日) 晴。清晨,到书院点名,阳湖县课兼师课。点名毕,偕健生访润之、襄卿,又访筱香、怡云,约其午后青云阁啜茗。届时余与健生偕到阁,蓉生已到,琴舫、干臣、晓鳌、筱香、怡云相继至,润之、襄卿最后至。茶话移时,颇极朋簪之乐。点心吃烧卖、重酥脂油白糖饼,颇佳。

十九日辛未(6月3日) 晴。晨,金山黄景伊昭瑜来,二月初在萧县学任闻讣丁外艰,即回籍,现欲往萧县接家眷,道经此,来访。托分同寅讣闻几分,谈片刻而去。舟泊西门外,云即刻开行,辞余走答。封吊分一元,令下人送至舟次,兼将名片谢步。午后,访蓉生。诸同人皆作东门外红梅阁之游,余不能从。与干臣谈天,琴舫先在,杏初亦至。又同琴舫访晓鳌,留吃点心而返。夜雨。

二十日壬申(6月4日) 雨。晨,府署字条来,明日三覆,两府学留场。午后,作书致慎生,属其芝弟家出殡送分。又致公临书。夜饭后,挑铺盖、靴帽到试院,因天雨,乘轿去住宿。

二十一日癸酉(6月5日) 八县三覆,芒种,雨。同琴舫留场。夜饭前放头、二牌,放三牌后即就睡而不着,闻琴舫到枕即作鼾齁声,羡甚。覆题“所以为蚳蛙则善矣”,诗“乍霁却阴梅酿雨五八”,七律四首:“书味、文心、诗情、画意”。

二十二日甲戌(6月6日) 晴。太尊净场即回署,天尚未明。俟曙,琴舫先出,余因地湿,仍乘轿返府。考事算了,明后两日八县前列二十名还要在府署分日提覆,于我等无事矣。午后,蓉生来,约青云阁啜茗。干臣同蓉生两文郎皆至,明早一返江阴,一返荆溪。闻润之、襄卿今早已回无锡,晓鳌今早已回宜兴,筱香、怡云亦回靖江,须院试时江阴再晤矣。

二十三日乙亥(6月7日) 晴。晨,阶天何世兄自淮回松,道经此,过访,云春间送其兄袖海回家就医,现狂疾渐愈。留午饭,偕健生至青云茗饮,叫点心,迟迟不至。阶天急欲同健生西门外买物,茶罢而别。分送十八日课书院卷到阳湖县、朱山长处。晚,偕森孙到试院前碑店,为芝弟觅开示各种北碑不得。

二十四日丙子(6月8日) 晴。写复子研信,附三代履历。晚,至青云。

二十五日丁丑(6月9日) 晴。午后,访琴舫,杏初亦至,长谈至暮回。

二十六日戊寅(6月10日) 晴,晚雷电以雨。写书院生膏火票一百三十张,童票健生写,明日同五月分府课卷、点名册一并送府盖印。灯下写致庾老书。夜半大雨。

二十七日己卯(6月11日) 雨,午饭时更有倾盆之势。俟雨止,令莲生送卷册、膏火票至府署盖印。寄庾老书今晚发局。

二十八日庚辰(6月12日) 发府试正案,晴。

二十九日辛巳(6月13日) 晴。

五月初一日壬午(6月14日) 晴。卯初起,到文庙官厅,到者已半,俟郡尊到即行礼。又至文昌殿行礼,即上府,见云延陵书院定于初八日课,候悬牌。

初二日癸未(6月15日) 晴。朱山长送阅定三月课卷来。

初三日甲申(6月16日) 晴。

初四日乙酉(6月17日) 晴。晚,世德送滑孙、松孙女回学署,带到家信。

初五日丙戌(6月18日) 雨。过节祭先。向例,贺节不上府,仅挂号,诸同寅处令王珊分片。健生自步瀛回,云见《申报》,云南主考吴嘉瑞、刘福姚,贵州陈伯陶、陈璧(陈伯陶云南副,刘福姚贵州正)。

初六日丁亥(6月19日) 晴。偕健生至青云。回,买纱藤胎小帽一只，三百文。

初七日戊子(6月20日) 晴。夜亥、子交因天热，窗皆未闭，两孙女在中间作女红，忽见天上火光自南而来，呼余出视，如火球然，正在当空，行得极快，自南望北而去，合署上下皆见之，或以为神火，然与否与？

初八日己丑(6月21日) 夏至，未初一刻十四分。雨。延陵书院课，兼行师课，晨出点名。官课题：生“此之谓絜矩之道”合下一节，童“毋以交于左至毋以交于右”；诗“珠荷荐果香寒簟八六”。师课题：“君子于其言”二句，诗“柴门不正逐江开”；“然则有同与”，“水深鱼知聚”。

初九日庚寅(6月22日) 晴，雷雨。接端阳家信，并沈甥稚敏画《潇湘渔父图》便面一张。写致襄伯信，属其录郦仙舲题曲一套于后。

初十日辛卯(6月23日) 晨雨，午后放晴。写六月分官、师课卷面。

十一日壬辰(6月24日) 晴。接颂廉沪上来书。晚雷雨。

十二日癸巳(6月25日) 晴。午后接府札，二十一日决科。琴舫来。

十三日甲午(6月26日) 晴。备文移武进县，领春、夏两季俸银。

十四日乙未(6月27日) 晴。

十五日丙申(6月28日) 晴。晨，文庙行香。上府，不见，挂号而回。

十六日丁酉(6月29日) 晴。接府札，学宪月之廿九日取齐常州。致襄伯信今日发局。

十七日戊戌(6月30日) 晴。昨晚健生见《申报》，述知广东主考顾璜、吴郁生，广西张亨嘉、劳肇光，福建龙湛霖、杜本崇，山东学政华金寿。连日酷暑，今晚雷电以雨，风亦大，颇觉凉快，心目为之一爽。

十八日己亥(7月1日) 晴。

十九日庚子(7月2日) 晴。晨,琴舫来谈天。

二十日辛丑(7月3日) 晴。晚,府发明日决科题。

二十一日壬寅(7月4日) 晴。侵晨,往龙城书院,春海、杏初已到,琴舫继至,俟府礼房来即点名。余一人司其事,英才济济,围在中间,热气逼人,汗流如雨。文题"子曰:君子哉若人"合下一章,诗题"金榜奎章红日照"。

二十二日癸卯(7月5日) 晴。晨,马号来报,学宪今日寅时过丹阳,午饭后出去恐迟,俟轿夫到即往毗陵驿。良久,抵马头,谒见即回,已下午矣。

二十三日甲辰(7月6日) 晴。先祖妣沈太恭人忌。接庚香十九日书。寄家信。

二十四日乙巳(7月7日) 晴。覆庚香信,同昨封家信一并交局。

二十五日丙午(7月8日) 晴。申刻,同琴舫走至府署,杏初已到,俟春海来,各上手板禀辞,不见而返。杏初云,昨接府札,委省试送考。夜饭后起风阵,颇凉爽。

二十六日丁未(7月9日) 晴。因天热,乘晚凉偕琴舫桥梓登舟赴江阴,夜不停泊。

二十七日戊申(7月10日) 晴。巳刻,到江阴城外,雇驳船进城,至半途,潮落不能行,令船人挑行李,走到李姓寓中。晚,倪筱香来。夜饭后阵雨,不大,略爽。

二十八日己酉(7月11日) 晴。晨,同琴舫访筱香、怡云,春海亦至,谈良久。同访杏初、晓鳌,蓉生先在,又同至晓鳌、蓉生寓。午后,江阴县刘谦山来拜。石麟来。晚,筱香、怡云片来,云有人送一品锅,招同琴舫去吃晚点,杏初、石麟、襄卿皆在。回,至襄卿寓,润之才到。遣周桂学辕禀到,传谕云明日辰刻进见。夜饭后,巡捕信来,明晨不见客,不必到。

二十九日庚戌(7月12日) 晴。晨，襄卿、筱香、怡云、润之来，他未知今晨不上辕也。俟其去，访春海。回，本学廪生任翰锜、徐应轸、皆宜兴人。朱其扬，荆溪。附生任承沆宜兴。及荆溪县学附生闵、詹皆来拜。

六月初一日辛亥(7月13日) 行香放告，阴。俟轿夫到，即往拜刘谦山。到学宫，干臣已在官厅，俟石麟、学宪到，适雨。行香、讲书毕，又到学辕官厅。发二鼓传见，三鼓放告。毕即返，刘谦山处辞酒。晨，本学廪生周志韩、附生周志鹏皆宜兴人。来拜，学辕未回，不晤。接三儿廿七日信。

初二日壬子(7月14日) 生经古，晴。寅正起，甚凉爽。卯初，到辕，春海留场，府学考经古仅二十三人。本学廪生龚士良、龚士皋、陶世荣来。皆金匮。写信寄森、湆两孙。夜饭后访杏初，途遇出场者，询知赋题"书马者与尾而五"，韵脚不及打听，诗"白蚁战酣山雨来"。

初三日癸丑(7月15日) 上五学生正场，晴。丑初起，亦不觉凉爽。放二炮到辕门，三炮良久始开门。杏初、石麟留场，封门已黎明，出略睡。晓鳌来。周海平衣冠来拜，询知七月中要办葬事。午后，访润之。石麟招初六日饮，席设涌塔禅院。五学题：府"子曰：赐也，始可与言诗已矣至居其所"，武"子曰：赐也，尔爱其羊至孔子对曰：君使臣"，阳"子曰：赐也，非尔所及也至性与天道"，锡"子曰：赐也，贤乎哉至先觉者"，金"子曰：赐也，女以予为多学而识之者与至虽蛮貊之邦行矣"；诗"云护夕阳红满窗"。

初四日甲寅(7月16日) 童经古，晴。卯刻，到辕，俟良久开门。润之留场。回，筱香招同琴舫隆源啜茗点。人满无坐地，店主人招至临河密室一间，三人茗谈吃面，清静凉快，颇可人意。午后，到街上，遇筱香，同游城隍庙公善堂中之园。即去年小唐觞客处。两人静坐闲谈，移晷忘倦，乘晚凉而回。园有黄蜀葵，同筱香取其子而归。夜阵雨极大。童古题："兰陵王入阵曲赋"，韵脚未知。

初五日乙卯(7月17日) 下四学生正场,晴。丑初起,放过二炮,良久到辕,俟片刻即三炮开门,石麟、蓉生留场,回略睡。午后,阵雨颇大。晚,出外略走。回,怡云在寓,筱香、杏初相继至。头牌发生古案,府学取七名。夜饭时,接两孙覆信,内附芝弟书。四学题:江“民归之犹水之就下至有牵牛而过堂下者”,宜“王自以为与周公孰仁且智至仁智,周公未之尽也”,荆“钧是人也至钧是人也”,靖“夫人岂以不胜为患哉至行尧之行”;诗“六艺笙簧”。

初六日丙辰(7月18日) 覆生古补考,晴。卯刻,到辕,良久才开门,堂上点名。午后起风阵,继以大雨。石麟见招,不能却,地滑,坐轿至涌塔禅院,临池数椽颇清旷,散已不早。覆古:“拟林滋文战赋”。

初七日丁巳(7月19日) 宜、荆童正场,晴。丑初起,放过二炮到辕,三炮开门。点名毕,天已明矣。晓鳌、干臣留场,回略睡。宣通史偕其戚龚大熙府学附生,去年岁考一等四名。来,带到琴山信、通史试草。去年入金匮学。晚,访杏初长谈,邀至隆源吃鳝面。晤南汇廪生谢仪笙起凤,在南菁书院肄业。宜文题“所就三,所去三,迎之致敬以有礼”,荆“迎之致敬以有礼至其次”;次题“王赫斯怒至以对于天下”;诗“蝉噪林逾静”。发九学一等案,府学取二十二名。

初八日戊午(7月20日) 覆一等,晴。辰刻,到辕,良久开门,堂上点名。午后阵雨极大。雨止,在学辕左右闲步,买蒲扇两把。覆试题:“其居使之然也”二句,“荷芰水亭开”。干臣招初十日饮。

初九日己未(7月21日) 武、阳童正场,晴。丑刻起,听放二炮到辕,三炮开门,点名。风雨交作。春海、蓉生留场,两县童生有一千三百余名,点毕已天明矣。午后又起阵,雨颇大。晚,接两孙信,附寄府札乡试事宜。武题“孟子曰:舜之居深山之中”二章,阳“独孤臣孽子”合下二节;次“或劳力”三句;诗“枕簟上湖光”。挂提覆宜、荆童牌。

初十日庚申(7月22日) 提覆宜、荆童,晴。辰刻,到辕。午前,偕琴舫赴干臣之招。提覆题:宜“所损益”,荆“所损益”作后比;“荡胸生层云四韵”。晚，发案。宜拨四名：徐道一、任启元、杜启英、吴蓥。荆拨五名：徐开先、李景炎、吴中达、徐仁铨、徐熙瑞。

十一日辛酉(7月23日) 锡、金童正场。丑刻起，听二炮到辕门，三炮开门。点名毕，天已明，石麟、襄卿留场。大风雨，凉甚，回略睡。宜、荆新生来谒。江阴县学廪生张尔常之纯来拜。午后又雨。晚，润之、晓鳌来招，同琴舫隆源吃茶点。锡题“子曰：臧文仲其窃位者与”五章，金“子曰：当仁不让于师”六章；次“将为君子焉”二句；诗“在宥天下理”。挂提覆武、阳童牌。

十二日壬戌(7月24日) 提覆武、阳童，晴。辰刻，到辕。晚，访杏初。提覆题：武“圣人之徒也至螬食实者”，阳“上食槁壤至彼身织屦”作讲、钓。诗免。晚，发案。武拨三名：王其倬、蒋仪、夏屏藩。阳拨四名：高容、张鹤元、钱乃可、唐乃淦。

十三日癸亥(7月25日) 靖江童正场，晴。丑正起，听放三炮到辕。以为前几场开门尚需时刻，岂知此场一放三炮就开点，从稠人中拥挤而进，喘汗不止。点名毕，天已明，润之、蓉生留场。出略睡。武、阳新生相继来谒。午前，馆师吴健生自常州来。题“公都子曰：滕更之在门也”三章；次“诸侯耕助，以供粢盛”；诗“千里稻花□□□”。挂提覆锡、金童牌。

十四日甲子(7月26日) 提覆锡、金童，晴。辰刻，到辕。提覆题：锡“莫之致而至者至德必若舜禹”，金“三年太甲悔过至三年”。晚，发案。锡拨三名：徐朝阶、孙荫培、张嘉乐。金拨一名：华章。

十五日乙丑(7月27日) 江阴童正场，晴。丑刻，到辕。点名毕，天已明，石麟、筱香留场。锡、金新生来谒，谢仪笙、秦闰生干臣令郎。皆来。题“子曰：刚毅木讷”八章；次“颂其诗，读其书”；诗“月中行夏云”。挂提覆靖江童牌。

十六日丙寅(7月28日) 提覆靖江童，晴。辰刻，到辕。提覆题：“不敢也曰敢问其不敢”。诸童误记“市井之臣，草莽之臣”节。县额二十二名，不误者仅五卷，竟取误者足数，《四书》何至生得如此？

可叹可叹！向拨府一名或二名，此次不复拨矣。晚，同健生吃茶点。夜饭后，乘航船回常郡。

十七日丁卯(7月29日)　优头场录科，晴。卯正头炮，闻二炮到辕，辰正三炮开门，点名。府学优二名：王家枚、顾沐润。有靖江廪生公禀请拨府，学宪面谕云："就文而论，县额不能取足，今已从宽矣，何得再请拨府？"将原禀掷还。午前，到保婴局，赴程蓉生之招。坐地清旷，同席杏初、石麟、筱香、闰生、周海平、谢仪笙、主人同年某君。江阴人。回，买《能与集》一部。挂提覆江阴童牌。考优题："孟子曰：道在迩而求诸远"一章，"今有璞玉于此"三句。

十八日戊辰(7月30日)　提覆江阴童，晴。未到辕，各学廪生相继至。晚，发案。拨四名：孙阁臣、顾殿材、陈彦廷、郁如桢。同时挂牌，将金匮提覆取佾之荣起凤拨入府学。是生功名可谓意外得之，已回家，电报去招覆。提覆题："则放之何也孟子曰封之也"。

十九日己巳(7月31日)　覆九学新进，优二场，晴。辰刻，到辕，覆九学新进。荣生赶不到，禀学宪补覆。

二十日庚午(8月1日)　总覆，晴。辰刻，到辕，总覆新生。荣生补覆。

二十一日辛未(8月2日)　奖赏，晴。辰刻，到辕，一等新进奖赏，毕即禀辞。开销学房、房饭等，碌碌半日。吃早夜饭，坐驳船出城，过船即开，夜不泊。

二十二日壬申(8月3日)　晴。巳刻，回署。夜饭后忽患腹痛，凫溏。

二十三日癸酉(8月4日)　晴。送六月书院官课卷至武进县盖印。

二十四日甲戌(8月5日)　晴，午后雨，凉甚。朱山长送五月师课卷来。寄书庾香，附院试题目。

二十五日乙亥(8月6日)　微雨，凉甚。令莲生武进县取盖印卷，题目亦交来。因凫溏未止，夜间不能天宁寺纠仪，府署请感冒假三天。

二十六日丙子(8月7日) 万寿，晴，稍热。腹疾渐愈。

二十七日丁丑(8月8日) 晴。写领膏火及各费领纸十二张。晚雷雨。

二十八日戊寅(8月9日) 晴。清晨，到龙城书院点名，六月分武进县课并行师课。题：生“君子可逝也至子见南子”，童“约之以礼至子见南子”；诗“桐叶知秋”。师课题：生“是求有益于得也”二句，童“其恕乎”；诗“清凉常愿与人同”，“交情老更亲”。写领膏火等申文，眼花手颤，强作细书。松江求忠监院几廿年，从未做此种事情，此间都要自己缮写，恨极，闷极。接庾香廿四日书，彼此同日寄，谅我信今日亦可接得。

二十九日己卯(8月10日) 晴。请发膏火各费领纸申文令周桂送府，终日填写生童膏火票。

三十日庚辰(8月11日) 晴，午后雨，竟日凉爽。写膏火票未竟。夜大雨。丑刻，墙外犬吠不绝，媳妇、两孙女并闻屋上有声，合家惊醒而起。

七月初一日辛巳(8月12日) 雨。晨，太尊文庙、文昌殿行香，偕诸同寅随班行礼。上府，见。回，写毕膏火票。

初二日壬午(8月13日) 晴。算生童书院膏火钱文。晚，接颂廉六月廿八日沪上陈氏馆中所发书，告知十月十六日嫁妹，欲领莲保回松。

初三日癸未(8月14日) 晴。晨，代理武进县孙毓骥来拜。吴耀堂调帘。官、师课卷收齐，封送县及山长处。致公临信。复芝弟信。杏初交来蓉生本月初八日嫁女请帖。

初四日甲申(8月15日) 晨雨。欲访杏初，不果，即将荆溪学喜分送去，属会寄。

初五日乙酉(8月16日) 晴。致子砚书，属其在苏局报毛氏女贞烈，阳湖生员戚骏声交来事实一纸附去，另录于末页。

初六日丙戌(8月17日)　晴，夜雨。

初七日丁亥(8月18日)　晨，往江西会馆答拜孙展云。回，到府署，时尚早，诸同寅皆未到，忽大雨倾盆而至。俟过午，两县及学皆到。听发三梆，太尊到大堂行宾饯礼。到者，县学生四名，府学一名，敷衍过去。晚又雨。

初八日戊子(8月19日)　晴。昨晤杏初，告知江南主考正徐会澧、副文廷式。邑绅盛旭仁康来拜，今年重游泮水。

初九日己丑(8月20日)　黎明，雨。接公临复信，告知李升兰故。旭仁处送十一日申刻音尊候光帖来。

初十日庚寅(8月21日)　竟日微雨。同后学公送盛处贺礼，不受。接芝弟复信，附似泉信、石雨之画赠屏条四幅。又接子研书，字在封面。云适封信发局，初五日书恰到。

十一日辛卯(8月22日)　晴。晨，同琴舫盛处道喜。午后，接三儿信，告知十二日开船，与伯印、用吉同伴；仲展以生母有恙，不赴省试，十四可到常州。

十二日壬辰(8月23日)　晴。寄书儒卿。

十三日癸巳(8月24日)　晴。晚，三儿、伯印、用吉、渐之舟抵毗陵驿，来署吃夜饭，仍宿舟中。

十四日甲午(8月25日)　晴。晨，三儿诸人来。偕健生、两孙同到青云阁茗饮，吃点心。回，过中元节，祭先。饭后回船即开，约今夕可至奔牛停泊。

十五日乙未(8月26日)　晴。午后，偕两孙到泽古斋裱书画屏条、楹帖，又唐鸣泰修表，青云阁啜茗。夜饭后，书斗赴金陵。

十六日丙申(8月27日)　晴。致书周小唐，寄殡分。

十七日丁酉(8月28日)　晴。寄复子研信。接儒卿覆书。

十八日戊戌(8月29日)　晴。

十九日己亥(8月30日)　晴。太尊生日。晨，上府，俟到齐，上手板而回。晚，选青来署，留夜饭，谈至更余回舟，送来食物四种。

二十日庚子(8月31日) 晴。晚，偕健生、两孙唐鸣泰取表，尚未有。至青云阁。

二十一日辛丑(9月1日) 晴。晚，沈景刘、光庭、金菊生来署，年余不见，大慰阔悰，留夜饭。回船，晚雨才止。

二十二日壬寅(9月2日) 晴，晚雨，大东北风竟日夜。

二十三日癸卯(9月3日) 晴，大风如昨。庶祖妣汪太恭人忌。

二十四日甲辰(9月4日) 晴。继祖妣沈太恭人忌。接三儿金陵试寓十九日书，即于是日到省。

二十五日乙巳(9月5日) 晴。

二十六日丙午(9月6日) 晴。亡冢妇二周年。午后，琴舫来。

二十七日丁未(9月7日) 晴。先姊瑞臻女史忌。夜雨。

二十八日戊申(9月8日) 阴。寄书芝弟。

二十九日己酉(9月9日) 雨。

八月初一日庚戌(9月10日) 雨。晨，文庙、文昌宫行香。太尊未到，不上府，挂号，同武职叶光臣国彩祭昭忠祠。晚，接府札，奉藩司札，催报黄署任与正任交代事。

初二日辛亥(9月11日) 晴。寄庾香书，适局友交到小唐、子研复信，即交带去。子研信中附到报毛烈女收照一纸，再钱谷辰托寄十七年娄学任内解司饷库收印照两纸。

初三日壬子(9月12日) 晴。晨，祭文帝。片去约姚达安三点钟青云阁小叙，有话面谈。届时同琴舫、健生去，姚君已到，即将交代事托其关照藩房。

初四日癸丑(9月13日) 晴。卞履和来领祭品银两，与后学各出钱六百文。

初五日甲寅(9月14日) 晴。

初六日乙卯(9月15日) 晴。午后，提痧。接芝弟复信，云祠堂头门三间将完工。游文讲席，父子相继矣。

初七日丙辰（9月16日）　晴、雨半。孟姓来领亚圣祭银八百文。

初八日丁巳（9月17日）　雨。丁祭，送神，天已明，偕健生踏湿至仁育桥吃面。

初九日戊午（9月18日）　晨雨即止。辰刻，出门祭各祠，回已晚矣。

初十日己未（9月19日）　雨。

十一日庚申（9月20日）　晴。

十二日辛酉（9月21日）　雨。

十三日壬戌（9月22日）　雨。

十四日癸亥（9月23日）　晴。晨，达安送姚善本信来看，约其晚青云晤谈。偕健生去，达安已到，云此信一味官话。又寄信到苏，俟其回信。

十五日甲子（9月24日）　晴。晨，偕健生、两孙唐鸣泰取表，买物。回，到步瀛看《申报》，各省题目已见。夜点斗香，健生踏月出西门，余不能从，俟其回，北窗话月，交丑乃寝。

十六日乙丑（9月25日）　晴。午后，接庾香十二日书。夜饭后，健生解馆回松。庾香来信，述知娄学储晋三有鼓盆之痛。

十七日丙寅（9月26日）　晴。午后，孙少山来。

十八日丁卯（9月27日）　晴。

十九日戊辰（9月28日）　晴。偕两孙出外，买摩本缎鞋面。

二十日己巳（9月29日）　晴。朱山长送六月分课卷来。孙君送食物。

二十一日庚午（9月30日）　晴。晨，襄伯、铜儿、伯印、用吉等自金陵回，来署，伯印三人饭后即去。晚，偕襄伯、两孙到青云阁。

二十二日辛未（10月1日）　风雨。阅襄伯、铜儿场作，均佳。

二十三日壬申（10月2日）　风雨。翁雨峰曾来、潘鲁台文憙，□

□郎君，幼南堂弟。省试回，经此，有事来署。灯下与襄伯谈天，犹是云间光景，颇慰寂寥。雨竟夜。

二十四日癸酉(10月3日) 竟日雨。

二十五日甲戌(10月4日) 晴。晨，阿炳持景刘信来，送白花百合、镇江醋。菊生送丹阳酱油，著信云十八开船，因守风两天，所以今日才到毗陵。风利不泊，不再过谈。

二十六日乙亥(10月5日) 晴，大风。晚，偕襄伯、儿孙到步瀛。

二十七日丙子(10月6日) 晴。至圣先师诞，俟总捕同知李□□彦钟到即行礼。府署交到书院上半年膏火等钱。

二十八日丁丑(10月7日) 晴。延陵书院补七月课。晨，到书院代琴舫点名，回如皋尚未返也。府发到二、五两月加奖钱。晚，偕襄伯、两孙到钱庄换小票。青云阁小憩而返。

二十九日戊寅(10月8日) 晴。午后，倩两孙偕刘世兄、赵襄伯再到钱庄换小票。出示：九月初三、初四两日发膏火。接储晋三夫人讣，即令铜儿代制挽联云："三十年已惯鳏居，闻故人营奠伤怀，此恨同尝，顿触我悼亡往事；四百里难随鹤吊，望今日鼓盆作达，他生可卜，定偿君偕老良缘。"

三十日己卯(10月9日) 晴。晚，偕襄伯及儿孙至鼓楼前元昌布店买粉布，作挽联用。步瀛啜茗。回，三儿在宏文堂为杨徒买各种小题文。天黑，赵源盛纸铺借灯而返，比至署，下雨，竟夕。

九月初一日庚辰(10月10日) 换戴暖帽，雨。晨，文庙、文昌殿行香。太尊不到，诸同寅云必不见客，可不上府矣。

初二日辛巳(10月11日) 晴。午后，晋三夫人挽对令三儿写就，因发膏火，下人不得闲，自送永和信局寄松。在文运书庄略坐而返。

初三日壬午(10月12日) 晴。午后，走访杏初，知其在金陵患恙颇剧，现精神尚未复元。

初四日癸未（10月13日）　晴。

初五日甲申（10月14日）　晴。襄伯欲回松，留其过重九去。午后，率两孙偕襄伯锦泰祥定鞋子，步瀛啜茗点。见《申报》顺天乡试三场策题"姜嫄生稷"误"生契"，四主考自行检举，罚俸三月，为公罪耳。灯下听襄伯谈杭州诸胜境，为之神往，他日还家，必欲一游，不知此愿能偿否。

初六日乙酉（10月15日）　晴。无事静坐，将襄伯昨宵谈所见楹联录于左："风雨一龛，上方钟磬；烟云万里，下界江山。焦山寺，松江杨古醞。""置身不觉出飞鸟；垂手还堪钓巨鳌。北固山，忘其名。""泉水在山清，听天籁淙淙，到此且停双不借；烟岚随地好，问尘寰扰扰，几人来作小游仙。灵隐寺头山门，宁远石治棠。""丘壑定禅心，泉水出山犹自冷；烟云空恋态，峰峦何地更堪飞。冷泉亭、飞来峰，郭嵩焘。""史笔炳丹书，真耶伪耶，莫问那十二金牌，七百年志士仁人，更何等悲歌感泣；墓门凄碧草，是也非也，看跪此一双顽铁，千万世奸人贼妇，受几多恶报阴诛。岳武穆庙，彭玉麟。""大烈震乾坤，三字含冤，未抵黄龙同痛饮；孤忠悬日月，千秋生晚，只从青史仰威名。朱明亮。"午后，儿孙与襄伯游白云渡、天宁寺。余足力不支，不偕往，约其回至步瀛。晚往，彼适才至，啜茗数瓯，同返。

初七日丙戌（10月16日）　晴。晚，偕襄伯等至步瀛。

初八日丁亥（10月17日）　晴。书便面五张。接芝弟、子砚信，告知其叔范卿京信云，封典已请，费京平银六两。晚，偕襄伯等至步瀛。

初九日戊子（10月18日）　晴。晨，偕襄伯到后学。琴舫他出，不晤。游白龙庵，见文帝神龛旁李爵相鸿章楹联云："旧句记池塘，在当年投笔请缨，讵料龙城传盛事；新祠联学校，喜此日修文偃武，会看牛斗烛奎光。"晚，又偕襄伯等到步瀛。

初十日己丑（10月19日）　晴。晨，琴舫来谈天。午后，偕襄伯等至步瀛。夜饭后，襄伯乘航船回松。

十一日庚寅（10 月 20 日） 晴。先妣沈太恭人忌。午后，三儿欲到卜恒顺买梳篦，偕两孙同去。进城，登瀛小憩而返。

十二日辛卯（10 月 21 日） 晴。晚，偕儿孙到步瀛，欲看《申报》，顺天榜尚未有。

十三日壬辰（10 月 22 日） 晴。午前，吴健生自松江到馆。晚，偕健生到步瀛看《申报》，顺天榜仍未有。

十四日癸巳（10 月 23 日） 晴。琴舫来，谈及顺天乡试已闻报，常州中恽毓巽，五十名。未知沈荫鹤、诵棠兄弟如何。覆府领到膏火等项钱文及给发膏火、加奖日期申文。晚，偕三儿义兴吃点心。到步瀛看《申报》，顺天榜仍未见。

十五日甲午（10 月 24 日） 晴。晨，上府，见。晚，步瀛看《申报》。

十六日乙未（10 月 25 日） 晴。晨，到迎春桥访姚达安，不值。顺至阳湖学，与杏初长谈，留吃午饭而返。又至达安处，适在家，晤谈一切，云本月初十日又有信寄苏，俟其回音。

《中国近现代稀见史料丛刊》已出书目

第一辑

莫友芝日记
汪荣宝日记
翁曾翰日记
邓华熙日记
贺葆真日记
徐兆玮杂著七种
白雨斋诗话
俞樾函札辑证
清民两代金石书画史
扶桑十旬记(外三种)

第二辑

翁斌孙日记
张佩纶日记
吴兔床日记
赵元成日记(外一种)
1934—1935中缅边界调查日记
十八国游历日记
潘德舆家书与日记(外四种)
翁同爵家书系年考
张祥河奏折
爱日精庐文稿
沈信卿先生文集
联语粹编
近代珍稀集句诗文集

第三辑

孟宪彝日记
潘道根日记
蟫庐日记(外五种)
王癸避难日志　辛卯年日记
嘉业堂藏书日记抄
吴大澂书信四种
赵尊岳集
贺培新集
珠泉草庐师友录　珠泉草庐文录
校辑民权素诗话廿一种

第四辑

江瀚日记
英轺日记两种
胡嗣瑗日记
王振声日记
黄秉义日记
粟奉之日记
王承传日记
唐烜日记
王锺霖日记(外一种)
翁同龢家书诠释
甲午日本汉诗选录
达亭老人遗稿

第五辑

袁昶日记
吉城日记
有泰日记
额勒和布日记
孟心史日记·吴慈培日记
孙毓汶日记信稿奏折（外一种）
高等考试锁闱日录
东游考察学校记
翁同书手札系年考
辜鸿铭信札辑证
郭则沄自订年谱
庚子事变史料四种（外一种）
《申报》所见晚清书院课题课案汇录
近现代“忆语”汇编

第六辑

江标日记
高心夔日记
何宗逊日记
黄尊三日记
周腾虎日记
沈锡庆日记
潘钟瑞日记
吴云函札辑释
新见近现代名贤尺牍五种
稀见淮安史料四种
杨懋建集
叶恭绰全集
孙凤云集
贺又新张度诗文集
王东培笔记二种

第七辑

豫敬日记　洗俗斋诗草
宗源瀚日记（外二种）
曹元弼日记
耆龄日记
恩光日记
徐乃昌日记
翟文选日记
袁崇霖日记
潘曾绶日记
常熟翁氏友朋书札
王振声诗文书信集
吴庆坻亲友手札
画话
《永安月刊》笔记萃编
浙江省文献展览会文献叙录
杨没累集

第八辑

徐敦仁日记
王际华日记
英和日记
使蜀日记　勉喜斋主人日记　浮海日记
翁曾纯日记　瀚如氏日记(外二种)
朱鄂生日记
谭正璧日记
近代女性日记五种(外一种)
阎敬铭友朋书札
海昌俞氏家集
师竹庐随笔
邵祖平文集